KB163022

내게만 불친절한 당신에게

1

틸리빌리 장편소설

동아

내게만 불친절한 당신에게 I

초판 1쇄 인쇄일 | 2022년 09월 26일
초판 1쇄 발행일 | 2022년 10월 06일

지은이 | 틸리빌리
펴낸이 | 박성면
펴낸곳 | (주)동아

출판등록 | 제406-3960100251002007000071호
주소 | 경기도 파주시 문발동 223-1 2층
전화 | (031)8071-5201
팩스 | (031)8071-5204
E-mail | bear6370@hanmail.net

정가 | 12,800원

ISBN 979-11-6302-612-9 (04810)
979-11-6302-611-2 (set)

ZERO
내게만 불친절한 당신에게
1
틸리빌리 장편소설
동아

목 차

프롤로그. 안부

선명한 벽안이 아름다웠다. 깊이가 가늠되지 않는 호수처럼 맑고 또렷한 색은 시선을 단번에 사로잡는 마력이 있었다.

걸음을 옮기던 아이샤에게도 푸른 마법은 통했다. 한없이 깊은 벽안을 마주하는 순간, 그녀는 저도 모르게 제자리에 멈춰 섰다.

"아……."

붉은 입술 사이로 터져 나온 탄성이 주인의 성격을 보여 주듯 나지막했다. 하지만 옆 사람이 못 들을 정도는 아니어서 아이샤를 에스코트하고 있던 사내가 그녀를 불렀다.

"아이샤?"

걱정스러운 목소리에도 아이샤는 답하지 않은 채 시선을 고정했다. 그녀의 옅은 푸른색 눈이 닿은 곳은 곧 입장할 문 위였다. 그곳에는 천사가 그려진 벽화가 자리하고 있었다. 사내가 그녀의 눈길을 따라 벽화를 보다 어이없다는 듯 헛웃음을 뱉었다.

"징벌의 가스티오잖아. 밤새워 노는 파티장 입구에 저런 걸 그려 넣다니. 껍데기만 보던 시절다워."

눈부시게 화려한 금발에 단번에 시선을 사로잡은 푸른 눈과 한 쌍의 날개. 삼백 년도 더 전에 그려졌을 미청년은 아름다움을 극도로 숭상하던 그때의 문화를 반영하듯 미의 극치를 달리고 있었다.

"……실제로 천사들 중에 가스티오가 가장 아름답다고 하잖아."

아이샤가 느릿하게 대꾸했다. 여전히 벽화에 시선을 고정하고 있는 그녀는 천사의 아름다운 벽안에 매료된 것처럼 보였다. 하지만 동시에 그녀는 긴장한 듯 몸을 굳히고 있었다.

"요즘 통 외출도 안 하더니…… 납작하게 그려진 그림 속 사내에게 반하기라도 했어?"

아이샤의 표정에 사내가 어깨를 으쓱이며 그녀의 뺨을 쿡 찔렀다. 그제야 고개 돌린 아이샤가 상대를 바라봤다. 회색빛이 도는 그녀의 하늘색 눈은 차분하게 가라앉은 채로 반짝이고 있었다.

"그런 거 아니야. 그냥……."

"그냥?"

"……좀 무서워서."

"뭐?"

끝이 올라간 목소리가 이해를 구했다. 무어라 설명하려던 아이샤가 픽 웃더니 고개를 저으며 몸을 돌렸다.

"아무것도 아니야. 그보다 이만 들어가자. 오빠."

"야, 너……."

"늦었잖아. 빨리 들어가자. 응?"

"맨날 귀엽다 귀엽다 하니까 이해 못 할 소리만 늘어놓고……. 에드워드 형 닮아 가?"

"에드워드 오빠는 이해 못 할 소리 안 하는데? 그냥 오빠가 조금 모자란 거 아닐까?"

"이게!"

"알았어. 미안해. 미안. 그러니까 빨리 들어가자. 응?"

"아버지 어머니만 아니면 이걸 콱……."

아이샤는 장난스레 주먹을 올리는 핏줄의 팔을 붙잡고 늘어지며 시선을 위로 힐끔 올렸다. 천사는 여전했다. 아름답고 또…… 두려웠다.

징벌의 천사 가스티오는 보석처럼 아름다운 눈을 시리게 빛내며 아래를 향해 화살을 겨누고 있었다. 아이샤는 순간이지만 차가운 은 화살이 저를 향해 날아와 심장을 꿰뚫는 상상을 했다.

'기쁜 날인데 쓸데없이…….'

스스로가 생각해도 우스운 상상에 아이샤는 픽 웃으며 허리를 바로 세웠다. 그걸 신호로 옆에 선 그녀의 오라비가 문 앞에 선 사용인에게 초대장을 넘겨주며 나지막이 속삭였다.

"좋겠네. 애달파했던 이와 곧 만날 거잖아."

"다니엘!"

여동생의 입에서 제 이름이 튀어나옴과 동시에 작은 손이 날아들자 다니엘이 헛기침을 하며 숙였던 고개를 들었다. 눈동자를 굴려 남매의 투닥거림을 지켜보던 사용인이 속으로 웃음을 삼킨 채 문을 열었다.

덜컹, 하는 소리와 함께 문이 열리자 두 사람은 언제 그랬냐는 듯 차분해졌다. 조용한 입장이었지만 남매가 모습을 드러내기 무섭게 여기저기서 시선이 날아들었다.

"들어오니 확실히 알겠네. 오늘 우리는 불청객이야."

남매를 향한 시선 대부분은 호기심이었지만 사이사이 묘한 적개심도 있었다. 그를 느낀 듯 다니엘이 중얼거리며 아이샤를 홀 안으로 이끌었다. 지금의 분위기가 불편한지 그의 미간에는 주름이 살짝 잡혀 있었다.

다니엘과 달리 아이샤는 다른 이들의 시선에 개의치 않았다. 아니, 사실 그녀는 다른 이들을 신경 쓸 겨를이 없었다. 홀 안을 여기저기 살피는 연한 푸른 눈에는 이미 목표가 있었다. 그런 여동생을 보며 다니엘이 속삭였다.

"……아이샤. 너무 티 나잖아."

"하지만 6개월 만에 보는 걸……. 어디 있지?"

"맙소사. 이러니 소문이 나지. 지금 저치들이 너더러 뭐라고 떠드는지 알아? 고아한 척하는 파든가 막내가 어릴 적 연을 핑계로 로이드 후작한테……."

"아!"

다니엘의 말은 끝까지 이어지지 못했다. 사내를 발견한 아이샤가 감탄사를 뱉으며 제자리에 멈춰 섰기 때문이다.

아이샤의 걸음을 멈추게 한 이는 빼어나게 잘생긴 사내였다. 불순물이라고는 조금도 없는 황금을 녹인 것처럼 진한 금발에 창공을 그대로 떼다 박을 듯 선명한 푸른 눈이 아름다웠다. 게다가 신의 축복을 받은 듯 완벽한 얼굴과 몸은 홀 밖 벽화의 가스티오 천사와 비견 될 만했다.

은은하게 웃는 아이샤의 얼굴에 숨길 수 없는 기쁨과 반가움이 한껏 묻어났다. 그러나 그것도 잠시, 세상을 다 가진 듯 환한 표정은 오래가지 못했다.

아이샤의 시선을 받은 사내가 고개를 돌리기 무섭게 날카로운 은 화살과 같은 시선이 그녀를 향해 날아왔다. 쿵. 심장이 떨어지는 느낌에 아이샤가 가슴께로 손을 모아 잡았다.

아이샤를 발견한 사내의 수려한 얼굴은 딱딱하게 굳어 있었다. 살짝 구겨진 미간 아래 한겨울 서리처럼 서늘한 벽안에는 조금의 반가움도 없었다.

예상보다 훨씬 못한 반응에 당황한 아이샤가 떨리는 눈으로 사내와 눈을 맞췄다. 사내는 그녀와 눈을 마주치자 곧바로 고개를 돌렸다. 그 순간이 천천히 흘러 아이샤는 사내의 눈이 마지막까지 무심한 것을 똑똑히 확인했다.

"……저 새끼가."

옆에서 이 가는 소리가 들렸다. 오라비의 급한 성격을 아는 아이샤가 그제야 정신을 차리고 다니엘의 팔을 붙들었다. 눈을 살짝 접은 그녀가 옅게 웃었다.

"난 괜찮아. 오빠. 그러니까……."

"야! 너 지금 저게 너한테 어떻게 하는지 못 봐서 이래? 그리고 저 옆에 여자는 뭐야. 저거, 네 서신은 무시하더니 다른 여자 끼고 이 자리에……."

"그만."

"……."

"그만해. 다니엘."

아이샤는 다니엘의 말을 중간에 자르며 사내 쪽을 힐끗 바라봤다. 조금 전에는 눈치채지 못한 여자가 하나 들어왔다. 주홍색 머리에 그와 대조되는 진녹색 드레스. 알아차리지 못한 게 신기할 정도로 화려한 외양을 뽐내는 아름다운 아가씨였다.

아이샤의 시선이 화사하게 화장한 여인의 얼굴에서 조금 밑으로 내려갔다. 얇은 레이스 장갑을 낀 손이 자연스레 파트너의 팔을 붙잡고 있었다. 사내의 팔에 진 주름에 아이샤는 저도 모르게 입 안의 여린 살을 물었다.

「이안. 네가 돌아왔다는 소식 들었어. 긴 여행에 피로하겠지만 로이드가에 불이 켜졌다는 소식에 들뜬 마음을 숨기지 못해 이렇게 펜을 잡아. 그리고 괜찮다면…… 참석한다는 자선 연회에 같이 가 주겠어? 답 기다리고 있을게.」

자신이 보낸 서신에 답신을 기다렸던 시간이 쓴맛으로 돌아왔다. 아이샤는 그걸 애써 삼킨 채 중얼거렸다.

"……답장을 꼭 해야 한다는 법은 없으니까. 그리고 이안이 누구와 여길 오던 그건 이안 자유잖아. 내가…… 상관할 문제는 아니지."

"야! 너랑 저 새끼는 이미 오래전부터……!"

아이샤의 말에 순간 화를 참지 못한 다니엘이 반박하려 했다. 하지만 여동생의 얼굴을 본 순간 그는 다시 입을 다물고 말았다. 눈을 내리깐 여동생의 옆얼굴에는 숨길 수 없는 씁쓸함이 잔뜩 맴돌고 있었기 때문이다.

"오빠. 나 좀 쉬고 싶어. 마차를 오래 탔더니 머리가 아프네."

"아오……. 그래, 휴게실로 가자."

다니엘의 인도에 따라 아이샤가 구석으로 걸음을 내디뎠다. 그리고 그 뒤를 새파란 시선이 한 번의 흐트러짐 없이 뒤따랐다.

* * *

"난 괜찮으니까 그만해, 오빠. 응?"

"조금 전에는 참았지만. 아이샤, 너! 네가 그렇게 무르게 나오니까 매번 저 자식이 널 우습게 보잖아. 게다가 너만 우습게 봐? 저 자식 언제부턴가 우리 파든가 자체를 무시한다고. 은혜를 원수로 갚아도 유분수지. 과거 생각은 못 하고!"

홀 안에 마련된 간이 휴게실 입구의 커튼을 내리기 무섭게 다니엘이 화를 냈다. 잘 정돈된 검은색 머리카락을 흐트러뜨린 그의 손등에는 힘줄이 평소보다 더 도드라져 있었다. 카우치에 앉은 아이샤가 흥분한 오라비를 차분히 달랬다.

"아까 오빠가 그랬잖아. 우리는 불청객인 모양이라고. 이안 주변에 있는 사람들도 그렇고 먼저 다가와 아는 척하기 어려웠을 거야."

"그 자식이 레반투스 공작 떨거지들 눈치 보느라 널 무시하고 다른 여자랑 팔짱 끼고 돌아다니는 게 당연하다는 거야? 아이샤, 너랑 이안 그 자식은 약혼할 사이라고!"

약혼이라는 말에 아이샤의 낯빛이 살짝 어두워졌다. 그녀가 손에 잡힌 손수건을 세게 쥔 채 중얼거렸다.

"……아직은 아니잖아."

"야!"

"사실이잖아. 이안과 나 사이에 약혼 이야기가 여러 번 오간 건 사실이지만……. 아직 진짜로 약혼한 건 아니지. 그러니까 다니엘, 이안을 그렇게 비난하지 마."

"너……. 너 정말!"

서성이던 다니엘이 이안을 편드는 여동생의 말에 제자리에 섰다. 그러나 언제나 그러하듯 그는 그쯤에서 멈췄다. 어릴 적부터 이안에게 단단히 홀린 여동생은 그에 대한 비난을 좀처럼 견디지 못했다.

"후……. 너랑 더 대화하다간 내 머리가 터질 거야. 난 아서나 찾아올 테니 여기서 잠시만 쉬고 있어."

아서는 아이샤의 쌍둥이 오빠로 그들보다 조금 늦게 연회장에 도착할 예정이었다. 아이샤가 말없이 고개를 끄덕이자 다니엘이 여동생을 힐끔 바라봤다.

고집스레 다물린 여동생의 입술은 여전했다. 답답해진 다니엘은 크라바트를 비틀어 풀며 다른 손으로 입구를 가린 커튼을 확 젖히고 나갔다. 어찌나 거친 손길인지 커튼 펄럭이는 소리가 요란했다.

"성격 좀 죽이라니까. 저러니 매번 문제아라는 말을 듣지."

아이샤는 다니엘이 나가기 무섭게 뾰로통한 얼굴로 중얼거렸다. 하지만 핏줄의 걱정을 모르는 바가 아니었기에 그녀의 목소리에는 일말의 비난이나 미움이 없었다.

크게 한숨을 내쉰 아이샤가 카우치에 편안히 몸을 기댔다. 휴게실과 연결된 테라스에서 시원한 바람이 불어와 갑갑함이 조금은 가셨다.

"6개월 만에 본 건데 답장이라도 보내 주지. 못된 이안."

밖을 보던 아이샤가 혼잣말을 뱉었다. 다니엘에게는 비난 말라 했지만 내심 섭섭한 것은 어쩔 수 없었다. 머리로는 그럴 수 있다 이해하면서도 가슴은 어쩐지 막힌 듯 괴로웠다.

"……괜히 왔나. 싫은 눈치던데."

그러나 언제나처럼 섭섭해하는 것도 잠시. 아이샤는 이내 자신을 자책했다. 이안은 그녀가 온 것을 분명 못마땅해하고 있었다. 그에게 미움받는 것이 가장 두려운 그녀는 저도 모르게 오늘 자선 파티에 참석한 자신을 탓하고 있었다.

"이미 와 놓고 그런 말 하는 거 우습다 생각하지 않아?"

아이샤가 또 한 번 깊은 한숨을 쉴 때였다. 뒤에서 냉랭한 목소리가 들렸다. 놀란 그녀가 뒤를 돌았다.

"이안?"

입구에 비스듬히 서 있는 사내는 아이샤가 6개월간 보고파 애달파하던 이였다. 언제 들어왔는지. 아이샤는 혹여나 그가 제 말을 모두 들었을까 불안해하며 서늘한 벽안과 눈을 마주치는 것을 피했다.

"쯧."

그런 그녀를 보다 혀를 짧게 찬 이안이 움직였다. 긴 다리를 움직여 단숨에 아이샤에게 다가온 그가 한 손으로 그녀의 턱을 붙잡고 살짝 올렸다.

멀리서 보던 벽안이 바로 앞까지 다가왔다. 이길 수 없는 마력에 이끌리듯 아이샤가 내리깐 눈꺼풀을 천천히 들어 올렸다. 그새 상기된 그녀의 볼은 분홍빛으로 물들어 있었다. 그를 확인한 이안이 짙은 미소를 지으며 달콤한 목소리로 물었다.

"아이샤. 그동안 잘 지냈어?"

1장. 은 화살

말을 하며 웃어 보이는 사내는 말 그대로 천사 같았다. 화려한 색의 머리카락 아래 조각처럼 잘 정돈된 얼굴이 빛이 났다.

아이샤는 사내의 입술에 걸린 미소를 보다 눈을 돌려 사내와 시선을 맞췄다. 주인을 보는 강아지같이 맹목적인 하늘색 눈이 기대를 품고 반짝였다. 하지만 그녀의 눈동자 한편에는 여전히 긴장과 불안이 자리했다. 그것을 눈치챈 이안이 입술을 비틀었다.

'……여전하네.'

우스웠다. 그의 갑작스러운 친절에 경계하면서도 어쩔 줄 몰라 하는 저 얼굴이. 잔뜩 기대하는 숨소리가. 달아오른 피부가. 모조리 다 우습고 멍청하게 느껴졌다.

그러나 그렇기에 손안에 쥐고 흔드는 재미가 있었다. 이안은 더욱 진하게 미소 지으며 아이샤의 턱을 놓았다.

"답이 없네. 우리 6개월 만에 보는 거 아니야?"

기다란 손가락이 아이샤의 뺨을 부드러이 쓸다 툭툭 건드렸다. 갑작스러운 동작에 아이샤가 화들짝 놀라 몸을 떨었다. 그러나 친밀한 접촉이 싫지는 않은지 그녀는 얼굴을 돌리지도 몸을 물리지도 않았다.

"……난 잘 지냈어."

말을 하며 살짝 내린 고개에 연한 갈색 긴 머리가 흐르는 물처럼 자연스럽게 흘러내렸다. 이안은 다정한 손길로 흘러내린 머리카락을 넘겨 줬다. 머리카락 사이 발갛게 물든 귀가 사랑스러웠다.

그가 저도 모르게 그녀의 귓바퀴를 만지작거렸다. 하지만 다정한 손길도 잠시, 무언가 발견한 이안은 얼굴을 굳힌 채 아이샤를 위아래로 훑어봤다.

아이샤는 값비싸 보이는 하늘색 드레스를 입고 있었다. 소매 끝과 드레스 자락에 달린 자잘한 레이스, 그리고 그 끝을 장식한 진주가 전체적으로 연한 색채를 가진 주인과 어우러져 하늘하늘 아름다운 자태를 뽐냈다. 게다가 드레스 밑으로 삐죽 나온 구두는 어떠한가. 드레스와 같은 색의 반질거리는 구두는 장인의 솜씨로 보이는 섬세한 자수가 빼곡히 수놓아져 있었다.

완벽해 보이는 차림새에 유일한 흠은 그녀의 귀에 걸린 진주 귀걸이였다. 드레스를 장식한 진주만도 못한 귀걸이는 작고 볼품없는 진주로 만들어져 있었다. 머리를 풀어 티가 나지는 않았지만, 눈썰미가 좋은 이는 대번에 이상함을 눈치채리라.

'……아직도 가지고 있었나.'

진주 귀걸이는 이안이 아이샤에게 오래전 선물한 것이었다. 값싼 가품이 대다수인 액세서리 가게에서 구매한 이것은 진짜 진주이긴 했으나 어디 가서 자랑할 물건은 절대 아니었다. 하지만 당시 이안은 부모를 잃은 뒤 작위도, 재산도 제대로 물려받지 못한 채 후견인인 파든 백작에게 의탁하고 있던 처지라 수중에 큰돈이 없었고 틈틈이 모은 돈으로 간신히 이 진주 귀걸이를 샀더랬다.

'쓸데없이 왜 차고 나와서는……. 짜증 나는 계집애.'

당시는 분명 기쁜 마음으로 귀걸이를 선물했던 것 같지만 지금 생각하면 짜증만 몰려왔다. 저따위 싸구려 물건을 답례로 주자고 동전 한 닢까지 모았던 자신이나 그걸 좋다고 받고 아직도 보란 듯하고 있는 이 여자나 아주 구질구질했다.

"뭐, 인사는 이쯤이면 됐고. 그보다 여긴 왜 왔지?"

이안의 목소리가 한순간에 냉랭해졌다. 난데없이 변한 그의 태도에 아이샤의 눈에 다시금 긴장이 어렸다.

"아!"

아이샤가 어찌할 바 몰라 하며 머뭇거리자 이안이 진주 귀걸이가 달려 있는 그녀의 귓불을 꾹 눌렀다. 따끔하고 올라오는 아픔에 아이샤가 어깨를 잔뜩 움츠렸다. 그러나 그 와중에도 그녀는 하지 말라 부정의 말이나 행동을 보이지 않았다.

"왜 왔냐고 물어보잖아. 분명 오지 말란 뜻을 전했을 텐데."

이안이 그렇게 말하며 위협적으로 귓불을 만지작거렸다. 또다시 아픔이 찾아올까 아이샤가 재빨리 답했다.

"오지 말라는 답, 답장을 못 받았어. 무슨 착오가 있었나 봐. 분명 매일 확인했는데……. 이안 너한테서 온 서신은 없었어."

아이샤는 이안이 파트너가 되어 달라는 제 서신에 거절과 함께 참석하지 말아 달라는 답장을 한 것이라 예상했다.

'이안은 답장을 했어! 내가 못 받았을 뿐이야.'

뒤늦게 알게 된 답장의 내용은 실망스러웠지만, 답장을 받지 못해 안절부절 못했던 감정은 어느 정도 보상받은 기분이었다. 그럼 그렇지. 그가 자신의 서신을 무시할 리 없었다. 집에 가면 하녀들에게 답장을 찾아보라 해야지. 어떤 종이에 어떤 잉크를 썼을까. 인장은 또 무엇이었을까. 이안이 제게 보낸 것이라면 아이샤는 뭐든 좋았다.

"그렇겠지. 너한테 서신을 쓴 일은 없으니까."

아이샤의 기대는 이안의 말에 단번에 조각났다. 그녀가 한참 만에 이해 못 할 얼굴로 사내를 올려다봤다.

"그럼 조금 전 말은……."

"하……. 피곤하네."

이안은 아이샤를 한심한 듯 쳐다보다 답답한 듯 한숨을 쉬었다. 그녀에게서 한발 뒤로 물러난 그가 팔짱을 낀 채 삐딱하게 섰다. 조금의 온기도 없는 새파란 눈에 아이샤의 하늘색 눈이 잘게 떨렸다.

"꼭 직접적으로 말을 해 줘야 알아들어?"

"……."

"나 원……. 파트너가 되어 달라는 네 서신에 답장을 안 한 건 내 배려이자 안 왔으면 좋겠다는 뜻이었어. 대놓고 오지 말라 하면 상처받을 거 아냐."

말도 안 되는 소리였다. 받은 서신에 일부러 답장을 하지 않는 일은 무례이지 배려가 될 수 없었다. 게다가 답장을 하지 않은 게 오지 말라는 뜻이라니. 억지도 이런 억지가 없었다. 어느 하나 이치에 맞지 않는 말에도 아이샤는 화는커녕 대꾸조차 제대로 할 수 없었다.

"이 자선 파티 상황을 모르는 것도 아니고……. 이 정도도 못 알아들을 줄이야. 쯧."

이어지는 이안의 말에 고개를 수그린 아이샤의 눈에 눈물이 차올랐다. 훤칠한 키를 가진 이안과 비교하자면 한참 작은 몸이 사정없이 떨렸다.

그녀가 당장에라도 울 것 같은 얼굴을 하자 이안의 표정이 짜증스럽게 변했다. 매번 왜 저런 얼굴인지. 아이샤는 다른 사람 앞에서는 한없이 침착한 표정을 고수했건만 그의 앞에서는 늘 어린애처럼 울먹였다.

"왜 그런 얼굴이야? 내가 뭐 잘못했나?"

익숙한 표정이 이안의 화를 돋웠다. 넌더리가 나고 귀찮았으며 그저 싫었다. 짜증이 확 솟구친 그가 퉁명스러운 목소리로 아이샤에게 쏘아붙였다.

"울지 마. 난 분명 내 뜻을 전달했는데 못 알아들은 건 너잖아. 그런데 왜 나를 나쁜 사람으로 만들어?"

꼭 역정을 내는 모양새였다. 이안이 단단히 화가 났음을 안 아이샤가 몸을 뒤틀고 엉덩이를 들썩여 그에게서 조금 벗어났다. 여전히 사정거리 안이었지만 제게서 먼저 벗어난 아이샤의 행동에 이안이 짜증스러운 표정을 지우고 눈을 가느스름하게 좁혔다. 더 이상 벗어나면 당장에라도 물어뜯을 듯 섬뜩한 얼굴이었다.

"……미안. 울려고 한 건 아닌데."

변한 사내의 분위기를 눈치채지 못한 아이샤가 사과를 늘어놓으며 소매로 눈가를 찍었다. 팔목에서는 부드럽게 나풀거리던 레이스가 얼굴에 까슬한 고통으로 다가왔다.

하지만 재게 움직이는 소매에도 한 번 젖은 얼굴은 쉽사리 돌아오지 않았다. 이안은 자신의 반대쪽으로 몸을 튼 채 눈물을 닦는 아이샤를 보다 신경질적으로 손을 뻗었다.

핏줄 돋은 사내의 손이 가느다란 손목을 쥐고 마구잡이로 당겼다. 훅 끌려가는 몸에 아이샤가 눈물 그렁그렁한 눈을 크게 떴다. 이안은 하늘색 눈을 마주 보지 않은 채 재킷 안쪽 주머니를 뒤져 손수건을 끄집어냈다. 그리고 붙잡혀 파르르 떨리는 손에 손수건을 적선하듯 아무렇게나 떨궜다.

"제대로 닦아. 다니엘이 보기라도 하면 나한테 뭐라 할 텐데 계속 울 거야?"

"아……. 괜찮아. 손수건이라면 나도 있어."

멍하니 손수건을 보던 아이샤가 고개를 저었다. 따로 챙겨 온 것이 있는데 괜히 이안의 손수건을 눈물로 적시기는 싫었다. 게다가 블루 세이지가 수놓인 저 손수건은……. 흐려져 있던 아이샤의 눈에 일말의 기쁨이 담겼다.

아이샤가 허둥거리며 제 소매 주머니에 있는 손수건을 꺼내려 했다. 그러나 한쪽 손목을 붙잡힌 터라 쉽지 않았다. 그런 그녀를 보며 이안이 얼굴을 팍 구기다 일갈하듯 말했다.

“잔말 말고 써. 기껏 건네줬더니 사람 무안하게 뭐 하는 짓이야.”

“아니. 난 그런 게 아니라…….”

“하아……. 이리 내.”

이안이 아이샤의 손에 들린 손수건을 다시 낚아채고는 허리를 숙여 그녀의 얼굴을 잡았다. 빰이 눌린 채 고정된 얼굴에 아이샤가 작게 신음했다.

가까운 거리라 소리를 들었을 텐데 이안은 모른 척했다. 그가 구겨 쥔 손수건으로 아이샤의 눈가를 꾹꾹 눌렀다.

힘이 잔뜩 들어간 손과 달리 눈 주변에 닿는 손길은 꼼꼼하고 부드러웠다. 덕분에 아이샤의 눈가는 붉어진 것을 제외하고는 금세 원래의 모습을 찾았다.

‘……이안은 다정한 사람이야.’

이안의 손길에 아이샤가 속으로 중얼거렸다. 차가운 그였지만 이렇듯 결정적인 순간에는 따뜻함을 보였다.

‘아이샤. 울지 마. 우리 꼬마 숙녀님이 울면 내가 신사 노릇을 할 수 없잖아.’

아이샤는 이안의 따뜻함이 그의 진심이라 굳게 믿었다. 부모를 잃고 가장 힘든 상황일 때도 제게만은 웃어 보이던 얼굴. 울지 말라며 오히려 자신의 등을 토닥이던 손. 울음기를 숨기던 부드러운 목소리……. 15년 전 아이샤의 뇌리에 박힌 이안은 아름다운 얼굴 못지않은 따뜻함을 지닌, 말 그대로 세상을 비추는 해와 같은 존재였다.

‘나…… 내가 영원히 이안을 좋아할게. 정말이야. 그러니까 슬퍼하지 마. 울지 마. 이안.’

그러니 그녀가 어린 나이부터 사랑에 빠졌던 것은 어쩌면 당연한 일이었다. 아이샤는 이안을 맹목적으로 따랐고 그 마음은 어느새 자연스럽게 연모로 변했다.

그녀의 마음에 답하듯 이안도 십여 년 넘게 그녀에게 따뜻했다. 아주 짧긴 했으나 그도 아이샤에게 같은 마음을 표현한 적도 있었다. 하지만 3년 전쯤부터 그들의 관계에 변화가 있었으니……. 어느 날을 기점으로 이안은 서서히 서늘해지더니 어느새 한없이 차가운 사내가 되어 있었다.

'……아마 약혼 이야기가 나온 직후부터였지.'

아이샤는 자신을 향한 이안의 태도가 언제부터 변했는지 어렴풋이 기억했다. 아비인 파든 백작이 이안 남매를 초대해 야외 정원에서 근사한 점심을 대접하며 약혼 이야기를 정식으로 꺼냈던 그때, 아이샤 앞에 앉아 웃고 있던 이안의 표정이 한순간에 변했다.

찰나지만 이안은 정원에 흐드러지게 핀 꽃들을 단숨에 얼려 죽일 것 같은 얼굴을 했다. 그를 똑똑이 본 아이샤는 저도 모르게 숨을 멈췄다. 심장이 떨어져 의자 아래를 구르는 기분이었다.

'나중에……. 나중에 따로 이야기해요. 아저씨.'

떨떠름한 목소리만큼이나 어색했던 미소. 저와 눈을 마주치지 않는 이안을 보며 아이샤는 직감했다. 어떤 문제도 없을 것 같았던 그들 사이에 변화가 생길 것을.

'만남이 너무 잦은 듯해. 일도 바빠지고 당분간 만나러 오지 못할 거야.'

슬픈 예상은 적중해 이안은 그날 이후로 천천히, 그러나 확실히 변해갔다. 그걸 가장 먼저 느낀 건 아이샤였지만 그에 대한 말은 가족들에게서 먼저 터져 나왔다.

'이안 그 자식이 아버지 뒤통수를 쳤어. 아니지 아예 대놓고 배신한 거야! 공작의 편에 서다니!'

'다니엘. 아버지께서 넘어가시기로 한 문제야. 아이샤 앞에서 괜한 이야기 하지 마.'

'형! 이게 숨긴다고 될 문제야? 그리고 이 일만으로 얘 앞에서 내가 이런 말 하겠어? 아이샤. 솔직히 말해. 이안 그 자식, 요즘 너한테 쌀쌀맞게 굴던데. 내 착각 아니지? 어제는 널 파트너로 둔 주제에 루베르 가문 여식하고 두 번이나 춤을 추던데. 뭐라 변명이라도 했어?'

가족들은 아이샤를 향한 이안의 태도에 그에게 실망하고 종국에는 분노했다. 아이샤는 그때마다 어떻게든 사이를 중재하려 했지만, 아비인 파든 백작 외 가족들의 인내심은 진즉 끊어졌다. 파든가 사람들은 어느새 이안의 이름조차 듣기 싫어했다.

'이안! 6개월이나 수도를 떠난다니…… 사실이야? 왜 이야기 해 주지 않았어?'

'내가 그걸 네게 알려야 할 의무가 있나?'

'어?'

'됐고……. 난 여행 준비로 바쁘니 이만 가지. 그리고 휴양차 가는 여행이니 하루가 멀다 하고 편지 보내는 일은 없었으면 해. 거기까지 가서 시시콜콜한 네 잡담 듣고 싶지 않거든.'

거리를 두듯 딱딱해진 말은 날카로워져 어느덧 독설이라 불려도 무방했지만, 아이샤는 상처를 누른 채 미소지 었다. 아주 가끔 그가 보여 주는 거짓인지 진실인지 모를 따뜻함에 기댄 채 15년 전 울고 있던 저를 보며 곧바로 웃어 보였던 소년의 얼굴을 그렸다.

'좋아한다고 약속했으니까. 지금은 저렇게 말해도 나중에는 안아 주잖아. 이안은 따뜻한 사람이야. 내가 알아.'

지난 세월이 그에 대한 그녀의 믿음은 단단하게, 마음은 한없이 깊게 만들었고 그건 어느새 신앙과 같아졌다. 여신을 숭배하는 사제들이 그러하듯 아이샤는 이안을 바라봤다.

"아……."

그녀의 그런 마음을 비웃기라도 하듯 이안은 계속해서 아이샤의 눈가를 손수건으로 찍어 눌렀다. 반복되는 그의 행동에 여린 피부가 따끔거리기 시작하자 아이샤가 양손으로 이안의 손을 붙잡고 중얼거렸다.

"이, 이안. 그만해도 될 거 같아."

"퍽이나."

이안이 제 손을 붙잡은 흰 손을 뿌리쳤다. 거친 동작에 아이샤의 손이 떨어졌을 뿐 아니라 그의 손에 있던 손수건도 바닥으로 떨어졌다. 떨어진 손수건을 확인한 아이샤가 재빨리 손수건을 주웠다. 양손으로 손수건을 쥔 모양새가 퍽 애틋했다.

그럴 수밖에 없는 게 블루 세이지가 수놓인 손수건은 아이샤에게 제법 의미 있는 물건이었다. 이것은 그녀가 이안의 건강을 기원하며 며칠 밤을 새워 수를 놓은 손수건이었기 때문이다.

'7년도 더 됐는데…….'

손수건은 만들어진 지 한참이 지났음에도 깨끗했다. 가장자리가 조금 닳아 보이기는 했지만 관리가 잘된 것이 한눈에 보였다. 소중하게 간직해 줬구나. 언젠가부터 보지 못해 쓰고 있나 궁금했는데……. 서러움으로 울음 터뜨린 게 무색하게 따뜻함으로 심장이 가득 채워지는 기분이었다.

"그……. 고마워. 손수건은 세탁해서 돌려줄게."

아이샤는 자신이 조금 전까지 울었던 것도 잊은 채 이안에게 고마움을 전했다. 언젠가부터 그녀에게 한없이 냉랭한 그였지만 이렇듯 가끔은 감동을 줄 때가 있었다.

"필요 없어."

그러나 그녀의 말이 끝나기 무섭게 차가운 목소리가 떨어졌다. 아이샤가 천천히 눈을 들어 올리자 표정을 지운 채 무표정한 얼굴로 자신을 보고 있는 사내가 보였다. 그녀와 눈을 마주친 이안이 시선을 옮겨 아이샤의 손에 들린 손수건을 하찮은 것 보듯 훑었다.

"그런 손수건 쓸데없이 많아. 그리고 지금 보니 닳을 대로 닳았군. 난 해진 물건 가지고 있는 취미 없어. 그러니 마지막으로 쓴 네가 가져다 버려."

고저 없는 어조가 두려웠다. 아이샤는 이게 어떤 물건인지 기억하냐 물으려다 입을 다물었다. 어떤 답을 들어도 마음이 아플 것 같았다.

그녀가 아무 말 않자 이안의 입술이 비틀렸다. 그가 손을 들어 아이샤의 귓불을 만지작거렸다. 아까처럼 세게 짓누르는 손길은 아니었지만 멋대로 굴리고 툭툭 치는 것이 손수건과 마찬가지로 하찮은 물건 만지듯 거리낌이 없었다.

"말 나온 김에 이 조잡한 진주 귀걸이도 버리지 그래. 길가에 널린 돌멩이랑 비슷한 물건인데 귀에 달고 있어 봤자 파든가 안목만 의심받잖아."

진주 귀걸이는 손수건에 대한 답례로 이안이 사 준 것이었다. 직접 골라 줬으니 머리 좋은 그가 기억 못 할 리 없건만. 아이샤는 처음으로 그를 원망스레 쳐다봤다.

'왜 계속 나빠지는 거야, 도대체 왜…….'

아이샤는 지난 3년간 차가워진 이안을 충분히 겪었다 생각했다. 하지만 6개월 만에 본 그는 얼음처럼 시린 것을 넘어 어딘가 비틀린 듯 보였다. 전에도 분명 냉혹했지만 그건 거리를 두는 태도에 가까웠다. 하지만 지금의 그는 꼭 아이샤를 상처입히지 못해 안달 난 사람처럼 보였다.

"이안. 왜……. 왜 이러는 거야. 왜 다 버리라 말해."

목이 멘 듯한 목소리에 이안이 픽 웃었다. 그가 아이샤의 귀에서 손을 떼고 빙그레 미소 지으며 말했다.

"그냥."

"……."

"이것도 저것도 구질구질한 게 다 지겨워서."

"……."

"보기만 해도 기분이 나쁘네."

웃는 이안의 낯은 천사처럼 아름다웠지만, 그의 입에서 나온 말은 아이샤를 사정없이 찔렀다. 그녀가 손을 꼭 맞잡아 가슴을 눌렀다. 그녀의 눈에 차오른 눈물을 확인한 이안이 몸을 돌렸다. 출입구 쪽으로 향하는 발걸음에 아이샤가 자리에서 벌떡 일어났다.

"따라올 생각 마. 원래 내 계획에는 여기서 널 만나는 건 없었어."

그를 따라 움직이려던 아이샤가 다리를 멈췄다. 이안은 뒤돌아보지도 않은 채 출입구로 성큼성큼 걸어가 커튼을 젖혔다.

그러나 그는 바로 나갈 수 없었다. 이안이 자신을 가로막은 이를 보며 미간을 좁혔다.

* * *

"……소피아."

"이안. 여기서 뭐 해."

이안과 같은 색의 화려한 금발과 언뜻 비슷한 이목구비가 그들이 핏줄임을 알려 줬다. 소피아는 오라비 뒤 휴게실에 서 있는 아이샤를 힐끔 살피고는 말을 이었다.

"로레타 양이 찾아. 파트너를 혼자 내버려 두다니……. 중요한 자리인데 예의가 아니잖아."

파트너의 이름에 이안의 미간 주름이 더욱 깊어졌다. 그러나 그는 별말 없이 여동생에게 손짓했다. 소피아가 몸을 옆으로 틀어 길을 내주며 제게 눈짓하는 이안에게 말했다.

"난 아이샤랑 이야기 좀 하고 갈게."

"……쓸데없는 말 하지 마."

소피아의 말에 잠깐 멈칫한 이안이 그녀에게만 들리게 중얼거리며 발걸음을 옮겼다. 오라비의 말에 소피아는 순간 인상을 팍 구겼으나, 그들 쪽을 바라보고 있는 아이샤를 생각하고는 표정을 정돈했다.

이안은 그새 휴게실에서 멀리 벗어났다. 오라비가 제법 멀리 간 것을 확인한 소피아가 커튼을 쳐 휴게실 입구를 막고는 아이샤 쪽으로 신경질적인 발걸음을 내디뎠다.

"넌 어쩜 눈치가 그렇게 없니?"

흔한 인사도 없었다. 소피아는 아이샤를 마주 보기 무섭게 대뜸 쏘아붙였다. 아이샤는 그런 소피아를 물끄러미 바라봤다. 이안을 마주할 때와 달리 그녀의 눈은 어느 정도 잠잠하게 가라앉아있었다.

"오랜만이야. 소피아."

아이샤가 소피아에게 먼저 인사했다. 눈가가 붉은 게 티가 나는데 저따위 목소리라니. 예상치 못한 그녀의 침착한 태도에 소피아가 입술을 깨물다 한층 더 뾰족한 눈을 했다.

"한가하게 인사나 나눌 때야?"

"난 소피아 네가 왜 그렇게 화가 났는지 모르겠어."

날카로운 말에도 아이샤는 동요하지 않았다. 그녀가 등을 꼿꼿이 편 채 천천히 말하자 소피아가 팔짱을 낀 채 턱을 치켜올렸다. 화려한 금발과 잘 어울리는 붉은 드레스가 그녀의 타고난 오만함을 한층 부각했다.

"하! 이름만 귀족인 것들은 이래서 문제야. 도통 예의도 배려도 몰라."

소피아의 말에 아이샤의 얼굴이 살짝 굳어졌다. 이름만 귀족. 그건 귀족들이 상대적으로 역사가 짧은 귀족을 모욕할 때 쓰는 말이었다.

이안과 소피아가 속한 로이드 후작가가 시저 제국의 시초부터 있었던 것과 달리 아이샤가 속한 파든 백작가는 귀족 명부에 이름을 올린 지 이제 백 년이 조금 넘은 가문이었다. 백 년, 이 정도 시간은 중앙 귀족이 많은 수도 귀족 사회에서는 역사가 매우 짧은 편이라 은연중에 무시당하기 딱 좋았다.

하나 파든 백작가는 시저 제국에서 부유하기로 열 손가락 안에 드는 가문이요, 현재에는 정치적으로도 꽤 중요한 위치에 있었다. 아이샤의 아비이자 파든가의 가주인 그레이엄 파든은 황실 재정부의 관료이자 중앙 귀족회에 당당한 일원으로 있었고 그의 장남인 에드워드는 황태자 윌리엄의 보좌관을, 차남인 다니엘은 24살이라는 젊은 나이에도 불구하고 기사 단장감이라는 말이 나올 정도로 유능했다. 게다가 아이샤의 쌍둥이 오빠인 아서는 어떤가. 그는 수도 아카데미 교수 반이 원하는 학생으로 학자로서 장래가 촉망되는 인재였다.

그러니 역사가 짧을지언정 파든가를 앞에서 모욕하는 이는 없었다. 누가 봐도 미래에 우뚝 설 가능성이 큰 가문인데 나쁘게 지내 좋을 일이 뭐가 있단 말인가.

하지만 소피아는 다른 이들과 입장이 좀 달랐다. 그녀의 가문인 로이드 후작가는 제국의 시초부터 황실과 함께한 유서 깊은 가문이었다. 선대 후작 부부가 갑작스러운 사고로 죽는 바람에 잠깐 곤란한 처지에 놓이기는 했으나 누가 뭐래도 제국 최고의 명문가 중 하나였다. 타고난 핏줄과 사람들의 선망 어린 시선, 그런 것에 익숙한 소피아는 자신의 가문에 대한 자긍심이 어마어마했다.

소피아가 아이샤에게 거세게 불만을 터뜨린 이유도 가문에 대한 자긍심 때문이었다. 이번 파티에서 가장 주목받아야 하는 건 명문 로이드 후작가의 이안과 저인데 자선 행사에서 가장 많은 돈을 낸 파든가가 참석하는 바람에 사람들의 시선이 그쪽으로 일부 쏠렸다.

소피아는 그게 짜증이 났다. 그깟 돈 몇 푼에 이제 고작 백 년 된 가문에게 이목을 빼앗기다니……. 자존심이 긁힌 그녀는 아이샤를 이기기 위해 괜스레 이안을 들먹였다.

"이안과 내가 여행에서 돌아와 처음 참석한 연회야. 그런데 너를 비롯한 파든 백작가 사람들이 참석하면 어떻게 해. 시선이 분산되잖아."

아니나 다를까. 이안의 이름이 나오자 예상대로 아이샤의 얼굴에 금이 갔다. 조소를 흘린 소피아가 기세를 몰아 아이샤를 더욱 쏘아붙였다.

"게다가 이안이 너 아닌 다른 파트너를 데려왔는데 네가 오면 사람들이 이안을 도덕적으로 비난하잖아."

"……."

"이런 말 한다고 기분 나빠하지 마. 이안과 네가 약혼한 것도 아니고……. 물론 약혼 이야기는 몇 번 나왔지만, 이러나저러나 아직 성사된 건 아니잖아? 그러니 너 때문에 이안이 쓸데없는 구설에 오르는 건 이안에게, 더 나아가 로이드 후작가에도 큰 민폐야."

이안과 아이샤의 관계가 어떤지, 지금 두 사람의 약혼 문제가 어떻게 흘러가는지 아는 소피아로서는 이런 말들이 아이샤에게 얼마나 상처가 되는지 잘 알았다. 하지만 양심의 가책 따윈 조금도 없었다.

'진정한 귀족도 아닌 주제에. 누구 부인 자리를 넘봐. 흥!'

어차피 어릴 적부터 싫어했던 아이샤였다. 양가 부모들은 그녀들더러 친하게 지내라 했지만 소피아는 아이샤가 끔찍이 미웠다. 부모가 죽은 뒤 파든 백작가에 의탁한 후로는 더했다. 그렇기에 소피아는 머리가 어느 정도 큰 뒤로 아이샤를 괴롭히는 데 조금도 주저하지 않았다.

"……그래. 내가 부주의한 부분이 있었어."

소피아가 질 나쁜 우월감에 한참 도취해 있을 때였다. 아이샤가 조용히 중얼거렸다. 승리를 확신한 소피아가 아이샤를 완전히 짓누를 계획을 세웠다.

"그게 끝이야?"

"……."

"잘못을 알았으면 제대로 사과하는 게 어때? 고개 숙이고 미안하다, 잘못했다 진정성 있게 말해야지. 그렇게 고개 빳빳이 들고 있으면 민망하잖아. 설마 이런 것도 가르쳐 줘야 하니?"

그녀는 자신에게 고개 숙인 아이샤를 봄으로써 자선 행사 파티로 다친 자존심을 회복할 생각이었다. 그러나 부주의했다는 아이샤는 그 말 이후 가만히 소피아를 바라볼 뿐이었다. 승리감에 잔뜩 취해 있던 소피아가 뜻대로 되지 않는 아이샤의 행동에 벌컥 화를 내며 무례한 말을 뱉었다.

"가뜩이나 너희 파든가와 엮이는 게 불편한데……. 유서 깊은 우리 로이드가 제대로 된 역사도 없는 파든이랑 어울릴 가문이야? 하여간 파든은 사람이나 가문이나 다 격이 없어."

"난 네게 사과할 만한 일은 하지 않았어. 소피아."

소피아의 말이 심해질수록 아이샤의 얼굴은 침착해져만 갔다. 두 손을 포개 잡은 그녀의 하늘색 눈에는 조용한 분노가 피어올라 있었다. 고집이 느껴지는 어투에 소피아가 목소리를 높였다.

"뭐? 너 분명 조금 전에는 네 입으로 잘못했다 했잖아!"

"본의 아니게 불편한 상황을 만든 건 유감이야. 하지만 너한테 사과할 생각은 없어. 사과할 일도 아니라 생각하고. 그리고 파든을 모욕하는 건 그만둬. 계속 듣고 있기 거북해."

아이샤가 지지 않고 계속 맞받아치자 소피아의 녹안에 분이 차올라 넘쳤다. 어쩔 줄 몰라 하는 그녀가 입술을 깨물다 또 한 번 아이샤의 약점을 꺼내 들었다.

"너 이안이 이렇게 말했어도 그리 답할 수 있어?"

"……물론이야. 파든가는 이번 자선 행사에 많은 기여를 했어. 그러니 나를 포함한 파든가 사람들은 오늘 파티에 참석할 자격이 충분해."

아주 잠깐 멈칫했지만, 아이샤는 고개를 끄덕였다. 지난 몇 년, 소피아보다 더한 상처를 주는 이안이었지만 그는 그녀의 가문을 그녀 앞에서 대놓고 모욕한 적은 없었다. 그러나 잠시의 머뭇거림은 다투고 있는 상대에게 좋은 먹잇감이었다. 소피아가 팔짱을 낀 채 비웃음을 흘렸다.

"웃기고 있네. 이안 앞에서는 숨소리 하나 못 낼 거면서."

"……."

"이안도 알까? 제 앞에서는 눈물만 뚝뚝 흘리면서 불쌍한 척 약혼을 구걸하는 네가 동생이자 로이드 후작가의 유일한 여식인 나한테는 이렇듯 시건방지게 행동하는걸."

"……."

"아이샤, 너 이참에 똑똑히 알아 두는 게 좋을 거야. 난 널 내 오라비의 부인으로, 로이드가의 안주인으로 인정할 생각 따위 없어. 백 년 전이었어 봐. 너 같은 거 내 시녀는커녕 세숫물 떠오는 하녀 노릇도 못 했을걸."

아이샤는 대꾸할 가치가 없다 느껴져 입을 다물었지만, 약혼을 구걸한다는 말은 조금 서글펐다. 3년 전부터 조금도 앞으로 나아가지 못하고 있는 약혼 문제……. 하나 그 문제에 있어 애달아 하는 이는 아이샤 혼자였다.

아이샤의 표정이 슬픔으로 흐려지자 소피아의 녹안에 희열이 차올랐다. 그녀가 한 마디 더하려고 입술을 뗐다. 그러나 그 순간 휴게실 입구로 사내 두 사람이 들어왔다.

"뭐야? 뭐가 이렇게 시끄러워."

들어온 이는 다니엘과 아서였다. 파든가 남자들의 등장에 소피아가 움찔거리며 표정을 정돈했다. 만만하게 생각하며 괴롭히는 아이샤와 다르게 그녀는 파든가 남자들, 그중에서도 다니엘을 특히 무서워했다.

여동생을 아끼는 다니엘은 아이샤를 괴롭히는 소피아에게 종종 직접적인 복수를 했다. 지금보다 어린 시절, 소피아는 아이샤를 웅덩이로 밀었다가 다니엘에게 머리를 쥐어박히고 그에게 밀려 웅덩이에 엉덩방아를 찧은 적도 있었다. 사람들이 다 보는 앞에서 진흙투성이가 된 일은 끔찍했다. 그러나 다니엘이 워낙 무서워 당시의 그녀는 울음조차 터뜨리지 못했다.

"……오랜만이에요. 파든가 신사분들."

다니엘의 눈치를 보던 소피아가 자존심으로 두려움을 이긴 채 턱을 높게 들고 먼저 인사를 했다. 그러나 먼저 한 인사가 무색하게 다니엘은 소피아의 인사를 받아 주지 않았다. 삐딱하게 선 그는 소피아를 위아래로 훑어보며 못마땅한 낯을 숨기지 않았다.

대놓고 당한 무시에 무안해진 소피아가 얼굴을 붉혔다. 그러자 다니엘 뒤에 서 있던 아서가 한 발 앞으로 나와 정중히 허리를 숙였다.

"레이디 소피아. 오랜만입니다."

옆에서 다니엘이 언짢은 얼굴로 동생을 흘겼지만, 그의 표정이 어떻든간에 가까스로 자존심을 지킨 소피아는 고개를 살짝 까닥여 답인사를 했다. 아서와 소피아 두 사람 사이 아주 잠깐 눈길이 오갔다.

"가족분들끼리 있는 자리 제가 피해 드리는 게 예의겠지요. 그럼 다음에 또 뵙죠. 아이샤, 다음에 또 보자."

등장했을 때와 달리 소피아의 퇴장은 예의 바르고 우아했다. 아이샤는 소피아의 작별 인사에 고개만 살짝 숙였다. 그걸 또 어떻게 받아들였는지 소피아가 얼굴을 잔뜩 구긴 채 도도한 동작으로 코웃음을 치며 나갔다.

"저게 너한테 뭐라 했지?"

소피아가 나갈 때까지 경계를 늦추지 않던 다니엘이 아이샤에게 다가와 캐물었다. 아이샤는 저를 보는 오라비의 얼굴을 보며 고개를 설레설레 젓다 힘이 잔뜩 빠진 목소리로 말했다.

"……다니엘 오빠. 미안한데 이만 집에 가자. 집에 가서 쉬고 싶어."

* * *

"파든 백작의 자제분들은 몹시 바쁘신가 봅니다. 벌써 떠나는 걸 보니……."

누군가의 말에 모여 있는 사람들이 일제히 홀 입구를 훔쳐봤다. 하늘색 드레스를 입은 여인이 검은 머리카락을 가진 사내와 함께 입구를 막 나서고 있었다.

"목 뻣뻣이 들고 오더니 갈 때도 똑같네요. 어쩜…… 사람들하고 인사 한마디 나누지 않고."

"어쩌겠습니까. 아무리 잘났다 해도 백 년 전까지만 해도 평민이었는데요. 예의나 품격 같은 것들과는 먼 사람들이죠."

두 사람이 사라지기 무섭게 목소리가 커졌다. 노골적이기까지 한 비꼼이었지만 무리의 대다수는 동의한다는 듯 일제히 웃음을 터뜨렸다.

"돈이 아무리 많아도 조상 대대로 몸에 밴 교양은 살 수 없는 법이니까요."

"백번 옳은 말씀이세요. 호호."

"예전 같으면 우리랑 같은 땅도 못 밟고 섰을 텐데. 세상이 어지러운 탓이지요. 쯧."

점점 선을 넘는 대화 내용에 홀 안 사람 중 일부가 눈살을 찌푸리며 그들을 흘겨봤다. 하지만 불편해할지언정 누구도 나서지는 않았다.

나간 이들을 비웃고 있는 이들은 오늘 파티에 가장 중심이 되는 인물들이었다. 레반투스 공작을 중심으로 수도 귀족 사회의 한 축인 그들은 대부분 오래된 중앙 귀족 가문 출신으로 세간에서는 그들을 묶어 구귀족파라 불렀다.

지방에 영지를 두었음에도 오랜 기간 제국의 수도에 자리 잡은 채 기득권층으로 자리한 구귀족파는 예로부터 황제와 황가를 제외하고는 무서울 게 없는 이들이었다. 하지만 최근 몇십 년간 그들의 위치를 위협할 만한 세력이 생겼으니, 귀족 명단에 이름을 올린 지는 그리 오래되지 않았으나 큰 부를 가진 소위 신흥 귀족이라 불리는 이들이었다.

"어쩌겠습니까. 법이 그런 것을. 전 작고하신 니콜라스 1세 황제 폐하를 매우 존경합니다만, 이 문제에 있어서는……."

"으흠! 조심하시오. 아무리 그래도 선대 황제 폐하가 아닙니까. 다른 이의 귀에 들어가기라도 했다가는 큰일입니다."

신흥 귀족의 출현은 백여 년 전 니콜라스 1세의 치제 때였다. 제국이 무역에 한창 힘을 쏟고 있을 때, 당대 황제였던 그는 무역을 국내외 정세에 적극적으로 이용했다.

'위험을 무릅쓰는 무역상들이야말로 보이지 않는 전쟁에서 선봉에 선 이들이다. 짐은 그들에게 마땅한 대우를 하겠노라.'

니콜라스 1세는 무역에 혁혁한 성과를 낸 상인들과 작위 없는 귀족들을 나라 창고를 채우는 자들이라 치켜세우며 그들에게 귀족 신분과 작위를 내렸다. 나라 안 모두가 깜짝 놀란, 상을 받는 당사자들조차 예상치 못한 파격적인 처사였다.

실제로 황제에게 인정받은 이들은 매우 드물었으나 이 같은 처사는 사람들에게 큰 반향을 불러일으키기 충분했다. 야심만만한 상인들은 너나 할 것 없이 이를 악물고 무역에 뛰어들었다. 실패하는 이들이 다수였지만, 일부는 큰 성공을 거머쥐고 인생 역전을 이루었다.

'바다 건너 루프첸에서 온 천입니다. 쉽게 볼 수 없는 푸른색이지요! 이것만 걸치면 사람이 한층 더 빛난답니다.'

'사막의 나라 시디우 짐승의 뿔이요. 이걸 갈아 가루로 만들어 먹으면 기침병이 사라지고…….'

상업이 나날이 발달하며 제국은 전보다 훨씬 부유해졌다. 풍족해진 삶에 백성들은 만족했으며 황가의 인기는 나날로 높아졌다.

'이게 무슨……. 이건 제국의 근간을 뒤흔드는 일입니다!'

'이러다 저잣거리 상인들이 우리 머리 꼭대기 위에 앉겠다 하겠소!'

하지만 모두가 니콜라스 1세의 정책을 반긴 것은 아니었다. 날 때부터 신분을 쥐고 태어나 온갖 특권을 누리던 귀족들, 그중에서도 특권층이었던 구귀족파의 반발은 거셌다. 그들은 하루 전만 해도 자신들과 눈도 못 마주치던 평민 나부랭이와 작위도 없는 촌구석 귀족들이, 법적으로나마 같은 신분이 되었다는 사실을 받아들일 수 없었다.

'폐하. 명을 물려 주십시오.'

'공작. 난 뭐가 문제인지 잘 모르겠다만.'

'사람에게는 타고난 신분이 있는 법입니다. 그건 아무리 큰 공을 세웠다 해도 바꿀 수 있는 게 아닙니다!'

'그렇게 말하면 곤란한 건 공작이 아닌가. 초대 황제이신 내 선조와 함께한 공작의 조상 또한 아주 먼 옛날에는 한낱 무두장이가 아니었던가. 역

사서에도 남겨진 사실인데 설마 모른다 하지는 않겠지.'

'폐하!'

구귀족파의 강한 반발에도 불구하고 니콜라스 1세는 한사코 뜻을 이어 나갔다. 황제의 고집이 꺾일 낌새가 보이지 않자 큰 힘을 가진 구귀족파는 자연히 불만을 행동으로 표출하기 시작했다. 황궁에서 열리는 회의에 귀족들의 반 이상이 참석하지 않았으며 황궁에서 연회를 여는 날엔 구귀족파의 대표인 레반투스 공작이 자신의 집에서 연회를 여는 등 마찰은 커졌다.

그러나 그사이에도 니콜라스 1세는 차곡차곡 제 편을 키워 갔다. 그는 자신이 작위를 준 상인들을 포함해 구귀족파 세력에게 눌려 살던 지방 귀족들, 작위는 없지만 영리하고 젊은 귀족들을 규합해 제 편으로 끌어들였다. 그리고 신흥 귀족이라는 이름이 슬며시 나올 때쯤 일이 터졌다.

'큰, 큰일입니다! 하란에서 출발한 배가 영해를 벗어나기 무섭게 침몰했습니다. 그런데 일을 벌인 자가…….'

해상무역이 활발한 항구 도시 하란에서 출항한 배 한 척이 제국령 바다를 떠나기 무섭게 공격받아 침몰했다. 대낮인 데다 주변에 무역선이 많아 목격자도 수십 명. 하지만 사람들은 놀랄지언정 혼비백산하지는 않았다.

'호들갑은. 뻔한 것 아닌가. 로그 백작이 벌인 일이겠지. 하여간 성질 하고는……. 쯧.'

당시만 해도 꽤 자주 있는 일이었다. 구귀족파 중 과격한 이들은 황제에 대한 불만을 무역선을 부수고 침몰시키는 것으로 나타냈다. 물론 은밀히 용병들을 쓴 데다 대부분 이제 막 무역을 시작한 작은 상단을 향해서만 행해진 폭력이라 사건은 쉽게 묻혔다.

아무리 황제가 무역을 밀어 준다 해도 대단한 힘을 가진 구귀족파 귀족을 상대로 일개 상인이 심증만으로 소송을 제기하기는 어려운 일이었다. 따라서 대부분 사건은 일을 벌인 자의 뜻대로 해적의 공격으로 마무리됐다. 하지만 그날 침몰한 배에는 특별한 손님이 있었으니…….

'좀 막무가내긴 하지만 백작 같은 이도 하나쯤은 있어야지. 누군가는 불의를 참지 못하고 나서야 세상이 다시 제대로 돌아갈 게 아닌가.'

'그런 문제가 아닙니다! 침몰한 배에 삼 황자 전하께서 타고 있었단 말입니다!'

'뭐?'

배에 있던 황제의 삼남 카시우스 황자는 시체조차 찾지 못한 채 배와 함께 수장됐다. 자식의 죽음에 황제는 크게 분노했고 대대적인 조사가 이루어졌다.

'이런 식으로 지금껏 죽인 이만 수십! 로그 백작! 그대의 죄를 인정하는가?'

'폐, 폐하. 아닙니다. 그, 그 일은…….'

조사가 시작된 지 한 달이 채 되기도 전 구귀족파의 중요 일원인 로그 백작이 범인으로 잡혔다. 너무나 쉽게 잡힌 범인, 딱 맞아떨어지는 조사 과정. 구귀족파 일원들은 그제야 이상함을 눈치챘으나 황자의 죽음 앞에 누구도 나설 수 없었다.

'삼 황자 전하께서 그 배에 왜 계셨답니까?'

'폐하의 명이었다 하지 않소. 무역을 직접 보고 배우라는…….'

'그런 작은 상단에서 무역을? 말이 됩니까. 게다가 애초 폐하께서는 삼 황자 전하를 자식으로 제대로 인정하지도 않았습니다. 왜 황후께서 일곱 달 만에…….'

'쉿! 이 사람이! 당장 목이 떨어지고 싶은 거면 혼자 죽으시오. 때가 어느 때인데 말을 함부로 한단 말입니까.'

황제는 회의장 안에서 당장에라도 칼춤을 출 것 같이 굴었다. 결국 로그 백작은 사형을 선고받고 백작가의 모든 식솔은 노예의 신분으로 목이 잘리거나 변방으로 쫓겨났다.

로그 백작의 죽음 이후 구귀족파는 자연히 몸을 사리게 됐다. 그리고 그 사이를 신흥귀족파가 손쉽게 비집고 들어왔으니, 부유한 데다 황제의 신임을 얻은 그들은 예상보다 훨씬 빨리 힘을 키워 제국 귀족 사회의 한 축이 됐다.

'글쎄. 그 사안은 공작의 말이 맞는 거 같은데.'

'폐, 폐하…….'

신흥 귀족파의 세력이 어느 정도 안정되자 니콜라스 1세는 더는 그들의 편에 서지 않았다. 오히려 그는 간간이 구귀족파의 손을 들어 주기까지 했다.

그리고 어느 순간 황제는 황좌에 앉아 팔걸이를 툭툭 치며 귀족들이 서로 언성 높이는 것을 구경만 했다. 나른한 그의 하품이 승자의 여유에서 오는 것임을 모두가 알았다.

'황제께서 편을 들어 주시는 쪽이 승자지요. 이 무슨…… 체스판 말도 아니고.'

구귀족파와 신흥 귀족파의 경쟁 구도가 형성되며 황가는 자연스레 제국이라는 판에서 가장 우위에 섰다. 저울에서 내려와 저울추의 역할을 부여받은 황가의 자손들은 어느 때보다 대접받았다.

니콜라스 1세의 사후에도 마찬가지였다. 황가는 두 귀족 세력 간의 다툼을 제법 잘 다스렸다. 황가의 의도가 어떠한지 알아도 구귀족파에게는 상대에게 손을 내밀 아량이, 그들보다 뿌리가 단단하지 못한 신흥 귀족파에게는 여유가 없었다.

'근본도, 품격도 없는 천한 것들.'

'타고난 피로 먹고사는 거머리들.'

두 집단은 서로를 공격하기에 바빴다. 먼 미래에는 어찌 될지 몰라도 당장은 그러했다.

"하긴…… 선대 황제께 무어라 할 일은 아니지요. 그분은 아량으로 상을 내렸을 뿐입니다. 문제는 그 아량을 주제도 모른 채 오만함으로 뽐내는 저들이지요."

"맞습니다. 분수에 넘치는 상을 받았으면 겸손히 있어야지……. 천박하게 돈이나 뽐내고."

자선 파티에 참석한 구귀족파들이 떠나는 아이샤와 다니엘을 비꼬는 것도 일종의 권력 다툼이었다. 아이샤 남매는 신흥 귀족파의 대표 격이라 할 수 있는 파든 백작의 자녀들이니 그들에게 적이나 다름없었다. 게다가 파든 백작은 이번에 구귀족파를 크게 골탕 먹였다.

사실 고아원 설립이 목적인 이번 자선 행사에는 구귀족파가 훨씬 많은 참석률을 보였다. 애초 중앙 정치에 나설 만한 신흥 귀족파는 아직 수가 적었고 구귀족파의 수장인 레반투스 공작이 일원들에게 자선 행사에 적극적으로 나서 우위를 점할 것을 명했으니 당연했다.

"돈 자랑 말고 그들이 할 수 있는 게 뭐가 있겠습니까. 그것 외에는 아무것도 없는데요."

"하하. 정말 딱 맞는 말씀입니다. 그들은 돈 빼면 시체지요."

하지만 파든 백작이 어마어마한 기부를 하며 구귀족파의 계획은 어그러졌다. 총액에서는 구귀족파가 앞섰으니 기여상을 받은 것은 신흥 귀족인 파든 백작이었다. 자존심에 상처 입은 구귀족파들은 파든 백작가라 하면 눈에 불부터 켰다.

"그러고 보니 아이샤 양이 걸친 드레스…… 피델리 의상실 작품이라 하더군요. 성공적인 자선 행사를 축하하는 파티에 그런 값비싼 드레스라니."

뒷담이 이어지며 무리 중 귀부인 한 명이 떠난 아이샤를 콕 집어 흉을 봤다. 그러자 그녀의 옆에 있던 이가 옆구리를 찔렀다.

"사치도 상황을 봐 가며……."

귀부인이 옆을 돌아보다 자리에 있는 누군가를 기억해 냈다. 당황스러운 듯 부채로 입을 가린 얼굴이 조금 창백해졌다.

사람들이 눈치 보는 이는 이안이었다. 로이드 후작으로서 분명한 구귀족파이지만 파든 백작가와 인연이 깊은, 게다가 아이샤와 여러 번 약혼에 대한 말이 오갔으며 심지어 지금도 오가고 있는 사내.

사내는 무표정한 얼굴로, 그러나 어딘가 서늘한 분위기를 자아내며 귀부인을 응시하고 있었다.

"일, 일이 있어서…… 먼저 실례하겠습니다."

그는 아무 말도 하지 않았으나 견디지 못한 귀부인은 조용히 자리를 떴다. 그리고 그 뒤로도 무리는 한참 조용히 속삭이기만 했다.

* * *

도망이나 다름없었다. 누구와도 인사하지 않은 채 나온 꼴이라니. 홀 안 사람들의 호기심 어린 시선과 비웃음이 선했다.

하지만 머리가 아프고 속이 울렁거려 더는 견디기 힘들었다. 아이샤는 이안의 눈을 떠올리며 블루 세이지가 수놓인 손수건을 꼭 잡았다. 그는 버리라 했으나 버릴 수 있을 리 없었다.

"이리 내."

"다니엘!"

묵묵히 아이샤를 보고 있던 다니엘이 손수건을 빼앗았다. 멍하니 손수건을 보고 있던 아이샤가 놀라 팔을 뻗었다. 다니엘은 손수건이 어떤 물건인지 알았다. 수를 놓을 때 손가락을 찔려 피를 보자 멍청하다며 반나절을 놀렸으니까.

"이런 거……."

다니엘은 창문을 열고 그 밖으로 손수건을 던질 생각이었다. 저게 여동생에게 어떻게 돌아왔는지는 모르나 주인 잃은 강아지처럼 축 처진 채 손수건만 들여다보고 있는 꼴이 화가 났다.

"하지 마. 응?"

씩씩거리며 마차 창문을 열자 발발 떨리는 목소리가 귀에 박혔다. 눈동자를 굴리니 눈물을 그렁그렁 매단 채 파르르 떨고 있는 여동생이 보였다. 다니엘은 속으로 온갖 욕지거리를 하며 창문을 닫았다.

그가 아무 말 없이 손수건을 접다 인상을 구겼다. 모서리 끝이 영 깔끔하게 맞닿지 않았다. 결국 한참 손수건과 싸우던 그가 대강 손을 놀렸다.

"미안해. 오빠."

삐뚤삐뚤하게 접힌 손수건을 받아 든 아이샤가 다니엘을 눈치를 보다 사과했다. 다니엘은 기가 팍 죽은 아이샤의 모습에 파티장으로 돌아가고픈 충동을 느꼈다. 이안 그 자식을 구석으로 끌고 가 흠씬 두들겨 줬어야 했는데…….

그가 올라오는 분통을 꾹꾹 누른 채 퉁명스러운 목소리로 말했다.

"뭐가 미안한데."

"오늘 파티…… 내가 가자고 졸랐잖아. 그런데 한 시간도 채 머무르지 않고 나왔으니…… 사람들이 수군거릴 거야."

"됐어. 아버지 명도 있어서 어차피 갈 생각이었어. 고아원 건물 올리는데 돈을 얼마나 썼는데……. 가서 생색은 좀 내야지. 그리고 아서가 남았잖아. 똑똑한 놈이니까 알아서 잘 처신하겠지."

자선 파티에 가기 싫다는 다니엘을 조른 것은 아이샤였다. 이안을 하루라도 빨리 보고 싶었던 그녀는 가문으로 온 초대장을 들고 가장 편한 오라비인 다니엘에게 파트너가 되어 달라 졸랐다. 하지만 결과는 어떠한가. 아이샤는 자신의 투정에 가기 싫은 파티에 참석한 것도 모자라 바로 나오게 된 다니엘에게 많이 미안했다.

"그래도…… 급하게 준비하느라 정신없었을 텐데."

여동생의 사과에 다니엘의 속에서 또 한 번 불이 났다. 이안 그 개자식한테도 매번 이렇게 숙이고 사과할 게 아닌가. 자랄수록 어디가 모자라지는 건지. 저절로 한숨이 나왔다.

"야! 난 안 꾸며도 완벽하다고. 준비는 무슨……. 이 얼굴을 뭐로 보고.

이 옷도 아무거나 껴입고 나온 거야."

하지만 언제나처럼 나온 것은 타박을 두른 위로였다. 다니엘은 화가 날지언정 아이샤에게 화를 내기는 어려웠다. 그의 여동생은 여렸다. 밖의 사람들은 아니라고 하지만 그녀와 함께한 가족들은 알았다. 아이샤는 이안과 관련된 일에서는 철저한 약자로 쉽게 상처받았다.

"그보다 솔직히 말 안 할 거야? 소피아 그 계집애가 너한테 뭐라 했길래 얼굴이 계속 이 모양이야. 그게 이안을 걸고넘어지면서 너한테 뭐라고 했어?"

혹여나 아이샤가 또 상처 입었을까 다니엘이 눈을 부릅떴다. 주먹을 불끈 쥔 그의 모습에 아이샤가 웃으며 고개를 저었다.

"정말 별일 없었어. 소피아 성격 알잖아. 톡톡 쏘아 대는 거. 이제 신경도 안 써."

"하여간 그 계집애는 어릴 때부터 왜 그 모양이야. 쯧!"

"계집애라니……. 그렇게 말하지 마. 기분 나쁠 거야."

"그깟 계집애를 계집애라 하지, 그러면 뭐라고……."

"내가 다른 사람한테 그런 말 들으면 좋겠어?"

"그거랑은 다르지! 넌 딱히……. 아오, 됐다. 됐어!"

고개를 홱 돌리는 다니엘의 모습에 아이샤가 소리 내 웃었다. 자신에게 항상 져 주는 오라비에게는 항상 고마운 마음뿐이었다.

"뭐, 그래도…… 항상 신경 써 줘서 고마워. 오빠."

"저리 가. 손발이 오그라드는 기분이야."

아이샤가 다니엘의 주먹 위로 슬그머니 손을 올리며 말하자 다니엘이 눈썹을 씰룩이며 눈을 감았다. 아이샤가 두어 번 더 오라비의 손을 두드리다 마차 시트에 몸을 기대 밖을 바라봤다.

마차 밖은 깜깜했다. 한 치 앞도 제대로 보이지 않는 모습에 아이샤의 얼굴에 어둠이 내려앉았다. 그녀가 속으로 사내의 이름을 중얼거렸다.

'이안…….'

* * *

“정말이지……. 이안! 거기서 그런 얼굴을 하면 어떻게 해! 사람들이 오해하잖아.”

파티장을 나와 마차에 타기 무섭게 소피아가 목소리를 높였다. 이안은 그녀를 무시한 채 시트에 앉아 마차 벽을 두드렸다. 기다렸다는 듯 마차가 천천히 움직이기 시작했다.

“내가 정말…… 부끄러워서.”

소피아는 이안의 태도에 단단히 골이 났다. 아이샤 욕 정도야 할 수도 있지. 왜 아무 말 없이 서서 분위기를 가라앉힌단 말인가. 못 할 말도 아니고 동조를 하든 웃어넘기든 할 것이지. 게다가 이안이 가만히 있는 바람에 피델로이 백작 가문의 로레타 피델로이의 표정은 또 어떠했나.

“로레타 양 울기 직전인 거 못 봤어? 오빠가 파트너로 골라 놓고 무슨 무례야!”

로레타라는 이름에 이안의 눈썹이 살짝 올라갔다. 로레타……. 그러고 보니 오늘 파티 파트너의 이름이 그러했지. 하지만 파티장을 나온 지금 그 여자의 얼굴은 생각도 나지 않았다. 금발이었던가 아니면 붉은 머리였던가. 확실한 건 열은 갈색은 아니었다는 것이었다.

“로레타 피델로이는 레반투스 공작님의 조카라고! 나쁘지 않은 상대인데 좀 잘해 주면 어디서 덧나?”

“……너 안에서 무슨 말 했어.”

이안은 홀로 열 내는 소피아의 말을 무시한 채 계속 신경 쓰이던 것을 물었다. 오라비의 말을 알아듣지 못한 소피아가 어이없다는 듯 그를 마주보다 쏘아붙였다.

“갑자기 무슨 소리야. 대꾸 한 번 안 하다가 갑자기 왜 뜬구름 잡는 소리를…….”

"안에서 무슨 말 했냐고 물었어. 소피아."

말허리를 자르는 목소리가 냉랭했다. 그제야 말을 알아들은 소피아가 몸을 움찔거렸다. 자신의 오라비였지만 저런 눈으로 볼 때면……. 등 뒤로 소름이 돋았다.

"아, 아무 말 안 했어. 그냥…… 오랜만에 보는 거잖아. 그냥 인사 나눈 것뿐이야."

잘못한 것은 없다 생각했지만 조금 두려워진 소피아는 말을 더듬으며 거짓을 말했다. 하지만 움츠러들고 나니 또다시 화가 치밀었다. 내가 왜 그따위 계집애 때문에 내 오라비에게 추궁을 받아야 하나.

그녀가 활활 타오르는 녹안으로 오라비의 벽안을 똑바로 마주 봤다.

"왜 그렇게 봐? 설마 내가 아이샤한테 욕이라도 했을까 봐? 아이샤가 그렇게 신경 쓰여?"

신경 쓰이냐는 말에 이안의 미간에 깊은 주름이 졌다. 그가 조금 낮아진 목소리로 읊조렸다.

"목소리가 커. 조용히 해."

경고가 담긴 말이었지만 소피아는 멈출 생각이 없었다. 파티장에서 가까스로 참아 왔던 감정이 터진 탓이었다.

"오빠는 항상 그래! 아이샤한테 관심 없다며. 파든 백작가랑 엮이는 거 지겨워했잖아. 이참에 아예 잘라 내려고 여행 다닌 6개월 내내 연락도 안 한 거고."

소피아는 언젠가부터 이안에게 오빠라는 단어를 잘 쓰지 않았다. 아이샤가 제 오라비들에게 오빠, 오빠거리는 게 격 없어 보였기 때문이다. 하지만 이처럼 감정이 격해질 때는 일부러라도 오빠라는 단어를 쓰고 싶었다.

"아저씨…… 아니지. 파든 백작이랑도 정리하려는 거 아냐? 어차피 오빠는 레반투스 공작님이랑 같은 편에 설 텐데 백작이랑 더 얽혀서 좋을 게 뭐 있어."

"……."

"전에 신세 좀 진 게 신경 쓰이면 돈이라도 던져 줘. 그 사람들 돈 좋아하잖아?"

로이드가보다 돈이 많은 파든가에서 듣는다면 우스운 말인 것을, 당사자인 소피아도 알았다. 그런데도 그녀가 이런 말을 하는 이유는 하나. 파든가를 무시하고 그들과 멀어지고 싶었기 때문이다.

"아이샤랑 약혼 이야기 나오는 것도 좀 정리하고! 사람들이 나한테 묻는단 말이야. 아니라고 하는 것도, 아이샤 그 계집애가 은근하게 나 무시하면서 당당한 것도 싫어."

오라비가 별 반응 없이 제 말을 들어 주자 소피아는 용기를 냈다. 그녀가 아이샤에 대해 말을 옮기며 하고픈 말을 쏟아 냈다. 눈이 발갛게 변할 정도로 흥분한 그녀는 바로 앞 오라비의 눈이 아이샤의 이름이 나오기 무섭게 변한 것을 알아차리지 못했다.

"제일 좋은 방법은 이참에 아예 다른 여자랑 약혼하는 거야. 로레타 피델로이도 괜찮잖아. 얼굴도 그만하면 예쁘고 집안도 좋고 성격도 유순해서……."

"소피아."

이안이 멈출 낌새가 없는 소피아를 불렀다. 그제야 상황을 알아챈 소피아가 이안의 눈치를 봤다. 하나 여동생의 표정에도 이안은 가차 없이 말을 이었다.

"그만 입 다물어. 너 지금 주제넘어."

마차 안 반쯤 가려진 음영 속 서늘한 눈빛이 목소리만큼이나 으스스했다. 이안의 냉랭한 어투에 침을 삼킨 소피아가 손을 떨다 울먹이기 시작했다. 서러웠다. 난 가족인데…… 이런 말도 못 하나.

"무슨 말을 그렇게 해. 오빠랑 나는 하, 하나뿐인 가족인데……."

"그래. 넌 내 하나뿐인 동생이지."

"흐윽……."

"그래서 이만큼 봐주는 거야. 그러니까 하지 말라고 할 때 그만둬. 알았어?"

이안의 목소리는 여전했으나 소피아는 그가 조금이나마 누그러진 것을 눈치챘다. 그녀는 일부러 눈물을 더 짜 내며 울음소리를 키웠다.

"나는 그냥…… 오빠가…… 흑 오빠가 아이샤 편을 드는 거 같으니까……."

"……."

"아이샤 그게 날 얼마나 무시하는지 알아? 오빠 앞에서나 울면서 그런 모습이지. 내 앞에서는 눈 치켜뜨고 날 깔본단 말이야."

"……."

"말은 안 했지만, 파티장에서도 그래. 아이샤 걔, 내가 나가는데 인사 한번 하지 않았어. 오빠가 별말 안 할 거 아니까 그게 계속……."

"……그런 거 아니야."

소피아의 투정을 듣고 있던 이안이 갑작스레 말을 뱉었다. 오라비의 답을 알아듣지 못한 소피아가 고개를 들었다. 여전히 맺혀 있는 눈물에 이안이 긴 한숨을 쉬며 안쪽 주머니를 뒤졌다.

"편드는 거 아니라고. 소피아 네 말대로 가족도 아닌 그깟 계집애가 뭐라고 편을 들겠어."

하지만 손에 잡히는 것은 없었다. 이안은 손수건이 사라진 것을 깨닫고 순간 멈칫했다.

'……버리라 했지.'

아깝지는 않았다. 다만 당장 쓸 수 없어 아쉬울 뿐. 이안이 구겨진 이마 위 금발을 신경질적으로 쓸어 올렸다. 고작 손수건 하나일 뿐인데 이상하리만치 짜증이 몰려왔다. 그가 입술을 살짝 깨물었다.

"손수건 꺼내서 눈물 닦아. 도착했을 때 사용인들 어떻게 보려 그래."

시트에 몸을 묻은 그가 말하자 소피아가 끄떡이며 소매에서 손수건을 꺼냈다. 우연인지 아닌지 소피아의 손수건에도 블루 세이지가 새겨져 있었다. 제가 버린 것과 모양도 다르고 거의 새것처럼 보였지만 어쩐지 신경이 쓰여 이안은 눈을 감아 버렸다.

'……신경 쓸 필요 없어. 어차피 그자의 딸이야.'

마차는 값에 알맞게 부드럽게 움직였다. 하나 이안의 두통은 여전해 그는 도착할 때까지 미간을 찌푸리고 있었다.

* * *

파든 백작가의 아침은 소란스러웠다. 부엌에서는 주인 가족의 아침 식사를 만들어 나르느라, 식사가 이루어지는 홀에서는 커튼을 쳐 햇빛을 들여보내고 주인 가족의 시중을 드느라 정신이 없었다.

바쁜 사용인들과 함께 파든 백작가 사람들도 아침 일찍 일어나 식당으로 갈 채비를 했다. 가주인 그레이엄은 다른 시간은 몰라도 아침 식사만은 가족들이 꼭 참석하기를 원했기 때문에 늦잠은 상상할 수 없는 일이었다.

"다니엘. 늦었구나. 오늘로 벌써 3번째다. 벌금 낼 준비 해 두렴."

"아버지. 어제는 동료들이랑 파티에 다녀오느라 늦게 잠든 탓이에요. 그리고 고작 3분인걸요. 봐주세요."

가장 늦은 다니엘까지 착석하자 가족들이 식사하는 작은 홀이 가득 찼다. 파든 백작 부부와 자녀 넷, 그중에서 장성한 아들만 셋이었으니 당연한 일이었다.

"약속은 약속이야. 집사에게 말해 네 이번 주 주급은 벌금 통에 넣어 두마."

"어머니! 아버지 좀 말려 주세요. 이제 용돈도 못 받는데 주급마저 뺏기면 전 뭐 하고 살겠어요."

"두 사람 다 그만. 당신은 빨리 포크나 들어요. 애들이 기다리고 있잖아요. 다니엘, 너도 그만 투덜거리고 똑바로 앉으렴."

백작 부인 마리사의 조용한 타박에 그레이엄과 다니엘 두 사람은 동시에 입을 다물었다. 그레이엄이 가장 먼저 빵을 집어 접시에 올리자 아서를 제외한 다른 사람들도 일제히 손을 움직였다.

셋째인 아서는 가족 중 유일하게 기도를 올린 뒤 포크를 집어 들었다. 다니엘이 기도하는 아서를 흘겨보다 흰 빵을 찢어먹으며 비꼬았다.

"넌 매일 누구한테 기도야. 사제들처럼 여신의 문양을 그리는 것도 아니고……."

"시저 제국의 위대하신 초대 황제 폐하와 개국 위인들께 인사드리는 일은 이상한 게 아니야."

다니엘은 아서의 행동이 못마땅했다. 식사 전 손을 모으고 묵념하는 행위는 구귀족파 일원들이 만든 식사 습관이었다. 구귀족파 일원들은 식사 전 기도를 함으로써 신흥 귀족들을 깔봤다. 음식 앞에 자제도 모른다던가. 동료 기사에게 비꼼을 듣고 한바탕 주먹 다툼을 한 다니엘은 남동생이 식사 전 묵념을 할 때마다 쥐어박고 싶었다.

"겉만 번지르르한 레반투스 공작 무리도 아니면서 무슨……. 차라리 사제들처럼 여신께 기도를 하든가. 네가 그럴 때마다 밥맛 없는 그치들이 생각난다고."

"형과 다르게 행동한다고 해서 비꼬는 건 그만해. 나이 먹고 부끄럽지도 않아?"

"뭐? 네가 나랑만 다르게 행동하냐? 당장 다른 사람들을 봐. 너 빼고 여기서 누가 그 자식들을 따라 해? 아버지 사정 알면서 일부러 그러는 거 도대체 왜 그러는 거야?"

다니엘의 말에 아서가 포크를 내려 놨다. 가족들이 자신의 행동을 좋아하지 않는 것쯤은 그도 알고 있었다. 그게 아니라면 부모님과 첫째 형 에드워드가 이미 중재에 나섰겠지. 하지만 안절부절못하는 건 쌍둥이 여동생 아이샤뿐, 다른 가족들은 묵묵히 식사할 뿐이었다.

"……먼저 일어나 보겠습니다."

"아서……."

아서가 일어설 낌새를 보이자 옆에 앉아 있던 아이샤가 그의 셔츠를 당겼다. 아서는 여동생의 손을 거칠게 떼어 냈다. 그러자 그때까지 가만히 있던 그레이엄이 소리 나게 포크와 나이프를 내려놨다. 바로 반응하는 아버지의 모습에 아서가 주먹을 꾹 쥐었다. 아버지는 자식 중 유일하게 어머니의 옅은 갈색 머리카락을 물려받은 아이샤에게 약했다.

"아서, 앉으렴."

파든 백작이 무어라 하려 할 때였다. 백작 부인 마리사가 먼저 입을 열었다. 마리사의 얼굴은 평소와 같이 여전히 온화했다. 하지만 풍기는 분위기는 단호해 아서는 순간 몸을 움찔거렸다.

"그래. 식사는 마저 하고 올라가."

첫째 에드워드까지 나서서 어머니 마리사를 거들었다. 아서는 하는 수 없이 다시 자리에 앉았다. 그가 자리에 앉자 옆에 앉아 있던 아이샤가 작게 한숨 쉬는 것이 들렸다.

그 후, 조용한 식사가 이어졌다. 백작 부부가 서로 간간이 이야기 나누고, 에드워드가 그레이엄에게 가문과 관련된 사업에 조언을 구하는 것 외에는 모두가 입을 닫았다. 그러나 식사의 말미, 사용인들이 식탁을 정리하고 차를 가져왔을 때 또 한 번 소란이 일었다.

"저 오늘 로이드 후작가에 좀 다녀오려 해요."

우물쭈물하던 아이샤가 고개를 살짝 숙인 채 가족들에게 말했다. 아서와의 말다툼 이후 한마디도 하지 않았던 다니엘이 자리에서 벌떡 일어났다. 며칠 전 그 무시를 당하고 어디를 간다고? 그가 황당하다는 듯 여동생을 쳐다봤다.

"야! 너 파티 때 생각 안 나? 그게 사과하러 와도 모자랄 판에 네가 왜 먼저 움직여."

"그때도 말했지만, 이안이 사과할 일은 아니야."

아이샤가 작지만 똑똑한 목소리로 대꾸했다. 다니엘이 제 뒷목을 잡으며 자리에 털썩 소리 나게 앉자 가만히 보고 있던 에드워드가 나섰다. 그는 이미 다니엘에게서 이야기를 전해 들은 후였다.

"다니엘 말대로 기다리는 게 어떻겠어."

다니엘에게 곧바로 답했던 것과 달리 첫째 오라비 에드워드에게는 바로 답이 나가지 않았다. 5살 터울의 에드워드가 완곡히 말릴 때는 싫다 답하기 어려운 구석이 있었다. 아이샤가 곧바로 대답하지 못한 채 꾸물거리자 마리사와 눈을 맞춘 그레이엄이 입을 열었다.

"다녀와라. 마차를 준비해 두라 이르마."

"아버지!"

"이안이 돌아오고 제대로 이야기도 못 했다 들었다. 할 말이 많겠지. 가보도록 해라."

다니엘이 다시 한번 무어라 하려 했지만 마리사가 아들을 막았다. 어미의 눈짓에 다니엘이 부루퉁한 얼굴로 여동생을 노려봤다. 아이샤가 다니엘에게 입 모양으로 한 번만 봐달라 소리 없이 속삭였다. 결국, 다니엘은 물을 벌컥벌컥 들이켜는 걸로 불만을 대신했다.

"다 먹은 거 같은데 다들 이만 일어나자."

다니엘이 유리잔을 내려놓자 그걸 신호로 그레이엄이 입가를 닦고 말했다. 아침 식사가 끝났음을 알리는 말에 모두 고개를 끄덕이며 자리에서 일어섰다.

"나와 에드워드는 오늘 좀 늦을 예정이니 그리 알고. 다들 오늘 하루도 최선을 다해야 한다."

그 말을 끝으로 파든 백작가 사람들은 뿔뿔이 흩어졌다. 그레이엄은 마리사에게 이것저것 말하며 그녀와 함께 위층으로 향했고 다니엘은 시계를 보더니 빠른 걸음으로 홀을 나서며 사용인을 불렀다. 아서는 가족들과 다른 문으로 나가 사라졌으며 아이샤는 가족들이 다 떠난 후에야 천천히 움직였다.

“아이샤. 정말 다녀올 생각이니?”

아이샤가 아치문을 통과하기 무섭게 에드워드가 불쑥 튀어나왔다. 툭 튀어나온 첫째 오라비의 모습에 놀란 아이샤가 화를 내려다 가만히 고개를 끄덕였다. 말은 하지 않았으나 에드워드의 얼굴에 번진 걱정이 읽힌 탓이었다.

“그래. 다녀와. 대신 일 생기면 솔직하게 말해 주는 거야. 꼭 내가 아니더라도…… 다니엘에게라도 말해.”

에드워드가 끄덕이는 그녀의 머리 위로 손을 올리더니 옅은 갈색 머리카락을 흩뜨렸다. 아이샤가 하지 말라는 듯 머리를 뒤로 젖히자 그가 잔잔히 미소 짓는 얼굴로 다정하게 팔을 내밀었다.

“가자. 방까지 데려다줄게.”

* * *

시침이 벌써 두 번 움직였다. 10시쯤 로이드 후작가에 도착한 아이샤는 시침이 ‘12’를 가리키자 초조한 얼굴로 앞에 놓인 찻잔을 바라봤다.

벌써 세 번이나 바뀐 차는 진한 홍차였다. 두 번째 잔에 이미 질린 맛이었지만 아이샤는 다시 잔을 들었다. 목을 축여도 축여도 입술은 끝없이 말라 갔다.

그녀와 함께 있는 로이드가 하녀도 안절부절못하는 기색이 역력했다. 손님과 두 시간 동안이나 함께하다니 시간이 흘러감에 따라 하녀의 얼굴에 떠오른 민망함도 점점 진해졌다.

‘돌아갔다 다음번에 다시 와야 할까? 조금 있으면 식사 시간인데 계속 있는 것도 실례인 것 같고…….’

시침과 같은 선에 있었던 분침은 그새 ‘3’을 가리키고 있었다. 아이샤는 내일 다시 오자 생각하며 자리에서 일어날 준비를 했다. 하기야 많이 바쁠

터였다. 여행을 6개월이나 다녀왔으니 밀린 일도 많겠지. 그녀가 움직이자 서 있던 하녀가 물었다.

"그…… 차가 식은 거 같은데 바꿔 드릴까요?"

"괜찮아. 그보다 사람을 불러 줄래? 약속 시간을 정하고 이만 가 봐야겠어."

"아, 네! 그럼 집사님을 불러올게요. 잠시만 기다려 주세요."

하녀의 얼굴에는 이 상황을 벗어난다는 안도마저 드러났다. 아이샤는 응접실을 나서는 하녀의 뒷모습을 씁쓸히 바라보다 남은 차를 마시기 위해 찻잔을 들어 올렸다.

미지근한 차는 이제 완전히 식은 후였다. 아이샤는 맛을 음미하기보다 목을 축이기 위해 차를 들이켜며 응접실 창문을 통해 밖을 바라봤다.

마리사의 취향에 맞게 온갖 화초들이 자연스레 어우러진 파든가 정원과 달리 로이드가 정원은 줄을 맞춘 것처럼 완벽히 정리되어 있었다. 멀리 보이는 정원사가 가위를 들고 둥근 관목에 조금 삐져나온 가지를 싹둑싹둑 잘라 내는 모습을 보니 이안의 취향은 여전한 모양이었다.

'내일……. 아니, 다음에 온다 해도 말할 수 있을까?'

이안을 생각하며 배시시 웃던 아이샤는 자신의 방문 목적을 떠올리고는 미소를 거뒀다. 가족들 앞에서는 호기롭게 온다 했으나 사실 오는 내내 마차 안에서 그녀는 가슴을 졸였다.

'한참 약혼 이야기를 하다 여행을 갔으니까…….'

아이샤는 두 가지 이유로 로이드 후작가를 방문했다. 하나는 며칠 전 자선 파티의 일을 사과하기 위해서요, 다른 이유는 좀처럼 진전되지 않는 그들의 약혼 문제를 이야기하기 위해서였다. 이안이 갑작스레 여행을 떠나기 전까지만 해도 간간이 오가던 약혼 이야기는 그가 떠나기 무섭게 줄 끊어진 것처럼 말조차 나오고 있지 않았다.

사실 이런 일은 이번이 처음이 아니었다. 양가 부모는 구두긴 했으나 아이샤가 갓난아기일 때부터 그녀와 이안의 약혼을 이야기했다. 하지만 로이드 후작 부부는 사고로 세상을 떠났고 약혼의 당사자 중 하나인 이안은 약혼 이야기가 나올 때마다 후작가에 칩거하거나 여행을 떠나는 등 자리를 피했다.

파든 백작 그레이엄은 그럴 때마다 인내심을 가지고 이안에게 먼저 다시 약혼 문제를 꺼냈지만, 이번에는 아니었다. 6개월 전 이안이 말없이 여행을 떠났을 때 그는 아이샤에게 넌지시 말했다. 아이샤가 먼저 부탁하지 않는 이상 파든가에서는 약혼 이야기를 들먹이지 않겠다고.

아이샤는 눈앞이 캄캄해지는 기분이었지만 아버지와 가문의 체면을 이해했기에 고개를 끄덕였다. 사실 3년이면 파든 백작이 화를 내도 이상하지 않을 세월이었다.

'아버지 입장도 있고…… 이안과 약혼하고 싶으면 당사자인 내가 마무리해야 해.'

아이샤라고해서 지금 자신의 행동이 매달림에 가깝다는 것을 모를 리 없었다. 하지만 이안 앞에서 그녀는 제 자존심과 체념을 내려놓을 수 있었다. 그가 거절한 것도 아니요, 간혹이지만 긍정적인 말도 몇 번 하지 않았나.

아이샤는 그가 대놓고 자신을 거부하지만 않는다면 몇 번이고 제 입으로 약혼 이야기를 꺼낼 의향이 있었다.

똑똑똑.

그녀가 다시 한번 마음을 다잡을 때였다. 문 두드리는 소리가 나더니 익숙한 얼굴의 집사가 모습을 드러냈다. 회색 머리를 깔끔하게 넘긴 그는 아이샤에게 미안한 얼굴을 하며 다가왔다.

"아가씨, 오래 기다리셨습니다."

"아니에요. 그보다 제임스, 정말 오랜만이에요."

"늙은이가 인사를 빨리 못 드렸습니다. 죄송합니다."

제임스는 이안의 조부가 로이드 후작일 때부터 로이드 후작가에 머물던 사용인이었다. 로이드가에서 20년 넘게 총괄 집사로 있었던 그는 어릴 적부터 아이샤를 봐 왔고 그녀를 꽤 귀여워했다. 아이샤는 자신을 반가워해 주는 얼굴에 환히 웃어 보였다.

"괜찮다니까요. 그보다 오늘은 이만 돌아가려 해요. 식사 시간도 다 됐고, 이안도 바쁜 것 같고……. 대신 약속 시간을 정하려 하는데 이안이 한가할 때가 있을까요?"

아이샤의 물음에 제임스의 얼굴이 어두워졌다. 제임스는 아이샤가 도착한 뒤 계속해서 이안에게 말을 전하고 있었다. 하지만 그의 젊은 주인은 돌려보내라든가 언제까지 기다리게 하라든가 하는 명 없이 그저 내버려 두라는 말과 함께 업무만 볼 뿐이었다. 간간이 차를 내오라 명하며 시가를 피우는 것을 보면 시간이 없는 것도 아니건만 왜 심술이신지. 제임스는 저도 모르게 속으로 한숨을 내쉬었다.

"죄송합니다. 아가씨. 아시다시피 주인님이 여행에서 돌아오신 지 얼마 되지 않아서……. 돌아가 계시면 제가 꼭 약속 시간을 정해 서신 전하겠습니다."

제임스의 말을 들은 아이샤는 실망스러운 기색을 간신히 감췄다. 그녀가 옅은 갈색 머리를 넘기며 고개를 작게 끄덕였다.

"네. 그럼 부탁 좀 드릴게요."

"이대로 가시기에는…… 간단한 요깃거리라도 하고 가시겠습니까?"

"주인의 허락도 없는데 어떻게 그러겠어요. 괜찮아요. 마차를 타고 와서 금방 돌아갈 수 있어요."

"하지만……."

"이만 가 볼게요. 다음에 또 봬요. 제임스."

아이샤가 걸음을 옮기며 울렁이는 가슴 부근을 꾹 눌렀다. 뒤에서 제임스가 쩔쩔매며 따라오는 게 느껴졌지만, 그의 얼굴을 보면 눈물을 떨굴 것 같아 앞만 보고 걸었다.

"저 집사님."

그녀가 응접실을 막 벗어나려던 차였다. 입구를 나서기 무섭게 하인 하나가 계단을 거의 뛰다시피 내려왔다. 방정맞은 행동거지에 제임스가 하인을 못마땅한 듯 훑어보며 엄격한 목소리로 말했다.

"무슨 일이냐."

"그게…… 주인님께서 아가씨를 2층 작은 응접실로 모셔오라 하십니다."

사용인의 말에 제임스가 아이샤 쪽을 바라봤다. 그녀는 그새 몸을 돌린 채 기쁜 낯을 하고 있었다. 그녀의 환해진 얼굴에 제임스는 괜스레 마음이 불편해졌다.

"이리 오십시오. 제가 안내하겠습니다."

아이샤를 계단으로 이끌며 제임스는 고개를 돌려 2층을 올려다봤다. 언제 나왔는지 젊은 주인이 난간에 기대고 서서 그와 아이샤를 물끄러미 보고 있었다.

* * *

제임스가 아이샤를 안내한 작은 응접실은 주인과 손님이 은밀한 대화를 나눌 수 있도록 방의 형태로 돼 있었다. 폐쇄적이고 은밀한 공간에 이안과 둘만 남겨지자 아이샤가 조금 긴장한 듯 손가락을 움직였다.

"조금 들지. 이 시간까지 기다린다고 힘들었을 텐데 말이야."

그녀를 보지 않은 채 찻잔을 든 이안이 말을 뱉었다. 그의 말에 퍼뜩 정신을 차린 아이샤가 손을 움직였다. 제임스의 배려인지 응접실 탁자에는 차뿐만 아니라 간단한 간식들도 차려져 있었다.

"아……. 고마워, 이안."

차를 집어 들려던 아이샤가 손을 뻗어 쿠키 하나를 쥐었다. 식탐을 부리는 것 같아 부끄러웠지만, 아침을 평소보다 조금 먹은 탓에 배에서 소리가 날 것만 같았다. 게다가 버터 냄새가 듬뿍 나는 하얀 쿠키는 그녀가 가장 좋아하는 간식 중 하나이기도 했다.

찻잔 너머로 아이샤를 살핀 이안이 인상을 찌푸리다 찻잔을 내려놨다. 소리가 나지는 않았으나 어쩐지 심기가 나쁜 듯 보이는 이안의 태도에 아이샤가 쿠키를 조용히 내려놨다. 자신의 눈치만 살피는 그녀를 보며 이안이 조소를 흘리다 입을 열었다.

"두 시간이나 왜 기다렸지? 보통 가지 않나."

"올 때부터 기다릴 생각이었어. 오늘은 다른 일정이 없어 시간이 넉넉하기도 했고……."

"그래?"

고저 없는 목소리가 평소와 다름없었다. 하지만 아이샤는 그의 심기가 좋지 않음을 확신했다. 어릴 적부터 이안은 기분이 나쁠 때마다 입술을 살짝 물곤 했다. 그녀의 시선이 제 입가에 닿자 이안이 미간을 찌푸리며 카우치에 몸을 깊숙이 기댔다. 상체를 젖힌 채 한쪽 무릎 위에 다른 쪽 다리를 올린 모습이 느른하면서도 색기가 흘러넘쳐 아이샤는 민망한 듯 고개를 살짝 숙였다.

"저기 이안……. 혹시 내가 기다려서 화났어?"

침묵이 이어지자 아이샤가 긴장한 채 그에게 물었다. 쭉 뻗은 그의 다리 끝 구두코를 보고 있는 그녀의 얼굴은 그새 살짝 붉어져 있었다. 숨길 수 없는 아이샤의 표정에 이안이 입꼬리를 비틀며 툭 던지듯 말했다.

"당연한 걸 왜 물어?"

"어?"

아이샤의 얼굴이 그의 말 한마디에 창백해졌다. 이안은 빠르게 변하는 그녀의 얼굴을 찬찬히 감상하며 팔짱을 꼈다. 구두를 까딱이는 그의 모습에는 불쾌감이 가득 섞여 있었다.

"너는 시간이 많았을지 모르지만, 난 아니잖아? 괜스레 기다려 부담 주는 거 나로서는 불편한데."

"아……. 가라고 했으면 갔을 텐데."

"마차까지 타고 온 사람 가라고 하는 것도 예의는 아니니까. 아무 대꾸 안 하면 알아서 돌아갈 줄 알았지."

"……."

"눈치 없는 건 자선 파티 때와 같아. 곱게 자라 그런가?"

담담한 그의 어조에 둥근 어깨가 파르르 떨리는 것이 보였다. 이안은 어쩔 줄 몰라 하는 아이샤가 저와 눈을 마주칠 때까지 시선을 유지했다.

"미안해. 내 생각이 짧았어."

결국, 견디지 못한 아이샤가 그와 잠깐 눈을 맞추더니 고개를 숙이며 사과했다. 그녀의 사과에 이안은 기분이 묘해졌다. 나쁜가? 아니, 여전히 불쾌하기는 했으나 제게 바짝 엎드린 여자를 보니 나쁜 기분은 아니었다. 그가 다리를 풀고 상체를 세웠다.

"됐어. 지나간 일 이야기해서 뭐 하겠어. 그보다 할 말이 있어서 왔을 텐데 해. 점심 전에 잠깐 시간 낸 거니까."

자비를 베푼다는 듯 나온 목소리는 오만했다. 아이샤는 까딱거리는 그의 고갯짓을 따라 시선을 움직이더니 양손을 꼭 맞잡았다. 그 동작이 꼭 용기를 끌어내는 것 같아 이안은 비소를 흘리다 조금 전 아이샤가 집은 쿠키와 같은 것을 골라 한 입 베어 물었다.

"우선 며칠 전 파티 일…… 사과하려고. 오지 말라고 배려 있게 알려 줬는데 그것도 알아듣지 못했고……. 소피아가 알려 줬어. 나 때문에 네가 곤란했다고."

"곤란? 내가 왜 너 때문에 곤란하지?"

쿠키를 오독오독 씹어 먹던 그가 고개를 살짝 기울이자 찬란한 금발이 부드럽게 흘러내렸다. 알아듣지 못하겠다는 듯 의문을 표하는 그의 태도에 아이샤가 더듬거리며 말을 덧붙였다.

"그…… 다른 사람을 파트너로 데려왔는데 내가 오면 네 입장이……."

"소피아가 쓸데없는 말을 했군."

그제야 아이샤의 말을 이해한 듯 이안이 고개를 똑바로 했다. 남은 쿠키를 마저 삼킨 그가 인상을 미미하게 구긴 채 아이샤를 훑었다. 한겨울 서리처럼 냉랭한 눈에는 언짢은 기색이 역력했다.

"쓸데없는 걱정 마. 너랑 내가 무슨 사이도 아니고 너 때문에 곤란한 일 따위 생기지 않았어."

이안의 말이 끝나는 순간 아이샤는 심장이 쿵 떨어지는 기분을 맛봤다. 곤란하지 않아 다행인데……. 분명 다행인 일인데 기분이 왜 이럴까. 그녀가 메여오는 목을 살짝 더듬으며 고개를 천천히 끄덕였다.

"……그렇구나. 다행이다."

얼핏 붉어지는 눈가에 이안의 벽안이 순간이지만 빛났다. 그가 나른한 표정으로 팔짱을 낀 채 물었다.

"할 말은 그게 끝이야?"

"아니, 더 있어."

아이샤가 고개를 젓자 그가 말해 보라는 듯 손가락을 까딱였다. 바짝 얼어붙은 아이샤가 한참 고민하다 어렵사리 말을 꺼냈다.

"이안. 우리 약혼 말이야……."

"……."

"네가 여행 가기 전까지는 꽤 구체적으로 이야기가 오갔잖아. 그 자리에 없어서 정확히는 모르겠지만 아버지께 전해 듣기로……."

"하……."

하나 힘겹게 꺼낸 말은 채 이어지지 못했다. 이안은 불쾌하다는 듯 짧은 한숨으로 그녀의 말을 잘랐다. 놀란 아이샤가 고개 들어 그를 마주 보자 이안이 입꼬리를 비틀어 올렸다.

"요즘은 귀족 영애가 직접 약혼을 성사하고 다니나? 부끄러움도 모르고?"

"어?"

생각지도 못한 비난이었다. 아이샤는 머릿속이 하얗게 변하는 것을 느끼며 눈을 깜빡였다. 그녀의 표정에 이안이 못마땅한 표정을 한 채 입술을 깨물었다 뗐다.

"어릴 때 아무리 허물없이 함께했다고는 하나 귀족 영애가 할 행동도 말도 아니잖아? 어느 귀족 영애가 너처럼 약혼을 직접 이야기하지?"

"……."

"아이샤. 파든 백작가에서는 이런 행동 허락하는지 모르겠지만 내 상식 안에서는 지금 네 행동. 도무지 이해할 수 있는 게 아니야. 귀족 영애가 직접 약혼을 입에 담다니……. 낯부끄러워 눈 뜨고 보기 어려울 정도군."

창백하던 얼굴색이 입술까지 옮았다. 이안은 파들파들 떨리는 아이샤의 입술을 바라보다 시선을 올렸다. 그의 날 선 비난에 커다란 하늘색 눈은 당장에라도 눈물을 흘릴 듯 일렁이고 있었다. 이안은 지겹다 들리게 중얼거리며 구두로 바닥을 긁었다.

"또 울어? 왜?"

"나, 나는……."

"며칠 전에도 말하지 않았어? 너 혼자 울어 날 나쁜 사람 만들지 말라고. 틀린 말 한 것도 아닌데 울면 모든 게 해결돼?"

툭 결국 서러움이 떨어졌다. 죽죽 뺨을 그으며 내리는 눈물에도 이안은 여전한 얼굴이었다. 그가 번거롭다는 듯 아이샤에게 시선을 떼더니 찻잔을 들며 말했다.

"아니, 이참에 차라리 잘됐어. 이왕 나쁜 사람 된 참에 똑똑히 말해 주는 게 피차 나을 것 같군."

말을 마친 사내의 목울대가 움직였다. 그가 찻잔을 들고 내리는 우아한 일련의 동작을 마칠 때까지 아이샤는 조각상처럼 굳어 있었다.

빈 찻잔을 내려다본 이안이 아이샤 앞에 놓인 찻잔에 시선을 줬다. 그의 것과 달리 가득 차 있는 찻잔은 울고 있는 여인을 거울처럼 비추고 있었다.

눈앞에서 울고 있는 꼴은 아무렇지 않은데 찻잔 속에서 울고 있는 모습은 신경이 쓰였다. 이해 못 할 제 감상에 머리를 신경질적으로 쓸어 올린 이안이 자리에서 일어났다.

아이샤는 그가 자신에게 다가오자 눈을 휘둥그레 떴다. 이안은 놀라는 아이샤를 무시한 채 옆에 털썩 주저앉아 그녀의 얼굴을 양손으로 쥔 채 아무렇게나 들어 올렸다.

"친절히 설명해 줄 테니 울지 마."

여전히 흐르는 눈물에 말간 얼굴은 축축이 젖어있었다. 이안은 하늘색 눈 아래를 손가락으로 훔치며 일부러 다정스러운 목소리를 꾸며냈다.

"네 눈도 세상을 볼 수는 있으니 알겠지. 지금 상황이 어떠한지."

바뀐 그의 분위기에 붙잡혀 있는 여인의 눈이 갈팡질팡 떨리는 것이 보였다. 이게 참 재미있었다. 제 변덕스러운 말 하나에, 행동 하나에 어찌할 바 모른 채 헤매는 꼴이.

"잘 들어. 난 파든 백작을 비롯해 네 오라비들과 정치적으로 거리가 있어."

아이샤도 뻔히 아는 사실을 그는 세 살배기 아이 가르치듯 말했다. 바보 취급을 당하고 있는 것 같아 아이샤가 필사적으로 눈물을 참았다. 하지만 이안의 조롱 가득한 얼굴을 보자 홍수에 둑이 터지듯 서러움이 왈칵 쏟아졌다.

"어릴 적 신세 진 일로 지금까지 내가 먼저 파든가를 적대한 일은 없지만, 앞으로는 모르는 일이야. 언제까지 어릴 적 인연을 생각해 배려만 할 수 없으니까."

아이샤는 이안이 이렇게까지 제 가문을 적대하고 있으리라고는 생각하지 않았다. 물론 두 가문이 속한 무리는 달랐지만, 극단적인 부류를 제외하면 다들 왕래하고는 했다.

당장 아버지 그레이엄만 해도 어떠한가. 그는 자신을 아예 사람 취급하지 않는 몇몇 구귀족과 가문들을 제외하고는 거래를 트기도 하고 파티에 초대하기도 했다. 게다가 이안의 아버지이자 선대 로이드 후작과는 둘도 없는 친우로 지냈다. 그런데 이안은 왜……. 억울함에 줄줄 흐르던 눈물이 그쳤다.

“너와 지금껏 약혼하지 않았던 것도 그 때문이야.”

주먹을 쥔 아이샤가 이안에게 아버지와 자신의 가문은 적이 아니라고 말하려 할 때였다. 목구멍까지 올라온 그녀의 말을 약혼이라는 단어가 틀어막았다.

“앞으로 가문 간 상황이 어찌 될지 모르는데 내가 널 어떻게 약혼녀로 두겠어?”

짐짓 안타까운 얼굴로 이안은 그녀와 약혼할 수 없다고 말하고 있었다. 그에게 그 말을 직접적으로 듣는 순간 아이샤는 입을 다물고 멍한 눈을 하고 말았다. 이안이 그런 그녀에게 간드러진 비웃음을 보이며 말을 이었다.

“그러다 네게 뒤통수라도 맞으면? 로이드 후작가는 파든 백작가와 달리 직계 남자가 나밖에 없어서 내가 없어지면 끝이거든. 왜, 자주는 아니어도 종종 있는 일이잖아. 신부가 제 남편 잡아먹고 가문까지 먹는 일 말이야.”

이안의 무도한 말에 아이샤는 말할 의지를 아예 잃어버렸다. 그녀가 아무런 반응 없이 축 처져 눈만 깜빡이자 이안의 얼굴에 가득했던 조소가 한순간에 가셨다. 눈꺼풀 위 동그랗게 맺힌 눈물을 노려본 그가 한층 낮아진 목소리로 말했다.

“내 입으로 이리 직접 말하게 하다니 너도 참……. 자선 파티 때도 그렇고 배려를 도통 이해하질 못하는군.”

이안이 아이샤의 얼굴을 쥐고 있던 손에 서서히 힘을 주기 시작했다. 빠르게 얼굴을 조여 오는 손아귀 힘에 아이샤가 고통에 찬 신음을 뱉었다.

그의 엄지가 놓인 눈 아래가 당장에라도 부서질 것 같았다. 이안은 괴로워하는 그녀를 찬찬히 살피며 입술을 살짝 물었다 뗐다.

"레이디 아이샤. 그대가 제대로 알아듣지 못해 말해 주는 거니까 똑똑히 들어."

"으흑……."

"앞서 말한 이유로 난 그대와 거리를 둘 참이야. 그러니 앞으로 이리 구질구질하게 찾아오지도, 내게 뭘 기대하지도 마."

"이, 이안……. 아파, 아……."

참지 못한 아이샤가 억눌린 목소리를 내며 이안의 손에 제 손을 포개 올렸다. 하나 그게 끝이었다. 괴로움에 허덕일지언정 아이샤는 이안에게 손톱을 세우지도 손에 힘을 주지도 않았다.

"조금 전 내 말을 뭐로 들었지? 거리를 두자 하지 않았나. 그런데 이름을 불러?"

그러나 그조차 거슬린다는 듯 이안의 표정은 어두워졌다. 그가 아이샤의 얼굴을 놓으며 그녀의 손을 거세게 쳐 냈다. 그 반동에 아이샤의 등과 팔 일부가 카우치 등받이에 부딪혔다. 이안은 소리를 죽인 채 제 팔을 쓸어내리는 아이샤를 보다 몸을 일으켰다.

저를 똑바로 바라볼 때가 조금 전이건만 지금은 고개조차 들지 않는 모습이 가증스럽게 느껴졌다. 그가 아이샤를 내려다보며 탁자 위 하얀 면 냅킨을 들어 축축한 제 손을 닦았다.

"앞으로는 몸가짐을 바로 하고 예의를 좀 차리도록 해. 예절이 형편없어. 이안이라니…… 너무 가까운 호칭이잖나. 응?"

이안이 탁자 위에 사용한 냅킨을 던지듯 놓으며 조금 전보다 정돈된 목소리를 냈다. 하지만 바짝 얼어붙은 아이샤는 그쪽으로 시선을 쉽사리 돌리지 못했다.

그녀가 구겨진 냅킨에만 눈을 고정하고 있자 이안이 눈가를 씰룩였다.

그가 탁자 위 다른 냅킨 하나를 더 집어 아이샤에게 내밀었다. 부드럽게 허리까지 숙인 모습이 퍽 정중해 아이샤는 저도 모르게 그의 얼굴과 손을 번갈아 봤다.

"얼굴 닦아. 잔뜩 젖었잖아."

눈이 마주치자 이안이 눈을 휘어 보이며 아름다운 미소를 보였다. 도대체 왜 이리 종잡을 수 없이 구는지. 아이샤는 생애 처음으로 이안이 미친 것 같다고 생각하면서도 달달 떨리는 손을 이안이 내민 냅킨 쪽으로 내밀었다. 그 모습이 멍청하고 우스워 이안은 피식 소리 내 웃고 말았다.

"내가 해 주지."

아이샤의 손이 냅킨에 닿기 직전 이안이 손을 거둬들였다. 그제야 그가 자신을 놀리고 있음을 알아챈 아이샤가 얼굴을 굳혔다. 그랬다. 그에게 자신은 손안에 쥐고 흔들다 던져 버리는 장난감이었다.

하지만 안다고 해서 화를 내거나 그를 뿌리칠 수는 없었다. 이안의 벽안을 물끄러미 응시한 아이샤가 몸에 힘을 빼고 눈을 내리깔았다. 예상했다는 듯 이안이 냅킨 든 손을 그녀의 얼굴에 가져다 댔다. 항상 느끼지만 참 쉬운 여자였다. 그래서 지겹고 짜증 나고 같잖고…… 생채기를 내고 싶었다. 무슨 말을 디할끼 고민한 그가 여동생 소피아와의 대화를 기억해 냈다.

"……한 마디 덧붙이면 내 여동생에게도 예의를 좀 차려 줬으면 좋겠어. 네가 나랑 약혼할 거라 철석같이 믿고 그 애를 무시한다던데 그건 아니지."

억울함이 얼굴 전체에 그려지는 게 보였다. 사실 이안도 알았다. 아이샤와 소피아의 관계를 떠올려 보면 누가 먼저 시비를 걸었을지는 자명했으니까. 하지만 소피아에게 말한 것처럼 자신은 소피아의 오라비이지 이 여자의 오라비가 아니질 않나. 게다가 아이샤에게는 오라비라는 존재가 셋이나 있었다. 여동생이 일이라면 체면도 버린 채 달려올 그들을 생각하자 그의 눈빛이 더욱 삐딱해졌다.

“사실 소피아가 과장되게 말하는 거란 생각도 했는데 오늘 뻔뻔히 약혼을 청하는 모습을 보니 믿을 말한 이야기 같아서 말해 두는 거야. 아이샤 파든 양. 내 여동생에게 예의를 좀 차려. 알았나?”

제법 자존심이 상할 이야기일 텐데도 아이샤는 입 한번 열지 않았다. 심지어 그녀는 작게 고개를 끄덕이기까지 했다. 아까처럼 우는 것도 아니고…… 아이샤의 반응이 시원찮아지자 이안은 어쩐지 못마땅해졌다. 그가 아이샤의 얼굴을 닦아 주던 냅킨을 바닥에 아무렇게나 떨구고 몸을 일으켰다.

“그럼 난 점심을 해야 해서…… 가는 길 조심히 살펴 가도록.”

매정히 돌아서는 그의 발에 냅킨이 차였다. 아이샤는 그의 뒷모습 보다 구겨진 냅킨에 눈을 뒀다. 잔뜩 구겨진 모습이 그녀처럼 형편없었다. 저 사람에게 자신이 저렇게 보일까 그녀가 생각하던 차 그새 문을 연 이안의 목소리가 들렸다.

“제임스. 아이샤 양이 이만 돌아간다고 하는군. 손님을 마차까지 배웅해 줘.”

축객령이나 다름없는 말에 아이샤가 주먹을 꾹 쥐었다. 제임스가 들어오다 카우치에 덩그러니 앉아 있는 아이샤를 보고 멈춰 섰다. 도무지 무슨 말을 해야 할지. 젊은 주인은 제임스의 눈에도 참으로 무도했다.

“저 아가씨…….”

손을 파들파들 떨며 눈에 힘을 준 아이샤가 무언가 골똘히 생각하다 벌떡 일어섰다. 놀란 제임스를 향해 그녀가 가까스로 입꼬리를 올렸다. 당장에라도 흩어질 듯 위태로운 모습이 애처로웠다.

“……이만 집에 가 봐야 할 거 같아요.”

떨리는 몸과 달리 차분한 목소리는 떨림 없이 단단했다. 하지만 살짝 휘어진 하늘색 눈 아래 구르는 눈물방울을 본 제임스의 얼굴은 본인도 모르는 새 안타까움에 젖어 한숨을 내뱉고 말았다.

* * *

"아이샤."

"흐으……. 음."

"아이샤. 일어나서 이것 좀 먹어."

무거운 눈꺼풀을 들어 올리자 검은 머리카락이 보였다. 흐릿한 시야로 아이샤는 다니엘을 부르려다 얼핏 짙은 녹안을 보고 눈을 깜빡였다.

"……아서 오빠?"

조금 선명해진 시야에 쌍둥이 오빠 아서가 잡혔다. 예상치 못한 인물이었기에 아이샤가 눈을 게슴츠레 떠 다시 한번 상대의 얼굴을 확인했다. 그녀의 얼굴에 떠오른 의아함을 눈치챘는지 아서가 입매를 굳히며 말했다.

"형들은 일이 있어 나갔어. 일부러 남아 줬더니…… 못 믿겠다는 그 눈은 뭐야?"

"오빠는 누구 옆에 있는 거 엄청나게 싫어하잖아."

"번거로우니까."

아이샤는 그런데 왜 여기 있냐며 물어보려다 콜록거리며 마른기침을 했다. 잔뜩 부은 목 안이 껄끄러운 것이 괴로웠다. 그녀의 기침에 아서가 짧게 혀를 차다 재빨리 물컵을 내밀었다. 아이샤는 유리잔에 담긴 물을 한 번에 들이켜고는 기침을 간신히 멈췄다.

"이거 먹고 빨리 약 먹어."

아서가 그녀 앞에 수프 그릇이 올려진 트레이를 내밀었다. 적당히 식은 수프는 진한 향이 올라오고 있었다. 아이샤가 숟가락을 받아 들다 침대 옆 탁자에 놓인 물그릇과 깨끗한 천을 봤다.

"물수건 오빠가 바꿔 줬어?"

"새벽에는 다니엘 형이랑 마리가 있었어. 난 몇 시간 없었어."

무뚝뚝한 어투였지만 아이샤는 빙그레 웃었다. 그녀가 수프를 떠먹으며 고마움을 전했다.

"고마워."

그녀의 인사에 아서가 잠시 멈칫했다. 그가 잠시 고민하더니 아이샤를 보며 입을 열었다.

"……형들한테도 무슨 일 있었는지 말 안 했다며."

로이드가에 다녀온 다음 날 새벽, 아이샤는 크게 앓았다. 어릴 때부터 몸이 약했던 그녀였기에 가족들의 걱정은 이만저만이 아니었다. 게다가 하필 이안을 만나도 온 뒤라 다니엘은 이안에게 찾아가겠다 소란을 피우기까지 했다.

"아버지한테도 당분간 약혼이나 결혼 생각은 없다고 말하고……. 이안 형이 너한테 뭐라 그래?"

말은 하지 않았지만 아서 또한 누이의 병이 이안으로 비롯되었겠거니 짐작했다. 아서의 물음에 잠시 침묵하던 아이샤가 중얼거리듯 답했다.

"나랑 약혼 안 할 거래."

"……."

"로이드가랑 파든가는 가는 길이 다르다고……."

그 뒤 들은 말도 있었지만, 아이샤는 거기까지만 말했다. 이안에게 들은 말을 다 내뱉기에는 목이 콱 막혀 말이 나오지 않았다. 아서는 양손을 모은 채 어깨를 떠는 아이샤를 보다 부러 담담한 얼굴을 했다.

"뭐……. 틀린 말은 아니지. 틀린 말은 아닌데……."

"……."

"그렇게까지 말할 거 있나? 당장 저번 사업도 아버지랑 같이해 놓고 다른 길은 무슨."

얼굴만큼이나 무감한 어조였지만 끝이 살짝 올라간 말투에 비꼼이 담겨 있음을 못 알아챌 아이샤가 아니었다. 아서는 아이샤가 놓은 숟가락을 다시 쥐여 주며 물었다.

"그래서. 포기할 거야?"

"……모르겠어."

"……."

"싫다 하니까 내가 포기해야 하는데……. 그게 좀 어려워. 생각할 시간이 좀 필요한 거 같아."

누이의 말에 아서가 답답한지 인상을 미미하게 찌푸렸다. 그러나 곧 그는 무언가 생각한 듯 고개를 끄덕이며 무표정한 얼굴을 되찾았다.

"그래. 생각해 보는 것도 나쁘지 않지. 아니, 큰 발전이다. 너 이안 형 일이라면 생각이라는 것 자체를 아예 못 했잖아. 빈 도토리도 아니고 머리가 그렇게 비어서야 원……."

"아서!"

아이샤가 화를 내며 덤비려 했지만 아서는 자리에서 냉큼 일어났다. 트레이가 달그락거리며 수프 그릇이 균형을 잃을 듯 보이자 아이샤는 하는 수 없이 멈추고 아서를 노려봤다.

"됐고. 일단 이거나 마저 먹어. 약 가져올게."

아이샤의 매서운 눈길에도 눈 하나 깜빡하지 않은 아서가 문으로 향했다. 아이샤는 그가 몸을 돌리기 무섭게 혀를 삐죽 내밀었다. 하지만 자신을 걱정해 주는 오라비의 배려를 모를 리 없었기에 숟가락을 잡는 그녀의 손에는 그새 조금의 생기가 돌고 있었다.

2장. 더러운 소문

소피아의 발걸음은 평소보다 가벼웠다. 그녀 뒤를 졸졸 따르며 양산을 받쳐 들고 있던 하녀가 활짝 핀 주인의 얼굴에 눈치를 보다 말을 걸었다.

"아가씨. 기분이 좋아 보이세요."

"날씨가 좋잖니. 하늘이 얼마나 맑아. 먼지도 없고. 보기 싫은 것들이 싹 가신 것처럼 상쾌해."

평소라면 먼저 말을 걸었다 타박이 날아올 가능성이 컸다. 그렇다고 먼저 말을 걸지 않으면 심심하게 한다는 힐난이 내리꽂혔지만.

어찌 되었든 까다로운 상전은 지금 정말 기분이 좋은 모양인지 평소 천박하다며 안 하던 콧노래까지 부르고 있었다. 긴장이 풀린 하녀는 양산을 느슨히 들며 최근 주인 아가씨께 무슨 좋은 일이 있었나 고개를 갸웃했다.

'별다른 일 없었는데. 그냥 변덕이신가?'

하녀가 궁금해하건 말건 회랑을 거니는 소피아는 활짝 웃기까지 했다. 지나가던 기사와 귀족 가문의 영식들이 그녀의 화사한 얼굴을 보고 얼굴을 붉혔다. 로이드 후작의 얼굴이 잘난 만큼 그 동생인 소피아도 화려하고 아름다운 외모를 자랑했다.

소피아는 제게 멋대로 인사하는 사내들에게 웃어 주며 속으로 며칠 전 훔쳐 들었던 장면을 상상했다.

'앞서 말한 이유로 난 그대와 거리를 둘 참이야. 그러니 앞으로 이리 구질구질하게 찾아오지도, 내게 뭘 기대하지도 마.'

저택 2층 작은 응접실. 응접실과 문 하나로 연결된 옆방에서 낮잠을 즐기고 있던 그녀는 아주 조금이지만 열린 문을 통해 본의 아니게 오라비와 아이샤의 대화를 훔쳐 들었다. 하나하나 얼마나 옳은 말이던지. 저절로 웃음이 활짝 피었다.

'그 높은 콧대가 아주 무너져 내렸겠지.'

오라비 이안은 그녀의 상상 이상으로 아이샤를 모질게 내쳤다. 약혼 문제를 거절로 마무리한 것은 물론이요, 여동생인 제게 무례하게 굴지 말라니. 그동안 답답했던 문제와 섭섭함으로 응어리졌던 가슴이 단번에 풀리는 느낌이었다.

"레이디 아이샤. 푸훗."

오라비가 아이샤를 레이디 아이샤라 칭하던 것을 작게 따라 하던 그녀가 웃음을 터뜨리자 뒤에 서 있던 하녀의 얼굴이 해괴하게 변했다. 하나 주인에게 무어라 할 용기는 없었으므로 하녀는 침묵을 지켰다.

하녀를 대동한 채 회랑을 지나 어느 정원에 다다른 소피아는 장미가 만개한 아치 입구에 멈춰 섰다. 그녀를 발견한 직원이 허리를 깊게 숙이며 말했다.

"입장권을 보여 주시겠습니까."

예의 바른 직원에 태도에 소피아가 손을 살짝 들어 올렸다. 하녀가 냉큼 품을 뒤져 화려한 입장권 하나를 내밀었다. 그를 확인한 직원이 아치문 쪽으로 손을 뻗으며 다시 한번 허리를 깊게 숙였다.

"들어가십시오."

도도하게 고개를 치켜든 소피아가 아치문을 지나자 관목 담에 둘러싸인 작은 정원이 나왔다. 짧게 잘린 잔디 위에는 대리석으로 만든 분수대가 놓여 있었으며 그 주변으로 갖가지 간식들이 차려진 티 테이블이 여러 개 펼쳐졌다. 그리고 각각의 티 테이블 주변에는 잘 차려입은 귀부인과 귀족 영애들이 무리지어 앉아 있었다.

잠시 두리번거리던 소피아가 목적지를 발견하고 발걸음을 틀었다. 마침 먼저 도착해 있던 무리 중 하나가 그녀를 발견하고 손을 들어 보였다. 앉아 있는 무리를 한번 훑어본 소피아가 한층 오만한 얼굴로 걸음을 옮겼다.

"소피아 양. 정말 오랜만이에요."

"그동안 얼굴 보기가 어려워 아쉬웠어요."

다섯으로 이루어진 무리는 소피아가 도착하자 일제히 자리에서 일어났다. 곧바로 가장 상석에 소피아의 자리가 만들어지자 소피아가 자연스레 착석했다.

'괜히 왔네. 별 시답잖은 애들뿐이잖아. 그래도 뭐…… 적어도 이름만 귀족인 것들과는 다르니까.'

웃는 낯 뒤에 은근한 무시가 있었다. 소피아는 로이드 후작가에 비해 명예, 재력, 권력 뭐든 뒤떨어지는 귀족가 영애들을 보며 상전처럼 고개를 살짝 끄덕거렸다.

"그동안 격조했어요. 자주 참석했어야 했는데……. 여행을 다녀온 뒤로 좀 바빠야지요."

"소식 들었어요. 하란 아래 리바드로 다녀오셨다죠? 거기는 1년 내내 따뜻하다던데 좋으셨겠어요."

"하란이 무역이 활발한 도시라 그런지 리바드도 괜찮았어요. 시골 구석이라 물건이 없으면 어쩌나 했는데 그런 걱정은 필요 없더라고요."

무리 중 한 명이 소피아가 이안과 함께 다녀온 리바드에 대해 말을 텄다.

그러자 기다렸다는 듯 다른 이들이 입을 열었다.

"따뜻한 날씨, 평화로운 바닷가. 상상만으로도 피로가 풀리는 기분이에요."

자신을 부러워하는 저 눈빛들. 소피아는 리바드에서 구매한 값비싼 사파이어 반지를 보란 듯 만지작거렸다. 짙은 색을 자랑하면서도 불순물 없이 투명한 보석에 여인들의 목소리에 부러움이 한층 더 스며들었다.

"리바드까지 가는 데만 마차로 한 달이라지요?"

"리바드에 별장 하나쯤은 가져야 진정 여유를 즐길 수 있다잖아요. 부러워요. 저는 아버지께 졸라 봤는데 바다를 질색하셔서 그런지 도통 들어주질 않으시더라고요."

"글쎄요. 어디서 들었는데 요즘 리바드에 별장을 가지려면 돈이 한두 푼 드는 게 아니라는 말이 있어서. 아주 재력가가 아닌 이상에야 욕심도 안 낸다잖아요."

"리바드는 무리지만 서쪽에 다브랑에는 다녀오기로 했답니다. 뭐, 여기도 못 갈 분들이 많으니까 만족해야지요."

쓸데없는 말이 대부분이었지만 대화 사이사이에는 서로를 향한 견제와 질투가 섞여 있었다. 물론 무리의 가장 꼭대기에 앉은 소피아와는 상관없는 이야기였다. 무리의 영애들이 리바드에 대해 떠드는 것을 구경하며 차를 홀짝이던 소피아는 주제가 지겨워지자 손가락으로 탁자를 톡톡 건드렸다. 그녀의 그 작은 동작에도 무리가 일제히 입을 멈추고 돌아봤다.

"그보다 여러분. 수도 이야기나 해 주겠어요? 아직 여행을 다녀온 지 한 달이 되지 않아 적응하기 어렵군요."

"최근에는 소피아 양께서 일전에 참석하신 자선 파티를 제외하고는 큰 행사도 파티도 없었답니다. 지루했지요."

소피아의 말에 그녀 오른편에 앉아 있던 이가 한숨을 푹 쉬며 실망스러운 듯 말했다. 하나 자선 파티라는 말에 소피아의 눈은 순간이지만 번뜩였다.

왜 진즉 생각하지 못했을까. 자신을 둘러싸고 앉아 있는 이들은 그리 대단한 가문의 딸들은 아니었지만 여기저기 떠드는 것 하나만은 잘했다. 좋은 소식은 나눠야지. 괜히 왔다는 생각이 사라지고 계획을 짜기 시작한 소피아의 눈에 은근한 악의가 서렸다. 사파이어와 색을 맞춘 푸른색 부채를 쫙 펼쳐 든 그녀가 눈만을 보인 채 붉은 입술을 숨겼다.

"아……. 그러고 보니 자선 파티가 있었지요. 뜻에 맞게 즐거운 파티였어요. 로레타 피델로이라는 좋은 친구분도 사귈 수 있었고요."

소피아의 입에서 로레타 피델로이라는 이름이 나오자 무리의 눈이 반짝였다. 그러잖아도 이안이 피델로이 백작가의 로레타 피델로이를 파트너로 삼아 이러쿵저러쿵 말이 돌았다.

"그러고 보니 소피아 양. 뭐 하나 여쭤봐도 될까요?"

"말씀하세요."

소피아 왼편에 앉아 있던 이가 흥분된 목소리로 묻자 소피아가 입꼬리를 길게 늘이며 고개를 끄덕였다. 허락이 떨어지기 무섭게 빠른 목소리로 질문이 날아왔다.

"로이드 후작 각하께서 로레타 양을 파트너로 데리고 오셨던데……. 무슨 다른 이유가 있나요?"

"이유? 어떤 의미로 묻는 말이죠?"

"지금까지 로이드 후작 각하의 파트너는 소피아 양 아니면 파든 백작가의 아이샤 양이었잖아요. 그런데 갑자기 다른 파트너를 데리고 오시니까…… 그럴 리 없겠지만 파든 백작가와 로이드 후작가 사이 약혼에 무슨 문제가 있나 해서……."

제 뜻대로 흘러가는 대화에 소피아는 속으로 웃음을 흘렸다. 그러나 겉으로는 약간 화가 난 듯 연기를 해야 했기에 그녀는 부채를 거둬들인 채 표정을 딱딱하게 굳혔다. 그녀의 얼굴에서 웃음이 사라지자 상대가 몸을 움찔거리는 것이 보였다. 소피아는 냉랭한 목소리를 꾸며 내며 조용히 일갈했다.

"뭔가 착각하시는 모양이네요. 이야기가 몇 번 오가긴 했지만, 결론적으로 로이드 후작가는 파든 백작가와 약혼을 약속한 적 없어요."

"하지만 선대 후작 부부께서……."

"로즈 양. 작고하신 내 부모님 이야기까지 들먹이며 내 말에 반박하고 싶어요?"

소피아가 정말 화가 났다고 생각했는지 가만히 듣고만 있던 이들이 질문한 이를 향해 날카로운 눈길을 보냈다. 무리에게 비난받자 로즈라 불렸던 여인이 곧바로 소피아에게 사과했다.

"아, 아니에요. 실례가 됐다면 미안해요. 그럴 뜻은 없었어요."

잔뜩 움츠러든 상대의 모습에 비웃음을 흘린 소피아가 부채를 탁자에 내려놓고 찻잔을 들었다. 그녀가 대꾸 없이 차를 마시는 사이 긴장감은 더욱 고조됐다. 찻잔을 천천히 내려놓은 소피아가 무리 한명 한명을 훑어보며 깊은 한숨을 내쉬었다.

"하아……. 좀 날카롭게 말한 것 같지만, 이해해 주세요. 예민한 문제인데다 그러잖아도 아이샤 양 때문에 스트레스가 이만저만이 아니었거든요."

소피아의 말에 무리는 입을 떼지 못하면서도 호기심 어린 눈을 했다. 예민한 문제? 스트레스? 먹잇감을 찾는 독수리 떼처럼 그녀들의 눈이 번들거렸다.

무대와 관객이 준비되자 소피아의 연기는 물이 올랐다. 그녀가 진정으로 힘들다는 듯 이마를 짚고 고개를 절레절레 흔들었다. 무리 중 참지 못한 이가 엉덩이까지 들썩이며 물었다.

"소피아 양. 도대체 무슨 일인데 그래요?"

"하아……."

소피아는 한 번 더 한숨을 쉬며 뜸을 들였다. 그리고 모두의 시선이 정확히 자신에게 집중됐을 때 천천히 입을 열었다.

"다 아시는 대로 파든 백작가의 아이샤 양과 오라버니가 약혼을 할 뻔했죠. 하지만 이번에 오라버니께서 단호하게 거절하셨답니다."

상상도 못 한 소식에 무리가 탄성을 지르거나 입을 막았다. 잔뜩 부푼 그녀들의 호기심을 둘러보며 소피아가 상체를 살짝 숙였다. 그리고 입가에 손가락을 가져다 대며 아주 작은, 그러나 선명한 목소리로 악의를 풀어 놨다.

"어디 가서 이야기는 마세요. 부끄러운 일이니까. 사실 파든 백작가의 아이샤 파든 양이……."

* * *

"조금 늦었어요. 벌금은 낼 테니 너무 나무라지 마세요."

앓은 지 딱 일주일 되던 아침, 아이샤는 언제 아팠냐는 듯 환하게 웃으며 가족들이 식사하는 홀로 내려왔다. 짧은 기간 살이 잔뜩 내린 그녀를 본 가족들의 얼굴은 마냥 좋지만은 않았다. 가족들의 표정이 밝지 않자 아이샤가 재빨리 자리에 앉으며 손을 닦고 평소 먹는 것보다 큰 빵을 집어 들었다.

"천천히 먹으렴."

백작 부부와 에드워드, 아서는 아이샤의 뜻을 존중해 아무 일 없었다는 듯 식사를 계속했다. 계속 인상을 구기고 있는 것은 다니엘뿐. 하지만 이제 막 자리를 털고 일어난 누이에게 무어라 할 수는 없었는지 그는 종이처럼 얇게 잘린 햄을 아이샤의 접시 위에 여러 장 던져 놓는 것으로 제 불만을 대신했다.

"다니엘. 메리츠 부인께 예절 교육을 한 번 더 부탁드려야겠구나."

식사 예절이라고는 저 멀리 던져 버린 그의 행동에 마리사가 엄한 목소리를 내자 다니엘이 삐딱하게 앉았던 자세를 바로 했다. 메리츠 부인은 에드워드와 다니엘의 어린 시절 가정교사로 잔머리 하나 없이 틀어 올린 머리 스타일만큼이나 일을 꼼꼼히 잘했다.

어린 시절, 의젓했던 에드워드가 그녀에게 손에 꼽을 정도로 혼이 난 것과 달리 다니엘은 매일 열 손가락이 모자랄 정도로 혼이 났다. 덕분에 다니엘은 메리츠 부인의 이름만 나와도 딱딱히 굳어졌다.

"멀리 있어서 손이 안 닿았는데……. 고마워, 오빠."

다니엘의 얼굴이 창백해지자 아이샤가 그를 도와줬다. 아서가 아이샤 바로 앞에 있는 햄을 한 장 집으며 다니엘을 향해 비웃음을 흘렸다. 그를 봤는지 다니엘이 동생을 향해 눈을 부라리며 입을 열려 했지만, 옆구리를 찌르는 에드워드의 손에 멈추고 작게 이를 갈았다.

"에드워드. 전하께서 네게 특별히 부탁한 일이……."

"애블랑 가문에서 포도주 무역에 관해 물어 왔어요. 남부 지방에 있는 영지에 포도가 풍작일 거 같다고 하더라고요."

"갈란트 교수님이야 매번 똑같으시죠. 그분은 좀 고지식하시니까……. 좀 답답할 때도 있지만 그래서 편해요. 후원금 이야기는 하지 않으시거든요."

"마구간지기 존이 그만두고 고향으로 간다고 전해 왔어요. 성실한 사람이라 마음에 들었는데……."

그래도 어느새 가라앉아 있던 분위기가 많이 풀렸다. 가족들은 서로에게 이것저것 물어보며 식사를 이어 갔다. 아이샤가 없었던 일주일 동안은 어딘가 침울했던 아침 시간이라 간만에 훈풍이 도는 분위기를 모두가 반겼다.

"아이샤. 너는 오늘 계획한 게 있어?"

좋은 분위기 속 아이샤도 열심히 대화하며 손을 움직였다. 그녀가 꾸역꾸역 힘들게 햄을 먹자 에드워드가 팔을 뻗어 그녀의 접시에서 햄을 덜어 가며 물었다. 말끔히 비워진 접시에 아이샤가 저도 모르게 환히 웃으며 답했다.

"의상실에 가 보려고."

"의상실? 직접 가려고?"

"응. 왜?"

에드워드의 얼굴에 걱정이 살포시 내려앉았다. 그가 며칠 새 마른 듯한 여동생을 찬찬히 살폈다. 아이샤의 드레스 목 부분과 소매는 척 보기에도 헐렁해져 있었다.

"침대에서 일어난 지 얼마 되지 않았잖아. 그냥 집으로 사람을 불러."

"방에 오래 있었더니 밖에 나가고 싶어서 그래. 한동안 방에만 있었더니 갑갑하기도 하고 요즘 날씨가 좋잖아."

아이샤는 홀에 난 창을 통해 밖을 바라보며 답했다. 늦봄도 이제 끝물이라 햇살이 아침부터 강렬했다. 여동생의 얼굴에 내리 앉은 햇살에 에드워드가 천천히 고개를 끄덕이다 무언가 생각하고는 입을 열었다.

"그럼 같이 나가자."

"오빠가? 일은 어떻게 하고?"

"전하께서 휴가를 가셨잖아. 덕분에 밑에 사람들도 여유가 좀 생겼지. 사람을 보내면 반나절 정도는 이해해 줄 거야."

아이샤는 잠깐 고민했다. 물론 같이 가 주려는 마음은 고마웠다. 하지만 큰 오라비 에드워드는 그녀의 옷차림에 아버지 그레이엄보다 보수적으로 굴었다. 곧 여름이니 목이나 등이 과감하게 파인 드레스를 보려 했건만…… 아무래도 그건 포기해야 할 듯싶었다.

계획을 수정한 아이샤가 고개를 끄덕이자 에드워드가 한 손을 가슴 위로 비스듬히 짚으며 숙녀분과 함께해 영광이라 장난스럽게 답했다.

"윗사람이 자리를 비우면 더 바빠야 하는 거 아냐? 이 나라가 어떻게 되려고……."

에드워드와 아이샤의 대화를 가만 듣고 있던 다니엘이 툭 끼어들었다. 오늘 밤 밤샘 근무가 예정되어 있는 그는 여동생과 느긋하게 외출을 하러 가는 에드워드가 영 못마땅한 얼굴이었다.

"나라까지 걱정하기에 형은 윗사람이 있든 없든 제멋대로잖아. 모를 줄 알아? 형이 매번 훈련 빠지고 도망 다니는 거. 오늘 근무도 벌 대신이라지?"

"야!"

다니엘의 말에 아서가 고개를 들지도 않은 채 반박했다. 성격 급한 다니엘은 포크 채로 아서에게 삿대질을 하다 마리사의 눈길을 받고 슬그머니 내렸다.

"그래. 어느 의상실을 갈 생각이야."

에드워드가 투덜거리는 다니엘을 무시한 채 아이샤에게 물었다. 한입에 먹기 좋게 잘린 생치즈를 찍어 올리던 아이샤가 고민 없이 답했다.

"보브스 거리에 있는 루브 부인의 의상실에 가려고. 레반의 푸른 천이 많이 들어왔다고 얼마 전에 서신을 보내왔어."

"그리 멀지 않네. 오전에 나갈 생각이면 근처에서 점심도 하고 오자. 오랜만에 동생하고 가는 외출인데 주머니 좀 열어야지."

"정말? 그럼 기왕 주머니 여는 김에 비싼 걸로 부탁해. 오빠."

아이샤와 에드워드가 시답잖은 대화를 이어 갈 때였다. 부루퉁한 얼굴로 접시 위 음식을 잘게 쪼개던 다니엘이 고개를 번쩍 들더니 아이샤를 노려봤다. 갑작스러운 그의 표정 변화에 아이샤가 어리둥절한 얼굴로 다니엘을 마주 봤다.

"의상실 하니까 생각났는데……. 아이샤, 너. 다음 달 있을 황궁 연회에 누구랑 갈 거야? 파트너는 정했어?"

다니엘은 아이샤가 제게 시선을 주기 무섭게 가라앉은 목소리로 물었다. 각자 식사하거나 이야기를 나누던 파든가 사람들이 일제히 멈췄다. 아이샤는 제게 쏠리는 시선을 견디며 최대한 아무렇지 않은 목소리로 답하려 했다. 하지만 떨리는 그녀의 목소리를 눈치채지 못한 사람은 없었다.

"……아직 못 정했어."

"잘됐네."

다니엘은 아이샤의 말이 끝나기 무섭게 입을 뗐다. 그의 손은 여전히 접시 위 음식을 잘게 쪼개고 있었다. 포크에 으깨진 고기가 그의 불편한 심기를 대변했다.

"어차피 거긴 다 같이 가야 하니까 자존심 상하게 파트너 해 달라, 누구한테 편지 쓸 생각 말고 가족들이랑 같이 다녀. 알았어?"

뼈가 있는 말이었다. 아이샤는 오라비의 말에 대꾸 대신 제 접시 위를 응시했다. 생각하지 않으려 했는데 이안에게 들었던 말들이 계속 귀를 맴돌았다.

그도 분명 황궁 연회에 갈 텐데 누구와 올까? 사흘간 열리는 연회 내내 같은 파트너를 데리고 올까? 아니면 매번 다른 파트너를 데리고 올까? 거리를 두자고 했으니 나한테는 하루도 주지 않겠지.

'……차라리 매번 다른 사람이랑 왔으면 좋겠어.'

"아이샤. 네가 정 그러면 내가 이안……."

다니엘의 구겨진 표정을 뒤로한 채 아이샤가 침울해할 때였다. 딸의 어두운 표정을 보고 그레이엄이 입을 열었다. 그러나 그가 이안의 이름을 꺼내기 무섭게 마리사가 남편의 손 위로 제 손을 올리더니 아이샤를 향해 단호한 얼굴을 했다.

"다니엘 말대로 하려무나. 어차피 당분간 약혼이나 결혼 생각도 없다 아버지께 말씀드렸잖니. 괜한 구설에 오르지 않게 이번에는 오라비들하고 다니렴. 다들 하루쯤은 너를 위해 파트너 자리를 비워 줄 거야. 오라비들과 돌아가면서 파트너 하는 것도 괜찮지."

"……그렇게 할게요."

엄한 어미의 말에 아이샤가 힘없이 고개를 끄덕였다. 접시 위에 시선을 고정한 얼굴이 한없이 어두웠다. 한순간에 가라앉은 분위기에 다니엘이 저도 모르게 중얼거렸다.

"망할 새끼."

* * *

이안은 네 시간째 집무실에 일부처럼 앉아 펜을 움직이고 있었다. 서류가 그의 왼편에서 오른편으로 넘어갈 때면 건조한 종이 내와 잉크 특유의 향이 책상 위로 떠올랐다 내려앉길 반복했다. 끝없이 읽고 판단하는 일이 지겨울 법도 했건만 그는 무표정한 얼굴로 손을 묵묵히 움직였다.

그러기를 한참, 서걱거리는 펜 소리는 왼편 종이 무더기가 사라진 후에야 멈췄다. 비어 버린 책상 왼편에 이안은 미간을 찌푸리며 의자에 몸을 깊숙이 기댔다.

넓어진 그의 시야에 책상 구석에 자리한 찻잔이 들어왔다. 하얀 김이 연하게 올라오던 차는 식은 지 오래였으나 여전히 맑은 홍색을 유지하고 있었다. 온통 모서리 진 책상 위 물건 중 유일하게 둥근 찻잔이 괜히 신경이 쓰여 이안은 의자 등받이에서 묻었던 상체를 일으켜 찻잔에 손을 뻗었다.

가까이 들어 올린 찻잔 수면에 그의 수려한 얼굴이 선명히 떠올랐다가 흔들림으로 흩어졌다. 물결치는 잔 속을 가만히 들여다보던 이안이 무언가 떠올리더니 찻잔을 아무렇게나 내려놨다.

탁.

얇은 도자기 특유의 마찰 소리와 함께 찻물 일부가 책상에 쏟아졌다. 오른편으로 치우지 않은 마지막 서류 구석에 붉은 물이 들더니 잉크가 번졌다. 더러워진 종이에 이안은 신경질적으로 머리를 쓸어 올렸다. 하지만 그뿐. 그는 사람을 부르거나 찻물이 번지는 종이를 치우는 대신 다시 의자에 몸을 묻고 눈을 감았다.

'갑자기 생각이 나서는…….'

이안 입에서 짜증스러운 한숨이 길게 나왔다. 찻잔에 비친 자신의 얼굴을 본 순간 그는 저절로 여자를 떠올렸다. 정확히는 찻잔에 비친, 울고 있던 여자의 하얀 얼굴이 생각났다.

창백해진 입술과 붉은 눈가. 눈물로 평소보다 연해진 옅은 푸른 눈……. 그리고 뺨에 붙은 몇 가닥의 흐릿한 색의 머리카락.

이안에게 아이샤는 온통 연하고 흐릿한 여자였다. 외모도 그러했지만 사람 자체가 그랬다. 뚜렷한 선과 색채로 그을 수 있는 그의 세상에 지저분하게 번진 물감과도 같은 불쾌한 존재.

'지겨워.'

아이샤를 생각하자 자연스레 지겹다는 감상이 떠올랐다. 그가 어떻게 행동해도 매번 똑같은 멍청한 여자.

'만, 만나서 반가워……요.'

아주 어린 시절부터 아이샤는 쉴 새 없이 그를 쫓아다녔다. 한때는 그런 그녀가 귀여울 때도 있었고, 또 조금이지만……. 아니, 착각으로나마 좋아한다 생각한 적도 있었다.

하지만 머리가 자라고 이성이라는 것이 무르익자 알 수 있었다. 그 모든 것은 착각이었고 유일하게 남은 것은 불쾌함뿐이라는 것을. 그나마 함께한 15년의 정 때문에 상대라도 해 줬으나 지금은 그 정마저 완전히 떨어진 후였다.

'파든가 여식한테 정은 무슨…….'

아이샤에 대해 생각할수록 입 안에 참을 수 없는 불쾌감이 맴돌았다. 이안은 책상 첫 번째 서랍을 열어 시가를 꺼냈다. 손이 덜덜 떨리는 게 어지간히 짜증이 난 모양이었다.

치익 하고 시가 끝이 타들어 가자 불쾌감이 조금 가셨다. 머리를 어지럽게 하는 매캐한 연기를 마시며 그가 고개를 뒤로 한껏 젖혔다. 위로 뿜어져 나온 연기가 천장에 닿기 직전 동그랗게 원을 그리다 사라졌다.

그 모양이 꼭 아이샤의 구불거리는 머리카락 끝 같아 또다시 화가 치밀었다.

'3년이면 알아들을 때도 되지 않았나?'

이안이 이런 자신의 감정을 자각하고 아이샤를 내치기 시작한 것은 3년 전부터였다. 약혼 이야기가 본격화되던 그 시기. 그는 흔쾌히 약혼에 동의하지 못하는 자신을 보며 한동안 스스로를 이해하지 못해 방황했다.

'섭섭했으면 미안해. 하지만 난 아직 준비가 안 됐어.'

처음에는 준비되지 않은 자신이 부끄러워 약혼을 꺼리는 것이라 생각했다. 그러나 시간이 가면서 그는 분명히 깨달았다. 아이샤와 약혼은 안 된다는 것을.

하지만 전부터 쌓아 온 인연이 있었고 구두라고는 하나 아버지 대부터의 약속이었다. 게다가 당시 그는 파든 백작가에 빚을 지고 있다고 생각하던 때였다.

'이안. 아이샤 그 아이와 자네의 약혼에 대해 말할 때가 된 거 같은데.'

'아……. 제가 사업차 급히 다녀올 곳이 있어서요. 돌아오면 다시 찾아뵙겠습니다. 그때 다시 말씀하시죠.'

그리하여 그는 일부러 애매하게 행동했다. 어제까지만 해도 웃으며 지내다 갑자기 싫다 하면 자신만 미친놈에 나쁜 놈이 될 것이 분명하지 않은가. 물론 약혼을 수락할 듯 말 듯 분명치 않은 태도가 비열하다면 비열할 수도 있지만, 글쎄……. 찝찝하기는 했으나 아이샤에게 미안하지는 않았다.

'하긴 이제 와서는 계속 멍청하게 굴어 주는 게 나한테는 좋은 일이지. 죽고 못 사는 여식이 괴로워하는 꼴을 보면 그 인간 속도 타들어 갈 테니 말이야.'

그리고 이제는 찝찝함마저 없었다. 얼마 전 6개월간의 여행에서 그는 아이샤를 그리고 파든가를 냉대해도 되는 분명한 명분을 찾았다. 싫은 것을 싫다고 말할 수 있는 이유. 2년이 넘게 의심만 했던 것에 대한 증거. 이안의 벽안이 섬뜩하게 빛나더니 책상 가장 아래 굳게 잠겨 있는 서랍을 응시했다.

똑똑똑.

그가 얼음 같은 낯으로 한참 서랍을 볼 때였다. 누군가 집무실 문을 두드렸다. 퍼뜩 정신을 차린 이안이 들어오라 말하며 재떨이에 시가를 비벼 껐다.

"주인님. 바쁘신 와중 죄송합니다만, 곧 레반투스 공작님과 약속한 시각이십니다."

들어온 이는 제임스였다. 그의 목소리에 이안은 고개를 작게 까닥이다 책상 위 젖어 망가진 종이로 손을 가져다 댔다. 서명 부분이 완전히 우그러진 종이가 보기 흉했다.

- 파든 백작가와 함께한 사업에서 큰 수익…….

서류 중간에서 파든가를 발견한 이안이 망설임 없이 종이를 구겼다. 주인의 손에서 거친 소리와 함께 종이가 뭉쳐지자 제임스가 의아한 낯을 했다. 이안은 신경 쓰지 않은 채 아무렇게나 구긴 종이를 책상 위에 내던지고는 의자에서 일어났다.

"가지."

* * *

수도 리온에 있는 보브스 거리는 유행의 중심지였다. 의상부터 액세서리, 보석, 화장품 등 멋을 내는데 필요한 모든 물건들이 한 거리에 주르륵 진열돼 사람들의 눈을 사로잡았고 덕분에 주머니에 여유가 있다 하는 사람들은 멋을 낼 때마다 보브스 거리를 찾았다.

"거기! 조심히 옮겨!"

"주문한 지가 언제인데 확인 안 하고 뭐 하고 있었어?"

유명한 만큼 거리는 항상 바빴다. 신분과 재력에 따라 찾는 가게들이 조금씩은 달랐지만, 상업의 성장과 더불어 대부분 가게에는 손님이 많았다. 빠르게 바뀌는 유행에 발맞춰 점원들은 이른 아침부터 가게 밖을 청소하고 창을 닦고 각지에서 오는 물건을 받느라 정신이 없었으며 가게 주인들은 점원들을 채근하며 중요 고객 일정을 점검하느라 눈코 뜰 새 없이 움직였다.

"여기는 오늘도 북적이네요."

"루브 부인의 물건은 특색도 있는 데다 좋으니까요."

보브스 거리 한편에 있는 루브 부인의 의상실은 바쁜 가게들 사이에서도 한층 더 분주한 곳이었다. 귀족과 평민 모두를 고객으로 삼는 이곳은 귀족들만을 위한 전용 의상실보다는 물건값이 저렴했지만 그렇다고 유행에 뒤처지거나 품위가 없지는 않았다. 어느 정도 높은 품질에 합리적인 가격. 그 매혹적인 덫에 귀족들은 루브 부인의 의상실에서 옷을 맞췄고 평민들은 감히 넘볼 수 없는 세계에 발을 들인다는 기분으로 가게를 찾았다.

"폴 이 녀석이 주문을 잘못 받는 바람에 아침부터 정신이 없구나."

"그래도 바쁜 게 좋지요. 길 건너 랑당 씨의 의상실 좀 보세요. 저번에 저지른 실수 때문에 요즘 장사가 안 되는지 내내 울상이에요."

"가엾게 됐지만 어쩌겠니. 난 안쪽에서 잠시 쉴 테니 앤 네가 망을 좀 보렴. 30분쯤 뒤에 아이샤 아가씨께서 방문한다 했어."

"네, 부인. 아가씨께서 도착하면 알려드릴게요."

이렇듯 루브 부인의 의상실에는 많은 손님들이 있었으나 개중에서도 아이샤는 특별한 손님이었다. 루브 부인은 아이샤가 방문할 때는 아무리 바빠도 본인이 직접 움직였다.

당연한 것이 어느 정도 이름이 알려진 귀족인 데다 돈 걱정 없는 부유한 가문에서는 평민을 상대하는 루브 부인의 의상실에서 옷을 잘 맞추지 않았다. 게다가 기존에 있는 귀족 고객들 중에서도 많은 수가 루브 부인의 의상실에서 평상복을 찾지, 파티나 격식 있는 자리에 입을 옷을 맞추기는 꺼렸다.

때문에 루브 부인은 어느 수준 이상의, 가게의 대표가 되어 줄 만한 비싼 의상을 제작하는 데는 어려움이 있었는데 그걸 해결해 준 이가 아이샤였다. 아이샤는 부친 그레이엄과 가문의 영향으로 여러 가게들을 다니며 물건을 살피는 편이었고 종종 루브 부인의 의상실에서도 고급 드레스를 맞추곤 했다.

"어? 일찍 도착하셨네. 부인! 부인!"

루브 부인의 명으로 밖을 주시하고 있던 앤은 파든 백작가의 마차가 보이기 무섭게 소리를 질렀다. 가게에서 제법 오래 일한 그녀는 파든가의 마차뿐 아니라 가문의 말들도 어느 정도 외고 있었다.

"부인! 파든가 아가씨께서 오셨어요. 빨리 나오세요!"

"어머! 벌써 오셨어?"

루브 부인이 빠른 걸음으로 가게를 가로지르자 손님들의 시선이 그녀를 향했다. 항상 우아한 가게의 여주인이 호들갑을 떨며 손님을 맞이하니 궁금도 하리라. 가게 안에 있던 몇몇 귀족들이 아이샤와 에드워드를 알아보고는 수군거렸다.

"어머! 아가씨 오랜만이에요. 아……. 에드워드 공께서도 함께 오셨군요. 찾아 주셔서 영광입니다."

"오랜만이에요. 루브 부인. 보시다시피 오늘은 오빠도 같이 왔어요."

루브 부인은 아이샤에게 친근한 호칭을 붙인 것과 달리 에드워드에게는 반듯하게 예의를 차리며 인사했다. 몇몇이 그 모습에 의아함의 비쳤으나 개개인 손님의 취향에 맞춰 말과 행동을 적절히 조절하는 루브 부인의 처신은 호평이 자자했다. 아니나 다를까 아이샤와 에드워드 둘 다 별 불쾌한 내색 없이 루브 부인의 안내에 따라서 가게 안쪽 특별 손님만을 위한 방으로 향했다.

"편히 앉으세요. 차를 내오라 했습니다."

루브 부인이 안내한 방은 의상을 둘러볼 수 있게 전신 거울 여러 개와 그 앞 공간이 넉넉했다. 게다가 공간 바로 앞에는 천장부터 바닥까지 내려오는 커튼까지 있어 옷을 갈아입은 뒤 바로 일행에게 선보일 수도 있었다. 반쯤 젖혀진 공간 뒤 걸려 있는 여러 벌의 의상에 잠시 시선을 두던 아이샤가 제 앞에 놓이는 차에 고개를 바로 했다.

"어서 드세요. 백작가에서 드시는 것만은 못 하지만 아껴 두던 차랍니다."

손짓으로 차를 권하며 루브 부인이 작게 잘린 옷감들과 도안 여러 장을 가져왔다. 차를 들어 올리며 아이샤가 도안에 눈을 두자 루브 부인이 입을 열었다.

"요즘 도통 찾아 주지 않으셔서 제 감각이 뒤떨어졌나 걱정이었는데 오늘 오신다 연락을 주셔서 어찌나 기쁘던지."

"갑작스러운 연락이었을 텐데 환대해 줘서 고마워요. 일전에 레반의 푸른 천이 들어왔다 해서 여름 드레스를 몇 벌 맞추려고요."

"아가씨를 위한 것은 이미 따로 빼놨답니다. 한데 혹 공께서도 필요한 의상이 있으실까요? 연락받은 건 아가씨의 드레스뿐입니다만, 혹 몰라 신사복 도안과 참고할 만한 것들도 따로 준비해 뒀습니다."

"나는 괜찮네. 오늘은 아이샤 이 아이의 드레스를 구경 온 거니까 난 신경 쓰지 않아도 좋아."

에드워드의 답에 루브 부인이 고개를 끄덕이며 드레스 도안을 테이블에 펼쳐 놨다. 다양한 디자인이 그려진 도안은 단순히 드레스의 디자인뿐 아니라 옷감의 재질과 색 그리고 어울리는 장신구들까지 꼼꼼히 적혀 있었다.

"정성을 들인 태가 나는데……. 다양하니 고르기가 힘들 정도네요."

"아가씨의 드레스는 제 의상실의 대표작이니까요. 저부터 말단 디자이너들까지 한 달에 한 번은 아가씨만을 위한 도안을 그린답니다."

루브 부인의 말에 아이샤보다 에드워드의 얼굴이 더 밝아졌다. 딱딱히 앉아 있던 그는 자세를 풀며 의상실에도 제법 투자할 가치가 있지 않을까 고민했다.

오라비가 그런 생각을 하건 말건 아이샤는 도안을 살피며 요구사항을 말했다. 루브 부인은 아이샤가 추린 도안 위에 그녀의 의견을 꼼꼼히 써 내려가며 옆에 서 있는 점원에게도 이것저것 명령했다.

주문은 장작 두 시간이 지난 후에야 마무리됐다. 루브 부인은 준비해 둔 드레스가 몇 벌 있으니 입어 보는 것이 어떻겠냐 권했지만, 아이샤는 옅게 웃으며 고개를 저었다. 커튼 안쪽에 있는 드레스들은 여름에 맞춰 목과 가슴 쪽에 노출이 좀 있는 편이었고 그걸 입는 순간 옆에 앉아 있는 오라비의 반응은 뻔했다. 자신의 거절에 시무룩해진 루브 부인의 얼굴이 좀 안타깝긴 했지만 어쩌겠나. 잔소리는 딱 질색인데.

"완성되는 대로 사람을 보내겠습니다."

"신경 써 줘서 고마워요."

"뭘요. 다음에 또 찾아 주세요. 댁으로 부르셔도 제가 찾아뵙겠습니다."

볼일을 마친 남매가 자리에서 일어나자 올 때와 마찬가지로 루브 부인이 두 사람을 정중히 안내했다. 하나 방문 앞에 다다랐을 때 잊은 것이 있는 듯 루브 부인이 손뼉을 짝 쳤다.

"아! 그러고 보니 레반에서 푸른 천을 한 종류 더 개발했는데 그걸 보여 드리지 못했네요. 오늘 아침에 들어온 상품인데 오신 김에 보고 가시는 건 어떨까요? 전과 달리 색상이 연해 시원한 느낌이 한층 더 강하답니다."

"레반의 푸른 천이 하나 더 생긴 모양이죠?"

"아직 잘 모르실 거예요. 제 가게를 비롯해 몇몇 의상실에만 물건이 들어왔거든요. 정식으로 판매가 시작된 것도 아니고 좋은 품질이라 다른 가게에서도 쉬쉬하는 분위기랍니다."

"좋은 정보네요. 당분간 레반의 천 시장을 주시해야겠어요. 한데 왜 갑자기 새로운 상품을 만든 거죠?"

"레반의 푸른 천이 나온 지도 이제 10년……. 아직 그 색을 이길 푸른 천이 없다지만 기존의 푸른 천만으로는 경쟁력이 슬슬 떨어질 때가 됐죠. 다른 곳들도 기술이 좋아져 독자적인 상품이 많이 나오다 보니 레반에서도 그걸 신경 쓰는 분위기랍니다."

레반에서 나온 새로운 천이라면 볼 가치가 충분했다. 아이샤가 고개를 끄덕이며 카우치 쪽으로 몸을 틀자 가만 있던 에드워드가 그녀를 불렀다.

"아이샤."

"응?"

"……난 나가서 마차를 살펴보고 있으마."

오라비의 멋쩍은 표정에 아이샤가 자신도 모르게 웃음을 터뜨렸다. 둘째 오라비인 다니엘과 달리 투덜거리지 않아 지루해하는 줄 눈치채지 못했건만 인내심 강한 첫째 오라비도 영 지루한 눈치였다. 그녀가 고개를 끄덕이며 에드워드에게 말했다.

"알았어. 곧 나갈게. 조금만 기다려 줘."

* * *

'집에서 보는 것과는 완전히 다르군. 다니엘이 질색한 이유를 알 만해.'

의상실에서 나와 마차에 앉은 에드워드가 저도 모르게 고개를 저었다. 집으로 사람을 불러 옷을 맞출 때와 달리 의상실에 앉아 있는 것은 인내심 깊은 그에게도 제법 힘든 일이었다. 게다가 여기저기서 나는 천 특유의 향은 어찌나 강한지. 매일 맡는 잉크 내와는 또 다르게 강한 향에 머리까지 아플 지경이었다.

'조금 늦은 점심이 되겠군.'

품속에서 꺼낸 시계로 시간을 확인한 에드워드가 마차 시트 등받이에 몸을 깊숙이 묻으며 눈을 감았다. 사람들이 많은 거리인 만큼 소란스러운 편이었지만 이대로 여동생이 오기 전까지 눈을 붙이는 것도 나쁘지는 않을 것 같았다. 하나 그가 막 눈을 감았을 때 의상실 문 열리는 소리가 나더니 곧 여러 명의 발걸음 소리가 났다.

"보셨어요? 안에 파든가의 아이샤 양 맞죠?"

"맞아요. 세상에 뻔뻔하기도 해라. 나 같으면 부끄러워서 밖에 나올 생각은 못 할 텐데."

열린 마차 창문 사이로 여동생의 이름이 들렸다. 척 봐도 좋지 않은 대화 주제에 에드워드는 눈을 번쩍 뜨고 마차 창문에 달린 커튼 뒤에 숨어 밖을 봤다.

세 명의 젊은 여인이 마차 방향으로 걸어오고 있었다. 조잘거리는 목소리가 점점 더 가까워지고 에드워드는 그들의 대화에 귀를 세웠다.

"무슨 말이에요? 나만 모르는 일이 있나요?"

"어머 레나 양은 아직 모르셨어요? 아이샤 파든 양 말이에요 로이드 후작님과 약혼이 파투 났다고 해요."

"네? 두 분은 어릴 적에…… 그러고 보니 매번 약혼을 한다, 한다, 하기만 하고 말도 없더니 무슨 문제가 있는 모양이죠?"

"아직 모르시는 모양이니 알려 드리는데……. 아이샤 파든 양. 여러 사내와 난잡하게 놀아났나 봐요. 소문에는 후작님께서 그걸 알게 되어 약혼을 거절하셨대요."

"어머. 망측해라."

처음 듣는 말에 에드워드의 얼굴은 점차 심각해졌다. 하나 그가 대화를 훔쳐 듣고 있다 생각하지 못한 여인들은 삯마차를 기다리는 동안 아이샤에 대한 소문을 계속해서 조잘거렸다.

* * *

의상실에서 나온 뒤 에드워드는 아이샤를 유명한 식당으로 데려갔다. 하지만 식사하는 내내 그의 표정은 묘하게 좋지 못했다. 그를 알아챈 아이샤는 직원이 그들 앞의 식기를 치우고 차와 디저트를 내오자 고민하다 입을 열었다.

"오빠, 무슨 일 있어?"

"응? 갑자기 무슨 말이야."

"아니, 얼굴이 어딘가 어두워서……."

"아아……. 잠깐 일을 생각하느라. 그보다 네가 좋아하는 딸기 케이크네. 어서 먹어."

걱정스러운 아이샤의 얼굴에 에드워드는 미소 지으며 고개를 저었다. 그러나 그의 속은 분노라는 커다란 불덩이 하나가 앉아 활활 타고 있었다.

'……그따위 소문이 돌고 있단 말이지.'

아이샤에 대한 괴설을 뿌리던 영애들은 에드워드로서는 얼굴도 모르는 이들이었다. 황태자 옆에서 일하며 자연스레 많은 귀족과 그 가족들의 얼굴을 외고 있는 그가 모를 정도면 중요한 가문의 이들은 아닐 가능성이 컸다.

'이름 없는 가문의 것들이 떠드는 소문이라……. 시작점을 찾는 건 쉽지 않겠지.'

에드워드는 식당에 도착하고 아이샤 몰래 마부에게 루브 부인의 의상실에 쪽지를 전하라 명했다. 쪽지에는 의상실에서 나온 세 명의 영애들에 대한 인상착의와 함께 누구인지 묻는 말이 적혀 있었고 루브 부인은 특별 손님을 놓치기 싫을 테니 분명 답을 줄 터였다.

'누구든 이 문제에 대한 값은 치러야지.'

케이크를 먹는 아이샤의 얼굴을 마주 본 에드워드는 찻잔을 들어 올려 입을 가리고는 이를 악물었다. 뒷말 많은 사교계에서 어떤 소문이 돌든 그는 크게 관심이 없었다. 하지만 그따위 더러운 소문의 주인공이 제 여동생이라면 이야기는 완전히 달랐다.

"아이샤."

더운 차로 한차례 분노를 삼켜 낸 그가 여동생을 부르자 아이샤가 얼굴을 들었다. 에드워드는 평소와 같이 평이한 얼굴을 꾸며 내며 아이샤에게 물었다.

"얼마 전 로이드 후작가에 갔을 때 무슨 일 있었니?"

잠깐 멈칫한 아이샤가 잔잔한 미소와 함께 고개를 저었다. 살짝 올라간 입꼬리는 자연스러웠으나 흔들리는 눈을 눈치 못 챌 에드워드가 아니었다. 보통 때의 그라면 여동생의 난처함에 거짓을 눈감아 주며 한발 물러났을 테지만 지금은 아니었다. 에드워드는 눈을 내리깐 아이샤를 똑바로 바라보며 말을 이었다.

"솔직하게 말해 보렴. 다니엘처럼 너에게 윽박지르고 싶지는 않지만, 걱정이 되어서 그래."

에드워드의 말에 아이샤는 입을 살짝 뗐다 다시 닫았다. 굳게 닫힌 입술에는 파든가 특유의 고집이 묻어났다. 작게 한숨 쉰 에드워드가 적당히 식은 차를 한 모금 더 삼키고 엄한 얼굴을 했다. 그러나 그가 다시 한번 물으려던 차 아이샤의 얼굴이 굳어지며 그녀의 연한 푸른 눈이 조금 전과는 비교할 수 없이 흔들렸다.

"아……."

심상치 않은 아이샤의 반응에 에드워드가 몸을 돌리자 이제 막 가게를 들어온 남녀 한 쌍이 보였다. 에드워드는 인상을 찌푸리며 화려하게 차려입은 여인과 다정히 팔짱을 끼고 있는 사내의 이름을 속으로 읊었다.

'이안…….'

여동생에 대한 소문을 들은 지금 가장 꼴 보기 싫은 인간이 이안이었다. 에드워드는 그답지 않게 인상을 구기며 이안을 보다 아이샤를 기억해내고 다시 고개를 돌렸다. 여인과 팔짱을 꼭 낀 채 식당에 들어선 것을 보았으니 속상한 얼굴이겠지. 조금 전에도 창백해진 것이…….

'응?'

그러나 에드워드의 걱정과 달리 아이샤의 얼굴은 멀쩡했다. 고개를 내리고 눈을 살짝 내리깔기는 했으나 그뿐. 그녀의 얼굴에서는 상처의 낌새도 당혹감도 찾을 수 없었다.

'……다행인가.'

에드워드는 속으로 한숨을 쉬며 안도했다. 하나 그가 다행이라 생각한 직후 불길한 발걸음 소리가 났다. 뒤를 살짝 보니 이안이 여인과 함께 직원의 안내를 받아 그와 아이샤가 앉아 있는 테이블 쪽으로 걸어오는 것이 보였다. 에드워드는 그답지 않게 속으로 욕설을 지껄였다.

'저 자식 일부러…….'

이안은 에드워드와 아이샤가 앉아 있는 테이블을 지나가기 직전 여인 쪽으로 고개를 숙여 무어라 속살거렸다. 무슨 말을 들었는지 여인이 까르르 웃음을 터뜨렸다. 그리고 그 순간 아이샤는 들고 있던 포크를 떨어뜨렸다.

챙.

크지는 않았으나 근처에 있는 이들은 들을 수 있는 소리였다. 에드워드는 파르르 떨리는 손을 재빨리 소매 안으로 감추는 아이샤를 보며 입술을 문 채 안쪽으로 시선을 돌렸다.

그와 눈을 마주친 이안은 고개를 작게 까닥이고는 직원의 안내에 따라 자리에 앉았다. 멀지 않는 곳 대각선에 앉아 있는 탓에 얄미운 낯짝이 에드워드의 시야에 또렷이 들어왔다.

"레이디 로제타. 귀한 시간 내주셔서 감사합니다."

이안이 여인의 손을 들어 올리더니 보란 듯 손등에 소리 나게 입 맞췄다. 에드워드는 쪽 소리와 함께 아이샤가 움찔거리는 것을 보고는 손을 들어 직원을 불렀다.

"계산서를 가져다주게."

직원이 계산서를 가지고 오는 동안 아이샤는 말이 없었다. 그러나 에드워드는 그녀 앞 망가진 케이크만큼 여동생의 심정이 무너졌음을 눈치챘다.

* * *

낮보다 밤이 북적이는 거리는 수도 곳곳에 있었다. 그리고 그런 밤거리들은 손님들의 신분과 주머니 사정에 차이가 있을 뿐 대부분 술과 함께였다.

황궁의 왼편 큰길을 따라 마차를 삼십여 분을 달리면 귀족 손님들에게 장소와 술을 제공하는, 소위 밤의 사교장이라는 곳이 즐비하게 있었다. 여성 귀족들이 활발하게 참여하는 살롱과 달리 이곳 거리 밤의 사교장들은 여성 귀족들을 철저히 배제했다.

사내들은 보통 그 이유를 밤과 술이 여인에게 위험해 그렇다 둘러대고는 했다. 하지만 문학과 예술을 읊고 토론하는 살롱과 달리 밤의 사교장에서는 정치와 경제에 대한 이야기가 활발히 오갔고 이는 곧 실질적인 권력이 남성 귀족들에게 있음을 뜻했다.

여성 귀족들에게 금지된 자리인 만큼 많은 밤의 사교장 중 일부는 술과 더불어 붉은 등 아래 일하는 헐벗은 여인들이 들이곤 했다. 그리고 이런 질 낮은 사교장에서는 보통 난잡한 대화와 저급한 행동들이 함께였다.

이는 분명 귀족들이 추구하는 미덕과 거리가 멀었다. 하지만 어쩐 일인지 많은 귀족 사내들은 이런 사교장을 선호했고, 때문에 아예 밤의 꽃들을 사교장 차원에서 데리고 있는 곳들이 나날이 늘어갔다.

"여기서 대기하고 있어."

"예. 도련님."

밤의 사교장이 즐비한 거리, 막 마차에서 내린 빈센트도 밤의 꽃들이 함께하는 사교장을 선호하는 젊은 귀족 사내였다. 그러나 오늘 그가 방문한 사교장은 어떤 신분의 여인이든 입장이 철저히 금지된 곳이었다. 때문에 그는 채도 낮은 색의 철문과 그 앞에 깍듯한 자세로 있는 직원을 보며 대놓고 투덜거렸다.

"왜 이딴 곳을 골랐담. 여기는 깨끗한 척하는 치들이 모이는 곳 아닌가."

그의 말이 들릴 테지만 철저히 교육받은 모양인지 직원은 표정 하나 바꾸지 않았다. 여전히 예의 바른 자세를 고수한 직원이 문을 열자 빈센트가 거들먹거리며 걸음을 옮겼다.

50년이 넘는 역사를 가진 만큼 가게 안은 제법 넓고 또 고풍스러웠다. 한참 만에 복도를 지나 손님들이 모여 있는 홀 안에 들어선 빈센트가 주변을 두리번거리다 익숙한 얼굴들을 발견했다. 그가 가까워지자 먼저 모여 있던 일행 중 하나가 그를 반기며 비어 있는 자리를 내어 줬다.

"오, 빈센트. 귀여운 약혼녀와 데이트는 잘 즐겼나?"

"아, 말도 마. 귀찮은 계집애. 약혼한 후로 더 앵앵거려. 이제 억지로 웃는 낯 해 주기도 어려울 지경이라 짜증이……. 어?"

자연스레 약혼녀에 대한 험담을 늘어놓으며 자리에 앉던 빈센트가 모여있는 일행 중 하나를 발견하고 놀란 얼굴을 했다. 어디 있던 튀는 금발에, 같은 사내가 봐도 잘난 저 낯짝……. 모임에서는 좀처럼 보기 힘든 이안이었다.

'왜 이딴 곳으로 약속 장소를 정했나 했더니 저놈 때문이었군.'

이안을 발견하기 무섭게 빈센트는 왜 모임의 장소가 이곳으로 정해졌는지 이해했다. 아카데미 동기들로 구성된 이 모임의 일원 중 몇몇은 창부들이 드나드는 사교장을 꺼렸는데 이안은 개중에서도 그 정도가 심해 경멸을 숨기지 않는 부류였다.

'혼자 고고한 척하는 건 여전하구먼.'

다른 일원이 싫은 내색을 했다면 빈센트를 비롯한 몇몇이 수로 밀어붙였겠지만, 이안은 그럴 수 없었다. 아직 작위도 없는 대부분의 동기들과 달리 그는 후작이라는 작위에 수도 정치에서도 꽤 중요한 위치에 있어 모임에서도 추앙받다시피 했다.

그러니 그러잖아도 참석률이 낮은 그를 장소 때문에 놓칠 수는 없지 않은가. 빈센트는 상황을 이해하면서도 속이 배배 꼬이는 것을 느끼며 이안에게 손을 내밀었다.

"이게 누구야. 잘나신 우리 후작 각하께서도 납셨군. 오랜만이야, 이안."

빈센트가 오든 말든 신경도 쓰지 않은 채 술잔을 기울이고 있던 이안이 그제야 눈동자를 굴려 그를 바라봤다. 무감한 푸른 눈이 제 얼굴을 스치자 빈센트는 비꼬듯 나간 제 말을 아주 조금 후회했다.

"인사는 무슨……. 잔이나 들어."

무례한 언사에 이안은 손을 내미는 대신 무신경하게 답하며 다시 술잔을 기울였다. 쭉 내민 손이 멋쩍어 빈센트는 아무렇지 않은 척 재빠르게 손을 거둬들였다.

'저 재수 없는 자식. 요즘 좀 잘나간다 이거지? 아카데미 다닐 적만 해도 파든가에 빌붙어 살던 놈이…….'

내색하지 않으려 했지만, 인상이 구겨지는 걸 막을 수는 없었다. 속으로 욕을 뱉은 빈센트는 혹 자신 대신 이안을 타박해 주는 일행이 없나 눈동자를 굴렸다.

"그래. 늦게 와 놓고 악수가 뭐야. 자자, 지각한 벌은 받아야지. 쭉 들이켜. 빈센트 학생."

그의 기대와 달리 일행들은 빈센트에게 잔을 쥐여 줄 뿐이었다. 빈센트는 일행 중 누구도 이안을 타박하지 않는 것에 기분이 상했지만 더는 무어라 말을 하지는 않았다.

“자자. 다들 마시자고.”

“우리의 우정을 위해! 건배!”

그렇게 술잔이 여러 번 오갔다. 열댓 명이 모인 만큼 술잔을 주고받는 속도는 빨랐고 술에 약한 일행 중 일부는 금세 취해 코를 빨갛게 물들였다. 빈센트도 그중 하나라 그는 앉은 채로 비틀거리며 호박색 액체가 담긴 술잔을 쥐고 입가로 가져갔다. 그렇게 그의 목구멍으로 여섯 잔의 술이 사라졌다. 그리고 거나하게 취한 빈센트의 이성은 서서히 사라져 갔다.

“그러고 보니 이안……. 아니지, 후작 각하. 우리 고매하신 후작 각하께서는 왜 소식이 없나?”

거나하게 취한 빈센트가 이안을 한참 노려보다 입을 열었다. 잔뜩 취해 벌건 그의 얼굴에는 숨길 수 없는 악의가 자리했다.

“파든 백작 그 졸부 딸이랑 약혼한다며 예전부터 시끄러웠잖아. 그 계집은 부끄러운 것도 모르고 널 보겠다 아카데미도 들락날락하더니 요즘은 통 네 옆에 없더라. 이제 와 조신한 척을 하는 건지, 원…….”

비비 꼬인 말투에 누군가 빈센트의 옆구리를 툭 쳤지만 그뿐이었다. 그가 헐뜯으며 입에 올린 대상이 아이샤라는 것을 알아챈 이들은 숨을 죽인 채 호기심 가득한 얼굴로 이안을 살폈다. 아이샤가 대화에 오르자 이안의 벽안은 한층 가라앉았다. 그가 빈센트를 똑바로 바라보며 입꼬리를 비틀더니 좀처럼 열지 않던 입을 열었다.

“내 약혼에 관심 둬 주는 건 고맙네만, 빈센트. 네 약혼이나 신경 쓰지 그래. 혹여나 네 피앙세가 널 버릴까 약속 시간에도 늦는 주제에 내 옆에 누가 서 있는지 신경 쓸 겨를이 있나?”

고저 없는 이안의 빈정거림에 빈센트의 얼굴이 터질 듯 붉어졌다. 빈센트는 자신보다 훨씬 좋은 조건의 약혼녀를 힘들게 만났고, 때문에 항상 그녀의 눈치를 보는 처지였다.

모임에 나올 때마다 괜스레 약혼녀의 흉을 보는 것도 저열한 열등감 때문이었다. 그녀 앞에서는 감히 제멋대로 굴지 못하니 뒤에서 상대를 깎아내리는 것. 그 못난 행동을 정곡으로 꼬집힌 빈센트는 손에 이어 몸마저 부들부들 떨었다.

"너 지금……!"

체면이 구겨졌다 울컥한 빈센트가 소리를 높일 때였다. 일행 중 하나가 빈센트를 아무렇게나 밀치며 상체를 들이밀었다.

"아, 그러고 보니 이안!"

빈센트만큼 취한 그는 남몰래 아이샤에게 관심을 두던 이였다. 그가 은근한 목소리로 빈센트가 하던 말을 이었다.

"자네 약혼에 문제가 생겼다던데……."

"그러고 보니 지난번 자선 행사 파티에도 피델로이가의 로제타 양을 데리고 왔지."

"맞아! 이안 자네 며칠 전 낮에 로제타 양과 거리를 돌아다녔다는 이야기가 있어."

"나도 자네가 약혼을 안 한다 소문을 들었네만……. 혹 무슨 이유라도 있나? 아니면 정말 로제타 피델로이 양이 마음에 들었나?"

한번 물꼬가 트이자 일행 모두가 이안을 주시하며 한마디씩 주절거렸다. 그들 중 대부분은 이미 아이샤에 대한 더러운 소문을 접한 뒤였다. 다만 당사자 중 하나인 이안 앞에서 소문의 내용을 거론하는 이는 없었기에 이안은 일행의 반응에 미간을 구기며 그들의 반응을 다르게 해석했다.

'함께 다니지 않았더니 그새 약혼이 파투 났다는 소문이 도는 모양이군. 게다가 그날은 로제타 피델로이와 돌아다녔으니까.'

이안은 문뜩 며칠 전 식당에서 아이샤와 마주쳤을 때가 떠올랐다. 아니, 사실 그날의 아이샤는 며칠 동안 이안의 머릿속에서 떠나지 않았다. 그가 다른 여인과 팔짱을 끼고 들어섰음에도 변하지 않던 흰 얼굴…….

'귓속말 하나에 파들거린 주제에 자존심 세우기는…….'

멀쩡한 척하는 얼굴을 쉽게 무너뜨렸음에도 기분이 상했다. 제 주제에 뭘 괜찮은 척 고고하게 앉아 있나. 그나마 포크를 떨어뜨린 채 창백한 손과 파르르 떨리던 작은 등을 떠올리자 짜증이 조금은 가셨다.

하지만 아이샤와 약혼이 불발됐다 소문이 돈다 생각하니 다시금 기분이 가라앉았다. 아이샤에게 직접 약혼하지 않겠다고 말했으니 다른 이들 앞에서도 쉽게 그렇다 할 법도 하건만 이안은 어쩐지 그 사실을 입 밖으로 내는 게 꺼려졌다.

이안이 입을 꾹 다물자 처음 말을 꺼낸 이가 침을 꿀꺽 삼켰다. 그는 진실로 궁금했다. 아이샤 파든이 정말 다른 사내들과 난잡하게 놀아났을까? 그 순진한 얼굴로? 만일 그렇다면 이안에게 어떻게 들켰을까? 은밀히 도는 소문처럼 침대 위에서 여러 사내와 알몸으로 있다가…….

"내가 들은 소문에는 아이샤 파든이……."

더러운 호기심을 참지 못한 그가 말을 꺼낼 때였다. 뒤로 쫓겨나 있던 빈센트가 툭 튀어나왔다. 그새 술을 몇 잔 더 들이켠 그의 눈은 썩은 생선의 눈알처럼 혼탁해져 있었다.

"이안, 너……. 그 계집, 그러니까 아이샤 파든과 약혼하지 않을 생각이면 내가 그 계집 좀 데리고 놀아도 되나?"

빈센트도 약혼녀를 통해 아이샤에 대한 소문을 접한 후였다. 소문이 진짜건 아니건 얼마나 고소하던지. 빈센트는 구겨졌을 이안의 얼굴을 생각하며 소문을 기정사실화했다.

'재수 없는 자식. 약혼녀가 될 뻔한 여자가 난잡하게 놀아났다는데 속이 좀 쓰리겠지. 얼굴을 보아하니 아직 미련이 좀 남은 모양인데…….'

이안을 골려 줄 건수를 잡았다 생각한 빈센트가 눈을 번뜩이며 입을 열자 술 냄새가 독기처럼 풀풀 흘러나왔다. 옆에 있던 이들이 인상을 찌푸리며 고개를 내저었지만, 그는 상관하지 않았다.

"백 년도 안 된 가문이라 귀족가 여식이라 부르기도 뭣하지만, 그 잘난 낯짝이 흔하지는 않잖아. 얼굴이 그만큼 뽀얀 빛이면 드레스 아래 몸뚱이는 더 새하얗겠지. 주물러 붉은색으로 짓이기는 맛이 꽤 괜찮을걸."

빈센트의 입에서 술 냄새보다 훨씬 더 지독한 말을 나오기 시작했다. 듣고만 있어도 눈살이 찌푸려지는 말에 몇몇은 못 들은 척했지만, 다른 몇몇은 흥미진진한 얼굴을 했다. 아이샤 파든은 전체적으로 여린 색감 탓에 순수한 매력이 돋보이는 미인이었고 때문에 이런 음담패설은 더욱 자극적으로 다가왔다.

"게다가 척 보기에도 허리선은 하늘하늘한 게 낭창한데 가슴은 잘 부풀어서는……. 침대에서는 그런 계집이 딱 맞거든. 그 연한 머리채를 한 손에 쥐고 끌어다 침대에 내던지고 뒤에서 허리를 누르면……."

일행들이 제 말을 경청하는 듯 보이자 빈센트는 신이 나 주절거렸다. 하나 거기까지. 그의 더러운 주절거림은 그 이상 나오지 못했다. 새파랗게 빛나는 이안의 벽안이 빈센트를 향해 쏘아진 탓이었다.

"머리 빈 머저리가 주제를 모르고 터진 입을 나불거리니 역겨운 냄새가 진동하는군."

"뭐? 너 지금 뭐라고……."

대놓고 날아온 모욕에 빈센트의 낯이 딱딱해졌다. 이안은 신경 쓰지 않은 채 앞주머니에서 손수건을 꺼내더니 코 막는 시늉을 했다. 대놓고 경멸을 보이는 그의 태도에 눈을 반짝이며 빈센트의 말을 듣고 있던 일행들이 헛기침을 했다.

"냄새나는 입 닫으라 대놓고 알려 주는데도 못 알아듣나? 혹시나 싶었는데 그 머리는 정말 장식으로 들고 다니는 모양이지?"

"이, 이……!"

미세하게 금이 간 미간 아래 하늘색 손수건으로 가려진 입에서 덤덤한 모욕이 물 흐르듯 흘러나왔다. 울컥한 빈센트가 제 앞에 있던 잔을 집어 높게 들어 올렸다. 반쯤 남아 있던 술이 잔 밖으로 넘쳤다. 하지만 당장에라도 잔을 던질 듯 위협적인 모습에도 이안은 눈 하나 깜빡이지 않았다. 그가 다리를 꼬더니 비웃음을 숨기지 않은 채 빈정거림을 이어 갔다.

"속도 비어서 쓸모없는 데다 냄새까지……. 그렇다고 미관상 쓸 만한 것도 아니고 쯧. 가져다 버리는 게 훨씬 이득이겠군."

잔을 쥔 빈센트는 손은 이제 핏줄이 불거질 정도였으나 그는 끝내 잔을 내던지지 못했다. 이안이 저와 눈을 똑바로 마주치는 순간 그는 두려움을 느꼈다. 여기서 정말 이 잔을 던진다면 뒷일은 어찌하나.

이안은 자비로운 성격이 아니었다. 아카데미 시절 술을 마시고 그에게 주먹을 휘둘렀던 로베르트는 결국 강제 퇴학에 지금까지도 수도에 얼굴을 제대로 내밀지 못하고 있었다. 아카데미 시절 일조차 그렇게 끝났는데 그때와 비교할 수 없는 권력을 가진 지금은 더할 것이다.

빈센트는 결국 입술을 문 채 슬그머니 잔을 내렸다. 꼬리 내린 빈센트의 행동에 주변에 앉아 있던 일행들의 얼굴에 비웃음이 스쳐 지나갔다. 이쯤이면 충분히 망신을 줬다 할 수 있겠지만……. 이안은 심사가 단단히 꼬인 모양인지 손수건으로 술잔을 감싸 돌리며 말을 이었다.

"이참에 따져 볼까? 아이샤 파든은 네 밀대로 백 년도 안 된 가문 소속에 졸부의 여식이지. 한데 넌? 빈센트 네 가문은?"

빈센트의 가문인 발투 자작가는 한껏 치켜세워 줘도 썩 좋은 가문이라 할 수 없었다. 작위가 높은 것도, 역사가 오래된 것도 아니요, 그렇다고 부유하지도 못했다. 때문에 빈센트가 한껏 무시하는 파든가와 발투가 중 선택을 하라 한다면 여기 있는 모두는 파든가를 택할 터였다.

"지, 지금 어디랑 어딜 비교해!"

빈센트도 객관적으로는 제 가문이 파든가에 못 미친다는 것을 알았다. 하지만 심적으로 그는 절대 그 사실을 받아들일 수 없었다. 감히 어디와 어딜! 자존심이 뭉개진 그가 고함을 지르듯 말을 쏟아 냈다.

"우리 발투가는 유서 깊은 가문이야! 이백 년 전 내 선조께서 나젠타 전투에서 큰 공을 세우시고 받은 영광스러운 작위라고! 그런데 그깟 장사로 작위를 얻어 낸 파든가와 비교를……."

"아, 이 백 년……."

이안을 시작으로 바람 빠지는 소리가 여기저기서 났다. 이백 년……. 짧은 시간은 아니었으나 유서를 운운하며 자랑할 정도는 아니었다. 특히 제국 시초와 함께한 로이드 후작가 앞에서 그 세월을 읊기에는 지나치게 모자랐다.

"그러고 보니 영지 하나 없이 작위 유지한 기간도 제법 오래되었군. 이제 곧 백 년인가? 파든가는 귀족이 아니었을 당시에도 로투스 지방에 있는 땅 반을 가지고 있었지."

게다가 현재의 발투 자작가는 지방에 영지는커녕 작은 땅덩어리 하나 없는 가문이었다. 선대 발투가의 가주, 즉 빈센트의 증조부는 도박으로 가산을 날리다 결국 영지까지 잃었다. 낮은 작위에 독자적인 영지도 없는 귀족가는 제대로 취급을 받지 못하는 법.

치부를 찔린 빈센트가 결국 참지 못하고 벌떡 일어섰다.

"너!"

"네 말에 의하면 네 아비는 아주 유서 깊은 가문의 가주이자 자작이지. 하나 아비의 작위는 네 첫째 형 차지지 않나."

빈센트의 붉으락푸르락한 낯에도 이안은 멈추지 않았다. 사냥감을 구석으로 몰아 끝내 잔인하게 도륙하는 그의 행태에 몇몇이 질린 눈을 하며 서로를 돌아봤다.

"발투가에는 자작 외 다른 세습 작위도 없고 그렇다고 파든가만큼 부유한 것도 아니니 삼남에게 물려줄 재산도 딱히 없고……."

"……."

"얼마 뒤면 빈센트 자네는 작위도 없는 귀족에다 약혼녀가 가져올 지참금 빼고는 재산도 없을 가능성이 크겠군."

"……."

"한데 이 많은 사람들 앞에서 약혼녀 흉을 봐도 되나? 여기 있는 누군가 입을 놀려 파혼이라도 당한다면 그나마 남은 미래도 없을 텐데."

환한 금발 아래 붉은 입술이 유려한 목소리를 끝없이 뱉었다. 조금의 여과도 없이 날아오는 독설에 빈센트의 얼굴은 이미 창백해지다 못해 잿빛으로 변했다. 그가 선 채로 비틀거리자 슬슬 말려야 하는 게 아니냐는 말이 일행들 사이에서 나왔다.

하지만 술로 목을 축인 이안은 아예 끝장을 볼 기세였다. 평소 거의 벙어리처럼 침묵하던 것과 정반대의 모습에 눈치 빠른 몇은 조심성 많은 자신의 입을 칭찬하며 속으로 안도의 한숨을 내쉬었다.

"그 주제에 파든가의 고명딸을 데리고 논다는 말도 우습군. 아이샤 파든이 빈센트 자네를 장난감으로 써 주면 그나마 다행일 텐데. 내가 알기론 그녀는 제 몫의 재산이 꽤 많아 장난감에게도 금화 주머니 몇 개쯤은 던져 줄 수 있거든. 아? 혹시 그걸 노리고 있나? 자존심에 괜스레 반대로 말하고?"

"이, 이 새끼가! 이 방할 새끼가! 보사 보사 하니까!"

쨍그랑!

"어……. 어? 말려!"

"빈센트!"

"이리 와! 개자식! 네가 그렇게 잘났어?"

무언가 와장창 떨어지는 소리와 함께 술병이 엎어졌다. 테이블을 넘어 이안에게로 달려들려는 빈센트를 일행들이 붙들어 말렸다.

"놔아! 저 새끼를 패 죽일 거야! 놔! 이거 놓으라고!"

이안이 일행들에게 붙들린 채 팔다리를 휘젓는 빈센트를 비웃다 카우치에서 일어났다. 붙들린 채 허우적거리던 빈센트는 막상 이안이 일어서자 얼어붙은 듯 몸부림을 멈췄다. 빈센트보다 7인치는 큰 이안이 빈센트를 내려다보며 담담한 목소리로 읊조렸다.

"할 수 있으면 해 봐."

"뭐, 뭘……."

"시끄럽게 짖지만 말고 패든 죽이든 해 보라 이 말이야."

푸른 눈 안에는 얼음처럼 서늘한 무언가만 남아 있었다. 당장에라도 자신을 무릎 꿇릴 듯한 위압감에 지레 겁을 먹은 빈센트가 딸꾹질을 시작했다.

"나, 끄. 나는. 끅."

"하지도 못할 말은 왜 계속 짖어 대는지."

우스꽝스러운 소리와 함께 빈센트가 몸을 위아래로 움직이자 이안의 얼굴에 떠오른 경멸이 짙어졌다. 눈동자를 굴려 테이블을 훑쳐본 그가 모서리가 간당간당하게 놓여 있는 잔을 들더니 눈짓으로 제 바지 끝을 가리켰다.

"그보다 이건 어쩔 거지?"

빈센트가 난동을 피우며 테이블 위 술병을 엎지르는 바람에 이안의 바지 끝과 구두는 술로 살짝 젖어 있었다. 술자리인 만큼 일어날 수 있는 일이었건만 이안은 큰 문제인 양 심각한 얼굴을 했다.

"옷……. 옷값은 충, 충분히……. 끅."

"아카데미 동기끼리 배상은 무슨……."

여전히 딸꾹질하던 빈센트가 가까스로 말문을 열 때였다. 입꼬리를 삐뚜름하게 올린 이안이 그의 말을 단번에 자르며 환하게 웃어 보였다.

"게다가 이건 꽤 값이 나가는 물건이라 발투가 사정으로는 어려울 텐데. 그냥 다음에 빈센트 자네가 내 실수 한번 눈 감아 주는 걸로 하면……. 아, 이런."

미소와 함께 말을 이어 가던 이안이 빈센트의 머리 위로 술잔을 들어

올렸다. 투명한 잔이 천천히 기울여지고 반쯤 남아 있던 술이 빈센트의 머리와 얼굴에 그대로 쏟아졌다.

"이, 이 무슨……."

호박색 독한 술이 얼굴의 모든 구멍을 통해 들어왔지만, 빈센트는 오히려 술이 깬 듯 눈을 한계까지 떴다. 이안은 그런 빈센트의 얼굴 위로 잔을 완전히 뒤집어 마지막 한 방울까지 털어 낸 후, 경쾌한 목소리로 사과했다.

"미안하군. 실수했네."

* * *

"그런데 이안……. 자네 정말 약혼 생각이 없나? 빈센트의 말투가 무례했던 건 사실이지만 그 정도야 우리한테 알려 줄 수 있지 않나."

시작은 빈센트가 도망치듯 나가고 얼마 되지 않아서였다. 분위기가 다시금 무르익기 시작하자 가만히 술을 들이켜던 이 중 하나가 이안의 약혼 문제를 또 한 번 꺼내 들었다.

"……약혼 따위 아직 생각 없어."

잠시 멈칫거리던 이안이 짜증스레 답했다. 아까처럼 신경 쓰지 말라며 무시할까도 싶었지만, 문뜩 왜 그래야 하는지 자신에게 의문이 들었다. 약혼하지 않는 것은 기정사실이고, 제 입으로 아이샤에게 말했는데 왜 숨긴단 말인가.

"그런가? 하지만 레반투스 공작 각하께서는 자네를 조카와 이어 주려 하시잖나. 자네도 로제타 양과 자주 다니고……. 혹 약혼 생각이 없는 게 아니라 레이디 아이샤와 약혼 생각이 없는 건 아닌가?"

이안이 명확히 답하자 상대가 아이샤를 입에 담았다. 이안은 그제야 제게 말을 건 이를 똑바로 바라봤다. 길게 늘어지는 눈꼬리가 특이한 사내. 앨버트는 이안이 저를 보자 어깨를 살짝 으쓱이더니 좌중을 둘러보며 말했다.

“우리끼리인데 솔직히 말해 보게. 사실 다들 알잖나. 우리네 약혼이라는 게 평민들처럼 사랑놀음으로 이루어지는 경우는 극히 드물다는 거 말이야. 다들 이익도 좀 생각하고 가문도 챙기고 그러다 보면 뭐 상대도 바뀔 수 있지. 특히 이안 자네는 정치적 노선이 공작 각하와 같으니까…….”

그의 말대로 여기 있는 다수는 애정이 아닌 가문 간 거래로 약혼하고 결혼한 이들이었고 약혼녀나 부인이 없는 이들도 언젠가 비슷한 절차를 밟을 가능성이 컸다. 여러 명이 고개를 끄덕이자 앨버트가 다시 이안 쪽을 바라보며 꼭 비밀을 말하듯 은근한 목소리를 냈다.

“파든가와 자네는 오랜 인연이 있는 데다 자네 선친께서 파든 백작과 한 약속도 있으니 이제 와 아이샤 양과 약혼하지 않겠다 하면 비난이 좀 있겠지. 그러니 약혼 문제를 질질 끌다가 자연스레 파투 내려는 게 아닌가? 난 이해하네. 자네가 아니라 누구라도 상황이 이러면…….”

“빈센트처럼 나가고 싶나? 불쾌하니 내 약혼에 신경 꺼.”

앨버트의 입에서 아이샤의 이름이 또 한 번 나오자 이안이 그의 말을 잘랐다. 바짝 신경을 곤두세우는 이안의 태도에 앨버트가 항복하듯 장난스레 두 손을 들었다.

“하하. 화내지 말게. 사실 난 이안 자네 약혼에는 관심 없어. 다만…….”

앨버트는 빈센트와 달리 선을 아슬아슬하게 지켰다. 그가 능청스레 웃으며 이안의 빈 잔에 술을 채웠다. 이안이 삐딱한 자세로 술을 받자 잠시 그의 눈치를 본 앨버트가 혀로 제 입술을 훑더니 말을 이었다.

“……나를 포함한 이 자리에 있는 몇몇도 그렇고 사교계에 젊은 사내 중 다수도 그렇고……. 레이디 아이샤에게 관심이 좀 많거든.”

“…….”

“빈센트 그 자식처럼 무례한 말을 지껄이려는 게 아니야. 다만 자네가 레이디 아이샤와 약혼 생각이 없다면…… 다른 사람들에게 기회가 올 수도 있는 거니까 하는 말이야. 대체재가 여럿 있는 자네와 달리 우리는 괜찮은 먹이……. 아니, 숙녀분 찾기가 쉽지 않거든."

지나치게 솔직해진 발언에 일행 중 몇몇이 불안한 눈을 했다. 하나 또 다른 몇몇은 앨버트의 말에 동의한다는 듯 작게 고개를 주억거렸다. 아이샤 파든. 말이 많이 돈다지만 파든가의 사랑받는 막내딸에 그 외모라면 기회가 있을 때 놓치지 말아야 했다.

"기회?"

취하지 않았다면 마음대로 하라 했을 것이다. 그러나 술기운이 돈 이안은 저도 모르게 앨버트의 말을 비웃으며 고개를 젓고 말았다.

"그럴 일은 없어."

아이샤가 저 말고 다른 사내와 약혼한다? 그런 일은 세상이 두 쪽 나도 있을 수 없었다. 이안은 말을 하며 저를 뚫어져라 보던 아이샤의 하늘색 눈을 떠올렸다. 그 멍청한 게. 그런 눈을 한 계집이 딴 데 한눈팔 리 없지.

아무렴 자신이 다른 여자와 약혼해도 아이샤 파든은 다른 이와 약혼할 리 없었다. 차라리 제 정부로 들어오는 게 훨씬 있을 법한 일이리라. 이안은 말도 안 되는 생각을 확신했다.

"아이샤……. 그건 나밖에 없거든. 지금껏 봐 와서 잘 알 텐데. 아이샤 파든이 제 오라비들이나 나 말고 다른 사내와 있는 꼴을 한 번이라도 봤나?"

오만한 이안의 말에 일행이 웃음을 터뜨렸다. 하나 어쩐 일인지 앨버트는 웃거나 고개를 끄덕이지 않았다. 그는 고개를 좌우로 젓더니 이안에게 심각한 얼굴로 말했다.

"이안, 지나치게 오만하군. 내 감히 충고하는데 자네가 아무리 잘났어도 그런 태도를 견딜 여인은 없을걸."

이안은 앨버트의 진지한 말을 술과 함께 넘겼다. 제까짓 게 아이샤의 일로 나한테 충고를? 우습고 또 우스웠다. 한데 이상한 일이었다. 술이 목구멍으로 넘어가는 내내 기분이 아주 급격히 나빠졌다. 이안은 그 기분을 숨기려 일부러 비웃음과 함께 우습다는 말을 속으로 반복했다.

"얼굴을 보니 내 말이 틀렸다고 생각하는 모양인데 그럼 이참에 우리 재미있는 내기 하나 할까?"

앨버트는 이안의 조소에도 기분 나쁜 내색을 하지 않았다. 대신 그는 잔잔한 웃음을 띤 채 이안에게 뜬금없는 제의를 했다. 생각지도 못한 말에 이안이 미간을 구기며 되물었다.

"내기?"

"아이샤 양에 관해 워낙 자신만만하게 구니까 말이야. 자네의 오만함이 자격이 있나 해서."

이안이 턱을 살짝 올려 계속해 보라 신호를 보냈다. 그러자 앨버트가 눈을 빛내며 술술 말을 꺼냈다.

"얼마 뒤 황궁 연회에 아이샤 양도 분명 올 테고……. 그날 그녀에게 자네를 사랑한다는 고백과 입맞춤을 받아 내 보게. 물론 연회 전까지는 아이샤 양에게 어떠한 접근도 안 돼. 미리 약을 치면 내기가 너무 시시해지니까 말이야."

"……."

"이런 조건 속에서도 그녀가 자네에게 고백하고 먼저 입 맞춘다면 깔끔하게 인정하지. 이안 로이드는 어떤 태도를 고수해도 아이샤 파든에게서 사랑을 받아 낼 수 있다고 말이야."

보통 때의 이안이라면 이따위 우스운 장난 하지 않겠다고 했을 것이다. 하나 이안은 잔잔히 웃고 있는 앨버트의 표정을 뭉개고픈 충동을 느꼈다. 그가 틀리고 자신이 맞다는 것을 알려 주고픈, 자신이 뭘 해도 아이샤 파든은 제 뜻대로 움직임을 보여 주고픈 호승심이 솟구쳤더랬다.

"좋아. 하지. 그 내기."

"……정말인가?"

이안이 단번에 하겠다 하자 오히려 앨버트가 놀란 얼굴을 했다. 이안은 코웃음 치며 내기를 구체화했다.

"뭘 걸지나 말해. 쓸데없는 거면 할 생각이 없어지니까."

"그런 걱정은 말게. 난 이오타 수도원 근처에 있는 포도밭 3년 치 수확물을 걸지. 알지? 거기 있는 내 가문의 포도가 양은 적어도 비싼 거 말이야."

앨버트가 선뜻 내놓은 물건은 예상외로 값어치가 컸다. 작은 영지의 두어 달 세수 정도는 되었으니. 내기의 규모가 커지자 일행들이 흥미진진한 눈을 했다.

"돈을 땅에 버리는군."

"그거야 두고 볼 일이지. 그보다 이안 자네는 뭘 걸겠나?"

이안은 앨버트가 건 물건에 상응하는 것들을 떠올리다 앨버트의 얼굴을 보고 그만뒀다. 먼저 말을 꺼내지는 않았으나 원하는 것이 이미 있는 눈치였다.

"따로 원하는 게 있는 얼굴인데 말해."

"내가 이기면 자네 회중시계를 주게. 아까 봤는데 탐이 나는군."

앨버트의 안목은 나쁘지 않았다. 이안이 오늘 들고 온 회중시계는 작긴 했으나 질 좋은 다이아몬드가 열두 개나 박혀 있는 물건이었으니.

'그러고 보니 이 시계…….'

앨버트의 말에 시계를 꺼내 깔짝이던 이안은 시계 뒤편을 보고 눈살을 찌푸렸다. 판판한 뒤편 가장 아래 아주 작게 새겨진 글씨를 발견했기 때문이다.

- 곁에 없더라도 내 시간은 너와 함께. 아이샤 파든.

시계를 선물 받았을 때가 자연히 생각났다. 아카데미에 재학한 지 2년. 생일도 아니었건만 아이샤는 이 물건과 함께 장작 여섯 장이나 되는 편지를 보내왔다.

'쓸데없이 오래됐군. 시계를 하나 새로 맞춰야겠어.'

잊고 있었던 기억이 떠오르자 손때 묻은 시계가 꼴 보기 싫었다. 분명 손에 착 감기는 데다 어느 정도 오래된 티가 멋스럽다고 생각했건만 지금 보니 촌스럽기 그지없었다. 내기 따위 어차피 이길 테니 시계는 처분해야지. 그리 생각한 이안이 삐딱한 고개를 천천히 끄덕였다.

"좋아. 이따위 것 정도야 얼마든지 걸지."

* * *

"아이고, 주인님……."

"……집으로 돌아가지."

로이드가 마부 조셉이 비틀거리는 주인을 부축하려 팔을 뻗었으나 이안은 손을 저어 그를 물렸다. 휘청이며 홀로 마차에 오른 이안이 마차 시트에 기대어 앉자 조셉은 그제야 안도한 얼굴을 했다.

덜컹.

마부석으로 돌아간 조셉이 고삐를 휘두르자 말들이 천천히 움직이기 시작했다. 이안은 흔들리는 마차에 어지러운 머리를 붙잡으며 인상을 찌푸렸다.

내미는 잔을 마다하지 않았던 것이 문제였다. 잘 취하는 편은 아니었지만 마신 양이 과했다. 이안은 눈을 감으며 숨을 죄어오는 답답함에 크라바트를 풀었다.

고개를 젖힌 채 가만히 눈을 감고 있자 술자리에서 나누었던 대화들이 머릿속을 둥둥 떠다녔다. 고백. 아이샤. 내기. 입맞춤……. 문뜩 무언가 생각난 그가 주머니를 뒤졌다. 그러자 부스럭거리는 소리와 함께 작게 접힌 종이가 그의 손에 잡혔다.

"제길……. 쓸데없는 짓을."

종이를 펴 본 이안이 욕설을 지껄이며 종이를 던졌다. 종이에는 그와 다른 이의 지장과 함께 보상, 약속 등의 단어가 선명히 적혀 있었다. 이안은 이따위 것은 어쩌다 쓰게 되었는지 미간을 좁혔다.

'여기 있는 사람들이 증인이야. 다는 아니어도 몇몇은 연회 날 내기의 결과가 어찌 되는지 지켜봐 줘야 하네.'

덜컹거리는 마차에 몸을 실은 이안은 되돌릴 수 없는 내기를 곱씹다 짜증스레 마차 벽을 두드렸다. 속이 울렁거리는 것이 참을 수 없이 불쾌했다.

"조셉, 천천히 가지. 머리가 아프군."

"예, 주인님. 천천히 달리겠습니다요."

아무것도 모르는 조셉은 주인이 어쩌다 술을 이리 마셨나 생각하며 마차 속도를 조정했다. 하지만 마차의 속도가 느려져도, 덜컹거림이 잦아져도 이안의 두통은 가시지 않았다.

* * *

달이 아직은 낮게 뜬 저녁, 황궁의 연회 홀에는 수많은 사람들이 입장했다. 내로라하는 귀족들은 전부 참석하는 자리라 웬만한 이들에게는 눈길조차 잘 가지 않았지만 구귀족파의 수장인 레반투스 공작과 그 주변 일행들은 쉴 새 없이 사람들의 시선을 받았다.

"공작님께서 로이드 후작을 아낀다는 말이 빈말은 아닌 모양입니다."

"로이드 후작가만큼 명문가도 드무니까요. 하지만 저리 대놓고 붙어 있는 걸 보면 로이드 후작가와 파든가는……."

"사실 몇 년 전부터 조짐은 보였지요. 어릴 적 파든가에서 지냈다고는 하나 로이드가와 파든가는 길이 다르니까요."

레반투스 공작의 바로 옆에서 이안은 새까만 연회복에 단순한 문양의 푸른 크라바트를 메고 있었다. 그 위 섬세한 얼굴선이 잘 정돈된 금발과 함께 샹들리에 불빛에 눈부시게 빛났다.

이안이 입장할 때부터 사람들은 매혹이라도 된 양 그를 힐끔거리고는 했다. 그런 시선이 익숙한 이안은 신경 쓰지 않은 채 곁에 있는 파트너와 움직이며 무료한 얼굴로 공작과 그 주변 사람들을 상대했다.

'이안.'

그와 멀찍이 떨어진 장소, 연보라색 드레스를 차려입은 아이샤는 한쪽으로 늘어뜨려 땋은 옅은 갈색 머리카락 사이로 이안을 간간이 힐끔거렸다. 신경 쓰지 않겠다 오기 전 며칠을 다짐했건만 결심은 그를 눈에 담기기 무섭게 모래처럼 흘러내렸다.

잘난 옆얼굴을 훔쳐보는 것만으로도 반가움과 서러움, 슬픔과 기쁨 등 여러 감정이 뒤섞였다. 아이샤는 드레스 소매를 꼭 쥐고 고개를 살짝 숙인 채 그에게 다가가고픈 감정을 애써 정돈했다.

'내가 쳐다보는 걸 알면 싫어할 거야.'

감정을 내리누른 그녀가 가라앉은 눈으로 고개를 들었다. 한데 그 순간, 아이샤의 존재조차 모르리라 생각했던 이안이 그녀를 똑바로 바라보는 게 아닌가. 그것도 손까지 다정하게 흔들면서.

이해 못 할 상황에 아이샤의 옅은 푸른색 눈이 동그랗게 변했다. 그녀는 이안이 혹 제 근처 다른 이에게 인사를 한 것이 아닌가 주변을 두리번거렸다. 하나 그녀의 주변에는 사내 쪽을 바라보는 이가 없었다.

혼란스러운 그녀의 상태를 눈치챘는지 이안의 미소가 더 짙어졌다. 아이샤는 눈을 깜빡여 그를 다시 한번 찬찬히 살폈다. 그러자 이안이 입술 위로 검지를 가져갔다 떼며 소리 없이 그녀의 이름을 불렀다.

'아이샤.'

* * *

황궁에서 열리는 정기 연회는 주최가 주최이니만큼 그 규모가 남달랐다. 수백은 족히 수용할 만한 넓은 홀에, 장식하고 있는 천 하나 꽃 한 송이까지 모두 값비싼 것이라 제법 부유하게 사는 귀족들조차 감탄을 마다하지 않았다.

"세상에! 이런 말 좀 그렇지만 이게 다 얼마예요. 아주 눈이 멀 정도군요."

"작년에 무역으로 거둬들인 세금이 많아 황궁 곳간이 넘쳤다잖아요."

화려한 조명 아래 잘 차려입은 북적북적한 인파. 그러나 개미 떼처럼 많은 사람 사이에서도 단연 눈에 띄는 이들은 있었으니, 파든 백작가 사람들도 그중 하나였다.

파든가는 백작 부부를 포함해 장성한 자녀 넷이 모두 빼어난 외관을 지닌 데가 가족 여섯이 함께 입장해 더 눈에 띄었다. 사람들은 모여 있는 그들을 보며 수군거렸다.

"어쩜 파든가는 자녀분들이 파트너 하나 없이 올 수 있죠? 보기 좋은 모습은 아니에요."

"그러게 말이에요. 다들 결혼 적령기인데 약혼 소식도 하나 없고."

"뭐, 전혀 없는 일은 아니잖아요? 그리고 파든가 정도면 결혼 의사를 묻는 서신이야 넘치게 받을 텐데 걱정 있나요. 잘 골라 가겠지요."

"맞아요. 남 신경 쓰기 진에 내 앞가림이니 잘해야지."

사람들이 많은 만큼 일전의 자선 행사 때와 달리 파든가에 우호적인 이들도 많았다. 사람들은 하하 호호 예쁘게 웃으며 제 편을 옹호하거나 상대를 은근하게 공격했다.

그런 기 싸움에서 철저히 배제된 이들은 딱 두 부류였다. 이런 시답잖은 줄다리기에도 끼지 못할 정도로 존재감이 없는 객 혹은 이 연회의 주최자인…….

"모두 주목해 주십시오."

황가, 즉 황족들.

"위대하신 황제 폐하와 황후 폐하께서 입장하십니다."

귀족들이 입장할 때와 달리 나팔 소리를 시작으로 시종장이 고귀한 이름을 숨도 참아 가며 읊기 시작했다. 황제 부부가 가장 먼저 불렸으며, 그다음으로 황태자 부부가, 또 다음으로 황자, 황녀들이 차례로 긴 수식어와 함께 모습을 드러냈다.

"모두 예를 갖추시오."

이름을 모두 읊은 시종장이 큰 소리로 말하며 들고 있던 지팡이로 바닥을 세 번 쳤다. 탕탕탕, 둔탁한 소리와 함께 사람들은 정해진 예법대로 몸을 깊게 숙였다.

니콜라스 1세의 치세 때 만들어진 이 예법은 황가의 권위가 얼마나 대단한지 잘 보여 주는 한 예로 홀 안 사람들은 신분과 관계없이 황족들 모두가 준비된 자리로 갈 때까지 깊숙이 굽힌 허리와 살짝 구부린 무릎을 펼 수 없었다. 그나마 다행인 것은 지금의 황제에게는 자녀가 셋뿐이라 입장하는 시간이 비교적 짧다는 것이었다. 전대 황제는 적법한 자녀만 열하나라 몸이 허약한 노귀족이 예를 갖추다 쓰러지는 일도 있었다.

거의 수직으로 몸을 굽힌 귀족들 사이로 황제와 황후가 가장 먼저 걸음을 옮기고 그 뒤로 간격을 둔 채 황족들이 움직였다. 고개를 빳빳이 든 채 붉은 카펫을 걷는 그들의 모습은 오만했으나 그게 어색하거나 보기 싫지는 않았다.

하나 사람들은 황족들이 가까이 오기 전까지는 슬쩍슬쩍 티가 나지 않을 선에서 고개를 들거나 눈을 살짝 올려 떠 황족들을 훔쳐봤다. 황족들을 가까이서 알현하는 수도 중앙 귀족들이야 그들에게 큰 호기심이 없었지만 이런 연회가 아니고서는 황족을 보기 힘든 대다수의 귀족은 호기심을 억누르기 힘들었다. 그리고 그런 사람들의 기대에 부응하듯 황제 부부를 비롯해 그 아래 자녀들까지 황족들은 모두 기품 넘치는 모습이었다.

"두 분 폐하께서는 여전히 사이가 좋아 보이십니다. 그려."

"두 분은 흔치 않게 연애 결혼을 한 사이니까요. 아직도 서로를 보는 눈에서 꿀이 떨어지시네요."

"그에 비해 황태자 전하께서는 아직 비전하와 서먹하신 모양입니다."

"두 분 전하는 서로의 안면도 모른 채 부부가 되셨으니까요. 두 분 폐하와 다르게 진정한 정략결혼이지요."

"그래도 황태자비께서 이제 이 나라에 적응이 되셨나 봅니다. 작년에는 긴장한 티가 역력하시더니."

입장 음악에 가려졌지만, 근처 있는 사람들에게는 들릴 정도의 소곤거림이 여기저기서 새어 나왔다. 특히 사교계에 데뷔한 지 얼마 되지 않은 철없는 귀족들이 호기심에 입을 많이 놀렸는데 그들의 속닥거림 대부분은 황자, 황녀에 관한 것이었다.

"캐서린 황녀님의 머릿결은 언제 봐도 아름답네요. 저는 아무리 관리해도 저런 빛이 나질 않는데."

"황녀 전하야 같은 여인이지만 자레드 황자님은 여인도 아니신데 저리 빼어나시니……."

황제 부부가 준수한 외관으로 이름 높은 만큼 그들의 자녀들도 제법 빼어난 외모를 자랑했는데 특히 차남이자 2황자인 자레드는 선명한 붉은 머리에 한여름 녹음처럼 아름다운 녹안이 그 아래 눈물점과 어우러진, 섬세한 미남이었다.

"이쪽을 보시는 모양이에요!"

"쉿! 모욕죄로 끌려갈 게 아니면 목소리를 줄여요."

"뭐 어때요. 황태자 전하야 이미 결혼하셨다지만 황자 전하께서는 아직 미혼이시니…… 젊은 영애들의 시선을 받을 만도 하지요."

자레드 황자가 고개를 움직여 주변을 두리번거리자 그를 훔쳐보던 영애 중 몇몇이 얼굴을 발갛게 물들였다. 하나 황족들에게 관심을 보이는 또래의 귀족들과 달리 아이샤는 황족들이 입장함에도 그다지 관심을 두지 않았다.

그녀의 머릿속은 온통 이안으로 가득 차 다른 사람에게는 신경 쓸 겨를이 없었다.

'왜…….'

마지막으로 만났을 때와 정반대로 행동하는 이안의 태도에 아이샤는 여전히 혼란스러워하고 있었다. 때문에 그녀는 황족들이 입장하기 전 가족들에게 이끌려 이리저리 인사를 다니면서도 이안의 행동에 대해 계속해서 고민했다. 그리고 그 와중에도 이안은 멀찍이 떨어진 채 계속해서 그녀에게 잔잔한 미소와 의미심장한 눈빛을 보냈다.

그 미소의 의미는 뭘까? 그 손짓은? 갑자기 왜?

아이샤는 이안의 다정함이 어딘가 이상하다 의심하면서도 속절없이 흔들렸다. 허리 숙인 채 예를 차리고 있던 아이샤가 이안을 살피기 위해 고개를 살짝 들었다. 이안은 황족들이 지나가는 공간 너머 정확히 그녀 반대편에 자리해 있었다. 그녀가 저를 볼 것을 예상이라도 하듯 그는 이미 아이샤를 바라보고 있었다. 빈 공간을 두고 눈이 마주치자 그가 이번에는 눈까지 휘어 눈웃음을 쳤다.

입 모양으로 이안을 부르려던 아이샤는 문뜩 지는 그림자에 움찔거렸다. 붉은 카펫을 따라 입장하던 황족들은 그새 그녀 가까이 접근하고 있었다. 비록 지나치는 것이나 혹여나 책잡히는 것이 걱정되었던 아이샤가 눈을 떨구고 고개를 숙이려 했다.

'아?'

하지만 막 고개를 숙이려던 아이샤는 예상치 못한 이와 눈을 정확히 마주치고 말았다. 언제부터였을까? 황태자 바로 뒤를 걷고 있던 자레드 황자가 그녀를 뚫어져라 보고 있었다.

뚜렷한 빛을 내는 이안의 벽안과 달리 자레드 황자의 녹안은 알 수 없는 빛으로 일렁이고 있었다. 당황한 아이샤가 재빨리 고개를 수그렸다. 하지만 느껴지는 시선은 여전해 아이샤는 한층 더 깊숙이 고개를 내렸다.

아래로 시선을 떨군 아이샤의 눈에 황제 부부의 구두가 보였다. 다음으로 황태자 부부의 구두가 옆을 지났고 그다음으로…….

짙은 남색 연회복 바짓단 아래 윤이 나는 구두가 딱 멈춰 섰다. 정확히 제 옆에 멈춰 선 구두에 아이샤는 어찌할 바 몰랐다. 위에서 아래로 뒤통수를 바라보는 눈길이 보지 않아도 명확했다.

자레드 황자가 멈춰서자 사람들도 당황한 듯 작은 소란이 일었다. 몇몇 눈치 빠른 이들이 황자를 힐끔대며 서로를 돌아봤다. 황태자도 제 바로 뒤에서 시작된 소란에 뒤를 돌았다. 그러자 자레드 황자 옆에 서 있던 캐서린 황녀가 작지만 날카로운 소리를 냈다.

"……뭐 하는 거야."

흰 손가락이 자레드의 옆구리를 쿡 찔렀다. 멈춰 서 있던 황자는 여동생의 채근에 그제야 정신을 차리고 걸음을 옮겼다. 황녀가 무어라 더 중얼거리는 소리가 났지만, 귓속말인지라 자레드를 제외한 이들은 알아듣기가 힘들었다.

자레드와 함께 황녀의 긴 드레스가 사라지자 아이샤는 잠시 멈췄던 숨을 뱉었다. 예상치 못한 상황에 장갑 아래 손이 축축했다.

앞쪽에 서 있던 아이샤를 지나고 얼마 지나지 않아 황족들은 홀 가장 앞에 마련된 낮은 단상에 올랐다. 황제와 황후가 권좌 앞에 자리하자 그들의 자녀들도 권좌 옆 적당한 자리에 섰다.

"모두 편히들 있도록."

권좌에 앉은 황제가 제게 예를 갖추고 있는 좌중을 둘러보며 묵직한 음성으로 명했다. 사람들은 숙인 허리를 더욱더 깊숙이 숙였다 펴 인사를 하고는 황제 쪽으로 이목을 집중했다.

"이 더운 날 긴 인사는 지루할 테니 하지 않겠소만, 전통은 지켜야지. 시종장."

사람들의 시선에 황제가 제 옆을 바라보자 이번에는 황후가 경쾌한 목소리로 시종장을 부르며 손뼉을 쳤다. 멀찍이 물러나 있던 시종장이 달려와 황제의 친필 축사가 적혀 있는 긴 종이를 위에서 아래로 주르륵 폈다.

"위대한 시저 제국의 은혜로우신 황제 폐하께서……."

십여 분은 이어질 축사를 시종장이 낭랑한 목소리로 읊어 내려가기 시작했다. 여유가 생긴 아이샤가 당혹감으로 두근거리는 심장을 진정시키려 가슴을 꾹 누르다 이안을 기억해 내고는 그를 찾기 위해 고개를 돌렸다.

이안은 아까보다 그녀에게 훨씬 가까이 있었다. 황족들이 걸어온 붉은 카펫을 넘어 그녀 쪽으로 다가온 그의 얼굴이 조금 전보다 선명했다.

하나 어찌 된 일인지 그의 심기는 가까워진 거리만큼 나빠 보였다. 미미하게 인상까지 찌푸리던 그가 황족들이 자리한 앞쪽을 노려보다 아이샤의 시선에 고개를 그녀 쪽으로 살짝 틀었다.

'신호하면 따라와.'

또 한 번 소리 없는 말이 전해졌다. 거부할 수 없는 명령과도 같은 말에 아이샤는 주저하다 고개를 작게 주억거렸다. 일말의 반항도 없는 순종적인 그녀의 태도에 이안이 입꼬리를 길게 올렸다 금세 지웠다.

"오늘 자리에서 두 분 폐하의 노고를 생각하며……."

시종장이 읊는 축사는 계속되고 있었다. 그러나 어떤 멋진 문구도 아이샤의 귀에는 들리지 않았다. 그녀는 앞을 보는 이안을 간간이 힐끔거리며 생각에 잠겼다. 그리고 그런 그녀를 향한 황자의 녹안도 여전해 이안은 저도 모르는 새 주먹을 꽉 쥐었다.

* * *

황궁 악사들의 연주는 더할 나위 없이 매끄러웠다. 사람들은 그들이 만들어 내는 아름다운 음률에 맞춰 각자의 파트너와 함께 부드럽게 원을 그렸다.

아이샤는 다니엘과 춤을 추며 저 멀리 이안을 힐끔거렸다. 몸을 돌릴 때마다 스쳐보는 얼굴은 초조한 기색이 역력한 그녀와 달리 무표정했다.

"야! 너 계속 저 자식만 쳐다볼 거야?"

아이샤가 춤에 도통 집중하지 못하자 다니엘이 타박했다. 그는 여동생이 보는 상대가 누구인지 단번에 알아챈 후였다. 자연스러웠다고 생각했건만. 치부를 들킨 듯 얼굴을 붉힌 아이샤가 기어가는 목소리로 오라비에게 중얼거렸다.

"……내가 어디를 봤다 그래."

"엄청. 무지하게 티 나니까 모른 척할 생각 마."

"……."

"잘난 오라비 얼굴이 코앞에 있는데 저 개자식 쪽으로 시선이 가? 하여간 내가 보기에 넌 병이야. 그것도 심각한 병."

잔뜩 빈정거리는 목소리에 아이샤가 눈을 위로 치켜떴다. 말이 심하지 않은가. 아이샤는 다니엘의 발을 일부러 밟으며 골이 난 얼굴을 했다.

"윽!"

"멋대로 넘겨짚지 좀 마. 그냥 집중이 안 됐을 뿐이야. 그리고 개자……. 제발, 말 좀 가려 해. 누가 들으면 어쩌려고 그러는 거야."

"허? 또 저 자식 편드네. 개자식을 개자식이라 하지. 그럼 뭐라 해? 그리고 누가 들을까 봐 걱정되는 게 아니라 저 자식한테 개자식이라고 하는 게 기분 나쁜 거잖아."

대꾸하면 계속 이어질 것 같은 주제에 아이샤가 입을 다물었다. 화가 난 여동생의 얼굴에 다니엘은 이안 쪽을 대놓고 바라보며 눈썹을 구기다 무언가 생각난 듯 입꼬리를 올렸다.

"그래. 네 말대로 차라리 내 착각이면 다행인데……. 어? 이안 저 자식, 춤춘다는 핑계로 파트너랑 꼭 붙어 뭐 하는 짓이야? 남들 보기 부끄럽지도 않나?"

다니엘의 말에 아이샤는 저도 모르게 고개를 틀었다. 하나 오라비의 말과 달리 이안은 그대로였다. 파트너와 가깝지도 그리 멀지도 않은, 딱 춤에 맞춰진 거리. 정석과도 같은 그의 행동은 오히려 거리감이 있어 보였다. 속은 것을 눈치챈 아이샤가 고개를 돌려 다니엘을 노려봤다.

"멍청이. 이래도 어련히 내 착각이겠다. 그렇지?"

아이샤와 눈을 마주친 다니엘은 비웃음을 숨기지 않았다. 삐뚜름한 오라비의 입술에 아이샤가 제 입술을 살짝 물더니 시선을 거두어들였다. 파르르 화를 내던 조금 전과 달리 한껏 서늘해진 여동생의 분위기에 다니엘이 뒤늦게 비웃음을 거둬들였다.

"야! 삐졌어? 이런 걸로? 야! 아이샤."

"……."

"장난 좀 친 것 가지고 무슨……. 애초에 네가 이안 자식을 안 봤으면 됐을 문제잖아."

얼마 남지 않은 춤. 다니엘은 아이샤에게 계속 말을 걸었지만, 아이샤는 대꾸하지 않았다. 결국 음악이 끝날 때까지 입을 다문 여동생의 고집에 다니엘은 한숨만 깊게 내쉬었다.

"뭐야? 분위기가 왜 이래?"

"네 누이가 단단히 토라졌으니 잘 부탁한다. 아서."

아서가 다가오자 다니엘은 아이샤의 얼굴을 한 번 더 살핀 뒤 냉큼 도망가 버렸다. 그새 동료 기사들 사이로 몸을 숨긴 다니엘을 흘겨본 아서가 아이샤에게 물었다.

"이번에는 쉴래?"

"아니야. 어머니께서 오늘 적어도 다섯 번은 춤을 추라고 하셨는걸. 어색한 사람들하고 횟수를 채울 바에야 오빠가 낫지."

파든 백작 부인은 연회 참석 전 아이샤에게 명령하듯 춤추는 횟수까지 일러 줬다. 이안이 없는 연회에는 참석조차 잘 안 하는 데다 한다고 하더라도 가족과 한두 번 춤추는 것이 다인 여식의 태도를 이참에 고치겠다는 무언의 압박이었다.

"춤출 거면 얼굴 좀 펴. 누가 보면 내가 협박해서 너랑 춤추는 줄 알겠어. 이용당하는 건 난데 말이야."

아이샤의 말에 아서가 그녀를 이끌었다. 아이샤는 춤을 시작하기 전 무의식적으로 이안을 찾았다.

한층 가까운 거리에 자리 잡은 이안은 이번에 여동생 소피아와 함께였다. 아이샤는 제 생각보다 훨씬 밀접한 거리에 몸을 작게 움찔거리다 저를 노려보는 소피아의 날카로운 시선에 빠르게 고개를 돌렸다.

짝짝.

가벼운 박수 소리와 동시에 세 번째 음악이 시작됐다. 우아하고 느린 선율을 그리던 앞선 음악들과 달리 세 번째 음악은 한층 경쾌했다. 빨라진 음악에 맞춰 발을 재게 놀리던 아이샤가 한참 만에 시무룩한 목소리로 아서에게 물었다.

"아서, 넌 이안하고 종종 교류하지? 다니엘 오빠도 에드워드 오빠도 어릴 때는 다들 이안하고 잘 지냈잖아. 그런데 요새는 다들 서로 모르는 척……."

"당연하잖아."

"어?"

아서는 아이샤의 물음에 어이없는 표정을 지었다. 예상치 못한 반응에 아이샤가 발을 헛디뎠다.

"이안 형이 너한테 함부로 하는데 어떻게 전처럼 잘 지내겠어?"

아서는 누이의 실수를 능숙하게 넘기며 조금 떨어진 거리에 있는 이안과 소피아를 살폈다. 완벽한 자세로 춤추고 있는 남매의 찬란한 금발이 샹들리에 불빛 아래 완벽하게 빛나고 있었다. 아서가 그들에게서 자연스레 시선을 거두며 말을 이었다.

"최근 몇 년 이안 형 행동을 보면……. 형들처럼 반응하는 게 보통, 아니, 그것도 많이 봐주는 거지. 나도 네 생각만 하면 이안 형한테 기분 상해. 하지만 아이샤 네가 알아서 할 일이고 너도 문제라 생각하니까 가만히 있는 것뿐이야."

담담히 말하는 아서의 목소리에 아이샤는 다니엘 때와 달리 답을 찾지 못해 입을 다물었다. 이안 문제에 대해 가족들이 자신을 걱정하고 있는 줄은 진즉 알았지만……. 직접, 그것도 과묵한 셋째 오라비에게 이런 말을 들으니 충격으로 다가왔다.

심각한 얼굴로 침묵하는 누이의 얼굴에 아서도 입을 다물었다. 남매는 아무 말 없이 춤을 췄다.

빠른 음악만큼 세 번째 춤은 앞선 두 번의 춤보다 빨리 끝났다. 오라비와 마주 인사하던 아이샤가 습관처럼 이안을 좇다 화들짝 놀랐다. 어찌 된 영문인지 이안이 그녀를 똑바로 보며 천천히 다가오고 있었다.

밝은 금발 아래 다정한 미소가 더없이 찬란해 아이샤는 커다랗게 뜬 눈을 깜빡이지도 못했다. 천사 가스티오처럼 푸르른 이안의 눈만 보면 그녀의 몸은 단단한 사슬에 휘감긴 것처럼 굳어 버렸고 심장은 달리기라도 한 것처럼 빠르게 뛰었다.

누이의 상태를 알아챈 아서가 한숨을 깊게 내쉬었다. 쌍둥이 오빠로서 거의 평생을 지켜봐 본바, 아이샤의 마음은 쉽사리 사라질 성격의 것이 아니었다. 이안이 다른 여인과 결혼하겠다 선언이라도 하면 모르나 그전까지는 미련한 여동생은 마음을 접지 못할 게 분명했다.

'귀찮지만 이대로 둘 수는 없지. 막지 않았다가는 형들이나 어머니가 가만두지 않을 테니까.'

아서는 아이샤를 제 쪽으로 끌어당겼다. 당사자인 아이샤는 긴가민가하고 있었지만, 아서가 보기에 이안은 분명 누이에게 접근하고 있었다. 아니나 다를까, 그가 아이샤를 끌고 자리를 피할 낌새를 보이자 이안의 파란 눈에 섬뜩함이 서렸다.

'저런 얼굴을 보면 이안 형도 아이샤한테 관심이 없는 건 아닌데……. 왜 저러는지.'

이안의 시선을 무시한 채 아서가 아이샤를 이끌고 몸을 돌릴 때였다. 남매의 앞으로 그림자가 지다니 생각지도 못한 사내가 아이샤에게 손을 불쑥 내밀었다.

* * *

'전하께서 내게 왜?'

아이샤는 표정을 갈무리하며 속으로 물음을 삼켰다. 자레드 시저, 2황자와 자신은 어떠한 접점도 없건만 황자는 왜 자신에게 춤을 청했을까.

그나마 접점을 찾는다면 첫째 오라비인 에드워드가 2황자와 우애가 두터운 황태자의 측근이라는 것이었다. 오라비의 말에 따르면 2황자는 황태자인 형을 위해 아주 낮은 자세로 신하를 자처한다 했다. 그 때문에 시저 제국은 타국처럼 형제간 황위 다툼으로 인한 문제가 없다고 봐도 무방했다.

'에드워드 오빠를 통해…….'

황태자의 곁에 있는 에드워드라면 2황자와도 교류가 있을 법했다. 하나 멀찍이 보이는 첫째 오라비의 눈에도 놀라움이 새겨져 있는 것을 보면 잘못 짚은 듯했다.

끝내 이유를 찾지 못한 아이샤는 조심스레 자레드의 얼굴을 살폈다. 평소 춤을 잘 추지 않는 황자는 이안처럼 완벽한 춤 실력을 보여 주지는 못했지만, 무인 특유의 절도 있는 동작으로 그녀를 리드했다. 긴장한 듯 약간 당겨진 턱과 굳게 다물린 입매가 무뚝뚝해 보일 법도 했건만 여인처럼 고운 얼굴선과 왼쪽 눈 아래 콕 박힌 눈물점 때문에 무표정한 얼굴마저도 매력 있게 다가왔다.

'멀리서 볼 때는 몰랐는데 아름다운 분이구나. 여인들이 따를 만해.'

아이샤는 새삼 자레드의 얼굴에 감탄했다. 그러나 그녀는 제 감상을 밖으로 꺼내 놓지는 않았다. 에드워드에게서 자레드가 제 외관에 대한 칭찬을 즐기지 않는다고 들은 적이 있기 때문이다.

게다가 아이샤는 어릴 적부터 이안을 비롯해 외관이 잘난 남자 형제들 사이에서 자란 여인이었다. 때문에 자레드의 외관은 높은 심미안을 가진 아이샤에게 감탄을 불러오기는 했으나 그 이상을 끌어내지는 못했다. 오히려 그녀는 자레드의 춤 신청으로 아주 잠시나마 잊고 있었던 이안을 기억해 내고 어두운 얼굴을 했다.

'내게 다가오는 거 같았는데……. 혹 춤 신청을 하려던 건 아니었을까?'

갑자기 다정스레 변한 이안의 태도와 신호하면 따라오라는 말에 아이샤는 긴장하면서도 혹시나 하는 기대를 가진 상태였다. 오라비들이 답답하다 가슴을 쳐도 어찌할 수 없었다. 이안이 그런 눈으로 자신을 보면…… 그 파란 눈동자에 제 얼굴이 담기는 순간 아이샤는 무력해졌다.

'그러고 보니 지금은 어디 있…….'

"불편한가?"

아이샤가 자연스레 이안이 있을 법한 곳을 살필 때였다. 춤을 신청한 후 한마디도 없던 황자가 별안간 입을 열었다. 놀란 아이샤가 그를 올려다보자 황자가 몸을 뻣뻣하게 굳히더니 그녀에게서 시선을 약간 비켰다.

"얼굴이 창백한 것 같은데 불편해 그런 거면 지금이라도……."

"아, 아닙니다."

"……."

"그렇게 보였다니 송구합니다. 전하."

아이샤는 재빨리 눈을 내리깔았다. 친밀하지도 않은 관계에서 황족들의 얼굴을 똑바로 바라보는 것은 자칫 불충하게 느껴질 수 있었다.

"……."

"……."

어색한 침묵이 내려앉은 와중에도 춤은 이어졌다. 자레드는 눈을 내리깐 아이샤를 보며 입술을 여러 번 달싹였다. 하나 그를 눈치채지 못한 아이샤는 혹 먼저 말을 걸어야 하나, 그렇다면 어떤 주제를 올려야 하나 고민하며 황자의 가슴께에 달린 장식에 눈을 두었다.

"연회가 참……."

"내가……."

고심하던 아이샤가 연회에 대한 칭찬이라도 늘어놓으려던 차, 자레드도 소리를 냈다. 동시에 열린 말문에 두 사람은 약속이라도 한 듯 다시 입을 닫고 서로를 바라봤다.

당혹감에 동그랗게 변한 아이샤의 눈에 자레드의 얼굴이 담겼다. 하늘색 눈에 담긴 그의 얼굴은 어쩐지 조금 상기되어 있었다. 자레드는 또 한 번 아이샤와 눈 마주치길 피한 채 그녀의 허리를 잡은 손을 살짝 뗐다 다시 고쳐 잡으며 결심한 듯 입을 열었다.

"……갑자기 춤을 신청해 많이 놀랐나?"

어딘가 시무룩한 목소리였다. 꼭 잘못한 것처럼 구는 황자의 태도에 아이샤가 저도 모르게 고개를 갸웃거렸다.

"황후 폐하와 형님. 아니, 황태자 전하께서 한 번이라도 춤을 추라 워낙 채근이셨어."

"……."

"그런데 때마침 그대가 눈에 띄길래……."

나지막이 말을 늘어놓던 자레드가 얼굴을 굳혔다. 말을 하고 보니 억지로 춤을 청한 꼴이 아닌가. 그가 저를 멀뚱히 보는 아이샤에게 조급한 얼굴을 했다.

"오해는 마. 그렇다고 아무 생각 없이 그대에게 춤을 신청한 건 아니야. 그대를 지켜보고…… 있던 건 아니고 나는 그냥……. 그러니깐……."

"어떤 이유가 되었건 전하의 춤 신청은 영광인 걸요."

횡설수설하는 자레드에게 아이샤가 속닥이며 웃음을 터뜨렸다. 눈을 접는 그녀의 웃음은 예의를 위해 내내 머금고 있던 미소와 달랐다. 그걸 발견한 자레드는 눈을 깜박이는 것조차 잊고 있다 춤동작에 맞춰 날리는 아이샤의 머리카락에 정신을 차렸다.

"……부담스럽지는 않았나? 갑작스러웠을 텐데."

"솔직히 말씀드리면 조금 놀라긴 했습니다. 하지만 지금은 전하께서 즐거운 시간을 선사해 주신 것에 감사하기만 할 따름이랍니다."

"……."

"저도 춤을 추라 어머니께서 등을 떠미셔서요. 횟수까지 정해져 있는데 어찌 보면 전하께서 절 도와주신 셈이지요. 물론 저도 횟수를 채우겠다 전하의 춤 신청을 받아들인 건 아니니 오해는 마세요."

"그대…… 생각보다 조곤조곤 아주 말을 잘하는군."

긴장이 풀린 듯 아이샤의 목소리는 상냥해졌고 말은 길어졌다. 새처럼 조잘거리는 그녀의 입술을 빤히 바라보던 자레드가 예상 밖이라는 듯 중얼거리다 황망한 낯을 했다.

"비꼬는 게 아니야. 보기 좋다는 거야. 그대는 목소리도 어여쁘고 슬픈 얼굴보다 지금처럼 웃는 모습이 훨씬……."

"……."

"……아름다워."

생각보다 직접적인 칭찬에 아이샤의 말문이 막혔다. 아름답다는 말을 많이 들어 보긴 했지만…… 다른 이들의 칭찬이나 감탄은 이런 느낌이 아니었다. 정제되고 잘 포장된 겉치레가 아닌 아이에게서 들은 듯 꾸밈없는 감상. 하나 그렇기에 더 부담스럽고 듣기 부끄러웠다.

"칭찬 감사합니다, 전하."

귓불을 붉힌 채 담백하게 답례한 아이샤의 목소리에 자레드가 눈을 질끈 감았다 뜨는 것이 보였다. 그는 많이 부끄러워 보였다. 생각보다 솔직히 드러나는 자레드의 표정에 아이샤는 저도 모르게 불충한 생각을 하고 말았다.

'누가 알면 큰일 날 생각이지만 전하께서는 소문과 달리 귀여운 구석이 제법 있으신걸.'

황위에는 일말의 관심도 없이 검에만 미쳐 있는, 그 특유의 무뚝뚝함에 황후 폐하조차 고개를 내젓는다는 2황자. 아이샤가 직접 만난 자레드는 소문과는 정 딴판이었다.

'쑥스러움을 많이 타 무뚝뚝하다는 소문이 났나?'

아이샤 또한 낯선 이들은 어려워하며 쑥스러움을 타는 편이었다. 때문에 일부 사람들은 낯가림 때문에 딱딱해지는 그녀의 태도 두고 도도하고 차갑다 말을 부풀리고는 했다.

아이샤의 얼굴에 비슷한 성향의 사람에 대한 호감이 피었다. 그러나 그녀의 미소는 오래가지 못했으니 얼굴을 찌를 듯 날카로운 시선에 아이샤는 제 심장이 철렁함을 느끼며 눈동자를 굴렸다.

'아…….'

보지 않아도 시선의 주인공이 누구인지 알 수 있었다. 아이샤는 저 멀리 저와 자레드를 바라보는 이안의 눈길에 금세 걱정스러운 낯을 했다.

* * *

잘 어울리는 한 쌍이었다. 서로 마주 보고 있는 사내도 여인도 빼어난 외관을 자랑했으니 눈이 있다면 그걸 부정할 수는 없었다.

하지만 이안의 끝내 꼬투리를 잡았다. 그는 여인처럼 곱상한 황자의 얼굴과 그 위 장밋빛 적발이 전체적으로 연한 색의 아이샤와 지나치게 대조된다 생각하며 그들을 찬찬히 훑다 무언가 발견하고 얼굴을 굳혔다.

춤추느라 황자와 딱 붙은 아이샤는 고개를 살짝 숙이고 있었다. 연속으로 춤을 추느라 지친 모양인지 아니면 외간 남자와 지나치게 가까운 거리 때문인지 그녀의 뺨은 예쁘게 물들어 있었다.

자레드 황자가 무어라 말을 걸 때면 잠깐 머뭇거리다 눈을 살짝 위로 뜨며 도톰한 입술을 여는 모양새가 붉어진 뺨과 잘 어울렸다. 맑아 보이는, 그녀가 가진 청초한 매력이 돋보이는 표정에 황자는 평소 무뚝뚝하다고 알려진 것과 달리 올라간 입꼬리를 숨기지 못했다. 이안은 아이샤의 허리에 닿은 자레드의 손을 어둑한 눈으로보다 아이샤가 미소 짓자 저도 모르게 눈썹을 위로 치켜떴다.

"시계는 가져왔나? 더 두고 볼 것도 없이 내가 이긴 것 같은데."

아이샤와 자레드가 다정히 껴안은 채 빙글 원을 한번 돌 때였다. 누군가 이안에게 다가와 낮은 목소리로 속삭였다. 눈동자를 굴려 옆을 보니 언제 왔는지 앨버트가 옆에 있었다. 의기양양한 행동거지와 표정이 이겼다 확신하는 것 같아 이안은 조소했다.

"농담이 지나치군."

"이안! 여유 그만 부리게. 아이샤 양과 2황자 전하…… 누가 봐도 서로한테 끌리는 얼굴이 아닌가. 잘 어울리는 한 쌍이야."

앨버트의 말에 이안은 답하는 대신 지나가는 시종에게서 잔을 낚아챘다. 잔 안에 투명한 술은 달콤했으나 제법 도수가 높았다.

이안은 술잔을 기울이며 아이샤의 얼굴을 찬찬히 뜯어봤다. 적당히 살피던 조금 전과 달리 노골적으로 못마땅한 시선에 황자와 춤추던 아이샤가 그와 눈을 마주치고는 눈에 띄게 당황했다. 이쪽을 힐끔거리는 고개, 파르르 떨리는 눈동자 안 여러 감정 중 죄책감을 잡아낸 이안이 입매를 비틀고는 남은 술을 쭉 들이켰다.

'그래. 잘못했다 느껴야지. 같잖은 감정으로 좋아한다며 사람 귀찮게 하던 주제에 어디 다른 놈한테 그따위 얼굴이야. 양심도 없지.'

시종에게 빈 잔을 건네며 이안이 고개를 돌렸다. 앨버트는 여전히 그의 옆에서 자신만만한 얼굴을 하고 있었다. 그 꼴이 거슬려 이안이 손을 내저으며 말했다.

"약속한 장소에 먼저 가 있지. 30분이면 결판이 날 거야."

춤을 위한 음악은 이제 곧 끝이었다. 홀에서 미리 정해둔 장소까지는 성인 남성의 발걸음으로 십여 분은 걸리니 30분 안에 내기의 결판을 내려면 시간은 아주 촉박했다.

"30분? 너무 촉박하잖나. 한 시간 안으로 해. 대신 그 이상 걸리면 이번 내기, 이안 자네가 진 거야."

"그렇게 하지."

이안이 고개를 끄덕이자 앨버트가 시계를 들여다보고 걸음을 옮기려 했다. 하지만 순간 이안이 손을 뻗어 그를 막았다. 앨버트가 의아한 얼굴을 했다. 이안은 잠깐 머뭇거리다 입을 열었다.

"……내기는 우리끼리 즐기는 걸로 하지. 괜히 졌다 호들갑 떨면서 시끄럽게 굴면 곤란해."

"아……. 자네는 파든 백작님과도 인연이 있으니까. 이해하네. 장난을 즐길지언정 숙녀분 명예를 훼손시킬 수야 없지."

장난스러운 앨버트의 대꾸에 이안이 못 믿겠다는 듯 그를 위아래로 훑었다. 앨버트는 어깨를 으쓱이곤 안심하라는 듯 이안의 어깨에 손을 올렸다.

이안은 그의 접촉에 불쾌한 내색을 숨기지 않았다. 곧바로 손을 쳐 내는 이안의 손길에 멋쩍게 웃던 앨버트가 사람들 사이로 유유히 사라졌다. 그러나 앨버트가 사라지건 말건 이안의 눈은 여전히 아이샤에게 고정되어 있었다. 춤이 막 끝났는지 멈춰 선 그녀는 황자와 맞인사하면서도 그를 살피고 있었다.

죄인처럼 긴장한 모습에 이안이 아이샤에게 따라오라 오만하게 눈짓하고는 몸을 홱 돌렸다. 더 두고 보지 않아도 알 수 있었다. 아이샤는 그를 어떻게든 쫓아오려 종종걸음칠 것이다.

약속한 장소로 가는 이안의 발걸음에는 내기에 대한 조금의 걱정도 없었다. 그리고 그의 예상대로 아이샤는 춤이 끝나기 무섭기 그를 쫓아 작은 걸음을 내달렸다.

* * *

'과분한 영광이었습니다. 전하.'

아이샤는 최소한의 예의를 갖춘 후 나비처럼 가볍지만 빠르게 날아가 버렸다. 자레드는 순식간에 사라진 아이샤를 잡지도 못한 채 서 있다 그녀의 뒷모습이 사람들 사이에서 사라진 후에야 아쉬움을 뒤로한 채 걸음을 옮겼다.

그가 움직이자 여인들이 기대에 가득 찬 눈을 했다. 춤이라고는 손에 꼽을 만큼 추는 2황자였으나 오늘은 이미 한번 추지 않았나. 혹여나 있을 기회를 노리고 몇몇 영애들이 그의 앞에 대담히 모습을 드러냈으나 자레드는 그들과 눈 한번 마주치지 않았다.

"기껏 춤까지 추더니 그게 다야?"

단상 위 자리로 돌아오기 무섭게 황태자 윌리엄이 빙글 웃음을 지으며 자레드에게 말을 걸었다. 자레드는 혀를 차는 형을 노려보며 화가 난 듯 쏘아붙였다.

"갑자기 등을 떠밀면 어떡해?"

"어머니 잔소리에서 기껏 구해 줬더니 고마운 줄 모르고……."

자레드가 아이샤에게 춤을 신청한 계기는 눈앞에 있는 황태자 윌리엄 때문이었다. 윌리엄은 황후인 어미의 잔소리를 들으며 가만히 서 있던 자레드를 춤이나 추고 오라며 갑작스레 떠밀었다.

"그리고 사내가 되어서 말이야. 춤 신청 한 번에 고민을 몇 번이나 하는 건지. 답답해서 두고 볼 수가 있어야지."

"춤 같은 거 출 생각 없었어."

동생의 험악한 얼굴에도 윌리엄은 눈 한번 깜빡이지 않았다. 그는 오히려 자레드에게 바짝 붙어 놀리듯 말을 이었다.

"과연? 단상 밑으로 떠민 건 나라지만 아이샤 파든이 있는 곳까지 직접 걸음 한 건 너야. 정 추기 싫었으면 돌아왔으면 될 거 아니야?"

자레드는 재미있어 죽겠다는 형의 태도에 울컥했는지 주먹을 쥐어 보였다. 그러나 그는 곧 손에 힘을 풀고 언짢은 목소리로 중얼거렸다.

"많이 당황한 거 같았어."

"당연히 당황했겠지. 안면도 없는 사내. 그것도 황자가 갑자기 춤 신청을 했으니 말이야. 너라면 안 부담스럽겠어?"

"……제길. 당분간 마주치지 않도록 조심해야겠어."

윌리엄의 대꾸에 자레드가 목을 뻣뻣이 굳히며 욕설을 내뱉었다. 불안히 떨리는 동생의 눈에 윌리엄이 질색하고는 눈살을 잔뜩 찌푸렸다.

"맙소사, 세상에. 이 머저리가 진정 내 동생이 맞는지. 자레드. 부끄러우니 어디 가서 나와 형제라 하지 마."

윌리엄이 알기로 자레드의 짝사랑은 장장 5년이었다. 한데 남동생은 5년 만에 겨우 말 한 번, 손 한 번 잡고 춤 한 번 췄으면서 부담스러워했을 거라는 말 한마디에 피할 생각부터 하고 있었다. 답답해진 윌리엄의 말이 속사포처럼 빨라졌다.

"다 필요 없고 앞으로 계속 만날 계획이나 세워. 지금처럼 음침하게 훔쳐보기만 해서는 오늘같이 춤도 출 수 없을걸."

"훔쳐본 적……!"

지난 몇 년은 일에 신혼 생활 적응에 바빠 동생의 짝사랑을 신경 쓰지 못했지만, 이제는 아니었다. 결혼 생활도 안정됐겠다, 윌리엄은 형으로써 남동생의 짝사랑을 이제라도 도와주겠다고 다짐했다.

"너도 아까 봤으니 알 텐데. 아이샤 파든을 두고 네가 경쟁해야 할 상대가 누구인지. 무려 이안 로이드 후작이야."

물론 남동생의 짝사랑은 쉽지 않았다. 아이샤 파든의 마음은 유명한 것으로 이미 다른 사내에게 가 있었으니. 게다가 아이샤 파든의 마음에 박힌 사내가 보통 사내던가. 이안 로이드. 그는 제국 내 최고의 신랑감 중 하나였다.

"후작과의 경쟁에서 자레드 네가 가진 유리한 패라고는 황자라는 지위뿐인데……. 그조차 어릴 적 연이나 로이드 후작가의 명성을 생각한다면 아주 큰 장점이 못 돼."

하나 최근 아이샤 파든과 이안 로이드를 둘러싼 소문은 기이했다. 약혼한다 몇 년째 말만 나오는 것도 그렇고…….

무엇보다 아이샤의 오라비이자 자신의 보좌관인 에드워드는 몇 년 새 이안 로이드의 이야기만 나와도 일상처럼 하던 표정 관리를 못 하고 기분 나쁜 내색을 보였다. 아이샤 파든만 보면 아직 마음이 있는 것 같지만……. 여인이란 무릇 자신에게 잘해 주는 사내에게 언젠가는 마음을 열게 되어 있었다.

"하지만 최근 두 사람 소문이 별로야. 약혼도 안 한다는 말이 돌고. 그러니까 두 사람 사이 이때! 소문이 영 이상한 이때! 밀어붙여! 그래야 그나마 네게 승산이 있어."

"밀어붙이긴 뭘 밀어붙여. 그녀에게 그럴 생각 없어. 그러니 혼자 넘겨짚지 마."

잔뜩 흥분한 형에게 자레드가 냉랭한 목소리로 답했다. 그러나 순간 윌리엄은 똑똑히 봤다. 자레드의 녹안 깊숙이 반짝이는 기쁨과 혹하는 희망을.

"됐고. 아까 아이샤 파든이랑 후작이 사라진 방향 봤지? 빨리 가서 두 사람을 찾아봐. 연적이 짝사랑하는 여인과 밀회하는 건 방해해야지. 안 그래?"

부끄러워하기는!

윌리엄이 자레드를 다시 단상 아래로 밀어내기 시작했다. 자레드는 싫다 고개를 저으면서도 서서히 밀려났다.

조금 떨어진 곳에서 그들의 여동생 캐서린 황녀가 형제를 한심하다는 듯 쳐다보다 고개를 절레절레 저었다. 그러자 여식 옆에 있던 황후가 여전히 엄숙한 얼굴로 앞을 보며 속삭였다.

"너무 그렇게 보지 마렴. 네 둘째 오라비가 드디어 무언가 시작이라도 해 보려나 보구나."

3장. 여름밤의 거짓

홀에서 벗어난 아이샤는 정원으로 가는 회랑에서 이안을 발견하고 안도했다. 홀에서 벗어나기 직전 이안을 놓쳐 혹여나 그가 다른 곳으로 갔으면 어쩌나 걱정했건만 다행히 정답을 맞힌 모양이었다.

대리석으로 만들어진 회랑 기둥 옆에 서서 정원을 내려다보는 이안의 얼굴은 평이했다. 두 사람을 제외하고는 아무도 없는 데다 워낙 탁 트인 곳이라 그녀가 오는 것을 눈치챘을 텐데도 그는 아이샤 쪽으로 고개를 돌리지 않았다.

이안을 발견했다는 안도도 잠시, 긴장한 아이샤가 가슴 앞에서 손을 꼭 쥐었다. 지난번 로이드 후작가에서 그에게 들었던 말들이 선명히 스쳐 지나갔다. 따라 나와라 먼저 신호한 것이 이안임에도 아이샤는 혹여나 제가 따라 나옴으로써 이안의 심기를 망칠까 초조해했다.

"왔으면 이리 와."

아이샤가 열 걸음 정도 떨어진 곳에서 주춤거리고 있자 이안이 느릿하게 말했다. 그녀 쪽으로 얼굴을 돌린 그의 얼굴은 그새 잔잔한 미소가 한가득하였다. 철이 자석에 끌리듯 아이샤가 이안에게 가까이 다가섰다.

날은 여름에 접어들어 저녁임에도 따뜻했다. 이안이 아이샤의 드러난 목덜미를 바라보다 그녀의 귀밑으로 손을 뻗었다. 아이샤는 저도 모르게 이안의 손을 피하며 허리를 숙였다.

"그…… 각하."

갑작스러운 예와 존칭에 이안의 얼굴이 살짝 구겨졌다. 그러자 그의 눈치를 살피던 아이샤가 변명하듯 말을 붙였다.

"저, 저번에 그 예의를 지, 지켜 달라고……."

"아."

이안은 그제야 로이드 후작가에서 제가 했던 말을 떠올렸다. 그가 픽 웃더니 아이샤의 뺨과 목덜미를 부드러이 쓸었다. 꼭 키우는 짐승을 달래는 듯한 손길이었다.

"……맞아. 내가 그런 말을 했지."

별거 아니었다는 듯 조금의 감정도 없는 목소리가 평온해 아이샤는 마음이 아팠다. 거리를 두자는 그의 말에 얼마나 상처받았던가. 그런데 그는…… 이안은 그 자신이 한 말조차 잊고 있던 모양이었다.

"그걸 아직도 신경 쓰고 있었던 거야? 너도 참."

게다가 이안은 한술 더 떠 아이샤에게 은근히 책임을 전가했다. 그의 목소리는 여전히 다정했지만, 아이샤는 예민하다 타박을 들은 기분이었다. 울컥한 그녀가 고개를 들자 이안이 눈을 반달처럼 휘어 보이며 속삭였다.

"신경 쓸 필요 없었는데……. 괜히 신경 쓰이게 해서 미안하네. 변명하자면 그때는 기분이 좋지 않았어. 그래서 나도 모르게 괜한 심술을 부린 것 같아. 알다시피 내가 편하게 생각하는 이들은 아이샤 너를 포함해 몇 없잖아."

"……."

"그러니까 이해해 줄 수 있지?"

이해를 구하는 물음에 말문이 턱 막혔다. 무언가 목에 걸리는 듯했지만 아이샤는 천천히 고개를 끄덕였다. 무어라 하겠는가. 그가 그렇다는데.

"……응."

만일 그녀가 조금이라도 싫은 내색을 보이면 다정한 이안은 물거품처럼 사라질지도 몰랐다. 지금은 괜찮아 보였지만 홀에서는 화가 난 듯 보였던 그가 아니던가. 그런 이안만큼은 견디기 힘들었던 아이샤는 그에게 왜 화가 났었냐는 질문조차 하지 못한 채 가만히 있었다.

조용한 아이샤를 잠시 물끄러미 보던 이안이 미끄러뜨리듯 손을 내렸다. 뺨을 건드리던 손이 목으로 어깨로 팔을 타고 내려가 손을 꼭 붙잡자 아이샤가 눈을 동그랗게 떴다.

"황궁 정원은 아름답기로 유명하지. 같이 구경하러 가고 싶어 불러냈어."

밝은 달빛에 이안의 금발이 한층 아름답게 빛났다. 아이샤의 손을 잡은 채 그가 장난스레 팔을 흔들었다. 그리고 회랑 아래 정원으로 향하는 계단으로 그녀를 이끌었다.

대리석 계단을 내려온 두 사람은 울창한 관목 울타리를 지나고 여름 꽃으로 휘감긴 아치를 지나 꽃들이 흐드러지게 핀 정원 구석에 도착했다. 회랑과 달리 여러 나무와 관목으로 가려진 장소가 은밀했다. 게다가 중앙에 피어 있는 꽃들은 야광주처럼 빛을 뿌리고 있어 폐쇄적이면서도 낭만적인 분위기를 연출했다.

"아름답지? 황궁 정원에서도 유명해. 특히 어두울 때 더 볼만하지."

"응. 정말 아름다워."

이안의 말에 아이샤가 고개를 끄덕이며 탄성을 질렀다. 꽃망울을 이루는 작은 꽃 하나하나가 달빛을 머금은 듯 빛을 내니 저절로 감탄이 나왔다.

"어릴 때는 정원에서 단둘이 시간을 꽤 보냈잖아. 요즘은 그때처럼 시간 내기가 어렵지만…… 그때가 그리워."

이안의 손이 아이샤의 어깨 위로 올라왔다. 꽃밭을 바라보고 있던 아이샤가 살결에 닿는 감촉에 고개를 돌렸다. 이안은 예전을 그리는지 옅어진 눈을 하고 있었다.

"……아무것도 몰랐고 그저 좋았지."

말을 멈췄다 다시 꺼낸 이안의 눈빛이 순간이지만 냉혹하게 번뜩였다. 입가에 맺힌 미소가 화살촉처럼 서늘했지만, 밤의 어둠이 그러잖아도 흐린 아이샤의 눈을 가렸다. 그녀는 이안이 예전을 추억한다 생각하며 어깨에 힘을 풀었다.

두 사람은 잠시 아무 말 없이 빛나는 꽃들을 바라봤다. 그러나 두 사람의 얼굴에 담긴 온도에는 확연한 차이가 있었다.

살랑이는 바람이 두 사람 사이를 스쳐 불었다. 이안은 살살 흔들리는 꽃 무리를 보다 멀찍이 떨어져 있는 수풀 그림자 사이 몸을 숨긴 이들을 발견하고 어둑한 미소를 지었다.

"그보다 좋았어?"

"응?"

"춤 말이야. 네 번이나 연속으로 출 만큼 좋아할 줄은 몰랐는데."

이안의 말에 아이샤는 대꾸할 말을 찾지 못했다. 섭섭함을 숨기지 않는 그의 어투에 당황해서가 아니었다. 문뜩 자레드 황자와 춤출 당시 이안의 얼굴이 떠올랐기 때문이다.

'……이상해.'

아이샤는 다정한 이안의 태도에 의심이 솟구치는 것을 느꼈다. 정확히는 눌러 놨던 것이 터졌다 보는 것이 옳았다.

로이드 후작가에서 그리 차가웠던 이안이다. 거리를 두자는 그의 말은 분명한 진심이었다. 게다가 요 몇 년 그는 아이샤에게 계속해서 냉혹해졌다.

'그러고 보니 연회 시작부터 이상했어. 정말 정원 구경을 함께하자 나를 부른 걸까?'

물론 다정한 태도를 보인 적이 몇 번은 있었지만 그건 딱 겉모습뿐, 모두 잔인한 말과 함께였다. 이처럼 말과 행동이 모조리 다정했던 적은…….

아이샤의 이성이 분명 무언가 있으니 조심하라 아우성치며 경고했다.

"나한테도 기회는 줘야지. 사실 아까 네게 춤 신청하려 다가갔는데 2황자 전하께서 선수를 치셔서 말이야."

하지만 허리를 숙이고 손 내미는 이안 앞에서 아이샤의 영리함과 이지 등은 한낱 모래성이었다. 언제나 그러했듯 이안을 사랑하는 그녀의 마음은 모든 것을 삼켜 버렸다. 아이샤는 제게 내밀어진 이안의 손을 빤히 보다 확신에 가까워지는 의심을 억지로 지웠다.

음악도 없는 정원에서 두 사람은 마주 잡은 자세를 하고 춤을 췄다. 이안은 완벽하게 그녀를 리드했다. 하지만 아이샤는 조금의 흠도 없는 그의 배려가 어딘가 불편했다. 분명 허리를 잡은 손의 위치와 세기도, 음악 없이도 그녀를 물 흐르듯 이끄는 이안의 발걸음도, 모든 것이 결점 하나 없었다.

그러나 어찌 된 영문인지 이안과의 춤은 오라비들과 격의 없이 대강 췄던 춤보다 아니 처음 마주한 자레드 황자와 췄던 춤보다도 불편했다.

"아!"

결국, 춤에 집중하지 못한 아이샤는 작은 자갈을 밟고 발을 삐끗하고 말았다. 휘청이는 그녀를 재빨리 낚아챈 이안이 제 품으로 아이샤를 끌어당기며 속삭였다.

"괜찮아?"

"으응."

심장의 두근거림이 빨라졌다. 넘어질 뻔해서 그런 걸까? 아니면 이안의 품에 있어 그런 걸까? 아이샤는 아마 둘 다일 거라 생각하며 몸을 추스르고 그에게서 벗어났다. 이안에게 제 마음을 전한 지는 이미 한참이었지만 그래도 붉어진 얼굴을 보이기는 부끄러웠다.

"아이샤. 혹시 나랑 있는 게 불편한가?"

이안은 속이 빤히 보이는 아이샤의 얼굴에도 모른 척 물음을 던졌다. 아이샤 파든이 나쁜 쪽으로 자신을 불편해할 리 없었다. 하지만 목적을 좀 더 빠르고 수월하게 이루려면 말랑한 그녀의 마음을 좀 더 주물러 제 뜻대로 완벽히 움직이게 할 필요가 있었다.

"어?"

"아까도 말했지만 후작가에서 일은 내가 예민했어. 하지만 이렇게 불편해하면 내가 많이 섭섭한데."

"그, 그런 거 아니야. 나는……."

"너 황자 전하 앞에서는 그렇게 잘 웃더니……. 혹 전하께 마음이 있어?"

아니나 다를까 아이샤는 그의 말 몇 마디에 무너지기 직전의 얼굴을 했다. 연한 푸른 눈에 넘쳐흐르는 억울함과 슬픔. 그녀는 이안에게 완전히 놀아나 그가 자신의 마음을 믿지 못한다는 불안감에 손을 덜덜 떨기까지 했다.

'어리석기는.'

이안은 무엇보다 자신을 향한 아이샤의 마음을 믿었다. 아이샤 파든이 자신을 싫어한다? 좋아하지 않는다? 그건 이 세상에서 일어나지 않을 일이었다. 애초 이 내기를 쉽게 받아들인 이유가 무엇인데. 이안은 불확신에 대가를 낼 만큼 멍청하지 않았다.

한데 이상한 일이었다. 곧 말 몇 마디로 포도밭 몇 년 치 수확물을 차지하게 될 텐데 이상하리만치 기분이 저조해지기 시작했다. 당장에라도 수풀 뒤에 숨어 있는 것들을 끌어내 시계를 던져 주며 내기는 끝이라고 소리치고 싶은 충동이 갑작스레 솟았다.

"이안."

이해 못 할 자신의 심기에 그가 인상을 찌푸릴 때였다. 눈을 촉촉하게 적신 아이샤가 그의 손을 덥석 잡아 왔다.

"내, 내가 좋아하는 건 너뿐이야. 너도 잘 알잖아. 항상 그랬어. 나, 나는 그때부터 쭉 너만 좋아했어."

그렁그렁한 눈물과 말을 더듬는 행태가 짜증에 불을 지폈다. 당장에라도 끝내고 싶은 내기가 눈앞의 아이샤에게서 비롯됐다 생각하니 꼴도 보기 싫었다. 불쾌감을 억누르던 이안이 퉁명스러운 목소리를 숨기지 않은 채 아이샤의 손을 탁하고 내쳤다.

"못 믿겠는데. 그런 것치고는 황자 전하와 너 너무 가깝더라고. 다른 사람들은 또 어찌나 수군거리는지……. 귀에 아주 또렷이 들려서 말이야."

"아니야! 정말 그런 게 아니야. 나는……. 믿어 줘. 이안."

고개를 절레절레 흔드는 아이샤는 절박해 보였다. 그녀가 내쳐진 손을 다시금 이안의 손에 가져가려다 습관처럼 그의 눈치를 살폈다.

이안은 잠깐 시차를 둬 아이샤의 초조함을 극대화했다. 좋아한다는 고백을 들었으니 이제 이룰 것은 하나였다.

"좋아. 아이샤. 믿어 줄게. 그럼 예전에 네가 했던 말도 여전히 유효하겠네?"

아이샤의 얼굴에 의아함이 감돌았다. 그가 무엇을 말하는지 최선을 다해 기억하려는 모습이 하찮으면서도 어쩐지 조금은 귀엽다고 이안은 생각했다. 그가 하얗게 질린 아이샤의 입술을 바라보며 말을 이었다.

"언젠가 나한테 좋아한다고 말하면서 그랬잖아. 내가 기쁘면 너도 기쁘다고. 내 기쁨이 곧 네 기쁨이라고."

놀란 아이샤가 눈을 깜빡였다. 분명 그런 말을 한 적이 있었다. 파든가 정원에서 그와 춤을 추고 난 다음……. 그러고 보니 그때도 이런 초여름밤이었다. 달은 환했고 꽃은 사방에 피어 있었지. 바로 위 레몬 나무의 잎은 무성했더랬다. 벅찬 감정에 아이샤가 왼손을 제 심장 부근으로 가져갔다.

"맞아, 이안. 네가 기쁘면 나도 기뻐."

"그래? 그럼 지금 당장 날 기쁘게 해 줄 수도 있겠어."

일말의 망설임도 없는 아이샤의 답에 이안이 길게 입꼬리를 올렸다. 달빛 아래 흩어지는 그의 미소가 아름다워 아이샤는 멍한 눈을 한 채 이안이 원하는 대로 반문했다.

"……내가 뭘 해 주면 돼?"

붉은 입술이 한차례 더 짙은 미소를 지었다. 이안은 허리를 살짝 숙인 채 긴 손가락으로 아이샤의 아랫입술을 만지작거리며 아이샤의 귓가에 명령했다.

"내게 입 맞춰, 아이샤."

* * *

너무나 뜬금없는 요구였다. 이유를 알 수 없는 기대에 아이샤는 저도 모르게 입술을 오므렸다 이안의 손가락 일부를 건드리고는 놀라 입술을 벌렸다. 이안은 타액이 묻은 손가락에도 아랑곳하지 않은 채 재차 아이샤의 입술을 쓸며 그녀와 눈을 맞췄다.

'……이상해.'

지금의 상황에 강한 거부감을 느낀 아이샤가 이안에게서 한 발자국 물러났다. 이안은 아무 말 없이 그녀를 따라붙었다. 뒷걸음질 쳐 봤자 소용없음을 깨달은 아이샤가 멈춰서 고개를 들었다.

'이건 아니야.'

아이샤와 이안의 입맞춤은 처음이 아니었다. 그녀는 이안과 오래전 입술을 부딪힌 적이 있었다. 물론 어린아이의 장난 같은, 가벼운 접촉에 가까운 행위였지만 그날 뛰던 심장이 말해 줬다. 그건 단순히 접촉이라 부르기에는 낯부끄러운 행위라고.

그러나 처음이 아님에도 아이샤는 꺼려졌다. 그녀가 풋내 나지만 소중한 추억으로 간직하고 있는 입맞춤은 이런 게 아니었다. 서로 마음을 확인하고 눈을 맞추고 자연스럽게 진행되는, 아이샤는 그런 입맞춤밖에 알지 못했다.

"왜? 싫어?"

침묵이 길어지자 이안이 먼저 입을 열었다. 다정한 목소리에는 은근한 압박이 있었다. 입술이 붙어 버린 아이샤가 무언으로 이안에게 물었다. 왜 이러냐고.

이유를 구하는 눈동자에는 두려움을 필두로 한 혼란이 가득 차 있었다. 이안은 아이샤가 겁먹었음을 알고 일부러 얼굴을 싸늘하게 굳혔다. 그의 답을 기다리고 있던 아이샤는 대번에 변한 그의 분위기에 몸을 딱딱하게 굳힌 채 초조한 기색을 숨기지 못했다.

"내키지 않으면 어쩔 수 없지."

얼핏 듣기로는 선택권을 주는 말 같았지만, 실상은 아니었다. 한숨 섞인 이안의 말에 아이샤의 눈동자가 불안히 흔들렸다. 그가 원하는 대로 하지 않으면 미움받을 거 같았다. 그러잖아도 몇 년 새 멀어진 그인데. 이 일로 더더욱 멀어진다면 어찌해야 할지 덜컥 겁이 났다.

"……할 수 있어."

절벽 끝에 몰린 아이샤가 택할 선택지는 하나였다. 그녀는 달달 떨리는 손으로 이안의 소매를 잡았다. 그리고 속으로 되뇌었다. 이안도 저를 좋아하니까. 호감이 있으니까 이런 행위를 요구하는 것이라고. 왜 그때도 그러지 않았나. 이안과 입 맞추던 날, 뺨을 발갛게 붉힌 그는 평소 그답지 않게 말까지 더듬으면서 부끄러워했다. 그리고 그 속에 있는 애정은 너무도 명확해 아이샤는 어린 나이에도 그걸 곧장 알아챘더랬다.

물론 그동안 그녀가 알아 온 상식과 차가운 이성에는 반하는 판단이었다. 하지만 어쩔 도리가 없었다. 잘못된 선택임을 알고 있음에도 당장 이안에게 미움받는 것이 아이샤는 훨씬 더 두려웠다.

"나 할 수 있어. 이안."

아이샤는 손끝에 힘을 꾹 준 채 어색하게 웃어 보였다. 하지만 목소리에 울음기가 섞이는 것을 막을 수는 없었다.

이안은 아이샤의 얼굴에 표정을 관리하고 있던 것도, 수풀 뒤 머저리들이 시간이 다 되어 간다고 신호한 것도 잊었다. 그가 아이샤와 시선을 맞추기 위해 살짝 굽혔던 허리를 펴고 그녀의 손을 떼어 내려 했다. 이렇게까지 구질구질한 꼴을 보면서 내기에 이길 생각 따위 없었다. 그따위 시계가 뭐라고. 어차피 버릴 거 던져 줘 버리면 그만이었다.

하나 이안이 아이샤를 떼어 내려는 순간, 아이샤가 까치발을 들더니 가느다란 팔이 그의 목을 휘감았다. 강하지는 않았지만 갑작스러운 힘에 이안은 속수무책으로 끌려갔다.

"됐으니……. 읍!"

실외에 있느라 옅게 느껴지던 아이샤의 향이 순간 진해졌다. 이안은 제 입술에 맞닿은 말캉하고 촉촉한 감촉에 눈을 크게 떴다.

'무슨……?'

그에게 타인과 일정 이상 접촉은 항상 불쾌한 것이었으나 어찌 된 영문인지 저절로 입술이 벌어지고 손이 올라갔다. 그가 저도 모르게 한 줌 얇은 허리를 감고 얇은 드레스 천이 느껴지는 등을 더듬었다.

꼭 만취한, 감미로운 포도주 몇 병은 쉬지 않고 들이켠 것처럼 정신이 멍해졌다. 이안은 저절로 감기는 눈을 막지 않았다. 그저 손가락 끝에 걸리는 머리카락의 감촉을 즐기며 생전 처음 느껴보는 감각을 사막에서 목마른 이가 물을 찾듯 갈구했다.

한참 입술을 맞댄 와중 이안은 문뜩 자레드 황자와 아이샤가 함께 춤추던 것을 떠올렸다. 그리고 동시에 아이샤가 너무 쉽게 자신과의 입맞춤에 응한 것이 아닌가 신경질이 났다.

'쯧! 조금 겁줬다 이리 가볍게 굴다니…….'

저번에 먼저 약혼 문제를 꺼낸 것도 그렇고 정숙해야 할 귀족 영애로서 품위는 어디다 내버렸는지. 딴 놈이 좋아지면 그때도 이럴 참인가.

먼저 겁박한 주제에 이안은 심술을 부리며 아이샤의 허리를 더욱 세게 옥죄였다. 거칠어진 그가 갈급하게 굴며 아랫입술을 세게 빨아당기자 아이샤가 작은 몸을 바르작거렸다.

당황해 어찌할 바 모르는 반응이 귀여우면서도 발칙하게 느껴졌다. 먼저 시작한 주제에 먼저 발을 빼려 드는 게 얄밉기도 해 이안은 등을 더듬던 손으로 아이샤의 턱을 꾹 쥐고 체중으로 밀어붙였다.

결국, 아이샤는 버둥거리는 걸 멈추고 몸에 힘을 풀었다. 이안은 축 처진 몸을 한 손으로 받쳐 든 채 내키는 만큼 아이샤의 입술을 탐했다. 끝이 보이지 않는 긴 입맞춤에 아이샤가 숨넘어가는 소리를 냈다.

이안은 이쯤에서 숨구멍 정도야 한 번쯤 트여 주마 하고 입을 뗐다. 후덥지근한 날씨보다도 덥고 끈끈한 숨이 두 사람의 입술 사이 작은 틈새에서 흘렀다.

"흐으……."

한 번의 입맞춤에 아이샤의 얼굴은 엉망이었다. 눈에 매달린 눈물로 하늘색 눈은 일렁였고 입술을 평소보다 더 도톰하게 부어 있었다.

이안은 가슴까지 위아래로 움직이며 힘겹게 숨을 내쉬는 아이샤를 물끄러미 보다 그녀의 입가에 번진 입술연지를 엄지로 살살 문질러 지웠다. 그리고 고개를 살짝 비튼 채 천천히 내리기 시작했다.

잠깐의 휴식 끝에 다시 다가오는 그를 보며 아이샤가 눈을 동그랗게 떴다. 이걸로 끝인 줄 알았는데…….

홍조가 핀 얼굴에는 두려움과 기대가 공존했다. 아이샤는 달달 떨리는 손을 꼭 쥔 채 이안의 붉은 입술을 봤다. 제 입술을 칠했던 연지로 그의 입술은 한층 더 붉어져 있었다. 가장자리로 갈수록 옅게 번진 색감이 섹스러워 아이샤는 결국 눈을 천천히 감았다.

종잇장만큼이나 얇은 거리가 두 사람 사이에 남았다. 하나 서로의 솜털마저 느껴지는 거리에 다다랐을 때 박수 소리와 함께 조금 떨어진 수풀 뒤에서 불청객이 불쑥 튀어나왔다.

* * *

"뜨겁던걸?"

"우리가 나서지 않았으면 숙녀분을 이 자리에서 눕혔겠어?"

"좋은 구경시켜 줘서 고맙네. 이안, 덕분에 잘 봤어."

박수 소리와 함께 튀어나온 사내 넷에 아이샤가 그대로 얼어붙었다. 휘파람까지 부는 사내들은 두 사람의 입맞춤을 모조리 본 듯 짓궂은 표정을 하고 있었다.

아이샤는 사내들이 저를 위아래로 훑어보다 입술과 가슴 부분을 빤히 보고 있음을 깨닫고 하얗게 질린 얼굴을 했다. 그녀의 손이 허공을 몇 번 휘젓다 바로 옆 이안을 구명줄이라도 되는 양 잡아챘다.

이안은 아무 말 없이 아이샤를 제 뒤로 보냈다. 거친 손길이었지만 시야가 차단되자 아이샤는 안도감을 느꼈다. 단단한 사내의 몸이 꼭 벽 같아 자신을 보호해 줄 것 같았다.

"미안하네. 하지만 난 약속대로 나서지 않았어. 나선 건 여기 대니스야. 난 마지막까지 말리려 했네."

앨버트의 변명에 이안이 얼굴을 구겼다. 험악해진 이안의 표정에 앨버트에게 지목당한 대니스라는 사내의 얼굴이 파랗게 질렸다. 이안은 그를 노려보고는 꾹 입술을 물었다. 보지 않아도 상황을 짐작할 수 있었다. 분명 앨버트 저놈이 살살 구슬리며 제 뜻대로 흘러가게 조정했겠지.

'제길…….'

하나 작금의 상황에 가장 큰 문제는 자신이었다. 이것들이 수풀 뒤에 머저리처럼 숨어 있는 걸 모르던 것도 아니고……. 정신이 나간 게 분명했다.

이안의 분위기에 사내들이 입을 닫자 침묵이 돌았지만, 그것도 잠시, 가느다란 목소리가 이안의 등 뒤에서 새어 나왔다.

"이, 이안. 이게 무슨……."

발발 떨리는 목소리에는 경악이 가득했다. 이안은 뒤돌지 못한 채 그대로 굳었다. 눈치가 있다면 누구나 알 수 있었다. 그와 이 머저리들이 관계있음을.

'일단 벗어나야…….'

이안은 길게 고민하지 않았다. 그는 이 상황에서 제가 생각하기에 가장 좋은 선택지를 골라 들었다. 일단 자리를 뜨고 변명하면 내기에 대한 것은 숨길 수 있었다.

'모르는 일이라 둘러대면 그만이야.'

아이샤가 추궁한다 해도 아니라 발뺌하면 그녀는 무어라 못할 터였다. 그리고 시간이 지나면 언제나 그랬듯 그에 대한 나쁜 기억을 지운 채 또 강아지 같은 눈을 하고 저를 바라볼 테지.

하나 이안보다 앨버트가 더 빨랐다. 히죽 불쾌한 웃음을 길게 올린 앨버트는 이안이 몸을 돌림과 동시에 빠르게 말을 꺼냈다.

"이안, 이번 내기에서는 자네가 이겼어. 축하하네."

내기? 앨버트의 말에 아이샤의 얼굴은 창백하다 못해 잿빛으로 변했다. 확실했다. 이안은 저들이 수풀 뒤에 있음을 이미 알았다.

그녀가 믿을 수 없다는 듯 이안을 올려다봤다. 이안은 그녀와 눈이 마주치자 소리 나게 이를 갈더니 몸을 다시 홱 돌려버렸다. 때문에 아이샤는 그가 어떤 표정을 짓고 있는지 보지 못한 채 흔들리는 눈만 했다.

"레이디 아이샤. 이안 뒤에 숨지만 말고 이리 나오시죠."

윙윙 울리는 귓가로 기분 나쁜 목소리가 부딪혔다. 이안의 등 뒤에 있는 그녀를 보려 사내 하나가 얼굴을 불쑥 내밀었다. 사내의 올라간 입꼬리가 찢어질 듯 길어지더니 아이샤의 눈앞이 곡선을 그리며 흩어졌다. 그러나 흐려지는 시야와 달리 듣기 싫은 사내의 목소리는 여전히 또렷했다.

"레이디께서 이 친구가 한 승리의 주역이십니다. 숙녀분께는 죄송한 말씀입니다만 사실 친우들끼리 장난을 좀 쳤습니다. 이안이 말하길 아이샤 양은 이안 이 친구가 어떻게 하든 무조건……."

“꺼져.”

한껏 낮아진 이안의 목소리에 살기가 어렸다. 짧은 말이었지만 앨버트를 비롯한 사내들은 순간 등 뒤로 소름이 돋으며 온몸에 털이 서는 것을 느꼈다. 더 입을 놀리려던 앨버트는 저도 모르게 입을 다물고 주춤주춤 뒤로 물러섰다.

“장, 장난은 이만해야지. 그리고 시간이 늦었어. 더 늦으면 자리를 비웠다 아버지께서 무어라 하실 거야.”

아까 앨버트에게 지목당한 대니스가 이안의 분위기를 견디지 못하고 꼬리를 말았다. 그에 질세라 다른 사내들도 앨버트를 끌어당기며 도망칠 준비를 했다.

“앨버트. 가세, 가자고.”

“그래. 이만 가.”

앨버트는 고민하다 이안과 눈이 마주치고는 시선을 아래로 내렸다. 자존심이 상했지만, 이 이상 더했다가는 정말 큰일이 날 것 같았다. 속으로 울분을 삼킨 그가 사람 좋은 얼굴을 간신히 꾸며 냈다.

“……좋아. 두 사람끼리 할 말이 있는 모양이니 우리는 이만 자리를 비켜 주지. 당장 내일이라도 날 찾도록 하게. 내기에서 진 대가는 치러야지.”

마지막까지 쐐기를 박고 가는 앨버트의 말에는 악의가 있었다. 앨버트는 제 말에 고개를 숙인 채 어깨를 들썩이는 아이샤를 징그러운 눈으로 보다 몸을 돌렸다. 그가 빠른 걸음으로 사라지자 뒤이어 사내들도 후다닥 도망을 쳤다.

아이샤와 이안. 두 사람만 남은 곳에 침묵이 흘렀다. 입맞춤 중간 둥실 떠 있었던 그런 성격의 침묵이 아니었다. 두 사람 사이에는 아슬아슬한, 소름 끼치도록 차가운 정적이 간신히 매달려 있었다.

아이샤는 제 쪽을 보지 않는 이안을 힘겹게 쳐다봤다. 쿵쿵 심장이 너무 세게 뛰어 가슴이 아프고 숨이 찼다. 쥐어뜯기는 고통에 아이샤가 가까스로 이안의 손을 쥐고 물었다.

"이, 이안."

"……."

"설명……. 설명 좀 해 줘. 응?"

"……."

"어떤 상, 상황인지 말해 주면 난……. 흑."

요동치는 목소리가 듣기 애잔했다. 울음이 맺히기 시작한 아이샤의 말에 잠잠히 있던 이안이 주먹을 꽉 쥐고 고개를 한순간에 쳐들었다. 분명 제가 잘못한 일인 걸 알았다. 이따위 내기를 한 건 누가 봐도 쓰레기 같은, 용서받기 힘든 행태였다. 하지만 죄책감이 고개를 들기 무섭게 그의 속에서 방어기제가 합리화라는 방향으로 작동했다.

'……애초에 저런 얼굴 보는 게 목적이었잖아. 동정할 필요 없어. 어차피 일이 끝나기 전까지 내 손에서 괴로워할 여자야.'

이안의 마음 한구석은 지금에라도 사과하라 소리치고 있었다. 이안은 그 소리를 무시한 채 제 서재 세 번째 서랍에 잠들어 있는 서류 뭉치들을 떠올렸다. 그러자 언제 그랬냐는 듯 양심을 두드리던 소리가 사라졌다. 잠잠해진 머릿속에 그가 차갑게 일갈했다.

"아직도 상황이 이해가 안 가? 아니면 일부러 모른 척하는 건가?"

곤두선 목소리가 아이샤와 정반대였다. 매서운 눈으로 그녀를 노려본 이안이 그녀의 손을 뿌리쳤다. 그리고 깊은 상처에 칼을 깊숙이 찔러넣었다.

"굳이 설명을 듣겠다니 말해 주지. 널 두고 저들과 내기했어. 들은 대로 내가 이겼고. 그게 다야."

아이샤는 참담함에 말을 잃었다. 이안의 옷소매를 꽉 붙들고 있던 그녀의 손이 한순간 힘을 잃고 추락했다.

믿고 싶지 않았으나 이안이 직접 확인시켜 준 사실이었다. 갑작스레 변했던 그의 분위기, 과거를 그리던 다정한 말씨, 그리고 생애 첫 입맞춤까지 모조리 다 내기를 위한 거짓이었다.

울지 않으려 했지만, 눈물이 후드득 떨어졌다. 잘게 떨리는 어깨 아래 손을 어찌나 꽉 쥐었는지 손톱이 손바닥을 파고들었다.

아이샤의 눈물에 이안의 눈썹이 위로 순식간에 치켜 올라갔다. 그가 팔짱을 낀 채 아이샤에게 반 발자국 떨어졌다. 그리고 입가를 씰룩이다 재차 매서운 말을 뱉어 냈다.

"쓸데없이 원망은 마. 네 입으로 말했잖아. 내가 기쁘면 너도 기쁘다며."

"……."

"난 내기에서 이겨 기분이 썩 좋아. 받을 것이 꽤 크거든. 그러니 웃어. 아이샤. 내가 기쁘니 너도 기쁠 텐데 아닌가?"

기분이 좋다는 것치고는 이안의 얼굴도 좋지 못했다. 그는 꼭 무언가에 쫓기는 사람 같았다. 공황에 빠져 울고 있는 아이샤는 알아차리지 못했지만 빠른 이안의 말은 제삼자가 보기에는 초조함에 가득 차 있었다.

적반하장으로 구는 이안의 태도에도 아이샤는 아무 말 않았다. 그녀는 그를 쳐다보지도 않은 채 바닥에 눈물만 뚝뚝 떨구고 있었다. 굵은 물방울이 어찌나 맑고 커다란지 떨어지는 궤적에도 슬픔이 뚝뚝 묻어났다.

아이샤가 반응을 하지 않자 이안이 고개를 돌리며 깊은 한숨을 뱉었다. 짜증스러움이 조금도 감춰지지 않는 태도였다.

짧게 혀를 차고는 다시 그녀 쪽으로 고개 돌린 이안의 새파란 눈에는 알 수 없는 감정이 일렁이고 있었다. 그가 꾹 쥐어진 상태로 처져 있는 아이샤의 오른쪽 손을 아무렇게나 가져갔다. 아이샤는 이안이 제 손을 낚아채자 신경질적으로 그를 털어 냈다.

탁, 내쳐진 손이 의미하는 바는 명확했다. 아이샤 파든이 저를 거부했다. 한 번도 없던 일에 이안의 눈이 찰나지만 커졌다. 그가 여전히 저를 보지 않는 아이샤를 노려보다 다시 한번 그녀의 오른손에 손을 뻗었다. 아이샤는 또 한 번 소리 없이 반항했지만, 이안은 끝끝내 그녀의 손을 움켜쥐고 당겼다.

"아파! 아프다고!"

그가 어린 대나무처럼 얇고 가녀린 손목을 비틀자 아이샤가 날카롭게 외쳤다. 그녀의 외침에 이안이 움찔거리며 손에 힘을 풀었다. 그러나 그녀의 손목을 옭아맨 손은 느슨해졌을지언정 여전했다.

이안이 남은 손으로 제 품속을 뒤지더니 물건 하나를 꺼냈다. 그리고 물건을 아이샤의 손가락 사이로 욱여넣었다. 차가운 금속 특유의 감촉과 함께 세공으로 튀어나온 부분이 마찰하자 아이샤가 고통에 자연스레 손을 폈다.

"받아."

물건을 알아본 아이샤가 거칠게 숨을 내쉬었다. 중간중간 끊어지는 호흡이 그녀의 좋지 않은 상태를 말해 줬다. 손수건에 이어 이안이 다시금 그녀에게 돌려준 것. 그것은 그녀가 장인에게 부탁해 제 이름까지 새겨 이안에게 선물한 시계였다. 당시 이걸 사느라 아이샤는 몇 년 동안 차곡차곡 모은 용돈을 다 쓰고도 형제들에게 아쉬운 소리를 했더랬다.

"난 구질구질하다 생각했는데 탐내는 이가 있더라고. 아직 제법 값어치가 있나 봐."

어떻게든 제 시선을 거부하던 아이샤가 자신을 바라보자 이안이 입꼬리를 삐뚜름하게 올렸다. 그가 펴진 아이샤의 손에 올려진 시계를 툭툭 치다 그녀의 손가락을 하나하나 접었다.

"내 기쁨이 네 기쁨이니 사례가 필요한지는 모르겠지만, 나한테는 쓸모없는 물건이니 상으로 나쁘지는 않겠지. 어찌 되었건 아이샤 네 덕에 이겼으니 말이야."

강제로 쥐게 된 회중시계 표면이 손바닥을 아리게 파고들었다. 아이샤는 제게 시계를 쥐여 준 채 지독한 말을 뱉어 내는 이안을 충격받은 얼굴로 바라봤다.

"조만간 파든가로 포도주도 한 병 보내도록 하지. 질 좋은 포도를 얻게 된 기쁨도 함께해야 하니 말이야."

자신과의 입맞춤을 내기에 올린 주제에……. 매번 이런 식으로 나를 무너뜨리는 주제에……. 저따위 말을 끝없이 뱉는 주제에…….

이안은 여전히 그녀가 사랑하는 모습을 하고 있었다. 아이샤는 그를 향한 제 마음이 처음으로 원망스러웠다. 그러나 저 자신을 미워할지언정 그녀는 끝내 이안을 미워할 수 없었다. 그리고 그 사실이 아이샤를 가장 비참하게 했다.

결국, 상처 입은 그녀가 이안에게 그나마 표출할 수 있는 가장 큰 감정은 슬픔이었다. 그녀가 흐르는 눈물을 막지 않은 채 이안을 올려다봤다.

모진 말을 툭툭 내뱉으며 기분 상한 얼굴을 하고 있던 이안이 또다시 쏟아진 그녀의 눈물에 입을 다물었다. 그가 아이샤의 손을 놓고 그녀를 밀치듯 뒤로 물러섰다. 이마에 흘러내린 머리를 신경질적으로 쓸어 올린 그가 이내 몸을 돌렸다.

"……먼저 돌아가지. 얼굴이 엉망이니 정원이나 좀 더 구경하다 가도록 해. 아니면 뒷말이 나올 거야."

냉랭한 어투와 단호히 돌아간 몸에는 조금의 온기도 없었다. 이안이 긴 다리를 움직여 그대로 아이샤의 눈앞에서 사라졌다.

그의 모습이 보이지 않자 아이샤가 주저앉아 손바닥에 얼굴을 묻었다. 그리고 그녀는 성인이 된 후 처음으로 집 밖에서 엉엉 큰 소리로 울음을 터뜨렸다.

* * *

"아버지는 도대체 왜 매번 그 자식 편이냐고! 아들은 나, 아니, 우리 아냐? 누가 보면 이안 그놈이 친자인 줄 알겠어."

"다니엘, 말조심해라. 여기는 집이 아니야."

"아니, 형은 이해가 돼? 아이샤가 그 자식을 쫓아갔는데 말리기는커녕 그대로 두라고? 그 자식이 또 애를 울리면 어떡해! 안 그러냐, 아서?"

파든가 형제들은 홀 구석에 모여 있었다. 정확히는 아비인 파든 백작과 싸우고 거칠게 행동하는 다니엘을 에드워드와 아서가 말리는 중이었다. 그들은 날뛰는 다니엘을 간신히 진정시킨 뒤 그의 불만을 장작 30분이나 듣고 있었다.

"그만 좀 해. 이미 따라나섰는데 그럼 어떡해. 아이샤 걔도 성인이야. 형이 품고 있던 그 어린 누이가 아니라고."

"야! 아서 파든! 넌 평소에는 아버지랑 사이 나쁘더니 이럴 때는 꼭 아버지 편들더라?"

"유치하게 편은 무슨……. 나이를 도대체 어찌 먹은 건지."

"이 자식이? 너 형한테 그게 무슨 말버릇이야!"

"둘 다 그만."

말다툼이 심화할 것 같아 보이자 에드워드가 중재에 나섰다. 그가 엄격한 얼굴을 하자 아서는 물론이요, 평소 곧잘 덤비던 다니엘도 입을 다물었다.

"다니엘, 나가서 아이샤를 찾아와. 네 말대로 이안과 아이샤 둘만 두기에는 걱정도 되니까."

"아니, 여기 막내도 있는데 왜 나한테 그걸……."

"잔말 말고 다녀와. 아서는 황궁 기사인 너랑 달리 길을 잘 몰라. 그리고 아이샤가 걱정된다며 30분 내내 혼자 떠들었던 게 누구지?"

에드워드의 말에 반박 거리를 찾지 못한 다니엘이 투덜거리며 자리를 벗어났다. 아서는 다니엘이 보이지 않자 에드워드에게 물었다.

"형, 할 말 있어?"

다니엘은 눈치채지 못한 것 같았지만 에드워드는 제게 할 말이 있어 보였다. 곧장 제 의도를 파악하는 아서를 보고 에드워드가 고개를 끄덕였다.

"그래. 다니엘은 일부러 물렸어. 아이샤 일이라 섣불리 알려 줬다가는 이 자리에서 난동을 부릴 테니까."

"무슨 일이길래?"

"아서. 너는 알지? 아이샤에 관한 이상한 소문에 세간에 도는걸. 차마 입에 담지도 못할 정도야."

사교계에 은밀히 도는 누이에 대한 더러운 소문. 아서의 얼굴이 딱딱하게 굳어졌다. 그도 최근에 알게 돼 제 나름대로 조사를 하던 중이었다. 파든 백작가 눈치를 보느라 아직 크게 번지지는 않았으나 사람들은 아이샤가 사내와 침대에서 놀아나다 이안에게 들켰으며 그 때문에 파혼할 거라 수군거리고 있었다.

"범인은? 알아낸 거야?"

물론 당사자들이 전혀 말을 꺼내지 않는 이상 파든가가 무서워서라도 함부로 입을 열지는 않을 터였다. 하나 그렇다 해도 범인은 잡아야 했다. 그리고 감히 그따위 말을 퍼뜨린 대가를 치르게 해야 했다.

아서가 답지 않게 분노를 숨기지 않았다. 그러나 어쩐 일인지 에드워드는 묘한 얼굴로 입을 다물었다. 답답해진 아서가 형을 재촉했다.

"누군데 그래? 형이 망설일 정도면 우리가 잘 아는 사람이야?"

"……그래."

"……."

"소문이 하도 중구난방 여러 사람 입을 타서 이따위 더러운 말을 처음 뱉은 이가 누군지 찾기 힘들었는데……. 오늘 연회에 참석하기 전에 확인했어."

아서는 파든가에서 마차를 타기 전 누군가에게 서신을 받고 얼굴을 굳히던 형을 기억해 냈다. 그가 빨리 알려 달라 눈짓하자 에드워드가 천천히 입을 열었다.

"말하기 전에 아서 네 생각을 물으마. 넌 이번 소문을 낸 이를 어떻게 해야 한다 생각해?"

"똑같이 망신을 줘야지. 자기 입으로 떠벌린 사실에 책임을 져야 할 거야."

"……."

"뭐야? 소문을 낸 게 황족이라도 돼? 아니면 레반투스 공작 쪽? 정치적으로 엮일 문제는 아니라 생각했는데……."

"둘 다 아냐."

동생의 말을 자른 에드워드가 깊은 한숨을 쉬었다. 잠시 침묵하던 그가 차가운 목소리로 이름 하나를 뱉었다.

"소피아 로이드."

예상 못 한 이름에 아서가 입을 벌렸다. 믿지 못하겠다 눈살을 찌푸리는 남동생에게 에드워드가 쐐기를 박았다.

"그래. 이안의 여동생 말이야. 그 아이가 소문의 발원지야."

"……걔가 왜. 그럴 이유가 있나?"

"아직 이유는 몰라."

"……."

"하지만 너도 알잖아. 소피아 그 아이. 예전부터 아이샤한테 이상하리만치 적대감을 가지고 있었지. 이번 일도 그냥 아이샤가 싫어 꾸며 낸 것일 수도 있어."

소피아가 아이샤를 미워하는 건 파든가 모두가 아는 사실이었다. 아서가 고개를 떨구더니 세수하듯 손바닥으로 얼굴을 쓸었다.

"……어떻게 할 거야? 소피아가 엮인 일이야. 아버지께서 알게 되시면 조용히 덮고 가실 텐데."

한참 만에 나온 아서의 목소리는 어딘가 떨리고 있었다. 에드워드는 잘게 떨리는 동생의 녹안을 똑바로 바라봤다.

"아버지께는 좀 늦게 말씀드릴 거야. 지금은 일단 아버지를 배제하고 이 일을 처리할 방법을 찾고 있어."

"하지만 후에 아버지께서 알게 되시면 화내실 거야. 로이드가 사람이 엮인 일을 본인에게 말씀 안 드리면 역정을 내시잖아."

"그렇겠지. 하지만 네가 말한 것처럼 난 소문에 대해 소피아 그 아이가 모조리 책임져야 한다 생각해. 한데 아버지께서 알게 되시면 분명 용서해 주시려 하겠지. 인정하긴 싫지만 다니엘 말처럼 아버지는 간혹 이안 남매를 우리 자식들보다 감싸고 도실 때가 있으니까."

파든 백작은 로이드 후작 부부가 마차 사고로 죽은 뒤 그들의 자식은 이안과 소피아를 끔찍이 감싸고 돌았다. 그들에 대한 지지가 지나치게 과할 때도 있어 파든가 형제들, 특히 다니엘은 간혹 그 문제로 아비와 다투고는 했다.

"참……. 친우의 죽음에 도대체 몇십 년을 잡혀 계실 생각인지."

에드워드가 씁쓸한 얼굴로 중얼거리자 아서가 고개를 들었다. 그가 형의 얼굴을 살피며 입을 열었다.

"그럼 당분간은 방법을 마련하는 거지? 일단 나도 좋은 방법이 없나 생각해 볼게. 그러니 상황을 나한테도 알려 줘."

"아서 네가 적극적이니 어색하네. 아버지께 가족 일엔 관심 없다 매번 혼나더니."

"……이번 일은 보통 일이 아니잖아. 그리고 아이샤는 내 누이니까."

누이라는 단어에 힘이 들어갔다. 에드워드는 아서를 빤히 보다 그의 어깨에 손을 올렸다.

"맞아. 아이샤는 네 누이지. 누구보다 소중한 우리 가족의 일원이야."

툭툭 어깨를 치는 손에는 남동생에 대한 신뢰 애정 등이 담겨 있었다. 아서는 에드워드가 눈치채지 못하게 입 안쪽을 물었다 비릿한 맛에 정신을 차리고 주변을 둘러봤다.

"……형. 나 저기 인사드리지 못한 교수님이 계셔서 잠시 다녀올게."

그가 저 멀리 흰머리 지긋한 노신사를 가리키며 자리를 뜨려 했다. 아서를 따라 노신사를 본 에드워드가 고개를 끄덕였다. 허락이 떨어지기 무섭게 아서가 몸을 돌렸다.

하나 그가 한 발자국을 막 뗐을 때 에드워드가 그를 불렀다.

"아서."

아서가 고개만 돌려 형을 바라봤다. 에드워드는 잠시 고민하는 듯하다 고개를 저었다. 그가 아서에게 가 보라 손짓했다.

"아니다. 인사드리고 네 볼일 봐. 나도 황태자 전하께 가 봐야겠다."

고개를 주억거린 아서가 다시 고개를 돌리고 노신사 쪽으로 걸음을 옮겼다. 에드워드는 작아지는 동생의 등을 한참보다 눈을 지그시 감았다.

* * *

아이샤는 정처 없이 정원을 걸었다. 아름다운 꽃과 화초가 황궁의 명성에 걸맞게 아름다운 자태를 뽐내고 있었지만, 아이샤의 눈에는 세상이 온통 캄캄할 뿐이었다.

눈물로 화장이 지워져 그녀의 얼굴은 한층 더 창백해 보였다. 더 이상 울지는 않았으나 붉은 눈가가 그녀의 참담한 감정이 여전함을 알려줬다.

한참 정원을 배회하던 아이샤가 어느 순간 멈췄다. 어딘지는 몰라도 정원에서도 외진 곳이 분명했다. 값비싼 야광주로 곳곳을 꾸며놓은 정원이었건만 이곳에는 달빛 외 빛이 존재하지 않았다.

아이샤는 근처 넓적한 바위 위에 그대로 주저앉았다. 드레스가 구겨지고 망가지겠지만 힘이 빠져 서 있기가 힘들었다.

'……먼저 돌아가지. 얼굴이 엉망이니 정원이나 좀 더 구경하다 가도록 해. 아니면 뒷말이 나올 거야.'

그녀가 여전히 축축한 제 뺨을 손으로 닦다 이안의 마지막 말을 떠올리고는 손을 내렸다. 정원을 거닐다 구석에 앉아 얼굴을 정돈하는 것조차 그의 뜻대로 움직이는 것 같아 허탈했다.

고개를 푹 숙인 아이샤가 무언가 발견하고 화들짝 발을 뗐다. 바위틈 사이 피어난 작고 하얀 꽃이 제 발에 짓눌려져 있었다.

금방 발을 뗐지만, 꽃의 모습은 처참했다. 꽃잎 일부는 이미 으스러져 찢어져 있었으며 줄기는 끊어질 듯 납작해져 있었다.

황궁의 정원사가 발견했다면 잡초라 당장 뽑아 버릴 꽃이라지만 아무렇게나 짓밟힌 형태가 어쩐지 가여워 아이샤는 왈칵 눈물이 솟았다. 그녀가 붉어진 눈가에 손가락을 가져가 맺히기 시작한 눈물을 겨우 떨어 냈다.

'가야 해. 다들 걱정하고 있을 거야.'

망가진 꽃을 보며 가까스로 마음을 다스린 아이샤가 눈가를 꾹꾹 눌렀다. 생각보다 오래 밖에 있었는지 몸이 으슬으슬 추웠다. 게다가 지금쯤이면 가족들이 저를 걱정하며 찾고 있을지도 몰랐다.

'가자. 가면서 웃어야 해. 오빠들은 눈치도 빠른데……. 조금만 이상한 낌새여도 의심할 거야.'

한데 이상한 일이었다. 가라앉았다고 생각한 마음이 가족을 생각하기 무섭게 요동쳤다. 왈칵하고 새어 나오는 눈물에 아이샤가 고개를 양옆으로 저으며 어떻게든 눈물을 지우려 노력했다.

그러나 치고 올라오는 눈물을 막느라 그녀는 제 앞에 닥친 위기를 한참 뒤에야 눈치챘다. 외진 정원 구석, 세 사내가 그녀를 발견하고 순식간에 앞으로 다가왔다.

"뭐야, 여기서 왜 질질 짜고 있어. 계집애가."

"어? 이게 누구야?"

술에 취해 비틀거리며 온 이들 중 하나가 아이샤를 알아보고는 놀란 얼굴을 했다. 그러나 놀라움은 곧바로 질 낮은 호기심과 악의로 변했다.

"아이샤 파든. 그 유명하신 파든 백작가 따님이 아니신가."

세 사내 중 가운데 선 이는 빈센트였다. 아카데미 동기 모임에서 이안에게 망신당하고 쫓겨난 그는 아이샤를 일행 중 가장 먼저 알아보고는 이를 드러내며 기분 나쁜 웃음을 지었다. 빈센트의 말에 그의 옆에 있던 사내들도 고개를 끄덕이며 아이샤를 찬찬히 뜯어봤다.

"그러고 보니…… 맞네. 아이샤 파든. 질질 짜고 있어서 못 알아볼 뻔했어."

"레이디 아이샤. 무슨 일인데 여기서 귀엽게 울고 있나?"

아이샤는 그들이 술에 취한 상태라는 걸 단박에 알아봤다. 어느 정도 떨어져 있었음에도 풀풀 나는 술 냄새와 붉어진 얼굴, 핏줄 돋은 눈이 그들이 정상이 아님을 알려줬다. 위험하다고 판단한 아이샤가 딱딱한 얼굴을 했다. 그녀가 고개를 대강 까딱이고 그들을 지나치려 빠르게 움직였다.

"이게…… 말 한마디 없이 어딜 가! 너 우리 무시해?"

하지만 그녀의 낌새를 눈치챈 빈센트가 눈을 번뜩이더니 아이샤의 앞을 막아섰다. 뒤이어 다른 사내들도 빈센트와 함께 벽을 치며 히죽 기분 나쁜 웃음을 흘렸다.

"……비켜 주세요."

아이샤는 피어오르는 공포를 누른 채 또렷한 눈으로 요구했다. 그러나 그녀의 태도에 빈센트는 위협적으로 그녀에게 얼굴을 들이밀더니 버럭 화를 냈다.

"조금 전까지 질질 울더니 갑자기 또 그따위 오만방자한 얼굴이네? 평소 아이샤 파든 같기는 하다야. 안 그래?"

자신의 성을 강조해 지칭하는 것도 모자라 잔뜩 비꼬는 어투. 아이샤는 빈센트의 이름조차 몰랐지만, 그가 제 가문을 싫어하고 있음을 단박에 알아차렸다. 간혹 파든가에 대해 이렇듯 적대감을 숨기지 못한 이들이 있었다.

"그러게. 이제야 알아보겠네. 그런데 난 울고 있는 게 더 좋은 거 같은데. 황녀 전하도 아니고 한낱 졸부의 여식이 이따위 오만방자한 얼굴 하는 거 별로야."

"우리 말 알아들었으면 예쁜 얼굴을 해 봐. 아까처럼 울면서 오들오들 떨어 보라고. 응?"

빈센트의 말에 대꾸하던 사내 중 하나가 아이샤의 어깨에 허락도 없이 손을 올리고 그녀를 잡아끌었다. 힘이 잔뜩 실린 사내의 손아귀에 아이샤가 불쾌함을 숨기지 않고 그를 쳐 내려 했으나 사내는 힘으로 그녀를 밀어붙였다. 어깨를 붙잡힌 아이샤가 날카롭게 외쳤다.

"놔! 이거 놔!"

"계집애가 제법 앙칼지네."

"놓으라 했어요! 놔!"

아이샤가 버둥거리며 반항하자 사내들이 키득키득 웃었다. 빈센트가 일행에게 붙잡혀 있는 아이샤의 이마를 툭툭 치며 이죽거렸다.

"놓기는 뭘 놔? 내가 네 말 들을 처지야?"

"이게 주제도 모르고 확! 예의 차려. 우리는 이래 봬도 귀족이라고. 귀족 몰라?"

"천한 게 주제를 알겠냐? 저도 귀족이라고 갖춰 입고 여기까지 왔는데."

빈센트와 사내들은 파든가에 대한 열등감이 대단했다. 별 볼일 없이 귀족의 이름만 간신히 유지하는 데다 물려받을 작위도 없는 그들에게 잘나가는 파든가는 눈엣가시였다. 그들은 파든가 사내들에게는 감히 뱉지 못할 말을 여인인 아이샤에게 함부로 뱉으며 그녀를 모욕했다.

"그만하세요! 이 이상 무례하게 구신다면 저도 가만있을 수 없어요."

"가만 안 있으면? 그러면 어쩔 건데?"

"제 가족들이 이 일을 그냥 두고 보실 거 같나요?"

아이샤는 부러 가족들을 들먹였다. 이렇듯 저열한 감정을 쏟아 내는 이들은 우습게도 아버지나 오라비들 앞에서는 두려운지 입을 닫고 무례하게 행동하던 것을 멈췄다.

하나 아이샤가 한 가지 간과한 것이 있었으니 그녀 앞에 사내들은 일전의 무례한 이들과 달리 최소한의 지성도 없는 이들이었다. 감정만 내세울 줄 아는 멍청이들은 뒷일도 생각하지 않은 채 자존심이 상했다 이를 으드득 갈았다.

"그따위 가짜 귀족들이 날 어떻게 할 수 있을 거 같아? 난 귀족이야! 진정한 귀족이라고!"

도무지 말이 통하는 상대가 아니었다. 아이샤는 저를 마구잡이로 흔드는 빈센트의 손길에 소리를 지르려 했으나 여인을 겁박하는 것이 처음이 아닌 빈센트는 아이샤가 소리치려는 것을 눈치채고 그녀의 입을 틀어막았다.

"읍!"

"……이게 보자 보자 하니까."

아이샤가 고개를 비틀며 있는 힘껏 저항했다. 그러자 빈센트가 눈알을 부라리며 얼굴을 흉하게 일그러뜨렸다. 잔뜩 오른 술기운에 그나마 있는 이성을 간신히 유지하던 그는 아이샤가 가문의 이름을 믿고 저를 무시한다고 멋대로 판단했다.

"야! 너네 아비란 작자가 황궁에 드나드니까 네가 진짜 귀족인 것 같지?"

"읍! 으읍!"

"착각하지 마. 천것아. 너희 가족이 아무리 나대고 다녀도 너희 치들이랑 고귀한 우리는 애초 피가 달……. 악!"

"빈센트!"

고개를 흔들던 아이샤는 빈센트의 엄지손가락이 입 안으로 밀려 들어오자 곧장 이를 세웠다. 피가 보일 정도로 세게 물린 손가락에 놀란 사내들이 순간 멈칫했다. 아이샤는 사내들을 밀치고 몸을 앞으로 튕겼다.

"누구 없……. 까악!"

그러나 사내 중 하나가 그녀의 잡아채고 다시 입을 막음으로써 도주는 쉽사리 끝났다. 일행에게 잡힌 아이샤에게 다가온 빈센트가 손을 위로 높게 치켜들었다.

"으, 으읍! 읍!"

"이게 확! 누가 천한 피 아니랄까 봐……, 주제도 모르고 감히 누굴!"

"빈센트! 잠깐!"

커다란 손바닥이 떨어지기 전 구경하고 있던 일행이 빈센트를 불러세웠다. 빈센트가 일행에게 짜증스레 반문했다.

"뭐야?"

"흠이라도 나면 신고할 수 있잖아. 아니라고 잡아떼도 자국이 남으면 우리한테 불리해질 거야. 저번에 뺨 한번 친 걸로 패닝 남작가 그 계집이 우리 신고한 거 생각 안 나? 패닝 남작가가 다 기울어져 가는 데다 그 계집애가 사생아여서 망정이지, 아니었으면 돈 몇 푼으로 끝나지는 않았을걸."

"제길!"

일행의 말에 빈센트가 손을 내렸다. 인정하기는 싫지만 사실이었다. 하지만 올라오는 화를 어떻게 참는단 말인가. 빈센트가 씩씩거리자 가느다란 눈으로 아이샤를 보던 일행이 혀로 입술을 징그럽게 핥으며 말했다.

"그렇지만 이대로 넘어가기는 화가 나니까……. 저 계집애 닳고 닳았다 했지? 그럼 벌로 조금 놀려 주는 것 정도는 괜찮지 않겠어? 물론 흔적은 안 남겨야겠지만 충분히 반성하게 될걸. 가짜 주제에 진짜한테 덤비면 어떻게 되는지."

사내의 눈이 기분 나쁜 빛으로 번들거림과 동시에 나머지 사내들도 붙잡힌 아이샤를 위아래로 징그럽게 훑어내렸다. 음흉한 빈센트의 웃음에 아이샤는 등 뒤로 소름이 오소소 돋는 것을 느꼈다. 콧구멍을 벌름거리며 저를 보는 저 얼굴이 무얼 생각하는지 빤히 보였다.

"으븝! 읍!"

그녀의 발버둥이 한층 강해졌다. 그러나 그녀를 붙잡고 있는 사내는 팔에 더욱 힘을 주며 그녀의 귓가에 음습하고 더러운 입김을 불어 넣었다.

"하긴…… 나오는 말들 보면 뻔하지. 얼굴이나 몸이나 저만큼 쓸 만한데 이안 그 개자식이 주춤거리는 거 보면 소문대로 사내가 한둘은 아닐 텐데 조금 건드리는 걸로는 누가 뭐라 할 수 없지."

이런 쪽으로만 생각하는 머리가 참으로 무도했다. 사내들은 낄낄거리며 아이샤를 물건처럼 품평했다. 사실 한두 번 있는 일은 아니었다. 그들은 술에 취할 때면 언제나 만만한 이들, 특히 여인을 교묘한 방법으로 희롱하고는 했다.

증인이 되 줄 이 없는 곳에서 행해지는 무도한 말과 손길. 이러한 행태들은 증거가 남지 않는다는 점도 문제였지만 알려지게 되면 피해자에게 더 나쁜 소문이 붙는다는 점에서 악랄했다. 때문에 빈센트 일행에게 당한 피해자는 다섯 손가락이 넘어갔지만 알려진 피해 사실은 한 건에 불과했다. 그리고 그마저도 증거가 없다는 이유와 피해자가 반쪽짜리 귀족이라는 점 때문에 유야무야 넘어갔다.

"그럼 겁주는 건 이쯤하고 벌을 줘야지. 제이미. 이걸로 저 계집애 입 좀 막아."

거리의 계집 희롱하듯 손을 대면 자지러지며 울음을 터뜨리겠지. 수치와 공포에 물들 아이샤의 얼굴을 상상하며 빈센트가 제 크라바트를 아무렇게나 풀어 일행에게 던졌다. 커다란 고깃덩어리 앞에서 하이에나가 입맛을 다시듯 사내가 크라바트를 받아 들고 아이샤에게 다가갔다.

"가만히 좀……. 윽!"

꾸역꾸역 입 속으로 들어오는 천 조각에 아이샤가 그나마 자유로운 다리로 사내를 걷어찼다. 정강이를 제대로 차인 사내가 허리를 숙이며 한 발자국 물러나자 빈센트가 혀를 차며 그에게서 크라바트를 빼앗아 들었다.

"쯧. 이런 것도 제대로 못 해? 비켜 봐."

빈센트는 크라바트를 손바닥 사이에 넣고 비비다 아이샤 앞으로 다가섰다. 세상 경멸스러운 그의 행태에 아이샤가 이를 악문 채 고개를 거세게 저었다. 그러나 다가오는 빈센트의 손을 막을 수는 없었다.

퍽.

아이샤가 끝까지 반항을 멈추지 않을 때였다. 훅, 하고 무언가 공기를 가르는 소리가 난다 싶더니 둔탁한 소리가 났다. 아이샤가 놀라 몸을 움찔거리며 내젓던 고개를 바로 했다.

"뭐, 뭐야!"

아이샤에게 정강이를 맞은 사내의 경악한 얼굴이 보였다. 그리고 그 옆 바닥에 빈센트가 쓰러져 있었다. 혀까지 내밀고 눈을 까뒤집은 그는 죽은 게 아닐까 의심될 정도로 미동이 없었다.

"히익!"

그녀를 잡고 있던 사내가 우스꽝스러운 소리를 내며 떨어졌다. 그리고 사내 앞에 화를 주체하지 못한 목소리가 주먹과 함께 내리쳤다.

"짐승만도 못한 것들이 감히 누구를……."

* * *

성큼성큼 정원 길을 따라 걷던 이안은 저 멀리 홀과 통한 회랑이 보이기 무섭게 멈췄다.

'제길…….'

있는 대로 인상을 구긴 그는 결 좋은 금발을 쓸어올렸다. 가르마를 타 단정하게 정돈한 머리는 그새 엉망이 되었지만, 신경 쓰이지 않았다. 이안은 몇 번이고 제 머리를 흩뜨렸다.

'……앨버트 그놈을 그냥 둘 수는 없지.'

본래의 계획대로라면 내기에 대해 아이샤가 알 일은 없었다. 알아봤다 좋을 게 없으니까. 게다가 내기 때문에 혹여나 파든가에 책이라도 잡히면 여간 귀찮은 게 아니었다.

하지만 이미 일은 벌어졌고 아이샤는 내기에 대해 그의 입으로 결과까지 들었다. 이안은 앞으로 생길 수 있는 여러 수를 생각하다 구두 아래 희고 작은 꽃을 발견하고는 짜증스레 발을 찼다. 픽 하고 흰 꽃이 꽃잎을 흩날리며 반쯤 으스러졌다.

꽃을 완전히 밟아 뭉개려던 이안은 별안간 멈췄다. 한낱 잡초일 뿐이지만 이상하게 더는 짓뭉개기가 싫었다. 그가 내뱉지 못한 짜증을 맨바닥을 툭 차는 것으로 풀다 한숨을 내쉬고는 앉을 곳을 찾아 두리번거렸다.

멀지 않은 곳에 긴 대리석 의자가 있었다. 이안은 미간을 문지르며 의자로 다가갔다 의자 뒤 수풀에서 들리는 인기척에 제자리에 섰다.

"누가……. 누가 오면 어떡해?"

"다들 홀에 있을 텐데. 무슨 걱정이야. 지금 정원을 돌아다닐 놈들은 너무 마셔 취한 놈들이나 우리 같은 연인뿐이라오."

"아우, 느끼해."

남녀의 목소리에는 신음이 간간이 섞여 있었다. 이안은 남녀 두 사람의 목소리를 알아채고 어이없는 얼굴을 했다. 그가 알기로 두 사람은 이런 곳에서 몰래 밀회해서는 안 될 사이였다. 각자 배우자도 있는 주제에 무슨……. 이안은 계속해서 들리는 신음에 환멸 나는 얼굴을 하더니 몸을 돌렸다.

입 놀리기 좋아하는 이들이라면 불륜 현장을 좀 더 구경했겠지만, 이안은 그런 것에 별달리 관심이 없었다. 그는 이 지저분한 곳을 빨리 벗어나리라 생각하며 다시 회랑 쪽으로 걸음을 옮겼다. 하나 회랑으로 올라가는 계단에서 그는 무언가 생각해내고 우뚝 멈췄다.

수풀 뒤에서 뒤엉긴 남녀의 말처럼 지금 정원을 배회할 이들이라고는 밀회를 즐기는 연인이나 잔뜩 취한 이들 뿐이었다. 그리고 그들 중 후자는 썩 안전하지 않았다.

시골에서 막 상경한 젊은 숙녀가 이렌 백작의 연회에서 겁도 없이 홀로 정원을 거닐다 취객에서 험한 일을 당했다는, 불쾌한 소문이 생각났다. 설마 보통 간 큰 이들이 아니고서야 황궁 연회에서 그런 범죄를 벌이지 않겠지만 혹 몰랐다. 사교계에는 질 나쁜 사내들이 항상 있었고 취하면 이성을 잃고 짐승에 가까워지는 놈들도 있었다. 이안이 아는 놈들만 해도 열 손가락을 넘어갔으니 적은 수는 아니었다.

"제길!"

최악의 경우가 상상으로 떠올랐다. 속으로 삼키던 조금 전과 달리 육성으로 욕지거리가 나왔다. 새하얗게 변하는 머릿속에 울고 있던 아이샤의 얼굴이 번뜩번뜩 지나갔다.

이안은 생각할 새도 없이 몸을 돌리고 달리기 시작했다. 쿵쿵 뛰는 심장과 백지처럼 변한 머릿속에도 이성이 툭 튀어나와 왜 달리냐며 물음을 던졌다.

'……일이라도 생기면 책임을 져야 하니까.'

이안은 혹여나 일이 생기면 자신의 책임도 있으니 그렇다 억지로 생각하며 다리를 쉴 새 없이 움직였다. 그러나 그의 얼굴에 가득 찬 것은 오로지 걱정과 불안뿐이었다.

* * *

소피아는 눈썹을 치켜뜬 채 눈앞의 사내를 노려봤다. 갑자기 사람을 잡아채더니 휴게실로 데리고 오다니. 혹여나 다른 사람들이 눈치라도 채면 어쩌려고. 그러나 새침하게 치켜뜬 눈과 달리 그녀의 입꼬리는 미세하게 올라가 있었다.

'……뭐 그만큼 내가 보고 싶었겠지.'

그녀 앞에 선 사내는 소피아의 비밀 연인이었다. 그들이 연인 관계가 된 지는 벌써 2년. 하지만 소피아는 시간이 갈수록 그가 점점 더 좋아졌다.

검은 머리카락과 녹안이 매력적인 그녀의 연인은 그녀를 졸졸 쫓아다니는 기사들처럼 몸이 좋지는 않았지만, 키가 컸고 학자 특유의 분위기가 멋있었다. 가까이 다가갈 때면 나는 건조한 종이 내와 잉크 냄새도 좋았다.

'……그렇다고 해서 용서해 줄 생각은 없지만.'

하지만 오늘 그녀는 연인을 곧장 안아 준다거나 먼저 말을 꺼낼 생각이 없었다. 휴게실로 그녀를 데리고 온 행동은 귀여웠으나 조심성이 없었고 무엇보다 그는 오늘 연회에서 그녀가 아닌 다른 여인과 춤을 췄다.

소피아가 새초롬한 얼굴을 한 채 연인을 올려다볼 때였다. 아무 말 없이 가만히 소피아를 응시하던 사내가 그녀를 불렀다.

"소피아."

한데 이상한 일이었다. 소피아의 연인은 본래도 좀 무뚝뚝한 편이기는 했으나 이렇게 차가운 목소리로 자신을 부르던 이는 아니었다. 무언가 거북한 상황에 소피아는 침묵으로 토라짐을 나타내려던 것도 잊은 채 연인을 불렀다.

"아서?"

소피아의 연인, 그러니까 아서 파든의 얼굴이 한층 더 굳어졌다. 차가운 목소리만큼이나 냉랭한 그의 표정에 소피아가 손을 뻗어 그의 팔을 쥐었다.

"아서, 무슨 일이야?"

염려 가득한 얼굴에 아서가 얼굴을 일그러뜨렸다. 소피아의 성격이 심술궂다고 말하는 형들과 달리 그가 아는 소피아는 다정하고 여린 이였으니까.

"너……."

그렇기에 그는 소피아가 아이샤를 향한 악의적이고 더러운 소문의 진원지라 믿기 어려웠다. 물론 소피아가 아이샤를 미워하는 것쯤은 알았다. 하지만 그가 봐 온 소피아는 항상 말로만 쏘아 댈 뿐인지 선을 넘지는 않았다. 그가 입술을 꾹 깨문 채 눈을 감았다 뜨며 소피아에서 물었다.

"정말 너야?"

"뭐? 무슨 말이야."

"아이샤한테 입에 담기도 어려운 소문이 붙었어. 그런데 그 소문을 낸 사람이 너라더라."

아서의 말에 소피아는 심장이 떨어지는 것 같았다. 그러잖아도 자신이 낸 소문이 최근 너무 크게 몸집을 불려 걱정스럽던 참이었다. 그녀가 침을 꿀꺽 삼키고 애써 모른 척 아서에게 바짝 붙어섰다.

"누가 그런 말을 해? 난 그, 그런 적 없어!"

"……맞구나."

소피아의 반응에 아서는 그녀가 소문의 진원지임을 확신했다. 소피아는 자신의 앞에서는 거짓말에 능숙하지 못했다. 아서가 끔찍한 절망감에 이마를 짚고 화가 난 목소리로 물었다.

"왜 그랬어? 너 그런 말들이 이 사회에서 얼마나 치명적인 줄 몰라서 그래?"

"아니라잖아! 그리고 왜 화를 내? 사실 오늘 화내야 할 사람은 나야! 너 약속을 어겼잖아!"

화가 난 듯한 아서의 모습에 소피아는 주춤거리다 느닷없이 화를 냈다. 그녀의 말을 이해 못 한 아서가 녹안을 냉랭하게 빛내며 눈썹을 치켜올렸다.

"너 여자랑 춤추더라. 약속 왜 안 지켜?"

아서는 오늘 춤을 딱 한 번 췄다. 그리고 그 춤의 파트너는 아이샤였다. 아이샤와 춤출 때 이안과 춤추던 소피아가 잔뜩 날을 세워 노려보고 있음을 눈치채기는 했지만 이따위 이유라니. 아서는 제 팔을 잡은 소피아를 떼어 내고 한 발자국 물러섰다.

"여자? 아이샤는 내 쌍둥이 여동생이야."

"여동생도 일단 여자야. 여자랑 춤 안 추기로 약속했으면 지켜야지!"

제 손을 떼어 낸 아서에게 소피아가 다시 다가섰다. 얼굴을 붉게 물들인 그녀의 얼굴에는 질투와 수치가 함께였다. 다른 때라면 아이샤를 질투하는 소피아를 좋은 말로 달랬을 것이다. 하나 아서는 지금은 그럴 생각이 없었다. 그가 소피아에게 더 이상 다가오지 말라 신호하고는 무표정한 얼굴로 간신히 화를 가렸다.

"……소피아. 쓸데없이 말 흐리지 마. 네 투정 받아 줄 생각 없어."

“투정? 넌 내가 투정 부린다 생각해?”

“소피아!”

그러잖아도 우글우글 끓고 있던 화가 결국 터졌다. 큰 소리에 소피아가 움찔거리다 눈물을 한가득 머금었다. 그녀가 목소리를 떨며 가여운 얼굴로 아서에게 말했다.

“왜……. 왜 화를 내? 아서 네가 어떻게 나한테 고함을 쳐? 흐아앙.”

“하아…….”

“소피아 오늘은 울어도 안 달래 줄 거야. 그보다 빨리 말해. 왜 그랬어?”

소피아의 울음에도 아서는 단호했다. 눈물로 위기를 모면하려 했던 소피아는 입술을 말아 문 채 입을 닫았다. 소문을 낸 이유? 하나였다.

아이샤 파든이 싫으니까!

“너 설마 이유도 없이 그랬어?”

“난 아이샤가 싫어! 싫다고!”

떼를 쓰듯 터져 나온 말에 아서는 힘이 쭉 빠졌다. 감히 입에 올리기도 힘든 그 더러운 소문이, 누이의 명예를 땅바닥까지 떨어뜨리고 인생을 좌우할 수도 있는 악의가 한낱 아이 같은 감정에서 나온 것이라니.

아서가 제 연인을 바라봤다. 울고 있는 소피아의 외모는 여전히 어여뻤다. 하지만 아서는 오늘, 아니 지금 당장은 그녀가 평소처럼 아름다워 보이지 않았다.

“그냥 친, 친한 사람들하고 장난으로 한 말이야. 다들 뒤에서는 서로서로 헐뜯잖아. 나도 그런 것뿐이야.”

아서의 표정에 담긴 실망에 소피아가 엉엉 울던 것을 멈추고 변명했다. 겁이 났다. 아서의 저런 얼굴은 본 적이 없었다.

“없는 사실로 소문을 만드는 건 악의적인 범죄야.”

“아, 아서. 화내지 마? 응? 나 장난친 거야. 그냥 장난이었어.”

“…….”

"정말이야. 그리고 난 지금 소문난 것처럼 말한 적은 없어."

"너 소문에 대해 알고 있어? 그런데 지금껏 입 닫고 있었던 거야?"

아서의 추궁에 할 말이 없었다. 처음 시작보다 훨씬 더 악의적인 소문이 두렵긴 했으나 한편으로는 즐거웠다. 아이샤 파든이라는 이름이 사람들 사이를 오가며 이리저리 짓이겨지는 게 저열한 기쁨을 줬다.

"정확하게 사람들한테 뭐라 했어. 말해."

소피아가 머뭇거리자 아서가 물음을 바꿨다. 소피아가 그의 눈치를 보며 우물쭈물하다 가까스로 입을 열었다.

"오, 오빠가 아이샤하고 약혼 안 한다고. 그, 그리고 그 이유가……."

"……."

"이, 이유가 아이샤한테 남자가 있어서라고."

"……."

"하지만 그게 다야. 지금 난 소문처럼 아이샤가 침대에서 남자랑 놀아나다 오빠한테 들켰다느니 처녀가 아니라느니 그런 말은 한 적 없어."

소피아의 말이 이어질수록 아서의 표정은 어두워져 갔다. 소피아가 그에게 와락 달려들었다. 그리고 아서의 옷을 붙잡고 늘어졌다.

"아서. 화, 화내지 마. 흑. 너는 알잖아. 이해했잖아. 내가 아이샤를 왜 미워하는지."

"……."

"흐윽……. 너는 다른 사람들하고 달리 내 편이 되어 준다고 말했잖아. 응?"

소피아의 말에 딱딱했던 아서의 표정이 미묘하게 변했다. 소피아 로이드는 반칙하고 있었다. 편이 되어 준다. 아서는 소피아의 입에서 그 말이 나온 이상 약해질 수밖에 없었다.

'아이샤가 미워서 그랬어. 전부 다 걔 편이잖아. 걔한테만 관심 주잖아.'

'소피아…….'

'아서. 아무도 나한테는 관심이 없어. 난 엄마도 아빠도 없고……. 오빠들도 마찬가지야. 다들 아이샤만 칭찬하잖아. 내가 더 예쁜데. 내가 더 대단한데. 다들……. 흑.'

'울지마. 소피아. 내가…… 네 편이 되어 줄게.'

'뭐?'

'나는 네가 왜 그랬는지 알아. 너를 이해해.'

'정, 정말? 하지만 아이샤는 네 친동생인데? 우리 오빠도 아이샤 편인데 아서 네가 왜…….'

'……네 말처럼 아이샤한테는 다른 사람이 많으니까. 그러니까 나만은 네 편이 되어 줄게. 소피아.'

아서는 소피아가 왜 아이샤를 미워하는지 누구보다 잘 알았다. 그들은 비슷한 바닥을 공유했다. 평생 그림자처럼 사는 게 어떤 기분인지……. 모두의 관심을 차지하는 아이 옆에 또래로 있으면 어떤 비참함을 맛보는지 너무나 잘 알았으니까.

'이번 한 번만……. 소문이 과장된 거라 하니까 이번 한 번만…….'

눈을 질끈 감았다 뜬 아서는 결국 소피아를 구해 주기로 했다. 다른 이라면. 아이샤에 대한 그따위 소문을 낸 이가 소피아가 아닌 다른 사람이었다면 그는 고민 없이 그를 지옥으로 보냈겠지만 소피아에게만은 그럴 수 없었다. 그는 한 번만 도와주는 것이라 억지로 되뇌며 파도치는 죄책감을 간신히 눌렀다.

"……에드워드 형은 네가 범인인 걸 알아. 다니엘 형이 아는 것도 시간 문제야."

"뭐?"

"에드워드 형은 널 가만두지 않을 생각이야. 말은 안 하지만 재판까지 생각하고 있어."

"그, 그럼 어떡해? 아서, 나 어떡하면 좋아?"

소피아를 바라보는 아서의 표정에는 괴로움이 넘실거렸다. 그가 힘 빠진 목소리로 소피아에게 가까스로 제가 생각한 최선책을 일러 줬다.

"……우리 아버지께 먼저 말씀드리고 용서를 구해. 이안 형한테도 말하고. 최대한 빨리."

이안은 여동생인 소피아를 구하려 할 것이다. 그리고 파든 백작은 딸인 아이샤에게 몹쓸 짓을 했다 매우 화낼지언정 소피아가 먼저 용서를 구하면 죽은 친우 부부를 봐서라도 한 번쯤은 묻고 갈 게 분명했다.

'아이샤…….'

아서는 제 판단으로 결국 가장 큰 피해를 볼 여동생을 떠올리고는 피가 날 정도로 입 안을 깨물었다. 자신이 이래서는 안 되는 걸 알았다. 하지만 결국 그는 잘못된 선택을 했다.

"그렇게까지 해야 해?"

그의 마음을 아는지 모르는지 소피아는 창백히 질린 얼굴로 싫은 티를 팍팍 냈다. 아서의 눈에서 불똥이 튀었다.

"너 정말! 하아……."

"아서……."

"재판까지 가기 싫으면 빨리 움직여야 할 거야. 에드워드 형이 먼저 나서기라도 하면 이안 형이나 아버지도 못 덮어 줘. 그러니까 차라리 두 사람한테 벌 받아. 알았어?"

"아, 알았어. 나 바로 아저씨를 찾아뵐게. 오빠한테도 말할 거야."

이제야 상황의 심각성을 제대로 이해한 소피아가 기가 팍 죽은 얼굴로 끄덕였다. 아서는 잔뜩 젖은 소피아의 얼굴에 습관처럼 손을 뻗으려다 멈추고 뒤돌아섰다.

"……당분간 우리 거리를 두자. 생각할 시간이 필요해."

"아서!"

"나 갈게."

"아서! 아서! 가지 마! 아서!"

아서는 곧장 휴게실을 나가 버렸다. 소피아는 그를 붙잡으려다 놓치고 카우치에 주저앉았다. 아서가 나간 문을 보는 소피아의 얼굴에 다시금 울음기가 차오르다 서서히 변해 갔다. 소매로 눈물을 벅벅 닦은 그녀가 누군가의 이름을 낮게 읊조리며 핏발 선 눈을 했다.

"……다 너 때문이야."

소피아만 홀로 남은 휴게실. 이 갈리는 소리가 살벌했다.

* * *

아이샤의 얼굴에서 핏기가 가셨다. 그녀를 구해 준 이는 허리를 굽혀 쓰러진 사내의 멱살을 잡고 한 손으로 덜렁 들어 올리더니 일말의 고민도 없이 주먹을 내질렀다.

퍽.

둔탁한 소리에 신음이 섞여 들더니 어느새 빈센트를 포함한 세 사내가 모두 기절했다. 피가 터지고 얼굴이 퉁퉁 부은 모습이 보기 힘들 정도라 아이샤는 저러다 사람 하나가 죽어 나가는 게 아닌가 걱정 마저 했다.

"전, 전하……."

아이샤가 그녀를 구해 준 이를 덜덜 떨리는 목소리로 불렀다. 쓰러진 사내들을 노려보고 있던 자레드가 그녀의 부름에 화들짝 놀란 얼굴을 하더니 손에서 힘을 풀고 어색한 웃음을 보였다.

"……못 볼 꼴을 보였군."

손을 탈탈 털며 중얼거리는 모습에 아이샤는 말을 잃었다. 2황자가 뛰어난 기사라는 사실은 몇 번 들은 적이 있지만, 막상 눈으로 봐도 실감이 잘 나지 않았다.

여인처럼 곱상한 얼굴에, 기사인 둘째 오라비 다니엘과 비교하자면 크게 두드러지지 않는 몸의 체격. 한데 저 팔에서 성인 사내 하나를 한 손으로 들어 올리는 힘이 나다니 경악스러웠다.

그녀가 말을 잃은 채 서 있자 자레드는 뾰족한 얼굴로 쭈뼛거렸다. 어색한 침묵에 간신히 정신을 차린 아이샤가 몸을 숙여 감사 인사를 전하려 했다. 하지만 그녀가 허리를 막 숙이려던 차 발소리와 함께 익숙한 목소리가 가까이서 들렸다.

"아이샤!"

"다니엘? 다니엘! 오빠!"

오라비의 목소리에 긴장이 탁 풀리며 눈물이 핑 돌았다. 아이샤가 소리를 듣고 제게 달려오는 다니엘의 품에 와락 안겨 들었다. 평소와 다른 여동생의 모습에 놀란 다니엘이 그녀를 품에 안은 채 주변을 살폈다.

"이게 무슨 일이야?"

저기 바닥에 처절한 꼴로 널브러진 놈들은 뭐 하는 것들이며 자레드 황자는 왜 여기에 동생과 함께 있는가? 이해 못 할 상황에 다니엘이 품에 있던 아이샤를 위아래로 살피더니 제 뒤로 보냈다. 경계 가득한 오라비의 모습에 아이샤가 작게 속삭였다.

"……전하께서 구해 주셨어."

"뭐?"

"저 사람들이 나를……. 나를……."

억지로 제압당한 채 희롱당한 사실에 아이샤의 정신이 아득해졌다. 뒤늦게 찾아온 공포감에 그녀가 차마 말을 잇지 못하고 더듬자 상황을 눈치챈 다니엘이 그녀를 달랬다.

"됐어, 아이샤. 말 안 해도 괜찮아. 진정해. 괜찮아."

여동생을 어르는 말씨는 느릿하고 따뜻했으나 바닥에 쓰러진 이들을 보는 눈을 그렇지 못했다. 흉흉하다 못해 당장에라도 그들을 찢어발길 듯 살기 어린 시선에 자레드가 한 발 움직여 남매에게 다가섰다. 퍼뜩 정신을 차린 다니엘이 자레드와 눈 마주치기 무섭게 허리를 푹 숙였다. 워낙 빠르게 움직인 터라 자레드는 하마터면 다니엘과 부딪힐 뻔했다.

"전하. 제 동생을 구해 주셔서 감사드립니다."

커다란 목소리로 감사를 전하는 다니엘을 향해 자레드가 민망한 얼굴을 하더니 일어나라 손짓했다. 숙일 때와 마찬가지로 용수철처럼 빠르게 허리를 편 다니엘의 얼굴에는 황자를 향한 고마움이 가득했다.

"……다니엘 경. 자네 누이는 괜찮나?"

자레드는 다니엘의 시선을 슬쩍 피하고서는 그 뒤에 선 아이샤를 곁눈질로 살폈다. 그가 자신을 보고 있다 알아챈 아이샤가 오라비의 뒤에서 허둥지둥 나왔다. 그리고 무릎과 허리를 굽혀 미처 다하지 못한 감사를 정중히 전했다.

"구해 주셔서 감사합니다. 전하."

"감사는 무슨……. 무서웠을 텐데 미안하군."

자레드는 사내치고는 긴 제 머리를 손가락으로 만지작거리며 사과했다. 쑥스러워 보이는 그의 모습에 다니엘이 눈을 가느스름하게 떴다. 촉이 무언가 말하고 있었다. 저 무뚝뚝한 황자가. 그래서 뒤에서 벙어리라는 소리도 간혹 듣는 황자가 저런 말을 한다고? 저런 얼굴로?

"전하, 말씀을 물려 주세요. 전하께는 감사 인사만 받으셔도 부족하신 것을요."

"아니야. 황궁에서 일어난 일이니. 황족인 내게도 책임이 있어."

아이샤의 대꾸에 자레드가 얼굴을 살짝 숙였다. 사방이 어두운 데다 그림자가 져 잘 보이지는 않았으나 다니엘은 자레드의 얼굴이 일순 붉어지는 것을 똑똑이 봤다. 다니엘이 경악에 가득 차 속으로 비명을 내질렀다.

'미친!'

다니엘의 얼굴에 담겼던 호감 중 일부가 사라졌다. 다시 살아난 경계심에 그가 아이샤와 함께 한 발자국 뒤로 물러났다.

"오빠?"

"크흠……. 흠! 다니엘 경. 누이를 데리고 가 보도록 해. 범죄자를 보는 것보다 가족끼리 있는 게 안심되고 좋겠지."

난데없는 다니엘의 경계에 의문을 표하는 아이샤와 달리 되레 찔린 자레드는 남매에게 가 보라 말했다. 다니엘은 알겠다 답하려다 쓰러져 있는 빈센트과 그 일행들을 보고 고민하는 얼굴을 했다. 황자가 앞에 없었다면 죽을 때까지 팬 뒤 어딘가 묻어 버릴 텐데.

"이자들은 내 증언 아래 당장 하옥될 거야. 그러니 걱정 말게. 고귀한 레이디의 명예에는 조금의 흠도 남지 않을 테니까. 내가 보증하지."

빈센트 일행을 보는 다니엘의 시선에 자레드가 엄숙한 얼굴을 했다. 다니엘은 자레드의 말에도 무언가 부족한 표정이었지만 제 옷을 당기는 아이샤의 손에 고개를 끄덕였다. 하옥된다면 추후 감옥에 있을 때 흠씬 두들겨 줄 수도 있었다. 꼭 황궁 지하로 근무를 하러 가자 다짐하며 다니엘이 고개를 숙였다.

"전하, 감사 인사는 내일 정식으로 드리겠습니다. 가자, 아이샤."

"감사합니다. 전하."

자레드는 제게 꾸벅 고개를 숙이는 아이샤에게 맞절했다. 제게는 손짓만 해 놓고 이게 무슨……. 어이없는 표정을 지은 다니엘이 허탈한 숨을 쉬며 아이샤와 함께 몸을 빙글 돌렸다.

그러나 남매는 그 이상 걸음을 옮길 수 없었다. 멀지 않은 곳, 누군가를 발견했기 때문이다. 헝클어진 머리카락과 이마에 흐르는 땀, 풀어 헤쳐진 크라바트. 사내의 모습은 엉망이었다. 하나 사내를 보기 무섭게 다니엘은 이를 드러냈다.

"너, 너 이 개자식!"

퍽.

다니엘이 조금의 망설임도 없이 앞으로 튀어 나갔다. 오라비의 바로 옆에서 딱딱하게 굳어 있던 아이샤가 둔탁한 소리에 비명 지르며 오라비의 이름을 불렀다.

"다니엘!"

"내 동생을 꼬드겨서 같이 나갔으면 최소한 에스코트라도 제대로 해야지. 망할 자식. 애를 이따위 곳에 혼자 둬? 개자식!"

"……."

"아이샤한테 조그마한 상처라도 있으면 이안 네 놈 탓이야. 매번 봐주는 것도 정도가 있지, 남의 여동생을 뭐로 보는 거야."

바닥을 굴렀다 다니엘에게 멱살을 잡힌 이안은 볼썽사나운 꼴로 흔들리면서도 아이샤 쪽을 바라봤다. 오라비의 험악한 행동에 경악하고 있던 아이샤는 이안이 저를 보자 입술을 물고 고개를 홱 돌려 버렸다. 그녀가 이안을 외면한 채 오라비에게 다가가 팔을 붙잡고 늘어졌다.

"다니엘 오빠. 그만해, 응? 오빠 그만해."

"다니엘 경. 누이가 불안해하잖나. 그만하게. 내 앞에서 무슨 짓인가."

뒤에 서 있던 자레드가 다니엘과 이안을 가까스로 떼어 냈다. 아이사에게 붙잡힌 채 씩씩거리며 이안을 노려보는 다니엘과 달리 이안은 침착했다.

고개 돌려 피를 뱉고 품속에서 손수건을 꺼내 제 입가를 닦는 그의 모습은 주먹질을 당한 이라고는 생각하기 힘들었다.

얼굴을 정돈한 이안이 사나운 다니엘의 기세에도 아이샤를 대놓고 쳐다봤다. 그 시선에 욱한 다니엘이 다시금 튀어 나가려 했다. 그러나 울음기 섞인 아이샤의 목소리가 그를 막아섰다.

"오빠. 그만 가자. 나 여기에 있기 싫어. 응? 제발……."

"다니엘 경. 돌아가게. 이 이상은 내가 두고 보지 않아."

"너……. 너는 진짜 오늘 운 좋은 거야. 개자식아. 그러니까 내 눈앞에 당분간 보이지도 마. 털끝 하나라도 보이면 두들겨 팬 다음에 죽일 거니까! 알아들었어?"

"……."

"알아먹었냐고! 이 재수 없는 자식아!"

자레드까지 아이샤의 편을 들자 다니엘이 험악한 말과 함께 물러났다. 그는 아이샤가 이끄는 대로 걸음을 옮기면서도 뒤돌아 이안에게 험한 말을 내뱉었다. 하지만 다니엘과 달리 아이샤는 끝끝내 이은 쪽으로는 한 번도 시선을 던지지 않았다.

그렇게 파든가 남매가 사라졌다. 이안은 아이샤가 멀어져 머리카락 한 올조차 보이지 않게 돼서야 고개를 바로 했다. 자레드도 그와 거의 비슷하게 아이샤를 향하던 시선을 거뒀다.

"로이드 후작. 이리 일대일로 대면하는 건 오랜만이군그래."

"오랜만에 뵙습니다. 전하."

자레드와 이안. 남은 두 사내는 그제야 서로에게 인사했다. 황궁에서 종종 마주치는 두 사람은 친분이 있는 건 아니었지만 서로의 존재에 대해 어느 정도 인지하고는 있었다.

"……그거 아나? 나는 전부터 후작 그대가 멋진 사내라 생각했어."

잠깐의 침묵 후에 자레드가 뜬금없는 말을 던졌다. 이안이 눈썹을 살짝 들어 올렸다 내리며 자레드의 의도를 파악하려 했다. 선명한 벽안과 뚜렷한 녹안이 공중에서 날카롭게 부딪혔다.

"후작 자네는 어려운 환경 속에서도 많은 걸 일궈 냈지. 나와 비슷한 나이에 실력만으로 황제 폐하께 인정도 받고 말이야."

"……."

"그래서 난 지금껏 가만히 있었어. 내가 좋아하는 여인이 후작 그대를 좋아한다 해도 내색 한번 하지 않았지. 내가 봐도 그대는 괜찮은 사내였으니까."

좋아하는 여인이라는 말에 가만 듣고만 있던 이안의 푸른 눈이 번뜩였다. 그가 자레드의 녹안을 마주 보며 고개를 치켜들었다. 황족 앞에서 자칫 무례하게 보일 수 있는 태도에도 자레드는 아랑곳하지 않았다.

"하지만 요 몇 년, 아니, 오늘만 봐도 그동안의 내 생각이 잘못됐다는 걸 알 수 있군."

"전하, 제게 하실 말씀이 있으면 하십시오. 경청하겠습니다."

이안의 어투는 예의를 갖추고 있었으나 속뜻은 빙빙 돌려 말하지 말라는 뜻이었다. 자레드가 픽 웃었다. 귀족이라 해도 저 나이대 이들은 황족인 제게 지레 겁을 먹고 한발 물러나곤 했다. 하나 이안에게는 그런 기색이 전혀 없었다.

"좋아. 에둘러 말하는 건 내 성미에도 안 맞으니까."

"……."

"후작. 난 아이샤 양을 많이 좋아해. 아는 이들은 몇 없지만, 꽤 오래됐지."

직접적인 마음 고백에 이안이 미간을 찌푸렸다. 불쾌했다. 아주.

아이샤와 눈앞의 황자가 춤을 출 때 느꼈던 짜증이 순식간에 머리끝까지 차올랐다. 그러나 이안의 심정이 어떻든 자레드는 당당한 자세로 제 속마음을 줄줄 늘어놓기 시작했다.

"나는 오래도록 참았어. 아이샤 양이 그대를 좋아하는 걸 아니까. 그리고 조금 전 말한 것처럼 후작 그대는 그녀가 좋아할 만큼 근사한 사내라 인정했으니까."

"……."

"하지만 이제는 아니야. 후작 자네는 아이샤 양의 마음을 받을 만한 사내가 못 돼. 자격이 없어."

자레드의 말에 이안은 어처구니없다는 표정을 숨기지 않았다. 누가 누구더러 자격을 운운한단 말인가. 짧게 헛웃음을 친 그가 불쾌한 기색을 숨기지 않은 채 한층 낮아진 목소리로 답했다.

"전하께서는 남이 누구에게 마음을 주던 그 상대의 자격을 운운할 수 없으십니다. 당사자가 아니시니까요."

"아니, 할 수 있어."

"……."

"지나가는 누구든 붙잡고 물어봐. 내가 좋아하는 여인을 내팽개치고 가 위험에 처하게 한 사내를 인정할 수 있냐고. 적어도 내 아래 기사들은 다 고개를 저을걸."

"……하고 싶은 말씀이 정확히 무엇입니까?"

상대하기 싫다는 듯한 퉁명스러운 말투에도 자레드는 턱을 치켜든 채 황족 특유의 오만한 태도로 하고픈 말을 다 했다.

"황후 폐하께서 내 결혼에 관심이 많지. 난 기왕 해야 하는 결혼. 내가 좋아해 마지않는 아이샤 양과 하고 싶네. 물론 그녀가 허락한다면."

하나 곧이어 나온 결혼이라는 단어에 이안의 분위기는 완전히 바뀌었다. 입을 일자로 다문 채 어둑한 눈으로 자레드를 보는 그의 턱은 바짝 당겨져 있었다.

무인인 자레드는 이안에게서 나오는 뾰족한 살기를 민감하게 감지했다. 그러나 그는 기사였다. 다른 이들이었다면 기가 꺾였을지 모르나 그는 되레 호승심이 일어나는 것을 느끼며 웃음을 짓기까지 했다.

"그녀에게 허락받기 위해서는 일단 그녀의 마음이 내게로 향해야겠지? 그러니 난 후작 그대에게 선포하는 거야. 나 자레드 시저는 오늘부터 아이샤 양에게 최선을 다해 내 마음을 전할 거라고."

"마음대로 하십시오."

자레드의 말이 끝나기 무섭게 이안이 입을 열었다. 그는 어느새 평시의 모습으로 돌아가 있었다. 담담한 목소리에 이번에는 자레드가 눈썹을 치켜올리며 의아함을 드러냈다.

"전하의 뜻대로 하시란 말입니다. 제가 감히 전하께서 행하는 일을 막을 수는 없으니까요."

이안은 보일 듯 말 듯 옅은 미소까지 지어 보였다. 그게 꼭 같잖다고 말하는 것 같아 자레드는 언짢아졌다. 누가 뭐래도 지금 당장 아이샤가 좋아하는 건 눈앞의 저 재수 없는 사내였으니까. 자레드는 빠르게 스며드는 패배감을 드러내지 않으려 주먹을 꽉 쥐었다.

"하지만 전하. 아이샤 파든이 전하께 마음을 주는 일은 단언하건대 없을 겁니다. 제가 감히 장담하지요."

하나 이어지는 이안의 말에 얇게 쓰고 있던 자레드의 가면이 깨졌다. 자레드는 이안의 건방진 말에 화가 나면서도 마음이 아팠다. 저렇게 확신할 정도면 그가 아이샤에게 어떻게 대할지 뻔했다. 자레드가 큰 소리로 이안을 비난했다.

"오만이 하늘을 찌르는군! 이것으로 또 한 번 알겠어. 후작 자네가 그녀의 마음을 받을 자격이 조금도 없다는 걸 말이야."

황족의 입에서 큰소리가 났으니 겁이 날 법도 했건만 이안은 대꾸 없이 허리만 숙여 예를 취했다. 어딘지 의기양양한 그 얼굴이 괘씸해 자레드는 속으로만 삼키고 있던 말을 툭 뱉었다.

"아까 다니엘 경을 말리지 말걸 그랬어. 그래야 재수 없는 그대 얼굴이 퉁퉁 붓는 걸 봤을 텐데. 아쉽군."

두들겨 맞았으면 좋았을 거라는 중얼거림에 이안이 일순 자레드를 흘겨봤으나 찰나였다. 무표정한 얼굴을 고수한 그가 황자에게서 한발 뒤로 물러나며 아예 작별을 고했다.

"하실 말씀이 더 없으시면 이만 물러가 보겠습니다."

자레드는 고개를 홱 돌려 버리는 것으로 뜻대로 하여라 허락했다. 이안이 조금의 망설임도 없이 몸을 틀었다. 자레드는 이안의 등을 노려보다 입꼬리를 씨익 올렸다.

"후작, 다시 이리 와 보게."

이안이 스무 발자국 정도 갔을까. 자레드가 이안을 불렀다. 모른 척할 수 없을 정도로 큰 소리에 이안이 얼굴을 팍 구기며 뒤로 돌았다.

"와 보라니까."

길거리 건달처럼 손가락만 까딱거리는 모양새가 약을 올리는 것이 분명했다. 그러나 상대는 황자였다. 이안이 입술을 질끈 물고는 왔던 길을 성큼성큼 걸어 다시 자레드 앞에 섰다.

"부르셨습니까?"

"자네가 가서 직접 기사들을 불러오도록. 이자들을 감옥에 집어넣어야 하니까 말이야. 기다릴 테니 꼭 다시 와야 하네?"

다시 오라는 말을 강조하며 어깨를 툭툭 치는 태도가 무뚝뚝하다고 소문난 것과는 딴판이었다.

이안은 황자의 명에 똑같이 빈정거리려다 입을 꾹 다물었다. 가만 보니 아이샤 때문에 황자와 이따위 유치한 싸움을 하는 꼴이 아닌가. 그가 끓는 속을 내리누른 채 천천히 답했다.

"……명하신 대로."

* * *

덜컹덜컹.

파든가의 마차가 늦은 밤을 달렸다. 이미 많이 늦은 시각이었지만 황궁 연회 때문인지 길가에는 파든가 마차뿐 아니라 다른 가문의 마차도 즐비했다.

커다란 파고드는가? 마차 안에는 파든 백작 부부만 타고 있었다. 자녀들을 먼저 보낸 백작 부부는 황제 부부를 찾아뵙느라 자녀들보다 한참 늦게 집으로 돌아가는 중이었다.

"……."

"……."

평소 같았으면 마차 안은 부부가 도란도란 이야기 나누는 소리로 가득 찼을 것이다. 하나 어떻게 된 일인지 부부는 마차에 타기 전부터 서로 시선도 제대로 마주 보고 있지 않았다. 마부는 주인 부부의 분위기가 심상치 않음을 알고 최대한 부드럽게 마차를 끌려 노력했다.

"그래서 이 일을 기어이 넘어가겠다는 거예요?"

백작 부인 마리사가 남편을 한참 노려보다 입을 열었다. 파든 백작 그레이엄은 차마 마리사와 눈을 마주하지 못했다. 시선을 피한 그가 아무 말 없이 있자 마리사의 목소리가 높아졌다.

"재판에 넘기지도 않겠다. 다른 사람들한테 알리지도 않겠다. 이게 그냥 넘어가는 거지. 그럼 도대체 무슨 벌을 준다는 거예요?"

백작 부부는 연회 도중 자신들을 찾아온 소피아의 고백에 경악했다. 소피아는 서럽게 울면서 최대한 제 잘못을 작게 말했지만, 그녀가 하는 말의 요지는 분명했다.

'아이샤에 대한 그…… 그따위 소문을 소피아 네가 퍼뜨렸다는 거니? 세상에, 맙소사!'

'아, 아저씨 용서해 주세요. 제가 잘못했어요. 저는 말이 그렇게까지 악의적으로 퍼질 줄 몰랐어요.'

소피아는 당장에라도 달려들 듯 화를 내는 마리사를 피해 그레이엄의 발치에 매달렸다. 그가 자신에게 약하다는 것을 염두에 두고 한 영악한 행동이었다. 그리고 소피아의 계산은 어느 정도 들어맞아 그레이엄은 이 일을 불문에 부치겠다 이미 결정한 상태였다.

"소피아 그 아이가 아이샤에게 직접 무릎 꿇고 사과한다지 않아. 또 벌을 주지 않겠다는 말은 아니요. 외부에 알리지만 않겠다는 거지. 그리고 먼저 와서 자기 잘못을 빌었잖소. 느끼는 게 있을 거야. 그러니까 이번 일은 우리끼리……."

"안 돼요! 아이샤의 어미로 내가 인정할 수 없어요."

"……."

"소피아 그 아이가 낸 소문이 얼마나 악랄한지 모르는 거예요? 그렇지 않아도 이안이 약혼을 미루는 바람에 사람들이 아이샤에게 문제가 있는 거 아니냐 수군거리고 있다고요. 그런데 그 와중에 아이샤가 남자가 있어 파혼당했다 소문을 내? 이건 아이샤의 명예를 망친 일이에요!"

남편의 결정에 마리사는 크게 분노했다. 그녀는 제 딸에게 그따위 짓을 한 소피아를 용서할 수 없었다. 게다가 소피아가 도망치듯 나가고 얼마 지나지 않아 에드워드가 전한 소식에 마리사의 분노는 걷잡을 수 없이 커졌다.

'어머니, 아버지. 급히 드릴 말씀이 있어요.'

'에드워드. 좀 이따. 이따가 이야기하자. 우리는 지금…….'

'아이샤 일이에요.'

아이샤가 빈센트 일행에게 당한 일은 파든 백작 부부에게 큰 충격이었다. 백작 부부는 에드워드에게 말을 전해 듣기 무섭게 황제 부부를 배알해 이 일에 대해 고했다. 그리고 빈센트 일행에 대한 철저한 처벌을 약속받고 나왔다.

"거기다 오늘 아이샤에게 닥친 일도 어떻게 보면 그 소문 때문이잖아요. 발투가 자작가 그 막내 아들놈이 했다는 말 못 들었어요? 아이샤가 난잡하게 놀아난다는 소문에 그따위 짓을 벌였다잖아요."

"……."

"황자 전하께서 적절한 때 정원을 산책하고 계셨기에 망정이지 아니면 아이샤는…… 내 딸은……. 차마 입에 담지도 못할 일을 당했을지도 몰라요! 나는 정말……. 정말이지……. 소피아 그 아이를 용서할 수가 없어요."

빈센트 일행을 가문 단위로 박살을 내 버리겠다는 부부의 의견은 같았다. 하지만 소피아에 대한 부부의 의견은 좀처럼 좁혀지지 못했다.

"……아까 소피아의 뺨을 몇 대나 올려붙였잖소."

"그래서? 그것마저 당신이 말렸잖아! 고작 서너 대 쳤어! 마음 같아서는 그 입이 없어질 때까지 쳤어야 했는데!"

"소피아가 그 일을 문제 삼으면 우리도 곤란할 거요. 이러니저러니 해도 귀족을 폭행한 것 아니오."

"그레이엄!"

"소피아를 용서하겠다는 말이 아니야. 딱 한 번만 외부에 알리지 않고 우리끼리 벌하자는 거지. 그리고 재판을 못 가더라도 로이드가에 정식으로 항의는 하겠소. 소피아가 그 아이가 만약 또 비슷한 일을 저지르면 그때는 이번 일까지 합쳐 재판에 넘깁시다."

마리사는 끝내 의견을 꺾지 않는 남편에게 눈을 부릅뜨고 몸을 달달 떨며 손가락질하다 한순간에 힘을 풀었다. 순식간에 온기가 아예 가신 마리사의 갈색 눈에 그레이엄이 입술을 말아 문 채 불안한 눈을 했다.

"……그레이엄. 당신 가족은 누구야?"

"마리사!"

"나와 내 아이들이 당신 가족 아니야? 당신 지금 누구 편을 드는 거야!"

"편드는 것이 아니오. 나는 그저……. 마리사, 소피아도 우리가 키운 딸 같은 아이요. 자식은 아니지만, 당신도 소피아를 귀여워했잖소. 그러니 한 번만 기회를 주자는 거야. 다른 뜻은 결코 없어."

"시끄러워! 나한테 소피아 걘 죽은 당신 친구의 딸일 뿐이야. 귀여운 것도 내 딸한테 해를 가하지 않을 때나 그런 거지, 지금 상황에 가당찮기나 해? 난 그 계집애가 경멸스러워!"

"마리사, 제발……."

그레이엄이 마리사의 손을 꽉 붙들었다. 그러나 마리사는 그 손을 팽개치고는 남편을 노려보다 문뜩 무언가 떠올리고는 눈을 새파랗게 빛냈다. 그녀가 떨리는 목소리로 중얼거렸다.

"그러고 보니 이상하다 했어. 이안 그 아이가 아이샤를 그렇게 박대하는데도 당신은 말 한 번을 하지 않고 두고만 보고……. 설마."

"마리사, 당신 무슨 말을……."

"……당신 설마 그때 소문이 사실이야? 그 여자…… 후작 부인이랑 정말 무슨 관계라도 있었던 거야? 소피아가 정말 당신 애…….”

“마리사!”

생각지도 못한 아내의 의심에 하얗게 질린 그레이엄이 무릎을 꿇고 그녀의 허벅지 위로 손을 올렸다. 그레이엄의 거친 손은 보통 귀족과 달리 그가 얼마나 고생하며 지금의 영광을 일구었는지 잘 보여 줬다. 하나 남편의 초라한 모습에도 마리사의 얼굴은 여전했다. 그걸 본 그레이엄이 덜덜 떨리다 못해 끊어지는 목소리로 아내에게 빌었다.

“마리사. 그런 말 마. 제, 제발 그런 말은…….”

“…….”

“나한테 여자는 당신이 유일했고 앞으로도 그럴 거야. 그런데 왜 그런 말을……. 내, 내가 못마땅하게 군다고 해도 그, 그런 의심은…….”

“……하지만 그레이엄, 난 가끔 헷갈려. 당신의 가족이 누구인지. 나와 내 아이들인지. 아니면 당신이 감싸고 도는 그 아이들인지.”

“왜 그런 말을 해. 당연하오. 나에게 가족은 마리사 당신하고 우리 아이들뿐이야. 하지만 마리사, 알잖소. 클리프 그 친구는…….”

죽은 로이드 후작의 이름이 남편의 입에서 나오자 마리사가 눈을 감고 고개를 뒤로 젖혔다. 15년째 남편을 괴롭히는, 그에게 끝없는 악몽을 선사하는 문제.

마리사가 고개를 조아리고 있는 남편의 머리카락을 습관적으로 쓸다가 멈추고 입을 열었다.

“로이드 후작 부부가 죽은 건 그레이엄 당신 탓이 아니야. 당신은 그 일과 관계가 없다고. 당시 일어난 모든 일은 그들의 선택이었을 뿐이야. 그러니 죄인처럼 구는 것 좀 그만해요.”

“…….”

“그리고 조금 전 말은 미안해. 당신을 의심했던 건 아니야. 사실 내가 제일 잘 알지. 옆에서 당신을 쭉 지켜봐 온 내가 알아.”

"……."

"하지만 그레이엄, 이제라도 말하는데……. 지금까지 당신은 할 만큼 했어. 이안 남매를 돌봐 줬고 그들의 재산도 지켜 줬잖아. 그러니까 이제는 가족들을 좀 더 살펴 줘. 당신은 우리 아이들에게 가장 든든해야지."

마리사의 말에 그레이엄은 대꾸 없이 어깨를 들썩였다. 저에게만 보이는 모습임을 아는 마리사가 결국 한숨을 내쉬고 눈을 감았다. 부드럽게 움직이는 마차에도 간만에 멀미가 나는 기분이었다.

* * *

"아서."

아서는 뒤에서 저를 부르는 소리에 주먹을 살짝 쥐었다 폈다. 일부러 마주치지 않으려 피해 다녔건만 실패였다.

"형, 이 시간에 어쩐 일이야?"

뒤를 돌자 에드워드가 그를 보고 있었다. 아서는 당황한 내색을 하지 않으려 애를 쓰며 덤덤한 목소리를 꾸며 냈다.

"잠깐 근처에 일이 있어서 들렀다 집에서 밥이나 먹고 가려고. 너야말로 이 시간에 웬일이야. 아카데미에 있을 녀석이."

"집에 놔두고 온 게 있어서 가지고 온다고."

"그래?"

에드워드가 고개를 주억거리며 아서와 거리를 좁혔다. 가까이서 에드워드와 눈을 마주치자 아서는 저도 모르게 잠깐 시선을 피했다.

"그보다 아서, 일이 생겼어."

"일?"

"너도 상황을 알려 달라고 했으니까 말해 주는 거야. 소피아 일, 아버지께서 아시게 됐어. 그리고 그때 걱정처럼 조용히 넘어가시겠다 하더라."

쿵 심장이 떨어지는 느낌과 함께 꼭 범죄를 저질렀다 들킨 사람처럼 손바닥이 축축해졌다. 아서는 침을 꿀꺽 삼키고 반문했다.

"……아버지께서 어떻게?"

"소피아가 아버지를 먼저 찾아가 용서를 빈 모양이야."

"……."

"그 애가 갑자기 왜 죄를 고했는지 도무지 알 수가 없어. 하지만 어찌됐건 덕분에 일이 복잡하게 됐지. 아버지께서 묻어 가겠다 한 이상 재판에 부치기는 힘들 테니까."

두근두근 빠르게 뛰는 심장이 양심을 대변했다. 아서는 스스로가 경멸스러워 신물을 삼키면서 간신히 입을 열었다.

"……그럼 이대로 끝맺을 거야?"

"글쎄……. 너도 들었지? 발투가 자작가 놈이 아이샤한테 무슨 짓을 저질렀는지."

빈센트 일행이 저지른 일이 튀어나오자 죄책감이 한층 더 커졌다. 아서도 들어 알고 있었다. 빈센트 일행이 변명으로 내민 것이 소피아가 낸 소문이라는 것을.

그나마 다행인 것은 현행범으로, 그것도 황자에게 붙잡힌 빈센트 일행에게는 중벌이 내려질 거라는 점이었다. 빈센트는 물론이요, 나머지 둘도 가문에서 내쫓긴다는 말이 도는 것을 보면 그들의 인생은 끝이라 봐도 무방했다.

하지만 그렇다면 소피아는? 그 아이는 이대로 제대로 된 처벌 없이 넘어가도 되나? 아서는 땀이 너무 많이 나서 질척이는 손바닥을 주머니에 넣었다.

"빈센트 놈들 일까지 생각하면 아버지 말씀을 거역할까도 싶었는데……. 어머니께 조언을 구하니 내 생각과 다르게 반대하시면서 다른 말씀을 꺼내시더라고."

"어머니가?"

"너도 믿기 힘들지?"

어머니가 그렇게 말씀하시다니. 사실 소피아에게 조언하면서도 혹여나 어머니라는 변수 때문에 그녀가 최악의 경우에 처할까 걱정했더랬다. 에드워드의 말에 아서는 죄책감에 시달리면서도 한편으로 안도하는 자신이 역겨워 구역질이 났다.

"무슨 생각이신지 어머니께서 당장 소피아를 끌어내 망신을 주겠다는 다니엘도 말리셨어. 그리고 아이샤에게 의견을 구해 보라 하시더라. 사실 점심보다는…… 이것 때문에 집에 잠깐 들른 거야."

"그럼……."

"어머니 말씀도 옳은 부분이 있으니까. 나도 아이샤 말을 들어 보고 결정하려고. 지금 아이샤한테 물어보러 들어갈 건데 너도 같이 갈래?"

아이샤에게 함께 가겠느냐는 말에 아서는 당장 집에서 뛰쳐나가고 싶어졌다. 목구멍이 따끔거리며 숨조차 약간 가빠진 느낌이었다. 아서가 창백한 얼굴로 고개를 저었다.

"……아니, 나는 이만 가 봐야 해서 힘들 거 같아."

아서의 답에 에드워드는 잠시 입을 닫고 동생을 물끄러미 바라봤다. 그는 아서가 흠칫거리며 침묵을 눈치챘을 때가 돼서야 잔잔히 웃어 보였다.

"그래? 그럼 저녁에 보자."

형의 표정에 아서가 눈을 크게 떴다 그대로 몸을 돌렸다. 에드워드는 인사조차 하지 않는 남동생의 뒷모습을 오래도록 보다 한숨을 쉬며 걸음을 뗐다.

* * *

똑똑.

"아이샤? 들어가도 되겠니?"

"응. 들어와, 오빠."

창이 활짝 열린 아이샤의 방은 햇빛으로 반짝거렸다. 조그마한 개인 응접실을 지나 몇 걸음 만에 침실까지 도달한 에드워드는 방 안 카우치에 앉아 차를 홀짝이는 여동생을 보다 그녀의 맞은편에 털썩 주저앉았다.

카우치 앞 테이블에는 온갖 화려한 간식거리가 펼쳐져 있었다. 에드워드는 아이샤가 이런 것을 즐기지 않는 것을 알았다. 때문에 그는 여동생이 기분 전환을 위해 일부러 간식거리를 늘여놓았다는 것을 눈치챘다.

"기분은 어때?"

"그냥. 괜찮아."

짐짓 모른 척 묻자 예상한 답이 나왔다. 에드워드는 제 앞에 있는 쿠키 하나를 집어 입으로 가져가며 찻주전자를 들었다. 아이샤가 그를 만류하며 차를 따라 줬다. 옅고 붉은 차는 특유의 향이 좋아 기분을 상쾌하게 만들었다. 그가 차를 들이켜며 말문을 열었다.

"일단…… 네게 폭력을 행사한 놈들. 그놈들은 재판에 설 거고 벌을 받을 거야. 알아보니 이런 일이 한두 번이 아니었더라고. 제대로 된 빛도 못 볼 거니까 그 부분에 대해서는 걱정 마."

에드워드는 험한 말을 잘 쓰지 않았다. 아이샤는 빈센트 일행을 놈이라 칭하는 오라비의 말에 그들의 앞으로의 인생이 순탄하지는 않겠구나 알 수 있었다. 하지만 자신에게 처음 그런 것도 아니고 비슷한 일이 여러 번 있었다니……. 일말의 동정이 가지는 않았기에 그녀는 고개를 작게 끄덕였다.

"재판이 열리는 거면 내가 가서 증언해야 하는 거 아냐?"

"넌 가지 않아도 괜찮아. 그 인간들의 가장 큰 죄는 황실 모독죄거든."

"뭐? 황실 모욕죄? 귀족 상해죄가 아니라?"

황실 모독죄라는 말에 아이샤의 눈이 커졌다. 귀족인 그녀를 희롱하고 폭력을 행사한 일도 중범죄로 다루어졌지만, 황실 모독죄는 궤가 달랐다. 반역죄까지도 물을 수 있는 죄목에 사람들은 황실 모독죄라는 단어는 감히 입에 올리는 것도 꺼렸다. 하지만 에드워드는 놀라는 아이샤와 달리 덤덤하게 상황을 설명할 뿐이었다.

"황실에 주최한 연회에서 그따위 일을 벌였으니 당연하지. 게다가 2황자 전하께서 증인으로 서 주셔서 넌 재판장에 나가서 그 인간들 얼굴 굳이 마주할 필요 없어. 황족이 증언한다는데 말이 뭐가 필요해. 그들은 변호할 기회조차 제대로 얻지 못할 거야."

오라비의 말에 아이샤가 자동으로 붉은 머리의 사내를 떠올렸다. 감사 서신은 이미 보내 놨지만 역시 직접 찾아가 감사 인사를 하는 게 도리일 것 같았다. 자레드 황자에게 알현 서신을 한 장 더 써야겠다고 생각하며 그녀가 제 턱을 툭툭 두드렸다.

에드워드는 생각에 잠긴 여동생을 뚫어져라 봤다. 강렬한 시선에 아이샤가 손가락 움직이는 것을 멈추고 오라비와 시선을 마주했다.

"에드워드 오빠, 나한테 할 말 있어?"

"음……. 맞아. 할 말이 있어서 왔어. 정확히 네 의견을 물어볼 게 있단다. 아이샤."

"뭔데?"

아무것도 모르는 아이샤의 순진무구한 얼굴에 에드워드가 잠시 머뭇거렸다. 이 일로 여동생은 분명 상처를 받을 것이다. 하나 미룰 수 없었다.

"소피아가 네게 죄를 지었어."

무겁게 입을 연 에드워드는 아이샤에게 작금의 상황을 모조리 설명했다. 소피아가 소문을 낸 것부터 소문이 빈센트 일행의 변명이 되었다는 것, 그리고 소피아가 파든 백작에게 어떻게 빌었는지까지.

"이게 오늘 아침까지의 상황이야."

아니나 다를까, 아이샤는 눈을 크게 뜬 채 손을 달달 떨었다. 충격이 커

보이는 여동생이 안쓰러워 에드워드는 속으로 다짐했다. 아이샤가 고개만 끄덕인다면 아버지가 무어라 하든 소피아에게도 합당한 벌이 가게 하리라. 그가 힘이 들어간 목소리로 제 주장을 펼쳤다.

"소피아 그 아이가 네게 직접 사과하러 올 테지만 난 그걸로 부족하다고 생각해. 그러니까 아이샤 네가 말만 하면 아버지가 뭐라 하시던 나랑 다니엘이 소피아 그 애를……."

"아버지 말씀대로 해."

하지만 아이샤는 에드워드의 기대와 반대로 움직였다. 눈을 두어 번 깜빡인 그녀는 고개를 젓더니 푹 숙여 버렸다.

"아이샤!"

여동생에게 큰소리 한번 제대로 내지 않았던 에드워드가 고함을 쳤다.

"……."

"이건 용서할 문제가 아니야. 소피아는 작정하고 네 명예를 무너뜨리려 한 거라고. 이런 문제는 똑같이 해 줘야 하는 거야. 아니면 또 이런 짓을 벌일지 몰라. 그러니까……."

"오빠."

빠르게 내뱉어지는 에드워드의 말에는 분노가 선명했다. 그러나 아이샤는 에드워드의 말을 자르고 천천히 고개를 들었다.

"나한테 의견 물어봐 줘서 고마워. 그리고 미안해. 오빠가 원하는 대로 해 주지 못해서."

"아이샤."

"하지만 내 문제잖아. 이번 한 번은 소피아가 내게 사과하는 걸로 넘어가고 싶어."

축축해진 눈, 올라가 있지만 떨리는 입꼬리. 다시 입을 열려던 에드워드는 제 손을 잡는 작은 손에 입을 다물었다.

"물론 또 이런 일이 생기면 나도 용서하지 않을 거야. 하지만 소피아는 우리 남매랑 어릴 적 같이 자랐잖아. 재판에 넘길 수는 없어. 그러면 소피아의 명예는 돌이킬 수 없을 거야."

화가 치밀었으나 아이샤에게 화를 낼 수는 없었다. 에드워드는 아이샤에게 잡힌 손을 빼낸 후 눈을 감고 주먹을 몇 번 쥐었다 펴길 반복하며 마음을 다스렸다. 그리고 한참 만에 눈을 뜬 그가 한층 가라앉은 목소리로 말했다.

"……그래. 네 의견을 가장 존중해야 하니까. 이번 일은 소피아가 네게 무릎 꿇어 사과하고 가문 간에 조용히 피해 보상을 논의하는 걸로 끝내자."

"사과하는데 피해 보상까지는……."

"아이샤, 그만."

가문 간의 피해 보상이라는 말에 아이샤가 다시금 에드워드에게 손을 뻗었다. 에드워드는 여동생의 손을 망설임 없이 피했다. 냉랭한, 그리고 엄격한 얼굴로 그가 아이샤를 꾸짖었다.

"본래라면 일을 이쯤에서 덮는 것도 큰 문제야. 하지만 널 존중해 여기까지 하잖니. 한데 아이샤 넌 계속 개인적인 감정을 내세우는구나. 말하지는 않았다만 너 소피아를 용서해 주는 일에 이안에 대한 감정이 없다 할 수 있어?"

오라비의 말이 맞았다. 부정할 수 없었다. 이안에 대한 제 감정 때문에 말도 안 되는 떼를 썼다는 걸. 아이샤가 부끄러움에 고개를 숙인 채 잘못을 인정했다.

"내가 잘못했어, 오빠. 나는 그냥 가문까지 일이 번지는 건……. 내 생각이 짧았어."

"소피아는 이안의 여동생이자 로이드가의 가주야. 그런데 가문 일원이 저지른 일에 대해 어떻게 자유롭겠어."

"……."

"그리고 빈센트 것들이 그날 네게 그런 일을 벌일 수 있었던 게 내가 알기로 이안이 너 홀로 두고 가서인데 아니야? 냉정하게 말하면 이안은 널 위험에 빠뜨린 거야. 일이라도 생겼어 봐. 소피아보다 그의 죄가 더 커."

이안에게 초점이 맞춰지자 아이샤의 얼굴이 하얗게 질렸다. 그녀는 오라비의 말에 반박하지 못한 채 몸을 떨었다. 보통 때라면 안쓰럽게 여겨 달래 줬겠지만, 에드워드도 화가 잔뜩 난 상태였다. 그는 여동생이 불안해하는 걸 알면서도 말을 이어 갔다.

"생각할수록 화가 나는구나. 안 되겠다. 네가 말려도 이안에게 책임을 물어야겠어. 소피아와 빈센트 그놈들 때문에 머리가 아파 잠시 잊었는데……."

"오빠!"

아이샤가 숙였던 고개를 쳐들고 애원하듯 에드워드를 바라봤다. 뚝뚝 떨어지는 눈물에 에드워가 깊은 한숨을 내쉰 채 고개를 돌려 버렸다.

그렇게 남매간에 정적이 흘렀다. 에드워드는 차가 완전히 식은 후에야 다시 아이샤 쪽으로 고개를 돌렸다. 아이샤는 여전히 눈물을 떨구는 중이었다.

"아이샤, 난 네게 이런 질문을 단 한 번도 하지 않았어. 하지만 한번은 물어야겠구나. 너 이안이 왜 그렇게 좋아?"

힘 빠진 에드워드의 목소리에는 여러 감정이 있었다. 원망, 회한, 분노, 슬픔……. 하지만 가장 큰 자리를 차지한 것은 안쓰러움이었다. 아이샤는 오라비의 말에 답하는 대신 속으로 품고 있던 물음을 던졌다.

"……오빠도 이안을 좋아하지 않았어?"

"좋아했지. 이안이 네게 잘할 때까지만 해도 말이야."

"……."

"이안이 널 무시한 지 3년이 넘었어. 그리고 3년이면 그 사람에 관한 생각이 바뀔 수밖에 없지."

"……."

“그는 변했어. 아이샤. 네 오라비로 아니 전혀 상관없는 제삼자의 눈으로 봐도 그는 네게 좋은 사내가 아니야.”

셋째 오라비와 같은 말이었다. 결국, 내 마음이 가족들을 힘들게 하고 있는 거구나.

슬픔이 아이샤의 마음을 때렸다. 그러자 그녀의 마음속에서 무언가 갈라지는 소리가 났다. 이안이 내기로 아이샤를 기만한 후 생긴 금. 그것은 이제 균열이 되어 아주 조금이지만 틈을 만들었다.

하지만 에드워드를 비롯해 아직은 아무도, 심지어 아이샤 자신도 그 틈에 대해 눈치채지 못했다. 에드워드가 아이샤의 눈물을 보다 또 한숨을 쉬었다.

“울지 말고.”

그가 품에서 손수건을 꺼내 여동생의 눈물을 훔쳤다. 그리고 아이샤가 울음을 멈췄을 때 은밀히 간직했던 계획을 꺼내 들었다.

“……아이샤. 이번 일은 네 의견대로 여기서 마무리하마. 대신 조건이 있어.”

* * *

이안은 집무실 의자에 앉아 조이듯 욱신거리는 머리를 양손으로 지그시 눌렀다.

‘일이 이렇게까지…….’

황궁 연회 첫날 이후, 그는 제대로 잠을 이룰 수 없었다. 그날 밤 연달아 터진 일을 도통 어떻게 해야 하는지 갈피를 잡을 수 없었으니까.

‘소피아, 하아…….’

자레드의 명으로 기사들을 불러 빈센트 일행을 감옥까지 인도할 때까지만 해도 일이 번거롭게 되었다 생각할지언정 머리가 이토록 복잡하지는 않았다. 아니, 당시만 해도 그의 머릿속 생각은 명확했다.

'빈센트 발투가, 제이미 로당, 폴 비욘…….'

기사들의 뒤를 따라 감옥에 들어간 이안은 빈센트 일행이 정신을 차릴 때까지 속으로 그들의 이름을 읊으며 생각했다. 세 사람의 가문에 자신이 얼마나 영향을 끼칠 수 있는지.

'이안, 살려 줘. 나, 나 좀 여기서 꺼내 줘. 우리는 아카데미 동기잖아. 응?'

'…….'

'너 어차피 그 계집애랑 약혼 안 할 거잖아. 나도 들어서 알아. 아이샤 그 계집애가 여러 남자랑 난잡하게 놀아났다며. 나 그 계집애한테 별짓 안 했어. 그냥 난잡한 계집애한테 할 법한 농담 몇 마디 한 것뿐이야.'

'…….'

'약, 약혼녀도 아닌데 그럼 날 도와줘야지. 작은 다툼이 있었다지만 크게 보면 우리는 레반투스 공작님 아래 같은 편이잖아? 그러니 황자 전하께 말 좀 해 줘. 그 계집애가 날 먼저 꼬드겼을 거라고. 그때 보신 건 다 오해……. 으아악!'

정신을 차린 빈센트가 그를 마주 보며 매달릴 때도, 아이샤와 관련된 소문을 들먹이다 결국 직접 감옥 안으로 들어간 자레드 황자에게 얻어맞을 때도 이안은 아무 말 없이 생각을 이어 갔다. 그리고 한참 만에 결론에 도달했다. 저들의 인생을 최대한 엉망진창으로 만들겠다고.

'황실 모독죄를 적용받게 되면 가문 명부에서 이름이 파일 테지. 아들 하나를 위해 가문을 모조리 말아먹을 정도로 발투가 자작이 멍청하지는 않으니까.'

이안 쪽으로는 고개 한번 돌리지 않던 자레드는 그가 황실 모욕죄를 입에 담자 곧장 동의를 표하며 나섰다. 이안은 제 죄목에 넋이 나간 빈센트에게 아카데미 동기로서 아비에게 직접 알려 주겠다고 속삭이고는 자리를 떴다.

하나 그때부터 일이 이상하게 흘러갔다. 연회장에서 아직은 아무것도 모를 발투가 자작을 찾아갈 때 생각지도 못한 인물이 그의 앞을 가로막았다.

'오빠!'

'……소피아?'

'오, 오빠. 나 어떡해? 어쩌면 좋아?'

그 길로 이안을 휴게실로 이끈 소피아는 자신이 저지른 일을 줄줄 잘도 늘어놓았다. 장난으로 퍼뜨린 소문부터, 그 소문이 얼마나 악의적으로 변했는지. 그리고 파든 백작 부부에게 제 잘못을 고백한 일까지.

'너…… 당장 돌아가.'

'오, 오빠.'

'시끄러워. 집에 가서 꼼짝하지 말고 네 방에만 있어. 내가 먼저 나오라 하기 전까지 그 안에서 한 발자국도 나오지 마.'

소피아를 내쫓듯 집으로 보낸 뒤 이안은 파든가 사람들을 찾아 연회장을 뒤졌다. 하지만 아이샤를 포함한 파든가 자녀들은 돌아간 후였으며 백작 부부는 황제와의 알현을 위해 연회장을 뜬 후였다.

다행인 것은 로이드 후작가에 황실 인장이 박힌 서신이 아직 날아들지 않았다는 것이었다. 그건 백작 부부가 소피아에 관한 건 함구했다는 뜻이었다. 이안은 그들이 소피아에게 아주 큰 은혜를 베풀었다는 걸 알고 있었다. 백작 부부가 소피아에 관한 문제를 빈센트 일과 엮어 꺼내 들었으면 소피아는 지금쯤 조사관과 마주 앉아 있었을 것이다.

'……가 봐야겠지.'

이마를 누르고 있던 이안이 손을 떼고 펜을 잡았다. 상황이 이렇게 된 이상 파든 백작가에 직접 찾아가 사과와 감사를 전해야 옳았다.

그러나 파든 백작에게 고개 숙일 생각을 하자 온몸에 피가 빠져나가는 기분이었다. 피가 날 정도로 입술을 짓씹은 문 그는 결국 한참 만에야 종이 위에 펜을 올렸다.

친애하는 아저씨께.

그레이엄에게 개인적인 서신을 쓸 때면 한 번도 빼먹지 않은 문구가 서걱거리는 소리와 함께 종이 위에 유려하게 그려졌다. 그러나 이안은 그 이상 편지를 써 내려가지 못한 채 펜을 놓았다. 친애하다니. 누굴 말인가?

"윽!"

다니엘에게 얻어맞은 턱 부근에 갑작스러운 통증이 몰려왔다. 기사 아니랄까 봐 며칠이 지났음에도 열감이 남아 있었다. 이안은 눈가라도 맞았으면 얼굴도 못 들고 다닐 뻔했다 생각하며 턱과 뺨 부근을 쓸었다.

피부 위에서 살살 움직이던 엄지손가락이 입술 끝에 닿았다. 그리고 순간 이안은 저도 모르게 멈칫거리며 몸을 굳히고 말았다.

눈앞에 아이샤가 가물거린다 싶더니 장미처럼 붉디붉은 색이 물감처럼 번졌다. 동시에 입맞춤하던 당시의 촉감과 후각이 모조리 되살아났다. 이안은 저도 모르게 제 입술을 만지작거리다 화들짝 놀라 손을 뗐다. 그리고 잘못한 이가 목격자를 찾듯 주변을 빠르게 살폈다.

똑똑.

저를 제외하고 아무도 없음을 확인한 이안이 제 멍청한 행동에 멋쩍어할 때였다. 안도하기 무섭게 누군가 집무실 문을 두드렸다. 괜스레 놀란 이안이 손을 움직였다 펜을 쳤다.

곱게 올려져 있던 펜이 자리를 벗어나며 잉크를 흘렸다. 이안은 얼룩이 진 책상에 미간을 찌푸리다 밖에서 기다리고 있을 이를 떠올리고는 입을 열었다.

"……들어와."

말이 끝나기 무섭게 제임스가 문을 열고 들어와 책상 앞에 섰다. 이안은 그의 손에 들린 서신 뭉치에 시선을 던졌다.

"혹 황실에서 온 것이 있나?"

"황실의 인장이 찍힌 서신은 없었습니다만……."

말끝을 흐린 제임스가 책상 위에 서신 뭉치를 올렸다. 제임스의 시선을 따라 가장 위 서신을 본 이안이 파든가의 월계수 문양을 발견하고는 얼굴을 살짝 구겼다. 그가 손을 뻗으며 제임스에게 명했다.

"나가 봐."

문이 닫히는 소리와 함께 작은 칼이 봉투를 베어 냈다. 곧이어 하얀 종이 위 얇고 기다란 것이 특징인 글씨체가 이안의 눈에 들어왔다. 길쭉하니 수려한 서체를 쭉 읽어 내려간 그가 길지 않은 내용을 다 읽고 종이를 천천히 내렸다.

「……그러니 토요일 오전 10시에 파든가를 방문해. 그럼 이만 줄이지.」

* * *

"오래간만에 보는군."

에드워드의 개인 응접실에 들어선 이안은 다리를 꼰 자세로 카우치에 앉아 있는 에드워드에게 먼저 인사말을 건넸다. 일하고 있었는지 서류 뭉치를 손에 쥔 채 미간을 살짝 찌푸리고 있던 에드워드는 이안과 눈이 마주치자 안경을 벗으며 빈정거렸다.

"간만? 누가 보면 서로 바빠 못 본 줄 알겠어. 한쪽이 일방적으로 피한 건데 말이야."

"괜한 시비는 말지. 난 네 요청대로 파든가를 방문했을 뿐이야."

"요청?"

"……."

"난 협박으로 보낸 건데 이안 네게는 퍽 정중해 보였나 봐? 하기야 평상시 네 말투 생각하면 그다지 놀라운 일은 아니지."

공격적인 어투에 이안이 팔짱을 꼈다. 그가 아는 에드워드는 이런 소모적인 말싸움을 즐기지는 않았지만 한번 시작하면 도통 지는 법이 없었다. 이안은 에드워드의 말을 맞받아치려다 한숨을 쉬며 그의 맞은편에 털썩 앉았다.

"그만하고 자리나 내어 줘. 협박이건 뭐건 용건이 있으니 부른 거 아냐."

자리를 내어 달라는 주제에 이미 앉아 있는 꼴이 우스웠다. 에드워드는 어이가 없다는 듯 이안을 위아래로 훑어보다 꼬고 있던 다리를 풀고 냉랭한 목소리로 말했다.

"그래. 그럼 부른 김에 바로 본론으로 들어가지. 소피아 로이드, 네 동생 말이야. 어떻게 할 거지?"

"……."

"우리가 아무 말 없다고 이대로 넘어갈 거라 생각한 건 아니겠지?"

"……원하는 바를 말해."

납작 엎드려 선처를 빌어도 모자랄 판에 끝까지 오만한 얼굴이 재수 없었다. 에드워드는 안경과 함께 내려놓은 서류 뭉치를 이안 앞에 던지듯 내려놨다.

"원하는 거? 몰라서 묻나? 당연히 재판에 세운 뒤에 그따위 소문을 낸 책임을 지고 벌을 받게 하는 거지."

서류의 맨 앞 장에는 소피아의 죄목과 그로 인해 아이샤와 파든가가 받은 피해가 적혀 있었다. 그리고 그 뒤로는 에드워드가 그동안 조사한 내용, 마지막쯤에는 소피아에 대한 합당한 처벌이 몇 장에 걸쳐 빼곡히 적혀 있었다. 에드워드가 이대로 서류를 제출하기만 해도 소피아는 재판을 피할 수 없으리라.

이안은 서류를 한 장 한 장 넘길 때마다 입 안을 꾹 물다 비릿한 맛이 날 때쯤 입을 열었다.

"소피아가 거짓 소문을 낸 건 사실이지만 그 애는 세간에 도는 것처럼 심한 말은 하지 않았어. 그런데 이 모든 책임을 지라는 건 과해."

"과해? 정신이 나갔군. 애초 그따위 없는 말을 함부로 지껄이지 않았으면 없을 소문이야."

"……."

"이따위 거짓 소문 때문에 내 동생의 명예는 바닥에 떨어졌어. 지금 와서 아니라고 해도 뒤에서 수군댈 머저리들은 어디에나 있다고. 게다가 네 동생이 저지른 더러운 수작질 때문에 아이샤 그 아이가 무슨 일을 당했는지 몰라?"

"……."

"아이샤에게 설사 무슨 일이라도 생겼으면 너나 네 동생이나 이 자리에 없었어!"

에드워드의 목소리가 점점 더 커지더니 마지막에 이르러서는 고함과 같아졌다. 이안은 저를 노려보는 에드워드를 침착한 얼굴로 마주 보다 천천히 입을 뗐다.

"……그러니 과하다는 말이야."

"뭐?"

"에드워드 방금 네 입으로 말했잖아. 무슨 일 있었으면, 이라고. 2황자 전하께서 아이샤를 구했어. 그러니 소피아에게 모든 책임을 묻는 건……."

쾅!

"너!"

테이블 내리치는 소리와 함께 이안의 말이 잘렸다. 에드워드는 날리는 서류에 눈길조차 주지 않은 채 이안의 멱살을 틀어쥐었다. 당장에라도 주먹을 올릴 것 같은 에드워드의 태도에도 이안은 눈 한번 깜빡이지 않았다.

"진정하고 내 말 들어, 에드워드."

"……."

"소피아의 잘못을 부정할 생각 없어. 다만 결과적으로 아이샤는……."

말을 하다 말고 이안이 목울대를 움직였다. 이미 뻔뻔해지기로 작정했으면서도 목구멍 밖으로 말이 나오지 않았다. 그가 처음으로 에드워드의 시선을 피하며 조금 작아진 목소리로 말했다.

"……무사했잖아. 그러니 이번 일은 여기서 끝내. 그렇게 해 준다면 충분한 보상을 하겠어. 도착하기 전 보상으로 내놓을 만한 로이드가의 재산 목록을 보냈는데 혹 받지 못했나?"

이안의 말에 에드워드가 헛웃음을 쳤다. 몇 페이지나 되는 보상안은 대단했지만, 책 열 권 분량의 보상안을 가져와도 똑같았다.

"파든에 그런 것들이 부족할 거라 생각하나? 사용인들의 월급조차 못 주던 로이드가를 구제해 준 게 누군지 잊었나 보지?"

에드워드의 말에 이안의 분위기가 일순 바뀌었다. 당장에라도 손목이 잘릴 듯 날카로운 기세에 에드워드가 저도 모르게 잡고 있던 이안의 멱살을 놓았다.

'무슨? 아무리 자존심이 강하다지만…….'

눈을 한번 깜빡이자 기이한 살기는 그새 사라졌다. 에드워드는 자신이 잠시 무언가 착각한 모양이라 생각하며 자리에 앉아 다시 다리를 꼬았다.

"……좋아. 금전적인 보상은 그렇다 치고 네 동생이 망친 아이샤의 명예는 어떻게 할 거지? 네 동생을 재판장에 세우지 않고서는 도통 해결할 방법이 없어 보이는데. 아니면 잘못했습니다. 팻말이라도 세우고 연회장에 내보내든가. 그러면 생각해 보지."

소피아를 조리돌림 해 망신 주겠다 빈정거리는 에드워드에게 말에도 이안은 반응하지 않았다. 그가 고개 돌려 무언가 잠시 고민하는가 싶더니 생각지도 못한 말을 꺼내 들었다.

"……그 부분도 책임지겠어."

"그러니까 어떻게 책임질 거냔……."

"약혼하지."

"뭐?"

"소피아가 낸 소문의 책임은 져야겠지. 아이샤와 약혼하겠어."

장작 3년 이상을 끌어온 약혼이었다. 매번 말도 안 되는 핑계에 여행까지 가면서고 약혼을 거부하던 이안의 선언에 에드워드의 눈이 커다랗게 변했다.

"너 지금……."

"애초 아이샤와 내가 약혼하지 않아 그따위 소문이 돈 거잖나. 이제라도 약혼하면 이리저리 주절거리는 것들도 사라지겠지. 그럼 다 해결되는 문제 아닌가."

경악하는 에드워드와 달리 이안은 소름 끼치도록 무덤덤한 얼굴이었다. 하나 놀라움도 잠시. 에드워드의 얼굴이 찌푸려진다 싶더니 그가 얼굴을 와락 구겼다.

"그따위 얼굴로……."

감히 한 톨의 애정도 없어 보이는 얼굴로 약혼을 입에 담다니. 계약 조건을 내민 사업가 같은 이안의 태도에 에드워드는 고함을 지르려 했다.

그러나 순간, 응접실과 연결된 문틈으로 누군가 에드워드와 눈을 마주쳤다. 곧바로 이성을 되찾은 에드워드가 입을 다물었다. 갑작스러운 태도 변화에 이안이 눈썹을 미세하게 움직였다.

"……생각할 시간이 필요한 문제군."

에드워드는 사업 거래를 할 때처럼 표정을 완전히 지웠다. 그리고 자리에서 일어서며 이안에게 딱딱한 목소리로 축객령을 내렸다.

"이만 돌아가 보게. 가족들과 상의가 끝나면 연락해 주지."

이안이 아무 말 없이 자리에서 일어났다. 그리고 그가 하인의 안내에 따라 파든가 저택 밖으로 나갔을 때 응접실과 연결된 문이 끼익 소리를 내며 열렸다.

열린 문으로 아이샤가 천천히 걸어 나왔다. 에드워드는 눈을 내리깐 여동생에게 물었다.

"이래도 모르겠어?"

아이샤는 아무 말 없이 에드워드의 앞, 이안이 조금 전까지 앉았던 자리에 앉았다. 그가 머물다간 흔적이 온기로 조금 남아 있었지만 따뜻함은 느껴지지 않았다.

물끄러미 누이를 보던 에드워드가 책상과 바닥에 멋대로 날린 서류로 시선을 옮겼다. 분명 결과만 본다면 뜻대로 일이 흘러갔다. 그러나 어찌 된 일인지 여동생의 얼굴을 볼 자신이 없었다.

'아이샤, 네 뜻대로 이번 일은 넘어가마. 단, 조건이 있어.'

'……조건?'

'이안에게 소피아 일로 파든가를 방문하라 서신을 보낼 참이야. 여동생이 벌인 일에 책임을 묻기 위함도 있지만 그보다는 난 아이샤 네가 이안의 속마음을 알았으면 싶구나.'

'오빠…….'

'미리 말해 두는데 그는 널 생각하지 않을 거야. 소피아의 처분에 관해서만 관심을 두겠지. 그러니 아이샤, 내 여린 누이…….'

'…….'

'……이안에게 무언갈 기대하지도, 그에게 너무 많이 상처받지도 말렴.'

하지만 한편으로는 다행이라는 생각도 들었다. 이안은 에드워드의 예상보다도 훨씬 더 나쁜 놈이었고 소피아의 안위를 위해 보상 목록 따위를 내밀며 뻔뻔하게 혀를 놀렸다. 파든가 고명딸의 명예를 훼손한 주제에 이따위 금전적 보상이라니! 15년째 이안에게 목멘 여동생이라도 이런 모욕적인 처사에는 마음을 부수리라.

'어디 감히…….'

이안의 말을 떠올리며 작게 이를 간 에드워드가 고개 들어 아이샤와 눈을 마주쳤다. 아니나 다를까 아이샤는 울지는 않았으나 깊게 상처받은 눈을 하고 있었다.

시침을 떼며 살짝 미소 짓는 얼굴이 슬펐다. 파르르 떨리는 입꼬리는 감출 수 있는 게 아니어서 에드워드는 말을 하려다 말고 자리에서 일어나 여동생의 옆으로 자리를 옮겼다. 그가 큰 손을 뻗어 누이의 머리를 달래듯 쓰다듬다 어렵게 입을 열었다.

"아이샤. 보다시피 이안은 네가 그를 위하는 만큼 널 아껴 주지도 생각하지도 않아. 그러니까 그에게 마음 쓰는 일은 인제 그만두렴. 쓸데없는 노력이야."

"……."

"진작 네게 일러 줬어야 했는데……. 옛정에 혹여나 싶어 두고 본 내 잘못도 있는 거 같아 마음이 좋지 않아. 다니엘 말처럼 진즉 너랑 이안을……."

"에드워드 오빠."

아이샤는 에드워드의 말을 중간에 가로챘다. 평소보다 빠르게 말을 이어 가던 에드워드는 제 손을 꼭 잡아 오는 아이샤를 돌아보고는 저도 모르게 얼굴을 구겼다. 여동생의 생각이 빤히 보였다. 그가 쓸데없는 말 하지 말라 외치려 했지만, 순간 아이샤가 먼저 선수를 쳤다.

"나 약혼 받아들일 생각이야."

"아이샤!"

여동생의 어깨를 붙든 에드워드는 화가 난 기색을 숨기지 않았다. 그가 아이샤에게 소리치듯 말했다.

"이안이 하는 말 못 들었어? 이안은 네가 좋아서 약혼을 청한 게 아니야."

"……."

"이안은 소피아에게 닥친 위기를 모면하려고 거래하듯 너와의 약혼을 내건 거야. 그런데 뭐? 너 정말……."

침착하기로 유명한 에드워드에게서 좀처럼 보기 힘든 모습이었다. 하나 다른 이도 아니고 여동생의 일이었다. 침착할 수 있을 리 없었다.

'둘이 같이 태어났는데 아이샤만 작아. 어머니, 아이샤는 왜 이렇게 작아요?'

'형은 바보야! 여동생이라잖아. 여자는 남자보다 작아. 그러니까 얘도 작은 거지.'

파든가 장남으로 태어난 에드워드에게 소중하지 않은 동생이란 없었지만, 아이샤는 세 명의 동생 중 가장 많이 신경이 쓰이는 아이였다.

'다니엘, 아이샤는 여자애라 작은 게 아니야. 그저 몸이 조금 약하게 태어난 거란다. 그러니 에드워드, 다니엘. 너희 둘이 오빠로서 아이샤를 잘 보살펴 줘야 해. 알았니?'

'네, 어머니.'

'다니엘. 너도 답해야지.'

'흥! 오빠면 무조건 잘해 줘야 하나. 하지만 뭐……. 아이샤는 귀여우니까. 내 버터 과자 하나쯤은 양보할게요.'

약하게 태어나 온 가족들을 걱정시킨, 그러나 예쁘게 자라 준 이 세상 유일무이한 여동생이었다. 에드워드에게는 아이샤를 지켜야 한다는 관념이 뿌리 깊게 박혀 있었다. 그런데 그런 여동생이 자처해 가시밭길로 걸어가다니. 에드워드는 매번 여동생의 의사를 존중해 왔지만, 이번만큼은 그럴 수 없었다.

에드워드의 마음을 아는지 모르는지 아이샤는 침착한 얼굴이었다. 그녀가 제 어깨에 올라가 있는 오라비의 손 위에 제 손을 포개 올렸다. 눈을 내리깐 채 시선을 피한 그녀는 우울한 얼굴이었다.

"소피아가 낸 소문의 책임을 약혼으로 지겠다고……. 이안은 분명 그렇게 말했지."

"너 그걸 듣고도……."

"내가 아직 못 놓을 거 같아 그래. 몇 년을 손꼽아 바라던 일이 막상 닥

치니까 그게 어떤 이유든…….”

자책 가득한 목소리 끝이 떨렸다. 아이샤는 말을 하다 말고 입술을 꾹 깨물었다 눈을 떠 에드워드를 똑바로 바라봤다. 에드워드는 물기 가득한 여동생의 눈에 숨이 턱 막히며 목이 졸리는 기분을 느꼈다.

“에드워드 오빠. 내가 아까 그 말을 들었을 때 어떤 기분이었는지 알아?”

“…….”

“나……. 나도 모르게 기뻐했어. 나랑 약혼하는 걸 물건 사고팔 듯 내거는데도 설레는 마음이 우선이었어. 분명 비참해야 하는데……. 아.”

우습다는 듯 터져 나온 헛웃음이 공허했다. 잔뜩 뭉개진 여동생의 말끝에 에드워드는 저도 모르게 힘을 줬다. 갑작스레 가해진 고통에 아이샤가 인상을 미미하게 찌푸리며 옅은 신음을 뱉었다.

퍼뜩 정신을 차린 에드워드가 손을 뗐다. 아이샤는 아린 어깨를 쓸다 저와 시선 마주치기를 거부하는 오라비의 손에 다시 한번 손을 올렸다. 그리고 저보다 한참 큰 손을 양손으로 꼭 잡았다.

“어리석게 굴어서…… 마음 아프게 해서 미안해. 오빠, 정말 미안해. 오빠들을 생각하면 내가 똑똑하게 굴어야 하는데 그렇게 못해서 미안해.”

반복되는 사과에 에드워드의 턱이 빳빳하게 굳어졌다. 그는 제 손을 구명줄처럼 붙잡은 채 몸을 잘게 떠는 여동생을 물끄러미 내려다보다 한참 만에 입을 열었다.

“아이샤. 난 신화나 전설 따위 우습게 여긴단다. 한데 오늘 처음으로 쿠피도의 화살이 원망스럽구나.”

쿠피도는 시저 제국 고대 신화에 나오는 사랑의 여신 베누스의 아들로 어린아이의 모습을 가진 앙증맞은 신이었다. 하지만 그가 가지고 다니는 화살의 힘은 대단해 쿠피도의 화살을 맞은 사람은 인력으로는 어찌할 수 없는, 저주와도 같은 사랑에 빠지는 것으로 유명했다.

때문에 사람들은 지독한 짝사랑을 하는 이들을 향해 쿠피도의 화살이 단단히 박혔다 표현하고는 했다.

에드워드는 어릴 때부터 신화 따위 말도 안 된다며 따분해하는 사람이었다. 하지만 상처 입으면서도 도통 이안을 놓지 못하는 여동생을 보면 저주와 같은 쿠피도의 화살이 실제로 존재하는 것만 같았다. 그가 아이샤에게 잡힌 손을 빼려다 말고 힘 빠진 목소리로 말했다.

"더는 아무 말 하지 않으마. 네 뜻이 그렇다는데 내가 뭐라 할 수 있겠어. 하지만 네 오라비로 바라건대……."

"……."

"……네 심장에 박힌 화살이 하루라도 빨리 뽑히길 바라마."

* * *

몇 년간 파든가 쪽으로는 고개조차 돌리지 않던 소피아가 파든가를 방문했다. 아니, 정확히 말하자면 이안에게 끌려왔다고 보는 것이 옳았다.

"이안. 제발……. 오빠. 나, 나는……."

"……."

"꼭 이런 방식이 아니어도 되잖아. 아이샤한테만……. 그 애한테만 사과하면 되는 거잖아. 응?"

정문에서부터 거의 울 듯 얼굴을 구긴 소피아의 얼굴에는 수치심이 가득했다. 그녀는 오라비에게 붙잡혀 걸으면서도 필사적으로 고개를 내저었다. 하지만 소피아의 손을 잡은 채 걸음을 옮기는 이안은 여동생 쪽으로 얼굴을 돌리지도, 제자리에 멈춰 서지도 않았다.

이안 남매가 걸음을 옮기고 있을 때 아이샤를 제외한 파든가 사람들은 저택에서 가장 큰 응접실에 둘러앉아 이안 남매를 기다리고 있었다. 파든가 사람들의 얼굴 또한 좋지 못해 파든가 시종인들은 주인 가족의 눈치를 살폈다.

"이런 날까지 약속 시간에 맞춰 올 생각인가. 하여간……. 쯧."

"크흠……."

가장 상석 카우치에 남편과 함께 앉은 마리사는 못마땅한 기색을 숨기지 않았다. 뾰족한 아내의 말에 그 옆에 앉은 그레이엄이 헛기침했다. 그는 이 자리가 영 불편한 기색이었다. 잠시 고민한 그가 아내에게 조심스러운 목소리로 말했다.

"마리사, 공증인까지 불러들였으니 애들하고 사용인들은 물립시다. 사람이 너무 많은 것도 좋지만은……."

"그레이엄 당신. 그런 말 할 거면 차나 마시는 게 좋겠어요. 이쯤 해서 일을 마무리하는 것도 얼마나 화가 나는데……. 제정신이에요?"

그레이엄의 말에 아서를 제외한 가족들의 눈이 세모꼴로 변했다. 마리사가 남편을 노려보기 무섭게 팔짱을 낀 채 서 있던 다니엘이 큰 소리를 냈다.

"어머니 말이 맞아요. 이따위 사과로 일을 끝내는 것도 열불이 나는데……. 게다가 소피아 그게 아이샤한테 또 무슨 짓을 할 줄 알고 자리를 떠요? 전 못 갑니다. 아니, 안 갑니다."

파든 백작은 차마 아내에게 무어라 대꾸할 수 없었다. 알고 있었다. 소피아를 재판에 넘기지 않은 것만으로도 마리사가 많이 양보했다는 것을.

하지만 당사자인 아이샤를 포함해 파든가 사람들 전원에 공증인 하나, 그리고 아내가 일부러 불러 모은 것이 분명한 사용인 여덟까지…….

총 열다섯 명의 사람들 앞에서 용서를 빌게 하는 것은 귀족 영애에게 자존심을 뭉개는 크나큰 망신이었다. 그러나 아내에게는 더는 무어라 할 수는 없었기에 그는 괜스레 다니엘에게 역정을 냈다.

"다니엘! 부모가 말하는데 끼어드는 게 아니다! 그리고 분위기 흉흉하게 검은 왜 차고 있는 거냐. 당장 네 방에 두고 와!"

"싫습니다. 또 쓸데없이 혀라도 나불거리면 잘라 버려야 할 것 아닙니까."

"너 지금 그걸 말이라고……!"

험악한 다니엘의 말에 그레이엄이 화가 난 얼굴로 일어서려다 무언가 보고는 그만뒀다. 주춤거리는 그의 몸짓에 가족들의 시선이 응접실 입구로 향했다.

"……제가 조금 늦었어요."

"이쪽으로 앉으렴. 아이샤."

언제 왔는지 입구에는 아이샤가 서 있었다. 베이지색 드레스를 입은 그녀는 그레이엄과 눈을 마주치자 어색하게 웃더니 시선을 피한 채 어미의 손짓에 따라 자리에 앉았다. 여식의 표정에 그레이엄이 고개를 떨구고 입술을 물었다.

'마리사 말이 맞아. 내가 이러면 안 되지. 소피아 그 아이가 딸 같은 아이라지만……. 진짜 내 딸은 아이샤 아닌가.'

그레이엄이 침울한 얼굴로 한숨을 쉬었다. 아내가 옳았다. 이안 남매를 살피느라 그는 정작 제 자식들을 제대로 돌봐 주지 못하고 있었다.

"너 정신 단단히 차려. 바로 용서하니 뭐니, 그따위 말 하면 내가 가만 안 있어."

축 처진 아비의 모습에 코웃음을 친 다니엘이 팔짱을 낀 채 아이샤에게 경고했다. 제법 사나운 어조에 아이샤는 고개를 끄덕이고는 가족들을 하나하나 살폈다.

아버지 그레이엄은 고개를 숙인 채 이마를 짚고 있었으며 등을 꼿꼿이 세운 어미는 둘째 오라비만큼이나 냉랭한 얼굴이었다. 그리고 그녀 맞은편 카우치에 앉은 에드워드는 눈을 감은 채 미간을 살짝 구기고 있었다.

'나 때문에 다들…….'

아이샤는 죄책감에 죄는 심장을 느끼며 첫째 오라비 옆으로 천천히 시선을 흘렸다. 에드워드 옆에 앉아 있던 아서는 그녀와 눈 마주치기 무섭게 몸을 움찔거리며 고개를 돌렸다. 어딘가 어색한 셋째 오라비의 동작이 이상하다고 생각할 법도 했지만, 자책에 늪에 빠져 있는 아이샤는 이상함을 알아차리지 못한 채 침울한 얼굴을 했다.

가족들 사이로 침묵이 흘렀다. 그러나 무겁고 불편한 기류는 오래가지 못했으니 이안과 소피아가 도착한 탓이었다.

"나 들어가기 싫……."

소피아의 목소리는 응접실에 들릴 만큼 선명했다. 이안의 팔에 매달리다시피 한 그녀는 창백히 질린 얼굴로 이안에게 애원하다 아치 모양으로 개방된 응접실 입구에서 말을 멈췄다.

"아……."

열을 훌쩍 넘어가는 시선이 자신에게 집중되자 소피아는 다리에 힘이 풀린 듯 후들거렸다. 하지만 이안은 그런 여동생을 들다시피 지탱한 채 무람한 얼굴로 고개 숙여 인사할 뿐입니다.

"오랜만에 뵙습니다. 레이디 아이샤와 파든 백작가에 정식으로 사과드리러 왔습니다."

* * *

소피아는 그녀를 보는 열다섯 쌍……. 아니, 제 오라비까지 포함해 열여섯 쌍의 눈에 졸도할 것 같은 얼굴을 하다 몸을 돌려 그대로 도망치려 했다. 하지만 이안은 그런 여동생을 가만두고 보지 않았다. 이안에게 막힌 소피아는 걸음을 제대로 내딛기도 전 내쳐지듯 응접실 한가운데 섰다.

사람들의 시선이 가운데 선 소피아에게 꽂혔다. 지난 며칠, 이안에게 단단히 혼이 난 소피아는 자신이 무얼 해야 하는지 정확히 알고 있었다.

주뼛거리며 아이샤 앞에 선 그녀가 울먹이다 오라비를 돌아봤다. 그러나 여동생의 간절한 눈에도 이안은 단호했다. 그가 소피아에게 눈짓으로 명하자 소피아가 마지못해 입을 열었다.

"미……. 흐읍. 미, 미안……. 잘못……. 흐아아앙!"

소피아의 사과는 눈 뜨고 봐주기 힘들 정도였다. 고개를 푹 숙인 채 엉엉 울며 제대로 된 발음조차 하지 못하는 그녀는 귀족 영애라기보단 7살 먹은 어린애 같았다. 아이샤는 제 앞에서 울음을 터뜨린 그녀를 조금 황당한 눈으로 보다 고개를 마리사 쪽으로 돌렸다.

당혹감 가득한 아이샤와 달리 마리사는 얼굴색 하나 바꾸지 않았다. 그녀가 차가운 눈으로 소피아를 흘겨보다 자리에서 일어났다. 그리고 이안을 향해 딱딱한 목소리로 말했다.

"후작 각하. 설마 이대로 끝낼 생각은 아니시겠죠?"

깍듯한 존칭이 냉랭했다. 이안 남매를 오랫동안 봐 오며 돌본 마리사는 이안이 후작이 된 이후로도 공식적인 자리가 아니면 편하게 이름을 부르고는 했다. 그런 그녀가 후작 각하라는 존칭을 쓴 순간, 이 자리는 공식적인 자리였다.

"일전에 약속한 그대로 행해 주셔야 합니다. 공증인의 참관 아래 레이디 소피아는 제 딸에게 무릎 꿇고 진정성 있는 사과를 해야 해요."

마리사의 눈짓에 멀찍이 떨어져 있던 공증인이 다가왔다. 안경을 낀 꼬장꼬장한 인상의 사내가 가까워지자 소피아가 눈을 한계까지 떴다. 오기 전 듣기는 했지만 정말 자신을……. 로이드 후작가의 하나뿐인 영애인 자신을 아이샤 따위 앞에 무릎 꿇릴 생각도 모자라 저걸 문서로 남겨 놓겠다니.

그러나 경악에 찬 그녀의 표정에도 제 오라비는 눈 하나 깜빡이지 않았다. 이안은 마리사의 말을 예상했다는 듯 고개를 숙이며 답했다.

"물론입니다. 부인."

"오, 오빠……."

"소피아 로이드. 난 가주로서 네게 명하는 거다. 레이디 아이샤께 무릎을 꿇고 정중하게 사과하도록 해, 당장."

오빠라는 단어가 나오자 이안이 차가운 목소리로 일갈했다. 소피아가 믿을 수 없다는 얼굴로 이안을 보다 마리사 옆에 앉아 있는 그레이엄에게로 시선을 돌렸다. 그녀는 파든 백작이 제게 얼마나 약한지 알았다.

아저씨라 한번 부르기만 하면……. 언제나 그랬듯 그는 자신을 도와줄 것이다. 그래. 그날도 그러지 않았나. 아서의 말대로 죄를 고했을 때, 길길이 날뛰는 백작 부인을 막아 준 것도 그레이엄이었다.

"흐윽……. 아저씨, 아저씨 저 좀 도, 도와……. 흐아앙."

미적거리며 나온 울음소리가 서글펐다. 하지만 그레이엄은 소피아 쪽으로 고개조차 돌리지 않았다. 그의 외면에 소피아가 온몸을 부들부들 떨었다.

"이게 어디서 머리를 굴려! 야! 너 제대로 사과 못 해?"

약은 소피아의 행동에 발끈한 다니엘이 고함을 질렀다. 다니엘을 무서워하는 소피아는 그가 험악하게 얼굴을 구기며 당장에라도 자신에게 달려들 것처럼 보이자 작게 비명을 지르며 물러섰다. 그리고 그와 동시에 지금껏 가만히 앉아 있던 아서가 벌떡 일어나며 목소리를 냈다.

"형, 고함지르지 마."

급박하기까지 한 아서의 목소리에 다니엘이 눈썹을 찌푸리며 동생을 돌아봤다. 묵묵히 자리에 앉아 있던 에드워드의 시선도 아서에게로 박혔다.

"……중요한 자리잖아."

의아한 가족들의 표정 속 아이샤와 눈을 마주친 아서가 다시 자리에 앉으며 변명하듯 말했다. 마지막 희망을 보듯 아서를 바라보던 소피아는 그가 그 말을 끝으로 저를 외면하자 배신감 가득한 눈을 했다. 그러나 입술을 내리 문 아서가 그녀에게로 다시 시선을 던지는 일은 없었다.

"소피아."

이안이 최종 선고를 하듯 소피아를 불렀다. 피할 길이 없음을 안 소피아는 그제야 자신이 낸 소문의 피해자인 아이샤를 봤다.

'너 따위가 감히! 감히! 내게 이런 모욕을 줘?'

평온해 보이는 아이샤의 눈을 들여다보고 있자니 분이 부글부글 끓었다. 소피아가 생각하기에 아이샤는 제대로 된 귀족도 아닌 계집애였다. 그런데 예전이면 제 눈도 바라보지 못할 계집이 제 사과받기 위해 카우치에 앉아 있다니. 끔찍하게 수치스러웠다.

'싫어! 싫다고! 싫어!'

소피아는 차라리 혀를 깨물까 하는 생각도 했다. 길거리 거지한테 무릎을 꿇는 게 낫지, 아이샤에게만은 무릎 꿇고 싶지는 않았다.

'맞아. 기절한 척하면 어쩌지 못할 거 아냐.'

주먹을 꾼 쥔 채 가까스로 눈물을 참던 소피아의 머리에 이 상황을 모면할 생각이 떠올랐다. 그러나 그녀가 비틀거리는 연기를 시작하자마자 누군가 뒤에서 그녀의 어깨를 꾹 잡았다.

"아……."

갑작스러운 고통에 뒤를 돈 소피아의 심장이 쿵 하고 떨어졌다. 바짝 붙은 이안이 한 번도 본 적 없는 눈으로 그녀를 보고 있었다. 그리고 오라비의 푸른 눈이 말하고 있었다. 쓸데없는 생각 말라고.

무시무시한 시선에 소피아가 고개를 푹 숙였다. 도무지 벗어날 방법이 없어 보였다. 그녀가 마지막으로 좌중을 둘러봤다. 그러나 카우치에 둘러앉은 파든가 사람들은 물론이요, 그 뒤에 선 파든가 사용인들, 그리고 안경을 만지작거리는 공증인까지 모두 엄한 눈으로 소피아를 바라볼 뿐이었다.

"흐윽……."

결국 소피아가 울음을 흘리며 스르르 아래로 추락했다. 온갖 모멸을 다 당했다는 듯 푸르죽죽한 얼굴이 컴컴했다.

"내, 내가…… 내가 잘, 잘못했어……."

무릎 꿇은 그녀의 입에서 아주 작은, 귀를 기울이지 않으면 안 되는 크기의 목소리가 흘러나왔다. 공증인이 펜을 세운 채 무언가 적기 시작했다.

"다, 다시는 이런 일 없을 거야. 용서……. 흑. 용서해, 해 줘."

길지도 않는 말을 끝마치는 데 참 오랜 시간이 걸렸다. 소피아를 둘러싼 사람들은 그녀가 무어라 더 말하길 기다리는 눈치였으나 용서해달라는 말을 끝으로 소피아는 입을 닫았다.

'못, 못 해. 더는…….'

여기까지가 소피아의 한계였다. 연기가 아닌 정말로 숨이 가빠지고 눈앞이 하얗게 변했다. 바로 앞에서 소피아를 내려다보던 아이샤의 얼굴에도 염려와 불안이 어렸다.

"너 제대로 사과……."

침묵 속 사람들이 서로 눈치를 보자 다니엘이 앞으로 나섰다. 그는 소피아의 사과가 부족하다 못해 안 한 것만 못하다고 생각했다. 본인이 저지른 일 사과하라 불렀더니 왜 되레 제가 피해자인 것처럼 죽을상을 하냔 말인가. 하지만 그가 성큼 한 걸음 앞으로 다가서기 무섭게 소피아가 가슴에 손을 올린 채 상체를 쓰러뜨렸다.

"흐읍……. 흑."

정신을 잃지는 않았으나 울며 가쁘게 숨 쉬는 모양새가 불안정했다. 이런 사과는 원하지 않았는데……. 억지로 받아 내는 사죄가 불편해진 아이샤가 공증인을 돌아보며 말했다.

"이쯤 했으면 좋겠어요."

아이샤의 말에 그레이엄과 아서의 얼굴에 언뜻 다행이라는 감정이 스쳤다. 공증인이 마리사 쪽으로 고개를 돌렸다. 깊게 한숨 쉰 마리사가 머리를 짚더니 고개를 끄덕였다. 일이 끝날 것 같은 모양새에 다니엘이 부족하다 고함치려 했으나 에드워드가 그를 잡았다.

"두 분. 여기에 서명하십시오."

공증인이 이안에게 서류를 내밀었다. 꼼꼼히 적힌 법적 문서에는 소피아로 인해 아이샤의 명예에 또다시 흠이 날 시 정식 재판은 물론이요, 막대한 보상을 청구한다는 내용이 스물여섯 개의 항목으로 나뉘어 적혀 있었다. 이안이 망설임 없이 서명하더니 소피아에게 서류를 내밀었다. 소피아는 무릎 꿇은 자세 그대로 간신히 펜을 쥔 채 제 이름을 썼다.

"……레이디 소피아를 좀 쉬게 하는 게 좋겠어요. 얼굴이 좋지 못합니다."

서명을 마친 후 후들거리며 일어난 소피아의 얼굴은 잿빛이었다. 그런 그녀를 보다 못한 아서가 담담한 목소리를 꾸며 내 제안했다. 그러나 막내아들의 말에 마리사는 차갑게 대꾸할 뿐이었다.

"레이디 소피아에게 백작저는 불편할 거 같구나. 차라리 후작저로 돌아가는 게 심신에 좋으실 거다."

어미의 축객령에 아서가 앞으로 나서려다 에드워드에게 저지당했다. 아서를 밀어낸 에드워드가 하녀를 부르더니 이안에게 말했다.

"각하, 레이디 소피아를 마차까지 안내하려 하는데 괜찮겠습니까?"

"소피아, 마차를 타고 먼저 돌아가도록 해."

이안이 고개를 끄덕였다. 그러자 하녀가 다가와 소피아를 부축했다. 본래라면 하녀 따위가 내게 손대지 말라며 예민하게 굴 소피아였지만 자존심이 있는 대로 상한 그녀는 가만히 하녀를 따랐다.

"……각하께서도 동생분을 따라 돌아가시는 게 좋겠군요."

응접실 문 너머로 소피아가 사라지자 마리사가 이안을 경계하며 말했다. 그녀를 비롯한 파든가 사람들은 이안의 약혼 제안과 그에 따른 아이샤의 의사를 이미 알고 있었다. 게다가 이안은 파든가를 방문하기 직전 로이드 후작가의 직인이 찍힌 서신을 보내왔더랬다. 그리고 그 속에는 아이샤에게 약혼을 청한다는 말이 짧게 적혀 있었다.

'안 돼. 네 어미로서 난 이 약혼을 허락할 수 없단다.'

마리사는 파든가 사람 중 다니엘과 더불어 이안과 아이샤의 약혼을 반대하는 처지였다. 그렇기에 그녀는 이안의 입에서 약혼이라는 단어가 직접 나오지 못하도록 하고 싶었다.

"부인, 긴히 드릴 말씀이 있습니다."

뻔히 보이는 마리사의 의중을 알아차렸음에도 이안은 물러서지 않았다. 그가 마리사에게 정중히 말하더니 그레이엄 쪽으로 시선을 돌렸다. 그리고 잠깐 고민하다 그레이엄에게 깊숙이 허리 숙이며 말했다.

"아저씨, 시간 좀 내주세요. 드릴 말씀이 있어요."

갑작스레 튀어나온 사적인 호칭에 마리사가 눈살을 찌푸렸다. 그러나 그레이엄은 아내의 눈길에도 고개를 끄덕이며 안내하듯 팔을 뻗었다.

"그래, 내 서재에서……."

다니엘과 눈을 마주친 마리사가 그레이엄을 붙잡기 위해 몸을 돌리던 찰나였다. 베이지색 드레스 자락이 흔들린다 싶더니 아이샤가 그레이엄을 불렀다.

"아버지."

그레이엄이 고개 돌려 여식을 쳐다봤다. 아이샤가 이안과 그레이엄 사이로 걸어 들어갔다. 그리고 이안을 쳐다보며 말했다.

"각하……. 이안과 나눌 이야기가 있는데 제게 순서를 양보해 주시겠어요?"

* * *

커다란 응접실에는 아이샤와 이안만이 남았다. 이안은 저와 조금 떨어진 아이샤를 보며 괜스레 답답해져 목가로 손을 가져갔다.

얼마간의 정적 후, 아이샤가 고개 들어 이안을 봤다. 황궁 연회 이후 아이샤와 눈을 마주치는 건 처음이라 이안은 저도 모르게 움찔거리고 말았다.

"……약혼하겠다는 서신을 보냈다 들었어."

아이샤가 약혼 이야기를 꺼냈다. 그녀의 입에서 나온 약혼이라는 단어가 나오자 이안이 눈썹을 살짝 치켜올렸다. 하지만 그건 잠깐이었고 그는 곧 무표정한 얼굴로 고개를 끄덕거렸다.

"그래."

"갑자기 왜 그런 거야? 나랑 약혼할 생각 없다 했잖아."

곧바로 들어오는 질문에 이안은 잠깐 머뭇거렸다. 그는 아이샤가 이런 걸 물어볼 줄 몰랐다. 그가 머뭇거리며 무어라 답할지 고민하다 에드워드에게 했던 말을 그대로 꺼냈다.

"……소피아가 네게 벌인 일을 책임져야 하니까."

모든 이유를 말하지는 않았으나 거짓은 아니었다. 당장 소피아의 일을 해결하기 위해 그는 아이샤와의 약혼을 꺼내 들었다. 그러나 말을 하고 나니 어쩐지 불쾌했다. 이안은 스멀스멀 올라오는 감정을 지워 내려고 일부러 하지 않아도 될 말을 했다.

"다른 이유는 없어. 그러니까 괜한 기대 같은 건……."

"안 해."

아이샤가 이안의 말허리를 싹둑 잘랐다. 조금의 거리낌도 없는 답에 이안은 순간 당황해 입술을 물었다.

"나 기대 같은 거 하지 않았어. 이안."

그런 이안을 보며 아이샤는 작게 웃기까지 했다. 일말의 기대도 없는 그녀의 태도에 이안의 낯이 굳어졌다. 그가 아이샤의 얼굴을 찬찬히 살피며 눈을 번뜩였다.

"그런데 이안. 내가 너랑 약혼하지 않을 생각이라면 어떻게 할 거야?"

"뭐?"

아이샤 파든이 제 약혼을 거절한다고? 단 한 번도 생각해 본 적 없는 일에 이안은 날카롭게 반문했다. 이안과 달리 아이샤는 평온해 보였다. 그녀가 옅은 미소를 단 채 이안에게 재차 물었다.

"그때는 다른 방법으로 소피아가 벌인 일을 책임질 거야?"

이안은 답하지 못했다. 그가 침묵한 채 아이샤를 노려봤다. 아이샤는 다른 때와 달리 이안의 눈초리를 덤덤하게 받았다. 그녀가 이안의 눈을 한 번 들여다보고는 고개 돌려 창밖을 응시했다.

"……당연했구나. 너한테는."

"……."

"넌 한순간도 내가 약혼을 거절할 거라 생각하지 않았어."

햇빛에 연한 파란색 눈이 일순 반짝였다. 한숨처럼 나온 말이 천천히 흩어졌다. 체념이 담긴 목소리에 이안이 성큼 걸음을 내디뎌 아이샤와 거리를 좁혔다.

이 계집애가……. 괘씸했다. 괘씸해 견딜 수가 없었다. 그가 손을 뻗어 아이샤의 고개를 멋대로 제 쪽으로 돌려놨다.

"너, 지금 뭐 하자는 거야."

"……."

"애초에 네가 원한 일이잖나. 난 약혼 같은 거 그다지……."

"어머니와 다니엘 오빠의 반대가 심해. 다니엘 오빠는 내가 너랑 약혼하면 얼굴도 보지 않을 거라 했어."

커다란 손에 고정된 얼굴에 아이샤가 자그마한 입만을 움직여 상황을 말했다. 붉은 입술 사이 하얀 치아가 언뜻 드러나자 이안은 문뜩 그날의 입맞춤을 떠올리고는 마른 제 입술을 무의식적으로 핥았다.

"……그리고 나도 모르겠어."

이안이 무얼 상상하는지 모른 채 아이샤가 처음으로 표정을 바꿨다. 살포시 올라앉았던 미소가 사라지고 눈에 띄게 슬픔이 올라왔다. 씁쓸함이 가득 찬 목소리에 이안이 아이샤의 얼굴을 붙잡고 있던 손을 내렸다.

"네 말대로 내가 원했던 약혼인데……. 귀족 영애가 직접 약혼을 성사하려 든다는 소리까지 들어 가며 하고 싶었던 약혼인데……. 지금은 잘 모르겠어."

쿵. 아이샤의 말에 이안은 심장이 내려앉는 듯한 느낌을 받았다. 바닥이 훅 꺼지는 것 같아 그는 저도 모르게 아래로 시선을 내렸다. 그를 지탱하고 있는 바닥은 분명 단단했다. 그러나 어쩐 일인지 계속 불안했다.

"이안."

아이샤가 제게서 시선을 거둔 이안을 불렀다. 이안은 제 이름이 불리기 무섭게 고개 들어 아이샤를 봤다. 아이샤가 양손을 뻗어 이안의 얼굴에 가져갔다. 다른 때라면 바로 내칠 손인데 어쩐지 그럴 수 없었다. 이안은 아이샤가 제 얼굴 매만지는 걸 그대로 두고 봤다.

"나한테 사과해 주지 않을래?"

이안의 파란 눈을 바라보며 아이샤가 나지막한 목소리로 부탁했다. 이게 도대체 무슨 말인지. 당최 알아듣지 못할 말에 이안은 짜증스레 아이샤의 손을 쳐 내려다 문뜩 무언가를 기억해 내고 주먹을 쥐었다.

"그 내기…… 넌 재미였을지 모르지만 나한테는 큰 상처였어. 넌 해서는 안 될 짓을 나한테 한 거야."

예상대로였다. 이안은 제가 한 그 더러운 내기가 아이샤의 입에서 나오자 얼굴이 홧홧해지는 것을 느꼈다.

"가족들은 그 일에 대해 몰라. 하지만 소피아보다 네가 훨씬 나쁜 거 알아? 잘잘못을 따진다면 너도 소피아랑 같이 무릎 꿇어야 했어."

"……."

"내가 널 좋아하고…… 네 마음이 나랑 다르다지만 내게 그런 모욕을 줘서는 안 됐어."

그러나 아이샤의 말이 길어질수록 반발심이 솟구쳤다. 분명 해서는 안 될 짓이었고 부끄러운 일이었다는 걸 아는데도 그걸 부정하고 싶었다.

'다른 사람은 몰라도 나는 너한테 그리해도 돼. 왜냐면 넌…….'

입 안을 맴도는 말에 이안이 입술을 일자로 다물었다. 아직은 아니다. 완전한 증거는 아직 없지 않나. 그가 이성을 되찾으려 애쓰며 아이샤를 내려다봤다.

"나 그때 많이 상처받았어. 그래서 지금 헷, 헷갈리나 봐."

이안이 복잡한 속내를 다스리는 동안 아이샤는 아슬아슬하게 유지하던 평온을 잃었다. 그녀는 제 아픔을 숨기지 않은 채 이안에게 떨리는 목소리로 말했다.

"너랑 약혼하면 정말 기쁠 텐데 이렇게 갈팡질팡하는 거 보면, 나…… 그날 일 때문에 네가 많이 미워졌나 봐."

아이샤의 눈에서 결국 눈물이 한 방울 툭 떨어졌다. 이안은 아이샤가 울며 감정을 드러내자 오히려 편안해졌다. 역시 바뀐 건 없었다. 아이샤 파든은 저를 좋아하고 그걸 숨기지 못한다. 그가 손을 들어 아이샤의 눈 밑에 엄지손가락을 가져가 문질렀다. 손가락에 묻어나는 축축한 감촉이 익숙했다.

"아이샤, 하고 싶은 말이 뭐야. 해 봐."

부드러웠지만 오만한 목소리였다. 낯익은 기시감에 아이샤가 몸을 잘게 떨다 이안의 가슴 쪽 옷자락을 잡았다.

"……이안, 나한테 한 번만 사과해 줘. 응? 네가 잘못한 거잖아."

거의 매달리다시피 한 손과도 같은 목소리가 아이샤의 입에서 흘러나왔다. 이안이 아이샤의 머리에 손을 올렸다.

"그날 일은……."

얼굴을 미미하게 찌푸린 이안이 사과 대신 변명을 늘어놓으려다 관뒀다. 사실 변명의 여지가 없었다. 그가 숨을 살짝 들이쉬었다 담백한 목소리로 아이샤에게 사과했다.

"……미안해. 내가 잘못한 일이야."

진심이 어느 정도 담긴 사과였다. 이유가 뭐가 됐든 이안은 제 행동이 몹쓸 짓이라는 것을 인지하고 있었다. 그의 사과에 아이샤가 옷자락을 잡고 있던 손에 힘을 풀고 뒷걸음질 쳤다. 제 뜻대로 이뤄졌다는 안도감보다는 허탈함이 묻어난 발걸음이었다.

이안도 아이샤의 감정을 읽었다. 그가 주춤거리며 뒤로 물러서려는 그녀를 붙잡아 제 품 안으로 당겼다. 아주 짧은 시간이었지만 그는 아이샤가 제게서 도망간다는 느낌을 받았다.

"변명 덧붙이자면…… 포도밭 그거, 받지도 않았어."

"……."

"그리고 그때 있던 놈들 입은 전부 틀어막았으니까 네가 신경 쓸 일도 없을 거야. 장담해."

꼼지락거리는 몸이 품 안에 있자 불쾌한 기분이 가셨다. 자신이 이 정도까지 했으니 모두 제자리를 찾을 것이다. 품 안에 여자는 항상 그러했듯 그를 보면 어찌할 바 모른 채 휘두르면 휘두르는 대로, 끌면 끄는 대로 움직일 것이며 앞으로의 제 계획에 무해한 제물로써 존재할 것이다.

그가 제 품 안에 가둔 여인의 가는 허리에 손을 두른 채 연한 갈색 머리카락이 흘러내린 반듯한 이마에 시선을 줬다. 이마 아래 파르르 떨리는 속눈썹이 건드리고픈 충동을 선사했다.

이안은 고개를 들어 얼굴을 보이라 명하고픈 것을 참은 채 아이샤의 이마에 가벼운 입맞춤을 했다. 갑작스러운 신체 접촉에 아이샤가 그를 올려다봤다.

마주한 아이샤의 얼굴에 이안은 순간 멈칫했다. 하얀 얼굴에 떠오른 울먹한 눈과 그 아래 살짝 열린 입술. 자신만을 바라보는 시선 등은 분명 바뀐 게 없건만……. 정말 이상하게도 어딘가 이질감이 들었다. 전과 같다는 생각이 멀어지자 안정을 되찾은 심기가 다시 어그러지기 시작했다. 불안해진 이안이 아이샤를 놓고 한발 물러섰다.

"약혼 문제도 있고 이만 아저씨를 뵈러 갈까 하는데……. 더 하고 싶은 말 있어?"

아이샤가 입술을 살짝 움직이다 말았다. 고민하는 기색이 역력했지만, 이안은 지금 이 자리를 벗어나고 싶은 생각에 그를 못 본 척 말을 이었다.

"아저씨께는 약혼에 관해서 너도 동의했다 말씀드릴 거야. 괜찮지?"

당연하다는 듯 물어 오는 말에 아이샤가 입술을 꾹 다물고 고개를 딱 한 번 작게 끄덕였다. 약간이지만 갈등이 묻어나는 태도에 이안이 미미하게 얼굴을 찌푸리다 낯선 숙녀에게 작별 인사를 하듯 허리를 숙였다 폈다.

"좋아, 그럼 다음에 또 보자고."

예를 마친 이안이 볼일이 끝났다는 듯 몸을 돌렸다. 아이샤는 이안의 뒷모습에 손을 살짝 움직였으나 이내 힘을 풀고 멀어지는 그를 뚫어지라 응시했다.

"하고 싶은 말 있는데……."

응접실 너머로 이안이 완전히 사라진 후 아이샤가 중얼거렸다. 사실 계속 묻고 싶었다. 정말 소피아 문제만으로 약혼하자 한 건지. 아니면 조금이라도…….

"……나한테 마음이 있어?"

저에게 마음이 있는지. 정말 묻고 싶었다.

* * *

- 로이드 후작 부인 추문에 휘말리다. 상대는 누구인가.
- 로이드 후작가 사업체 일괄 이전의 건.
- 명문 로이드 후작가 후작 부부 마차 사고로 사망. 의문점 다수 발견.
- 로이드 후작가 소유 레번트 광산 소유권 이전 계약의 건.

약혼은 성사됐다. 피곤한 기색의 이안은 시가를 문 채 펼쳐 놓은 수십 장의 서류에 눈을 줬다. 로이드가가 빠짐없이 적혀 있는 서류들은 가십거리부터 중요해 보이는 계약서까지 종류가 다양했다.

- 마차 사고 유일한 생존자. 마부의 실종. 마지막으로 목격된 곳은…….

이안은 개중 가운데 있는 서류를 들어 천천히 읽어 내렸다. 꼼꼼한 성격의 조사관이 작성했는지 서류의 중간중간에는 여러 의문점과 그를 바탕으로 한 추측들이 빼곡히 적혀 있었다.

「후작 부인의 경우 머리뼈 골절이 치명상으로 밝혀졌으나 후작의 경우 죽음에 이르는 치명상이 모호함. 팔다리에 결박흔이 뚜렷하며 목 졸린 자국도 있으므로 조사가 더 필요할 것으로 보임.」

서류의 중간쯤에는 이안의 부모이자 이제는 사망해 없는 전대 로이드 후작 부부의 사인이 적혀 있었다. 부모의 죽음을 읽던 이안이 참지 못하고 서류를 내려놨다.

"제길."

시가를 재떨이에 비벼 끈 그의 입에서 분노에 찬 욕지거리가 나왔다. 머리를 아무렇게나 쓸어올린 그가 거친 숨을 내쉬다 책상을 쾅 쳤다.

'밝혀내기만 하면…….'

복수심에 불타는 사내의 눈에 새파란 불꽃이 일었다. 명확한 증거만 찾으면 똑같이 고통 주리라. 자식은 부모를 잃게 할 것이며 부모는 저세상에서 자식이 빈털터리로 연명하는 꼴을 보아야 할 것이다. 그리고 거기에 이자까지 쳐서 온갖 방법으로…….

'이안.'

속에 끓는 화를 날카롭게 벼릴 때였다. 이안의 귀로 익숙한 목소리가 파고들었다.

봄볕 아래 부는 바람 같은 미성에 이안이 순간 모든 생각을 멈췄다. 그러나 곧 시야에 들어온 물건에 이안은 고개를 젓고는 이를 갈았다. 반쯤 열려 있는 세 번째 서랍에는 책상 위보다 훨씬 많은 서류가 있었다.

이안이 스스로에게 다짐하듯 중얼거렸다.

"너도 마찬가지야. 아니, 넌 네 형제보다 더 괴로워야 해. 왜냐면 넌……."

그 옛날 내 눈을 가린 장본인이니까.

4장. 불청객 하나

날이 몹시 더웠다. 강렬히 내리쬐는 햇빛에 옷차림에 보수적인 나이 든 귀족들마저도 최대한 얇고 가볍게 옷차림을 바꿨다.

아이샤 또한 간만의 외출임에도 차림새를 가볍게 했다. 얇은 하늘색 드레스에 목과 어깨를 거의 드러내다시피 한 그녀는 얇은 레이스 숄 하나만으로 어깨를 가렸다.

그나마 다행인 것은 오늘 약속 장소가 시원하다는 것이었다. 땅 아래로 건물이 반쯤 들어간 고급 사교장은 매우 시원해 부유한 귀족들이 여름철 즐겨 찾는 장소였다.

"이 시간이면 밖은 몹시 덥겠지요?"

"당연하지요. 해가 완전히 뜨기 전인 오전만 해도, 어휴……. 전 이리 오는 마차 안에서 그대로 익는 줄 알았답니다."

"여기라도 있어서 다행이지요. 없었으면 어디서 모였겠어요?"

아이샤와 자주 왕래하는 귀족 영애들도 이곳 사교장을 즐겨 찾았다. 인기가 많은 데다 방 하나를 빌리는 대관료도 제법 비싸 웬만한 귀족들도 부담스러워하는 곳이었지만 아이샤와 오늘 만난 일행들에게는 아니었다.

"부채에 대는 천을 바꿔 보세요. 전 요번에 천 대신에 라나 공국에서 나는 천을 덧대 봤는데 괜찮았어요."

"아, 공국은 더운 나라니까요. 거기서 나는 천의 재질이 여름에 꼭 알맞다 들었어요."

"천뿐인가요. 여름에 쓸 법한 신기한 물건들이 많더군요. 이번에 저희 가문 상단에서 움직이는 부채를 가지고 왔는데 어찌나 시원하던지……."

아이샤를 포함에 이 자리에 있는 여섯 명의 영애들은 모두 대표적인 신흥 귀족가 출신으로 가문에 돈이 풍족했다. 그 때문에 그녀들은 돈 쓰는 것에 어려움이 별로 없는 편이었다.

"호호. 그러고 보니 다들 유행을 착실히 따르셨네요. 어깨를 그렇게 드러내시다니. 부끄러워라."

"그렇게 말하는 루안나 양께서는 숄도 두르지 않으셨잖아요. 나오면서 아버지께 한 말씀 듣지 않으셨어요?"

"말도 마세요. 아버지는 괜찮다고 하시는데 저희 어머니께서 어찌나 성화이신지. 요즘 어머니 뵐 때면 잔소리 때문에 두통이 온답니다."

"아, 저희도요. 아버지보다 어머니가 더 엄해지셨어요. 결혼은 아버지와 같은 귀족이 아닌 유서 깊은 구귀족가……. 어머."

일행 중 하나가 옷차림에 관한 이야기를 하다 입을 막았다. 그러나 다른 이들도 말실수한 영애와 비슷한 입장인지 얼굴을 굳히는 대신 쓴웃음을 지어 보였다.

"……괜찮아요. 사실 우리 사정이야 다 비슷하잖아요. 아버지들께서는 구귀족파랑 척진다지만 어머니들은 아닌 경우가 많지요."

신흥 귀족파에 속한 가문의 영애들은 결혼 시장에서 미묘한 위치에 있었다. 원래라면 파벌을 위해서라도 같은 신흥 귀족파 가문과 혼약을 맺을 법하건만 의외로 반대의 경우도 제법 잦았다.

“맞아요. 제 어머니께서도 신랑감으로 다 구귀족파 가문의 신사분들만 들이대신답니다. 때문에 제 결혼 이야기만 나오면 아버지와 다투세요.”

이는 신흥 귀족파의 역사가 100년이 다 돼 가며 생기는 일이었다. 신흥 귀족들은 돈이 풍족해지자 돈만 많다고 가질 수 없는 가문의 역사나 구귀족파 특유의 문화를 좇았다. 일부는 그 정도가 심해 조롱받았는데 구귀족파 사람들이 진정한 귀족이니 하는 소리도 그런 이들을 조롱하는 과정에서 나온 말이었다.

“어쩔 수 있나요. 어머니들께서는 대부분 과거에서 벗어나지 못하셨는걸요.”

게다가 신흥 귀족들은 1세대를 지나 2세대, 3세대로 넘어오며 구귀족파에 속한 유서 깊은 가문 중 가세가 기울어지는 가문의 귀족 영애들과 결혼하는 일이 잦아졌다. 그리고 그렇게 시집온 구귀족파 집안의 귀부인들은 제 딸자식이 기왕이면 유서 깊은 명문가라 불리는 가문에 시집가기를 원했다.

“전 부모님 두 분 다 그러시는걸요. 누가 봐도 조건은 저쪽이 좋은데 무조건 이쪽으로 가시라 하니, 원…….”

“저도 부모님께서 생각하시는 혼처는 내키지 않아요. 알다시피 그쪽으로 시집가면 이렇게 자유로이 다닐 수도 없잖아요?”

“옳은 말씀이세요. 그리고 가면 열 권이나 되는 가문 규칙에 눌려 살아야 한다잖아요. 어떤 가문은 가문의 부인과 딸들은 남편이나 남자 형제 없이는 외출도 할 수 없다고 적혀 있대요.”

“어머, 정말이에요? 끔찍해라.”

하지만 신흥 귀족가의 젊은 영애들 중 일부는 구귀족파에 시집가는 것을 꺼렸다. 귀족 사회에서 상대적으로 자유롭게 지낸 그녀들에게 소위 명문가라 불리는 유서 깊은 가문들은 족쇄처럼 느껴졌다.

"그러고 보니 우리 중 먼저 그리로 가는 분이 생겼네요. 아이샤 양. 로이드 후작님과 드디어 약혼한다지요?"

"정말요? 난 처음 듣는 소리인데."

"저도요. 아이샤 양! 빨리 말해 줘요."

자신들의 결혼에 대해 조잘조잘 떠들던 이들이 아이샤에게 시선을 집중했다. 가만히 일행의 말을 듣고 있던 아이샤가 어색하게 웃으며 고개를 끄덕였다.

"네, 아마도요."

"잘됐어요! 아이샤 양은 어릴 적부터 후작님을 많이 좋아했잖아요."

"축하해요. 아이샤 양! 아차. 아까 제가 했던 말들은 잊어 주세요. 구귀족파에 속한 가문이 다 징글징글하게 구는 건 아니니까 아이샤 양은 행복하게 살 수 있을 거예요."

"조금 꼬장꼬장하면 어때요. 그 로이드 가문인데요. 그 정도 가문에 후작님처럼 잘생긴 분이라면 솔직히 다들 참고 살 수 있지 않아요?"

까르르 웃으며 축하해 주는 일행들의 얼굴은 그림자 한 점 없이 경쾌했다. 하지만 축하받는 아이샤의 눈가는 살짝 어두워졌다.

'다니엘 오빠…….'

소피아가 무릎 꿇은 날 이안과 아이샤는 약혼을 허락받았다. 어떻게 한 건지 이안은 반대하는 마리사와 독대하더니 그녀의 승낙을 얻었다. 하지만 그렇다 해서 마리사의 냉랭한 태도가 바뀐 것은 아니요, 끝까지 반대 의견을 굽히지 않았던 다니엘은 아이샤의 얼굴을 보지 않겠다 소리친 것을 지키기라도 하듯 집을 나가 버렸다.

'형은 당분간 기사단 숙소에서 생활한대요. 그리고 저도 아카데미에 머무를까 해요.'

다니엘이 집을 나가고 아서도 아카데미로 가 버렸다. 때문에 아침 식사에 참석하는 이는 백작 부부와 에드워드, 아이샤뿐이었다.

두 사람의 빈 자리는 컸다. 아침 식사는 침묵 속에서 이루어졌다. 그레이엄과 에드워드가 번갈아 가며 무슨 말이라도 꺼냈지만 길게 이어지는 대화는 없었다.

'그…… 레이디 아이샤? 다니엘 녀석이 싫답니다. 다른 놈이라면 제가 어떻게든 끌고 오겠는데 레이디의 오빠는 성격이 좀 더러워……. 아니, 강직한 부분이 있어서요. 도와주지 못해 미안합니다.'

아이샤는 다니엘을 만나기 위해 일주일 내내 황궁을 드나들기도 했다. 하지만 다니엘은 그녀에게 손끝 하나 보여 주지 않았다. 항상 마지막에는 져 주던 둘째 오라비의 냉대가 제법 매서웠기에 몇 년을 기다려 왔던 약혼에도 아이샤는 기쁨보다는 걱정을 느끼고 있었다.

"그럼 약혼식은 언제예요? 생략하나?"

"말도 안 돼요! 약혼이라도 식은 올려야지요."

속사정을 모르는 일행들은 아이샤의 약혼에 눈을 반짝였다. 언제 약혼식을 올리냐는 질문에 정신을 차린 아이샤가 답했다.

"다음 달 말이에요. 약혼식이라 가족들과 몇몇 지인들만 초대할 생각이에요. 물론 이 자리에 계시는 분들은 와 주셨으면 하는데……."

"물론이에요!"

"늦여름에서 막 가을로 접어드는 시기네요. 너무 좋아요. 그때는 꽃도 한창이고 옷차림도 예쁠 때잖아요."

"드레스가 정해지면 일러 줘야 해요. 그래야 비슷한 색은 피하니까요."

"선물은 뭐가 좋을까요? 아 참, 제 약혼자랑 함께 가도 괜찮을까요?"

초대하겠다는 말에 젊은 숙녀들이 흥분에 찼다. 그녀들은 장소가 어떤지, 드레스는 뭘 입을지 등을 늘어놓으며 조잘조잘 쉴 새 없이 입을 움직였다.

"레이디 벨의 약혼식 때는 백합으로 꾸몄는데 그게 어찌나……."

똑똑.

그러기를 한참. 대화 주제가 최근 있었던 약혼식으로 옮겨 갈 때였다.

정중한 노크 소리에 말소리가 끊어졌다.

"어머, 비올라 양이 이제 왔나 봐요."

"그러게요. 많이 늦었네요. 벌칙으로 오늘 디저트값은 비올라 양에게 내라 해야겠어요."

아직 도착하지 않은 일행이 있었기에 자리에 있는 누구도 노크 소리에 호기심을 드러내지는 않았다. 그리고 아니나 다를까 문이 열리며 거의 한 시간 가까이 늦은 젊은 숙녀 하나가 들어섰다.

"비올라 양, 너무 늦은 거 아니에요?"

"벌칙으로 오늘은 비올라 양이 여기 디저트 비용을 내야겠어요."

익숙한 얼굴에 앉아 있던 이들이 야유와 함께 지각한 일행을 맞이했다. 그러나 비올라라 불린 아가씨는 흥분을 감추지 못한 얼굴로 성큼성큼 테이블 가까이 다가오더니 앉기도 전 소리치듯 말했다.

"그게 문제가 아니에요! 내가 지금 들어오면서 누굴 봤는지 알아요?"

호기심을 키우는 말에 자리에 있는 모두 비올라에게 집중했다. 비올라가 테이블을 가볍게 치며 자신이 밖에서 본 이에 대해 고했다.

"저 밖에서…… 헬렌 피츠. 말로만 듣던 그 여자를 봤어요!"

헬렌 피츠라는 이름에 일행들이 놀란 얼굴을 했다. 그녀가 누구인가. 작금 시저 제국에서 가장 유명한 여인이 아닌가.

"뭐라고요? 정말 헬렌 피츠였어요?"

"물론이에요. 직원이 이름 부르는 것까지 똑똑히 들었어요."

헬렌 피츠는 유명한 만큼이나 아름다웠다. 붉디붉은 화려한 머리카락에 녹색과 갈색이 적절히 섞인 올리브색 눈동자. 여인치고 시원스레 큰 키에 드레스로도 감춰지지 않는 요염한 몸매까지. 정통적으로 추구하는 미인상과는 멀었지만, 그녀가 눈에 띄는, 매력적인 미인이라는 데는 모두가 동의했다.

"정말 소문만큼 아름다워요? 캐서린 황녀님과 견줄 만한가?"

"세상에. 이제부터 시저 제국에 머무를 거라 하더니 정말인가 보네요."

"황후 폐하께서 시저 제국에 있는 걸 두고 보실까요? 지금이야 말이 없다지만 예전에 그…… 황제 폐하께서 헬렌 피츠의 모친을 정부로 두셨을 때 난리가 났잖아요. 이혼 이야기까지 나왔으니까……."

"1년도 안 데리고 있던 여자도 정부라 해야 하나. 그리고 헬렌 피츠의 모친은 말이 많은 여자잖아요. 도대체 몇 남자의 정부로 있는 건지……. 지금은 카이사 왕의 정부로 레비돈 백작 부인이라 불린다지요."

하나 그녀는 외관만으로 유명한 게 아니었다. 아름다운 외관은 헬렌 피츠를 말할 때 세 번째나 네 번째쯤 나오는 특징이었다. 그녀는 그보다 시저 제국 황제와 타국 귀족 여인 사이 하나뿐인 사생아요, 최근 급부상한 여성 사업가로 더 유명했다.

"출신이 어떻든 한번 보고 싶어요. 크게 성공했다던데 같은 여자로서 멋있잖아요?"

"멋있긴요. 그 여자가 하는 사업 내용 봤어요? 대부분 본인 유명세와 반쪽짜리 신분을 업고 하는 사업이에요."

"뭐가 됐든 전 그것만으로도 대단하다고 생각해요. 사실 이름 이용해 먹는 것도 아무나 하는 건 아니잖아요."

"그건 아니죠. 실속이 전혀 없어요. 저렇게 눈에 띄어 투자받는 것만으로는 너무 위험 부담이 커요. 그리고 솔직히 전 그 여자가 역겨워요. 사생아가 저리 당당히 황족의 이름을 팔다니. 세상에."

헬렌 피츠는 깨끗하지 못한 출신과 그에 맞지 않는 거리낌 없는 행보로 호감과 비호감이 극명히 갈렸다. 그러나 그녀가 화제의 중심인 것은 누구나 인정하는 바였다.

"하나 더 있어요. 이걸 훔쳐 듣느라 10분 더 늦은 거랍니다."

헬렌 피츠의 소식을 물어 온 비올라는 일행이 제가 가져온 소식으로 활활 타오르자 뜸을 들이며 입술을 달싹였다. 헬렌 피츠에 대해 한참 떠들던 일행은 비올라의 말에 호기심을 숨기지 않았다.

"한 시간이나 50분 늦는 거나……. 그래도 궁금하니 빨리 말해 봐요."

"맞아요, 어서요. 재미있으면 벌칙 물려줄게요."

애달아하는 친우들을 보며 비올라가 씩 웃었다. 그녀가 상체를 테이블 가까이 숙이자 일행도 귀를 쫑긋 세운 채 그녀에게 집중했다. 비올라가 손가락을 입 앞으로 가져가며 은밀한 목소리로 듣고 온 것을 말했다.

"헬렌 피츠에게 남자 일행이 있었는데……. 누군지 알아요?"

"……."

"로이드 후작. 이안 로이드 후작님이었어요."

* * *

이안은 묵묵히 눈앞 여인의 말을 들었다. 붉은 머리카락을 한쪽 어깨 앞으로 내린 여인은 그가 들은 것보다 훨씬 수다스러워 귀가 조금 아플 지경이었다.

"제국이 좋긴 좋아요. 이런 곳도 널리다시피 하고. 라베아나 카이사에서는 이만큼 좋은 사교장을 보기 힘들거든요."

"……."

"사람들도 많아 돈 버는 것도 괜찮고. 이럴 줄 알았으면 진작 제국으로 건너오는 건데. 아, 그래도 라베아나 카이사만의 장점이 있지."

한참 혼자 떠들던 여인이 이안의 시선을 눈치채고 눈웃음을 지었다. 그녀가 제 긴 머리카락을 매만지며 물었다.

"후작님. 혹 황제 폐하……. 그러니까 제 아버지를 싫어하세요?"

"무슨 말입니까."

큰일 날 소리에 이안이 불편한 기색을 숨기지 않았다. 시저 제국민으로써 황제를 싫어하냐 묻다니. 초면에 물을 말은커녕 친분이 깊어 장난이라도 물어서는 안 될 말이었다. 게다가 아버지라……. 사실이라 해도 눈앞의 여인, 헬렌 피츠로서는 꺼내서는 안 될 말이었다.

"아니, 제 머리카락을 영 마음에 들지 않는다는 눈으로 보셔서요. 이 머리카락 색은 황가의 상징이잖아요."

정답은 아니었으나 근접한 답이었다. 이안은 헬렌 피츠의 머리카락에 자레드 황자를 떠올리며 묘한 불쾌감을 느끼고 있었다. 그러나 굳이 제 속마음을 말해 줄 생각은 없었기에 이안은 헬렌에게 경고했다.

"레이디께서는 말씀을 조심하는 게 좋겠습니다. 제국은 레이디가 계셨던 나라들과는 다르게 황족 모독죄가 아주 무섭게 적용되는 곳입니다."

황족 모독죄라는 말에 순간이지만 헬렌의 낯빛이 변했다. 그녀는 웃음으로 그걸 무마한 채 입을 열었다.

"난 괜찮지 않겠어요? 나도 어찌 보면 황족인데?"

헬렌의 대꾸에 이안은 속으로 혀를 찼다. 일부러 아슬아슬한 발언을 하는 이유가 빤히 보였기 때문이다.

"레이디 헬렌. 미리 말씀 드리죠. 전 위대한 시저의 성이 아니라면 황족으로 대우하지 않습니다. 그러니 출신으로 이번 거래에서 우위에 설 생각은 마십시오."

이안은 선을 그었다. 사생아인 널 황족으로 대우할 생각은 없으니 그걸 무기 삼아 휘두를 생각은 말라는 경고였다. 이안의 말에 헬렌이 왼손에 끼고 있던 반지를 만지작거렸다. 시저 제국의 상징인 사자가 음각된, 그러나 황족의 깃발에 그려지는 포효하는 사자가 아닌 웅크린 사자가 음각된 반지가 반짝 빛을 발했다.

"그래요. 난 시저의 성은 없죠. 하지만 내 몸에 황제 폐하의 피가 흐르는 건 사실이에요. 그리고 두고 봐요. 언젠가 나도 위대한 시저의 성을 쓸 날이 올 테니까요. 장담하죠. 멀지 않을 거예요."

황제 옆에 선 황후가 건재한 이상 그럴 일은 없었다. 그러나 이안은 제 회의적인 의견을 피력하지는 않았다. 그가 이 주제에 대해 내키지 않다 티를 내며 오늘 목적으로 대화를 이끌었다.

"레이디. 인제 그만 사업 이야기나 시작하시죠."

"좋아요. 오늘 목적은 그거니까. 하지만 영 예의가 없으시네요. 레이디의 말은 경청하는 게 신사의 도리인데."

"……."

"그런 얼굴 말아요. 사업 이야기를 시작하려던 참이니까."

"다행이군요."

조금도 져 주지 않는 이안의 태도에 헬렌이 눈을 살짝 흘겼다. 보통 그녀와 사업을 하는 사내들은 그녀의 배경 그리고 보통 귀족 영애들과 다른 성격에 조금이나마 당황하고는 했건만 눈앞의 사내는 돌덩어리인지 그녀 자체에는 전혀 관심이 없어 보였다.

'여자 얼굴에 넋 나가는 부류도 아니고……. 어렵겠네.'

헬렌이 꼬고 있던 다리를 바로 하며 상체를 꼿꼿이 폈다. 기선 제압은 어차피 어려울 것 같으니 본론으로 넘어가는 게 그녀로서도 이득이었다.

"제국에 사파이어가 큰 유행이지요? 하지만 제국의 것은 이미 파든 백작가가 거의 독점하다시피 했다 들었어요."

이안이 고개를 끄덕였다. 사실 그가 굳이 헬렌 피츠를 만난 데에는 사파이어 사업이 자리하고 있었다. 제국의 사파이어 유통과 세공은 파든 백작가의 대표 사업으로 그레이엄 파든이 가장 크게 신경 쓰고 있는 사업 중 하나이기도 했다.

"카이사 왕국의 미스티쿠스 사파이어는 질이 좋은 데다 색이 오묘하기로 유명하죠. 덕분에 카이사 국내에서도 수요가 많아 국외 반출이 힘들기는 하지만 아예 나오지 않는 건 아니에요. 그리고 말씀드렸다시피 카이사 왕국에서 국외로 나오는 사파이어 제가 살 수 있게 연결해 드릴 수 있어요."

미스티쿠스 사파이어는 카이사 왕국의 특산물로 국가 단위로 반출을 엄격히 관리해 고위 귀족이라도 함부로 국외로 빼돌릴 수 없었다. 그러나 헬렌 피츠에게는 길이 있었다. 카이사 왕의 하나뿐인 정부로 있는 제 어미. 라리사가 레비돈 백작 부인이라는 이름으로 국외로 반출되는 사파이어에 대한 권한을 어느 정도 가지고 있었기 때문이다.

"좋습니다. 그럼…… 서신으로 말씀하신 계약금에 수수료도 서신에 적힌 대로 드리겠습니다. 대신 제가 말하는 상단과 거래하시죠."

그 사실을 파악한 이안은 곧장 헬렌 피츠에게 손을 내밀었다. 미스티쿠스 사파이어가 시저 제국에 안정적으로 들어오면 그를 시작으로 제국 내 사파이어 세공과 유통 사업에 개입할 여지가 있었다. 물론 그 과정에서 파든가는 손해를 볼 가능성이 크지만, 이안은 신경 쓰지 않았다. 본래 목적이 그것이기도 했으므로.

"어머, 정말요? 난 후작님께서 거래에 소질이 있다 들었는데 인제 보니……."

"대신. 저를 제외한 그 누구와도 어떤 가문, 어느 단체와도 거래해서는 안 됩니다. 단 한 상자라도 거래했다가는 레이디께서 배상금을 물어야 합니다."

"뭐야. 독점이 조건이에요? 그렇다면 내가 좀 손해인데……."

헬렌이 말끝을 흐리며 기대하는 눈빛을 했다. 이안은 그녀의 속내를 읽고 픽 웃고 말았다. 자신이 알기로 그녀는 배짱부릴 형편이 아니었다. 아직 알려지지는 않았으나 시저 제국에 오기 전 배를 잘못 사는 바람에 큰 빚을 지기 일보 직전이었으니까.

"레이디께서는 돈이 급할 텐데요. 그리고 저 말고 이 거래금과 수수료를 지급할 사람은 당장 찾기 힘들 겁니다."

헬렌은 치부를 들킨 듯 얼굴을 살짝 붉혔다. 제국에는 아직 일이 알려지지 않았다고 생각했건만 꼭 그렇지만은 않은 모양이었다. 이 사실이 황제 폐하께 들어가면 어쩌지? 헬렌은 초조해졌으나 곧 당당한 태도를 꾸며 냈다.

"……좋아요. 후작님 말씀대로 제가 급전이 필요한 상황이니까. 후작님과 거래하겠어요. 대신 조건 두 개가 붙였으면 하는데."

"말씀하십시오."

"제가 사업에 실패……. 아니, 잠깐 휘청였다는 사실은 비밀로 해 주세요. 어차피 후작님께 계약금을 받으면 해결될 문제니까요."

어려운 조건이 아니었기에 이안은 순순히 고개를 끄덕였다. 그러자 헬렌이 바로 말을 이었다.

"후작님께서는 잘생기셨어요. 그리고 명문가의 가주시죠. 딱 제가 찾던 사내예요."

갑작스러운 칭찬에 이안이 무슨 말을 하냐는 듯 헬렌을 쳐다봤다. 냉랭한 그의 표정에 헬렌이 웃음을 터뜨렸다.

"사귀거나 결혼해 달라는 말은 아니니까 얼굴 푸세요. 다만 저는 후작님을 조금 이용하고 싶을 뿐이에요."

"……."

"제국의 고위 귀족들은 황가를 추켜세우는 것에 비해 낡은 사고방식을 가지고 있더군요. 제 어머니가 황후가 아니라는 이유로 절 만나길 꺼려요. 제 아버지가 황제 폐하신데도요."

너무도 당연한 말이었다. 헬렌 피츠는 황제의 하나뿐인 사생아이긴 했으나 시저 제국에 발판이 없었다. 어미는 제국 귀족이 아닌 타국 귀족이었으며 정부로써 시저 제국의 작위나 땅을 받지도 못했다.

헬렌 피츠 본인도 어미를 따라 외국에 산 기간이 길었으므로 제국민들에게 그녀는 외국인이나 마찬가지였다. 거기다 피츠라는 황제의 사생아들에게 내려지는 성만 아니면 귀족이라 부를 수도 없는 신분에 황제는 그녀를 황궁에 부르지도 않았다. 그러니 시저 제국의 귀족들이 헬렌 피츠를 선대 황제의 사생아들과는 다른 눈으로 보는 건 당연했다.

"제국에 로이드가만 한 명문가는 별로 없죠. 때문에 전 후작님을 이용해 인맥을 좀 쌓아야겠어요. 저와 파티에 참석해 주세요. 후작님의 파트너라면 그들도 절 상대하겠죠."

헬렌도 제 신분의 한계를 잘 알았다. 따라서 그녀는 눈앞의 이안같이 명문가 출신의 고위 귀족의 도움이 필요했다.

"어차피 후작님께는 큰 손해 아니잖아요? 우습게도 남자라 아주 질 낮은 여자랑 어울리는 것만 아니면 큰 타격도 없고……. 하여간 세상은 웃기게 돌아간다니까."

예상치 못한 조건에 이안이 침묵했다. 어려운 조건은 아니었다. 하지만 그는 곧 약혼할 몸이었다. 자연스레 아이샤를 떠올린 그가 인상을 구기자 헬렌이 이안의 눈치를 보며 눈을 가느스름하게 떴다.

"아, 혹 약혼녀가 있나요? 약혼녀 눈치를 보는 부류셨나? 매력 없게?"

"……."

"참고로 파트너가 아니면 이 거래는 포기하세요. 늦더라도 다른 사람 찾아볼 거니까."

놀리는 게 분명한 말투에는 재미있어 하는 감정과 자신감이 가득 묻어났다. 가끔 그런 경우가 있었다. 사업이든 다른 일이든 그녀와 만난 사내들이 그녀에게 흠뻑 빠져 약혼녀나 아내를 냉대하는 일이. 제 남자를 빼앗기고 우는 여자들…….

고고한 척, 우아한 척 온갖 폼을 뽐내는 그녀들이 볼썽사납게 우는 꼴을 구경하면 승리에 도취함과 동시에 속이 다 후련했다.

'이런 사내가 내게 빠지는 것도 괜찮지. 저 정도 조건이면 결혼도 할 만하고.'

헬렌은 제멋대로 상상하며 이안을 훑어봤다. 거부는 안 할 것이다. 정확한 이유는 모르겠지만 눈앞의 젊은 후작은 이 사업에 꽤 집착하는 거 같았다.

"……거래에 조건을 넣을 거면 횟수도 정해야 합니다. 레이디께서 원하는 자리에 다섯 번 동행. 어떻습니까? 참고로 동행만 하지, 내가 나서서 레이디의 사업에 도움 줄 생각은 없습니다."

아니나 다를까 이안은 그녀의 조건을 거절하지 않았다. 하지만 머리가 없는 건 아닌지 그녀의 조건에 함정을 간파했다.

'사업 핑계로 계속 같이 다니려 했더니……. 멍청하지는 않네. 그래서 더 마음에 드는 것 같기도 하고.'

헬렌은 속으로 아쉬워하며 상체를 앞으로 살짝 내밀었다. 하지만 이안은 여전한 표정으로 그녀를 바라볼 뿐이었다.

"너무 적은 횟수 아니에요? 적어도 스무 번은 함께해 주셔야지요. 제국에 파티며 모임이 얼마나 많은데. 전 올해 백 번은 다닐 거라고요."

목소리를 낮추며 헬렌이 손을 뻗었다. 이안의 손가락 끝에 헬렌의 손가락이 은근하게 닿았다. 그녀의 손이 닿기 무섭게 이안이 얼굴을 굳혔다. 그가 매정히 손을 거두며 자리에서 일어났다.

"알겠습니다. 이 거래는 불발입니다. 할 말 더 없으시면……."

"어머, 매정해라. 알겠어요. 제가 양보 좀 하죠. 깔끔하게 열 번 어때요?"

"먼저 일어나겠습니다."

"알았어요. 일곱! 이 이하는 저도 안 돼요."

결국, 먼저 꺾인 것은 헬렌이었다. 정말 나갈 것 같은 이안의 태도에 그녀는 저도 모르게 급박히 굴고 말았다.

"……."

"어쩜. 얼굴 좀 펴세요. 일곱이면 한두 달이면 끝날 횟수예요. 설마 약혼녀가 그 정도도 못 참아 주는 여자예요? 제국 귀족 여자들은 그게 우스워요. 구식인 사고방식으로 살며 남자 비위 다 맞출 거처럼 굴면서 그런 쪽으로만 꼬장꼬장하게 군다니까. 참 매력 없는 부류들이야."

"서류 작성은 내일 이 자리에서 같은 시각에 하시죠. 먼저 일어나겠습니다."

"벌써 가시게요? 오신 김에 저랑 이야기나 더 나누다 가세요. 차도 아직 안 식었는데……. 미래의 파트너에게 너무 냉정하시네요."

“일이 있습니다. 부디 즐기다 가십시오.”

조건이 충족되기 무섭게 이안이 일어섰다. 자존심이 상한 헬렌이 더는 잡지 않은 채 입을 삐죽 내밀며 손을 흔들었다.

“저도 가는 사내 잡는 여인은 아니어서요. 알았어요. 먼저 가 보도록 하세요.”

고개를 까딱거린 이안이 곧장 문을 열고 나갔다. 헬렌은 문이 닫히기 무섭게 콧방귀를 끼며 말했다.

“재수 없는 사내야. 한데 나쁘지 않아. 자고로 저런 오만한 부류가 무릎 꿇고 매달릴 때가 즐거운 법이니까.”

* * *

더운 날씨에도 보브스 거리는 북적거렸다. 아이샤는 보브스 거리 오른편 아래, 거리에서 가장 큰 보석상에 있었다.

“이렇게 하면 어떨까요? 가운데 큰 캐럿의 다이아몬드가 박혀 있고 그 주변을 자잘한 보석으로 세공하는 형식이지요. 후작님께서 보내오신 보석과도 잘 어울리는 디자인입니다.”

“정말. 예쁘겠네요.”

“하하. 아가씨의 안목에 맞으시다니 영광입니다.”

푹신한 카우치가 마련된 특별실에서 아이샤는 주인과 독대하며 약혼식 때 착용할 반지를 디자인하고 있었다. 본래라면 반지에 사용될 보석뿐 아니라 반지 세공도 이안이 알아서 준비해야 하는 게 관례였지만 결혼반지도 아니고 약혼반지쯤은 그와 머리를 맞대고 함께 맞추고 싶었다.

여러 가지 반지 디자인을 보며 아이샤는 최근 좀처럼 짓지 않던 미소까지 띠었다. 그러나 그것도 한계가 있는 법, 약속한 시간이 한 시간을 훌쩍 넘었는데도 이안이 오지 않자 그녀의 얼굴이 어두워졌다.

"……가게를 구경해도 될까요? 일행이 조금 늦는 모양이에요."

마음에 드는 반지 디자인을 여러 개를 고른 아이샤가 시간을 확인하며 주인에게 물었다. 그러자 주인이 당장에라도 일어설 듯 움직이며 말했다.

"밖의 것들은 지금 보여 드리는 것들보다 모양이나 디자인이 마음에 차지 않으실 텐데요. 혹 이 중 마음에 드는 디자인 도안이 없다면 더 가지고 오겠습니다."

"그런 게 아니에요. 약혼식 하객들에게 선물할 보석들도 좀 필요해서요."

주인이 이해했다는 듯 고개를 끄덕였다. 아무리 부자라 한들 지금처럼 따로 맞춤 물건을 하객 선물에 쓰기는 어려웠다. 사실 방 밖의 매장에 이미 완성되어 진열된 물건들도 보통 부유해서는 살 수 없는 것들이라 하객 선물로 찾는 이들은 거의 없다시피 했다.

"그럼 안내할 직원을 불러 드리겠습니다."

"괜찮아요. 혼자 구경하고 싶어서요."

아이샤의 거절에 주인이 매장까지만 안내를 도왔다. 보브스 거리에서 가장 큰 보석상인 만큼 매장 안도 제법 넓었다. 아이샤는 보통 하객들에게 선물하는 장식용 단추를 구경하기 위해 단추들이 진열된 쪽으로 걸음을 옮겼다. 그러나 목적지에 닿기도 전 그녀는 예상치 못한 이와 맞닥뜨렸다.

그녀가 항상 감탄하는 색의 머리카락. 햇빛을 뽑아 실로 만들면 딱 나올 것 같은 금발이 길게 물결치며 형형한 녹안이 아이샤를 노려봤다. 소피아. 그날 파든가에서 사과받은 이후로 소피아를 마주친 것은 처음이었다.

"오랜만이네."

새침한 말투에는 여전히 적의가 있었다. 아이샤는 속으로 한숨을 내쉬었다.

"그래, 오랜만이야. 소피아."

"아주 잘 지낸 것 같네. 이런 데 와서 유유자적 구경이나 하고 말이야. 우리 오빠랑 약혼한다고 아주 신났지?"

말에 묻어나는 미움이 아주 적나라했다. 소피아는 그날 울며 말을 더듬던 것이 상상도 안 될 정도로 기가 살아 있었다.

"약혼했다고 무조건 다 결혼하는 건 아니야. 그거 하나만 똑똑히 기억해."

오라비와 약혼하는 이에게 할 말은 아니었다. 그러나 악담에 가까운 말에도 아이샤는 별달리 반응하지 않았다. 10년이 넘게 받아 온 미움이다. 사과 한 번 했다고 사람이 바뀔 리 없다는 것을 아이샤는 잘 알았다.

아이샤가 대꾸도 반응도 하지 않자 소피아의 눈썹이 경사진 각도를 그리며 올라갔다. 욱하는 기색을 참지 못한 그녀가 얼굴을 구기며 입을 열었다. 그러나 다음 순간 그녀는 무언가 떠오른 듯 표정을 바꿨다.

"……물어볼 게 있어."

한참 만에 작아진 목소리가 나왔다. 소피아의 갑작스러운 태도 변화에 아이샤는 의아함을 감추지 못했다. 소피아가 아이샤와 눈을 피한 채 가까스로 말문을 텄다. 양손을 마주 잡은 채 손가락을 움직이는 모습에는 초조함이 있었다.

"네 오빠……. 그러니까 파든가 신사분들……. 아니, 그러니까……."

오라비들은 왜? 도통 알아듣지 못할 말에 아이샤가 반문하려던 참이었다. 그녀에게서 시선을 돌리고 있던 소피아가 누군가를 발견한 듯 몸을 크게 움찔거렸다.

아이샤가 소피아의 시선을 따랐다. 그러자 가게 문을 막 열고 들어오는 이안이 보였다.

"나 먼저 가. 바빠서 말이야."

이안을 보기 무섭게 소피아는 줄행랑을 쳤다. 빠르게 걷다 뛰기까지 하는 모습에 아이샤는 소피아가 이안에게 호되게 혼났음을 짐작할 수 있었다.

아이샤를 발견한 이안이 곧장 그녀 쪽으로 다가왔다. 몇 발자국 만에 가까워지는 그는 가게 안 조명과 주변 보석들로 인해 더욱 반짝거렸다.

"좀 늦었어. 그보다 소피아가 있던데. 그 아이가 혹 뭐라 했나?"

멍하니 이안을 바라보던 아이샤는 이안이 그녀에게 말을 걸고 나서야 정신을 차렸다. 이안은 소피아가 사라진 쪽으로 시선을 잠시 던졌다 아이샤 쪽으로 고개를 돌렸다.

"아니, 별다른 말 없었어. 인사만……."

"정말이야?"

"응. 정말 별말 없었어."

"그건 그렇다 치고 왜 나와 있어. 분명 물건을 보내면서 그에 맞춘 디자인도 미리 짜 두라 일러 놨는데 도안을 보여 주지 않았어?"

"내가 너랑 같이 보겠다고 했어. 같이 고르는 게 의미 있을 거 같아서."

"쓸데없이."

얼굴을 살짝 붉히던 아이샤 위로 무심한 말이 떨어졌다. 손끝부터 차가워지는 감각에 아이샤가 고개를 들었다. 귀찮은 기색을 역력히 드러내던 이안이 아이샤와 눈을 마주치고 머쓱한 듯 머리를 뒤로 넘겼다.

"……빨리 들어가 고르지. 주인은 어디 있지?"

이안이 앞장서 주인을 찾았다. 아이샤는 그를 곧바로 따라가지 못한 채 잠시 서 있다 주먹을 한번 꾹 쥐고 걸음을 옮겼다.

* * *

마차 안의 두 사람은 상반된 얼굴이었다. 아이샤는 눈을 빛내며 고양된 기분을 감추지 못했으나 이안은 무심한 얼굴이었다. 언뜻 귀찮다는 기색까지 도는 그의 얼굴에 아이샤가 눈치를 보다 말을 꺼냈다.

"반지 말이야. 빨리 완성됐으면 좋겠어. 벌써 너무 기대되는 거 있지."

"약혼식 전에는 찾을 수 있을 거야."

"응……. 그리고 아까는 미처 말 못 했는데 이 진주 귀걸이도 마음에 들어. 그런데 이건 갑자기 왜 사 준 거야?"

"……눈에 띄어서. 별다른 이유는 없어."

아이샤는 꼼꼼하게 포장된 벨벳 상자 하나를 꼭 쥐고 있었다. 이안은 세기의 보물이라도 쥐듯 양손으로 작은 상자를 쥐고 있는 아이샤의 모습을 심드렁한 얼굴로 보다 눈을 감아 버렸다.

'이제 전의 그 구질구질한 진주 귀걸이는 버리겠지.'

아이샤는 귀찮은 티를 팍팍 내는 이안을 쓸쓸한 눈으로 바라보다 손에 힘을 꼭 줬다. 별 이유 없이 선물했다 예상하였으나 저런 태도에 상처받지 않으려면 아직 시간이 필요할 것 같았다.

"그…… 가롯 백작가에 첫아이가 태어났대. 혹시 알고 있어?"

잠깐 머뭇거리며 고민하던 아이샤가 단절된 대화를 다시 시작했다. 이안은 여전히 눈 감은 채로 고개를 대강 주억거렸다.

"들은 거 같기도 하고……. 그런데 그게 왜?"

"축하 연회를 여나 봐. 초대장을 받았는데 혹시 거기 같이 가 줄 수 있을까 해서."

아이샤의 목소리는 살짝 떨리고 있었다. 지난번 자선 연회 때 일이 생각난 탓이었다. 그때 이안은 같이 가 줄 수 있냐는 그녀의 서신에 답조차 하지 않았더랬지. 아이샤는 말을 해 놓고도 두려워 고개를 숙였다.

"……시간이 없어서 힘들 거 같은데."

몇 초의 침묵 끝에 이안이 거절 의사를 밝혔다. 떨리는 아이샤의 목소리를 눈치챈 듯 그는 눈을 뜨고 있었다. 그러나 고개 숙인 아이샤는 그를 알아채지 못한 채 손가락을 꼼지락거렸다.

"많이 바쁜 거야? 그렇다면 어쩔 수 없지. 알았어."

실망이 묻어나는 태도에 이안이 눈썹을 움직였다. 제가 꼭 잘못한 것 같은 불편함이 발끝부터 올라왔다. 저조해진 기분에 괜스레 심술이 난 그가 팔짱을 낀 채 아이샤를 노려보다 까맣게 잊고 있던 누군가와의 약속을 기억해 냈다.

"……연회 이야기가 나와서 하는 말인데 나 너한테 양해를 구할 게 있어."
"응?"
이안의 목소리에는 약간의 머뭇거림이 있었다. 이안의 말에 아이샤가 고개를 들었다. 이안은 아이샤의 하늘색 눈을 바라보다 고개를 살짝 비틀어 그녀 뒤 마차 시트 문양에 눈을 줬다.
"나 당분간 다른 여자를 파트너로 연회나 모임에 참석할지 몰라. 물론 잠깐이야. 두 달 넘을 일은 없어."
당당히 나온 말에 아이샤는 말문이 막힌 듯 입을 다물었다. 답지 않게 얼굴까지 굳힌 그녀가 이안에게 또박또박 말했다.
"우리 약혼식까지 이제 한 달이야. 초대 서신 보낸 곳도 있고 알 만한 사람들은 우리가 약혼한다 아는데 이런 시기에……."
"사업과 관련된 중요한 일이라 어쩔 수 없어. 그러니 아이샤 네가 이해 좀 해."
이안이 얼굴을 구기며 한숨을 내쉬었다. 더는 말하기 싫다는 듯 고개까지 돌려 버린 그의 모습에 아이샤는 손에 힘을 풀었다. 그 덕에 그녀의 손아귀에 있던 벨벳 상자가 드레스 위로 툭 떨어졌다.
아이샤가 침묵하자 이안은 무언가에게 쫓기는 듯한 기분을 느꼈다. 그가 힘없이 늘어져 있는 아이샤의 손가락에 짜증스레 머리를 쓸어올리며 한층 누그러진 목소리를 냈다.
"어디에 가는지는 미리 알려 줄게."
"……."
"아이샤."
"……알았어. 대신 꼭 이야기 미리 해 줘야 해. 꼭이야. 알았지?"
자신의 이름을 부르는 이안의 목소리에 아이샤는 결국 고개를 끄덕였다. 그러나 이번에는 그녀가 이안에게서 고개를 돌려 버렸다. 이안은 저를 보지 않는 아이샤의 얼굴에 손을 뻗고 싶은 충동을 느끼며 인상을 찌푸리다 관두고 다시 눈을 감아 버렸다.

"……."

"……."

마차 안에서 두 사람은 더 이상 말하지도 눈을 마주치지도 않았다. 그리고 어느 길. 두 사람을 태운 마차가 크게 덜컹거린다 싶더니 아이샤의 무릎 위에 있던 벨벳 상자가 마차 바닥으로 추락했다.

툭-

눈을 감고 있던 이안은 소리에 눈을 살짝 떴다. 그의 눈에 마차 바닥을 구르고 있는 벨벳 상자가 들어왔다.

'보물처럼 쥐고 있더니 칠칠치 못하게……. 빨리 안 줍고 뭐 하는 거야.'

아무 의미 없이 사 준 것이지만 바닥을 구르고 있는 것을 보니 묘하게 기분이 나빴다. 그러나 어찌 된 일인지 아이샤는 떨어진 벨벳 상자를 주울 생각조차 없어 보였다.

'……기분 나쁜 내색 한번 유치하게 하는군.'

결국, 참다못한 이안이 허리를 굽혀 벨벳 상자를 주워 들었다. 그리고 힘 빠진 아이샤의 손에 그걸 덥석 내려놨다.

아이샤는 처음처럼 상자를 꼭 쥐지 않았다. 그녀는 그저 다시 떨어지지 않을 정도만, 딱 그 정도 힘만으로 상자를 붙잡고 있을 뿐이었다.

* * *

가롯 백작가에서 열린 축하 연회는 제법 성대했다. 그도 그럴 것이 가롯 백작 부부는 열아홉에 결혼해 8년을 자식 없이 보냈기 때문이다. 백작 부부의 근심은 주변에도 알려진 것이라 오늘 연회에 참석한 이들은 모두 밝은 얼굴로 부부와 새로 태어난 아이를 축복했다.

"정말 언니가 기뻐하는 얼굴을 보니까 나도 눈물이 나더라고요."

가롯 백작 부인의 여동생인 이벨린이 눈물을 그렁그렁 매단 채 아이샤에게 말했다. 아이샤가 참석하는 사교장 모임의 일원 중 하나이기도 한 이벨린은 당찬 성격에 좀처럼 눈물을 보이지 않는 이라 아이샤는 놀라면서도 언니를 위하는 그 마음이 예뻐 그녀 곁에서 계속 이야기를 들어 줬다.

"이벨린 양이 이렇게 우는 걸 보면 비올라 양이 분명 놀릴 거예요."

"비올라 양은 그 호들갑이 문제예요. 그것 때문에 사고를 치잖아요. 왜 저번에 아이샤 양이 로이드 후작님과 약혼한 것도 모르고 쓸데없는 소식을 물고 와서는……. 쯧."

"……괜찮아요. 몰랐던 건데요. 그보다 손님이 정말 많아요. 백작 부부께서 평소 얼마나 인정을 베풀고 사셨는지 알겠어요."

아이샤가 주변을 둘러보며 말했다. 빈말이 아니라 아이의 탄생 연회치고 정말 많은 사람이 와 있었다. 오늘 연회를 연 다른 집은 손님을 다 빼앗겼다며 울 정도였다.

"에이, 아이샤 양 칭찬이 과해요. 언니랑 형부는 그리 특출나게 굴지 않는걸요. 다만 언니는 이쪽 사람이었고 형부는 저쪽 사람이었으니 양쪽에서 손님이 온 것뿐이죠."

이벨린이 손가락으로 오른편과 왼편을 가리켰다. 그녀가 말하는 의미를 알아들은 아이샤가 쓴웃음을 지었다. 구귀족파와 신흥 귀족파 사이의 알력 다툼. 좋은 날 모두의 얼굴에는 웃음이 가득했지만 보이지 않는 선은 명확해 손님들은 각자 속한 곳에서 반대쪽으로 넘어가지는 않았다.

"이렇게 좋은 날에도 기 싸움은 여전하다니까요. 어휴, 징그러워. 언니랑 형부는 이제 그런 거에 관심도 두지 않으려 하는데……."

이어지는 이벨린의 말에 아이샤가 놀란 얼굴을 했다. 가롯 백작 부부는 귀족 간의 파벌 다툼에서 제법 유명한 인물이었다. 부부 사이가 좋은 것과 별개로 백작은 아버지 가멜 후작을 따라 구귀족파 일원으로, 백작 부인은 신흥 귀족파의 중요 일원인 아버지를 따라 신흥 귀족파로 활동했다.

"모르셨지요. 저도 얼마 전에 알게 된 일이에요. 언니가 이제 더는 파벌 싸움에 휘둘리지 않겠다 저희 아버지께 말씀드리고 갔어요. 그리고 형부도 아버지이신 가멜 후작님께 똑같이 말씀드렸고요."

시저 제국의 분위기상 백작 부인은 남편인 백작을 따르는 게 일반적이었지만 가롯 백작 부인의 위치는 조금 특별했다. 그녀는 황후의 측근 시녀 중 하나로 제법 오래 일했기에 여성임에도 어느 정도 정치 권력이 있는 편이었다. 때문에 백작 부인의 아비인 홀트 남작은 여식이 가롯 백작과 결혼한 후에도 그녀가 신흥 귀족파의 일원으로 역할을 하길 종용했다.

"뭐, 예정된 일이었어요. 전부터 파벌 싸움에 회의를 느끼던 언니가 임신하고는 걱정이 많았거든요. 지금에야 서로 죽이는 일이 적다지만 알잖아요. 전에 파벌 싸움이 한창이었을 때는 암살자도 간간이 보냈다는 거. 언니가 너무 불안해하니까 형부가 먼저 제안했대요. 정치에서 멀어져 가족들끼리 오순도순 살자고."

"……."

"아직 알려지지는 않았는데 조카가 마차 여행을 할 수 있는 시기가 오면 바로 지방 영지로 내려갈 거래요. 그것 때문에 아버지도 노발대발, 오라비도 노발대발, 그리고 가멜 후작님 쪽도 난리였다 해요. 오늘도 분명 축하해 주는 척 두 사람을 설득하려 들걸요."

"백작님도 백작 부인도 멋있네요. 쉬운 결정은 아니었을 텐데……."

사정을 들은 아이샤가 감탄을 뱉으며 말했다. 그녀의 얼굴에 이벨린이 웃음을 터뜨리며 장난스런 한탄을 늘어놓았다.

"멋있기는요! 나는 머리가 아파요. 언니가 형부 따라가 버리면 아버지가 누굴 괴롭히겠어요? 나지."

"……."

"그래도 언니가 편하면 뭐 그 정도야……. 정말 다행이에요. 예전에 결혼 초창기 때는 혹여나 언니가 어떻게 될까 봐 걱정이었거든요."

아이샤가 고개를 갸웃거렸다. 가롯 백작 부부는 일찍 결혼했음에도 금실이 좋아 행복하다 들었는데……. 의아한 가득한 그녀의 표정에 이벨린이 웃었다.

“아이샤 양은 이런 소문에 너무 느려요. 너무 유명한 이야기라 다들 한 번씩은 떠들었는데. 하기야 8년 전이면……. 그때 아이샤 양은 한창 어릴 때였으니까 몰랐을 수도 있겠네요. 뭐 비밀도 아니고. 우리 언니 말이에요. 형부랑 사고 쳐서 결혼했어요.”

“네?”

“왜 열아홉에 결혼했겠어요? 비밀 연애 하다가 아이가 생긴 거지. 그런데 그때 생긴 조카는 세상에 인사를 못 했어요. 가멜 후작 부인께서 언니를 좀 많이 괴롭혔어야지. 진정한 귀족이 아니라나 뭐라나. 임신한 언니 불러 놓고 멍멍이 소리를 많이도 하셨죠. 덕분에 언니는 첫 아이를 잃었어요.”

그러고 보니 가멜 후작 부인만 지방 영지에 있다는 소식을 들은 것도 같았다. 요양이 목적이라 알고 있었기에 별다른 의문 없이 소식을 넘겼는데 이런 속사정이 있었다니.

“언니가 그때 얼마나 엉망이던지. 난 너무 화가 나서 형부 뺨을 때렸어요. 나중에 알게 된 언니한테 호되게 혼났는데 후회는 안 해요. 그때 형부를 때리지 않았다면 후작 부인 목에 칼을 찔러 넣었을 테니까. 그 늙은이는 지방 영지로 쫓겨난 걸 감사하게 생각해야 한다니까요.”

“…….”

“그래도 저렇게 웃는 거 보면 둘이 짝인 거 같으니까 나라도 응원해야지 어쩌겠어요.”

섬뜩한 얼굴을 하던 이벨린이 백작 부인을 보더니 환하게 웃으며 손을 흔들었다. 아이샤도 이벨린을 따라 백작 부부 쪽으로 시선을 돌렸다. 서로 붙어 있는 부부와 그 사이의 작은 아이……. 딱 아이샤가 그리던 그림이었다.

‘나도 저렇게…….’

아이샤는 잘 모르는 백작 부인에게 순간 질투라는 감정을 느꼈다. 그리고 그 안에는 자신은 저리되기 어렵다는 체념이 어느 정도 깔려 있었다. 행복한 부부의 모습을 더는 보기 힘들어진 아이샤가 시선을 거뒀다. 그리고 때마침 이벨린이 아픈 주제를 꺼냈다.

"그보다 아이샤 양, 왜 혼자 오셨어요? 예비 약혼자는 어쩌고요."

"……바쁜 모양이에요."

"약혼이 다음 달인데 바쁘더라도 같이 다녀야 보기 좋죠. 우리야 이해한다지만 떠들기 좋아하는 촉새 같은 인간들은 그런 걸로도 떠든다고요."

이벨린의 말에 아이샤가 겸연쩍은 웃음을 보였다. 그 웃음에 이벨린은 더 말하려다 그만뒀다. 사실 약혼을 한 달 앞둔 아이샤가 연회에 홀로 참석한 일로 사람들은 이미 수군대는 중이었다.

'와 줘서 고마운데 미안하기도 하니, 원. 하지만 나도 몰랐지. 설마하니 로이드 후작이 함께 오지 않을 줄은.'

벌써 아이샤에게 관심받지 못한다느니, 불쌍하다느니 등의 말이 돌았다. 이벨린은 그게 제 탓 같아 괴로웠다.

"아, 그러고 보니 아까부터 궁금했는데 그 진주 귀걸이 어디서 샀어요? 진주 광택이 특상품인 게 보통 물건은……. 어?"

이벨린이 티 테이블에 꽂혀 있는 장미꽃을 건드리며 말을 돌리려다 누군가 발견하고 눈을 크게 떴다. 떨떠름한 얼굴의 그녀가 아이샤에게 조심스레 물었다.

"아이샤 양. 저기 후작님 아니에요? 그리고 저 여자는 그때 비올라 양이 말한……."

아이샤의 존재를 아는지 모르는지 이안은 헬렌과 팔짱까지 낀 채였다. 가릇 백작 부부만큼이나 가까운 두 사람의 사이에 아이샤가 자리에서 일어섰다.

"아이샤 양!"

뒤에서 이벨린이 그녀를 부르는 소리가 들렸다. 그러나 아이샤는 이안이 보이지 않는 장소를 찾기 위해 빠르게 걸음을 옮겼다.

* * *

눈물이 비 오듯 흘렀다. 다른 때 이안이 그녀를 울게 할 때는 슬픔이 강했지만, 오늘은 모욕처럼 느껴졌다.

'바쁘다 해 놓고……. 말해 준다고 해 놓고…….'

자신은 그에게 얼마나 우습게 보이는 걸까. 좋아하는 마음이 큰 죄로 얼마나 더 저런 태도를 용인해 줘야 하는 걸까. 숨이 턱 막힌 아이샤가 입을 막아 울음을 삼킨 채 앞만 보고 걸었다.

"아이샤!"

뒤에서 누군가 그녀를 불렀다. 익히 아는 목소리에 아이샤가 입술을 깨물며 더욱 빠르게 발을 옮겼다. 그러나 사내는 그녀보다 배는 빨라 곧 아이샤를 붙잡았다.

"오해야. 나도 사정이 있었어."

"……."

"갑자기 오게 된 곳이야. 게다가 도착지가 여기인 줄도 몰랐다고. 그리고 미리 말한 대로 사업 때문에 저 여자랑 온 거야."

헬렌이 같이 가자 한 곳이 가롯 백작가 연회라고는 생각도 못 했다. 백작가 연회에는 본래 참석할 생각도 없었기에 날짜를 모른 탓이었다.

'뭐야. 파트너 서기로 한 거 벌써 어기는 거예요? 이러면 곤란해요. 위약금은 알고 있죠?'

거래 조건이 걸려 있는 이상 돌아갈 수도 없었다. 이안은 백작가 야외 연회장에 들어서며 아이샤가 연회에 오지 않았기를 고대했다. 그러나 아이샤는 연회장 한가운데 앉아 있었다. 그리고 그를 발견하기 무섭게 일어서더니 몸을 돌려 걷기 시작했다.

아이샤가 몸을 돌리는 순간, 이안은 아무 생각도 할 수 없었다. 정신을 차려 보니 그는 헬렌을 팽개치고 아이샤를 붙잡기 위해 달리는 중이었다.

"아이샤."

그가 아이샤의 어깨를 붙잡아 돌렸다. 예상대로 아이샤는 울고 있었다. 뚝뚝 떨어지는 눈물에 순식간에 화가 치밀었다. 그가 찬찬히 설득하려던 것을 잊고 차갑게 일갈했다.

"왜 우는 거야. 이게 이렇게까지 할 일이야?"

"……."

"전에 말해 줬잖아. 한두 달 정도 다른 여자랑 파트너로 다닐 수 있다고. 미리 양해도 구했는데 왜……."

"그게 다야?"

아이샤는 평소와 같이 그의 눈치를 보지 않았다. 그녀가 이안에게 냉랭한 목소리로 쏘아붙였다.

"어디 가는지 미리 말해 준다며. 약속했잖아. 네가 양해 구한 것만 생각나고 그건 생각 안 나?"

새로운 아이샤의 모습에 이안이 일떨떨한 얼굴을 했다. 눈을 크게 뜬 그가 믿을 수 없다는 듯 아이샤를 보다 그녀의 어깨를 쥔 손에 힘을 줬다.

'제길!'

제대로 설명하고 싶었으나 할 수 없었다. 헬렌과 체결한 계약 내용에 대해 이야기를 하면 그녀와 하는 사업에 대해서도 알게 될 텐데. 그렇게 되면 파든 백작이 은밀히 진행하는 사파이어 사업에 대해 눈치챌 가능성이 컸다. 결국, 이안은 큰소리를 내는 것으로 모든 것을 덮어 버렸다.

"그러니까 그게 오해라니까. 나도 내가 여기 올 줄 몰랐다고!"

"그게 변명이 된다 생각해?"

그의 고함에도 아이샤는 눈 하나 깜빡이지 않았다. 연한 푸른 눈에 서린 미움이 이질적이었다.

"애초에 바쁘다고 나랑 여기 못 온다고 했잖아. 그런데 다른 여자랑 여기를 와? 너 내가 얼마나 우스운 거야? 응? 이안, 넌 내가 얼마나 만만하면……."

"계속 어린애처럼 굴래?"

아이샤의 눈을 들여다보던 이안이 그녀의 말을 끊었다. 서늘해진 목소리가 조금 전과 달랐다. 그가 철없는 아이 보듯 아이샤의 얼굴을 훑었다.

"일 때문이라는데 이해가 안 돼? 너 나중에 약혼한 후에 내 옆에 여자 머리카락만 보여도 이럴 참이야? 구질구질하게?"

"뭐?"

"어쩔 수 없었다 설명했잖아. 그런데 왜 투정을 부려. 그리고 네가 서운했다 하자. 그래서 뭐? 네가 서운하다 해서 내가 사업상 일어나는 일을 포기해야 하나?"

뻔뻔하다 못해 몰상식한 말이었다. 아이샤는 제 중심으로만 생각하는 이안을 한차례 노려보다 어깨를 잡은 손을 쳐 냈다.

"아이샤!"

"……."

"말하다 말고 어디 가. 너 계속 이런 식으로 굴 거야?"

"놔!"

이안이 다시 금세 아이샤를 붙잡았다. 아이샤가 이안에게서 벗어나려 거칠게 버둥거렸다.

"싫어! 이거 놓으란 말이야!"

고개 내젓는 아이샤의 몸짓에도 이안은 그녀의 손목을 틀어쥔 채 놓지 않았다. 그는 이대로 버티다 아이샤가 제풀에 지쳐 떨어져 나갈 때를 기다렸다.

"이 미친놈이!"

이안의 뜻대로 일이 흘러가던 참이었다. 어디선가 튀어나온 이가 이안과 아이샤를 갈라놨다. 이안이 불청객을 돌아봤다.

"누구한테 손을 대는 거야!"

"오, 오빠."

"볼 때마다 남의 여동생 울리는 꼴은 여전하네. 망할 새끼."

다니엘이 험악한 욕설과 함께 이안을 마주 노려봤다. 아이샤를 제 뒤로 보낸 그는 화가 잔뜩 난 기색을 숨기지 않았다.

"비켜, 다니엘. 나 아이샤랑 할 이야기가 있어."

"비켜? 야! 너나 내 동생 인생에서 비켜!"

다니엘은 본래 오늘 연회에 참석하고 싶지 않았다. 아이샤가 온다는 소식을 에드워드를 통해 들었기 때문이다. 하지만 가롯 백작은 한때 그의 상사였다. 첫 아이가 생겼다기에 중간에 얼굴이나 한번 비추고 가려 했건만……. 결국 이 꼴이었다.

'다니엘 경. 아이샤를 찾아야 해요.'

'무슨 일입니까. 레이디 이벨린.'

아이샤와 친분 있는 이벨린에게서 사초시종을 전해 들었을 때 드는 분노란. 망할 놈과 결국 약혼하는 여동생을 평생 모른 척하겠다는 그의 결심은 결국 한 달도 채 가지 못했다.

"가자. 아이샤 너 우는 바람에 얼굴이 못생겨졌어. 이대로 여기 있다가는 가문의 수치야."

다니엘이 아이샤의 손을 꼭 쥔 채 방향을 틀었다. 그러나 움직이기 무섭게 이안이 따라붙으려는 것이 보였다. 다니엘이 이안을 한 대 치려 몸을 돌렸다. 그러나 다니엘이 주먹을 내지르기도 전 그의 누이가 상상도 못 할 말을 이안에게 뱉었다.

"네 얼굴 보기 싫으니까 따라오지 마. 지금 따라오면 영영 안 볼 거야!"

* * *

침대에 누운 아이샤는 베개에 얼굴을 파묻었다. 침대 옆 탁자 위에는 그녀가 아무렇게나 빼놓은 진주 귀걸이가 반짝 빛을 발하고 있었다.

"저…… 아가씨?"

그녀를 전담하는 하녀 마리가 걱정스러운 듯 문 사이로 얼굴을 빼꼼 내밀었지만, 아이샤는 손짓으로 그를 물렸다.

'……화났겠지?'

조용하고 어두컴컴한 침실에 혼자 있으니 흥분이 가라앉았다. 어느 정도 이성을 되찾자 가장 먼저 떠오르는 것은 이안의 화가 난 얼굴이었다. 그녀를 냉랭히 쏘아보며 차가운 말을 내뱉던 사내……. 언제나 그랬듯 심장이 쿵 내려앉는 기분이었다.

'하지만 먼저 잘못한 건 이안이야. 약혼이 한 달 남았는데 다른 여자랑 팔짱까지 끼고……. 심지어 미리 말해 준다는 약속도 어겼어.'

그러나 이번에는 그녀도 참기 어려웠다. 이안에게 미움받을까 항상 감정을 눌러 왔는데 오늘은 그러기 어려웠다.

생각하지 않으려 했건만 연회장에서 이안을 처음 봤던 때가 계속해서 머릿속에 맴돌았다. 아주 자연스럽게 낀 팔짱, 연인처럼 가까운 거리. 저는 비웃음을 감수하면서도 그를 배려해 홀로 왔는데 이안은 당당히 여인과 왔다.

'하필 또 여자랑…….'

게다가 이안 옆에 있는 여인은 얼마 전부터 아이샤의 신경을 계속 긁는 이였다. 헬렌 피츠. 황제의 사생아이자 떠오르는 젊은 여성 사업가. 일전에 참석한 사교 모임에서 두 사람이 함께 목격된 이래 여러 건의 제보가 아이샤의 귀에 들려왔다.

'그보다 아이샤 양. 조심하는 게 좋지 않겠어요?'

'무슨…….'

'이런 말 꺼내기 참 민망한데…… 후작님 말이에요. 다비드 거리 밤 사교장에서 헬렌 양과 같이 있더래요.'

'맞아. 그 이야기 저도 들었어요. 제 오라비가 그 자리에 있었거든요. 사실 그…… 밤 사교장이라는 곳 귀족 여인들은 잘 안 가잖아요? 그런데 헬렌 양이 후작님과 같이 참석해서 다들 놀랐다 들었어요.'

'그뿐만 아니에요. 소피아 양 말이에요. 요새 헬렌 양과 자주 다니던데……. 그 때문인지는 몰라도 후작가에 헬렌 양이 드나든다는 소문이 있어요.'

'소문이 아니에요. 저번에 마차에 후작님과 헬렌 양 그리고 소피아 양이 함께 있는 모습을 봤어요. 방향을 보니 후작저로 돌아가는 모양이던데 보기 좋지는 않더라고요.'

이안이 다른 여자와 있는 모습을 아이샤는 처음 본 게 아니었다. 이안은 오라비들 아니면 그와 파트너 하는 아이샤와 달리 종종 낯선 여인을 파트너 삼았다. 하지만 이번처럼 특정 여인과 친밀히 지내는 모습은 본 적이 없었다. 더군다나 로이드 후작가에 드나드는 젊은 여인이라고는 지금껏 아이샤밖에 없었기에 헬렌이 로이드가를 방문했다는 말을 듣는 순간 아이샤는 눈앞이 컴컴해졌다.

'식당에서 로레타 양과 있긴 했지만, 그 이후로는 두 사람이 함께 있는 거 본 적 없어. 그리고 그때랑 지금은 상황이 다르잖아. 지금 우리는 약혼식을 앞두고 있는데…….'

그러잖아도 약혼을 대하는 이안의 태도에 상처받았던 아이샤였다. 그녀는 찔끔 나오는 눈물로 베개를 한참 적시다 눈물이 더 이상 나오지 않을 때가 돼서야 몸을 바로 뉘었다.

'내가 너무 예민하게 굴었던 걸까?'

욱신거리는 눈가를 비비며 아이샤는 혹여나 자신이 민감하게 구는 건 아닌지 자신에게 물었다. 그녀도 오늘 제 모습이 평소와 다름은 인지하고 있었다. 그러나 새어 나오는 감정은 자책보다는 서러움과 서운함이었다.

약혼에 크게 관심 없어 보이는 이안의 말, 헬렌과 이안을 둘러싼 수군거림, 최소한의 배려도 않는 이안의 태도. 이런 것들이 쌓이고 쌓이던 중이었다. 그러잖아도 비참해지는데 하필 오늘 아이샤는 보고 말았다. 그녀가 너무도 바라는 부부의 모습을.

소중한 아이를 안아 든 채 서로에게 너무 애틋해 보이는 가룻 백작 부부가 부러웠다. 그리고 동시에 서러웠다. 자신은 이안과 저런 그림을 그리기 어려울 거라 생각했기에.

'언제부터 어려울 거라 생각했을까?'

한때는 참 쉬웠다. 이안과 서로 사랑하며 그와 자신을 닮은 아이들 낳는 것을 상상하는 일이. 하지만 지금은 아니었다. 약혼까지 코 앞이었건만 어찌 된 일인지 아이샤는 더는 꿈꿀 수 없었다. 사랑받는 자신을. 그와 자신을 닮은 아이들을. 도통 그려 내기 어려웠다.

"……이 약혼 하는 게 맞을까?"

아이샤가 그녀 자신도 모르게 중얼거리다 놀란 입을 닫았다.

'기분이 나빠 그래. 충동적으로 한 생각이야.'

몸을 돌려 옆으로 누운 아이샤가 시트를 머리끝까지 뒤집어썼다. 눈을 꼭 감은 채 미동도 하지 않는 그녀에게서는 아무 생각도 하지 않겠다는 결연한 의지가 보였다.

똑똑.

그러나 문 두드리는 소리가 아이샤를 방해했다. 아이샤가 시트 속에서 움직이지 않은 채 밖을 향해 소리쳤다.

"마리, 나 혼자 있게……."

"나야."

"다니엘 오빠?"

방문자가 마리가 아닌 다니엘임을 확인한 아이샤가 시트를 내렸다. 그리고 동시에 허락도 없이 문이 벌컥 열렸다.

"들어간다."

"……이미 들어와 놓고 말하는 이유가 뭐야?"

"뭐 어때. 어차피 거절 안 할거잖아?"

"그걸 오빠가 어떻게 알아. 내가 싫다고 할 수도 있잖아."

여동생의 날카로운 말투에도 다니엘은 한가득 웃음 지었다. 그가 침대에 털썩 아무렇게나 앉더니 누워 있는 아이샤의 머리를 대강 흩트렸다.

"이게 벌써 기가 살았네. 아까 마차에서는 보고 싶었다고 미안하다며 울기만 하더니."

아이샤가 작은 쿠션을 다니엘에게 집어 던졌다. 사실이었으나 부끄러웠다. 하지만 저를 보지 않겠다며 집까지 나간 오라비가 먼저 아는 척해 주니 어찌나 다행스럽게 여겨지던지. 그녀는 집으로 오는 길 눈물 흘리며 오랜만에 본 오라비에게 어리광을 잔뜩 부렸다.

"뭐 그래도 이런 모습이 보기 좋네."

날아오는 쿠션을 손쉽게 잡으며 다니엘이 아이샤의 뺨을 쭉 잡아당겼다. 여동생은 기분이 나빠 보였지만 그는 아주 오랜만에 기뻤다.

'그 자식한테 고함치다니. 역시 아직 희망이 있어!'

다니엘은 아이샤가 이안에게 화내는 것을 처음 봤다. 그리고 그 광경에 그는 우습게도 감동하고 말았다.

이안에게 고함치던 누이를 떠올리며 다니엘이 계속 실실 쪼개자 아이샤가 이상한 눈으로 그를 살폈다.

"오빠 기분이 좋아 보여. 무슨 일 있어?"

"아니, 나한테는 없어. 대신……."

다니엘이 안주머니에서 서신 하나를 꺼내 아이샤 앞에 흔들어 보였다. 아주 화려한 서신은 금박이 입혀져 있는 데다 은은한 향기까지 났다. 아무나 쓸 수 없는 물건에 아이샤가 다니엘의 손에서 서신을 가로챘다.

"……너한텐 있지."

서신은 아이샤 앞으로 온 것이었다. 그러나 어찌 된 일인지 봉인은 이미 뜯겨 있었다. 오라비가 서신을 이미 읽었음을 알아챈 아이샤가 다니엘을 흘겨봤다. 그러나 여동생의 세모꼴 눈에도 다니엘은 빙그레 웃으며 빨리 읽어보라 눈짓할 뿐이었다.

* * *

"황자 전하! 안 됩니다. 황태자 전하께서는 지금 중요한 회의……."

시종이 거의 매달리다시피 자레드를 말렸지만 그를 막을 수는 없었다. 자레드는 힘으로 모든 장애물을 헤치고 육중한 나무 문을 한 번에 밀어제쳤다.

벌컥.

"그럼 그 사안에 대해서는……. 자레드?"

관료들과 한참 세금 문제에 관해 논의하던 윌리엄이 동생을 발견하고 놀란 눈을 했다. 저 꼬장꼬장한 인간이 회의를 방해하다니 해가 반대편에서 뜬 게 아닌가 싶어 밖을 볼 정도였다.

윌리엄이 창밖을 보는 동안 자레드는 성큼성큼 걸어 형 앞에 섰다. 관료들은 갑자기 난입한 황자를 경악스러운 눈으로 바라봤지만, 화가 머리 꼭대기까지 난 자레드의 눈에는 망할 형만 보일 뿐이었다.

"네가 이 시간에 여기 웬일이냐?"

"그걸 몰라서……!"

"아이고, 전하."

버럭 고함치려던 자레드 앞에 시종이 몸을 내던지며 주변으로 눈짓했다. 그제야 사람이 많이 있음을 알아챈 자레드가 주먹을 쥐고 숨을 깊게 들이쉬며 터져 나오려는 화를 억눌렀다.

"하아……. 황태자 전하."

이 가는 소리와 함께 나온 말이 오싹했다. 원탁에 둘러앉은 관리들이 자레드의 살기 어린 목소리에 목을 움츠렸다. 심지어 상상력 풍부한 한 관료는 황태자와 황자의 우애에 금이 가는 무슨 일이 생긴 건 아닌지. 그 때문에 타국처럼 황위 다툼이라도 일어나면 어찌해야 하는지 짧은 시간 많은 고민까지 했다.

"왜? 할 말 있어?"

그러나 자레드의 살기를 그대로 받아 내고 있는 당사자 윌리엄은 태연자약했다. 과연 저 정도는 되어야 황태자지. 관료들이 새삼 존경스러운 눈으로 윌리엄을 바라봤다.

"나 바쁘니까 빨리 말해."

자레드는 조금의 의아함도 없는 형의 눈동자에 알아챘다. 이 인간. 내가 왜 왔는지 아는구나. 그가 한층 더 살벌한 목소리로 에드워드에게 말했다.

"잠시 시간을 좀 내주십시오. 지금 당장."

* * *

세금 문제가 논의되고 있던 회의는 잠시 휴식 시간에 접어들었다. 회의실에 윌리엄과 단둘이 남은 자레드는 마지막 관료가 나가고 문이 닫히기 무섭게 윌리엄 앞 책상에 서신 하나를 패대기쳤다.

"형이지! 이거 형 작품이지?"

"이게 뭔데?"

서신을 대강 훑어본 윌리엄이 짐짓 모르는 척 고개를 갸웃거렸다. 눈 하나 깜빡 않고 시침을 떼는 그 모습에 자레드가 인상을 구기며 쏘아붙였다.

"아이샤 양이 내게 서신을 보내왔어. 일전에 보내 주신 서신에 대한 답이라는데 어떻게 생각해?"

"황자인 네가 서신을 보냈으니 답신했겠지. 당연한 거 아냐?"

"형! 계속 모른 척할 거야? 난 아이샤 양한테 서신 같은 거 보낸 적 없어. 그런데 답신이 왔다고. 그렇다면 답은 하나잖아. 누가 날 사칭해 서신을 보냈다는 건데……. 이런 짓 벌일 사람이 형 말고 있어?"

자레드의 추측은 정확했다. 그랬다. 자레드인 척 아이샤에게 서신을 보내도록 지시한 건 윌리엄 그였다. 그러나 윌리엄은 곧장 인정하기 싫었다. 그가 놀리는 재미가 있는 남동생을 바라보며 어깨를 으쓱였다.

"캐서린일 수도 있고 아니면 누가 장난……."

"형!"

자레드가 문밖까지 들릴 정도로 큰 소리를 냈다. 귀를 틀어막은 윌리엄이 그제야 고개를 끄덕였다.

"알았어. 알았다. 인정하마. 그래, 내가 보냈어."

손까지 들어 보이는 형제를 자레드가 노려봤다. 무언으로 묻는 동생에게 윌리엄이 순순히 답했다.

"걱정되어 그랬지. 레이디 아이샤가 약혼한다는 소식을 들은 이후로 너, 네 궁에서 나오지도 않고 온종일 검만 휘두르고 있잖아. 듣기로는 끼니도 제대로 안 챙긴다는데 형으로써 그걸 어떻게 두고 봐?"

윌리엄의 뻔뻔한 답에 자레드의 얼굴이 불그죽죽해졌다. 자신이 혼자 짝사랑의 아픔을 삼키겠다는데 그걸 왜 간섭한단 말인가. 그리고 이게 돕는 행태인가? 곧 약혼할 여자한테 서신 보내는 게?

자레드가 윌리엄의 멱살을 잡아당겼다.

"뭐라고 썼어. 아이샤 양한테 뭐라고……."

"……너 설마 답신 아직 안 읽었어?"

윌리엄이 책상에 올려진 서신에 눈길을 줬다. 파든가 문양대로 찍힌 봉인은 그대였다.

"맙소사. 이 머저리가! 야! 답신 온 것도 안 읽고 쳐들어온 거야? 난 또 거절당해 화나서 온 줄 알았잖아."

자레드의 손을 털어 낸 윌리엄이 이마를 짚었다. 형의 말에 화로 달궈져 있던 자레드의 얼굴이 새파랗게 질렸다.

"거절? 그건 또 무슨 소리야! 형! 도대체 무슨 짓을 한 거야?"

"하, 정말……. 됐고. 빨리 서신이나 뜯어 봐. 이 답답아."

"뭐라고 보냈길래……."

"이리 내!"

넋이 나간 자레드가 두려움 가득한 얼굴로 서신을 쥐고만 있자 답답해진 윌리엄이 그에게서 서신을 빼앗았다. 한 번에 봉인을 뜯은 그가 종이를 빼 들더니 펼쳤다.

"음……. 아이샤 양은 글씨가 예쁜 편이네. 하긴 숙녀들 글씨체가 읽기 편한 구석이……. 야!"

뒤늦게 정신을 차린 자레드가 윌리엄의 손에서 서신을 낚아챘다. 손까지 떨며 서신을 읽는 그는 긴장한 기색이 역력했다.

- 리트먼 후작가에서 열리는 연회 때 파트너로 함께해 줬으면 한다는 왕자님의 청. 영광으로 받아들이겠습니다. 그럼 자세한 부분은…….

의례적으로 하는 인사말 두어 줄 아래 적혀 있는 문장에 자레드가 눈을 크게 떴다.

파트너? 누가 누구랑……?

"이게 무슨 일이야? 성공했네? 보내면서도 반신반의했는데. 정말 소문대로 로이드 후작과 레이디 아이샤 사이에 무슨 변화가 있나?"

"이게 뭐야. 이거 지금……."

"적혀 있네. 리트먼 후작가에서 열리는 연회에 같이 가 줄 테니 추후 일정을 알려 달라 하잖아. 검만 휘두르더니 글자 읽는 법까지 잊었어?"

슬그머니 일어나 서신을 훔쳐보던 윌리엄이 한심하다는 얼굴로 자레드를 바라봤다. 그러나 윌리엄이 어떤 표정을 짓던 공황 상태에 빠진 자레드에게는 들어오지 않았다.

"이, 이래서는 안 돼. 레이디 아이샤는 로이드 후작과 다음 달에 약혼하잖아. 내가 그녀의 파트너로 연회에 서면 다들 수군거릴 거야. 그리고 이것도 내가 황자라서 거절 못 한 거겠지."

"아닐걸?"

윌리엄이 고개를 저었다. 그가 자레드에게 어깨동무를 하더니 동생의 귓가에 바람을 살살 넣었다.

"로이드 후작 말이야. 요새 딴 여자한테 한눈파는 거 같던데."

그게 무슨 말이냐 자레드가 눈을 커다랗게 뜨고 형을 돌아봤다. 아무것도 모르는 동생의 얼굴에 윌리엄이 혀를 찼다.

"너 아무리 정치에 관심 없다지만, 황자가 돼서……. 쯧! 검만 휘두르지 말고 국내외 정세를 좀 읽어. 정말 로이드 후작이 요즘 누구랑 다니는지 몰라?"

"……."

"그 유명하신 우리 여동생이시란다."

여동생이라는 말에 자레드의 표정이 굳어졌다. 윌리엄이 말하는 여동생은 캐서린을 가리키는 게 아니었다.

"나한테 여동생은 캐서린뿐이야."

"피츠라는 성 사용하는 거 보면 몰라? 이러니저러니 해도 그 여자는 아버지가 인정한 자식이야."

"황적에 오르지도 못하는 사생아가 무슨……."

적의 가득한 말투에는 못마땅함과 분노가 함께 녹아 있었다. 헬렌 피츠. 그 이름은 자레드가 아비와 서먹한 가장 큰 이유였다.

'이 아이가 황자님의 동생이랍니다. 귀엽지요? 여동생을 많이 귀여워해

주세요. 황자님.'

아비의 사생아를 감히 제 동생이라 칭하며 내밀었던 여자가 생각났다. 한창 어렸을 때인데도 어찌나 불쾌하던지. 심지어 그때 자레드의 어미이자 이 나라 황후인 카르나는 여동생 캐서린의 출산을 코앞에 두고 있었다.

크게 다투던 부모의 모습이 머릿속을 스치더니 아비와 떨어져 어미와 별장에 지내던 때가 선명히 떠올랐다. 자레드는 더는 생각하기 싫다는 듯 인상을 구기더니 내뱉듯 말했다.

"그보다 그거 사실이야? 후작이 그 사생아랑 같이 다닌다고?"

"그래. 꽤 자주. 괘씸한 일이지."

윌리엄이 능글맞게 굴던 것을 멈추고 속내를 일부 드러냈다. 그는 성격상 자레드처럼 불쾌함을 솔직하게 드러내지는 않았다. 하지만 실제로 그는 자레드보다 더 아비의 사생아를 싫어했다.

자레드의 어깨에서 팔을 거둔 그가 붉은 머리를 손으로 쓸어 올리며 짙은 남색 눈을 번뜩이며 낮게 깔린 목소리를 냈다.

"감히 어머니가 계시고 우리 남매가 눈 뜨고 있는데 그 계집애한테 발판을 마련해 줘?"

윌리엄은 헬렌이 이안과 함께 다님으로써 시저 제국 귀족 사회에 자연스레 발 디딘 사실이 불쾌했다. 게다가 듣기로 헬렌은 시저의 이름을 은근하게 말하며 사업을 벌인다 들었다.

사생아라 해도 자식의 일이니 모른 척 넘어가는 아비는 그렇다 치고 어머니가 왜 그 계집애를 쫓아내지 않는지 알 수는 없었으나 윌리엄은 헬렌을 곱게 두고 볼 생각이 없었다. 그리고 그녀에게 도움을 준 이안도.

"형. 설마 일부러 레이디 아이샤에게……."

윌리엄의 표정에 자레드가 걱정과 의심이 뒤섞인 눈을 했다. 윌리엄은 너털웃음을 터뜨리며 동생의 등을 쳤다.

"내가 황태자라지만 동생의 짝사랑을 이용할 정도로 냉혈한은 아니니 안심하도록 해."

"……."

"됐고. 이유가 뭐든 레이디 아이샤가 같이 간다고 답했잖아. 좋은 기회야. 다녀와. 간 김에 사람들도 좀 만나고."

"하지만 잘못하면 그녀의 명예가……."

"지금 상황에서는 같이 가 주는 게 그녀에게 더 도움이 될걸. 내가 알기로 아이샤 양, 지금 웃음거리거든."

윌리엄의 말에 자레드가 눈가를 씰룩였다. 파도를 타듯 움직이는 자레드의 눈물점에 윌리엄이 딱하다는 듯 혀를 찼다.

"넌 좋아하는 여자 소식에도 먹통이야? 하여간."

"빨리 말해. 또 무슨 일이야."

"얼마 전에 가롯 백작가에 첫아이 태어난 거 알지? 왜 백작 부부가 태어난 아이 데리고 지방 영지로 간다고 해서 양쪽에서 난리였잖아. 가멜 후작은 나한테까지 찾아와서 제 자식이 관직을 그만두는 걸 막아 달라 어찌나 사정하던지……."

"……."

"하여튼 거기에 로이드 후작이 헬렌 피츠 그 사생아랑 파트너로 왔나 봐. 그런데 그 자리에는 파트너 없이 참석한 아이샤 양이 있었고……. 예비 약혼자가 다른 여자랑 온 연회에 홀로 참석한 귀족 영애라니. 사람들이 무어라 떠들지 뻔하지."

"나쁜 놈."

형제의 말에 자레드가 이안을 향해 나지막이 욕설을 뱉었다. 아이샤는 그런 대우를 받아서는 안 될 여인이었다. 그가 이를 꽉 깨문 채 화가 난 얼굴을 하자 윌리엄은 씨익 웃으며 불난 곳에 부채질했다.

"본래도 후작에게 관심받지 못한다고 수군거림을 듣던 아이샤 양이야.

그러니 이번 일은 제대로 망신이었지. 앞에서는 그래도 불쌍하니 뭐니, 동정하는 모양새지만 뒤로는 온갖 말들로 깎아내려지고 있겠지. 더군다나 아비가 그 파든 백작이잖아? 레반투스 공작 아래 있는 귀족들이 가만있겠어? 아주 제대로 뜯고 씹으면서 즐기고 있을걸."

줄줄이 이어지는 말에 자레드가 자리를 박차고 일어섰다. 그 반동에 의자가 기우뚱거리며 쓰러지려다 윌리엄의 제지에 간신히 제자리를 찾았다.

"너 어디 가!"

넘어질 뻔한 의자를 붙잡은 채 윌리엄이 자레드를 향해 소리쳤다. 자레드는 그새 회의실 문에 다다라 있었다.

"옷 맞추러."

쾅.

짧은 답이 끝나기 무섭게 문 닫히는 소리가 났다. 홀로 남은 윌리엄은 어깨를 한번 으쓱거리고는 쉬기 위해 의자에 기대앉은 채 머리를 뒤로 깊게 젖혔다.

그러나 그가 막 눈을 감으려던 차, 막 닫혔던 문이 다시 열리더니 휴식을 만끽한 관료들이 줄지어 우르르 들어왔다.

"젠장."

그들이 들고 있는 서류 뭉치에 윌리엄이 질린 낯을 했다. 하나 어쩌겠나. 그는 이 나라 황태자인데. 팔을 쭉 뻗어 몸을 푼 그가 허리를 세우며 착석한 관료들에게 말했다.

"그럼 다시 시작해 볼까? 월포스 경. 이번에는 경의 의견을 듣고 싶군."

* * *

리트먼 후작가에서 열린 연회는 그의 막내아들 데미안이 황궁 기사로 임관된 걸 축하하기 위해 열렸다. 결혼식같이 대단한 행사도 아닌데다 후작가가 부유한 편은 아니었기에 연회의 규모는 작다 못해 조촐한 편에 속했지만, 귀족들은 이 연회 초대장을 얻기 위해 혈안이었다.

귀족들이 리트먼 후작가 연회에 참석하고 싶어 하는 이유는 간단했다. 이 연회에 참석하는 이들 중 대단한 이들이 많았으니까. 당장 자레드 황자에 레반투스 공작, 재무대신으로 있는 로투반 후작 등 파벌에 관계없이 나라 안 온갖 권력자들이 리트만 후작의 막내아들을 축하해 주기 위해 참석한다는 소문이 났다.

"후작님께서 대단하시긴 한가 봐요. 평소 한자리에 모이기 힘든 분들이 다 오셨네요."

작금 권력자들의 발걸음이 리트먼 후작저로 향하는 이유는 후작이 가진 명예 때문이었다. 지금이야 나이 든 보통 노인의 모습을 하고 있다지만 리트먼 후작은 이십여 년 전만 해도 시저 제국의 국민 영웅이었다. 젊은 시절 그는 가문의 이름을 딴 리트먼 해전을 비롯해 백여 차례의 크고 작은 해전을 승리로 이끌었다.

"후작님. 축하드립니다. 데미안 경 축하하네. 한창 어릴 때 목검 들고 다니던 걸 본 거 같은데 이제 황궁에서 종종 얼굴 보겠군."

"감사하오. 내 평생의 마지막 소원이 이루어졌다오. 이 애의 형들은 어찌 된 게 다 머리만 쓸 줄 알아 고민이 깊었는데 이 녀석이 기사의 길을 걸음으로써 내 원을 풀었소."

항상 엄한 표정에 등을 꼿꼿이 펴고 있던 리트먼 후작이 손님을 맞이하며 막내아들의 어깨를 쳤다. 껄껄 호탕하게 웃는 그의 얼굴에는 숨길 수 없는 기쁨이 가득했다. 아직 앳된 얼굴의 데미안의 그런 아비의 자랑에 부끄러운 듯 얼굴을 붉혔지만 싫지는 않은 듯 자신을 축하해 주는 하객과 악수를 했다.

"레반투스 공작님께서 이런 자리에 오신 건 오랜만에 보네요."

"리트먼 후작님께서는 황제 폐하께서도 인정하시는 살아 있는 전설이 아니오. 대단하신 분이지."

워낙 대단한 사람들이 손님으로 온 탓에 웬만한 이들은 사람들의 관심도 받지 못했다. 그러나 곧 사람들의 시선을 단번에 사로잡는 남녀 한 쌍이 도착했으니…….

"저기 좀 보세요. 또……."

"왜 얼마 전 있었던 휘폰 남작가 연회에서도 두 사람이……."

주인공은 최근 사교계에 소문을 일으키고 있는 이안 로이드 후작과 헬렌 피츠였다.

* * *

"어머, 이 작은 곳이 복작복작하네. 발 디딜 틈이 없겠어."

붉은 머리를 높게 틀어 올린 후 하얀 깃털로 장식한 헬렌이 도도한 얼굴로 연회장을 둘러봤다. 그리고 무언가 못마땅한 듯 부채질을 하며 옆을 돌아봤다.

"그렇지 않나요? 이안."

"……."

"파트너가 물어보는데 답하지 않는 건 실례예요. 게다가 오늘로써 나랑 파트너 하는 영광도 끝이잖아요. 얼굴 좀 펴요. 이안."

헬렌의 옆에서 냉랭한 얼굴을 하던 이안이 인상을 살짝 구겼다. 그가 헬렌을 돌아보지 않은 채 저 멀리 앞쪽을 쳐다보며 말했다.

"……레이디 헬렌. 난 그대에게 내 이름을 허락한 적 없습니다."

"야속해라. 너무 그러지 말아요. 우리가 어디 한두 번 같이 다녔나."

까르르 올라가는 웃음소리와 함께 부채로 어깨를 툭 치는 몸짓이 경쾌했다. 그러나 이안의 조금도 반응하지 않았다.

사실 이안은 지금 마음이 영 불편한 상태였다. 아이샤에게 따라오지 말라는 말을 들은 후, 그는 그녀의 머리카락 한 올 볼 수 없었다. 전이라면 슬금슬금 다가오지는 않아도 그의 곁을 맴돌며 눈치를 볼 여자인데 이번에는 달랐다.

'언제까지 응석 부릴 생각인지.'

이안은 그 이후 아이샤에게 서신을 보냈다. 리트먼 후작가의 연회에 함께 가자고. 사과나 변명의 말은 없었으나 이안은 자신이 먼저 서신을 보낸 것만으로도 충분히 굽히고 들어갔다고 생각했다. 그러나 아이샤는 이안에게 끝내 답장하지 않았다.

저따위가 갑자기 냉랭하게 군다고 해서 제가 눈 하나 깜빡할 줄 아는가. 그 사실이 괘씸해 이안은 헬렌과 함께 연회에 참석했다. 리트먼 후작의 연회에 가고 싶어 발을 동동 구르던 헬렌은 이안의 제안에 기쁨을 감추지 못했으나 막상 연회에 도착하고는 규모에 실망한 얼굴이었다. 그러나 헬렌이 실망하건 말건 그건 이안의 관심 밖이었다.

'……오지 않은 모양이지.'

저 멀리 에드워드 파든과 다니엘 파든이 보였다. 파든 백작 부부는 짧은 여행을 갔다 했으니 오늘 연회에 참석하는 파든가 사람은 저 둘인 모양이었다. 아이샤가 없음을 확인하자 괜스레 마음이 놓였다.

이안은 조금 누그러진 눈빛으로 에드워드와 다니엘을 바라보다 다니엘과 눈을 마주쳤다. 다니엘이 이안을 마주 보기 무섭게 환하게 웃었다. 평소라면 인상을 있는 대로 쓰며 당장에라도 달려들 듯 굴 텐데 이상했다.

동생의 반응에 에드워드도 이안 쪽을 돌아봤다. 그는 다니엘처럼 티 나게 웃지는 않았으나 이안은 보고 말았다. 에드워드의 입꼬리가 미미하게나마 올라가는 것을.

파든가 형제의 반응에 이안이 눈썹을 치켜올렸다. 예상하건대 그날 아이샤가 제게 따라오지 말라 소리쳤던 것을 다니엘이 제 형에게도 말한 모양이었다.

저절로 이가 갈리며 아이샤에게 더더욱 화가 났다. 제 오라비들에게 저를 웃음거리로 만들다니. 이제는 그녀가 먼저 서신을 보낸다 해도 약혼까지 얼굴을 볼 생각이 없었다.

'무슨 일만 생기면 제 오라비들에게 쪼르르 다 말하는 버릇을 고쳐 놔야지. 아니면 나중에 결혼해 함께 살 때도…….'

부글부글 끓는 속내를 내리누르며 생각하던 때였다. 이안은 제 생각에 놀라 걸음을 멈췄다. 옆에서 헬렌이 그를 이상하게 바라봤지만, 이안은 눈치채지 못했다.

'……누가 누구랑 결혼해?'

이안에게 아이샤와의 약혼은 제 계획의 일부일 뿐이었다. 그레이엄 파든……. 그자를 생각하면 아이샤와 자신이 결혼까지 갈 확률은 희박했다. 아직 명백한 물증은 없다지만 책상 세 번째 서랍 안 가득한 서류들로 짐작하건대 정황은 거의 확실했으니까.

이안이 싸늘하게 입매를 굳혔다. 그가 제 마음속을 휘젓는 번민을 단번에 정리했다. 다니엘이 아직까지 그를 보며 실실 쪼개고 있었다.

그러나 더는 짜증이 솟구치지 않았다. 가만 생각해 보니 이 자리에서 웃음거리는 저들 아닌가. 여동생의 약혼자 될 사람이 다른 여자와 함께 왔다. 그것도 한참 말이 도는 여자와.

이안은 헬렌과 저를 두고 사람들이 무어라 수군거리는지 알고 있었다. 지금까지는 그 사실이 매우 번거롭고 불쾌하다고 생각했는데 당장은 그렇지 않았다. 어차피 이런 문제에 있어 더 흠이 나는 건 아이샤 쪽임을 이안은 잘 알았다.

그는 속닥거리는 사람들을 보다 헬렌 쪽으로 조금 더 붙었다. 이 여자와 붙어 있었다는 소식이 들어가면 아이샤는 어떤 반응을 보일까. 항상 그러했듯 울먹이다 저를 찾을까? 아니면 모른 척 굴면서도 상처를 내보일까?

"어머. 갑자기 왜 이러실까. 나 보기를 돌같이 하던 파트너께서."

갑작스러운 이안의 행동에 헬렌이 눈을 흘겼다. 그러나 이안은 모른 척 말을 돌렸다.

"오늘은 누구랑 안면을 틀 생각입니까. 계약대로 딱 인사까지만 도와주고 난 빠지도록 하겠습니다."

"좀 기다려요. 아직 안 온 거 같으니까."

이안의 답에 헬렌이 연회 홀 입구를 바라봤다. 연회가 시작된 지 꽤 됐음에도 새로 오는 이들이 많았다. 헬렌이 이제 막 들어오는 사람들을 보다 한참 만에 입을 열었다.

"난 여기 오빠를 만나러 왔어요. 자레드 황자 말이에요. 오늘 여기 온다고 소문이 났잖아요?"

이안이 어이없다는 듯 그녀를 봤다. 누굴 보고 오빠라 친근히 호칭하는 건지. 이 여자 자신의 처지를 알고는 있는 건가? 하지만 여전히 출입구를 보고 있는 헬렌은 그런 이안을 눈치채지 못했다. 이안은 한숨이 나오는 것을 가까스로 참은 채 말했다.

"……황자 전하는 내가 도와줄 수 있는 상대가 아닙니다."

"괜찮아요. 이안 당신의 역할은 초대장에 있었으니까."

상관없다는 듯 어깨를 으쓱이며 헬렌이 고개를 돌렸다. 그리고 그제야 그녀는 이안의 표정을 눈치챘다. 그녀가 잠깐 얼굴을 굳혔다가 재빠르게 표정을 갈무리하며 부러 자신만만한 목소리를 냈다.

"그리 보지 말아요. 누가 뭐라 해도 황자 전하께서는 제 오라비예요. 제 어머니께서 말씀하신 적이 있어요. 윌리엄 황태자 전하와 다르게 황자 전하께서는 저와 인사한 적이 있다더군요. 물론 어릴 때라 생각은 안 나지만……."

"……."

"……듣기로는 자레드 황자가 캐서린 황녀에게 아주 다정하다 들었어요. 무뚝뚝해도 여동생한테는 잘하는 모양인데 20년 넘게 보지 않았던 내게도 먼저 인사 정도는 해 주겠죠."

헬렌의 말은 평소보다 좀 빨랐다. 이안은 그녀의 얼굴에 잔뜩 올라앉은 기대감을 보며 시선을 돌렸다. 이 여자가 어떤 멍청한 착각을 하던 자신이 상관할 바는 아니었다. 어차피 오늘이면 이런 연회에서 파트너 할 일도 없을 것이고……. 이안은 진심으로 그리 생각하는 거냐 물으려다 입을 닫았다.

"두고 봐요. 나도……."

이안의 반응에 헬렌이 입술을 질끈 물며 무어라 말을 이으려 했다. 그러나 순간 사람들의 웅성거림과 함께 모두의 시선이 출입구 쪽으로 향했다. 이안과 헬렌도 자연스레 고개를 돌렸다. 그리고 출입구를 본 순간 두 사람의 눈이 동시에 커졌다.

* * *

"세상에. 이게 무슨 일이죠?"

"로이드 후작 각하와 레이디 아이샤말이에요. 약혼하는 거 아니었어요? 그런데 왜 둘 다……."

"아! 그러고 보니 다들 기억 안 나요? 왜 저번 황궁 연회 때 황자 전하께서 아이샤 양과 춤췄잖아요. 어쩐지 그때도 분위기가 묘하더니."

아이샤는 사람들의 시선이 온통 자신에게 집중돼 있음을 알고 입 안쪽을 살짝 깨물었다. 답장을 쓴 후 내내 후회하기는 했으나 직접 상황을 마주치니 자신이 무슨 일을 벌였는지가 실감이 됐다. 한 달도 채 남지 않은 약혼인데 다른 사내와 파트너로 참석하다니. 그녀는 겁에 질렸을 뿐 아니라 생애 가장 큰 죄책감에 시달렸다.

"후작에게만 인사하고 그대의 오라비들이 있는 곳으로 가지. 그편이 편할 테니까."

아이샤의 떨림을 느꼈는지 자레드가 옆에서 속삭였다. 잔뜩 얼어 있던 아이샤는 그제야 자레드의 존재를 상기했다. 그녀가 미안한 얼굴로 고개를 끄덕였다. 황족인 만큼 예를 갖춰 대답해야 하는데 긴장 탓인지 입이 떨어지지 않았다.

자레드가 아이샤를 조심스레 에스코트했다. 황자의 등장에 후작이 빠르게 허리를 숙이며 인사했다.

"황자 전하. 소신의 집에 찾아 주셔서 영광입니다."

"당연한 일이오. 후작. 시저 제국의 영웅의 초대를 거절할 수는 없지. 나야말로 초대해 줘서 고맙군. 그리고 데미안 경 축하하네. 다음 주면 자주 보겠어. 난 꽤 까다로운 상사이니 시험 때처럼 열심히 해 주길 바라."

"물론입니다. 전하."

"아, 그리고 이쪽은 내 파트너로 참석한 레이디 아이샤. 알다시피 파든 백작가의 고귀한 영애시지. 레이디 아이샤. 이쪽은 리트먼 후작과 그 아들인 데미안 경."

"후작 각하. 멋진 연회에 초대해 주셔서 감사합니다. 데미안 경. 축하드려요."

"와 주셔서 감사합니다. 레이디."

자레드의 말에 아이샤가 재빨리 인사했다. 사람들의 웅성거림을 들었을 텐데도 리트먼 후작은 낯빛 하나 바꾸지 않고 아이샤에게 마주 인사했다. 그러나 그의 아들인 데미안은 말이 없었다.

"크흠……!"

"아……. 아, 예. 레, 레이디 아이샤. 와 주셔서 감사드립니다."

후작이 아들의 옆구리를 쳤다. 그제야 정신을 차린 데미안이 아이샤에게 넙죽 허리를 숙여 보였다. 말을 더듬으며 어쩔 줄 몰라 하는 그의 얼굴을 발갛게 물들어 있었다. 그리고 그를 발견한 자레드는 순간 눈을 번뜩이며 재빠르게 아이샤를 끌었다.

"우리는 이만 가지. 다시 한번 축하하네!"

"전하, 데미안이 안내를……."

후작은 데미안을 황자에게 붙이려 했다. 신분도 그렇거니와 데미안의 직속 상사가 자레드였으니까. 하나 이미 데미안의 표정을 본바. 자레드는 그와 함께할 생각이 조금도 없었다.

"괜찮네. 주인공은 계속 손님을 맞이해야지. 그럼 이만."

후작이 무어라 말하기도 전 자레드가 아이샤를 이끌었다. 얼떨떨하게 있던 아이샤가 부드럽지만 단호한 그의 손짓에 그대로 끌려갔다.

'역시 다니엘 오빠의 말대로 하는 게 아니었어. 이러면 똑같이 나쁠 뿐이잖아.'

출입구를 벗어나자 사람들의 시선이 더욱더 또렷해졌다. 아이샤는 어깨를 움츠리며 고개를 숙였다. 이안이 그런다 해서 저 또한 똑같이 행동하는 것은 잘못된 일이다. 이 사실이 그의 귀에 들어갈 것을 생각하니 복수했다기보다는 미안해졌다.

자레드는 그런 아이샤를 눈치채고 표정을 구겼다. 왜 그녀가 죄책감에 시달리는지. 시야가 바닥으로 한정된 아이샤와 달리 그는 이미 누군가를 발견한 뒤였다. 그가 아이샤 쪽으로 고개 숙이며 말했다.

"고개 펴. 그대는 잘못한 게 없으니까. 당당해도 좋아."

자레드의 갑작스러운 말에 아이샤가 고개를 들었다. 자레드가 조금 씁쓸한 눈짓으로 어딘가를 가리켰다. 아이샤가 천천히 눈동자를 굴렸다. 그리고 연한 그녀의 하늘색 눈에 가롯 백작가 때와 같은 두 사람의 모습이 담겼다.

* * *

이안의 머리 위로 벼락이 떨어졌다. 예상치도 못하게 머리를 얻어맞은 듯 그는 충격에 손가락 하나 까딱할 수 없었다.

아이샤가 저나 가족 아닌 다른 사내를 파트너 삼았다. 한 번도 없는 일에 이안은 손끝부터 피가 싹 빠져나가는 기분이었다.

이안이 못 박힌 듯 선 채 눈을 부릅뜨고 아이샤를 뚫어져라 보다 그 옆에 선 자레드와 눈을 마주쳤다. 그를 경멸스럽게 바라본 자레드가 허리를 살짝 숙여 아이샤에게 귓속말하는 것이 보였다. 그러자 내려가 있던 고개가 올라오고 곧 파란색 물감을 옅게 풀어 놓은 듯한 눈동자가 그를 향했다.

아이샤는 놀란 얼굴이었다. 그러나 입술을 꾹 내리 문 얼굴 어디에도 죄책감이나 부끄러움은 없었다. 이안은 아이샤의 얼굴에 충격에서 벗어나 분노를 느꼈다.

'……네가 감히.'

당장에라도 아이샤에게 달려들 듯 이안의 벽안이 형형이 빛났다. 아이샤는 그런 그에게서 곧바로 시선을 돌렸다. 잠깐 머물렀다 사라진 눈길에 이안의 주먹에 힘이 들어갔다.

"저 여자가 약혼녀인가 보죠?"

이안의 심상찮은 반응에 헬렌은 곧장 아이샤를 알아봤다. 사내가 이런 얼굴을 하는 건 뻔했다. 제 여자를 빼앗겼다고 여길 때 대부분의 사내는 출신의 높낮이와 관계없이 분노를 여실히 표현했다.

"제법 예쁘네요. 한데 그것뿐이잖아."

아이샤를 훑어본 헬렌이 못마땅한 듯 내뱉었다. 이안만큼은 아니었지만, 그녀의 눈빛도 심상찮았다.

"파든 백작가는 돈만 많은 졸부로 귀족이라 부르기도 뭣하다던데 그 집 여식이 어떻게 황자인 오빠의 파트너 자리를 꿰찼지?"

헬렌은 제 몸속에 황제의 피가 흐른다는 사실을 굉장히 자랑스럽게 생각했다. 때문에 그녀는 구귀족파의 몇몇 명문 귀족들 외에는 깔보는 경향이 있었는데 그런 그녀의 기준에서 신흥 귀족파인 파든 백작가는 평민이나 다름없었다. 그런데 그런 집안의 여식 따위가 저는 아직 인사도 제대로 못 한 이복 오라비와 함께 나타나다니 짜증과 함께 질시가 솟구쳤다.

"저 둘 개인적인 연이라도 있어요? 말 좀 해 봐요."

그녀가 짜증을 감추지 않은 채 이안에게 재차 물었으나 이안은 답하지 않았다. 헬렌을 저를 무시하는 이안에게 톡 쏘아붙이려다 무언가 생각해 내고 빙그레 웃음 지었다.

'내가 먼저 하면 되지, 뭐. 이런 자리에 눈앞에 있는데 설마 내치겠어? 그리고 여차하면 어머니께서 말해 주신 걸 써먹으면 되니까.'

이안이 아이샤와 눈을 마주칠 때 헬렌은 자레드와 시선을 주고받았다. 그러나 기대와 달리 이복 오라비는 그녀를 알아본 눈치임에도 먼저 인사해 줄 낌새는 보이지 않았다.

"저 여자 당신 약혼녀 맞죠? 그럼 나 인사나 시켜 줘요."

헬렌이 이안의 팔을 은근히 잡으며 말했다. 그녀는 아이샤에게 인사를 가는 척 자레드와 안면을 틀 생각이었다.

말도 되지 않는 소리에 그제야 이안이 헬렌을 돌아봤다. 그러자 헬렌이 살살 웃음 지으며 아이샤와 자레드 쪽을 보란 듯 시선을 옮겼다.

"내가 모를 줄 알아요? 우리 사이에 어떤 소문이 도는지? 나야 뭐 그런 소문쯤 상관없지만 당신 약혼녀는 생긴 게 딱 보니 질질 짜는 귀족 여자 애인걸? 그간 소문 때문에 마음이 상했을 텐데 당사자인 내가 오해를 풀어 주면 좋잖아요?"

"……."

"아니면 약혼녀 마주 볼 자신이 없어요? 하긴 여인과 사내는 처지가 다르지."

"……."

"솔직히 지금 기분 뭣 같죠? 약혼자가 다른 여자랑 좀 나다녀도 약혼녀한테 쏟아지는 건 비웃음보다 동정이지만……. 약혼녀가 다른 사내랑 나다니는 건 약혼자한테 큰 오명이잖아? 동정은커녕 제 여자 간수도 못 하고 빼앗겼다 비웃음 듣기 딱 좋지."

헬렌의 말이 이어질수록 이안의 눈이 시리게 얼어 갔다. 제 도발이 먹혀들었음을 안 헬렌이 확실히 이안을 자극했다.

“그래도 너무 기분 나빠하지 마요. 상대가 내 오라비 정도면 다들 이해할 거예요. 안 그래요?”

“가지.”

“어머. 가려고? 뭐 나야…….”

헬렌의 예상대로 이안은 고민 없이 걸음을 옮겼다. 그들이 아이샤와 자레드에게 가까이 다가가자 사람들이 숨을 들이켜는 게 보였다. 자레드가 다가오는 이안을 발견하고 재빨리 아이샤를 이끌어 자리를 피하려 했다. 그러나 이안이 조금 더 빨랐다. 흥미진진한 광경. 모두의 눈이 빛났다.

이제 구설은 피하기 어려웠다. 그나마 다행인 것은 그들 네 사람이 연회장 구석에 자리했다는 것이었다. 게다가 당사자들도 사람들의 이목을 신경 쓰고 있는 터라 목소리를 낮추며 표정을 최대한 정돈하고 있었다. 아마 네 사람의 관계를 모르는 이라면 그저 지인들끼리 이야기를 나누는 줄 알리라.

“내 앞을 가로막다니 이 무슨 무례지? 후작, 할 말이라도 있나?”

자레드가 아이샤를 힐끔거리며 말했다. 감당하기 어려운 상황에 그녀의 얼굴은 보고 있기 어려울 정도로 핼쑥해졌다.

“오랜만입니다, 전하. 무례인 걸 알지만 약혼녀에게 할 말이 있어서 왔습니다. 잠시 제 약혼녀와 자리를 비워도 괜찮겠습니까?”

이안이 허리 숙여 자레드에게 예를 표하며 직설적으로 제 목적을 밝혔다. 약혼녀라는 단어에 힘이 들어간 것은 착각이 아니리라. 이안의 말에 아이샤가 헉하고 숨을 들이켰다.

“자네 약혼녀? 자네는 아직 약혼식도 안 했잖나. 그런데 약혼녀를 찾다니. 이상한걸.”

잔뜩 긴장한 아이샤와 달리 그녀를 제 등 뒤로 보낸 자레드는 전혀 변하지 않았다. 그가 빈정거리며 이안에게 답하자 이안은 곧장 시선을 아이샤에게 내리며 손을 뻗었다.

"아이샤, 나랑 따로 이야기 좀 해."

자레드가 냉정히 이안의 손을 막아섰다. 그는 빈정거리던 것을 멈추고 딱딱히 굳은 표정을 지었다.

"후작, 그만둬. 감히 누구 파트너한테 이리 오라 마라 명령인가."

"전하. 전하께서는 제 약혼녀의 명예를 떨어뜨리고 계십니다. 이런 상황은 아이샤에게 좋을 게 없습니다. 말이 나올 겁니다."

이안은 한 치도 물러서지 않았다. 그는 자신과 약혼식을 앞둔 아이샤가 자레드와 함께 온 것이 그녀의 명예에 좋지 않다 말하며 물러설 뜻이 없음을 밝혔다. 그러자 자레드가 어이없는 듯 헛웃음을 터뜨렸다.

"하, 무시? 누가? 후작이 할 말은 아닌 거 같은데. 그리고 지금 후작 그대가 내 파트너를 데려가면 그게 더 구설을 부르지 않을까?"

자레드의 시선이 처음으로 헬렌에게 닿았다. 그의 시선에 담긴 의미가 명확해 이안이 입을 잠시 다물 수밖에 없었다. 사실 약혼녀를 내버려 두고 다른 여자와 온 것은 그도 마찬가지였으니까.

하지만 저와 아이샤는 처지가 다르다고 이안은 생각했다. 일단 아이샤는 여인으로 구설에 취약하지 않은가. 그리고 약혼자가 약혼녀 데려가는 일이 구설에 좀 오르면 어떤가.

이안은 그렇게 자신을 정당화시킨 채 아이샤에게 따라오라 계속 눈짓했다. 자레드가 이안의 시선을 알아채고 인상을 와락 구겼다. 그러나 순간 이안의 옆에 있던 헬렌이 기다렸다는 듯 끼어들었다.

"인사드리겠어요."

그녀는 계속 기다리고 있었다. 어떤 것이든 이복 오라비가 자신에게 관심 보이기를. 그리고 그녀는 자레드의 시선이 제게 온 순간을 놓치지 않았다.

"이미 알고 계실지 모르겠지만 전 황자님의 여동……."

"……후작의 수준이 많이 떨어져. 명문 로이드가 가주한테 피츠 성의 파트너라니."

피츠라는 성은 황제의 사생아에게만 내려지는 일종의 굴레였다. 피츠는 존재하는 성이되 작위도 영지도 따로 없었다. 물려줄 어떤 것도 없고 자식에게 전승되지도 못하는 일회성 귀족의 성. 따라서 황제가 사생아를 가엽게 여겨 따로 다른 작위와 영지를 주지 않는 이상 사생아의 후손은 귀족조차 되지 못했다. 그리고 그 때문에 황족들은 피츠 성을 가진 사생아들을 그들의 성으로 모욕했다.

"난 피츠 성을 가진 이하고는 말 섞을 생각 없어. 그러니 후작 그대가 파트너 단속 좀 했으면 좋겠군. 감히 누구에게 먼저 아는 척인가. 쯧."

생각보다 거센 이복 오라비의 적대에 헬렌이 얼굴색을 바꿨다. 딱딱히 굳어 버린 그녀를 두고 자레드가 이안에게 손을 내저었다.

"가 보도록 하지. 둘을 보고 있으니 기분이 좋지 않아."

"전하. 전 제 약혼녀와 할 말이 있다 했습니다."

"후작! 명에 불복종하는 건가? 감히?"

결국, 자레드가 목소리를 높였다. 힐끔거리며 이쪽을 보던 사람들이 조금 크게 나온 황자의 목소리에 대놓고 고개를 돌렸다. 저 멀리 연회의 주최자인 리트먼 후작과 그 아들 데미안이 당황하는 게 보였다. 하기야 주인공이 바뀐 셈이니……. 자레드는 그들 부자에게 더는 민폐 끼칠 수 없다 판단하고 아이샤에게 말했다.

"……레이디 아이샤. 이만 오라비들이 있는 곳으로 가지."

어깨를 움츠리고 있던 아이샤가 고개를 급히 끄덕였다. 그녀도 일이 더 커지는 것을 원하지 않았다. 자리를 피하면 괜찮겠지. 그리 생각한 아이샤가 자레드가 이끄는 대로 몸을 돌릴 때였다. 찰나. 이안이 그녀와 눈을 마주한다 싶더니 커다란 손이 성큼 눈앞으로 다가왔다.

"아이샤."

"아?"

익숙한 목소리와 함께 몸이 앞으로 당겨졌다. 아이샤는 자신이 어디로 가는지도 모른 채 이안의 품에 안기다시피 했다. 이안은 그녀가 품 속으로 들어오자마자 몸을 물려 빠르게 걸음을 옮겼다.

순식간에 벌어진 일에 자레드도 헬렌도 사고를 멈추고 말았다. 그나마 자레드가 빠르게 정신을 차리고 몇 발자국 멀어진 이안과 아이샤를 따르려 했다. 그러나 한 발 제대로 내딛기도 전, 하얀 손이 그를 잡았다.

"그냥 두세요. 지금 따라가면 정말 치정극으로 소문이 날 텐데요. 그게 저 아가씨에게 좋을까요?"

자레드가 얼굴을 구겼다. 그의 옷자락을 잡고 당기는 건 헬렌이었다. 그녀는 자레드와 눈을 똑바로 마주하며 찬찬히 상황을 일러 줬다.

"저리 둘이 가게 두는 게 훨씬 나아요. 누가 봐도 질투하는 사내인데……. 덕분에 아이샤 양? 저 아가씨는 약혼자에게 냉대받는다는 이미지는 탈피하겠죠. 다음 달이 약혼식인데 나서서 망칠 필요 있나요?"

자레드는 헬렌의 말이 어느 정도 옳다고 생각했다. 그러나 저대로 둘을 둘 수 없지는 않은가. 그가 헬렌에게 윽박지르듯 말했다.

"내가 네 말을 들을 거 같나. 너 따위가 뭐라 한들……."

"기껏 기회를 드렸건만."

헬렌이 자레드의 말을 자르며 입꼬리를 비틀어 올렸다. 어딘가 독기 어린 미소에 자레드는 순간 섬찟함을 느꼈다.

"가지 마세요, 오라버니. 아니면 비밀을 폭로할 거랍니다."

비밀이라는 단어가 불길했다. 그날 갓난아기였던 이 여자를 안고 어렸던 그에게 미소 짓던 그 여자. 헬렌의 어미가 지어 보이던 그 새빨간 미소가 순간 헬렌의 미소에 겹쳐 보였다.

"네가 무슨 비밀을 폭로하든 상관없으니 놔. 마지막 경고다. 아니면 내치겠다."

스멀스멀 올라오는 불안함을 가까스로 떨쳐 내며 자레드가 작게 일갈했다. 그러나 그의 불안을 눈치챈 모양인지 헬렌은 눈을 가늘게 접으며 더욱 진한 미소를 물었다. 그녀가 입술 앞에 두 번째 손가락을 가져다 대며 은밀하게 어느 이름을 말했다.

"……캐서린 황녀에 관한 건데도요?"

* * *

"아이샤! 아이샤! 어디 있어? 이안, 이 망할 개자식이! 야! 당장 나와!"

계단 난간 사이로 아래를 내려다보자 다니엘이 씩씩거리며 뛰어다니는 게 보였다. 이안은 아이샤에게 바짝 붙어 그녀의 입을 막은 채 다니엘을 봤다.

서성이던 다니엘이 걸음을 옮겼다. 이안은 발걸음 소리가 저 멀리 사라지고 나서야 아이샤를 풀어 주고 계단에 다시 올랐다. 아이샤는 웬일인지 이안이 입을 막을 때도, 계단을 오를 때도 별다른 반항을 하지 않았다. 이안은 그 사실에 안도하며 입가를 씰룩였다. 저도 제 잘못은 아는 모양이지. 그는 부러 아이샤의 얼굴을 보지 않은 채 그녀를 거칠게 당겼다.

두 사람이 도착한 곳은 저택 2층 복도 끝 움푹 파인 공간에 마련된 간이 휴게 장소였다. 연회장과 떨어진 이곳은 사용인 하나 지나다니지 않아 조용했다. 이안은 하나 있는 카우치에 아이샤를 거칠게 앉히고 그 앞에 섰다.

"너."

끓어오르는 화를 참으려 깊게 한숨 쉰 그가 눈을 감고 머리를 거칠게 쓸어 올렸다. 옆으로 깔끔하게 가르마 탄 머리가 단번에 헝클어져 자연스레 내려왔다.

아이샤는 눈을 내리깐 채 고개를 살짝 모로 틀고 있었다. 아무 말 없이 그를 외면하는 아이샤의 모습에 이안이 습관처럼 그녀의 턱을 짚어 얼굴을 들어 올렸다.

"설명 안 해? 이게 무슨 짓이냐 묻잖아."

이안의 재촉에도 아이샤는 입을 꾹 다물었다. 조금 전 자레드 황자와 함께 있을 때만 해도 당황해 어찌할 바 모르더니 그새 죄책감을 지우기라도 했단 말인가. 이안이 손에 힘을 꾹 주며 답을 재촉했다.

"아이샤 답 안 해?"

이안의 손아귀 힘에 참지 못한 아이샤가 인상을 찌푸리자 이안이 뒤늦게 손에 힘을 풀었다. 아이샤가 고개를 저어 이안에게서 벗어난 뒤 반문했다.

"왜 화를 내?"

답은커녕 되려 반문하는 아이샤에게 이안이 어이없다는 얼굴을 했다. 그가 화가 난 기색을 감추지 않았다.

"뭐? 너 지금 그걸 말이라고……."

"너도 같잖아."

아이샤의 말에 이안의 말문이 턱 막혔다. 이안이 아이샤를 노려봤다. 아이샤는 그의 섬뜩한 눈초리에 순간 움찔 몸을 떨었다. 그러나 곧 그녀는 심호흡을 하더니 지지 않고 이안의 눈초리를 받아쳤다.

"너도 다른 여자랑 왔잖아. 그런데 왜 나만 잘못한 사처럼 굴어?"

"너랑 나랑 상황이 같나!"

큰소리가 터져 나왔다. 그러잖아도 앞의 상황에 내내 긴장하고 있던 아이샤가 커다란 사내가 주는 압박에 저도 모르게 입을 다물고 말았다. 이안이 기세를 몰아 아이샤에게 쏘아붙였다.

"난 일 때문이었어. 그런데 넌 고작 이따위 유흥을 즐기기 위해 다른 사내 손을 잡고 들어왔잖아."

"……."

"그리고 난 이번 연회는 원래 너랑 참석할 생각이었어. 그런데 네가 내 서신에 답하지 않았잖아. 그래서 저 여자랑 온 거야. 한데 보아하니 넌 애초에 다른 사내랑 올 생각이었나 보더군. 응?"

윽박지르는 말투에 아이샤가 아예 고개를 돌려 버렸다. 이안은 다시 아이샤의 턱을 잡아채려다가 스스로가 너무 흥분했다 생각하며 심호흡했다.

'제길.'

이상한 일이었다. 언제부터 아이샤가 제 뜻대로 움직이지 않았다. 아주 쉽게 뜻대로 움직이는 여자였는데. 제자리를 잡으면 틀리는 관계에 이안이 이를 한번 악물고는 화를 꾹꾹 눌러 담았다. 고개 돌리고 있던 아이샤가 그런 이안을 힐끔 보더니 중얼거렸다.

"답……. 너도 안 했잖아."

"뭐?"

"예전에 네가 그랬잖아. 답이 없으면 알아서 알아들어야 한다며. 나도 너랑 가기 싫어 답 안 했어. 네가 말한 우아한 거절. 뭐, 그런 거 한 거야."

아이샤가 무슨 말을 하는지 뒤늦게 알아들은 이안이 황당한 얼굴을 했다. 이 여자는 지금 봄에 있었던 자선 행사 파티 때 자신이 답장하지 않았던 일을 말하고 있었다.

"한참 전의 일에 복수라고 말하는 거야? 맙소사."

"……."

"아이샤, 똑똑히 알아 둬. 그때 나랑 넌 아무 사이도 아니었어. 하지만 지금은 달라. 우리는 곧 약혼할 사이라고."

"……우리 아직 약혼식 안 치렀어."

"그걸 지금 말이라고 해? 그래서? 너 나랑 약혼하기 싫어? 싫어서 이따위로 행동하는 거야?"

약혼하기 싫냐는 물음에 아이샤의 눈동자가 흔들렸다. 이안은 그걸 보며 끓었던 화가 약간 누그러지는 걸 느꼈다.

그래. 아이샤 파든이 저와 약혼을 망설일 리 없었다. 이안은 그것이 제 착각임을 알지 못한 채 주도권을 잡았다 생각하며 아이샤를 밀어붙였다.

"경고하는데 앞으로는 이런 일 없도록 해. 약혼식을 앞둔 여자가 미혼의 황자와 파트너로 참석하다니 말이 되는 소리야?"

"……."

"그리고 내가 전에 말했지. 파든가에서는 여식이 어떤 말이나 행동을 하고 다니든 물렁하게 구는 모양이지만 난 그딴 거 용납 못 한다고. 난 내 약혼녀 될 여자가 다른 사내랑 손잡고 나다니는 꼴은 못 봐줘. 그러니 함부로 나다니지 말고 몸가짐 똑바로……."

툭.

그러나 이안의 주절거림은 더 이상 이어지지 못했다. 가벼운 어떤 물체가 그의 뒤통수를 때리고 바닥에 떨어졌다. 얼떨결에 머리를 얻어맞은 이안이 뒤를 돌았다. 그러자 보이는 것은 뛰어왔는지 숨을 거칠게 쉬고 있는 붉은 머리의 황자와 널브러진 하얀 장갑이었다.

"……듣고 있기가 참 어렵군. 후작."

자레드를 보기 무섭게 이안의 얼굴이 무감해졌다. 그가 완전히 뒤돌아 아이샤를 제 몸으로 가리며 말했다.

"전하께서 상관하실 바가 아닙니다."

"레이디 아이샤가 오늘 내 파트너인 이상 상관할 바지. 감히 내 파트너를 모욕해?"

자레드는 당장에라도 이안에게 달려들 기세였다. 이안은 땀을 흘리는 그를 보며 조소하다 자레드가 던진 것이 분명한 장갑을 발로 지그시 밟았다.

"모욕? 누가 누굴 모욕하는 건지. 그래서 결투라도 하자는 말씀이십니까?"

"눈 없나? 그 반짝이는 머리를 치고 떨어진 장갑 보면 몰라? 맞아. 난 후작 자네한테 결투를 신청한 거야."

결투라는 말에 이안의 자세가 한층 더 비딱해졌다. 유명한 기사인 자레드를 앞에 두고도 그는 조금도 겁먹지 않았다. 오히려 이안의 뒤에 있는 아이샤가 결투라는 단어에 놀란 눈을 한 채 자리에서 벌떡 일어났다.

"한데 자네는 검이 없군? 그럼 맨손으로 좀 때려도 되겠나?"

이안은 자레드의 목적이 애초 자신을 주먹으로 때리기 위함을 알아차렸다. 정말 정식 결투를 원했다면 검을 구해 오라 사람을 부르거나 기사가 아니니 대타를 세우라 말했을 것이다.

"좋습니다. 저도 황족을 검으로 벨 수는 없는 노릇이니까요."

"옷깃이나 스칠 수 있고?"

자신만만한 자레드의 말에 이안이 픽 웃었다. 기사들이 흔히 저들만 주먹과 검을 쓰는 줄 알았다.

"전하! 이안 전하께 무슨 무례야. 그만해. 전하께서도 그만두세요. 네?"

두 사람이 겉옷을 벗고 소매에 붙은 단추를 풀자 아이샤가 앞으로 튀어나왔다. 그러나 이안도 자레드도 아이샤를 못 본 척했다.

"대신 제게 얻어맞으셔도 다른 말씀 하시면 안 됩니다. 제 기분이 몹시 더러워 황자님께 한 번 손 올리면 멈추기 쉽지 않을 것 같은데 황족 모독죄니 뭐니 하면 곤란해서 말입니다."

"그건 걱정 말게. 비리비리한 그 몸을 보면 애초에 후작 그대의 손가락 하나도 내게 닿을 거 같지 않거든."

아이샤는 중간에 끼어들기라도 해야 하나 고민했다. 그러나 두 사람의 분위기가 매우 살벌해 도통 뛰어들 용기가 나지 않았다. 그녀가 이러지도 저러지도 못하는 사이 자레드가 주먹을 문지르며 말했다.

"마지막으로 묻지. 후회 안 하겠나?"

"전혀요. 그리고 전하. 치기 전에 경고하는데 다시는 제 약혼녀가 될 여자에게 들러붙지 마십시오. 저번 일도 그렇고…… 오늘 같은 일 매우 불쾌합니다."

"피차일반이야. 나도 후작이 매우 불쾌해."

"이안! 전하! 제발……. 악!"

일촉즉발의 상황에 아이샤가 발을 동동 구르다 비명을 질렀다. 두 사내의 주먹이 거의 동시에 서로를 향했기 때문이다.

얼핏 유치하기 그지없는 주먹 다툼이었지만 커다란 사내 둘의 위압감은 무시할 만한 게 못됐다. 아이샤가 눈을 꼭 감았다. 그리고 그녀가 눈감은 것과 거의 동시에 퍽 하는 소리가 났다. 둔탁한 소리에 아이샤가 감았던 눈을 바로 떴다.

"……드디어 원을 푸는군. 사실 저번부터 후작의 얼굴을 어찌나 때리고 싶던지. 속이 아주 통쾌……. 윽!"

선방에 성공한 것은 자레드였다. 하나 쓰러진 이안의 위에 올라 다시 주먹질하려던 그는 아래서 위로 곧장 올라오는 주먹에 뒤로 나뒹굴고 말았다.

"입을 놀리시니 기사도 아닌 제게 얻어맞으시는 겁……!"

"……나는 입을 놀려도 그대를 팰 수 있으니까. 하나 후작 자네는 한 대라도 더 치려면 그 입에 자물쇠라도 채워야 할 텐데."

주거나 받거나 하던 주먹 다툼은 어느새 개싸움이 되었다. 이안도 자레드도 상대만 바라보며 한 대라도 더 때리겠다 애를 썼다.

"이안! 전하!"

잘 차려입었던 옷들은 어느새 주름과 바닥의 먼지로 후줄근해졌다. 머리카락도 비 오듯 내리는 땀에 젖어 온통 엉망이었다. 경악에 찬 아이샤는 복도를 뒹굴며 난투극을 벌이는 사내들을 바라보며 어찌할 바 몰라 했다.

퍽!

결국 어느 순간 피가 보였다. 바닥 카펫을 적시는 핏방울……. 아이샤는 이안이 바닥에 피가 섞인 침을 뱉어 내는 것을 보고 다른 방법을 찾아야겠다고 생각했다.

"다니엘 오빠……는 안 돼. 에드워드 오빠!"

그녀가 싸움 말릴 사람을 찾아 뛰기 시작했다. 구두 때문에 발목이 휘청거렸지만 조금도 지체할 수 없었다. 그러나 복도를 달려 점점 작아지는 그녀를 두고도 피가 터지고 멍이 드는 사내들의 유치한 주먹질은 계속됐다.

* * *

“며칠 새 그런 일이 있었구나. 도대체 어쩌자고……. 에드워드. 너라도 동생들을 말렸어야지. 다니엘처럼 굴면 어쩌자는 거니.”

첫째 아들과 마주 앉은 마리사가 머리를 짚었다. 여행에 돌아오자마자 이게 무슨 소식이란 말인가. 그러나 그녀에게 두통을 유발한 소식을 알려 준 에드워드는 찻잔을 들어 올리며 옅게 미소까지 보였다.

“일부러 그냥 뒀어요. 속 시원하잖아요.”

“그래도 잘못된 일이야. 제국은, 특히 제국의 귀족 사회는 남녀에게 철저히 차별을 두는데……. 약혼을 앞둔 여자가 다른 사내와 파트너 하는 건 그 반대보다 훨씬 구설을 불러온다는 거 모르니? 세상에. 이 일을 어떻게 해결해야 하는지, 원.”

“하지만 결과적으로 나쁘지 않았어요. 아시다시피 이안 그 자식은 무려 일곱 번이나 그 여자랑 다녔거든요. 덕분에 아이샤가 한 번쯤 그런 건 다들 복수 정도라 생각하는 모양이에요. 그리고 아이샤가 냉대받는다느니 이런 소문도 싹 사라졌고요.”

“운이 좋았던 것뿐이야. 그리고 이번 일이 나중에 어떻게 돌아올지 모른단다. 그러니 앞으로는 각별히 주의하렴. 알겠니?”

“네. 어머니. 앞으로는 조심할게요.”

에드워드가 넉살 좋게 웃으며 고개를 끄덕였다. 마리사는 그런 아들을 흘겨보며 잔소리 좀 더 할까 하다 그만뒀다. 자신이 있었다면 절대 없었을 결과이기는 했으나 아들의 말대로 한편으로는 속이 시원했다.

“그래도 이안 그 아이의 태도는 예상 밖이구나. 아이샤 때문에 황자 전하와 주먹다짐을 해? 그 성격에?"

마리사가 지금쯤 후작저에 누워 있을 이안을 떠올리며 말했다. 그날 연회에 참석한 이들 중 앞의 파든가 일원들과 리트먼 후작 부자를 빼고는 모르는 일이지만 자레드와 이안. 둘 다 아주 엉망으로 실려 나갔다.

"저도 놀랐어요. 이안이 그렇게 구는 거 처음 봤으니까요. 그리고 이걸 다행이라 해야 할지는 모르겠지만 얼굴이 터져 누워 있는 꼴을 보니 확신이 들었습니다. 이안, 그 자식……. 하아."

"……."

"……아이샤를 좋아해요. 유치하다지만 사내는 싫어하는 여인을 두고 그런 일을 벌이지는 않죠. 게다가 상대가 황자라 위험 부담이 크다면 더더욱."

의식이 가물가물한 이안을 후작저까지 옮긴 이는 에드워드였다. 에드워드는 마차 안에서 제 약혼녀에게 껄떡대지 말라 중얼거리는 이안을 보며 한편으로는 안도는, 다른 한편으로는 불안감을 느꼈다.

"그래. 그건 네 말이 맞아. 다만……."

마리사 또한 에드워드와 비슷한 감정인 듯싶었다. 무언가 골똘히 생각하는 마리사에게서는 근심이 보였다. 어미의 표정에 에드워드는 짐짓 모른 척하며 그녀와 자신이 같은 생각을 하는지 떠봤다.

"어머니는 이미 대강 눈치채신 거 아니에요? 그러니 약혼을 허락하셨을 테고요."

에드워드의 말에 마리사가 한숨을 내쉬었다. 그래, 허락했더랬다. 이안의 성격상 무릎까지 꿇는다는 것은 진심이라는 뜻이었으니까. 하나 그때도 그녀는 기이함을 느꼈다.

"한데 이안 그 아이의 마음을 확신하게 되니 더 불안해. 아이샤를 좋아한다면서 왜 그렇게 구는 걸까?"

마리사가 줄곧 품어 왔던 의문점을 입 밖으로 꺼냈다. 지금껏 이안의 태도는 참으로 묘했다. 아이샤를 극도로 싫어하는 듯하면서도 도통 놓지는 않는 모습. 그녀가 차근차근 과거를 밟아 갔다.

"……이안의 태도가 바뀐 지 이제 3년이 넘었지. 그동안 너무 서서히 바뀐 데다 화를 내느라 이상하다 눈치도 못 챘는데 지나 보니까 알겠어. 이안, 그 애의 행동거지……. 어딘가 이상해."

언제부터 이안 그 아이가 딸아이를 대하는 태도를 바꿨더라? 약혼 이야기가 처음 나왔을 때였나? 마리사는 어렴풋이 시작점을 기억해 냈다.

"전부터 이상했지만 확실한 건 지난번 여행 후에 이안의 태도가 완전히 바뀌었다는 거예요. 적어도 그전에는 아이샤와 파트너는 하더니 6개월 여행 다녀오고는 아예 무시했잖아요."

에드워드의 말에 마리사가 고개를 끄덕였다. 아들의 말이 맞았다. 장장 6개월의 여행……. 그 이후 이안은 두고 보기 어려울 정도로 아이샤에게 못되게 굴었다.

"……그리고 아버지와 정치적으로 완전히 갈라선 것도 그쯤이에요."

마리사는 아들과 대화할수록 소름이 돋는 걸 느꼈다. 그녀는 자신이 울타리 안 가족 외 아무도 믿지 않는다고 지금껏 생각했다. 그러나 그건 착각이었다. 마리사는 이안을 괘씸하게 생각할지언정 그가 제 가족을 위협할 거라 단 한 번도 생각한 적이 없었다.

'……그만큼 정이 든 거지.'

마리사는 남편과 달리 자식들만큼 이안을 아끼지 않았다. 하지만 한창 어릴 때부터 보아 온 아이였다. 그녀는 자신도 모르게 이안을 믿을 수 있는 이라 여겼다.

"……요즘도 레반투스 공작과 이안이 만나니?"

한번 의심이 싹트자 믿음을 빌미로 묻어놨던 상황 여럿이 머릿속에서 돋아났다. 어미의 물음에 에드워드가 고개를 끄덕였다.

"네. 그동안은 구귀족파 정기 모임에서 만나는 정도라 의심을 못 했는데……. 가끔이지만 모임이 끝나고 단둘이서 보는 일이 있다더군요."

바로 답이 나오는 것을 보면 조심성 깊은 첫째 아들은 이미 어느 정도 의심을 한 모양이었다. 마리사가 씁쓸한 얼굴로 에드워드에게 지시했다.

"아버지께 이르지는 말고 이안의 몇 년간 행적에 대해 조사를 좀 시작하자꾸나. 이안에게 사람 붙이는 건 좀 꺼려진다지만 조심해서 나쁠 건 없잖니."

"아버지 몰래 일 진행하는 게 쉽지는 않아요. 조심스레 접근해야 해서 시간이 좀 걸릴 텐데."

"그런 건 어쩔 수 없지. 에드워드. 널 믿고 있으마."

어딘가 힘이 빠진 듯 보이는 어미의 모습에 에드워드가 천천히 고개를 끄덕였다. 쉬고 싶으니 물러가라 말하려던 마리사가 문뜩 누군가 기억해 내고 에드워드에게 물었다.

"그보다 참. 아서 그 애는 또 왜 연락이 없어? 아카데미에서 잘 지내고 있다니?"

아서의 이름이 나오자 이번에는 에드워드가 씁쓸한 눈을 했다. 그가 잠시 고민하다 어미에게 그가 눈치챈 비밀을 털어놨다.

"어머니, 아서에 관해 드릴 말씀이 있어요."

* * *

"뼈는 상한 곳이 없어 다행입니다. 부기는 거의 빠졌고 멍도 2주 내에는 사라질 것 같습니다. 하지만 그동안은 술, 담배 모조리 끊고 약을 꼬박꼬박 챙겨 드셔야 합니다."

"알았으니 그만 가 봐."

침대에 걸터앉은 이안은 의사가 약을 다 바르기 무섭게 나가라 손짓했다. 환자의 심기가 좋지 않음을 눈치챈 의사가 곧바로 약상자를 정리하더니 별 말없이 방 밖으로 나갔다. 문이 닫히고 방 안에 침묵이 돌자 이안은 그대로 몸을 뒤로 넘겼다.

털썩.

상체가 침대 위로 떨어지며 생기는 반동에 상처 부근이 아려 왔다. 특히 눈 아래는 어찌나 욱신거리는지. 인상을 구기는 순간 더욱 가해지는 고통에 이안이 억지로 얼굴을 폈다.

'……정신이 나갔지.'

침대에 아무렇게나 누워 천장을 바라보자 유치한 제 행동에 수치심이 몰려왔다. 어릴 때도 하지 않던 주먹다짐을 이 나이에 하다니. 게다가 온전히 이기지도 못해 의사에게 진찰받고 약을 바르는 신세라니. 스스로가 황당하게까지 느껴져 이안은 헛웃음을 터뜨렸다.

그러나 그는 수치스러울지언정 그날의 행동에 후회는 없었다. 남의 약혼녀가 될 여자에게 파트너 해 달라 서신이나 보내는 황자에게는 어떤 방법으로든 한 방 먹여야 했다.

'……뭐가 됐든 꼴좋게 됐지.'

검을 잘 다룬다 알려졌다더니 주먹질은 명성만 못하다 이안은 생각했다. 그가 찢어진 자레드의 입술을 떠올리며 피식 비웃음을 흘렸다. 그러나 그것도 잠시. 이안은 곧 웃음기를 거두고 얼굴을 딱딱하게 굳혔다.

"왜……."

기분이 왜 이럴까? 황자와 주먹다짐을 했다. 자레드가 문제 삼지 않겠다 했으나 다른 황족……. 최악의 경우 황제가 그것을 문제 삼는다면 이안은 별도리 없이 벌을 받았을 것이다.

게다가 자레드가 비겁하게 나와 갑자기 폭행당했다고 주장이라도 하면 그는 감옥에서 썩다 머리가 잘릴 수도 있었다. 말 그대로 위험 부담이 매우 큰 상황. 이안은 스스로를 그따위 상황에 몰아넣고도 웃고 있는 자신이 미친 것 같았다.

'아이샤.'

이따위 짓을 한 이유를 떠올리자 답은 바로 나왔다. 부정하고 싶었으나 황자와 유치하게 싸운 이유는 하나, 아이샤 때문이었다. 그는 아이샤의 주변에 맴도는 황자가 싫었다. 그녀에게 귓속말하고, 허리를 감고 춤을 추며, 손을 잡고 파트너를 하자며 꼬드기는 사내새끼가 미치도록 꼴 보기 싫었다.

"이게 무슨……. 아이샤 따위를 두고 다투는 꼴 아닌가."

이안은 자신이 꼭 질투하는 것 같다 느꼈다. 그가 약이 발라진 멍 부위를 매만지며 눈을 크게 홉떴다.

'설마 아직…….'

질투라는 감정이 처음은 아니었다. 아이샤를 좋아했던 어린 시절. 이안은 그녀 곁에 오라비가 많은 것조차 화가 나 홀로 분을 삭이고는 했다.

'아니야. 그때의 마음은 이제 없어. 그 계집애를 보면 짜증만 날 뿐인데……. 곱게 대해 주고 싶다는 생각은 나지도 않는데, 무슨.'

이안은 곧 고개를 저었다. 한번 좋아한다는 감정을 겪어 본바 그는 그게 어떤 건지 알았다. 항상 지켜 주고 싶고, 아껴 주고 싶고, 행복하게 웃게 해 주고 싶고……. 좋아한다는 감정은 그런 것이었다.

그러나 지금의 자신은 어떠한가. 이안은 아이샤가 짜증스럽고 때로는 귀찮고 또…… 가끔이지만 우는 꼴을 보고 싶어질 뿐이었다.

'이안.'

아이샤에 대해 떠올리자 귓가에 그녀의 목소리가 스쳤다. 그리고 갑자기 이안의 눈앞에 붉은 입술이 그려졌다. 그게 닿았던 감촉. 그걸 떠올린 이안이 저도 모르게 얼굴을 붉히며 상체를 일으켜 세웠다.

"제길."

다시 침대에 걸터앉은 꼴이 된 그가 아래를 내려다봤다. 아랫배 바로 아래 부근…… 인간의 욕망을 상징하는 부위가 반응하고 있었다.

"미쳤군."

그가 제 이마를 꾹 누르며 머리를 쓸어 올렸다. 심호흡하며 어떻게든 신체에 온 반응을 멈추려 했지만 그럴수록 반응은 거세질 뿐이었다.

'내가……. 내가 그 계집에게 발정하는구나.'

결국 인정한 이안은 자괴감에 고개를 숙였다. 그리고 작금 상황에 대한 변명거리를 생각했다.

'그때 괜히 입 맞춰서는…….'

그 정신 나간 내기가 문제였다. 그날 아이샤와 입 맞추지 않았다면 이런 일도 없을 텐데.

"……아니지. 차라리 이게 나을지 모르지. 육체만 동한다는 소리 아닌가."

혼란스러운 감정을 정돈하던 이안이 탈출구를 찾았다. 그는 제 신체 반응이 욕정에서 온다고 확신했다.

'귀찮게 굴어 그렇지 제법 예쁘기는 하지. 귀여운 구석도 많고. 우는 꼴도 가만 생각해 보면 나쁘지 않아. 분위기랑 어울려서…….'

곰곰이 생각해 보니 아이샤의 외관은 딱 제 취향이었다. 희고 작은 얼굴에 유순해 보이는 커다란 눈. 그러면서도 오밀조밀한 이목구비를 다양하게 움직여 여러 분위기를 보여 주는 표정. 꽁꽁 잘 감추고 있어 다른 이들은 잘 모르지만, 꽤 육감적인 몸매…….

사실 객관적으로 따져 봐도 아이샤는 미인이었고 그만한 외관 가진 이는 사교계에서도 보기 힘들었다.

제 감정을 욕정이라 자신하고 나자 자연스레 자극적인 상상이 뒤따랐다. 이안은 잠깐 멍하니 스스로를 놓았다 정신을 차리고 다시 침대에 누웠다.

'……정말 여자라도 찾아봐야 하나?'

얼굴과 함께 하체가 뻐근했다. 그러나 다른 여자는 영 내키지 않았다. 싫어하는 여자를 향한 욕정이라니. 양면적인 제 감정에 골치가 아파진 이안이 눈가에 손을 올리고 눈을 감았다.

똑똑.

그러나 그에게 휴식은 허락되지 않았다. 노크 소리와 함께 침실 너머에서 제임스가 곤란한 목소리로 말했다.

"주인님. 아가씨께서 또 오셨습니다. 오늘은 제발 한 번……."

제임스의 말에 이안이 천천히 눈을 떴다. 밖에 아이샤가 와 있었다. 가만 생각해 보니 요 며칠 매일같이 찾아왔더랬지. 눈을 번뜩인 이안은 당장 아이샤를 들이라 명하려다 아직 문제가 있는 제 신체를 알아차리고 침대 시트 아래로 들어가 몸을 모로 돌렸다. 그리고 최대한 번거롭다는 목소리를 흉내 낸 채 밖을 향해 소리쳤다.

"……이리로 들어오라 해."

* * *

이안의 허락이 떨어지기 무섭게 제임스가 문을 열었다. 침실에 들어선 아이샤는 조심스레 이안이 누워 있는 침대로 걸음을 옮겼다.

커다란 침대에 도달한 그녀가 커다란 사내의 등을 보다 침대에 걸터앉았다. 손을 살짝 뻗었으나 차마 용기는 나지 않았기에 아이샤는 손을 다시 가슴께로 가져간 뒤 작은 목소리로 물었다.

"……이안. 몸은 좀 어때?"

"……."

이안과 자레드가 난투극을 벌인 날. 에드워드와 함께 돌아간 아이샤는 그간 이안에게 가졌던 감정을 그 순간만큼은 말끔하게 잊었다.

자레드에게는 미안한 말이지만 그녀는 피를 흘리며 한쪽 눈을 반쯤 뜬 이안의 모습에 자레드에게 미움마저 가졌더랬다. 그리고 그 감정으로 그녀는 깨달았다. 자신이 아직도 이안을 많이 좋아하고 있음을.

"얼굴 보여 줄 수 있어? 그날 많이 다쳤잖아."

“…….”

물론 돌아와 며칠 있는 동안 다시 그 전의 일이 떠오르며 이안에 대한 섭섭함과 분노도 돌아왔다. 하지만 다친 이에게 부정적인 감정을 풀고 싶지는 않았기에 아이샤는 그런 감정을 잠시 제쳐 둔 채 이안에게 먼저 다가섰다. 물론 이안은 몸이 불편하다는 말로 찾아온 그녀를 며칠새 물렸지만.

그래도 오늘은 만나 주기에 대화를 할 수 있으리라 생각했다. 하지만 아이샤의 거듭된 질문에도 이안은 묵묵부답이었다.

“내가 와서 불편해? 그럼…….”

아이샤가 침대에서 일어서려 했다. 다친 사람 붙들고 불편하게 하고 싶지는 않았다. 하지만 막상 그녀가 몸을 움직이자 사내의 커다란 손이 튀어나와 가는 손목을 감싸 쥐었다.

“이안?”

“……가긴 어디를 가. 병문안하러 온 거 아냐?”

퉁명스러웠으나 가지 말라는 말이었다. 몸을 돌린 아이샤가 다시 이은 쪽을 바라봤다. 그는 어느새 그녀 쪽으로 몸을 돌렸다.

“……맞아. 너 괜찮은지 보러 왔어.”

상체 일부가 드러나는 침의에 아이샤의 얼굴이 살짝 물들었다. 이안과 오랫동안 함께했지만 이렇듯 흐트러진 그의 모습은 몇 번 보지 못했다.

이안이 그녀의 뺨에 오른 홍조를 눈치채고 픽 웃었다. 그리고 잠깐 뜸을 들이다 뜬금없는 말을 뱉었다.

“아이샤, 넌 나를 좋아하지?”

선명한 벽안이 아이샤에게 박혀 들었다. 당황한 아이샤가 무어라 답하지 못한 채 머뭇거렸다. 자신이 그를 좋아하는 사실은 이미 알고 있지 않은가.

그런데 왜…….

"……나도 그런 모양이야."

"어?"

앞선 물음만큼, 아니, 비교도 할 수 없이 놀라운 말에 아이샤가 알아듣지 못했다는 듯 눈을 크게 떴다 뒤늦게 뜻을 알아차리고 제 입을 막았다.

'조금이라도 좋아하는 마음이 있어?'

지난날 속으로 숨긴 그 질문에 답을 들은 느낌이었다. 한참 어찌할 바 모른 채 어버버거리던 그녀가 가까스로 입을 열었다.

"하지만 너 전에는……."

"아니면 이런 머저리 같은 모습 보여 줄 리 없잖아. 안 그래?"

쾌활하게 웃음 터뜨리는 모습이 그 옛날 같았다. 황자 전하께 맞아 머리에 문제가 생겼나? 아이샤는 그런 생각까지 하며 눈 하나 깜빡이지 않고 이안을 바라봤다.

"그 여자랑 파트너 한 건 사과하지. 너로서는 기분 나쁠 만했어. 이제는 그럴 일 없을 거야."

그러나 꿈인지 현실인지 구분 가지 않는 이안의 말은 계속됐다. 먼저 사과까지 하는 모습에 아이샤는 아예 말문을 잃었다. 그녀가 아무런 대꾸 없이 멍하니 저를 보자 웃음을 유지하던 이안이 아주 조금 불쾌한 티를 냈다.

"넌?"

"으, 응?"

"아이샤, 너도 황자 전하……. 아니, 다른 사내랑 다니지 않겠다고 말해야지."

살짝 고압적인 말투가 오히려 익숙했다. 아이샤가 잠깐 무언가 생각하다 고개를 작게 끄덕였다.

"……그럴게."

"뭐야. 그 아쉽다는 얼굴은? 설마 딴 놈 생각하는 건 아니지?"

"아냐. 그런 거 아냐!"

이안의 지적에 아이샤가 움찔거리며 고개를 저었다. 아쉬운 건 아니었으나 자레드가 생각나 잠깐 딴생각에 잠겼던 것은 맞았다.

'……황자 전하께는 이미 서신 보냈으니까. 그걸로 괜찮겠지.'

미안한 감정이 아이샤의 얼굴에 그대로 드러냈다. 그걸 눈치챈 이안은 목적을 생각하며 울컥 솟는 화를 간신히 눌렀다.

"그보다 아이샤. 저 나무 보면 뭐 생각 안 나?"

이안이 말을 돌리려 창밖을 가리켰다. 씁쓸한 얼굴을 하던 아이샤가 이안이 가리키는 나무 하나를 보고 곧장 표정을 바꿨다. 열매는 없었으나 푸릇한 잎사귀가 싱그러운 나무는 겨울이 가까워지면 노란 열매를 맺는 레몬 나무였다.

'아이샤. 울지 마. 우리 꼬마 숙녀님이 울면 내가 신사 노릇을 할 수 없잖아.'

'나…… 내가 영원히 이안을 좋아할게. 정말이야. 그러니까 슬퍼하지 마. 울지 마. 이안.'

그때가 시작이었다. 눈앞의 사내에게 이런 감정을 품게 된. 아이샤가 곧장 과거로 빠져들었다. 어딘지 몽롱한 그녀의 얼굴에 이안이 그녀의 얼굴로 슬그머니 손을 뻗었다.

"너도 생각나는 모양이지?"

"응. 그때 일은 모조리 기억해."

"그래? 그럼 아이샤. 나 좀……."

이안이 아이샤의 머리를 제 쪽으로 끌었다. 이마를 마주하게 된 두 사람의 숨이 가까워졌다. 이안은 제 숨과 아이샤의 숨으로 공간이 더워지자 속살거렸다.

"……그때처럼 안아 줘."

분위기가 묘한 것을 눈치채지 못한 아이샤가 아니었다. 안아 달라는 말이 과연 그 어릴 적 담백했던 포옹 같은 걸까? 아이샤는 아니라 생각하면서도 팔을 뻗어 이안을 감싸 안았다. 이안은 제 어깨 쪽을 감싼 아이샤의 팔을 옮겨 그녀가 제 목을 감싸게끔 유도했다.

"눈 감아 볼래?"

이안의 푸른 눈을 보고 있자니 거역하기 힘들었다. 그 옛날 향수에 빠진 그녀가 스르륵 눈을 감았다. 시야가 감기자 캄캄해지기는커녕 어린 소년이 보였다. 그리고 곧이어 예상했던 것처럼 입술이 닿고 또…….

옷자락을 헤치는 손이 꿈결처럼 부드러웠다. 아이샤는 침대에 닿는 상체에 일말의 불안감을 없애듯 계속해서 속으로 중얼거렸다.

'……괜찮을 거야. 좋아한다 말해 줬는걸.'

* * *

깊게 잠든 아이샤는 도통 깰 것 같지 않았다. 이안은 쌕쌕 숨을 내쉬는 그녀를 빤히 바라보다 차가운 웃음을 흘렸다.

'나쁘지 않아. 아니, 아주 괜찮아.'

기분이 아주 좋았다. 온몸이 채워지는 만족감. 사냥감으로 배를 채운 배부른 사자가 꼭 이럴 것 같았다.

'걱정했던 것도 예상대로고…….'

게다가 육체적 만족뿐 아니라 그는 혼란도 잠재울 수 있었다. 자신의 확신이 옳았다. 그는 아이샤에게 육체적으로만 끌리고 있었다. 그게 아니라면 이렇듯 시린 눈으로 몸을 섞은 여인을 바라볼 수는 없으리라.

'뭐, 이리된 것도 어찌 보면 골치 아픈 일이지만……. 나중에라도 버리면 그만이니까.'

고민했던 것이 무색할 정도로 깔끔하게 결론이 났다. 이렇게 내킬 때마다 데리고 놀다 복수가 끝날 때 버리면 그만이리라. 그럼 그건 그것대로 복수 아닌가. 물론 아이샤 딱 그녀만 생각한다면야 아주 조금 동정이 들기도 했으나 부모의 사인을 떠올리면 그건 쉽사리 지울 수 있는 감정이었다.

판단을 끝낸 이안이 속 시원한 얼굴로 아이샤를 길게 훑어봤다. 잠든 얼굴 아래 붉은 꽃이 점점이 찍혀 있는 목과 빗장뼈 부근을 보니 다시금 욕망이 일었다. 하나 잠든 이를 깨울 수는 없었기에 그는 그대로 시선을 천천히 아래로 내렸다.

시트 위로 떠 오른 몸 선을 감상하던 그의 시선이 배 부근에서 멈칫했다. 조금 전까지 생각하지 못했던 문제 하나가 떠올랐다.

아이. 만일 아이가 생기면 어쩐단 말인가. 물론 이번은 피임약을 먹이고 다음번부터는 자신이 피임약을 먹으면 그만이지만 혹여나 하는 게 있지 않은가. 만일 약이 들지 않는다면? 그래서 저 작은 몸에 제 씨라도 틔우면?

하나 그 문제도 이안은 오래 고민하지 않았다. 지운다는 생각을 아주 잠시 하던 그는 곧바로 그 생각을 지워 버렸다.

'아내로 둘 생각은 없고……. 그때는 어쩔 수 없이 정부로 둬야지. 내 아이까지 낳았는데 내치기에는 주변 시선이 그렇잖아? 그리고 아이도 마음대로 보지 못하고 내게만 매달릴 꼴도 나쁘지는 않고.'

부모와도 형제와도 헤어진 채 저만 보고 살 아이샤를 떠올리자 기분이 썩 나쁘지 않았다. 마음이 아주 여린 여자이니 정부로 떨어진다 한들 아이를 외면하지도 못할 테고…….

그렇게 제게 붙잡힌 채 영영 갇혀 지낼 아이샤를 떠올리자 저절로 웃음이 나왔다.

'이유가 뭐든…….'

결국 참지 못하고 소리 내 키득거린 그가 아이샤의 길고 옅은 색의 머리카락 일부를 집어 들었다. 그리고 그걸 입술로 가져가 부드러운 감촉을 즐기며 입을 맞추고는 말했다.

"……널 좋아하는 건 사실이야. 아이샤."

* * *

휙-

검이 바람을 가르는 소리가 매서웠다. 꼭 눈앞에 적장이 있는 듯 자레드는 자세 하나 흩트리지 않고 검을 휘둘렀다.

하나 강인한 기사인 그에게도 한계는 있었다. 거의 세 시간을 쉬지 않고 검을 휘두르다 보니 팔이 한계에 다다른 듯 부들부들 떨리기 시작했다. 결국 더 했다가는 검을 놓칠 것 같아 그는 움직임을 멈췄다.

"하아."

자세를 잡느라 굽혔던 무릎을 펴기 무섭게 땀이 소나기처럼 흙바닥을 적셨다. 자레드는 이마를 대강 한번 훔치고는 의자 쪽으로 걸음을 옮겼다.

"여기 있습니다. 전하."

나이 어린 시종이 쪼르르 달려와 수건과 물을 내밀었다. 자레드는 수건을 받아 든 채 물을 단번에 들이켰다. 그리고 바닥이 드러난 컵을 시종에게 내밀며 말했다.

"물러가라."

그의 목소리는 크지 않았다. 그러나 어린 시종은 황자의 기세에 지레 겁을 먹고 어깨를 움츠렸다. 원래도 무뚝뚝한 주인이었으나 요즘은 정도가 심해 가까이 다가가기 두려울 정도였다.

시종이 후다닥 빠른 걸음으로 사라졌다. 자레드는 잔뜩 겁을 먹을 듯한 뒷모습에 잠시 시선을 두다 곧 그만뒀다. 아랫것들에 대한 제 태도를 일일이 생각할 만큼 마음이 여유롭지 못했기 때문이다.

'제길!'

로이드 후작과 7살 먹은 사내아이들처럼 주먹질 한 날, 자레드는 본의 아니게 고백도 하기 전에 차였다. 아니, 애초 고백할 생각은 없었으니 홀로 상처받았다 보는 게 옳았다.

그는 그날 오라비와 함께 돌아온 아이샤를 보며 똑똑히 깨달았다. 그가 마음에 품은 여인이 저를 볼 일은 없노라고.

'이안……. 흑, 괜, 괜찮아?'

아이샤의 시선과 손은 처음부터 끝까지 로이드 후작만을 향했다. 똑같이 숨을 몰아쉬며 쓰러져 누워 있건만, 얼굴에 난 상처도 엇비슷하건만, 아이샤의 눈에 자레드 그 자신은 없었다.

'감히! 황족을 이 꼴로 만들어? 자레드. 내 명할까? 후작의 오른팔을 잘라 오라고?'

'…….'

'……미안. 내가 괜히 부추겨서 말이야.'

'…….'

'잊어. 여인은 많단다. 네가 손만 뻗으면 저절로 날아들 여인이 몇인데…….'

리트먼 후작을 통해 정황을 알게 된 윌리엄은 자레드에게 미안한 얼굴을 했다. 하나 자레드는 고통을 참느라 형의 말에 답조차 하지 못했다. 부은 눈가와 터진 입술, 쑤시는 몸이 아픈 게 아니었다. 다친 자신에게는 조금도 향하지 않았던 시선이 아팠다.

'전하. 파든 백작가의 아이샤 파든이 서신을 보냈습니다.'

'……나중에 보겠다.'

그리하여 자레드는 아이샤의 서신을 거절했다. 서신 속 내용이야 뻔했고 보게 되면 더욱 괴로울 것이 자명했기에.

'끝난 일이야.'

여인의 마음도 확인했겠다. 자레드는 홀로 고통을 삭이기로 마음먹었다. 어차피 익숙한 일이었다. 그녀의 약혼 소식을 들은 뒤로 쭉 그리했으니.

하나 전과 달리 검을 휘둘러도 마음을 좀처럼 가라앉지 않았다. 딱 한 번이지만 파트너를 해서일까? 제 것을 빼앗긴 듯 억울함마저 불쑥불쑥 솟았다.

'가지 마세요. 오라버니. 아니면 비밀을 폭로할 거랍니다.'

게다가 아이샤의 문제 말고도 그를 괴롭히는 일이 생겼다. 불쾌한 그 미소. 헬렌의 말을 떠올린 자레드가 눈을 꼭 감았다.

'거짓말이야. 그따위 여자의 농간에 놀아나서는…….'

자레드가 고개를 젓고 다시 검을 휘두르기 위해 자리를 털고 일어섰다. 그러나 걸음을 떼기 전 누군가 연무장에 들어서 그를 불렀다.

"오빠. 나랑 이야기 좀 해."

쿵. 내내 피했던 상대의 목소리에 자레드가 어색하게 고개를 돌렸다. 그리고 그의 눈에 들어온 것은 형제 중 유일하게 어머니 카르나의 머리카락 색과 눈 색을 빼닮은 여동생 캐서린이었다.

* * *

날씨가 조금씩 선선해졌다. 뜨겁게 내리쬐던 태양이 조금 누그러진 채 세상을 비췄다. 그에 맞춰 한층 시원해진 바람이 나뭇가지 사이를 지나쳤다.

부드럽게 부는 바람에 삶을 빠르게 끝낸 한 장의 잎사귀가 먼지 한 점 없는 창문을 툭 치고 창틀 사이로 내려앉았다. 아이샤는 창가에 앉아 밖을 보다 세로로 꽂힌 아몬드 모양의 나뭇잎을 집어 들었다.

'아쉽게도 벌써 떨어졌네.'

아직 푸릇푸릇한 상태로 나무에 매달려 있는 다른 잎과 달리 손에 잡힌 나뭇잎은 색이 바래 살짝 노란빛을 띠었다. 건조해진 나뭇잎을 손가락 사이에 넣고 빙그르르 돌리자 창문에 반사된 햇빛과 함께 나뭇잎이 황금색으로 반짝거렸다.

찬란한 색에 아이샤는 자연스레 며칠 전을 떠올렸다. 정확히는 침대 위, 함께 누워 있다가 먼저 일어난 이안의 찬란한 금발을 그렸다 보는 게 옳았다.

'일어났어?'

잔뜩 흐트러진 머리카락을 쓸어 올리며 탁한 저음을 내뱉는 그의 모습은 어느새 일상과도 같았다. 하지만 일상 같아져도 도통 익숙해질 수 없는 것도 있었으니 침대에서 벗어난 이안의 태도였다.

'이만 가 보지.'

편하게 내려온 머리도, 맨피부가 드러나는 느슨한 침의도 같았다. 그러나 침대 밖으로 나선 그가 아이샤를 훑어보는 눈빛은 침대 위에서와는 확연히 달랐다. 영영 꺼지지 않을 것 같았던 열기는 애초 존재하지도 않았다는 듯 사라져 있었고 그녀의 이름을 외던 더운 목소리는 얼음과도 같아졌다.

'더 머물렀다가는 피차 서로 곤란해지잖아. 마차를 준비해 뒀으니 타고 가.'

아이샤는 그 온도 차에 매번 심장이 내려앉는 기분을 느꼈다. 분명 가까워진 그인데, 만남의 횟수가 전과 비교할 수 없을 만치 많아졌는데……. 마음은 이상하리만치 씁쓸했다.

'……요즘 잠이 좀 부족해서 과민해진 모양이지.'

이안을 생각하던 아이샤가 나뭇잎을 내려놓고 눈가를 꾹꾹 눌렀다. 약혼식이 코앞으로 다가와 그런지 신경이 부쩍 곤두서는 기분이었다. 아니, 곤두선 것이 분명했다.

"아가씨. 거기서 뭐 하세요?"

아이샤가 우울한 기분을 털어 내려 손가락을 재게 움직일 때였다. 방 가운데서 바쁘게 움직이던 마리가 그녀를 불렀다.

"그런 표정 마시고 빨리 이리 오세요. 신어 볼 구두가 산더미랍니다."

결연한 표정의 마리는 양손을 허리에 올리고 있었다. 그리고 그런 그녀

옆에는 열 개가 훌쩍 넘는 상자가 아이샤의 키만큼이나 쌓여 있었다.
"어차피 드레스에 가려서 잘 보이지도 않을 텐데. 네가 조금 더 골라내도 괜찮을 거 같아."
아이샤가 질린 얼굴로 상자 더미를 바라봤다. 하지만 마리는 일말의 자비도 베풀지 않았다. 그녀가 옷소매를 거두더니 아이샤에게 말했다.
"또! 또 이러신다! 빠져나갈 생각 마세요. 다 신어 보시기 전에는 방에서 내보내지 않을 거예요."
사용인이 하기에는 부적절한 언사였으나 아이샤는 픽 웃고 말았다. 마리는 기분이 처져 보이는 자신을 위해 부러 과장되게 행동하고 있었다.
"그래. 마리 말은 들어야지. 그럼 뭐부터 신어 볼까?"
"여기 이것부터요. 이게 제일 괜찮아 보였어요."
아이샤가 방 한가운데 위치한 카우치에 앉아 드레스를 걷어 올리자 마리가 상자 하나를 냉큼 열어 구두를 꺼냈다. 반짝반짝 빛이 나는 구두는 몸체 전체에 보석을 부숴 바른 듯 은은한 푸른빛을 내고 있었다.
"마리, 혹 최근에 아버지를 뵌 적 있어?"
구두에 발을 밀어 넣으며 아이샤가 열흘 이상 보지 못한 아비에 대해 물었다. 오라비의 말에 따르면 새벽에는 종종 집에 들른다 했으니 사용인인 마리라면 파든 백작을 본 적이 있을지도 몰랐다.
"아니요. 제가 불침번을 설 때는 오신 적 없으세요."
"그래? 요즘 통 얼굴 뵙기가 힘들구나. 식사는 제대로 하고 다니시는지."
하나 마리에게서 기대하는 답은 나오지 않았다. 아이샤가 걱정스러운 낯을 하자 마리가 아이샤의 반대쪽 발에 구두를 대며 염려 말라는 듯 경쾌하게 말했다.
"저는 잘 모르지만, 사업이라는 게 원래 그렇다잖아요? 아가씨께서 더 잘 아시면서 새삼스레……. 걱정 마세요. 바쁜 일이 끝나면 돌아오시겠지요."
마리의 말에 아이샤가 고개를 끄덕였다. 맞는 말이었다. 파든가는 부에 걸맞은 사업체를 가지고 있었고, 때문에 가주인 파든 백작은 항상 바빴다. 물론 이렇듯 집에 들어오지 못할 정도로 바쁠 때는 드물었지만, 아예 없는 일은 아니었으므로 사용인들은 주인의 부재를 대수롭지 않게 생각했다.

하지만 아이샤는 이상하게 마음 한구석이 찝찝했다. 사용인들이야 구분하지 못한다지만 그녀는 마지막으로 본 아비의 얼굴이 어딘가 어둡다는 것을 알아챘다.

'이것도 과민해져서 그런 거야. 요즘 도통 깊게 잠을 못 자니까.'

아이샤가 가까스로 걱정을 떨칠 때였다. 때마침 마리가 아래에서 탄성을 질렀다. 아이샤는 그제야 아래를 내려다봤다.

"예뻐라. 약혼식 드레스와도 잘 어울릴 거예요."

"정말. 예쁘네. 그럼 이걸로 할까?"

"네? 아가씨 여기 이렇게 신어 볼 구두가 많은데……."

아이샤의 발에 꼭 맞는 구두는 주인을 찾기라도 한 듯 한층 더 빛이 났다. 하지만 아이샤는 관심이 가지 않았다. 그녀가 구두를 벗으며 아쉬운 얼굴의 마리에게 말했다.

"나머지는 나중에 신어 볼게. 오늘 이상하게 좀 피곤하네."

"그럼 좀 쉬세요. 차를 내올게요."

"응."

마리도 더는 권유하지 않았다. 그녀가 구두를 다시 상자에 넣고 정돈하더니 밖으로 나갔다. 그리고 얼마 있지 않아 하얀 찻주전자와 그에 맞춘 찻잔을 간식거리와 함께 내왔다.

쪼르륵 소리와 함께 퍼지는 차 향기는 쌉싸름하면서도 은은하게 달았다. 아이샤는 바짝 당겨진 신경이 일순 누그러짐을 느끼며 마리에게서 찻잔을 건네받았다.

"그러고 보니 오늘은 후작님께 안 가세요? 요즘 하루가 멀다 하고 가시더니. 약혼식 문제로 상의할 문제가 많다 하셨잖아요."

김이 살짝 올라오는 차에 아이샤가 자세를 느슨하게 할 때였다. 마리가 잠깐이나마 잊고 있었던 이안에 대해 물었다. 잠시 멈칫한 아이샤가 어딘가 꾸며진 미소를 띤 채 답했다.

"……오늘은 온종일 바쁜 모양이야. 밤늦게까지 후작저에 없을 예정이래. 대신 내일은 일찍 마차를 보낸다 했어."

간식거리를 내려놓고 구두 상자를 한쪽으로 치우던 마리는 아이샤의 표정을 보지 못한 채 웃음을 터뜨렸다. 그녀의 밝은 웃음소리에 아이샤가 마리 쪽을 바라봤다. 상자를 정리하고 돌아온 마리가 아이샤의 눈에 담긴 의아함을 눈치채고 입을 열었다.

"보기 좋아서요."

진심이 담긴 마리의 말에 아이샤가 찻잔을 힘주어 꾹 쥐었다. 그리고 잠시 머뭇거리다 눈을 내리깐 채 반문했다.

"……정말 보기 좋아?"

"그럼요. 일정까지 다 알려 주시고……. 보통 사내들은 안 그러잖아요? 바깥일이니 신경 꺼라. 여자가 뭘 안다고 나서냐. 하아……. 제 정혼자만 해도 꼬장꼬장한 동부 출신이라 그런지 배려 하나 없어요. 뭐 하나 먼저 말해 주는 법이 없다니까요."

툴툴거리는 목소리와 달리 마리의 얼굴은 환했다. 아이샤는 그런 마리의 얼굴을 물끄러미 보다 오늘은 보기 힘들 거라 말하던 이안을 떠올렸다.

'내일 헬렌 피츠 그 여자랑 같은 자리에 있을 거야. 파트너로 가는 건 아니고 같은 모임에 초대돼서 가는 것뿐이니 신경 쓰지 마.'

침대를 나누면서부터 이안은 아이샤에게 헬렌과 관계된 일이라면 뭐든 먼저 말했다. 솔직하고 담백한 태도에는 일말의 수치도 없었기에 의심은 없었다.

'그…… 이안.'

'응?'

'아, 아무것도 아니야.'

의심이 없다 한들 괜찮은 것은 아니었다. 아이샤의 입장에서는 이안이 헬렌과 계속 엮이는 것 자체가 마음에 들지 않았다. 그러나 불편한 심기를 드러내기에는 용기가 나지 않았다.

'네 얼굴 보기 싫으니까 따라오지 마. 지금 따라오면 영영 안 볼 거야!'

난생처음 이안에게 싫다 소리치며 얻은 관계 개선이었다. 한번 겪어 봤으니 또 그러면 되지 않을까 싶겠지만 아이샤는 지금의 평화를 깰 자신이 없었다. 이번만 해도 혹여나 이대로 연이 끊어질까 전전긍긍하던 그녀였다.

그런데 또 갈등을 일으킨다면, 그리하여 정말 이안이 저를 잘라 낸다면. 아이샤는 그게 두려웠다. 또한 무엇보다 이안과 몸을 섞은 뒤 계속되는 불안감이 그녀를 한층 움츠러들게 했다.

'그가 내게 원하는 건…….'

아이샤가 고개를 내려 제 몸을 바라봤다. 목까지 올라오는 드레스로 꽁꽁 가리고 있었지만, 몸 여기저기에는 붉은 순흔이 남아 있었다. 특히나 이안이 시도 때도 없이 빨아 대 보랏빛으로 변한 빗장뼈 주변은 가만히 앉아만 있어도 욱신거렸다.

'……이런 행위뿐일지도 몰라.'

육체적으로 가까워졌건만 오히려 멀어진 느낌. 분명 함께 있지만, 더욱더 외로운 기분. 억지로 외면하고 있던 감정이 왈칵 한꺼번에 들이닥쳤다. 동시에 아이샤의 눈에서 눈물 한 방울이 아래로 추락했다.

"아가씨?"

놀란 마리가 아이샤를 불렀다. 아이샤는 그제야 자신의 얼굴에서 후드득 떨어지는 물방울을 발견하고 재빠르게 소매로 얼굴을 닦았다.

옷자락 끝 레이스에 약한 피부가 쓸려 붉은 자국을 남겼다. 그를 확인한 마리가 아이샤의 손을 막고 재빨리 손수건을 가져다 댔다.

"괜찮으세요? 무슨 일인데 갑자기……."

조심스레 물어 오는 말씨에는 걱정이 한가득하였다. 그러나 약혼을 앞두고 이러한 속내를 누구에게도 들키기 싫었던 아이샤는 간신히 입꼬리를 올리며 답할 뿐이었다.

"아무것도 아니야, 마리."

* * *

짙은 회갈색 눈썹 아래 옴폭 들어간 눈, 강퍅해 보이는 얇은 입술. 중년 사내의 날카로운 인상은 무표정일 때 오히려 도드라졌다. 게다가 그가 가진 레반투스 공작이라는 지위는 사내의 위압감을 한층 더 끌어올렸기에 그와 마주한 이들은 남녀노소 가리지 않고 보통 기가 한 꺼풀 꺾이고는 했다.

"제게 따로 하실 말씀이 뭡니까. 각하."

하지만 그런 사내를 앞에 두고도 이안은 무덤덤했다. 오히려 조금 귀찮은 기색까지 드러낸 그는 빨리 일어서고 싶다는 듯 부러 문가를 힐끔거렸다.

"후작. 정말 몰라서 묻나."

"……."

"끝까지 시치미를 떼니 묻지. 후작. 정말 파든 백작가 여식하고 약혼할 생각인가?"

아이샤의 이름이 나오자 이안이 눈썹을 꿈틀거렸다. 그가 불쾌함을 숨기지 않은 채 곧바로 받아쳤다.

"제 약혼은 공작 각하께서 상관할 일이 아닙니다."

경계까지 하는 모습에 레반투스 공작은 속으로 혀를 찼다. 그는 이안의 거의 모든 면이 마음에 들어 하는 편이었다. 고귀한 신분, 잘난 외관 그리고 젊은 나이에 어울리지 않는 능력과 판단력. 이안은 공작이 본 어느 젊은이보다 뛰어난 이였다.

"상관할 일이 아니다……. 그래. 내가 후작의 부모도 후견인도 아니고 개인적으로만 본다면야 관여할 바는 아니지. 하지만 노선을 같이하는 이상 한마디 정도는 할 수는 있을 거 같은데."

하지만 완벽해 보이는 이안에게도 치명적인 약점이 있었으니 바로 파든 백작가와 오래된 연이 있다는 것이었다.

"후작. 로이드 후작가는 손에 꼽히는 명문가야. 한데 파든 백작가는 격이 떨어지지 않나. 게다가 정치적 노선도 우리와 다르지. 난 구귀족파 수장으로 우리 쪽 인재가 괜한 곳에 눈을 돌리거나 사사로운 정 때문에 일 망치는 걸 방지해야 하는 의무가 있어."

"걱정하시는 일은 없을 겁니다. 이미 아실 텐데요. 전 아주 당당하게 공작 각하와 함께하고 있습니다."

말은 저렇게 하나 레반투스 공작이 보기에 이안은 파든 백작가에서 벗어나지 못했다. 그러니 복수를 생각하면서도 파든 백작가 여식과 끝내 약혼을 하려 들겠지.

이안과 약혼하지 못했다 울던 조카 로레타를 떠오르며 속이 쓰려 왔다. 레반투스 공작은 올라오는 화를 다스리기 위해 애를 썼다. 다행히 인내하며 기회를 만드는 일은 그가 가장 잘하는 일이었다. 공작은 이안을 압박하는 대신 그에게 가장 잘 먹힐 방법을 떠올렸다.

"하나만 묻지."

"……."

"원수의 딸자식……. 비위가 상해 얼굴이나 제대로 마주 볼 수나 있나?"

공작의 목소리는 일상을 읊듯 느긋했다. 그러나 이안은 상처를 긁히기라도 한 듯 형형한 눈으로 공작을 노려봤다.

"지난 4년 동안 얼마나 많은 증거가 나왔나. 그런데 아직도 파든 백작에게 정이 남았나? 그래서 복수도 하는 둥 마는 둥 지지부진에 이제는 그 여식과 약혼하는 건가?"

“……아직 명확한 증거는 없지 않습니까. 모두 다 정황일 뿐입니다.”

“후작. 정황도 그 정도면 확실한 증거야. 고양이가 생선 가게 앞을 지나간 후에 생선이 사라졌네. 그럼 범인은 뻔하지.”

“…….”

“아……. 아니면 혹 반대인가?”

“…….”

“파든 백작에게 정이 남은 게 아니라 그 여식에게 정이 남아 백작을 봐주고 있는 건가? 명확한 증거가 없다는 핑계를 대면서?”

공작의 말에 이안이 입이 일자로 굳어졌다. 책상 세 번째 서랍 수북이 쌓인 서류들……. 그것 중 맨 첫 장을 비롯해 다수의 자료는 공작이 이안에게 가져다준 것이었다.

‘로이드 후작? 잠깐 볼 수 있을까?’

‘…….’

‘그렇게 경계하지 말게. 난 그저…… 작고하신 자네 사친에 대해 꼭 해줄 말이 있을 뿐이니까.’

공작은 이안에게 복수를 품게 된 계기를 전해 준 만큼 이안을 제외하고 그의 복수 계획에 대해 유일하게 아는 이었다. 헌데 그런 이가 복수할 생각이 있긴 하냐 살살 건드려대니 이안의 심기는 걷잡을 수 없이 뒤틀렸다.

‘지금 아이샤 때문에 그따위로 군다 말하는 건가?’

서리같이 차갑게 얼어붙은 분노가 이안의 주변에 넘실거렸다. 그가 예리한 검처럼 벼려진 눈초리로 입을 열었다.

“공작 각하께 제 일에 대해 알려 드릴 의무는 없습니다만, 오해하는 것이 매우 불쾌하니 말씀드리겠습니다.”

“…….”

“아이샤 파든과의 약혼은 다른 일의 해결과 더불어 제 계획의 일부입니다. 때가 되면 전 그녀를 버릴 생각입니다. 그러니 괜한 걱정은 마십시오. 번거롭습니다."

목에 닿는 경고조의 말이 서늘했다. 그러나 공작은 물러나는 대신 한발 더 나아갔다.

"그런 거라면 가여운 아가씨로군. 약혼을 앞둔 사내 입에서 버린다는 말이 이리 쉽게 나오다니. 나중에라도 이 사실을 알게 되면 마음 아파하겠어."

"더 하실 말씀이 없으시다면 가 보겠습니다."

공작의 말에 이안이 고개를 까딱이고는 자리에서 일어섰다. 곧장 돌아선 몸이 더는 상대하지 않겠다 강한 의지를 보였다.

"……가기 전에 미리 말해 두지. 아이샤 양 말이야, 버릴 마음이 들면 말해 주게."

자리에서 일어선 이안을 잠자코 지켜보던 공작이 입을 열었다. 막 걸음을 떼려던 이안이 공작의 의미심장한 말에 고개를 뒤로 돌렸다. 그러자 공작이 테이블에 놓여 있던 시가 상자에 손을 대며 말을 이었다.

"파든 백작과 더불어 그 집안 남자들이야 목숨을 끊어야겠지만……. 자네 약혼녀는 제법 쓸모가 있을 거 같거든."

같은 무게의 금을 지불해야 한다는 시가는 척 보기에도 고급스러워 보였다. 공작이 불을 붙이자 시가에서 옅은 연기와 함께 특유의 향이 사방으로 퍼졌다.

"이유가 궁금한 얼굴인데 간단해. 아주 곱잖나. 예쁘다는 말도 아까운 아가씨지. 덕분에 탐내는 자가 꽤 많아."

값어치를 증명하듯 시가 향은 나쁘지 않았다. 그러나 시가가 타들어 갈수록, 공작이 시가 연기를 뻐끔거릴수록 이안은 코를 틀어막고 싶은 충동에 휩싸였다.

"……좀 천박한 말이라 입 밖에 내기 꺼려지네만, 가문이 무너지면 그 어여쁜 얼굴을 써먹기 위해서도 손에 두려 하네."

연기 뒤, 구겨지는 이안의 얼굴을 구경하며 공작이 다리를 꼬았다. 등을 돌렸던 이안은 어느새 다시 그를 똑바로 마주 보고 있었다.

"라나 공국의 낭트 후작? 왜 전에 외교대신으로 왔던 그 늙은이 말일세. 그자가 아이샤 파든을 보더니 침 흘리며 말하더군. 누구든 저 여자를 제 침대에 밀어 넣어 주면 지금보다 훨씬 유리한 조건으로 거래에 임하겠다고. 덕분에 그날 아이샤 양과 비슷한 외관의 창녀를 찾느라 고생을 좀……."

"그만."

쾅!

이안이 공작의 앞에 있던 테이블을 걷어찼다. 무거운 재질의 나무로 만들어진 만큼 테이블은 넘어지지 않았으나 그 충격에 시가가 들어 있던 상자와 재떨이가 바닥을 굴렀다.

이안의 표정은 무시무시했다. 검게 진 음영 밑으로 전혀 감추지 않는 살기가 어찌나 뾰족한지 당장에라도 공작의 목, 아니 온몸을 꿰뚫을 듯싶었다.

공작의 얼굴에도 잠깐이지만 주춤하는 기색이 스쳤으나 곧 사라졌다. 그가 시가를 바닥에 떨어뜨려 발로 짓밟으며 말했다.

"……내가 부러 이런 말을 하는 줄 알면서도 참지 못하고 이따위 행동을 보이는 건 역시 성이 있어서겠지?"

공작의 말대로였다. 이안은 공작이 일부러 자신을 도발하고 있음을 알았다. 하지만 알고 있음에도 터져 나오는 감정 누르기가 어려웠다. 이안이 바닥을 구르는 재떨이를 곁눈질했다. 돌과 같은 단단한 재질의 재떨이는 손에 들기만 해도 대단히 유용한 무기가 될 수 있을 거 같았다.

"쓸데없는 정 말끔하게 떼도록 하게. 원수의 딸이라 계속 되뇌라 이 말이야."

등 뒤가 서늘해진 공작이 재빠르게 원수의 딸이라는 단어를 뱉었다. 그러나 그럼에도 이안의 위험해 보이는 상태가 계속되자 그는 꿀꺽 침을 삼키고 밖을 향해 소리쳤다.

"알버트!"

대기하고 있던 공작의 보좌관이 부리나케 달려왔다. 밖에서 이미 큰 소리를 들은 보좌관은 잔뜩 긴장한 모양새로 엉망진창이 된 바닥을 훑었다.

"내 집무실 책상 위의 책을 가져오게."

공작이 기사를 부를까 입 모양으로 묻는 보좌관에게 고개를 저으며 명령했다. 보좌관은 잠깐 머뭇거리다 상전의 짜증 섞인 눈초리에 그제야 고개를 숙이고 밖으로 뛰어나갔다.

보좌관은 나가며 문을 활짝 열고 갔다. 공작은 내심 그 사실이 안심되는 모양인지 문밖을 바라보다 여전히 제자리에 서 있는 이안에게 앉으라 눈짓하며 말했다.

"사실 좀 더 있다 알려 주려 했는데 말이야……. 자네 혼자는 영 판단을 못 하는 거 같으니 어쩔 수 없군. 그 쓸데없는 정 내가 떼도록 도와주지."

여전히 제자리에 서 있던 이안이 공작의 말에 미간을 좁혔다. 지금 이 상황에서 공작이 알려 줄 만한 내용은 부모와 관련이 있을 게 뻔했다.

"각하, 여기 있습니다."

사라졌던 보좌관은 금세 돌아왔다. 그가 이안을 경계하며 공작에게 서류를 건넸다. 공작은 서류의 가장 앞장을 쭉 살펴보고는 테이블에 서류 뭉치를 던졌다.

"찾았네."

이안의 시선이 자연스레 종이 위에 닿았다. 서류의 가장 위에는 윌킨스라는 이름이 적혀 있었다. 이름을 알아본 이안의 눈이 커졌다. 공작은 이안의 반응을 예상했다는 듯 어깨를 으쓱였다.

"국경까지 넘어 아주 멀리 있더군. 바다 건너 바레사 왕국이라니. 이러니 찾을 수가 있나."

윌킨스는 선대 로이드 후작 부부가 마차 사고로 사망할 당시 마차의 마부이자 사고의 유일한 생존자였다. 그러나 다리가 부러져 거동조차 못 한 채 쓰러져 있던 그는 마차 사고에 관한 조사가 시작되자마자 유령처럼 자취를 감췄다.

윌킨스의 갑작스러운 실종은 당시 많은 말을 불러왔다. 게다가 이안은 윌킨스가 마지막으로 어디서 목격됐는지 당시 조사관의 조사서로 알고 있었다. 이안이 살짝 떨리는 목소리로 공작에게 물었다.

"……어떻게 살고 있었습니까?"

"거기 적힌 대로야. 아주 부유하게 살고 있더군. 마부를 하며 그 정도 돈은 모으기 힘들지."

팔을 뻗은 이안이 서류를 집어 들었다. 그의 눈이 글씨를 읽어 내려갈수록 서류는 점점 더 구겨지더니 마지막 장에서는 형체를 알아보기 힘들 정도로 구겨졌다.

공작은 구겨진 서류에 눈을 주다 시선을 올려 이안의 얼굴을 살폈다. 푸른 안광을 번뜩이며 꺼먼 살기를 풍기는 것이 두려울 정도였다. 하나 그 살기의 목적이 자신이 아님을 잘 아는 공작은 회심의 미소를 지으며 속삭일 뿐이었다.

"석성 말게. 이미 끌고 오라 했으니. 늦어도 넉 달이면 제국에 도착할 거야."

속살거리는 공작의 목소리에 이안이 눈을 감았다. 넉 달……. 지금까지 기다림에 비하면 금방이었으나 그리 짧지는 않은 기간이었다.

조급해야 했건만 어찌 된 일인지 윌킨스가 온다는 말에 이안은 마음 한구석이 불편해졌다. 그가 눈을 뜨고 서류를 품에 깊숙이 넣으며 레반투스 공작에게 말했다.

"……비밀리에 진행해 주십시오. 혹여나 파든 백작이 눈치라도 채면 안 되니까요."

복잡한 이안의 속내를 모른 채 공작이 미소를 띠며 고개를 끄덕였다.

이안은 공작의 표정이 불쾌한 듯 미간을 살짝 구겼다 곧장 몸을 돌렸다.

* * *

"잘못하다간 홀딱 젖겠구먼."

당장에라도 비가 올 듯 하늘이 무겁고 침침했다. 마부는 햇빛 한 점 없는 날씨에 연신 위를 바라보며 말을 재촉했다.

속도가 빨라진 만큼 마차는 평소보다 조금 거칠게 흔들렸다. 그러나 마차 안에 자리한 이안은 조금의 흔들림도 없이 꼿꼿한 자세로 푸른 눈을 번뜩일 뿐이었다.

'……이걸로 확실히 정리되겠지.'

레반투스 공작저를 나선 이안은 이름 하나를 수없이 되뇌는 중이었다. 윌킨스……. 그는 이안이 장작 2년을 찾아 헤매던 이로 과거 로이드 후작저의 마부이자 부모의 죽음에 유일한 목격자였다.

- 마부 윌킨스가 마지막으로 목격된 곳은 파든 백작가로 그 직후 윌킨스의 행방은 묘연해짐.

당시 조사관이 조사서에 쓴 내용에 따르면 윌킨스는 사건이 일어난 뒤 파든 백작저를 방문하고 행방이 묘연해졌다. 유일한 목격자의 실종. 당시에도 말이 많았던 모양이지만 어쩐 일인지 그 사실은 금세 잠잠해졌다.

- 조사가 더 필요할 것으로 보임. (조사 불가. 지시.)

이안은 조사서 가장 끝 조사가 불가하다는 말과 그 위 짜증스러운 줄 그음을 떠올리며 이를 갈았다.

'그레이엄 파든.'

사실 정황은 차고 넘쳐 그는 이미 범인을 확정한 후였다. 다만 이안은 부모의 장례식 날 그레이엄 파든이 흘린 눈물이 거짓이라는 확신이 꼭 필요했다.

'이안. 내가 무슨 일이 있어도 너희 남매만은 꼭 보호해 주마.'

'……아저씨.'

'네 아비에게 맹세한다. 적어도 너희 남매만은…….'

눈앞에 부모의 장례식 장면이 스쳐 지나갔다. 이안은 제 앞에서 눈물을 떨구던 그레이엄 파든의 얼굴에 인상을 구기며 주먹을 쥐었다가 곧바로 뒤따르는 소녀의 얼굴에 저도 모르게 손에 힘을 풀었다.

"제길."

힘 빠진 손을 눈치챈 이안이 욕지거리를 뱉으며 제 금발을 거칠게 휘저었다. 그러나 그날 소녀의 얼굴은 어느새 여인으로, 그것도 침대 위에 누워 있는 모습으로 변해 그를 따라붙었다.

'이안.'

끝내 따라붙은 여인은 어느새 환청까지 만들어냈다. 열기 어린 목소리에 이안은 제 얼굴이 홧홧해짐을 느끼고 이를 갈았다. 윌킨스에게 증언을 듣는 즉시 파든 성을 단 이들을 단죄하리라. 특히 제게 이따위 더러운 욕정을 느끼게 함으로써 모욕감을 주는 아이샤 파든은 철저하게 망가뜨리고 지겨워지는 즉시 쓰레기 버리듯 내치리라.

'이안. 이, 이러지 마. 응? 제발…….'

제게 버려져 궁상맞게 훌쩍거릴 아이샤를 떠올리자 머리끝까지 치솟았던 화가 천천히 가라앉았다. 이안은 제 소매를 붙잡고 매달릴 그녀를 상상하며 비웃음을 흘리다 문 두드리는 소리에 그제야 정신을 차렸다.

마차는 어느새 멈춰 있었다. 이안이 마차 창문을 열자 마부가 힐끔거리며 그의 눈치를 봤다. 이안은 표정을 숨긴 채 마차 문을 밀었다.

그러나 이안이 마차에서 내리려던 차, 빗방울 하나가 툭 떨어지더니 곧 이어 빗줄기가 천천히 내렸다.

"어이구. 주인님. 비가 옵니다. 잠시 마차에 계시면 비 막을 것을 가지고 오지요."

마부가 하늘을 보며 호들갑을 떨었다. 이안은 금세라도 움직일 듯 발을 구르는 마부에게 고개를 저으며 비키라 손짓했다.

"주인님!"

떨어지는 비에도 개의치 않은 채 계단을 반쯤 오를 때였다. 제임스가 우산을 들고 마중을 나왔다. 뛰어온 모양인지 나이 든 그의 이마에는 땀이 한가득했다.

우산을 쓴 이안의 발걸음이 조금 느려졌다. 그가 손수건을 꺼내 젖은 얼굴을 닦으며 혹 제가 없는 동안 무슨 일 있었냐 제임스에게 눈짓으로 물었다. 그러자 제임스가 기다렸다는 듯 입을 열었다.

"손님이 와 있습니다."

주인인 자신이 없는 동안 제임스가 후작저에 들일 만한 이는 많이 없었다. 기껏 해 봤자 아이샤 정도일까? 제임스는 약속 없이 온 객들은 보통 정중하게 돌려보내고는 했다.

하나 손님이 아이샤는 아닌 모양이었다. 이안은 긴장한 듯 보이는 제임스의 얼굴에 빨리 말해 보라 눈짓했다. 그러자 제임스가 주변을 살피고 침을 한번 삼키고는 아주 작은 목소리로 말했다.

"황궁에서 오셨습니다."

* * *

하얀 마차 한 대가 수도 외곽 길을 천천히 달렸다. 마차를 끄는 말조차 흰색에 가까운 연한 회색이라 들꽃이 잔뜩 핀 길을 가로지르는 마차는 꼭 동화 속 공주님의 물건 같았다.

똑똑.

마차가 한창 그렇게 달릴 때였다. 마부의 바로 뒤 마차 벽에서 소리로 신호를 보냈다.

"워워."

바람을 맞으며 느긋하게 말을 몰던 마부가 신호를 알아듣고 마차를 길가에 세웠다. 곧 달깍 하고 마차 문 열리는 소리가 나더니 나이 지긋한 노부인과 열다섯, 여섯쯤 되어 보이는 소녀 하나가 마차에서 내렸다.

"와! 여기가 제국 수도예요?"

짙은 갈색 머리의 소녀가 손뼉을 치며 노부인을 돌아봤다. 기대감 가득한 소녀의 얼굴에 노부인이 인자한 미소를 띠며 고개를 끄덕였다.

"그래. 여기가 제국의 수도 라나프란다. 고대어로 천상이라는 뜻이지. 그리고 저기 지붕 여러 개가 보이지? 저게 황궁이야."

노부인의 긍정에 소녀가 갈색 눈을 끔뻑이며 황궁 지붕을 뚫어지라 쳐다봤다. 그러나 그것도 잠깐, 소녀는 곧 길가에 널려있는 들꽃에 더욱 큰 관심을 보였다.

"부인, 제가 꽃을 꺾어 드릴게요!"

소녀가 드레스 자락을 팔랑이며 뜀박질을 했다. 그 모습에 노부인은 잠깐 슬픈 표정을 지었으나 소녀가 저를 돌아보자 언제 그랬냐는 듯 미소를 지었다.

"조금만 기다리세요. 향이 참 좋아요."

"그래. 넘어지지 않게 조심하렴. 레아."

"예!"

콧노래를 흥얼거리며 손을 뻗는 소녀의 모습이 발랄했다. 노부인은 소녀의 작은 등을 잠깐 바라보다 곧 입술을 살짝 깨물고는 고개를 돌렸다.

마차가 멈춰 선 길은 높은 언덕의 끝이었다. 저 멀리 소녀에게 알려 줬던 황궁의 지붕과 함께 화려한 수도의 여러 저택들이 눈에 들어왔다. 노인은 황궁에서 오른쪽으로 쭉 시선을 두다 오묘한 푸른색 지붕이 아름다운 저택 하나를 발견하고는 입매를 딱딱하게 굳혔다.

'이번에는 꼭…….'

지붕을 노려보는 노부인의 얼굴에 결연함이 떠올랐다. 손마저 불끈 쥔 그녀는 나이에 맞지 않게 전사와도 같은 기세마저 보였다.

"부인!"

언제 왔는지 소녀가 노부인을 가까이서 불렀다. 그러자 언제 그랬냐는 듯 노부인은 다시 인자한 모습으로 돌아갔다.

"여기요. 향도 좋지만, 색이 참 예쁘지요?"

소녀가 꺾어 온 것은 수술이 아주 길게 뻗은 연보라색 꽃이었다. 자잘한 꽃 다섯 개가 하나의 꽃대에서 솟은 모습이 퍽 사랑스러웠다.

"여기서도 푸르스 꽃을 보게 될 줄 몰랐어요."

소녀는 약간 으쓱한 얼굴로 노부인에게 꽃을 내밀었다. 그러나 꽃을 본 노부인의 얼굴에는 약간이지만 그림자가 졌다.

"그건 팔라스 꽃이란다. 네가 말한 푸르스 꽃과 유사하게 생겼지만……. 여기 보렴. 가운데 색이 다르지?"

"어? 정말이네. 하지만 뭐…… 이 꽃도 푸르스 꽃만큼이나 예쁜걸요."

"네 말대로 닮은 만큼 팔라스 꽃은 푸르스 꽃만큼이나 아름답지. 하지만 치료 약으로도 쓰이는 푸르스 꽃과 달리 팔데스 꽃은 줄기에 독성이 있단다."

"네?"

독이 있다는 말에 소녀가 꽃을 내동댕이쳤다. 많이 놀랐는지 커다랗게 뜬 눈이 겁에 잔뜩 질려 있었다.

"이런. 내가 겁을 준 모양이구나. 하지만 걱정 말렴. 특수한 처리를 하지 않으면 독성은 아주 약하단다."

소녀의 반응에 노부인이 재빨리 말을 이었다. 진정시키려는 듯 웃음까지 머금은 목소리에 소녀는 그제야 고개를 끄덕였다. 그러나 바닥에 흩어진 꽃을 보는 소녀의 얼굴에는 완전히 가시지 못한 두려움이 있었다.

"그만 가자꾸나. 더 지체하면 어둑해져서 도착하겠어."

노부인이 소녀의 팔을 잡으며 말했다. 그제야 꽃에서 시선을 뗀 소녀가 고개를 끄덕이며 노부인을 부축했다.

"이랴!"

노부인과 소녀가 마차에 타자 마부가 마차를 움직였다. 빠르게 사라지는 마차 뒤로 길가에는 연보라색 꽃만 흙과 먼지에 더러워질 뿐이었다.

5장. 불청객 둘

햇빛에 흐트러진 연갈색 머리카락이 반짝였다. 푹신한 침대 위에 비스듬히 누운 이안은 비단결 같은 긴 머리카락을 쓰다듬으며 늦은 오후의 느른함을 한껏 즐겼다.

이안은 아이샤가 이렇듯 눈을 꼭 감고 잠들어 있는 시간이 좋았다. 눈을 뜬 그녀는 그에게 불편함과 짜증을 가져왔지만 숨을 쌕쌕이며 눈을 감고 있는 그녀는 상상 속 휴식처처럼 편한 구석이 있었다. 때문에 이안은 관계 후 아이샤가 잠들었을 때 먼저 일어나 잠든 그녀를 한참 구경하고는 했다.

그러나 오늘의 휴식은 짧았다. 아이샤가 눈가를 움찔거리며 낮은 소리로 무어라 웅얼거렸기 때문이다.

'……곧 일어날 모양이지.'

아이샤의 낌새를 눈치챈 이안이 그녀의 머리를 쓰다듬던 손을 멈췄다. 그리고 미련 없이 자리를 털고 일어났다.

그도 처음에는 아이샤가 일어날 때까지 침대에서 그게 싫으면 적어도 침실에서 기다려 줬더랬다. 그러나 그것도 잠깐. 시간이 조금 지나자 이안은 그마저 관뒀다.

'이안, 있잖아…….'

'왜? 할 말 있어?'

'……아니야. 아무것도.'

이안은 일어났을 때 자신이 없음에 섭섭해하는 아이샤의 심정을 알고 있었다. 하지만 그렇기에 그는 일부러 침실을 먼저 떴다.

'쓸데없는 앙탈 따위 받아 줘 봤자 버릇만 나빠질 뿐이야.'

이안은 창밖, 기울어지는 해를 보며 옷매무새를 정리했다. 침의만 입고 있는 아이샤와 달리 그는 한참 전에 일어나 대강 옷을 꿰입은 후였다.

구겨진 셔츠를 펴고 느슨하게 풀었던 크라바트까지 꽉 조이자 이안은 조금 전까지 침대에 있었다 믿을 수 없는 모습이 됐다. 침대 옆 전신 거울에 대강 제 모습을 비춰 본 그가 몸을 아예 문 쪽으로 돌렸다. 그러나 한 발 떼려던 차, 약한 힘이 그를 당겼다.

뒤돌아본 이안이 살짝 당황한 얼굴을 했다. 언제 일어났는지 아이샤가 반쯤 뜬 눈으로 그를 보고 있었다.

"……일어났나?"

"응……."

가라앉은 목소리로 아이샤가 답을 하며 눈가를 비볐다. 이안은 그 모습이 작고 사랑스러운 소동물 같다는 생각을 하다 제 감상에 얼굴을 찌푸렸다. 그러자 눈을 비비던 아이샤가 눈을 동그랗게 뜨고는 그의 눈치를 살피기 시작했다.

"하녀를 불러 줄 테니 옷 갖춰 입고 돌아가."

그 모습에 이안은 이유 모를 짜증을 느꼈다. 그가 냉랭한 말을 툭 던지며 아이샤의 손을 아무렇게나 떼어 냈다.

차가운 그의 행동에 아이샤가 늘 하던 대로 눈을 내리깔았다. 그러나 이안이 다시 몸을 돌리기 전 그녀는 작지만 분명한 목소리를 냈다.

"저기……."

말과 함께 주춤거리며 뻗은 팔에는 충동이 담겨 있었다. 이안은 심드렁한 표정을 숨기지 않은 채 아이샤를 바라봤다.

"할 말 있어? 빨리해. 나 바쁘니까."

"……이대로 괜찮을까?"

알아듣지 못할 말에 이안이 눈썹을 구겼다. 그러자 아이샤가 한참을 머뭇거리다 간신히 입을 열었다.

"아이…… 말이야. 최대한 조심하고 있지만, 혹……."

아이. 민감하지만 중요한 주제였다. 결혼도 전에 아이를 가지는 일은 자유연애를 즐기는 혼전 젊은 귀족들 사이에서도 크게 비난받는 일이었다. 물론 상대와 결혼하는 일이 대다수라 보통은 뒷소문이 일고 말았지만, 그렇지 못한 경우 사내 쪽은 몰라도 여인 쪽은 대부분 귀족 사회에서 매장당했다.

"……사람 일이라는 건 모르는 일이니까."

말을 이어 가는 아이샤의 얼굴에는 걱정과 두려움이 자리했다. 그러나 불안해하면서도 아이샤는 제 가슴 속 어딘가에서 기대감이 솟는 걸 느꼈다. 아이가 생겨도 괜찮다 해 준다면. 그럴 때는 결혼하면 된다 말해 준다면. 가롯 백작 부부처럼 살 수 있다면…….

하나 이안의 표정에 아이샤의 헛된 기대는 곧장 깨졌다. 당혹감조차 드러내지 않은 채 차가운 눈으로 저를 내려다보는 사내에게는 아이에 대한 생각이 조금도 없었다. 예상하고 있었음에도 아픈 가슴에 아이샤가 시트를 움켜쥔 채 덤덤한 목소리를 꾸며 냈다.

"사실 혹시 몰라서 약을 구했어. 꾸준히 복용하면 걱정할 일은 거의 없다니까 걱정할 필요 없……."

"네가 약을 왜 먹어?"

가만히 아이샤를 내려다보던 이안이 서릿발 같은 목소리로 말했다. 고개를 숙이고 있던 아이샤가 당혹감에 시선을 올렸다.

크라바트를 대각선으로 당기는 이안의 얼굴에는 신경질이 잔뜩 묻어나 있었다. 그가 머리를 몇 번이고 쓸어 올리다 화를 꾹 눌러 담은 표정으로 재차 물었다.

"……나한테 말도 없이 언제부터 복용했어?"

"처, 첫날에 걱정돼서 마리한테 부탁했어."

"마리? 네 하녀 말하는 거야?"

이안의 헛웃음에는 분명 화가 자리했다. 그가 입술을 질끈 물었다 아이샤를 노려보며 빈정거렸다.

"일개 평민이 퍽이나 좋은 약을 구해 왔겠군."

좀처럼 가늠할 수 없는 그의 심기에 아이샤가 눈을 깜빡였다. 무엇 때문에 화를 내는 걸까? 아이를 원하는 건 분명 아닌데……. 아이샤는 머릿속을 차지한 의문을 풀기 위해 애썼다.

아이샤가 당혹감에 휩싸여 있을 때 이안은 머리끝까지 치솟은 화를 누르기 위해 애쓰는 중이었다. 사실 그는 왜 이렇게까지 화가 났는지 스스로를 이해할 수 없었다.

'이게…….'

다만 그는 아이샤가 첫 관계부터 피임을 목적으로 한 약을 먹었다는 사실이 굉장히 불쾌했다. 게다가 그가 알기로 현재 제국에 존재하는 여성 피임약 중 다수는 장기 복용 시 몸 건강을 해칠뿐더러 후에 임신에 문제를 일으킬 수 있다 들었다.

'기껏 신경 써 이쪽에서 먹었더니, 뭐? 말도 없이 그따위 하녀가 구해다 준 약을 먹어? 그게 어떤 건 줄 알고.'

생각하면 할수록 화가 나 이안은 참을 수 없었다. 그가 흉흉한 기세를 숨기지 않은 채 아이샤에게 일갈했다.

"그거 당장 다 버려."

"하지만……."

"쓸데없는 걱정 마. 네 말대로 조심하고 있을뿐더러 약이라면 내가 복용하고 있으니까. 너와 나 사이에 아이가 생길 일은 없어."

아이가 생길 리 없다. 아이샤에게는 불안을 덜어 주는 말이었다. 하지만 아이샤는 어쩐지 기분이 더욱 가라앉음을 느꼈다.

'그렇지. 우리 사이에 아이가 생길 일은…….'

아이를 가운데 두고 꼭 붙어 있던 가롯 백작 부부의 모습이 떠올랐다. 아이샤는 울컥하는 감정과 함께 솟는 눈물을 감추기 위해 재빠르게 고개를 숙였다.

"이렇게 말하는데도 걱정되면……."

똑똑.

아이샤의 행동을 어떻게 받아들였는지 이안은 눈썹을 위로 치켜세우며 날카로운 목소리를 냈다. 그러나 말을 마치기도 전 문 두드리는 소리가 두 사람 사이를 갈랐다. 누군가 침실 앞에 왔다는 사실에 이안이 순간 섬뜩한 표정을 짓다 아이샤에게 명했다.

"몸 가려, 당장."

어길 수 없는 목소리였다. 아이샤가 이안의 명에 시트를 목 바로 아래까지 끌어 올렸다. 이안은 그조차 못마땅한지 그녀를 위아래로 훑어보다 아이샤의 머리끝까지 시트를 씌웠다. 그리고 거친 발걸음으로 침실을 가로질러 문 앞에 섰다. 곧 벌컥, 하고 문 열리는 소리와 함께 짜증 섞인 이안의 목소리가 들렸다.

"이게 무슨 짓이지? 분명 내가 나올 때까지 아무도 오지 말라고 했을 텐데."

"죄송합니다. 주인님. 하지만 밖에…… 당장 나와 보셔야 할 것 같습니다."

밖에 서 있는 이는 제임스였다. 그는 화가 난 이안의 모습에 고개를 숙이면서도 급박한 목소리를 냈다. 이런 모습을 쉽게 보이지 않는 그의 모습에 이안이 침실 안쪽 아이샤를 한번 보고는 복도 끝을 지나던 하녀를 불렀다.

"너, 들어가서 아가씨의 시중을 들어."

이안이 문에서 조금 떨어지자 허리를 숙인 하녀가 작게 열린 문틈으로 들어갔다. 이안은 하녀가 침실로 들어가기 무섭게 문을 닫고 밖으로 나왔다.

"무슨 일이지?"

복도를 걷는 이안의 뒤로 제임스가 재빨리 따라붙었다. 그가 당혹스러운 기색을 숨기지 않은 채 갑작스레 찾아온 이의 정체를 밝혔다.

"……선대 노부인께서 오셨습니다."

로이드 후작가에 선대 노부인이라 불릴 이는 하나였다. 이안의 조부 아이언 로이드의 부인이자 죽은 이안의 아비 클리프 로이드의 어미. 즉, 이안에게 조모 되는 다이앤 로이드였다.

그녀가 후작저를 왔다는 말을 듣기 무섭게 이안은 걸음을 한층 빨리했다. 그러나 그의 발걸음에는 반가움은커녕 불쾌함만이 가득 자리했다.

'뻔뻔한 늙은이.'

조모에 대한 이안의 감정에 긍정적인 부분은 조금도 없었다. 그에게 있어 조모는 그 자신과 소피아 즉, 남매 앞에 절대로 나타나서는 안 될 인간이었다.

복도를 지나 층계를 여러 개 내려오자 중앙 계단과 출입구 사이 자리한 간이 응접실이 나타났다. 이안은 저 멀리, 응접실에 앉아 있는 노부인의 희끗희끗한 머리카락에 눈살을 찌푸렸다.

성큼성큼 다가오는 발걸음 소리를 들은 모양인지 노부인이 고개를 들었다. 이안을 발견한 그녀가 잠시 머뭇거리다 인자한 미소를 띠며 자리에서 일어났다. 그러자 노부인 옆에 있던 갈색 머리 소녀도 주춤거리며 일어섰다.

"……오랜만이구나. 네가 이안이지?"

노부인이 이안에게 다가서며 인사했다. 그러나 그녀를 바라보는 이안의 눈에는 경멸과 불쾌감만이 가득할 뿐이었다.

* * *

다이앤 로이드는 제국의 왼편 토도메 왕국에서 태어났다. 왕국 8왕녀인 어미를 둔 덕에 그녀는 왕국에서 가장 고귀한 이들이 산다는 왕궁에서 나고 자랐다.

'8왕녀님께서 원체 사내가 많으니까…….'

'하필 왕녀님만 빼닮아서는…… 머리 색이나 눈 색이라도 다르면 좋으련만.'

하나 다이앤은 왕궁에서 자라되 제대로 된 왕족으로 인정받지는 못했다. 그녀는 어미로 8왕녀를 두긴 했으나 아비를 알 수 없는, 말 그대로 비적출자였다.

보수적인 토도메 왕궁에서 다이앤의 존재는 수치나 다름없었다. 그러잖아도 무시당하는 와중에 어미인 8왕녀마저도 힘없는 후궁의 자식이라 권력이 없었으므로 다이앤은 늙은 왕이 기억도 하지 못하는 외손녀로 왕궁 한편에서 눈칫밥을 먹으며 반쪽짜리라는 수군거림을 견뎌야 했다.

'어머니. 정원에 나가 놀고 싶어요.'

'안 돼! 오늘은 전하께서 왕태손과 정원 산책을 한다 했단 말이야. 그런데 혹여나 네가 눈에 띄기라도 하면……. 내게도 불똥이 튈 거야.'

그러나 이런 환경이 다이앤을 마냥 주눅 들게 하지는 않았다. 토도메 왕국에서 왕족의 위상은 거의 신에 가까웠기에 다이앤은 왕족들에게 무시당하되 그들 특유의 오만함을 그대로 물려받았다.

물론 왕족들과 같은 오만함을 지녔다 해서 그녀의 처지가 그들과 같지는 않았다. 다이앤은 토도메 왕국의 가장 시시한 패로 다른 왕족들이 꺼리는 자리에 쉽사리 끌려갔다.

'……이번에는 또 어딘가요? 여든 살 넘은 늙은이인가요? 아니면 다리를 저는 변경 백인가요?'

다이앤은 형편없는 혼처 자리에 항상 이름을 올렸다. 몇 번의 위기는 어떻게든 넘겼으나 결국 그녀에게 낙점된 곳은 왕족들 중 누구도 가지 않겠다 고개를 흔드는 자리였다.

'로이드 후작가? 제국에서도 대단한 가문이라지만 한낱 귀족가 삼남이잖아. 누가 그런 자리로 가려 하겠어?'

'그러니 말이야. 제국도 너무하지. 결혼을 통해 화합을 추구한다지만 사실 왕국 왕족을 제국 귀족…… 그것도 귀족가 삼남과 결혼시켜 굴욕을 주려는 거잖아.'

'어쩌겠어. 굴욕이라지만 왕족 하나 보내면 이익이 막대한걸. 눈 꼭 감고 넘겨야지, 뭐.'

'하긴 우리가 갈 일은 없고……. 전하께서도 아끼는 손녀들은 내놓지 않을 모양이야. 사실 이미 정해졌다 소문이 돌던데……. 다이앤이 갈 거래.'

'다이앤? 그 애라면 그 정도 혼처도 감사해야 하는 거 아냐? 그래도 남편 될 사람이 젊고, 얼굴 잘났고 머리도 좋으니까……. 다 죽어 가는 노친네 후처 자리보다야 좋은 자리지.'

다이앤은 시저 제국과 토도메 왕국 사이 화합의 상징으로 젊은 나이 제국 외교관으로 이름이 드높았던 로이드 후작의 삼남, 아이언 로이드와 결혼하게 됐다.

'네가 릴리의 딸…… 그러니까 이름이 다이앤이라고? 어미를 닮아 얼굴을 쓸 만하구나. 제국에 내놔도 부끄럽지는 않겠어.'

'…….'

'이 땅은 네게 주는 지참금이다. 지금 왕국 사정은 잘 알고 있지? 이

것 외에는 줄 수 있는 게 없으니 나머지 네 어미에게 부탁하든지 알아서 해라.'

제국과 왕국 간 화합이라는 상징성이 생긴 만큼 외조부는 처음으로 다이앤을 불렀다. 그리고 그녀에게 온갖 생색을 내며 왕국과 제국 국경 지대의 사막 하나를 던져 줬다. 라치하 사막이라 불리는 그곳은 이름답게 모래밖에 없는, 쓸모없는 땅이었다.

'내가 왜…….'

다이앤은 울면서 제국으로 떠났다. 마지못해 받아들이긴 했으나 그녀는 억울해 죽을 지경이었다. 왕족 중 누구도 귀족의 삼남과 결혼하지는 않았다. 때문에 그녀는 아이언과의 결혼을 모욕이자 희생으로 받아들였다.

'당신 미쳤어? 형수님 뺨을 때리다니……. 제정신이야?'

'감히 나한테 하대하잖아. 난 토도메 왕국의 고귀한…….'

'당신은 리들 자작 부인이야! 세상에……. 결혼한 지 1년이면 자신의 위치 정도는 알지 않아?'

다이앤은 평탄치 못한 결혼 생활을 했다. 왕족들을 제외하고는 고개 숙인 적 없는 그녀는 자작 작위만을 가진 남편 때문에 온갖 귀족들에게 고개 숙여야 하는 상황을 참지 못했다. 결국 그들 부부는 결혼 초기부터 삐걱거리기 시작했으며 몇 년 새 남과 다름없는 사이가 됐다.

'도대체 어딜 매일같이 돌아다니는 거야!'

'갑자기 웬 관심이지? 내가 당장 죽어도 상관 안 할 것처럼 굴더니.'

'누가 당신이 뭐 하는지 관심이나 있대? 언니가 찾아왔었어. 그런데 당신이 저녁이 되도록 오질 않으니까 비웃잖아. 혹 밖에서 다른 여자 만나고 다니는 거 아니냐고!'

'당신네……. 그러니까 그 잘난 토도메 왕족 여인들은 생각을 그런 쪽으로밖에 못 하는 모양이지?'

'지, 지금 뭐라고 했어? 감히……. 감히!'

남보다 못한 부부 사이, 고립된 환경. 다이앤은 불행했다. 그러나 인생에는 불행만 있는 게 아니라던가. 제국에서 지낸 지 3년, 불운했던 다이앤의 삶에 행운이 깃들었다.

'이게 무슨 일이래요. 작년에는 큰 도련님이 떠나시더니 올해는…….'

'집안에 화가 닥친 모양이야. 그렇지 않고서는 장성하신 도련님들께서 이리 허무하게 갈 수 있나.'

'두 도련님 다 후계도 없으시고……. 이렇게 되면 막내 도련님께서 집안을 이으시겠어요.'

시작은 로이드 후작의 장남과 차남이 차례로 병을 앓다 세상을 뜬 일이었다. 로이드 후작가에는 큰 불행이었으나 그 덕에 삼남이었던 아이언은 로이드 후작의 하나뿐인 후계자로 지내다 후작위를 물려받았다.

다이앤도 남편을 따라 자연스레 후작 부인이 되었다. 후작 부부가 된 다이앤과 아이언은 아주 잠깐이지만 관계를 회복했다. 그리고 그들 사이 아들 클리프가 태어났다.

'싫다고. 로이드 가문의 안주인인 내가 왜 한낱 백작 부인에게 고개를 숙여?'

'누가 고개를 숙이래? 좋은 관계를 유지하라는 거야.'

'그게 그거지! 당신 때문에 부끄러워 죽겠어. 당신은 후작이 되어서도 무지렁이 평민같이 굴잖아! 왕족 같은 기품은 바라지도 않아. 하지만 제발 내가 참을 만큼만 굴어 줄 수 없어?'

'참아 줄 만큼? 당신 기준이 정신 나갔다는 생각 안 해? 나까지 당신처럼 주제도 모르고 오만하게 굴면 로이드 후작가는 당장 망할걸.'

짧은 평화도 잠시. 클리프가 3살이 되기도 전 두 사람은 다시 멀어졌다. 덕분에 클리프는 부모가 붙어 있는 모습을 손가락 열 개로 꼽을 수 있었다.

한집에서 살되 서로의 얼굴조차 보지 않는 생활은 클리프가 10살이 될 때까지 이어졌다. 그리고 그쯤 다이앤에게 두 번째로 큰 행운이 찾아왔다.

토도메 왕이 쓸모없다 다이앤에게 지참금으로 준 라치하 사막, 그곳에서 희귀 광석 아디움이 대량으로 발견된 것이다.

'아디움은 어마어마한 가치를 지닌 광석입니다. 철과 함께 이걸 손가락 한 마디만큼만 녹이면 절대 부러지지 않는 검이 완성되지요.'

하지만 첫 번째 행운과 달리 두 번째 행운은 분쟁을 불러왔다. 희귀 광석 아디움은 가치가 상상을 초월했다. 그렇기에 제국과 왕국 두 나라는 쓸모없다 신경도 쓰지 않았던 땅을 두고 신경전을 벌이기 시작했다.

'땅의 소유권은 로이드 후작가에 있소. 그리고 로이드 후작가는 제국의 명문. 고로 이 땅은 제국의 영토요.'

시저 제국법상 타국민이 제국 귀족 및 왕족과 결혼하게 되면 타국민은 자연스레 제국민으로 귀속됐다. 또한 결혼한 여성의 지참금은 남편의 가문에 귀속돼 이혼하지 않은 이상 여인이 지참금을 찾아갈 방법은 없었다. 때문에 제국은 자신들의 법을 내세우며 땅이 로이드 후작가의 것, 즉 제국의 영토라 주장했다.

'무슨 소리! 로이드 후작 부인은 토도메의 왕족으로 엄연히 왕국 사람이요. 왕국의 법대로라면 이 땅의 소유는 로이드 후작 부인 개인의 것! 왕국민인 그녀의 땅은 왕국의 영토요.'

토도메 왕국도 지참금과 국적에 관한 법은 제국과 비슷했다. 다만 왕국의 법에는 왕족을 예외로 두었는데 왕족의 경우 타국민과 결혼을 하게 되더라도 영구히 왕국의 국적을 가진다는 조항과 함께 왕족 여인의 지참금은 죽기 전까지 왕족 여인 개인의 자산이라는 점을 강조했다.

이는 왕비 외에 후궁을 여럿 들여 많은 자식들을 낳고 그들을 이용해 결혼 동맹을 성사하는 왕국의 외교 문화 때문에 생긴 예외 조항으로 왕국은 이 법을 근거 삼아 다이앤의 국적이 여전히 왕국민이고 그녀의 지참금은 그녀의 개인 자산이며 이 때문에 땅은 왕국의 영토라 주장했다.

'그게 말이 되오? 로이드 가문의 이름을 달고 왕국민이라?'

'왕국법이 그렇소! 왜? 제국이라는 이름을 앞세워 법마저 바꾸라 협박할 참이요?'

본래라면 분쟁이 시작될 일 따위 없었다. 국가 간 계약으로 성사된 혼인의 경우 이처럼 부딪히는 각국의 법 조항을 두고 보통은 어느 나라 법을 우선시할지 결혼 전 사전 조율이 있었다.

하지만 다이앤과 아이언이 결혼할 당시 두 사람은 반쪽짜리 왕족과 귀족가 삼남일 뿐인 데다 땅조차 쓰레기 취급받던 사막이라 사전 조율은 대강 이루어졌다. 게다가 다이앤과 아이언도 각자 자신의 조국의 편을 들었기에 갈등은 깊어져만 갔다.

'다이앤, 당신은 로이드가 사람이야! 그러니 당연히 제국민이지!'

'날 제국민으로 묶어 땅을 삼키려고? 웃기지 마. 난 토도메 왕국의 왕족이야! 그리고 로이드가 사람 따위, 해 달라 해도 싫으니 이혼해!'

'인제 와서 이혼? 당신이야말로 수작 그만 부리지. 이혼하고 싶으면 땅을 포기해. 그러면 당장에라도 이혼장을 써 줄 테니까.'

끝없는 싸움은 계속됐다. 그러나 분쟁이 시작된 지 2년이 막 지났을 무렵, 지지부진한 갈등에 종지부를 찍을 일이 생겼다. 집요하기로 유명한 아이언이 공관 한구석에 있던 서류에서 결정적인 증거를 발견한 것이나.

'땅은 제국의 영토야. 여기 보이지? 우리가 결혼할 때 양국 간에 오갔던 계약서야.'

각국의 인장이 찍힌 수십 장의 서류 중 한 장의 구석에는 다이앤과 아이언의 결혼에 제국법을 우선시한다는 문구가 적혀 있었다.

'거짓말! 난 이런 거 본 적 없어. 당신이 위조한 거지? 이 치졸한 놈!'

'제국의 인장이야 그렇다 쳐도 왕국의 인장을 어떻게 위조하겠어? 고집 그만 부리고 순순히 물러서. 그러면 클리프를 봐서라도 부인 자리는 유지해 주지.'

상황이 제국에 유리해지자 왕국은 초조해지기 시작했다. 결국 그들은 서류의 진위 여부를 가려야 한다는 핑계로 시간을 끌다 다이앤과 접촉했다. 그리고 다이앤은 아들 클리프를 데리고 토도메 왕국으로 건너가 버렸다.

'이 미친 여자가! 제 아들까지 이용해 먹어?'

다이앤은 화를 내는 아이언에게 이혼장을 보냈다. 이혼하지 않으면 클리프를 제국으로 돌려보내지 않겠다는 서신에 아이언은 결국 한발 양보했다.

'후작 각하께서 남서쪽 땅을 요구하십니다.'

'그 사람한테 남서쪽 땅은 절대 양보 못 한다 전해. 거기가 제일 알짜배기인데. 어디서 수작이야.'

이혼을 전제로 땅을 어떻게 나눌지가 안건에 올랐다. 다이앤은 아이언이 아들인 클리프를 포기하지 못한다는 사실을 잘 알았기에 유리한 고지에 섰다. 그러나 승리가 드리워지기 직전, 상황이 기이하게 흘러갔다. 아이언이 심장마비로 급사한 것이다.

'부군께서 작고하셨습니다. 고인의 명복을…….'

'뭐? 그럼 이혼은? 이혼은 어떻게 되는 거야! 그리고 이혼 시 내게 돌아올 땅은?'

'당사자가 고인이 됨에 따라 이혼 소송은 무효가 되었습니다. 또한 제국에서는 땅의 소유권이 후작이 되신 클리프 도련님께 있다 주장하고 있습니다.'

'그게 무슨 미친 소리야! 아니지, 이럴 때가 아니야. 클리프는? 클리프! 내 아들을 데려와! 당장!'

이혼이 무효가 되었다는 사실에 기함한 다이앤은 아들을 찾았다. 그러나 3년 가까이 방치돼 있던 클리프는 아비의 부고와 함께 접촉한 제국 사람들과 함께 왕국을 빠져나간 후였다. 지난 3년 동안 별장에 감춰 뒀던 아들이 사라졌다는 말에 다이앤이 추격대를 꾸렸지만 클리프는 아슬아슬하게 어미의 손에서 벗어났다.

'황제 폐하. 저와 제 땅을 제국의 이름으로 보호해 주십시오. 제국의 보

호가 있는 동안 그 땅에서 나오는 이익 중 절반을 바치겠습니다.'

제국으로 돌아가 후작위에 오른 클리프는 곧장 황제를 찾아가 거래를 청했다. 땅에서 나오는 수익의 반을 바치겠다는 말에 아이언과 친우였던 황제는 평화로운 외교전을 접고 곧장 군대를 보냈다.

설마하니 제국이 무력을 내세울 거라 예상하지 못한 토도메 왕국은 당황해 목을 움츠렸다. 전쟁이라도 한다면 결과는 뻔했다. 결국 왕국은 결혼 동맹을 맺고 있는 몇몇 나라와 함께 제국에 작은 목소리로 항의만을 전했다.

'도와주지 못해? 그럼 이제 나보고 어떻게 하라는 거야!'

'그야 차차 생각해 봐야지요.'

'뭐? 언제는 왕국으로 오면 모든 일을 알아서 처리해 준다 하더니!'

'상황이 바뀌지 않았습니까. 일단 시간이 좀 필요할 테니 당분간 왕궁을 나가 8왕녀님과 함께 지내시는 게 좋을 거 같습니다.'

'뭐? 이제 와서 왕궁을 나가라고? 그렇게는 못 하지! 당장 전하를 뵈어야…….'

'왕궁을 나가라는 건 전하의 명이십니다.'

왕국이 한발 물러나자 다이앤의 입상은 난처해졌나. 그녀는 땅의 일부라도 되찾으려 아들 클리프에게 연락을 취했다. 그러나 지난 세월 방치되며 어미에게 환멸을 느끼다 못해 증오까지 품은 클리프는 다이앤의 연락에 로이드 후작으로서 답하며 연을 끊을 것을 선언했다.

'어떻게 상황이 이렇게 흘러? 신의 농간이 아니고서는 이럴 수 없어!'

왕궁에서도 쫓겨나 어미와 함께 한적한 시골에 머무르게 된 다이앤은 몇 번 눈앞에 왔다 사라진 기회에 가슴을 치며 세월을 보냈다.

그렇게 10년, 다시 기회가 찾아왔으니…….

'아드님께서 작고하셨습니다.'

사람들의 머릿속에서 땅도 다이앤도 잊힐 무렵 클리프는 제 부인과 함께 마차 사고로 사망했다.

'후견인이 되면 가문의 재산 소유권에 개입할 수 있어. 그리고 지금 그 아이들에게 남은 직계 핏줄이라고는 나뿐이니까…….'

제국의 법상 15세 이하의 귀족 아이들은 고아가 될 경우 후견인을 두게 되어 있었고 후견인 자리에 가장 유리한 이는 가까운 핏줄이었다. 다이앤은 아들 부부가 사망했다는 말에 이안과 소피아의 나이를 가늠하며 재빨리 제국으로 넘어갔다.

'오 이안, 소피아. 가여운 내 손자들.'

'…….'

'아무 걱정 말렴. 내가 너희를 이끌어 주마.'

그러나 그녀는 손자들의 후견인이 될 수 없었다. 제 죽음을 예상이라도 한 것인지 클리프는 친우 파든 백작을 자녀들의 후견인으로 선임한다는 유언장을 공증까지 받아 작성한 후였다.

고인의 유지가 담긴 유언장은 법정에서 강력한 무기였다. 게다가 황제 또한 손자들의 후견인이 된 다이앤이 땅을 차지할 것을 염려하여 힘을 행사했다.

'고인 클리프 로이드의 유언을 받들어 고인의 자녀 이안 로이드와 소피아 로이드의 후견인으로 그레이엄 파든 백작을 선임한다.'

이길 수 없는 싸움. 다이앤은 처절히 패배했다. 또 한 번 기회를 놓친 그녀는 이를 갈았다. 다만 앞선 인생에서 살아만 있다면 기회는 언제고 찾아온다는 교훈을 얻었기에 그녀는 전처럼 좌절하지는 않았다.

'도련님과 아가씨께 인사라도 하고 가면…….'

'인사는 무슨! 도움도 안 되는 애들인데. 머리 아프니 출발하게!'

다만 다이앤은 당시 솟는 화에 큰 실수를 했다. 파든 백작에게 손자들의 후견인 자리를 빼앗기고 감정을 주체 못한 그녀는 손자들에게 인사 한 마디 남기지 않은 채 제국을 떠났다.

'이안. 할머니는 언제 와? 응?'

6살 나이, 천지 분간 못 하는 소피아와 달리 10살이던 이안은 다이앤이 저와 여동생에게 인사도 없이 떠나는 모습을 차가운 눈으로 지켜봤다.

* * *

"여긴 왜 오셨습니까."

이안은 한참 만에 입을 열었다. 15년 만에 만난 조모에게 인사조차 않는 그의 모습은 냉랭하기 그지없었다. 뻔히 보이는 냉대에 다이앤이 가여운 얼굴을 한 채 슬픈 목소리를 냈다.

"15년 만에 보는데 예의를 좀 지켜 줄 수 없겠니? 적어도 인사는 해야지. 그게 손자 된 도리란다."

허리를 꼿꼿이 세운 채 감정을 호소하는 모습에 이안은 헛웃음을 터뜨렸다. 이안의 생각에 조모는 그에게 예의를 거론할 자격이 없었다. 아니, 아예 로이드 후작저에 발을 들일 자격이 없는 이였다.

"스스로에게 물어보십시오. 그런 말을 하실 자격이 있는지."

이안의 말에 다이앤이 주먹을 살짝 쥐었다. 그러나 곧 그녀는 손에 힘을 풀고 이안에게 한발 가까이 다가섰다. 그리고 애절한 눈빛과 함께 이안에게 천천히 손을 뻗었다.

"……오해가 깊은 모양이구나. 너를 이해한단다. 15년이나 떨어져 있었으니 날 미워하겠지. 하지만 내가 너희 남매를 두고 떠났던 건 파든 백작 때문이었어. 그가 네 후견인만 되지 않았어도 난 너희 남매 곁에 남아서……."

"그만."

이안은 제 얼굴로 오는 조모의 손을 일말의 망설임도 없이 피하며 그녀의 말을 잘랐다. 무안하게 남은 손에 다이앤이 눈물을 글썽였다.

“혹시 제가 아직도 10살 아이로 보이십니까?”

여동생 소피아와 꼭 같은 초록색 눈에 눈물이 맺혔음에도 이안의 목소리는 여전했다. 오히려 그는 쐐기를 박듯 더욱 날카로운 말을 뱉어 냈다.

“지금의 전 로이드 후작가의 주인입니다. 그리고 가주는 가문에 해악 끼치는 이의 말을 듣지 않습니다.”

“해악이라니! 그게 무슨 소리냐. 네, 네가 어떻게……. 어떻게 그런 말을……. 그리고 무언가 오해하는 모양인데 난……. 흑.”

“부인…….”

다이앤이 눈물을 보이며 말을 잇지 못하자 옆에 있던 소녀가 그녀의 손을 꼭 잡은 채 이안을 노려봤다. 그러나 그것도 잠깐. 이안의 푸른 눈에 곧장 겁을 먹은 그녀는 주춤거리며 눈을 내리깔았다. 소녀가 손을 떨자 다이앤의 눈초리가 일순간이나마 사나워졌다. 그녀가 소녀를 슬쩍 제 뒤로 보내고서는 품에서 손수건을 꺼냈다.

막 칠십을 넘긴 다이앤이 소리 없이 눈물을 훔쳐 내는 모습은 그녀를 모르는 이의 마음도 아프게 할 법했다. 그러나 다이앤과 피가 연결된 이안은 무감한 얼굴로 조모를 바라볼 뿐이었다.

그가 조모에게 시선을 두다 멀리서 들리는 천둥소리에 응접실 창밖으로 눈을 돌렸다. 응접실로 내려오기 전만 해도 좋았던 하늘이 당장에라도 비를 쏟을 듯 흐려져 있었다.

‘……늦으면 곤란해질 텐데.’

소나기가 예상되자 3층 침실에서 어찌해야 할지 모른 채 곤란해할 아이샤가 생각났다. 더는 불청객을 집안에 두지 않겠다 판단한 이안이 제임스를 돌아봤다. 그러나 그가 축객령을 내리기 전 출입문이 열리더니 누군가 헐레벌떡 뛰어왔다.

“할머니!”

응접실에 들이닥친 이는 소피아였다. 소피아의 옷매무새는 흐트러진 그녀의 머리만큼이나 엉망이었다. 드레스를 휘날리며 응접실로 들어온 그녀가 다이앤의 품에 와락 안겼다. 여동생의 행동에 이안이 눈썹을 치켜떴다.

“소피아로구나. 그래. 그래.”

“와 주셨군요. 정말 보고 싶었어요.”

“나도 네가 참 보고 싶었다. 그래서 네 초대를 받아들였던 거고. 한데…….”

조모가 올 것을 예상했다는 듯 행동하는 소피아와 이어지는 조모의 말에 이안은 상황을 파악했다. 누가 먼저, 언제 시작했는지는 모르나 두 사람은 그 몰래 교류를 하고 있던 모양이었다.

‘언제부터인지는 몰라도 집안에서 서신을 주고받았으면 내가 모를 리 없고…….’

다이앤을 바라보는 이안의 눈이 한층 더 차가워졌다. 조모가 그들 남매에게 작별 인사조차 없이 왕국으로 돌아갔을 무렵 이안은 조모와 가문 간의 다툼은 물론이요, 조모가 자신들에게 일말의 애정도 없음을 알고 있었다. 그러나 당시 소피아는 아무것도 알지 못한 채 잠시 머물렀던 조모를 한동안 그리워했다.

“이, 이안. 할머니는 내가 초대한 거야. 네 약혼식 전까지 와 주십사 내가 부탁했어.”

이안은 소피아의 머리가 어느 정도 큰 후 그녀에게 조모와 가문 간의 갈등에 대해 몇 번이고 일러줬다. 그러나 소피아에게는 정이 먼저였던 모양이었다. 소피아는 이안의 눈치를 보면서도 다이앤을 꿋꿋이 변호했다.

“하나 남은…… 우리 남매한테 하나 남은 가족이잖아.”

“소피아. 네 독단을 내가 이해할 거라 생각하나?”

“이안!”

“네게는 따로 죄를 묻겠다. 그러니 네 방으로 얌전히 돌아가 있어.”

냉랭한 이안의 시선에 소피아가 입술을 문 채 눈물을 그렁그렁하게 매달았다. 발발 떨리는 손녀의 어깨를 보던 다이앤이 소피아의 손을 꼭 잡으며 앞으로 나섰다.

"라치하 사막 때문에 날 이리 꺼리는 거니?"

다이앤이 라치하 사막을 입 밖에 냈다. 이안은 제 아비가 그러했던 것처럼 로이드 후작으로서 일갈했다.

"그럴 리가요. 이미 끝난 일입니다. 조모님께서 문제니 마니 거론할 일이 아니라는 겁니다."

"난 그때도 지금도 내게 그 땅에 대한 권리가 있다 생각한단다. 하지만 과거에 내가 너희에게 잘못한 일도 있고, 이제는 내 나이도 있고…… 더는 그 문제로 척을 지고 싶지 않구나."

곧은 허리만큼 꼿꼿한 목소리가 젖어 든다 싶더니 끝에 와서는 일그러지기까지 했다. 소피아의 손을 토닥이며 이안을 바라보던 다이앤이 씁쓸한 표정을 숨기지 않은 채 한숨을 쉬었다.

"……몇 년 전 내 어머니, 그러니까 네 증조모께서 돌아가셨단다. 그리고 그때 알았지. 나이 들어 가족이 없는 것만큼 서러운 건 없다고."

"……."

"사이가 좋았다 할 수는 없지만 난 네게는 조부 되는 남편도 아들도 잃었어. 내게 남은 가족은 이제 너희뿐이지."

"……."

"그 땅에 대해 더는 언급하지 않으마. 분란을 일으키지 않겠다는 말이야. 원한다면 확실히 포기한다는 각서도 써 주겠어. 어차피 땅에 묻힐 때까지 얼마 남지 않은 몸……. 이제는 그 땅 때문에 가족과 척을 지기는 싫구나."

회한이 가득 담긴 목소리는 심금을 울리는 구석이 있었다. 소피아는 어느새 눈물을 떨구며 다이앤을 바라봤고 다이앤과 함께 온 소녀는 훌쩍이며 소매로 눈물을 닦았다. 하지만 나이 든 조모의 애절한 목소리에도 이안은 표정 하나 바꾸지 않았다.

"누차 말씀드리지만, 그 땅은 이미 오래전 로이드 가문의 것이라고 판정이 난 곳입니다. 그러니 분란이 애초 생길 수 없습니다. 그리고 가족의 정을 이야기하시려거든 조금 더 일찍……. 아니, 적어도 작별 인사는 하고 가셨어야지요."

이안이 15년 전을 언급하자 다이앤의 얼굴이 붉어졌다. 잠시 입을 닫은 그녀가 입술을 달싹이다 한참 만에 말문을 열었다.

"……15년 전 너희를 그렇게 떠난 일은 내 잘못이다. 인정하마. 하지만 이안. 똑똑한 너라면 알 텐데. 그 땅을 둘러싸고 정말 분란이 없다 생각하니?"

"……."

"그 땅에 대한 보호를 대가로 얼마나 많은 이익을 포기했니? 제국의 입김에 내 왕국이 지금은 아무 말도 하지 않는다만……. 분란이 일었던 땅이니만큼 나중에는 어떻게 될지 알 수 없지. 게다가 그런 불안 요소 때문에 문제가 되는 것도 많지?"

다이앤의 말은 틀리지 않았다. 보호세 명목으로 황궁에 내는 세금은 어마어마했다. 그리고 분란이 있었던 탓에 라치하 사막은 투자나 사람들의 이주가 소극적인 편이었다. 때문에 인부들을 모으는 것부터 유통에 이르기까지 부대비용이 만만찮았다.

그러나 이안은 그 문제들 대해 크게 초조해하지 않았다. 모든 문제는 분란의 당사자인 다이앤이 죽으면 해결되는 일이었으니 말이다.

"시간은 제 편입니다. 조금만 더 기다리면 그런 불안 요소도 사라지겠지요."

대놓고 죽음을 입에 올리지는 않았으나 의미는 명확했다. 다이앤은 물론이요, 그녀 뒤에 있던 소피아의 얼굴도 파랗게 질렸다.

"……그야 그렇지. 하지만 지금 내가 서류 하나만 써 주면 그 모든 게 기다림 없이 해결될 거란다. 내가 모든 권리를 포기하겠다 한 줄만 쓰면 왕국에서도 더는 트집 잡을 수 없지. 그리고 시간 말이다. 꼭 그렇게 단정하지 말렴. 너도 봐서 알 텐데. 네 아비도 나보다 먼저 떠났단다."

제 죽음을 언급하는 손자 앞에서 다이앤은 떨리는 입꼬리를 간신히 감췄다. 그러나 노한 기색을 완전히 지울 수는 없었기에 그녀는 뼈가 담긴 말을 뱉었다. 죽은 조부와 아비를 입에 담는 조모에게 이안이 삐뚜름한 얼굴을 숨기지 않았다.

"남편은 물론이요, 아들과 척을 지시면서까지 내 땅이요, 토도메 왕국 영토라 주장하시더니 이제 와 이리 쉽게 포기하신단 말입니까?"

"……물론 나도 조건이 있단다."

작은 목소리로 나온 답에 이안이 조소가 깊어졌다. 그가 더 들을 것도 없다는 듯 몸을 돌리려 했다. 그러자 다이앤이 재빠르게 앞으로 나서며 빠르게 외쳤다.

"큰 걸 요구하는 게 아니야! 그러니 들어주렴."

"……."

"여기서 5년만……. 아니, 너희 곁에서 3년만 있게 해다오."

주름진 얼굴을 눈물로 적시며 부탁하듯 손을 모은 다이앤의 모습에 있던 소피아가 울컥한 얼굴로 이안을 바라봤다. 그러나 이안은 무감한 얼굴로 더해 보라 눈짓할 뿐이었다.

"그 이상 바라는 건 없단다. 난 사실 많이 후회했단다. 그때 왜 너희를 떠났을까 하고……. 평생 너희 옆에 있는 건 바라지도 않는단다. 다만 3년만이라도 함께……. 생애 끝에서 내가 바라는 건 그것뿐이야. 나도 가족들 곁에서 손자들 곁에서 머물고 싶구나."

"부, 부인께서는 항상 손자분들을 그리워하셨어요!"

다이앤의 흐느낌이 커지자 지금껏 가만히 있던 갈색 머리 소녀가 이안 앞으로 튀어나왔다. 이안의 눈초리에 겁을 먹으면서도 소녀는 말을 이어갔다.

"정말이에요! 제가……. 제, 제가 곁에서 봐 왔어요."

"레아. 조용히 하렴. 네가 끼어들 자리가 아니야."

이안이 거슬린다는 듯 미간을 좁히자 다이앤이 흐느낌을 멈추고 소녀에게 호통을 쳤다. 거의 없다시피 했던 일에 소녀가 어깨를 크게 움찔거리며 고개를 푹 숙였다.

"미안하구나. 너희가 떠올라 어릴 적부터 데리고 있던 아이라 내가 좀 버릇없게 가르쳤단다."

다이앤이 소녀를 보다 다시 이안 쪽으로 고개를 돌렸다. 그러자 이번에는 소피아가 다가와 이안을 쳐다보며 다이앤의 손을 꼭 잡았다.

"이안. 이렇게 부탁하시는데……. 흑. 할머니."

"소피아, 아가. 울지 말렴."

세상 애틋한 조손의 모습을 이안은 냉담한 눈으로 바라봤다. 무감해 보이나 언뜻 비치는 경멸에 다이앤이 티 나지 않게 입 안쪽을 물었다.

"……좋습니다. 뜻대로 머무르십시오."

이안이 한참 만에 딱딱한 목소리로 허락을 표했다. 오라비의 답에 소피아가 팔짝 뛰며 다이앤을 끌어안았다.

"이안. 고맙구나. 정말 고마워."

"다만 말씀하신 부분은 비로 지켜 주셔야겠습니다. 앞으로는 땅에 대해 어떤 권리 주장도, 분쟁도 일으키지 않겠다 각서부터 쓰십시오. 그리고 왕국에도 각서와 같은 내용의 서신을 보내십시오."

"……그렇게 하마."

조모에 대한 일말의 정도 없다는 것이 목소리에서 묻어났다. 이안은 냉정한 어투에도 다이앤은 나이를 증명하듯 침착한 얼굴을 유지했지만 소피아는 화가 난 눈으로 오라비를 쏘아봤다.

"오늘은 손님방에서 머무십시오. 각서에 대한 공증이 끝나면 정식으로 머무실 곳을 내드리겠습니다."

"이안!"

결국 이어지는 이안의 말에 소피아가 화를 터뜨렸다. 그러나 조모를 지나쳐 제게 박히는 푸른 눈에 그녀는 멈칫거리고 말았다.

"소피아, 일이 이렇게 되었다고 너에 대한 처벌이 없는 건 아니다."

나지막한 일갈에 소피아가 우물쭈물하자 다이앤이 그만하라는 듯 슬픈 눈을 했다. 소피아는 조모의 굽은 어깨에 용기를 되찾아 오라비에게 달려들었다.

"정, 정말 너무하는 거 아냐? 아직 남인 아이샤 그 계집애는 집에서 제일 좋은 방을 내주면서 할머니께는 어째서 이런 대우를 하는 거야!"

난데없이 튀어나온 아이샤의 이름에 이안의 심드렁한 얼굴이 굳어졌다. 그가 입을 일자로 다문 채 검지 손가락으로 엄지손가락을 꾹 눌렀다.

"할머니는 왕국에 계실 때도 오빠를 걱정했어. 서신에 항상 오빠의 건강과 안부를 물었단 말이야. 그런데 그런 분을 아이샤보다도 못하게 대우하는 게 말이 돼?"

"소피아. 네 처벌에 대해 한 번 더……."

더는 소피아의 말을 들어 줄 수 없었던 이안이 낮은 목소리를 낼 때였다. 남매의 다툼을 지켜보던 다이앤이 응접실 바로 옆 중앙 계단 위를 보며 중얼거렸다.

"저 아가씨가 너랑 약혼한다는 아가씨인가 보구나."

지금 상황에서 다이앤에게 아가씨라 불릴 이는 하나였다. 이안이 재빨리 고개를 위로 치켜들었다. 그러자 당황한 기색이 역력한 아이샤와 그녀에게 붙여 준 하녀가 보였다. 모서리 난간 쪽에서 상체만 내민 것을 보니 큰 소리에 상황을 살피러 온 것 같았다.

"이리 내려와요."

예상치 못한 상황에 앉은 침묵을 깬 것은 다이앤이었다. 그녀는 등을 꼿꼿하게 세운 채 아이샤를 향해 미소 지으며 손짓했다. 다이앤 뒤에 있던 소피아가 다가오는 소피아를 날카로운 눈으로 노려봤다.

"난 이안의 조모 되는 사람이에요."

다이앤이 가까이 다가온 아이샤를 위아래로 훑어봤다. 그 태도가 어딘지 묘해 아이샤는 어색한 웃음을 띤 채 허리를 숙였다.

"처음 인사드리겠습니다. 전 파든가의……."

"알고 있어요. 파든 백작가의 아이샤 양이지요?"

툭 잘린 말에 아이샤가 겸연쩍은 얼굴로 고개를 끄덕였다. 손짓할 때부터 느꼈지만 다이앤은 아이샤를 부리는 이처럼 대하고 있었다.

"보다시피 내가 아주 오랜만에 이안과 소피아를 만났답니다. 그러니 미안하지만, 외부인은 이만 돌아가 주겠어요?"

다이앤이 나긋나긋한 목소리로 출입문 쪽으로 눈짓했다. 명백한 축객령에 아이샤는 당혹스러운 얼굴을, 이안은 얼굴을 와락 구겼다. 급속히 어두워지던 하늘에서는 이제 굵은 빗방울이 떨어지고 있었다. 그런데 돌아가라니. 자칫 날씨가 더 나빠지면 사고가 날 수도 있었다.

"손님이 다른 손님에게 축객령을 내릴 수는 없습니다."

이안이 아이샤를 제 쪽으로 당기며 조모에게 불쾌한 기색을 보였다. 손님방을 내어 준다 할 때도 표정을 유지하던 다이앤이 이번에는 얼굴을 딱딱하게 굳혔다.

"이안!"

입술을 문 채 아이샤를 흘겨보던 소피아가 이안의 말에 소리를 쳤다. 그러나 이안은 소피아 쪽으로는 고개조차 돌리지 않은 채 경고를 이어갔다.

"앞으로 조심해 주십시오. 방을 내어 드렸다고는 하나 조모님께서 제 손님에게까지 간섭하실 입장은 아니지 않습니까."

"……그래. 미안하구나. 내가 너무 들떠 실수를 한 모양이야."

이안이 강하게 나오자 다이앤이 몸에 힘을 푼 채 천천히 고개를 끄덕였다. 씁쓸함이 가득 묻어나는 몸짓에 소피아가 다이앤의 곁에 꼭 붙어 그녀를 부축했다.

"제임스, 조모님께 손님방을 내어 드려."

주눅이 든 조모의 모습에 아랑곳하지 않은 채 이안이 제임스를 돌아봤다. 제임스가 깊게 허리를 숙이더니 응접실을 벗어났다.

"그리고 소피아 넌 당장 네 방으로 돌아가 내 명이 있기 전까지 근신하도록 해."

뒤이어 이안이 소피아를 차갑게 바라보며 명했다. 근신하라는 말에 소피아가 펄쩍 뛰며 이안을 불렀다.

"오빠!"

"한마디만 더하면 내쫓겠다. 이 날씨에 나가고 싶나?"

때마침 천둥이 크게 쳤다. 창까지 흔드는 비바람에 소피아가 입술을 꾹 문 채 원망스러운 눈을 했다. 그러나 명을 내린 후, 굳게 닫힌 이안의 입은 다시 열리지 않았다.

"주인님, 준비가 끝났습니다."

잠시 뒤, 명을 받고 응접실을 나섰던 제임스가 돌아왔다. 이안이 눈짓하자 제임스 뒤에 있던 하녀들이 다이앤에게 다가섰다. 다이앤은 몸가짐과 예의가 완벽한 하녀들을 보고는 이안에게 말했다.

"머물 곳을 내어 줘 고맙구나. 그리고 소피아에게 너무 엄격하게 하지 말렴. 네 여동생이잖니."

제 편을 들어 주는 다이앤의 말에 소피아가 감동한 얼굴로 울먹였다. 하지만 이안은 한숨을 쉬더니 못마땅한 기색을 숨기지 않았다.

"조금 전 제 말을 이해 못 하신 듯싶으니 확실히 말씀드려야겠습니다. 제 손님은 물론이요, 집안일에 간섭 마십시오. 불쾌합니다."

조금도 거르지 않은 직접적인 말에 다이앤이 입을 닫았다. 그녀가 얼굴을 붉히더니 소피아의 손을 두어 번 툭툭 치고는 저를 기다리는 하녀들에게 방을 안내하라 눈짓했다.

잘 훈련된 하녀들이 허리를 숙이더니 앞장섰다. 다이앤이 데리고 온 소녀와 함께 사라지자 소피아가 한 차례 더 이안과 아이샤를 노려봤다. 그러나 오라비가 두려웠기에 그녀는 곧 씩씩대면서도 제 방으로 향했다.

"이리 와."

다이앤과 소피아가 완전히 사라지자 머리카락을 짜증스럽게 쓸어 올린 이안이 아이샤에게 손을 뻗었다. 일련의 사태를 말없이 지켜보던 아이샤가 그의 힘에 이끌려 빠르게 걸음을 옮겼다.

* * *

이안은 3층 아이샤를 그의 침실 바로 옆방에 데려왔다. 본래 안주인에게 내어 주는 이곳은 주인이 없음에도 관리가 잘되어 있었다.

아이샤는 연푸른색 벽지에 하얀 가구들이 아름다운 방을 훑어보며 묘한 눈을 했다. 바로 옆 이안의 침실은 이제 익숙할 정도였지만 바로 옆에 있는 이 방은 처음이었다.

'여기가 로이드 후작저의…….'

간질간질한 기분이 아이샤를 살짝 스쳤다. 예상치 못하게 마주친 이만 아니었더라면 조금 더 감상에 젖을 수 있었겠지만, 이안의 조모, 다이앤이 던지고 간 당혹감이 아직은 짙었다.

"저……."

"오늘은 여기서 자고 가."

아이샤가 다이앤에 관해 이야기를 꺼내려 입을 열었다. 그러나 제대로 단어를 뱉기도 전, 이안이 그녀에게 명령하듯 말하며 카우치에 털썩 앉았다.

"아니야. 이만 가 볼게. 마차를 타고 와서 괜찮아."

저조해 보이는 이안의 눈치를 보며 아이샤가 조심스레 거절의 의사를 밝혔다. 밖의 날씨가 좋지 않았으나 다이앤이 와 있는 이상 후작저에 머무르기가 꺼려졌다. 약혼까지 얼마 남지 않았다지만 미혼의 영애가 예비 약혼자의 집에서 밤을 지새우는 일은 나이 든 이들이 보기에는 눈살을 찌푸리게 하는 일이었다.

"이 날씨에 마차를 탄다고? 미쳤어?"

돌아가겠다는 말에 이안이 예민하게 반응했다. 아이샤는 그의 표정을 보고서야 자신이 실수했음을 깨달았다.

비 오는 날. 마차.

그 두 개가 합쳐지는 순간, 이안에게는 끔찍한 기억이 떠오를 수밖에 없었다. 선대 로이드 후작 부부의 죽음. 의도하지는 않았으나 이안의 가장 아픈 곳을 건드렸다는 생각에 아이샤가 주춤거렸다.

"계속 거기 서 있을 거야? 일단 앉아."

그런 아이샤에게 이안이 눈을 감은 채 고갯짓으로 제 앞자리를 가리켰다. 아이샤가 이안의 뜻에 따라 얌전히 그의 앞에 앉았다. 신경이 곤두섰는지 눈을 감은 이안의 숨소리는 평소보다 조금 빨랐다. 아이샤는 잔뜩 찡그린 그의 미간을 펴 주고 싶다 생각하며 저도 모르게 손을 뻗었다 갑작스럽게 눈을 뜬 이안과 시선을 마주하고 몸을 움찔거렸다.

이안이 제 쪽으로 몸을 숙인 채 팔을 뻗은 아이샤를 바라보다 시선을 돌렸다. 그가 비가 내리는 밖을 보며 조용히 읊조렸다.

"……파든 백작가에 사람을 보내지. 비가 너무 많이 와 오늘은 여기서 머물 거라고."

"하지만 이 날씨에 서신을 전하기 어려울 텐데……."

"길도 잘되어 있고 훈련된 이는 괜찮아. 그러니 넌 괜한 생각 말고 내일 가."

"그럼 손님방에서 머물게. 여기는…… 내가 머물기에 과한 것 같아."

아이샤의 말에 이안이 시선을 그녀 쪽으로 돌렸다. 고개를 살짝 숙인 아이샤는 말처럼 이 방을 부담스러워하는 기색이 역력했다.

"바로 옆방에서도 머물렀잖아. 새삼스레 왜 그러지?"

이안은 그런 아이샤의 모습이 어쩐지 불쾌했다. 그가 빈정거리며 그의 침실에서 머물렀던 것을 지적하자 아이샤의 얼굴이 붉어졌다.

"조모님께서 와 계시니까 괜한 말이 생길까 봐 걱정되는 것뿐이야. 그리고 밤, 밤을 새우고 가는 건 잠시 머물다 가는 거랑은 다르잖아."

아이샤가 누구의 눈치를 보는지는 빤히 보였다. 15년 만에 나타난 조모……. 다이앤을 생각하니 짜증이 치솟았다.

"그 여자를 네가 왜 신경 써?"

이안의 말이 한층 날카로워졌다. 조모를 그 여자라 칭하는 이안의 모습에 아이샤가 아무 말도 않은 채 그를 바라봤다.

자신이 괜한 이에게 신경질을 부리고 있다는 것을 이안도 알았다. 그가 한층 누그러진 목소리로 변명하듯 말을 이었다.

"……너는 알 텐데. 조모와 내 가문이 지금껏 어떤 관계였는지."

조모와 관련한 이안의 마음속 상처를 아이샤는 누구보다 잘 알았다. 그 옛날 이안은 누구에게도 못한 말을 그녀에게만 여러 번 했으니까.

'사실 힘들었어. 소피아는 할머니가 오지 않는다 하루 종일 우는데……. 고작 6살짜리에게 뭐라 하겠어. 그 여자가 우리 곁에 잠시라도 있었던 이유는 땅 때문이라 설명할 거야?'

때문에 고개를 끄덕이는 아이샤의 눈에는 걱정이 한가득했다. 이안은 자신을 바라보는 아이샤의 눈을 어쩐지 똑바로 마주하기가 꺼려졌다. 그가 눈을 감은 채 혼잣말하듯 중얼거렸다.

"소피아가 너만큼만이라도 생각이라는 걸 했으면 좋겠는데 말이야."

다이앤은 혈육의 정에 호소하며 머무르게 해 달라 부탁했지만, 이안은 조모를 믿지 않았다. 조모에게 분명 다른 목적이 있었다.

이안이 조모에게 목적이 있을 거라 짐작하면서도 집안으로 들인 이유는 간단했다. 우선 그녀가 목적을 위해 포기하며 내건 조건이 좋았으며 어떠한 짓을 하더라도 막을 자신이 있었기 때문이다. 다만 여동생 소피아는 이미 조모를 완벽히 신뢰하는 모양새라 그게 걸릴 뿐이었다.

이안은 제 방에서 성질을 부리고 있을 소피아를 생각하며 미간을 찌푸렸다. 그러자 부드러운 목소리와 함께 따뜻한 손길이 그의 이마에 닿았다.

"……너무 많이 신경 쓰지는 마. 건강 해칠까 걱정스러워."

허락을 구하듯 살짝 닿았다가 지그시 원을 그리며 움직이는 손가락은 곱게 빻은 밀가루만큼이나 부드러웠다. 이안은 저도 모르게 몸에 들어가 있던 힘을 풀고 미간을 문지르는 힘에 집중했다.

"그러잖아도 두통이 있잖아. 계속 이렇게 찌푸리고 있으면……."

그러나 평온은 잠시였다. 이안이 아이샤의 손가락에 완전히 경계를 풀기 직전 그의 머릿속 깊숙이 박혀 있던 복수라는 단어가 튀어나왔다.

탁.

이안이 눈을 뜨고 아이샤의 손을 세게 쳐 냈다. 갑자기 내쳐진 손에 아이샤가 당혹감을 숨기지 못한 채 동그란 눈으로 그를 바라봤다.

"아……."

"그러게 갑자기 왜 손을 대?"

나무라는 목소리가 서늘했다. 아이샤는 붉어진 손을 다른 손으로 붙잡은 채 상처받은 눈을 했다. 일렁이며 흐려지는 하늘색 눈에 이안은 속에서 형용할 수 없는 감정이 욱하고 올라옴을 느꼈다.

"사내 몸에 함부로 손 뻗지 마. 어디 가서 헤프게 군다는 소리를 들을 테니 말이야."

말도 안 되는 핀잔이 떨어졌다. 모욕감마저 주는 말에 젖어 들었던 아이샤의 눈이 서서히 말라 갔다. 그게 눈으로도 보이자 이안은 쫓기듯 초조해졌다. 아이샤가 울면 짜증이 났지만 그녀가 저런 눈으로 자신을 보면 견딜 수가 없었다.

"네 오라비들에게도 마찬가지야. 무슨 말이 오가는지 알아? 아이샤 양은 오라비들이 많아 그런지 사내들에게 거리낌 없이 행동한다는 말이 돈다고."

"……."

"여기서 밤 지새운 건 비밀로 할 수라도 있지. 밖에서 그러는 건 막을 수도 없어. 그러니 행동거지에 조금 더 신경 쓰도록 해."

결국, 이안은 자신이 선을 넘었음을 인지하면서도 억지를 부리며 아이샤를 타박했다. 그러나 말도 안 되는 심술을 부려서라도 아이샤의 얼굴을 바꿔 보겠다는 이안의 바람은 이뤄지지 못했다. 오라비들이 거론되기 무섭게 아이샤는 표정을 완전히 감췄다.

"……여기까지 하지. 난 일이 밀려서 가 봐야 할 거 같은데."

그런 아이샤를 보던 이안이 자리를 박차고 일어났다. 아이샤는 곧장 나갈 것처럼 보이는 그의 태도에 예전처럼 붙잡지 않았다. 단지 그녀는 이안을 한번 바라보고는 천천히, 그러나 확실하게 고개를 돌려 버릴 뿐이었다.

"하녀를 불러 줄 테니 뭐라도 먹으면서 쉬어. 저녁 아직 안 먹었잖아."

걸음을 옮겨 문 앞에 선 이안이 낮은 목소리로 말했으나 아이샤는 끝내 고개 한번 끄덕이지 않았다. 그 모습에 이안은 입술을 한번 짓씹은 후 문을 소리 나게 닫았다.

쾅.

이안이 나간 후에야 아이샤는 두 손으로 얼굴을 감싸 쥐었다. 약혼을 일주일 앞둔 저녁. 눈물이 말간 얼굴을 흠뻑 적셨다.

* * *

색이 예쁘게 물든 로이드가의 정원은 한 폭의 명화처럼 아름다웠다. 특히 라벤더를 중심으로 갖가지 허브들이 꽃망울을 터뜨리기 시작하며 정원은 색뿐 아니라 향기까지 가득 찼다.

"날씨가 좋네요."

"그렇구나. 참 아름다운 풍경이야."

소피아와 다이앤은 정원 한쪽에 마련된 자리에서 다과를 즐기고 있었다. 연한 색의 고급 홍차를 들이켠 다이앤이 인자한 얼굴로 정원을 둘러보다 갑자기 슬픈 눈으로 소피아의 손을 잡았다.

"그러고 보니 소피아 네가 라벤더가 한창일 때 태어났지? 라벤더만 보면 항상 네가 생각나 미안했단다."

"할머니……."

"손녀인 네 생일을 내가 챙겨 줬어야 했는데……. 후회스럽구나."

"무슨 말씀이세요. 이제라도 챙겨 주시면 되죠. 뭘 미안해하세요."

소피아는 제게 정을 듬뿍 주는 다이앤이 좋았다. 거의 한평생 가족이라고는 무뚝뚝한 오라비뿐이었는데 뒤늦게나마 따뜻한 조모가 나타나니 어딘가 공허했던 마음이 채워지는 느낌이었다.

"할머니가 와서 너무 좋아요. 이안은 너무 바쁘고…… 항상 나보다 다른 사람을 먼저 신경 썼거든요."

"이안은 어린 나이에 가주직을 수행하느라 바빴을 게야. 그리고 가주라는 직책은 사람을 많이 만나게 되잖니. 착한 네가 좀 양보해야지."

"일 때문에 만나는 사람이라면 이런 말도 하지 않아요. 그게 아니니까 그렇지."

소피아는 불평에 다이앤이 눈을 반짝였다. 그녀가 소피아의 손을 잡고 마사지하듯 주물러 주며 다정한 목소리로 물었다.

"음……. 혹 저번에 본 아이샤 파든이라는 그 아가씨 이야기니?"

다이앤의 물음에 소피아가 고개를 끄덕였다. 그러자 다이앤이 작게 웃음을 터뜨리며 철없는 아이를 달래듯 조곤조곤히 말했다.

"저런, 소피아. 그 아가씨는 이안의 약혼녀잖니. 네가 양보해야지. 그 아가씨는 미래에 로이드 후작 부인이 될 아가씨인걸."

다이앤의 태도에 소피아는 속에서 무언가 울컥하는 것을 느꼈다. 이런 말을 하면 사람들은 간혹 지금의 조모처럼 반응했다. 오라비의 짝을 질투하는 여동생. 하지만 소피아가 아이샤에게 품은 감정은 그보다 훨씬 깊었다. 소피아는 오라비를 아주 오래전부터 아이샤에게 빼앗겼다 생각하고 있었다.

"그거야 두고 볼 일이에요! 전 그런 계집애가 저희 가문에 들어오는 걸 용납할 수 없어요."

아이샤에 대한 적대심이 곧장 표출됐다. 빠르게 말을 뱉으며 씩씩거리는 손녀의 모습에 다이앤이 웃음을 멈추고 의아한 낯을 했다. 그녀가 자신과 같은 소피아의 녹안을 바라보며 걱정스레 물었다.

"무슨 일이 있었던 모양이구나. 내게 한번 말해 보겠니?"

고개를 위아래로 세게 끄덕인 소피아가 지금껏 아이샤와 있었던 일들을 줄줄 늘어놓았다. 물론 모두 소피아 자신의 입장에서 말한 것으로 그녀의 말만 듣는다면 아이샤는 천하의 못된 여인이었다.

"……그런 일이 있다니. 그만한 일로 사람들 앞에서 무릎까지 꿇게 해? 소피아 네가 마음고생이 심했겠구나. 하긴 사실 전에 서신에도 썼다만 그 아가씨를 집안에 들이는 게 좀 걱정이긴 했지."

"그렇죠? 이안 앞에서만 불쌍한 척 구는 그런 여우가 집안에 들어오면 분명 문제가 생길 거라니까요."

"겉모습은 착해 보였다만 파든가 사람이니……. 장사로 부와 명예를 쌓은 집안인만큼 입속에 혀처럼 굴며 속에 칼을 숨기고 있을지도 모르는 일이지."

다이앤은 소피아에게 공감하며 염려스러운 얼굴을 했다. 조모의 동조에 신이 난 소피아가 속에 품었던 감정을 쏟아 냈다.

"정말…… 저 그 계집애 때문에 이안에게 얼마나 억울하게 혼이 났는데……. 그때 할머니께 서신 하지 않았다면 답답해서 집을 나갔을지도 몰라요."

"소피아. 그런 말 말거라. 네가 그 아가씨 때문에 왜 집을 나가? 넌 이

로이드 후작가의 하나뿐인 아가씨인걸."

"하지만 아까 할머니도 말씀하셨잖아요. 아이샤 그 계집애 이틀 뒤면 이안이랑 약혼하니까. 두고 볼 일이지만 진짜 로이드 후작 부인이 될지도 모르고……."

"네가 그 아가씨에게 당한 게 있는데 내가 가만있겠니? 약혼 도중 그 아가씨가 또 너를 괴롭히면 그때는 내가 나서 도와주마. 그 아가씨가 로이드 후작가와 연을 끊으면 끊었지, 네가 이 집을 나갈 일은 없어요. 그리고 네 말대로 약혼이 결혼으로 꼭 이어지지는 않으니까. 미리 걱정 말렴."

손을 꼭 잡아 오는 다이앤은 진심으로 소피아를 위하는 듯 보였다. 조모의 말에 깊게 감동한 소피아가 눈물까지 글썽이며 다이앤의 손을 마주 잡았다.

"드디어 제 편이 생겼네요. 헬렌 말고는 털어놓을 사람도 없어 힘들었는데……."

아이샤에 이어 헬렌이라는 이름이 나오자 다이앤이 몸을 앞으로 숙였다. 그녀가 소피아의 눈물을 닦아 주며 말을 이었다.

"헬렌이라면…… 전에 서신에서 친해졌다는 그 아가씨로구나. 한데 그 아가씨는 사생아가 아니니?"

"맞아요. 헬렌은 피츠 성을 가졌어요. 하지만 황제 폐하의 사생아니까……."

사생아라는 단어에 소피아가 우물쭈물 작아진 목소리로 답했다. 사생아는 꺼려지는 존재로 나이 많은 귀족들은 자손들이 그들과 어울려 평판 망칠 것을 걱정했다. 심지어 몇몇 명문가에서는 자녀에게 사생아 출신의 사람들과는 교류는커녕 인사조차 하지 못하게 했다.

다이앤도 제법 나이가 있는 데다 출신이 썩 좋지 않았기에 소피아는 그 점을 염려하며 조모의 눈치를 봤다. 그러나 다이앤은 의외로 덤덤했다.

"하긴 황제 폐하의 사생아는 귀족가의 사생아들과는 엄연하게 다르지."

"그렇죠? 저도 그렇게 생각해서 헬렌은 멀리하지 않았어요. 게다가 얼마나 교양 있는데요. 다른 집안 너저분한 사생아들이랑은 아예 다르다니까요. 예쁘고 자기 사업도 하고……."

다이앤이 헬렌을 꺼리지 않는 듯싶자 소피아는 기다렸다는 듯 그녀에 대한 칭찬을 벌였다. 다이앤은 지겨운 기색 하나 없이 소피아의 말을 경청하다 소피아가 말을 끝마치고서야 물었다.

"소피아 네가 그렇게 말하는 걸 보면 분명 좋은 아가씨겠지. 다만…… 조심스러운 질문이다만 헬렌 그 아가씨가 이안과 가까운 사이니? 물론 이틀 뒤에 약혼하는 마당에 이런 말은 좀 그렇지만……. 들리는 말들이 있더구나."

다이앤의 물음에 소피아는 순간 놀란 눈을 했다. 이안과 헬렌을 두고 말이 많기는 했다. 특히 리트먼 후작가 연회에서는 이안과 아이샤가 각자 다른 파트너와 동행해 얼마나 뒷말이 돌았던가.

'이안과 헬렌의 소문이 왕국까지 전해질 정도였나?'

하지만 왕국까지 소문이 전해졌다고는 생각해 본 적이 없었기에 소피아는 저도 모르게 의아한 표정을 지었다. 그러나 그녀는 곧 별 대수롭지 않게 의문을 넘기며 한숨을 쉬었다.

"하아. 사실은요……. 헬렌은 이안에게 관심이 컸어요."

소피아와 헬렌은 가까워진 뒤 자주 사적인 만남을 가졌다. 그리고 그런 자리에서 어느 순간부터 헬렌은 이안에 대한 제 관심을 숨기지 않았다. 그리고 소피아는 약혼을 앞둔 오라비에게 관심 보이는 그녀를 경멸하기는커녕 안타깝게 여겼다.

"어머, 헬렌이라는 아가씨가 이안에게 관심이 있었구나. 그럼 이안은?"

소피아의 말에 다이앤이 놀란 얼굴을 했다. 소피아는 조모의 이어진 질문에 잘 모르겠다 답하려다 자신이 바라던 바를 슬쩍 입에 올렸다.

"이안은 아무 말 없었지만……. 제가 보기에 이안도 헬렌에게 끌리는 거 같았어요. 아시잖아요. 여자의 감! 두 사람은 잘 어울리는 만큼 서로한테 끌렸던 게 분명해요!"

"……정말 그렇다면 안타까운 일이구나."

"그렇죠. 서로 끌리는 남녀가 마음을 숨겨야 한다니. 하지만 당장은 방법이 없어요. 이안은 주변 시선도 많이 신경 쓰는 데다 어릴 적에 몇 년 거둬 준 일로 파든 백작가에 무르게 굴거든요."

"그래서 아이샤 그 아가씨와……."

"헬렌만 가여워졌죠. 하지만 아까도 말했다시피 사람 일은 모르는 거잖아요? 이안이 아이샤와 파혼하면 난 당장 헬렌을 밀어줄 거예요."

부도덕한 생각임에도 소피아는 당당했다. 다이앤은 그런 손녀를 말리기는커녕 빙그레 웃더니 칭찬하듯 소피아의 손을 도닥였다.

"괜찮은 생각이구나. 하지만 밖에서는 이런 말 하면 안 돼요. 자칫 사정을 모르는 사람들은 우리를 욕할 수 있단다."

"물론이죠!"

고개를 끄덕이는 소피아에게 다이앤이 예쁜 과자 하나를 집어 입에 넣어 줬다. 어리광을 피우며 과자를 받아먹은 소피아는 다디단 과자를 활짝 웃으며 먹었다.

"그러고 보니 이안의 약혼도 얼마 남지 않았겠다, 우리 소피아는 아직 짝이 없니?"

소피아가 과자 먹는 모습을 흐뭇하게 바라보던 다이앤이 이번에는 주제를 소피아에게 돌렸다. 조모의 질문에 소피아가 과자를 겨우 삼키고 다이앤의 시선을 피했다.

"……보아하니 있는 모양이구나. 한데 비밀로 하고 싶은 모양이지?"

"네……. 죄송해요. 사정이 좀 있어서. 그래도 언젠가는 꼭 말씀드릴게요."

"넌 똑똑한 아이이니 어련히 잘하겠지. 하지만 걱정이 되니 하나만 물으마. 요새 제국에는 자유연애니, 뭐니 하면서 신분이 너무 낮은 남자랑도 사랑에 빠지는 아가씨들이 있어 걱정이야. 설마 소피아 너도 작위가 없다거나 집안이 한미하다거나 그런 사람을 바라보는 건 아니겠지?"

긴장을 풀던 소피아가 이어진 다이앤의 물음에 또 한 번 입을 닫았다. 하나 무언은 긍정. 다이앤이 호들갑을 떨며 소피아를 불렀다.

"세상에. 소피아, 아가!"

"괜찮은 사람이에요. 다만…… 후계자가 아니라서 작위가 없을 뿐이에요."

"오. 안 돼. 그런 자리는 내가 허락을 할 수 없어요."

염려하는 듯 보이는 다이앤의 목소리는 진실해 보였다. 하나 소피아보다 훨씬 깊은 녹안은 어딘가 안도를 품고 있었다.

"그 사실…… 제 남편 될 사람은 작위가 없어도 괜찮아요. 이안이 제게 윌튼 자작위를 주기로 한걸요."

조모의 반응에 소피아는 이안이 다른 이에게 말하지 말라 했던 내용을 입 밖으로 뱉었다.

'뭐? 아주 머저리만 아니면 귀족 중 내가 원하는 사람이랑 결혼해도 괜찮다고?'

'그래.'

'하지만 부모님도 없는데 내가 좋은 혼처로 가야 이안 너한테 도움도 되고……. 작위도 없는 사람하고 결혼하면 가문에 먹칠을 하는 거잖아.'

'아까 말했다시피 아주 머저리만 아니면 소피아 네 결혼 상대 때문에 로이드 가문에 흠집 나는 일은 없어. 그러니까 넌 원하는 사람하고 결혼해.'

'……'

'결혼 후 신분이 걱정되는 거라면 염려 말고. 네 짝이 작위가 없으면 남부 윌튼 영지와 작위를 네게 결혼 지참금으로 줄 거야.'

로이드 후작가는 후작위를 포함해 총 네 개의 작위를 가지고 있었다. 윌튼 자작위는 그중 하나로 이안은 소피아에게 혹여나 그녀의 미래의 남편이 작위가 없는 사내라면 지참금으로 작위와 영지를 주겠다 약속했다.

"여자인 전 작위를 가지고 가문을 이어 가지는 못하지만 제 남편에게 성과 권리가 갈 거예요."

소피아의 말에 다이앤의 얼굴이 일순 굳어졌다. 그녀가 잠시 숨을 고르듯 입을 닫았다가 확인하듯 재차 물었다.

"……이안이 월튼 자작위를 소피아 네게 준다고?"

"놀라셨죠? 흔치 않은 일이니까. 하지만 정말이에요. 이안이 예전에 약속했어요. 만일 제가 작위 없는 귀족과 결혼하면 월튼 자작위와 영지는 제 지참금으로 주겠다고. 물론 말을 잘 들어야 한다는 조건을 붙이기는 했지만. 뭐 하나 마나 한 말이지요. 설마 말 안 듣는다고 물리겠어요? 치사하게?"

"……."

"그런 거 보면 이안은 무뚝뚝하지만 착한 오빠예요. 그래서 못나게 굴어도 미워할 수가 없다니까요."

"……정말 그렇구나. 보기와 다르게 이안이 널 제법 아껴."

어딘지 고르지 않는 조모의 숨소리에 테이블 위 홍차를 보던 소피아가 고개를 들었다. 그러나 그녀가 다이앤의 모습을 찬찬히 살피기 전 큰 소리와 함께 갈색 머리 소녀 하나가 뛰어왔다.

"노부인! 부인!"

소녀를 발견한 소피아의 눈이 세모꼴이 됐다. 그녀는 조모와 지나치게 가까워 보이는 소녀가 싫었다.

"뭐야? 너 따위가 윗사람들이 담소 나누는데 끼어든 거야?"

좋지 않은 감정이 그대로 드러났다. 날카로운 소피아의 목소리에 소녀가 활짝 웃고 있던 것을 멈추고 고개를 푹 숙였다.

"죄, 죄송해요. 아가씨. 전 그저……."

"변명까지 하려 들어? 너 버릇이 없구나?"

기회를 잡았다 생각한 소피아는 거리낌이 없었다. 그러나 그녀가 다른 하녀를 부르기 전 다이앤이 손을 뻗었다.

"소피아, 그만두렴."

"하지만 할머니……."

"레아는 내가 어릴 때부터 데리고 있던 아이라 그래. 제국 수도 아가씨인 네가 보기에는 좀 부족하지? 용서하렴."

다이앤이 소녀의 편을 드는 것 같아 소피아는 섭섭했다. 그러나 조모가 저자세로 나오는데 무어라 할 수는 없었다. 소피아가 삐친 기색을 내보이며 입을 부루퉁하게 내밀자 다이앤이 그녀의 손을 다시금 잡아 주며 소녀에게 냉랭한 목소리로 물었다.

"그래. 레아, 무슨 일이냐."

"꽃, 꽃이 예뻐서……. 화병에 꽂아 두기 전에 보여 드리려고."

레아라 불린 소녀가 변명하며 고개를 더욱 깊게 숙였다. 그제야 소녀의 손에 들린 꽃다발을 눈치 챈 소피아가 고함을 질렀다.

"너 이거 허락은 맡고 꺾은 거야?"

"네?"

"이건 너 따위 하녀가 1년 내내 손에 물 묻혀도 못 살 장미야. 그런데 이렇게 마음대로……. 세상에! 네 머리에도 꽂았네?"

잘 나듬어신 손가락이 레아의 갈색 머리에 꽂힌 상미를 가리켰다. 소피아의 질책에 놀란 레아가 제 머리에 꽂았던 장미를 빼며 무릎을 꿇었다.

"잘, 잘못했어요. 하지만 이건 바, 바닥에 떨어져 있던 꽃이 아까워서 주운 것뿐이에요. 그 외에는 노부인께 드릴 꽃만 꺾었어요. 정말이에요."

"흥! 그걸 어떻게 믿어?"

"소피아."

소녀가 울먹이자 또 한 번 다이앤이 나섰다. 짜증이 솟구친 소피아는 조모에게 이번에는 나서지 말라고 하기 위해 고개를 돌렸다. 그러나 조모의 얼굴을 본 순간 입이 떨어지지 않았다.

"꽃은 내가 꺾어 달라 했단다. 미리 네 허락을 구하지 않은 건 미안하구나."

다이앤은 여전히 인자한 얼굴을 하고 있었으나 어딘가 묘한 위화감이 들었다. 당황한 소피아는 조모의 말이 레아의 말과 앞뒤가 맞지 않음을 깨달았음에도 고개를 끄덕이고 말았다.

"그렇다면…… 너, 앞으로 조심해. 알았어?"

"네. 아가씨. 조, 조심할게요."

"레아. 그만 일어나서 네 방으로 돌아가렴."

다이앤의 명에 소녀가 인사를 꾸벅하고 후다닥 뛰어갔다. 소피아는 작아지는 소녀의 등을 노려보다 입가로 다가온 작은 파이에 고개를 돌렸다.

"자, 이것도 먹어 보렴. 소피아."

먹이를 물어다 주는 어미 새처럼 다정다감한 다이앤에게서는 따뜻함밖에 느껴지지 않았다. 소피아는 잠시 느꼈던 묘한 위화감을 자신의 착각이라 넘기며 입을 열었다.

* * *

"안내하겠습니다. 후작 각하."

파든가의 집사가 이안을 안내했다. 이안은 그의 곁에 있는 하인에게 겉옷을 벗어 주고는 파든가 집사를 따라 계단을 올랐다.

2층 계단을 다 오르자 멀리서 듣기 좋은 음률이 들렸다. 청아하게 울리는 피아노 소리에 이안은 걸음 소리를 죽인 채 집사의 뒤를 따랐다.

햇빛이 잔뜩 드는 복도를 지나자 소리가 가까워졌다. 더불어 멀리 둥근 공간에 하얀 피아노와 그 앞에 앉아 있는 여인의 실루엣이 보였다.

집사가 허리를 깊게 숙이며 소리 없이 물러났다. 이안은 홀로 걸음을 옮기며 가까워지는 여인의 모습을 눈 한번 깜빡이지 않고 쳐다봤다.

마침내 그의 걸음이 피아노 소리 바로 앞에서 멈췄다. 이안은 개방된 아치문에 기대선 채로 피아노 건반을 누르는 아이샤를 바라봤다.

뒤에서 비치는 햇빛 덕에 피아노 앞에 앉은 아이샤는 평소보다 더 옅어 보였다. 연한 갈색 머리카락은 거의 은빛으로 보였으며 베이지색 드레스 밖으로 드러난 하얀 피부는 사라질 듯 투명했다. 게다가 햇빛으로 반짝거리는 그녀의 모습은 어딘지 모르게 신비함마저 더해져 눈을 떼기 어려웠다.

'……예쁘네.'

이안은 저도 모르게 속으로 중얼거리며 주먹을 쥐었다 펴기를 반복했다. 팔랑거리는 눈꺼풀을 바라보고 있자니 괜히 가슴께가 간질거렸다. 그는 아치문을 벗어나 아이샤에게 한 발이라도 더 가까이 다가가고 싶다 생각하면서도 혹여나 지금 모습이 깨어질까 움직이지 못했다.

땅.

환상 같은 순간을 깬 것은 아이샤였다. 손가락이 미끄러졌는지 불협화음과 함께 아이샤가 연주를 멈췄다.

"하아……."

피아노에서 손을 내리며 작게 한숨 쉬는 모습이 어딘가 서글펐다. 이안은 아이샤의 힘 빠진 목소리에 눈가를 살짝 찌푸리며 움직였다.

"……왜 한숨이야?"

아이샤는 이안이 말을 걸고서야 그의 존재를 눈치챘다. 커다란 눈을 동그랗게 뜬 그녀가 눈앞의 이안을 보고는 눈을 깜빡였다. 작고 보송보송한 아기 새 같은 모습에 이안은 순간이지만 그녀를 낚아채 껴안고 싶다는 생각을 했다.

"어, 어쩐 일이야?"

뒤늦게 정신을 차린 아이샤가 이안을 바라보며 물었다. 이안은 그녀의 얼굴에 당혹감만이 존재하는 것을 읽고는 기분이 가라앉음을 느꼈다. 괜스레 심술이 난 그가 퉁명스러운 목소리를 뱉었다.

"그냥 지나가다 들렀어."

거짓말이었다. 사실 이안은 애초 작정을 하고 아이샤를 만나러 왔다.

'아이샤에게 아침을 함께하자 전해.'

'아가씨께서는 방금 떠나셨습니다.'

'뭐?'

조모가 갑작스럽게 찾아온 날, 이안은 로이드가 안주인의 방에서 제가 아이샤에게 한 말이 지나쳤음을 알았다. 그렇기에 그는 다음 날 아침 식사를 아이샤와 단둘이 하며 아이샤를 대강 어르려 했다. 그러나 아이샤는 하룻밤을 지새운 뒤 이른 아침 사라졌다. 그리고 그 뒤 그녀는 로이드가를 방문하지 않았다.

'바쁘셔서 올 수 없다고…….'

약혼 준비로 로이드가를 방문하라 서신을 보내도 마찬가지였다. 한 번도 이안의 초청을 거절한 적 없던 아이샤는 거절 의사를 밝히며 서신과 사람만 보냈다.

이안은 아이샤가 제 명을 거부한 것이 괘씸해 약혼 날까지 그녀를 보지 않을 참이었다. 하지만 다짐을 한 지 사흘 만에 그의 인내심은 바닥났다. 초조해진 그는 약혼을 이틀 남기고 결국 아이샤를 찾아 파든가를 방문했다.

"왜 오지 않았지?"

"약혼 준비로 바빴어. 그래서 못 간 거야."

며칠 동안 초조함에 시달렸던 것을 생각하며 이안이 따지듯 물었으나 아이샤는 침착하게 답했다. 일말의 동요도 없는 모습에 이안이 미간을 팍 구기며 아이샤를 봤다. 아이샤는 어느새 고개를 숙인 채 피아노 건반을 바라보고 있었다.

'……제길.'

그런 아이샤의 태도에 이안은 며칠 동안 느꼈던 초조함보다 더한 초조함을 느꼈다. 눈앞에 두면 불안이 사라질 줄 알았는데 착각이었다. 결국 참지 못한 그가 손을 뻗어 아이샤의 턱을 잡아 올렸다.

갑작스레 잡힌 얼굴에 아이샤가 인상을 찌푸렸다. 그러나 그것도 잠시. 이안과 눈을 마주하기 무섭게 아이샤는 몸에 힘을 풀고 눈꺼풀을 내려 버렸다.

"너……."

"……."

"그날 내가 싫은 소리 조금 했다고 이러나?"

속 좁게 굴지 말라는 말이 목구멍을 치고 올라왔으나 이안은 간신히 삼켰다. 아이샤는 높아진 그의 목소리에도 여전히 어깨를 내린 채 답했다.

"……그런 거 아니야. 그냥 피곤해서 그래."

"피곤하면 침실에서 쉴 것이지, 피아노는 왜 치고 있어? 정말 피곤한 거 맞아?"

홀로 안달하는 것 같아 짜증이 올라왔으나 막을 방도가 없었다. 거친 숨을 내쉬며 이안이 아이샤를 붙잡은 손에 힘을 줬다.

참기 어려운 고통에 아이샤가 양손을 올려 이안의 손을 붙잡았다. 그제야 아차 싶었는지 이안이 재빨리 손을 뗐다. 그에게서 벗어난 아이샤가 아린 턱과 뺨을 쓸다 한참 만에 그를 불렀다.

"이안."

이안은 아이샤가 제 이름을 부르자 초조함과 동시에 반가움을 느꼈다. 그가 아이샤를 이글거리는 눈으로 바라봤다.

"나랑 약혼해서 기뻐?"

아이샤가 그 눈을 피하지 않은 채 뜬금없는 질문을 던졌다. 뚫어져라 아이샤를 바라보던 이안은 갑작스러운 물음에 당황해 눈을 크게 떴다 무엇을 생각했는지 다시 날카로운 눈초리를 했다.

"그러는 너는?"

"……."

"너는 어떤데."

되돌아온 질문에 아이샤가 입을 닫았다. 조급해진 이안이 이번에는 그녀의 어깨를 붙잡았다.

"나는……."

간신히 열린 입술을 이안은 긴장한 채 바라봤다. 아이샤가 할 답은 뻔한데. 긍정을 말할 것이 분명한데. 이상하게 불안했다.

이안의 목울대가 오락가락했다. 아이샤는 딱딱하게 굳어 버린 이안의 얼굴을 바라보다 천천히 답했다.

"……기뻐. 너랑 약혼해서 행복해."

긴장이 탁 풀리며 불안이 사라졌다. 예상하고 있던 답이건만 어째서 불안했는지. 삐질삐질 땀이 새어 나온 주먹에 힘을 푼 채 이안이 입을 살짝 열어 참고 있던 숨을 쉬었다.

"답이 됐으면 너도 말해 줘. 나랑 약혼해서 기뻐 이안?"

그런 그를 바라보며 잠시 머뭇거리던 아이샤가 천천히 물었다. 돌아온 질문에 이안이 눈썹을 위로 세웠다. 빠르게 뛰는 그의 심장은 아직 제 박자로 돌아오지 못했다.

"쓸데없는 걸……. 하아."

그의 답에 아이샤가 그럼 그렇지 하는 얼굴을 하며 고개를 살짝 숙였다. 내리깔린 눈꺼풀에 담긴 체념에 이안이 저도 모르게 말을 이었다.

"……같은 마음이야."

아이샤가 천천히 고개를 들었다. 충동적으로 뱉은 말을 후회하고 있던 이안이 그녀와 눈을 마주하고 입매를 씰룩였다. 그가 눈을 천천히 깜빡이는 아이샤 쪽으로 허리를 깊숙이 숙였다.

"그러니까 입 벌려. 아이샤."

탁한 음성이 낮게 깔렸다. 아이샤가 별다른 반항 없이 입을 벌렸다. 그러자 이안이 기다렸다는 듯 입술을 부딪쳐 왔다.

피아노 위에 올려진 사내의 손에 핏줄이 툭툭 불거졌다. 햇빛으로 달궈진 공간. 뜨거운 숨과 함께 공기는 한참 달아올랐다.

* * *

이안과 아이샤의 약혼식은 파든 백작가 소유의 수도 외곽 작지만 고풍스러운 고저택에서 이루어졌다. 이곳의 첫 주인은 당시 유명한 예술가였는데 안목이 뛰어났던 그의 취향에 맞춰 고저택은 넓고 아름다운 실외 정원을 자랑했다.

늦여름을 지나 초가을로 들어선 계절, 딱 좋은 날씨에 아이샤의 친우들로 구성된 다섯 명의 하객들이 즐거운 낯으로 들어섰다. 안내를 맡은 사용인들이 정중한 태도로 그들을 맞이해 이끌었다.

"아름다워라. 그 옛날 유명한 예술가 스단디가 직접 설계했다는 말이 정말인가 봐요."

"그러니까요. 그때는 여기에 한 번 들어오려고 귀족들이 직접 스단디에게 부탁했다잖아요."

사방을 가득 채운 푸릇푸릇한 향과 함께 우아하게 꾸며진 정원 내부가 아름다웠다. 안내하는 사용인을 따라 약혼식장으로 가면서 일행은 연신 감탄사를 흘렸다. 숱하게 가 본 결혼식만큼 화려함을 뽐내진 않았으나 길목을 장식한 조각부터 곳곳에 걸린 생화 장식까지 어느 하나 귀하지 않은 게 없었다.

"이렇게 예쁜 곳인데……. 아이샤 양이 초대해 주지 않았다면 서운할 뻔했어요."

"호호호. 초대받아서 하는 말이지만 제 여동생들은 부러워 죽으려 했답니다."

"저도 마찬가지예요. 제 언니는 갑자기 찾아와 자기도 데려가 달라 얼마나 보채던지."

약혼식인 만큼 하객들의 수는 많지 않았다. 가족들을 제외하고 다 해봐야 스무 명 남짓할까. 때문에 초대받은 이들은 어깨를 으쓱거리며 오늘 주인공들과 친밀한 이라는 묘한 자부심에 휩싸였다.

"어머. 도착했나 봐요."

구불구불한 정원 길을 걸어 일행은 약혼식 장소에 도착했다. 넓은 수풀 위 하얀 꽃으로 단상과 그 주변으로 하얀 테이블보를 씌운 둥근 식탁과 하얀 리본과 꽃으로 꾸며진 하객석이 자리했다. 결혼식과 달리 간소하게 진행되는 약혼식인 만큼 짧은 식이 끝나면 곧바로 오찬이 이루어질 참이었다.

"저는 여기고……. 비올라 양은 여기네요. 이벨린 양은……."

"바네사 양. 우리 모두 본인 이름 정도는 읽을 수 있다고요."

사용인들이 각자 자리를 안내해 주기도 전 성격 급한 멜번가의 바네사가 일행의 자리를 손가락으로 하나하나 가리켰다. 그러자 일행들이 당황해하는 사용인을 보며 그녀에게 웃음 가득한 타박을 했다.

"제가 들떴나 봐요."

바네사는 그제야 머쓱한 미소와 함께 한발 물러나며 사용인에게 눈짓했다. 사용인들은 그제야 예의 바른 태도로 일행 한 명 한 명의 의자를 빼줬다.

"파멜라 양은 약혼자와 함께 온다 했지요?"

"맞아요. 아마 곧 도착하겠지요."

자리에 착석한 일행은 테이블에 차려져 있는 식전 간식을 집어 먹으며 말을 나누기 시작했다. 그러다 그들의 시선이 다른 테이블을 향했다.

"……저쪽은 후작님과 가까운 분들인가 봐요."

"폴슨 백작가에 패트릭 경에 스칼 후작가의 트리버 공……. 오늘 저리로는 눈길도 못 주겠네요. 다 구귀족파 사람들이잖아요."

"그래도 강경하신 분들은 아니네요. 하기야 아이샤 양이 파든가 사람인데 그런 분들은 초대받아도 오지 않았겠지요."

"맞아요. 괜스레 분위기만 이상해질 테니까."

비올라가 한숨을 쉬며 어두운 표정을 지었다. 어쩔 수 없는 일이라지만 나누어진 파벌 때문에 이리 좋은 자리에서도 눈치 보는 일은 씁쓸했다.

"그나저나 아이샤 양 대단해요. 아무리 어릴 적 연이 있다지만 아버지와 다른 길을 가는 배우자는 힘들 텐데……."

"뭐 어때요. 그런 경우 많은데요. 당장 여기 계신 분들도 가족 중 몇은 구귀족파 분들과 연을 맺었잖아요?"

"하지만 로이드 후작가에 파든 백작가인 걸요. 적당한 가문들이면 이런 걱정도 없겠지만 두 가문은 영향력이 원체 큰 가문들이니…… 정치적인 문제로 부딪히면 파장이 클 거예요."

"바네사 양 말이 맞아요. 사실 몇 년 전 후작님이면 그래도 덜 걱정스러울 텐데……. 아버지께 듣기로 후작님께서는 근래 구귀족파에서도 강경한 편이신가 봐요. 게다가 귀족 회의 때 사사건건 파든 백작님과 반대편에 서신다고……."

"어머. 그런데 파든 백작님은 왜 후작님과 아이샤 양이 약혼하게 두시는 걸까요?"

"좋게 생각해요. 속사정이 있겠지요. 뭐 서로 정치적으로는 갈려도 가족으로써 정은 잊지 말자거나 그럴 수도 있잖아요."

"맞아요. 약혼식 날 이런 이야기 그만하도록 해요. 그보다 다들 오늘 화사하게 입고 오셨네요?"

대화의 주제가 점점 어두워지자 이벨린이 주제를 돌렸다. 다른 사람들도 고개를 끄덕이며 그녀에게 동조했다. 그러나 애써 돌린 주제가 무색하게 한 여인이 등장해 일행의 시선을 사로잡았다.

"저 여자가 여기에 무슨 일이래요?"

"세상에. 내 눈이 제대로 된 거 맞아요? 헬렌 양이잖아요."

타오르는 붉은 머리에 일행이 작은 비명을 질렀다. 아이샤의 친우들인 만큼 그들은 헬렌의 등장을 경악스럽게 바라봤다. 그러나 당사자인 헬렌은 너무도 평온한 얼굴로 걸음을 옮기더니 사용인이 안내한 자리에 우아한 몸짓으로 앉았다.

* * *

"저희 쪽 손님들은 거의 다 도착했습니다."

제임스가 이안에게 밖의 상황을 보고하며 하객 명단을 내밀었다. 짙은 남색 정복을 차려입은 이안이 명단을 받아 들며 고개를 끄덕였다.

"야! 너 미쳤어? 그 여자를 왜 초대해?"

이안이 인상을 미미하게 구기며 하객 명단에서 헬렌 피츠의 이름을 읽어 내려갈 때였다. 고함과 함께 머리를 깔끔하게 넘긴 다니엘이 거칠게 숨을 쉬며 뛰어왔다.

"초대한 적 없어. 멜브로 백작의 파트너로 왔을 뿐이야."

"그래도 알았을 거 아냐. 네 쪽 손님이면 알아서 처리했었어야지."

"……손님 초대에 관한 건 각자 알아서 하기로 했을 텐데. 난 내 손님의 파트너까지 간섭할 필요는 없다 느꼈을 뿐이야."

다니엘의 등장에 이안은 무표정한 얼굴로 답했다. 그 뻔뻔한 얼굴에 더 열불이 터진 다니엘이 이안의 멱살을 잡았다.

"이 미친놈! 너 솔직히 말해 봐! 오늘 약혼식 망치려고 작정했지? 아이샤가 저 여자를 보면 기분이 좋겠어? 응?"

"시끄럽게 고함치면서 식을 망치고 있는 건 너야 다니엘. 여동생 약혼식 날까지 이렇게 행동하고 싶나?"

이안의 말에 다니엘이 주변을 살폈다. 지나가고 있던 사용인들이 큰 소리를 내는 그를 불안한 눈으로 보고 있었다.

"이 새끼가…… 너 언젠가는 꼭 내가 널 죽기 전까지 팰 거야. 알았어?"

다니엘이 꾹꾹 억눌린 목소리로 이안에게 읊조리더니 몸을 홱 돌렸다. 그러나 화를 완전히 참기는 어려웠는지 그는 괜스레 벽기둥을 발로 쾅 찼다. 이안은 여전히 무심한 얼굴로 다니엘의 등을 바라보다 시선을 다시 명단으로 돌렸다.

헬렌의 이름을 보고 있자 황궁에서 사람이 온 날이 생각나며 머리가 아파졌다. 후작인 그의 앞에서도 조금도 움츠러들지 않았던 중년의 사내. 그는 부탁을 가장한 명을 전하고 갔다.

'……그분께서는 후작님께서 헬렌 아가씨를 도와주시길 바랍니다. 물론 사적인 연을 바라는 게 아닙니다. 다만 지금처럼 제국의 귀족 사회에 정착할 수 있게 도와주면 된다 하셨습니다.'

'…….'

'후작 각하께 나쁜 제의는 아닐 겁니다. 어차피 헬렌 아가씨 일로 황태자 전하께 미움을 사지 않으셨습니까. 때문에 동부 벌목 사업 건에도 영향이 가지요? 위대하신 제 주인님께서 그걸 막아 주실 겁니다.'

그러겠노라 긍정을 표하기 무섭게 황태자 때문에 방해받고 있던 사업 건이 풀렸다. 그것만 보더라도 이안은 헬렌과 당분간 연을 끊을 수는 없었다. 다만 오늘 약혼식에 이안이 헬렌을 직접 초청한 것은 아니었다. 헬렌은 이안이 약혼식 초대장을 주지 않자 다른 초대객의 파트너로서 참석했다. 물론 초대객의 파트너로 오는 것을 굳이 막자면 막을 수도 있었다. 하지만 이안은 그럴 필요성까지는 느끼지 못했다.

"……괜찮으십니까?"

다니엘이 완전히 보이지 않자 옆에서 안절부절못하던 제임스가 다가와 상의를 정돈해 주며 물었다. 이안은 대강 고개를 끄덕이며 제임스에게 물었다.

"됐어. 그보다 그 여자 자리는 멀찍이 뒀겠지?"

"예."

그러나 이안 자신 역시 어딘가 불편했기에 그는 헬렌과 그 파트너의 자리를 중앙에서 최대한 떨어뜨려 놓으라 명했다.

제임스가 긍정을 표하자 이안이 다시 그에게 명단을 넘기고 고개를 들었다. 그리고 때마침 그의 눈에 켜켜이 쌓여 있는 상자들이 들어왔다. 이안은 눈살을 찌푸리며 상자 더미를 바라봤다. 정리되어 있지 않은 모습이 어딘지 거슬렸다.

"아, 저건 후작님과 아가씨께 들어온 선물입니다. 목록 정리가 아직 덜 끝나서……. 곧바로 정리하겠습니다."

주인의 불편함을 눈치챈 제임스가 하객 명단 아래 약혼식 선물 명단을 위로 올리며 말했다. 이안은 고개를 끄덕이다 순간 선물 명단에서 거슬리는 이름 하나를 발견했다.

이안이 제임스에게 명단을 달라 손을 내밀었다. 제임스는 의아한 눈을 하면서도 곧장 이안에게 약혼식 선물 명단을 넘겼다.

- 자레드 시저

명단의 가장 위 적혀 있는 이름에 이안이 불쾌함을 숨기지 않았다. 그가 명단을 쥔 손에 힘을 주자 종이가 살짝 구겨졌다. 이안은 그 모습을 당혹스러운 눈으로 보는 제임스를 무시한 채 선물더미로 다가갔다.

"……이 중에 2황자 전하께서 보낸 선물이 뭐지?"

"예?"

"저 중에 황자 전하께서 보내신 선물이 뭐냔 말이다."

낮아진 목소리에 제임스가 긴장한 채 상자 하나를 들고 왔다. 곧 고급스러운 종이로 포장하고 붉은 인장을 찍어 넣은 작은 상자 하나가 이안 앞에 모습을 드러냈다.

이안은 제임스에게서 상자를 받아 들었다. 작은 상자는 크기에 비해서는 묵직했다. 무게를 확인한 이안이 상자를 아무렇게나 흔들자 제임스가 기겁한 얼굴로 주인을 바라봤다.

"……이건 따로 빼 두도록 하지."

도통 짐작되지 않는 선물에 잠시 고민하던 이안이 선물을 빼놓으라 제임스에게 명했다. 당혹스러운 주인의 명에 제임스가 부정적인 반응을 보였다.

"예? 하지만 주인님 이건 아가씨께 온 선물입니다. 명단에 있는데 물건이 없으면 파든 백작가에서 문제 삼을 수 있습니다."

"파든가에서 물으면 내가 가져갔다고 전해. 그리고 아이샤에게는 내가 나중에 따로 말하지."

이안이 그렇게까지 말하자 제임스는 하는 수 없이 고개를 끄덕였다. 이안이 그에게 가 보라 손짓하자 제임스가 자레드의 선물을 든 채 몸을 돌렸다.

이안은 제임스가 떠난 뒤에도 잠시 선물 더미들을 바라봤다. 아이샤와 제 약혼을 축하해 주는 이가 이렇게 많다는 게 생소했다.

'……결국 이렇게 되는군. 하지만 약혼한다 해서 변하는 건 없어. 아니, 잘만 이용하면 오히려 더 비참하게 끝을 낼 수 있겠지.'

약혼은 안 된다며 고개 흔들던 과거의 자신이 떠올랐다. 이안은 급속도로 가라앉는 기분을 내리누르려 눈을 감고 숨을 골랐다.

"이안."

그러길 잠깐. 뒤에서 약한 힘과 함께 익숙한 목소리가 그를 불렀다. 눈을 뜬 이안이 뒤를 돌았다.

"여기 있었구나."

목소리의 주인이 아이샤인 것은 알고 있었다. 하지만 그녀를 본 순간 이안은 저도 모르게 몸을 굳히고 말았다.

"시간이 거의 다 됐는데 안 보여서 찾고 있었어."

아이샤는 짙은 남색 정복을 입은 이안과 색을 맞춰 연한 푸른빛 바탕에 짙은 남색의 리본과 레이스로 포인트를 준 드레스를 차려입고 있었다. 느슨하게 땋아 올린 연갈색 머리와 얇은 재질의 드레스 자락이 여러 겹 겹쳐 있는 형태가 아이샤를 샘물의 요정처럼 보이게 했다.

"그…… 오늘 정말 멋있다."

이안이 얼굴을 굳힌 채 자신을 바라만 보자 어색해진 아이샤가 그의 시선을 피하며 칭찬을 했다. 빈말이 아닌 게 이안도 평소보다 훨씬 잘난 모습이었다. 특히 짙은 남색 정복과 대비 돼 더욱 빛나는 금발의 그는 신화 속 태양의 신처럼 느껴졌다.

하지만 칭찬에도 이안은 아무 반응을 하지 않은 채 아이샤에게 시선을 고정할 뿐이었다. 강렬하다 못해 온몸을 찌르는 시선이 아이샤가 이안에게 손을 뻗었다.

"……나는 어때?"

옷자락을 잡고 흔드는 손에 이안이 겨우 정신을 차렸다. 그는 온몸에 열이 오르는 것을 느끼며 바짝 마른 입 안을 적셨다.

'너 따위에게…….'

예쁘다는 말이 저절로 튀어나올 뻔했다. 그러나 아이샤에게 사로잡혀 감탄하고 말아 버린 자신에게 반항심이 든 이안은 애써 그 말을 삼켰다.

"잘 어울려."

최대한 감정을 억누른 이안이 퉁명스러운 목소리를 뱉었다. 아이샤는 그의 답에 실망한 기색을 조금 비쳤지만, 곧 그를 보며 고맙다는 듯 배시시 웃어 보였다.

'제길…….'

말간 얼굴 위 눈이 살짝 접히며 미소를 그리자 이안은 뛰는 심장을 주체할 수 없었다. 그는 결국 제 옷자락을 잡고 있는 아이샤의 손을 떼어 내며 빠르게 몸을 돌렸다.

"……시간이 다 됐군. 그만 나가지."

뒤에 있는 아이샤가 어떤 얼굴인지 이안은 알지 못했다. 다만 그는 밖으로 나갈 때까지 제 얼굴에 오른 열이 가라앉지 않을까 걱정할 뿐이었다.

* * *

푸른 보석 한 쌍이 반짝거리며 빛났다. 사회자와 하객이 지켜보는 가운데 이안과 아이샤는 서로에게 약혼반지를 끼워 줬다.

"이로써 두 사람의 약혼이 성사되었습니다. 결혼까지 서로에 대한 신뢰, 예의를 지키길 바랍니다."

진행은 금방 끝이 났다. 사회자의 덕담과 반지 교환이 이루어지자 남은 것은 하객들을 위한 연주회와 잘 차려진 오찬을 즐기는 것뿐이었다.

"축하해요!"

"축하합니다."

주인공인 이안과 아이샤가 마지막으로 허리를 굽힌 후 손을 맞잡고 단상을 내려오자 하객들이 일어나 박수와 함께 축하의 말을 건넸다. 아이샤와 이안은 박수 소리 속에 방금까지 올라가 있었던 단상 바로 앞 양가 가족들이 있는 테이블 쪽으로 다가갔다.

두 사람이 착석하자 기다렸다는 듯 악사들이 단상을 올라 연주를 시작했다. 듣기 좋은 음악 소리에 맞춰 사용인들이 준비한 오찬 음식을 내왔다. 하객들은 잘 차려진 진귀한 음식에 눈을 크게 뜨며 예쁜 빛의 술잔을 부딪쳤다.

기쁜 날인만큼 여기저기서 웃는 소리가 들렸다. 그러나 이안과 아이샤가 있는 자리는 분위기가 이상했다. 하객들조차 기쁜 낯이었건만 양가 가족들의 표정은 어딘지 딱딱했다.

다니엘은 아예 대놓고 이안을 노려봤으며 에드워드와 마리사는 최소한의 미소만 띠고 있었다. 소피아는 어딘지 불안한 눈으로 아서를 살폈고 아서는 아예 무표정했다.

그나마 약혼식에 어울리는 표정을 지은 것은 그레이엄과 다이앤이었다. 그레이엄은 나란히 앉은 이안과 아이샤는 감동 어린 눈으로 보았으며, 다이앤은 손자와 그 짝을 인자한 미소로 바라봤다.

"어릴 적부터 어울린다 생각은 했지만 두 사람이 다 커서 약혼하는 걸 보니 너무 기쁩니다."

그레이엄이 잔을 들어 올리며 말하자 다이앤이 고개를 끄덕이며 잔을 들었다. 본래 그레이엄과 다이앤 두 사람은 이안 남매의 후견인 자리를 두고 다툰 만큼 서로에 대한 감정이 좋지는 않았으나 오늘만큼은 서로에게 좋은 얼굴을 했다.

양가의 어른이 잔을 올리자 나머지 가족들도 잔을 들었다. 곧 쨍하고 잔 부딪히는 소리가 나더니 연한 장밋빛 술잔이 투명해졌다.

술이 약한 아이샤는 한 잔의 술에도 취기가 돔을 느꼈다. 긴장이 조금 풀린 그녀가 어깨에 힘을 살짝 풀고 옆을 돌아봤다.

이안은 그녀와 달리 조금의 변화도 없었다. 차가워 보이는 그의 표정에 아이샤의 눈썹이 아래로 살짝 내려갔다.

'……섭섭해.'

아이샤는 식이 시작한 후에야 헬렌을 발견했다. 약혼식 내내 웃는 낯을 유지하긴 했으나 헬렌이 자신과 이안 쪽을 바라볼 때면 입꼬리가 저절로 내려갔다.

'이안을 보고 있는 거야.'

아이샤가 이안에게서 시선을 떼고 저 멀리 자리한 헬렌을 봤다. 이안을 보고 있던 헬렌은 아이샤가 제게 시선 던진 것은 기민하게 알아채고 시선을 똑바로 마주쳤다. 환하게 웃어 보이는 모습에는 비웃음과 함께 당당함이 자리했다. 아이샤는 제 속에서 울컥 화가 올라오는 것을 느꼈다.

그러나 휘몰아치는 감정은 잠시였다. 아이샤는 곧 헬렌에게서 시선을 거두고 자신의 접시 위를 바라봤다.

'……나중에 생각하자. 여기서 뭘 어쩌겠어.'

얼마 전부터 아이샤를 잠식한 무기력이 또다시 그녀를 덮쳤다. 사실 아이샤는 이안의 행동에 감정을 드러내는 일을 점점 버거워하고 있었다.

우는 것도 한계가 있는 것처럼 눈물은 날이 갈수록 말랐으며 올라오는 화는 어느 선에서 감쪽같이 사라졌다. 그리고 그 자리에 남는 것은 아무 생각 없이 자고 싶다는 욕구와 허무함뿐이었다.

느리게 포크와 나이프를 잡은 아이샤가 잘 구워진 아스파라거스를 잘라 입으로 가져간 뒤 아무 감흥 없이 씹었다. 그리고 그런 그녀를 이안이 곁눈질로 유심히 살피다 어딘가 마음에 들지 않는다는 듯 고개를 돌렸다.

아름다운 음률과 그림 같은 장소, 퍼지는 하객들의 웃음소리까지. 완벽한 약혼식이었다. 그러나 아이샤와 이안 두 사람은 그리 행복해 보이지 않았다.

* * *

오찬이 끝나자 양가 가족들을 비롯해 하객들은 흩어져 쉬러 가거나 삼삼오오 모여 다과를 즐겼다. 소피아는 다이앤과 함께 있다 조모가 쉬러 가겠다 말하기 무섭게 아서를 찾아 나섰다.

다행히 그녀는 홀로 쉬러 가는 아서를 발견할 수 있었다. 조용히 아서를 뒤따른 그녀는 장소가 한적해지자 그를 불러 세웠다.

"아, 아서!"

아서는 소피아가 제 뒤를 따르고 있다는 걸 이미 알고 있었다. 소피아에게 할 말이 있었던 그는 일부러 한적한 곳을 찾아 걸음을 옮겼다. 그가 바로 옆 방문을 가리키며 소피아에게 들어오라 눈짓했다.

"오랜……만이야."

"그렇네."

방 안에 들어선 아서는 소피아의 시선을 일부러 피했다. 자신만을 오롯이 바라보고 있는 녹안을 보고 있으면 마음이 약해질 것 같았다. 그가 앞으로 내려온 앞머리를 눈가 쪽으로 쓸었다. 소피아는 아서가 저를 보지 않자 입술을 한번 꾹 물고는 성큼 그에게 다가섰다.

"나 보고 싶지 않았어?"

"……."

"나는 네가 너무 보고 싶었어."

솔직한 말에 아서의 손에 힘이 들어갔다. 그러나 길게 고민한 일이었다. 아서가 눈을 한번 꾹 감고는 떴다. 까만 동공에 서린 냉정한 빛에 소피아의 눈동자가 불안하게 떨렸다.

"소피아 나 할 말 있어."

"무슨 말을 하려고 이렇게 분위기를 잡아? 응?"

소피아는 애써 웃는 낯을 지어 보였다. 그러나 그녀의 노력에도 아서의 검은 눈은 여전했다. 그가 한숨을 푹 쉬며 바닥을 두어 번 신발 코로 긁더니 고개를 모로 꺾은 채 말했다.

"……우리 그만 만나자."

"뭐?"

소피아의 눈이 더는 커질 수 없을 만치 커졌다. 그녀가 달달 떨리는 손을 주체 못한 채 아서의 바로 앞에 섰다. 예쁘게 다듬은 긴 금발이 지나가는 바람에 불안정하게 흔들렸다. 아서는 소피아가 떨리는 손으로 제 가슴께에 손을 올림에도 고개를 바로 하지 않았다.

"헤, 헤어지자는 말이야? 너 그거 진심이야?"

"그래."

손만큼이나 떨리는 목소리가 애처로웠다. 하지만 아서는 단단한 목소리로 단답을 내뱉으며 고개를 작게 주억거렸다.

소피아가 고개를 꺾어 자신보다 한참 큰 아서의 얼굴을 보며 믿을 수 없다는 눈을 했다. 눈물이 그렁그렁한 녹안에 아서가 깊은 한숨과 함께 결국 고개를 돌렸다.

“저번에 아이샤한테 네가 저지른 일은 그래 백번 양보해서 이해할 수 있어. 하지만 그때 네 편에 섰던 나 자신은…… 여동생에게 그런 일이 있었는데 너랑 교제하는 나 스스로는 너무 경멸스러워.”

“…….”

“그래서 견디기가 힘들어. 그러니까 여기까지 하자.”

가족들과 떨어져 아카데미에 머무르기로 작정한 아서는 자신을 괴롭히는 죄책감에서 벗어나려 했다. 하지만 회피하면 할수록 죄책감은 굴러가는 눈덩이처럼 불어날 뿐이었다. 결국, 불면증을 얻고 멍한 정신으로 돌아다니다 아카데미에서 사고를 당할 뻔한 후에야 아서는 단호한 판단을 내렸다.

“그, 그런…….”

아서의 말에 멍한 표정을 하던 소피아가 얼굴을 전전히 일그러뜨렸다. 그녀가 고개를 잠시 숙였다 곧 눈물 젖은 얼굴을 치켜들었다.

“결국, 너도 아이샤 때문에 나를…….”

“아이샤 때문이 아니야.”

아이샤에게 불똥이 튀자 아서가 단호한 얼굴로 제게 붙은 소피아를 떼어 냈다. 소피아가 아이샤에게 가지는 감정의 원천을 이해 못 하지는 않았으나 이렇듯 날이 갈수록 강해지는 적의는 이해할 수 없었다. 아니, 이해하고 싶지 않았다.

“네게 일어나는 모든 문제를 아이샤에게 찾으면 안 돼. 그러면 그럴수록 너만 괴롭고 비참해질 뿐이야.”

"하지만 내 모든 문제에는 아이샤가 껴 있는걸! 오빠도 그렇고 너도 그렇잖아. 아이샤만 끼어들면 내 인생에 문제가 생긴단 말이야!"

흥분한 소피아가 고개를 저으며 아서에게 달려들었다. 아서는 제 품에 어떻게든 안기려 어리광을 부리는 소피아를 단번에 떼어 냈다.

"그런 말은 더는 듣고 싶지 않아. 이만 갈게."

아서의 힘을 이기지 못한 소피아가 뒤로 밀리자 그대로 주저앉았다. 아서는 엉망이 된 꼴로 훌쩍거리기 시작한 소피아를 잠깐 고민하는 눈으로 바라봤다. 그러나 곧 그는 입 안을 세게 물고는 몸을 돌려 버렸다.

"너……. 아서, 너! 그렇게 가면!"

"……."

"죽어 버릴 거야!"

다섯 발자국도 옮기기 전 날카로운 외침이 등을 때렸다. 죽어 버리겠다는 말에 순간 놀란 아서가 뒤를 돌았다.

소피아는 아서가 자신을 돌아보자 찰나 안도 섞인 눈을 했다. 그녀가 손을 올려 제 머리를 더듬거리더니 왼쪽에 꽂혀 있던 루비 핀 하나를 뽑았다.

"흐아앙. 죽, 죽어 버릴 거야!"

핀의 끝은 목이나 가슴을 뚫을 만큼 날카롭지는 않았다. 그러나 소피아가 핀을 뽑아 제 몸을 자해하려 한다는 사실만으로도 아서는 심장이 덜컹 내려앉는 기분을 느꼈다.

그가 왔던 길을 재빨리 돌아갔다. 그리고 주저앉아 있는 소피아의 곁에 다가가 한쪽 무릎을 꿇고 그녀에게서 핀을 빼앗았다.

"이게 무슨 짓이야!"

소피아는 제게 화를 내는 아서를 바라보다 양팔을 뻗어 그의 목을 감싸 안았다. 아서는 젖어 드는 옷과 함께 오르락내리락 거칠게 움직이는 소피아의 상체에 한숨을 쉬었다.

"소피아. 그런 말은 함부로 하는 게 아니야."

결국, 아서는 소피아의 등에 손을 올렸다. 커다란 사내의 손이 자신을 달래듯 움직이자 불안정했던 소피아의 숨이 서서히 가라앉았다.

"네, 네가 없으면 너무 괴롭단 말이야. 나는 아서 네가 없으면……. 흐읏."

어리광 부리는 아이처럼 소피아는 제 감정을 마음껏 쏟아 냈다. 자신을 필요로 한다는 말에 아서가 눈을 감았다.

"……울지 마. 다른 사람이 들을지도 몰라."

"흐읍. 흑!"

"소피아, 제발……."

"외로워, 아서. 나 너무 외로워."

"……."

"너는……. 너는 내, 내 편이 되어 준다 했잖아. 옆에 있어 준다고 했, 했잖아."

아서가 침묵한 채 소피아를 도닥였다. 그리고 마침내 떠진 그의 눈에는 정과 안타까움, 그리고 약간의 피곤함이 어렸다.

아서가 자신을 꼭 안고 있는 소피아의 팔을 소심스레 떼어 냈다. 상체가 떨어진 소피아가 절박함 가득한 눈으로 아서를 바라봤다.

"알았어. 옆에 있을게. 그러니까 울지 마. 응?"

"정말? 그, 그럼 아까 헤어지자는 말은……."

"……내가 잘못 생각한 모양이야. 요즘 아카데미에서 바빠서 여유가 없어 그랬어."

아서가 마음을 완전히 돌리자 소피아가 환한 미소와 함께 그에게 와락 안겼다.

아서는 커다란 죄책감이 제 어깨를 누르다 못해 몸을 뭉개 버릴 듯 무게를 키우는 것을 느꼈지만 숨을 참은 채 견딜 수밖에 없었다.

* * *

'너무해.'

헬렌은 제게 눈길 한번 주지 않는 이안을 야속한 눈으로 바라봤다. 처음에는 그저 재수 없는 사내를 꺾어 버리고 싶다는 감정뿐이었건만 파트너를 하며 이안의 옆에 잠깐 있는 동안 그녀는 이안을 점차 욕심내게 됐다.

'저런 사내는 별 볼 일 없는 여자 차지가 아니라 내 차지여야 하는데.'

이안은 부유하고, 권력도 있는 데다 멋진 젊은 사내였다. 헬렌은 비록 반쪽이긴 하지만 황제의 피가 흐르는 자신에게 이안이야말로 딱 어울리는 사내라 확신했다. 하지만 그녀가 이안을 욕심냈을 때 그는 이미 약혼식까지 잡아 둔 상태였다.

'고작 상인 나부랭이 가문의 여식에다 혼자서는 자수나 둘 줄 아는 계집이…….'

헬렌은 아이샤가 이안의 짝인 게 어이가 없었다. 헬렌이 생각하기에 아이샤는 전형적인 제국 귀족 여인인 데다 하찮은 신흥 귀족 출신이었다. 그녀 자신처럼 멋진 사업을 꾸리는 귀족 여인도 아니요, 그렇다고 유서 깊은 가문의 영애도 아닌 아이샤가 로이드 후작가의 젊은 후작을 차지하다니. 이건 헬렌이 생각하기에 있을 수 없는 일이었다.

'난 아이샤 따위보단 헬렌이 이안과 어울린다 생각해요.'

'어머, 소피아. 그런 말은…….'

'아이샤는 이안 앞에서 울고 불쌍한 척하는 것 외에는 아무것도 할 줄 몰라요. 파든가에서도 유일한 여식이다 막내다 내내 떠받들어지고 자란 계집애한테 우리 가문이 가당찮기나 해요? 로이드 후작가에는 헬렌처럼 멋지고 아름다운 여성이 어울려요.'

그나마 다행인 것은 이안의 가까이 동지가 있다는 사실이었다. 이안의 유일한 여동생인 소피아는 아이샤를 매우 싫어했으며 헬렌 자신은 매우 좋아했다.

'소피아 술김에 말하는 건데……. 나 사실 이안에게 마음이 좀 있어요. 아니, 있었어요.'

'헬렌…….'

'하지만 잊어야겠죠? 그렇죠?'

헬렌은 소피아가 이안과 제 스캔들을 반기는 기색까지 보이자 그녀에게는 일부러 제 마음을 살짝 전하기까지 했다. 그러나 소피아는 헬렌을 안타까워할지언정 오라비의 약혼을 막아 주지는 못했다.

'뭐……. 기회는 언제든 있으니까. 소피아도 계속 말하잖아? 결혼 전까지는 모르는 일이라고. 그리고 결혼을 한다 해도 상관없어. 이혼이 없는 것도 아니고 아내가 있다 해도 내 남자가 될 수 있는 거니까.'

헬렌은 쓰린 속을 그리 달래며 술잔을 기울였다. 그녀가 술을 말끔하게 비우자 오늘 파트너인 멜브로 백작이 그녀에게 괜찮냐 물었다.

"괜찮으니 한 잔 더 가져다줄래요?"

"하지만 레이디. 이미 많이 마셨습니다."

"제가 비틀거리면 백작님께서 부축해 주실 거잖아요. 그러니 서기 제리가 들어가 있는 칵테일로 한 잔 가져다주세요."

헬렌이 뜻을 굽히지 않을 듯 싶자 멜브로 백작이 술을 가지러 자리를 떴다. 헬렌은 사라지는 그의 등을 보다 재빠르게 걸음을 옮겼다.

'오늘 하루 파트너 주제에 사람을 왜 이리 붙잡아? 짜증 나게.'

헬렌이 툴툴거리며 아까 전부터 봐 뒀던, 이안과 가깝다 들은 사내 무리 쪽으로 서서히 다가갔다. 그러나 그녀가 목적지에 다다르기 전 나이 지긋한 노부인이 그녀 앞을 막아서더니 느긋한 목소리로 인사했다.

"헬렌 양이지요? 난 이안의 조모 되는 사람이랍니다. 만나서 반가워요."

6장. 변화

밖의 정경이 붉게 물들었다. 순식간에 변한 정원의 색에 아이샤는 가을도 이제 막바지에 다다랐음을 느끼고 어깨에 두른 숄을 단단히 여몄다.

"아가씨. 차 내왔어요."

한참 밖의 단풍을 구경하고 있을 때였다. 마리가 따뜻한 과일 차를 내어 왔다. 상큼한 향과 함께 보이는 주황빛에 아이샤가 손을 뻗어 찻잔을 감싸 쥐었다. 적당히 식혀 온 덕에 찻잔은 뜨겁지 않아 손난로의 역할을 하기 충분했다.

"밖에 나가 보시겠어요? 날씨가 산책하기 딱 좋답니다."

마리가 반쯤 쳐진 커튼을 거두며 물었다. 아이샤는 창밖을 보며 고개를 저었다. 어딘지 힘없어 보이는 주인 아가씨의 모습에 마리의 얼굴에 걱정스러운 기색이 떠올랐다.

'말수도 적어지시고 밖으로 잘 나가지도 않으시고……. 역시 후작님과 싸우셨나.'

아이샤의 변화를 느끼는 건 비단 마리만이 아니었다. 파든가 가족들뿐 아니라 집안의 사용인들도 아이샤가 달라졌다 느꼈다.

"잘 마셨어, 마리."

마리의 걱정을 아는지 모르는지 아이샤가 미소 지으며 찻잔을 내려놨다. 그러나 그 미소조차 옅어 마리의 표정은 더욱 어두워졌다.

"……나 좀 잘게. 커튼만 쳐 줄래?"

"예? 일어나신 지 얼마 되지 않으셨는데요. 그러지 마시고 외출을 해 보시는 건 어떨까요? 곧 후작님과 연회도 가야 하니까 보브스 거리에 가시면 딱 맞겠네요."

이안이 거론되자 아이샤의 말간 얼굴에 그림자가 드리워졌다. 일어서려던 그녀가 힘을 쭉 뺀 채 카우치에 그대로 기대앉았다. 그리고 손짓과 함께 마리에게 나가 보라 명했다.

"쉬고 싶어. 나가 줄래, 마리."

"네……."

단호한 아이샤의 어투에 마리가 방을 나갔다. 적막감만 감도는 방 안. 아이샤는 깊은 한숨을 내쉬며 멍하니 방구석을 응시했다.

머릿속을 비우고 생각을 줄이려 했건만 그럴세 하려 하면 할수록 더욱 복잡해졌다. 결국, 아이샤는 제 감정을 찬찬히 살펴보기 시작했다.

'이안…….'

오랫동안 원했던 이안과의 약혼. 분명 기뻐해야 했건만 아이샤는 조금의 행복도 느낄 수 없었다. 아니, 오히려 그녀는 이안과 약혼함으로써 허탈감을 깊게 느끼고 있었다.

'……어차피 똑같은걸.'

창밖의 계절이 변했다. 아이샤와 이안도 약혼이라는 새로운 관계를 썼다. 그에 따라 주변의 태도도 달라졌다. 밖에 나가면 친우들을 비롯해 많은 이들이 자연스레 그녀와 함께 이안의 이름을 올렸다.

하지만 정작 당사자인 아이샤는 변화를 체감할 수 없었다. 아이샤가 느끼기에 이안은 약혼 전이나 후나 똑같았다.

약혼 후, 이안은 전과 마찬가지로 서신으로 아이샤를 불러냈다. 그나마 변화를 찾는다면 전처럼 은밀히 서신을 보내는 것이 아닌 약혼자로서 서신을 보낸다는 것이었다.

로이드 후작저나 수도 외곽 별장에서 만난 두 사람은 보통 침대로 향했다. 침대에 있을 때면 아이샤는 허탈한 기분을 잠시나마 잊을 수 있었다. 그러나 최근에는 그때조차 기이한 무력감이 몸을 눌렀다. 이안의 아래에서 아이샤는 달뜬 숨을 내쉬며 힘겨움에 몸부림치면서도 종종 멍한 눈을 했다.

그리고 침실의 더운 열기가 꺼지면 아이샤의 공허함은 최고조에 다다랐다. 두 사람의 심장박동이 정상으로 돌아오면 이안은 볼일이 끝났다는 듯 침실을 나가 버렸다. 지친 아이샤가 잠들었다 깼을 때도 마찬가지였다. 보통 이안은 침실에 없거나 있다 하더라도 깔끔한 복장으로 침실 책상에 앉아 집무를 봤다. 그리고 밤이 너무 늦기 전에 그녀를 마차에 태워 돌려보냈다.

'그만 일어나. 저녁을 준비하라 일렀어. 먹고 가.'

'……늦었는걸.'

'신경 쓸 필요 없어. 파든가에는 저녁 식사 때문에 조금 늦게 도착한다 전하라 했어.'

가끔은 점심이나 저녁을 함께하자 권했지만, 식사 내내 이안이 입을 여는 일은 드물었다. 먼저 말을 붙이려 애쓰던 아이샤도 어느새 침묵을 지키는 일이 잦아졌다.

'……왜 이리 말이 없지?'

식사 내내 한 마디도 없는 날이면 이안은 아이샤에게 뜬금없는 질문을 했다. 아이샤는 질책당하는 기분이라 생각하며 머쓱한 미소와 함께 대강 말을 흘렸다.

'그냥. 조금 지쳤나 봐.'

'그것밖에 먹질 않으니 체력이 그 모양이지. 식사에 신경 써. 거슬리니까.'

처음 거슬린다는 말을 들었을 때 아이샤는 이안의 말이 무슨 뜻인지 알아듣지 못했다. 그러나 일주일 전, 그녀는 침대 위에서 이안의 말뜻을 알아차릴 수 있었다.

이안은 인상을 찌푸리며 아이샤를 내려다보다 혀를 찼다. 너무 말라 거슬린다 중얼거리는 그에게 아이샤가 사과했다.

'……미안.'

분명 기분 나쁠 말이었다. 그러나 화가 나지도 따질 힘도 없었다. 게다가 이안에게 사과하는 것은 아이샤에게 익숙한 일이었다.

'뭐?'

'미안해.'

'너 지금…….'

그러나 어찌 된 일인지 이안을 화가 난 표정을 짓더니 그대로 일어서 옷을 챙겨 입고 나가 버렸다. 영문 모를 상황에 아이샤는 당황했지만, 이안을 따라가거나 그를 부르지는 않았다. 그저 느릿느릿하게 옷을 주워 입고 친친히 계단을 내려가 집으로 가는 마차에 올랐을 뿐이다.

그게 일주일 전의 일이었다. 이안은 그날 화가 잔뜩 났는지 이틀에 한 번꼴로 보내던 서신을 엿새나 보내지 않았다. 아이샤는 이안의 서신에 크게 신경 쓰지 않았다. 아니, 사실 그의 서신이 오지 않아 한편으로는 편하다고도 생각했다.

하지만 딱 일주일째 되는 오늘. 이안은 아침부터 사람을 보내 서신을 전했다. 아이샤는 카우치에서 일어나 서신을 올려다 둔 테이블 가까이 다가갔다. 그리고 서신을 뜯으며 억지로 해야 할 일을 생각했다.

'……답장해야겠지. 마리 말대로 연회도 함께 가야 하니까 옷도 미리 맞춰야 하고.'

이안의 서신은 어디로 몇 시까지 오라 짤막하게 적혀 있던 평소와 달리 길었다. 잘 읽히지 않는 글자에 두어 번 눈을 깜빡인 아이샤가 간신히 글을 읽어 내려갔다.

이안의 서신에는 곧 있을 연회에 관한 이야기와 더불어 내일 몇 시까지 만나자는 말이 적혀 있었다.

"카발라 승마장. 오전 10시……."

이안이 제시한 약속 장소는 수도의 승마장 중 크기는 크지 않았으나 고급스러운 느낌이 강해 귀족 손님들이 많은 곳이었다. 동시에 색다른 데이트를 원하는 연인들이 즐겨 찾아 최근 젊은 남녀들에게 인기가 많은 곳이기도 했다.

"괜찮으면 말을 타자고……."

매번 목적이 침대였던 서신에서 변화가 느껴지자 아이샤는 느리지만 기분이 서서히 환기됨을 느꼈다. 아이샤가 일어나 서신을 든 채 거울 앞에 다가가 제 얼굴을 살폈다.

"엉망이네."

얼굴 피부를 매만지며 설렁줄을 당기는 아이샤의 얼굴에서 그림자가 조금이나마 가셨다. 곧 종소리를 들은 마리가 방문을 열고 들어왔다.

"마리, 조금 전에 물러나라 해 놓고 미안. 내일 외출이 있어서 관리를 좀 해야 할 거 같아."

"어머, 데이트 가시려고요?"

마리는 아이샤의 작은 변화가 그녀의 손에 들린 서신에서 왔음을 알았다. 장난스러운 마리의 답에 아이샤가 아무 말 없이 얼굴을 붉혔다.

"준비해 올게요. 기다리세요!"

주인 아가씨가 약혼자와 화해했다 생각한 마리가 나무를 타는 다람쥐처럼 빠르게 사라졌다. 아이샤는 자신보다 신이 난 듯 보이는 그녀의 뒷모습을 보다 고개를 돌려 다시 거울을 바라봤다.

거울 속 여인은 기쁜 듯 잔잔한 미소를 띠고 있었다. 그러나 살짝 올라간 입꼬리는 어딘지 어색했고, 스스로를 바라보는 갈색 눈은 당장에라도 깨질 듯한 아슬아슬함이 담겨 있었다.

* * *

완벽한 데이트였다. 카발라 승마장은 연인들에게 촉망받는 장소인 만큼 연인을 위한 서비스가 많이 제공되는 곳이었다. 특히 승마장은 돈 많은 귀족 연인들을 위해 가장 구석진 곳에 있는 훈련장 하나를 대관해 줬는데 이는 인기가 높아 한 달 전에도 예약하기가 어려운 서비스였다.

하나 어찌한 것인지 이안은 아이샤를 위해 훈련장을 대관했다. 그리 크지는 않았으나 말 두 마리가 충분히 달릴 수 있는 공간에서 아이샤는 남들의 시선을 신경 쓰지 않은 채 말을 탈 수 있었다.

"이안, 이 아이가 날 태우기 싫은 모양인데."

"허리 펴. 그렇게 굽히면 더 위험해."

아이샤는 승마를 배운 적은 있었으나 초보에 가까웠다. 이안은 그녀에게 순한 암말을 골라 주며 말 타는 것을 도와주다 그녀가 어느 정도 익숙해지자 속도를 느껴 보라며 제가 고른 말 위에 갑작스레 그녀를 앉혔다.

"이제 곧잘 타는군. 그럼……."

"이, 이안? 꺄아!"

이안의 승마 실력은 아이샤와 달리 수준급이었다. 그리고 그런 그가 고른 경주용 말은 날렵하게 생긴 만큼 지나치게 빨랐다. 옆으로 앉은 아이샤는 벌벌 떨며 이안의 앞에서 몸을 딱딱하게 굳혔다. 예상했던 반응임에도 어쩐지 재미있어 이안은 아이샤가 그만하자 할 때까지 레일을 몇 바퀴나 돌았다.

아이샤는 말에서 내릴 때 핼쑥한 얼굴을 한 채 이안을 노려봤다. 그러나 그녀의 표정에도 이안은 아랑곳하지 않은 채 제 할 말을 했다.

"다음번에는 좀 더 넓은 곳으로 가 속도를 즐기도록 하지. 아예 로이드 가의 말을 끌고 야외로 가도 괜찮고 말이야. 여기는 시설이 깨끗하긴 한데 너무 좁아 답답해."

아무 말 없이 입을 삐죽이는 아이샤의 얼굴에 오랜만에 생기가 돌았다. 이안은 그런 그녀의 얼굴을 찬찬히 살폈다.

'별일 아닌 모양이지.'

홍조가 오른뺨을 보니 일주일 내내 그를 신경 쓰이게 했던 불안이 사라졌다. 사실 그는 요 근래 어딘지 변한 아이샤의 모습이 신경 쓰여 잔뜩 예민해졌던 참이었다. 일주일 전 침실에서 문을 박차고 나간 것도 인형처럼 구는 그녀의 모습에 짜증이 솟구쳤기 때문이었다.

'……쓸데없이 신경을 썼군.'

이안은 이질적이었던 아이샤의 모습이 당시에 한정된 것으로 판단하며 고개를 끄덕였다. 그러나 쓸데없이 신경을 썼다 생각하면서도 그는 아이샤의 눈치를 살피며 그녀에게 정해 놓은 다음 목적지를 말했다.

"점심 먹고 보브스 거리로 가."

"보브스 거리? 거기는 왜?"

"건국제 연회에 입을 네 드레스, 내 옷이랑 같이 맞춰 두라 했어."

예상치 못한 이안의 말에 아이샤가 그를 빤히 쳐다봤다. 이안은 아이샤의 시선에 괜스레 얼굴을 달아올라 말을 돌려준다는 핑계로 몸을 돌려 버렸다.

그 후, 이어지는 일정은 모두 완벽했다. 분위기 좋은 식당에서 점심을 즐긴 두 사람은 보브스 거리를 방문했다. 가게에 들어선 이안은 약혼 전 반지를 맞추러 갔을 때와 달리 예리한 눈으로 가게 주인에게 이것저것 묻고 고칠 점을 말했다. 아이샤는 별 말없이 그를 지켜보며 옅지만 확실한 미소를 띠었다.

"고마워. 이안. 네가 드레스를 맞춰 줄 거라고는 생각 못 해서……. 깜짝 선물을 받은 기분이야."

"별거 아니니까 신경 쓰지 마."

가게를 나오자 해는 어느새 뉘엿뉘엿 지고 있었다. 마차에 몸을 실은 아이샤는 피곤한 기색을 조금 보이긴 했으나 연신 웃으며 이안에게 말을 붙였다. 이안은 조곤조곤 말하는 그녀의 말을 경청하며 몸에 힘을 풀었다.

"승마장 말이야. 다음번에 또 데려가 줄래?"

"그래."

아련한 기분이 나쁘지 않았다. 조금 열어 둔 마차 창문으로 들어오는 바람을 즐기며 이안은 아이샤의 옅은 푸른색 눈을 더듬듯 바라봤다.

"어머, 오랜만이에요. 이안."

"오, 이안. 이제 오니?"

그러나 이안과 아이샤. 두 사람 사이 오랜만에 풀린 분위기는 로이드 후작가에 도착해서 금이 갔다. 마차에서 내린 아이샤와 이안은 저택 안으로 들어서자마자 세 명의 여인과 마주쳤다.

"조금만 일찍 오지 그랬어요. 그럼 보고 갔을 텐데."

막 가려던 참인지 헬렌은 모사와 장갑, 양산까지 완벽히 갖추고 있었다. 그 옆에 선 소피아와 다이앤은 실내복 차림으로 헬렌을 마중하는 모양새였다.

헬렌을 본 아이샤의 얼굴이 굳어졌다. 아이샤의 표정을 눈치챈 이안이 헬렌 옆에 있는 소피아를 노려봤다. 지금 이 자리에 있는 이들 중 후작저에 헬렌을 초대할 만한 사람은 소피아뿐이었다. 그러나 이안의 눈초리가 사나워지기 무섭게 다이앤이 앞으로 나섰다.

"내가 불렀다. 소피아와 친한 아가씨라기에 보고 싶었단다."

다이앤은 땅에 대한 권리를 포기한다는 각서를 쓴 뒤 로이드 후작가의 당당한 어른으로 머물고 있었다.

이안은 다이앤을 차가운 눈으로 보고는 아이샤의 손을 잡았다.

"저……."

이안에게 손을 잡힌 뒤에야 정신을 차린 아이샤가 다이앤과 소피아, 그리고 내키지는 않았지만, 헬렌에게 인사하려 주춤거릴 때였다. 이안이 고개만 대강 까딱이더니 아이샤를 붙잡은 채 그대로 걸음을 옮겼다.

갑작스러운 상황에 아이샤가 뒤를 봤다. 그리고 그 순간, 헬렌이 아이샤와 똑바로 시선을 마주쳐왔다.

'주제도 모르고…….'

붉은 머리카락 아래 그만큼 붉은 입술이 비스듬히 올라간다 싶더니 무언의 말을 뱉었다. 헬렌의 입 모양을 읽은 아이샤가 눈을 크게 떴다. 하지만 곧 더 거센 힘으로 그녀를 잡아당기는 이안 탓에 그녀는 헬렌의 얼굴을 더는 볼 수 없었다.

* * *

저녁 식사 자리는 최악이었다. 온종일 훈훈했던 분위기가 무색하게 아이샤는 아무 말도 하지 않았다. 헬렌이 방문한 일로 아이샤의 눈치를 살피던 이안도 아이샤의 얼굴이 도통 펴질 기색이 보이지 않자 짜증스러운 기색을 내보였다.

사용인들이 거의 그대로인 식사를 내어간 뒤 차를 내왔다. 아이샤는 차가 식어 갈 때까지 아무 말 없이 테이블보만 바라보다 불쑥 이안에게 중얼거렸다.

"……헬렌 양이 여기 드나드는 거 싫어."

"……."

"네 이름 친밀하게 부르는 것도 싫어."

불쾌함이 가득한 목소리였다. 한참 만에 나온 아이샤의 목소리가 어둡자 이안의 눈썹이 위로 올라갔다. 그는 헬렌이 방문한 일이 거슬리긴 해도 잘못이라고는 생각하지 않았다. 그런데 아이샤가 식사 내내 언짢은 티를 내자 반감이 극에 다다른 참이었다.

"내가 부른 게 아니야. 소피아와 조모님께서 부른 거야. 이름은 허락한 적 없어. 그 여자가 멋대로……. 주의시키도록 하지."

자연스레 이안의 목소리도 퉁명스러워졌다. 그가 식탁을 손가락으로 톡톡 건드리며 답하자 아이샤 고개를 들었다. 그녀의 연한 푸른색 눈은 평소와 달리 어둑했다.

"너랑 사업한다는 것도 싫어."

"……."

"그동안 말은 안 했는데 헬렌 양이 우리 약혼식에 왔다는 것도 불쾌했어."

아이샤가 헬렌과의 사업을 입에 담자 이안의 입매가 굳었다. 하루종일 아이샤와 함께하면서도 잊고 있었던 복수심이 이안의 가장 밑바닥에서 스멀스멀 올라왔다. 그가 손가락 움직이던 걸 멈추고 팔짱을 꼈다.

"내 사업은 아이샤 네가 관여할 바가 아니야. 그리고 약혼식은 손님의 파트너로 온 건데 그것까지 막아야 하나? 파트너로 오는 걸 오지 말라 하는 게 더 우스운 거 아닌가?"

"하지만 헬렌 양은 너랑……."

"그만."

아이샤는 이안과 헬렌 사이 소문에 대해 언급하려 했다. 그러나 이안은 아이샤의 말을 싹둑 자르더니 들을 가치조차 없다는 듯 단호히 말했다.

"전에도 이 문제에 대해 한 번 말했지. 속 좁게 굴지 마. 아이샤."

"……."

"내가 그 여자랑 전처럼 파트너로 다니는 것도 아니고 식사하는 자리 내내 그런 얼굴로 있는 것도 지금 이렇게 따지는 것도 거슬려."

이안의 날카로운 말에 아이샤는 눈가가 뜨거워짐을 느꼈다. 그녀가 눈물을 꾹 참은 채 전부터 꾹 눌러 왔던 불만을 터뜨렸다.

"내 얼굴이 왜?"

"……."

"난 네 앞에서 매번 웃기만 해야 해? 네 말이라면 뭐든 따르고 꽃처럼 굴어야 하는 거야?"

"누가 들으면 지금껏 그렇게 한 줄 알겠군."

울먹울먹한 눈망울과 젖어 든 목소리는 배려를 바랐다. 하지만 이안은 아이샤의 말에 비웃음을 숨기지 않더니 빈정거림을 이어 갔다.

"아이샤 네가 언제 내 앞에서 매번 방긋방긋 웃으며 유순하게 굴었지? 너 네 마음에 안 들면 매번 울면서 상대방 나쁜 사람 만드는 게 특기 아니었나?"

결국, 아이샤의 눈에서 후드득 눈물이 떨어졌다. 이제는 이안의 차가운 말 정도는 아무렇지 않게 견딜 수 있을 줄 알았는데 아니었다. 아이샤가 소리 없이 울자 이안이 머리를 쓸어 올리며 역정을 냈다.

"또 우는군. 지겹지도 않나?"

저런 말을 들으면 당장에라도 눈물을 그치고 의연한 모습을 보여야 하는데. 몸은 마음처럼 움직이지 않았다.

"……내가 뭘 그렇게 잘못했어?"

한동안 눈물만 뚝뚝 흘리던 아이샤가 섭섭함 가득한 목소리로 이안에게 물었다. 알아듣지 못할 말에 이안이 눈가를 찌푸렸다.

"나 네 약혼녀야, 이안. 그리고 너랑……. 너랑 밤도……. 흐윽."

"……."

"내 입장에서는 헬렌 양이 싫은 게 당연하잖아. 사람들이 두 사람을 보고 뭐라 수군거렸는데! 지금도 무어라 떠드는데! 내가 기분 나쁜 건 당연한 거 아냐?"

"……."

"……내가 싫다고 하면 날 위해서 헬렌 양이 여기에 못 드나들게 해 줄 수 있는 거잖아. 우리 약혼식에 그녀가 오지 못하게 해 줄 수 있었잖아. 날 배려할 수는 없었어?"

"……."

"이안. 난 그렇게 했어. 네가 싫다는 건 최대한 하지 않으려 했어."

솔직히 감정을 드러내며 위로해 달라 호소하는 목소리가 애달팠다. 아이샤의 말에 이안이 제 입술을 잘근잘근 깨물더니 일어나려 팔짱을 풀었다.

"네가 싫어하는 것 같아 2황자 전하께도 내가 먼저 서신 드렸고……. 난 만일 그분이 약혼식에 오고 싶다 하셨으면 거절했을 거야. 그러니까 너도 조금은……. 조금만……."

하지만 이어지는 아이샤의 말에 이안은 서늘한 낯을 하더니 다시 팔짱을 꼈다. 2황자 자레드. 아이샤의 입에서 그 이름이 나오자 속을 헤집는 불쾌감과 함께 분노가 머릿속을 지배했다.

"상황이 다른데 비교하면 안 되지."

이안의 입에서 위로 대신 비아냥이 튀어나왔다. 아이샤가 젖은 눈으로 그를 바라봤다. 팔짱을 낀 채 한쪽 다리를 다른 쪽 다리에 올린 그에게서는 그녀의 슬픔에 대한 배려가 조금도 없었다.

"헬렌 양과 내 사이는 사업적 관계일 뿐이야. 하지만 너랑 황자 전하는 아니잖아. 그리고 넌 여인이야. 여인인 네가 몸가짐을 좀 더 조심하는 건 당연한 거 아닌가?"

"……."

"그리고 아이샤. 너 큰 착각을 하나 하는 모양인데……."

이안이 아이샤를 위아래로 훑어보다 젖은 눈가에 시선을 고정했다.

"……우리 아직 결혼한 사이 아니야. 약혼만 한 거지."

아이샤의 머릿속은 하얗게 변했다. 과거 그가 약혼하지 않을 테니 거리를 두라 일갈하던 모습이 지금의 모습 위에 겹쳐졌다.

"침대를 공유한 일로 내게 주제넘은 걸 요구할 생각인가 본데 난 파든가 네 오라비들과 달라. 네 억지나 투정 들어 줄 생각 없어."

아이샤의 눈동자가 퍼석하게 마르더니 깨진 구슬이 그렇듯 빛을 잃었다. 이안의 말은 아이샤가 무력함에 빠져 스스로에게 간혹 던지던 질문에 대한 답이나 마찬가지였다.

그러잖아도 매번 몸만을 요구해 오는 그의 모습에 자존감이 낮아져 있던 아이샤였다. 그녀는 자신의 역할이 창부 그 이상도 이하도 아니었다 자신을 자조하며 소매를 들어 눈물을 닦았다.

"네 입장이 어떻든 기분이 어떻든 그게 소피아와 조모님께서 헬렌을 초대하는 일을 막을 만한 이유는 못 돼."

"……."

"정 싫으면 소피아와 조모님과 친해져 보지 그랬어. 네가 그들과 친했으면 그들이 과연 헬렌을 이 집에 초대했을까? 응?"

아이샤의 변화를 눈치채면서도 이안의 말은 좀처럼 수위를 낮추지 않았다. 그는 소피아와 다이앤이 아이샤를 좋아하지 않는다는 걸 알면서도 부러 관계 부진을 아이샤의 탓으로 돌렸다. 그리고 끝내 자신의 잘못은 조금도 없다며 그녀를 타박했다.

"지금 상황은 내 잘못이 아니야. 그러니까 울면서 내게 투정 부릴……."

드르륵.

의자 끄는 소리가 거슬리게 났다. 말을 쏟아 내고 있던 이안이 자리에서 일어난 아이샤에게 물었다.

"……무슨 짓이지?"

"갈 거야."

그새 눈물을 그친 아이샤는 붉어진 눈가를 제외하면 울었다 생각하기 어려운 표정을 짓고 있었다. 이안이 재빨리 자리에서 일어나 그녀에게 다가갔다. 그리고 그녀의 손목을 쥔 채 으르렁거렸다.

"이야기 마저 듣고 가."

"싫어. 갈 거야."

아이샤는 이안에게서 고개를 돌려 버렸다. 이안은 아이샤의 턱을 잡아 내키는 대로 돌릴까 생각하나 그만뒀다.

"……마음대로 해."

그가 아이샤의 손목을 던지듯 놓았다. 그리고 식당 밖을 향해 소리쳤다.

"거기 누구 없나?"

분위기를 읽고 멀찍이 떨어져 있던 사용인들이 주인의 고함에 바람처럼 달려왔다. 이안은 가장 앞에 선 하인을 향해 명했다.

"아가씨께서 가신다는군. 마차를 준비해 드려라."

"예, 예! 당장 준비하라 이르겠습니다."

"배웅할 기분이 아니군. 조심히 가도록 해."

불똥이 튈까 하인이 달려갔다. 이안은 식탁 위 아이샤 쪽에 있던 천 냅킨에 손을 뻗어 입을 닦고는 그걸 바닥에 던져 버렸다. 그리고 아이샤를 둔 채 몸을 돌려 식당을 나가 버렸다.

아이샤와 남은 사용인들은 어찌할 바 모른 채 서로 시선을 주고받았다. 그들에게 그나마 다행인 것은 아이샤가 마차가 준비될 때까지 그들에게서 등을 보였다는 것이었다.

* * *

"내일 갈 거야? 그냥 못 가겠다 해."

"아니야. 가야지. 중요한 자리잖아."

다니엘과 에드워드가 침대에 누워 있는 아이샤를 걱정스레 바라봤다. 말을 타러 간다며 신이 나 집을 떠난 여동생은 그날 밤이 되어서야 귀가 하더니 새벽부터 앓기 시작했다.

"힘들면 내일이라도 말해. 건국제 연회라지만 아픈데 꼭 가야 할 필요는 없어."

"응……. 신경 써 줘서 고마워, 오빠."

힘없이 답하는 아이샤의 이마에 에드워드가 손을 올렸다. 다행히 열은 거의 떨어져 정상 체온에 가까워져 있었다. 그러나 앓는 내내 무언가 제대로 먹지 못한 탓인지 아이샤는 말하는 것조차 힘들어했다.

"나 조금 더 잘게."

"점심때는 일어나서 식사해야 한다?"

"응. 알았어."

다니엘과 에드워드는 아이샤가 잠든 걸 보고서 방 밖으로 나왔다. 그리고 서로 마주 보며 시선을 주고받다 걸음을 빠르게 옮겼다.

"뻔하지. 이안 그 새끼가 또 얘를 괴롭힌 거라니까. 아니면 후작저에 갔다 와서 왜 앓아?"

"아이샤가 아니라고 하잖아. 다니엘. 괜한 의심으로 이안 심기 건드리지 마."

이안의 편을 드는 형의 말에 다니엘이 얼굴을 와락 구겼다가 무언가 눈치채고는 눈을 가늘게 떴다. 그가 에드워드에게 작은 목소리로 물었다.

"형. 그 표정 뭐야? 이안 그 자식하고 뭐 있어?"

"……."

"어? 왜 답을 안 해?"

"……쓸데없는 데 관심 가지지 말고 당분간 이안하고 부딪치지 마. 부탁하는 거니 꼭 새겨들어."

심각한 에드워드의 얼굴에 다니엘이 더는 캐묻지 않고 입을 닫았다. 에드워드는 가문과 관련된 중요한 일을 할 때 이렇듯 부탁한다는 말을 하곤 했다.

“뭐, 알았어. 그보다 이번 건국제가 끝나고 나면……. 형수님도 오겠네?”

다니엘이 고개를 끄덕이다 주제를 돌려 장난스럽게 말을 붙였다. 형수님이라는 단어에 에드워드가 눈매를 씰룩였다.

“이번에는 좀 붙어 있어. 형이나 형수님이나 어떻게 그렇게 본인들 일만 바쁜지.”

“……네가 간섭할 일이 아니야.”

“왜 간섭을 안 해? 장차 미래 파든가를 이끌어 갈…….”

“한마디만 더하면 아버지께 네 결혼에 대해 논의하겠어.”

결혼이라는 말에 다니엘의 얼굴에서 장난기가 가셨다. 그가 에드워드에게서 떨어져 다른 쪽으로 걸어가면 소리쳤다.

“그랬다간 형이라도 못 걷게 만들 거야!”

* * *

추수철에 맞춰 진행되는 제국의 건국제는 풍성함이 가득한 계절답게 넉넉한 인심과 함께 치러졌다.

“이야. 야시장 한번 크게 열리는구먼.”

“예끼! 이 사람. 촌티를 팍팍 내는구먼. 여기는 수도요. 수도.”

“뭐요? 당신 내가 누군지 알아?”

“하하하. 화내지 마시오. 장난이니까. 자, 화 풀고 이거나 하나 드시오. 장난값으로 공짜로 드리리라.”

건국제가 열리는 수도는 축제 구경을 온 이들로 인산인해를 이뤘다. 평민들은 가장 풍요로운 계절을 노래했으며 상인들은 두둑해지는 주머니에 콧노래를 불렀다.

“봄에 열린 정기 연회보다 더 화려하군. 하긴, 세금을 걷는 시기이니 당연한가?”

“황궁에서 열리는 연회는 나날이 화려해지는 것 같아요. 마지막 겨울 연회도 너무 기대돼요.”

귀족들도 즐겁기는 매한가지였다. 황궁에서 닷새 동안 열리는 건국제 연회에 귀족들은 남녀노소 할 것 없이 자신이 가진 최고의 옷들을 뽐내며 값비싼 술을 마음껏 즐겼다.

이안과 아이샤는 연회가 한창일 때 도착했다. 어차피 오늘 연회는 전야제 개념이라 황제 부부는 참석하지 않았기에 가능한 일이었다.

“내려.”

아이샤는 마차 위에서 제게 내밀어진 이안 손에 별말 없이 제 손을 올렸다. 이안은 아이샤가 손을 주자 괜스레 힘을 줘 그녀의 손을 붙잡았다.

마차 안에서도 한마디도 나누지 않았던 두 사람은 연회장 쪽으로 가는 내내 침묵했다. 그러나 눈을 내리깐 채 드레스를 살짝 올려 잡은 아이샤의 얼굴이 무심한 반면 이안은 옆을 힐끔대며 어딘가 초조해 보이는 얼굴이었다.

“아프다 들었는데 지금은 괜찮나?”

결국, 연회장에 거의 다다랐을 때 이안이 먼저 말을 걸었다. 아이샤는 고개를 끄덕이는 것으로 답을 마쳤다.

출입구에 있던 시종이 두 사람의 입장을 알렸다. 두 사람이 홀에 들어서자 얼마 전 약혼식을 마친 한 쌍의 남녀를 사람들이 호기심 가득한 눈으로 바라봤다.

정해진 수순처럼 이안과 아이샤는 입장하기 무섭게 춤을 췄다. 짙은 녹색 크라바트를 맨 이안은 비슷한 빛깔의 리본으로 장식한 아이샤와 잘 어울렸다.

그러나 맞춰진 옷차림새와 달리 두 사람 사이에는 어색함이 감돌았다. 몇몇 눈치 빠른 이들이 그 분위기를 알아채고 부채 뒤에서 수군거렸다.

“……쉬고 싶어.”

아이샤는 첫 춤이 끝나기 무섭게 이안에게 말했다. 이안은 그날 일로 그러는 거냐 그녀에게 따지려다 정말 힘들어 보이는 아이샤를 보고는 입을 닫았다.

"괜찮나? 사람을 부를까?"

"아니야. 조금 쉬면 괜찮아질 것 같아."

"그럼 잠시 쉬고 있어. 몇 군데 인사만 하고……. 금방 오지."

"응……."

휴게실로 들어선 이안이 입구 커튼을 내리며 말했다. 아이샤는 어질한 머리를 붙잡은 채 고개를 끄덕였다. 이안은 지나가는 시종에게 휴게실 안으로 물을 가져다주라 명하며 저 멀리 자신에게 은밀한 시선을 보내는 이들에게 다가갔다.

"고마워요."

휴게실에 카우치에 힘을 빼고 앉은 아이샤가 제게 물을 건네주는 시종에게 감사를 전했다. 시종은 완벽한 예의를 차리며 휴게실에서 물러났다.

혼자 남은 아이샤가 밖을 바라봤다. 전야제 연회는 2층 홀에서 열린 탓에 정원이 제법 멀리까지 보였다.

달빛에 젖어 든 황궁 정원은 그 나름의 운치가 있었다. 아이샤는 달빛에 은은하게 빛을 발하는 꽃들을 구경하다 눈을 감았다. 선선한 바람이 시끈거리는 머리를 조금은 식혀 줬다. 조금이나마 여유를 되찾은 아이샤가 중얼거렸다.

"……돌아오면 이야기를 해 보자. 언제까지 말없이 지낼 수는 없잖아."

마차 안에서 아이샤는 내내 고민했다. 지난번 이안의 말은 그녀에게 너무도 큰 상처라 아직 아물지 못했지만 그럼에도 먼저 손을 내밀 것인가. 아니면 이대로 감정이 풀릴 때까지 가만히 있을 것인가.

아이샤의 전자를 택했다. 그녀는 승마를 한 날 이안이 제게 먼저 서신 보낸 것을 기억하고 이번에는 자신이 한발 양보하기로 했다.

그러나 그리하자 마음먹기 무섭게 억울함이 어디선가 솟구쳤다. 이안을 향한 마음에 눈이 먼 아이샤였지만 그녀도 생각이라는 걸 할 줄 아는 사람이었다.

"나는 이안을 좋아하니까……. 영원히 좋아해 준다고 약속했으니까……."

아이샤가 스스로를 세뇌하듯 혼잣말을 중얼거리며 어릴 적 약속을 떠올렸다. 별이 당장에라도 쏟아질 듯했던 그 날의 여름밤. 울면서 서로에게 했던 약속을 생각하니 마음이 조금은 잠잠해졌다.

"아이참. 그만. 간지러워요. 그만해요."

한결 편안해진 아이샤의 귀에 여인의 간드러진 웃음소리가 들렸다. 곧 수풀이 부스럭거리는 소리와 함께 발걸음 소리가 지척에서 들렸다.

"쉿, 누가 들으면 어쩌려고."

"다들 춤추느라 정신이 나가 있을 텐데요. 그보다 봤어요? 로이드 후작과 아이샤 양 말이에요."

"아, 봤지."

연인은 휴게실 발코니 바로 아래 자리를 잡았다. 종종 있는 일에 웃으며 관심을 끄려 했던 아이샤가 제 이름에 발코니로 다가가 귀를 쫑긋 세웠다. 정원에 있는 연인은 위를 볼 생각은 아예 하지 못한 듯 떠들기 시작했다.

"아이샤 양은 그렇게 로이드 후작을 따라다니더니 막상 약혼하고 나니 왜 그런 얼굴이래요? 약혼한 지 얼마 되지도 않았겠다, 웃고 다니는 게 보통 아닌가?"

안타깝다는 듯 말하고 있었으나 그건 꾸며 낸 것일 뿐, 여인의 목소리에 깔린 감정은 질 낮은 흥미 그 이상도 이하도 아니었다. 그리고 그건 상대도 마찬가지였는지 사내는 제 연인의 말에 아는 척을 하며 으스대는 목소리로 답했다.

"그걸 몰라서 그래? 헬렌 피츠 그 여자 때문이잖아. 다들 쉬쉬하는 모양인데 그 사생아 정말 후작과 무슨 관계가 있는 모양이야."

"에이, 설마요. 지난번 로이먼 후작 연회에서 로이드 후작이 챙긴 건 결국 아이샤 양이었는걸요. 그리고 그 난리 이후로는 파트너로 다니지도 않잖아요."

"은밀해진 거지. 내가 나오기 전에 봤는데 로이드 후작과 헬렌 양. 눈길을 주고받고 있더라고. 사업 때문에 서로 볼 일이 있다지만 남녀 사이에 사실 그런 눈길은 뻔하지 않겠어? 그리고 헬렌 피츠 그 여자 말이야. 로이드 후작과 아이샤 양의 약혼식에도 참석했다 하더군."

"그 난리를 치고 하객으로요? 하긴 그러고 보니……. 약혼 이후에도 헬렌 양이 로이드 후작저에 방문한다 그랬어요. 소피아 양과 토도메 왕국의 그 유명한 여자가 초대하는 거라는데 모르는 일이죠. 가족들을 시켜 후작님께서 초대하는 걸지도요. 간혹 정부를 그런 식으로 집에 들이는 경우는 있잖아요."

"결정적인 건 이거야! 헬렌 양이 새턴 백작 부인한테 로켓 목걸이 하나를 들켰는데……."

"들켰는데?"

"……거기 로이드 후작의 눈이 떡하니 그려져 있다 하더라고. 알잖아 로이드 후작의 푸른 눈. 흔하지는 않잖아."

정원에 숨어든 연인은 남의 소문에 신이 나 당사자가 바로 위에 있다는 사실조차 모른 채 자신들이 아는 걸 모조리 다 주절거렸다. 그리고 위에서 그걸 다 듣고 있던 아이샤의 얼굴은 간신히 찾은 평온을 다시금 잃어 가고 있었다.

"어머 어머. 정말이에요?"

"그렇다니까. 새턴 백작 부인이 하는 말 내 귀로 똑똑히 들었어."

"세상에! 그럼 아이샤 양만 가엾어진 거잖아요."

"가여울 것까지 있나. 약혼 전 후작 행실 보면 상황 알았을 텐데 끝까지 약혼한 거 보면 멍청한 것인지 아니면 짝사랑에 눈이 먼 것인지, 원.

내가 파든가 다니엘과 아는 사이라 하는 말인데 내가 오라비였으면 제게 관심 없는 사내 쫓아다니면서 집안 망신시키지 말고 집안에 틀어박혀 있으라……."

"크흐흠! 흐음."

아이샤를 입에 올린 사내가 그녀를 깔보며 비웃을 때였다. 갑자기 어디서 꾸며 낸 게 분명한 기침 소리가 났다. 정원에 숨에 있던 연인들은 가까이서 나는 소리에 입을 닫고 숨소리마저 죽였다.

"가을인데도 벌레 소리가 시끄럽군. 한 쌍이라 그런가?"

쩌렁쩌렁한 목소리가 들으라는 거였다. 목소리의 주인공을 알아본 아이샤가 눈을 크게 뜬 채 고개를 소리가 나는 쪽으로 돌렸다. 그러자 벽에 가려져 보이지 않던 붉은 장미색 머리카락이 드러났다.

"빨리 날아가 버려야 할 텐데. 아니면 당장 정원사를 불러야 하나?"

자레드의 말을 알아들었는지 연인이 수풀을 헤치고 도망가는 소리가 들렸다. 아이샤는 멀어지는 연인의 인영을 보다가 혹시나 자신이 있는 걸 들킬까 싶어 몸을 살금살금 뒤로 뺐다.

"……이제 와 숨어도 소용없는데."

아이샤가 움직이기 무섭게 자레드가 말했다. 그는 어쩔 줄 몰라 하는 아이샤를 보다 벽 가까이 다가오더니 1층 발코니 난간에 손을 올렸다.

자레드의 몸이 가볍게 튀어 오른다 싶더니 1층 난간에 섰다. 아슬아슬한 묘기에 놀란 아이샤가 눈을 깜빡이자 자레드는 씩 웃더니 아이샤가 있는 2층 발코니 난간 아랫부분을 잡고 몸을 날렸다. 그리고 곧 그는 2층 발코니 안까지 침입했다.

도둑이 된다면 어느 집이든 털 수 있을 것 같은 몸 재간이었다. 1분도 되지 않는 시간에 난간을 통해 2층으로 들어온 자레드를 아이샤가 믿을 수 없다는 눈으로 바라봤다. 그녀의 눈이 동그랗게 변한 채 자신을 바라보자 자레드는 머쓱했는지 제 머리카락을 잡고 꼬았다.

"아……. 황자 전하를 뵙습니다."

한 박자 늦게 정신을 차린 아이샤가 자레드에게 인사했다. 그가 예를 거두라 손짓하며 그녀에게 말했다.

"조금 더 빨리 쫓아내 줬어야 하는데……. 미안하군."

"아니요. 전하께서 사과하실 일은 아닌걸요."

조금 전 연인을 쫓아낸 일에 대해 말하고 나자 두 사람 사이 어색한 침묵이 흘렀다. 아이샤는 손가락을 꼼지락거리며 자레드의 눈치를 살피다 한참 만에 말문을 열었다.

"그…… 전하. 그때 다치신 건……."

"아, 그거? 이미 다 나은 지 오래지."

"직접 찾아가 사죄드리고 여쭈어야 했는데……. 죄송합니다."

"그대 잘못도 아니고 사내들끼리 유치한 싸움한 거 가지고 뭘……. 그때 서신 보내 준 걸로 충분했어."

서신의 내용을 떠올린 아이샤가 고개를 푹 숙였다. 다친 것에 대해 안부를 묻는 척 관심을 거둬 줬으면 좋겠다 완곡히 표현한 서신은 황자의 입장에서 기분 좋을 만한 것은 아니었다.

"……그보다 후작은? 같이 안 있고 어딜 갔지?"

"제가 잠시 쉬고 싶다 해서……. 곧 오겠지요."

"그럼 괜히 그대 곤란한 일 없게 자리를 피해 줘야겠군."

당연하다는 듯 말했으나 자레드의 표정에는 아쉬움이 살짝 묻어났다. 굳이 난간을 타고 오른 이유가 무엇인가. 짝사랑을 아직 완전히 접지 못한 그는 저도 모르게 아이샤의 얼굴을 가까이 보려 몸을 움직였다.

자레드의 입에서 이안의 이름이 거론되자 아이샤는 무슨 답을 해야 할지 몰라 망설였다. 그녀가 난감해하는 모습에 자레드는 휴게실 입구로 걸음을 옮기며 축하를 전했다.

"……약혼 축하하네. 선물은 마음에 들었나?"

"예?"

"그대 약혼식에 축하 선물을 보냈는데 못 받았나?"

선물이라는 말에 아이샤가 반문하고 말았다. 자신에게 온 약혼식 선물 중 자레드의 것은 없었다. 황자의 선물을 잃어버린 건 자칫 죄가 될 수 있었기에 그녀는 혹여나 자신이 잊어버렸나 기억을 되새기기 시작했다.

그러나 아무리 기억을 되짚어 봐도 자레드의 선물은 생각이 나지 않았다. 대신 그녀는 제게 정리된 선물 목록을 건네며 무언가 할 말이 있어 보였던 하인 하나의 얼굴을 기억해 냈다.

'저 아가씨. 후작님께서 직접 말씀하신다고…….'

말을 들어 보려던 순간 바쁜 일이 생겨 나중에 해 달라 말했던 것이 떠올랐다. 하인이 이안을 언급했던 것을 떠올린 아이샤가 잠깐 얼굴을 굳혔다. 그러나 그녀는 곧 저를 보고 있는 자레드의 존재를 생각해 내고 고개를 숙이며 답했다.

"아……. 착오가 있었던 모양입니다. 가서 다시 살펴보겠습니다. 정말 죄송합니다. 선물 보내신 걸 알았다면 진작 감사 인사를 드렸을 텐데."

"됐어, 어차피 감사받으려고 보낸 것도 아니고. 신경 쓰지 말게."

"아닙니다. 가서 꼭 확인하고 감사 인사를 드리겠습니다."

"그대가 그러고 싶다면야, 뭐……. 그보다 정말 가 봐야겠군. 더 지체하다가 후작이 날 보기라도 하면 그 성질머리에……."

자레드가 손을 흔들며 정말 나가려 몸을 돌렸다. 그러나 순간 휴게실 입구를 가린 채 바닥까지 내려와 있던 커튼이 옆으로 거칠게 움직이며 환한 금발과 함께 이글이글 타오르는 벽안이 모습을 드러냈다.

* * *

경직된 턱과 위로 솟은 눈썹이 이안의 심기를 대변했다. 그는 손에 들고 있던 접시를 휴게실 입구 바로 옆 장식장 위에 소리 나게 내려놓더니 얼굴을 무섭게 굳혔다.

이안은 커튼 너머로 들리는 목소리에 자레드가 휴게실 안에 있다는 사실을 이미 인지한 후였다. 그가 아이샤 쪽은 바라보지도 않은 채 자레드를 노려보며 짓눌린 목소리를 냈다.

"……전하께서 왜 여기 계신 겁니까."

자레드는 이안의 등장에 당황한 표정을 지으며 주춤거리다 명백한 적의에 입가를 비틀었다. 그가 지지 않겠다는 듯 매섭게 눈을 치켜뜨며 빈정거렸다.

"이제 인사도 안 하나? 한번 주먹다짐했다고 제국의 황자가 만만한 모양이지?"

"제 질문에 답이나 하십시오. 여기 왜 계신 겁니까."

이런 연회에서 휴게실에 함께 들어가도 되는 건 보통 가족이나 공인된 연인뿐이었다. 때문에 이안이 화를 내며 따지는 일은 예의에 아주 벗어나는 행동은 아니었다. 다만 황자에게 하는 말치고는 지나치게 공격적인 게 문제였다.

"내가 후작에게 그걸 알려 줘야 할 의무가 있나?"

빈정거리며 어깨를 으쓱이는 자레드의 모습에 이안의 목에 힘줄이 불거졌다. 그가 화를 참으려는 듯 후하고 짧은 숨을 내쉬더니 어둑한 얼굴로 읊조렸다.

"그때는 약혼하지 않았다며 아이샤에게 접근하시더니 이제 엄연히 제 약혼녀가 되었는데도 아이샤에게 접근하시는군요."

"약혼 하나로 유세 한번 거하게 떠는군. 레이디 아이샤가 후작 그대와 약혼했으면, 뭐? 나랑 대화조차 나누면 안 된다는 법이라도 생기나?"

"전하께서는 전부터 아이샤에게 추근거리니 하는 말입니다. 명색이 제 약혼녀인데 명예를 지켜 줘야 하지 않겠습니까?"

"누가 누굴 지켜? 후작의 그 눈만 보면 아이샤 양은 후작 그대로부터 지켜져야 해."

대화가 말싸움처럼 변해 가더니 유치해지기 시작했다. 결국 보다 못한 아이샤가 자레드와 이안 사이를 갈라놨다.

"전하, 오늘 도와주셔서 감사합니다. 다음번에 따로 감사 인사를 드리겠습니다."

이안은 자레드에게 그만 가 보라 넌지시 말하는 아이샤의 말에 아주 조금 누그러진 태도를 보이다 이어 따로 감사 인사를 드리겠다는 말에 눈매를 치켜떴다.

"괜찮겠나? 내가 나가면……."

이안의 푸른 눈이 아이샤의 뒤통수를 노려보자 자레드가 그를 힐끔거리며 아이샤에게 걱정 가득한 목소리로 말했다. 그러나 그런 자레드의 태도는 이안의 화에 장작을 넣을 뿐이었다. 아이샤도 그걸 알아차리고는 재빠르게 말을 이었다.

"전하, 제가 약혼자와 단둘이 이야기할 게 있어서요. 부탁드립니다."

자레드는 아이샤의 눈에 어린 부탁을 읽고 입 안쪽을 살짝 깨물었다. 그러나 짝사랑하는 여인의 부탁을 거절할 수는 없었다. 그가 이안을 한번 흘겨보고는 그의 옆을 지나쳤다.

"……그럼 이만 자리를 비켜 주지."

"살펴 가십시오, 전하."

아무 말도 없는 이안과 반대로 아이샤는 끝까지 예의를 차렸다. 자레드는 그런 아이샤를 씁쓸한 얼굴로 힐끔이며 휴게실 출입구까지 갔다 무언가 생각하고는 발걸음을 되돌렸다. 그리고 들어올 때와 마찬가지로 발코니 난간을 넘어 휴게실을 벗어났다. 아이샤는 훅 떨어져 사라지는 자레드를 불안한 눈으로 보다 그가 사라지고 나서야 이안 쪽으로 고개를 돌렸다.

“약혼자 있는 여자가 휴게실이 다른 남자랑 있는 게 어떤 소문을 불러 일으키는지 몰라?”

아이샤가 자신을 바라보기 무섭게 이안이 그녀에게 다가와 윽박지르듯 물었다. 아이샤는 아무 말 없이 작게 한숨을 내쉬고는 곧장 그에게 사과했다.

“미안해.”

“…….”

“앞으로는 조심하도록 할게.”

고개를 살풋 숙인 모습에 반항심이나 억울함 따위는 없었다. 하지만 아이샤의 사과에 이안의 얼굴은 더욱 일그러졌다.

‘……미안.’

‘뭐?’

‘미안해.’

‘너 지금…….’

이안은 얼마 전 침대 위에서 아이샤가 너무 말라 거슬린다는 자신의 말에 미안하다 작은 목소리로 말하던 것을 떠올렸다. 지금 아이샤는 꼭 그때와 같았다. 체념이 기득한 얼굴, 모든 것을 내려놓은 듯한 목소리……. 그리고 이런 아이샤를 볼 때면 이안은 초조함에 입 안이 바짝 말랐다.

“너…….”

이안이 아이샤의 어깨를 붙잡고 그녀의 얼굴을 샅샅이 살폈다. 강해지는 악력에 아이샤가 상체를 비틀어 그의 손아귀에서 벗어났다.

“……이안, 전하께서는 날 도와주셨을 뿐이야.”

“뭘 도와줬는데.”

곧바로 반문하는 이안을 두고 아이샤는 입을 닫았다. 헬렌 양과 네 사이에 은밀히 도는 소문 듣는 일을 막아 줬다, 그 말을 하기가 어쩐지 싫었다.

아이샤가 침묵하자 이안의 벽안이 번뜩였다. 그가 제 크라바트를 거칠게 당기며 느슨하게 풀더니 잔뜩 비꼬며 말했다.

"말을 안 하는 건가 아니면 못 하는 건가."

"그게 무슨 뜻이야?"

이안도 아이샤와 자레드가 해서는 안 될 짓을 했을 거라 생각하지는 않았다. 다만 휴게실 밖에서 자레드의 목소리를 듣는 순간, 그는 끓어오르는 화에 이성을 반쯤 날렸다. 그가 제 기분대로 아이샤를 추궁하며 쏘아붙였다.

"둘이서 나한테 못 할 말이나 행동을 하고 있지는 않았냐 묻는 거야. 연회장 휴게실에서 종종 일어나는 일이니까 말이야."

속으로는 생각하지 않다고 한들 함부로 외도를 거론하는 말을 해서는 안 됐다. 모욕적인 언사에 아이샤가 입매를 굳히더니 입을 열었다.

"네가 할 말은 아니지 않아?"

"뭐?"

"전하께서 뭘 도와주셨냐고? 밖에서 사람들이 너랑 헬렌 양에 대해 떠드는 걸 내가 더는 듣지 못하게 해 주셨어."

아이샤의 답에 이번에는 이안이 입을 닫았다. 아이샤는 일자로 다물린 이안의 입술을 보고는 손을 말아 쥐었다.

"이안, 전에 나한테 속 좁게 굴지 말라고 했지?"

"……."

"황자 전하와 난 저번 로이먼 후작가 연회 이후 처음 만난 거야. 한데 헬렌 양과 넌 어때? 두 사람은 사업 핑계로 그 직후에도 만나더니 후작저를 드나들기까지 해."

연회 전 싸웠던 주제가 그대로 오르자 이안이 제 머리를 흩트리며 듣지 않겠다는 듯 고개를 돌려 버렸다. 그러나 하지 말라는 이안의 신호에 멈췄던 전과 달리 아이샤는 작정한 듯 목소리를 높였다.

"나 아직 말 안 끝났어. 너 황자 전하께서 내게 보낸 선물 어떻게 했어?"

자레드가 약혼식 날 보낸 선물이 거론되자 이안의 눈동자에 파문이 일었다. 아이샤는 당황한 기색이 역력한 그를 모른 척하며 계속 말했다.

"전하께서 내게 선물을 보내셨대. 그런데 내가 받은 것 중 전하의 것은 없었거든."

"……."

"네가 가로챈 거 알아. 이안. 너 말고 누가 그랬겠어?"

"……."

"헬렌 양은 우리 약혼식에도 하객으로 참석까지 했는데……. 넌 전하의 선물조차 넘기지 못하는구나. 그러면 이안, 정말 속 좁게 굴고 있는 게 누구일까?"

이안의 얼굴이 서서히 붉어졌다. 그도 선물을 가로챈 행위가 치졸하고 부끄러운 일임을 알았다.

'제길…….'

전처럼 아이샤에게 여인으로서 몸가짐을 운운하며 반박하고 싶었으나 헬렌과 그 사이의 일이 거론되자 그조차 입 밖으로 나오지 않았다. 결국, 귀까지 새빨갛게 물들인 이안은 몸을 홱 돌려 휴게실 입구로 도망치듯 걸음을 옮겼다.

아이샤는 그대로 나가 버리는 이안을 눈 하나 깜빡이지 않고 바라봤다. 그러다 이안이 사라지고 입구 커튼의 흔들림이 멈췄을 때가 돼서야 시선을 입구에서 거둬들였다.

고개 돌린 아이샤의 시야에 장식장 위 이안이 가져온 접시가 눈에 들어왔다. 부드러운 디저트류가 가지런히 담겨 있는 모습이 제법 그럴듯해 보였다.

'……인상을 구기면서 들고 왔겠지.'

이안의 성미에 접시를 들고 몇 발자국이라도 걷는 일은 내키지 않았으리라. 아이샤는 그에게 매번 크게 상처받으면서도 장식장에 놓여 있는 접시처럼, 어찌 보면 정말 별거 아닌 그의 행동에 누그러지고 희망을 품게 되는 자신이 미련스럽게 느껴졌다.

질질 다리를 끌 듯 움직인 그녀가 카우치로 가 구두를 아무렇게나 벗었다. 발끝까지 카우치 위로 올린 그녀가 무릎을 팔로 감싸 안고 그 위에 얼굴을 묻었다.

휴게실 밖, 사람들의 웃음소리가 듣기 싫었다. 아이샤는 얼굴을 더욱 깊게 묻으며 눈을 꼭 감았다.

* * *

'싸웠나?'

헬렌은 휴게실 밖으로 나온 이안을 유심히 바라봤다. 한 시간 전만 해도 잘 정돈되어 있었던 그의 금발과 옷차림은 조금이지만 분명 흐트러져 있었다. 하지만 그 모습조차 또다른 매력으로 느껴질 만큼 이안의 외관을 잘났기에 헬렌은 저도 모르게 혀로 입술을 핥았다.

'저 성질머리에 지금 가 봤자 상대도 안 해 주겠지. 하지만 만일 싸워서 나온 거라면 저쪽으로 가서…….'

이안을 살피던 헬렌이 고개를 돌려 그가 나온 휴게실을 바라봤다. 아이샤와 이안이 입장할 때부터 그들을 유심히 보고 있던 그녀는 휴게실 안에 누가 남아 있는지 잘 알았다.

'좋아, 원래 기회란 있을 때 잡아야 하니까.'

부채를 접은 헬렌이 한쪽 입매만을 비틀며 웃다 바로 옆 제 파트너에게 다녀올 곳이 있다며 양해를 구했다. 사람들을 상대하느라 바쁜 그녀의 파트너는 아쉬워하면서도 그녀를 잡지는 못했다.

헬렌은 파트너와 다닐 때와 달리 최대한 조용히 움직였다. 주변을 살피며 기둥 뒤나 사람들의 시선이 닿지 않는 길로 움직이는 그녀는 꼭 적진에 몰래 침입하는 자객 같았다.

마침내 아이샤가 있는 휴게실 앞에 도착한 그녀가 마지막으로 고개를 돌려 이안을 살폈다. 레반투스 공작에게 잡혀 이야기를 나누고 있는 그는 공작의 만류에도 고개를 저으며 연회장 밖으로 나가려 하고 있었다.

'빨리 나가라……. 나가.'

잠시 후, 이안이 연회장을 빠져나갔다. 그의 모습이 사라지기 무섭게 헬렌은 씩 웃더니 잘 관리된 손으로 휴게실 커튼을 밀쳤다.

흔들리는 커튼을 뒤로한 채 헬렌의 붉은 머리카락이 휴게실 안으로 사라졌다. 그리고 동시에 그녀의 붉디붉은 장미 향도 빨려들어 가듯 휴게실 안으로 자취를 감췄다.

* * *

드레스 자락이 움직이는 소리와 함께 이질적인 향이 휴게실 안으로 들어왔다. 무릎에 고개를 파묻고 있던 아이샤는 장미 향이 짙어지자 의아한 낯을 한 채 고개를 늘었다.

붉은 장미처럼 강렬한 존재감의 여인이 입구에 선 채 아이샤를 향해 싱긋 웃어 보였다. 여인의 알아본 아이샤가 다리를 내리며 입매를 일자로 굳혔다.

헬렌이 붉은 머리카락을 귀 뒤로 넘기며 아이샤에게 다가왔다. 활짝 웃고 있는 그녀의 얼굴에는 남의 휴식을 방해한 것에 대한 미안함이 조금도 없었다.

"반가워요. 이렇게 단둘이 보는 건 처음이죠?"

가까이 다가온 헬렌은 연회 홀보다 한층 어두운 휴게실 안에서도 반짝반짝 빛이 났다. 머리카락은 줄줄이 엮인 진주와 깃털로 장식되어 있었으며 허리를 바짝 조인 드레스는 짙은 장미색으로 멀리서도 눈에 띌 게 분명했다.

"내 인사 안 받아 줄 거예요?"

아이샤가 고요한 눈으로 가만히 바라만 보자 헬렌이 장난기 가득한 목소리를 내며 부채를 펼쳐 들었다. 그러나 부채 뒤 삐딱하게 올라간 입꼬리를 완전히 숨기지는 않아 아이샤는 그녀가 자신을 비웃고 있다는 것을 알아차렸다.

"나도 만나서 반가워요. 하지만 지금은 헬렌 양과 이야기 나누기가 어려울 듯싶어요. 미안하지만 다음에 뵐 수 있을까요?"

자리에서 일어난 아이샤가 딱딱한 목소리로 최소한의 예의를 차렸다. 표정의 변화도 없이 그만 나가달라는 말하는 그녀를 보며 헬렌이 얼굴을 살짝 찡그렸다. 그러나 그녀는 이내 얼굴을 다시 활짝 편 채 부채를 소리 나게 접었다.

"보기와는 다르네요. 아니 역시라고 해야 하나?"

"……."

"내 친우 소피아가 그러더군요. 아이샤 양은 이안을 비롯해 사내들 앞에서만 연약한 척, 한 떨기 꽃인 양 군다고요. 뭐 그렇다고 비난할 생각은 없어요. 아이샤 양을 포함해 대부분 귀족 여인들은 으레 다 그러니까."

어깨를 으쓱이는 헬렌의 얼굴에는 자신은 그런 흔한 여인이 아니라는 오만함이 가득했다.

아이샤는 자신을 모욕한 것으로 모자라 귀족 여인들을 한데 묶어 낮잡아 보는 헬렌을 터무니없는 얼굴로 바라봤다. 그러나 헬렌은 아이샤의 표정에도 아랑곳하지 않은 채, 아니 한발 더 나아가 눈까지 접으며 말했다.

"충고 하나 할까요? 그런 구시대적인 방법은 썩 좋지 못해요. 덜떨어진 사내들이야 몇 낚겠지만 괜찮은 사내들은 아이샤 양의 그런 행동에 속으로 비웃음을 흘린답니다."

"……."

"하지만 뭐 그게 아이샤 양의 한계 같기도 하고……. 딱 봐도 자수나 두면서 자란 전형적인 귀족 영애인데 뭘 기대하겠어요?"

"헬렌 양. 그런 말이 상대에게 모욕이 될 수 있다는 생각 안 해 봤어요?"

결국 듣다 못한 아이샤가 헬렌에게 한마디 했다. 헬렌은 아이샤가 반응을 보이자 기다렸다는 크게 놀란 표정을 지었다.

"모욕? 세상에 어떻게 그렇게 말할 수 있어요? 난 그저 아이샤 양이 잘됐으면 하고……."

아이샤는 헬렌이 부러 이런다는 걸 알고 그녀의 말을 다 듣지도 않은 채 다시 카우치에 앉았다. 노골적인 무시에 헬렌이 조금 뾰족해진 목소리로 물었다.

"뭐 하는 거예요?"

"……."

"충고 한마디 들었다고 날 무시하는 건가요? 어이가 없네요."

헬렌이 쉽사리 물러나지 않을 것 같자 아이샤가 작게 한숨을 쉬었다. 잠시 뜸을 들인 그녀가 여전히 헬렌 쪽은 바라보지 않은 채 말했다.

"……상대를 배려 못 하는 사람은 두 부류예요. 너무 멍청해서 상대방 입장을 공감할 줄 모르고 제멋대로 굴거나 그게 아니면 아주 못됐거나. 그리고 전 그 두 부류 중 어느 부류와도 어울리지 않아요."

제 말에 그저 울먹일 줄 알았던 아이샤가 무덤덤한 것도 모자라 자신을 비꼬기까지 하자 헬렌의 눈이 가느스름해졌다. 그녀가 입술을 살짝 문 채 속으로 코웃음을 쳤다.

'일개 상인 가문 여식 주제에…… 꼴에 귀족이라고 자존심은 있다 이거지?'

헬렌이 턱을 한층 더 치켜든 채 아이샤의 옆모습을 훑어내렸다. 그러다 무언가 생각해 내고는 비아냥거리기 시작했다.

"아이샤 양이 할 말은 아니네요. 아이샤 양이야말로 누구보다 배려가 없는 사람이니까요."

아이샤가 고개를 천천히 돌렸다. 헬렌은 자신을 똑바로 마주 보는 아이샤의 회청색 눈을 마주 보며 눈을 초승달처럼 휘었다.

"아이샤 양의 짝사랑, 유명하잖아요. 제국에 온 지 얼마 되지 않은 나도 아는걸. 소피아에게 들은 이야기도 있고……. 싫다는 이안에게 몇 년을 거머리처럼 매달렸다죠? 그것도 배려 없는 행동이에요."

"……."

"같은 여자로 묻는데 안 부끄러워요? 그렇게 구는 거 나라면 못 할 텐데. 이안만 가여워졌지. 결국 누구의 배려 없는 짝사랑에 묶여 약혼까지 하게 됐으니."

헬렌이 약혼을 입에 올리며 빈정거리자 아이샤의 손이 미세하게 떨렸다. 그러나 아이샤는 헬렌이 눈치채기 전 레이스 소맷자락에 손을 숨기고는 덤덤하게 답했다.

"헬렌 양. 제 약혼자의 이름을 함부로 부르지 않았으면 해요. 이안은 헬렌 양에게 이름을 허락한 적 없다는데……. 약혼녀인 내 앞에서 이렇게 구는 거 큰 실례예요."

헬렌의 얼굴에 서서히 금이 갔다. 이름을 허락하고 말고를 껍데기 약혼녀 행세나 하는 이 여자가 어떻게 안단 말인가. 아이샤 앞에서 제게 이름을 허락한 적 없었노라 말하는 이안을 상상하자 참을 수 없었다. 결국, 헬렌은 가면을 완전히 벗어던진 채 낮아진 목소리로 읊조렸다.

"마음이 여린 듯싶어 기껏 좋게 말해 줬더니……. 감히 일개 상인 나부랭이의 여식 따위가 황제 폐하의 핏줄인 내게 멋대로 주절거려?"

아이샤는 헬렌의 속내에 그녀가 자신을 어떻게 보는지, 자기 자신을 어떻게 생각하는지 대강 파악했다. 그녀가 속으로 한숨을 쉬며 피곤한 듯 들고 있던 고개를 살짝 내렸다.

'……소피아보다 더하네.'

험한 말에도 아이샤가 덤덤하자 헬렌은 왠지 모르게 부끄러워졌다. 손을 내려 아이샤의 머리채라도 움켜쥘까 잠시 고민하던 그녀가 이를 갈며 고개를 저었다.

'이런 계집애한테 화내 봤자 내 체면만 상하지.'

숨을 고른 헬렌이 표정을 순식간에 정돈했다. 한층 더 삐딱한 미소를 지은 그녀가 이번에는 품에서 무언가를 꺼내 아이샤 앞에 불쑥 내밀었다.

'이건…….'

시큰둥하게 앉아 있던 아이샤가 눈앞에서 흔들리는 물체에 처음으로 표정의 변화를 보였다. 헬렌은 그를 놓치지 않고 의기양양한 목소리로 자랑했다.

"예쁘죠? 지금쯤이면 저 밖에 벌써 소문났을 텐데."

헬렌이 내민 것은 작은 로켓 목걸이였다. 내밀 때 이미 열었는지 안쪽에 그려진 섬세한 푸른 눈이 아이샤의 눈에 또렷이 들어왔다.

'이안.'

로켓 속 벽안의 주인을 알아본 아이샤의 얼굴에 처음으로 어둑한 분노가 내려앉았다. 로켓 목걸이에 누군가의 눈을 그려 지니는 것은 연인이나 부부 사이에나 허락되는 것이었다.

간혹 바람피우는 상대의 눈을 그려 지닌다고도 하지만 헬렌처럼 약혼자의 눈이 그려진 로켓을 약혼녀에게 내미는 것은 듣도 보도 못한 일이었다.

테라스 아래 연인들이 말하던 내용이 귓가에 다시 재생됐다. 아이샤가 헬렌을 노려보며 서늘한 목소리로 말했다.

"……남의 약혼자를 상대로 뭐 하는 짓이죠? 헬렌 양은 부끄러움도 모르나요? 사람들이 헬렌 양의 이런 행동에 뭐라 하겠어요."

"괜찮아요. 저 밖에 있는 것들이 하는 거라곤 뒤에서 입으로 조잘거리는 게 다니까. 분명 약혼녀도 있는 사내한테 한낱 사생아가 꼬리 친다. 못 볼 꼴이다. 제 어미랑 똑같다. 이런 말들을 지껄이겠지. 하지만 반대의 말도 분명 돌겠죠?"

수치를 짚어 주는 아이샤의 말에도 헬렌은 상관없다는 듯 여상히 대꾸했다.

'그런 말들이 처음도 아니고……. 패배자들이나 그렇게 짖을 뿐이지.'

헬렌은 어미와 자신에게 쏟아지는 그런 말들을 이미 질시쯤으로 치부하고 있었다. 누가 뭐라 해도, 방법이 어찌 됐든 어미와 자신은 성공한 삶을 살고 있다고 생각했으니까.

"아이샤 양. 난 이안이 좋아요."

헬렌은 자신의 태연한 답에 딱딱하게 굳어 버린 아이샤에게 당당히 선언했다. 뻔뻔히 마음을 말하는 그녀의 태도에 아이샤가 입을 일자로 다물었다.

"이안은 근사한 사내잖아요? 젊은데다 얼굴도 잘났고 명문가 가주에 똑똑하기까지. 그런 사내는 보기 드물지. 여인이라면 한 번쯤 눈길을 줄 만해."

"……."

"사실 난 이안 자체도 탐이 나지만 그보다는 참을 수 없어서 그를 차지하려 해요. 나 참…… 나보다 훨씬 못한 당신 같은 여자가 그리 좋은 사내를 차지한다니 짜증 나잖아."

서서히 창백해지는 아이샤의 얼굴에 헬렌은 승리에 도취됨과 동시에 짜릿한 쾌감을 맛봤다. 어미와 자신을 무시하는 것들. 그것들의 이런 표정을 구경할 때마다 얼마나 즐겁던가.

"나가 주겠어요? 더는 헬렌 양과 상대하고 싶지 않네요."

아이샤가 고개를 홱 돌리고는 출입구 쪽을 가리켰다. 더 듣고 있다가는 헬렌의 붉은 머리카락을 쥐어뜯어 버리거나 뺨을 후려칠 것 같았다.

하지만 아이샤의 그런 행동을 헬렌은 다르게 해석했다. 아이샤가 자신을 무시한다 판단한 그녀는 부채를 쫙 펼쳐 든 채 섬뜩한 웃음을 흘렸다.

“그래. 너 같은 것들은 꼭 그러더라. 말에서 밀리면 상대할 가치도 없다는 듯 온갖 고상을 떨지.”

“…….”

“그게 점잖은 행동이라 생각하는 모양인데, 그렇다면 빼앗기고 나서도 그리 굴도록 해요. 나중에 약혼자든 남편이든 빼앗기고 나서 울고불고 악쓰지 말고. 난 피곤한 건 딱 질색…….”

부채를 팔랑이며 도발을 이어 가던 헬렌이 아이샤에게서 무언가 발견하고 잠시 말을 멈췄다. 눈을 가늘게 뜬 헬렌은 제가 본 것을 한 번 더 살피고는 속으로 비웃음을 흘렸다.

‘하여간 얌전한 척 구는 것들이…….’

헬렌은 아이샤의 드레스 안쪽으로 옅은 잇자국을 발견했다. 드레스 안쪽이라 본래라면 보이지 않을 테지만 아이샤의 숨이 거칠어지며 드레스가 살짝 들뜬 틈을 헬렌은 정확히 잡아냈다.

‘보아하니 둘이 뒹군 지 오래되지는 않은 것 같은데 이런 계집애들은 보통 이런 걸 부끄러워하며 꽁꽁 숨기기 마련이지. 게다가 이런 쪽으로는 무지하고…….’

헬렌의 입꼬리가 악의적인 미소를 그렸다. 아이샤의 약점을 파악한 그녀가 곧장 머릿속으로 상대를 가장 괴롭게 할 방법을 생각해 냈다.

“아, 그래도 좀 미안해해야 하나?”

헬렌이 노골적으로 아이샤의 가슴께를 바라봤다. 아이샤는 그녀의 시선에 괜스레 시선을 아래로 떨구며 불안한 눈을 했다. 헬렌은 그걸 놓치지 않은 채 제 생각에 확신을 가지고 입으로 독을 풀기 시작했다.

"일개 상인 가문 여식이 순결 잃은 몸으로 좋은 혼처 찾기는 힘들 테죠. 안 그래요?"

헬렌의 말에 아이샤의 눈이 일순간이지만 커졌다. 비밀을 들킨 듯 저도 모르게 어깨를 움츠리는 그녀를 보며 헬렌이 거리낌 없이 거짓을 뱉었다.

"이안이랑 침대에서 뒹구는 게 설마 아이샤 양 하나고 그 때문에 본인이 특별하다 뭐 그런 순진한 생각하는 건 아니죠?"

제법 자유분방한 가문에서 자랐다지만 아이샤는 태어나길 귀족 여인으로 났다. 게다가 위로 오라비가 셋이나 있는 탓에 그녀는 남녀 관계에 있어서는 오히려 보수적인 교육관을 주입받았다.

사내와의 관계를 죄악시하는 사회 분위기, 부모에게 말하지 못하는 건 도덕적으로 문제가 있다는 생각. 이런 환경에서 아이샤는 이안과의 혼전 관계에 제법 큰 죄책감을 느끼고 있었다. 게다가 이안의 태도가 그녀에게 전혀 안도감을 주지 못했기에 아이샤는 항상 불안감에 시달렸다.

아이샤는 온 힘을 다해 표정을 덤덤히 유지하려 했지만 눈은 마음을 비추는 법. 떨리는 눈동자는 감출 수 있는 게 아니었다. 헬렌은 다친 새를 관찰하는 고양이처럼 아이샤의 떨림 하나하나를 살피다 조소와 함께 입을 열었다.

"풋. 정말 그렇게 생각한 모양이에요?"

헬렌의 말에 아이샤는 도통 어떻게 맞서야 할지 알지 못했다. 침착함을 되찾으려 했지만, 그녀의 머릿속은 하얗게 변할 뿐이었다.

"이안은 밖에서 보이는 모습과 달리 침대에서는 다정한 사람이라 더 매력적이에요. 내가 깨어날 때까지 옆에 있는 모습을 보면…… 같은 사람이 맞나 싶을 때가 있다니까요."

헬렌은 아이샤의 반응을 즐기며 계속해서 오해를 불러일으켰다. 그녀는 남녀의 육체적 관계에 무지하거나 막 눈을 뜬 제 또래 순진한 귀족 아가씨가 어떤 심리를 가지는지 잘 알고 있었다.

"아이샤 양은 그렇게 생각하지 않아요?"

"……."

"당분간은 즐기도록 해요. 아이샤 양이 이안의 약혼녀인 동안은 그이 침대에 드나드는 걸 봐줄 테니까. 지금이 아니면 아이샤 양이 언제 그런 근사한 사내와 한 침대에 들겠어요?"

아이샤는 헬렌의 예상보다 훨씬 크게 타격을 받았다. 이성을 잃은 아이샤는 헬렌의 말을 곧이곧대로 믿으며 이안의 상대가 저 하나가 아니라는 말에 큰 충격을, 그가 침대에서 다정하다는 말에 큰 상처를 입었다.

'침대를 공유한 일로 내게 주제넘은 걸 요구할 생각인가 본데…….'

얼마 전, 이안의 말이 머릿속에서 반복됨과 동시에 파삭거리는 소리가 귀 가까이서 들렸다. 소리는 기이했다. 실금이 가 약해진 유리창에 강한 바람이 부딪히며 금을 키우는 소리 같기도, 어느 한 부분이 깨어진 조각상이 사라진 부분을 중심으로 마모되는 소리 같기도 했다.

완전히 부서져 와르르 무너져 내리려는 조각들을 간신히 붙잡은 채 아이샤가 남은 자존심을 끌어모아 최대한 침착한 얼굴을 하려 했다. 다른 이는 몰라도 눈앞의 여자 앞에서는 동요한 티를 내기 싫었다.

하지만 몸의 솔직한 반응은 숨긴다고 숨길 수 있는 게 아니었다. 아이샤가 파랗게 색이 바랜 손가락을 말아 쥐자 헬렌이 웃으며 작별 인사를 했다.

"이만 가 볼게요. 안색이 좋지 않은데 푹 쉬도록 해요."

우는 꼴을 보았으면 좋았겠지만, 생각보다 단단한 자존심을 깨기란 쉽지 않아 보였다. 마지막으로 아이샤를 훑어본 헬렌이 아쉬움을 뒤로한 채 몸을 돌렸다. 들어올 때보다 가벼운 발걸음에서 즐거움이 묻어났다.

헬렌이 팔랑팔랑 나비처럼 사라지고 나서야 아이샤는 참았던 숨을 내쉬었다. 눈물이 차올라 울먹한 시야로 세상이 어그러졌다. 하지만 아이샤는 기어이 울음을 삼켰다.

'더는 싫어!'

목구멍으로 울음을 넘기자 속 깊은 곳에서 잠긴 소리가 났다. 이안 때문에 우는 일이 이제는 싫었다. 눈가가 짓물러 아픈 것도, 소매가 젖어 색이 변하는 것도 다 지겨웠다. 언제까지 이래야 하나. 그가 이 아픔만큼 가치가 있을까. 한번 무너진 정신 사이로 온갖 부정적인 감정이 해일처럼 밀려들었다.

"아…… 으, 흐읍."

휴게실 안, 한참 괴로운 신음이 울렸다. 그러나 소리는 어느 순간 천천히 잦아들었다. 그리고 느렸지만, 서서히 지워지는 신음에 맞춰 아이샤의 얼굴도 점차 고요해졌다.

* * *

"이게 누구야! 이안. 아주 오랜만이야!"

호탕한 목소리에 사업 관계로 안면 있는 귀족들과 함께 있던 이안이 고개를 돌렸다. 그러자 적갈색 머리카락을 멋들어지게 넘긴 중년의 사내가 그에게 다가오는 것이 보였다.

"약혼식에 초대도 안 해 주더니 이런 자리에서도 아는 척하지 않는군. 섭섭해."

중년 남성을 알아본 이안의 얼굴에 귀찮음이 묻어났다. 그러나 인사를 모른 척 넘길 수는 없는 인물이라 이안은 사내를 보며 고개를 대충 끄덕였다.

"플로란 백작. 오랜만에 뵙습니다."

중년 사내는 아이언 플로란 백작으로 남부에 있는 그의 영지는 희귀한 장미들로 유명했다. 이안의 아비는 물론이요, 파든 백작과도 약간이지만 친분이 있는 그는 이안이 어릴 적부터 얼굴을 익혔던 이 중 하나로 이안에게 격의 없이 굴었다.

“그래그래. 그보다 여전히 잘생겼군. 가히 수도 최고 미남자라 할 만해!”

이안이 인사하자 플로란 백작이 쩌렁쩌렁한 목소리로 칭찬을 늘어놨다. 칭찬을 받는 이조차 부끄럽게 만들 만큼 큰 목소리에 주변에 있던 이들의 시선이 모였다.

“어머. 백작님이 또…….”

목소리의 주인이 플로란 백작임을 알아본 사람들은 대부분 작게 키득거릴지언정 그에게 호감 어린 얼굴을 했다. 플로란 백작은 눈치가 없는 것으로도 유명했지만 그보다 사람 좋은 것으로 더욱 유명한 사내였다.

“예쁜 약혼녀는 어쩌고 이런 시커먼 사내들하고 같이 있나?”

이안도 플로란 백작을 싫어하지 않았다. 하지만 그가 이렇듯 눈치 없는 질문을 할 때면 골치가 아팠다.

“……좀 쉬고 있습니다.”

이런 중요한 연회에서 막 약혼한 남녀가 떨어져 있는 경우는 다툰 경우를 제외하고 잘 없었다. 때문에 다른 사람들은 이안의 눈치를 보며 아이샤에 대한 언급을 자제하고 있었다. 그러나 이안의 두리뭉실한 답변에 플로란 백작은 눈을 크게 뜬 채 고개를 지었다.

“저런. 그러면 곁에 있어 줘야 할 게 아닌가. 자고로 사내란 말이야, 자기 여자한테 누구보다 잘해야…….”

“어머. 백작님이 애처가라는 이야기는 여러 번 들었을 때 긴가민가했는데 정말인가 보네요.”

이안과 함께 있던 사내들의 얼굴이 까맣게 변해 갈 때였다. 짙은 장미향과 함께 온통 붉은 여인 하나가 플로란 백작과 이안 사이를 타이밍 좋게 파고들었다.

“오랜만이에요 백작님. 그리고 모두들.”

아이샤에 대한 이야기가 끊어졌음에도 이안 주변의 이들은 얼굴을 펴지 못했다. 난입한 이는 헬렌으로 이안과 그녀 사이 심상찮은 소문을 연회의 다수가 알았다.

“오 이게 누구야. 헬렌 양 아닌가?”

하나 안타깝게도 플로란 백작은 이안과 헬렌 사이의 소문을 전혀 알지 못했다. 그가 반갑게 헬렌을 맞이하며 자리를 터 줬다.

“이안……. 아니지. 후작님은 좀 덜 반갑네요. 최근에 뵙거든요.”

헬렌이 이안을 향해 눈웃음을 지으며 의미심장한 말을 했다. 부러 작게 속삭이는 목소리에 이안이 눈살을 찌푸리며 그녀에게서 한 발 떨어졌다. 저를 피하는 이안의 행동에 헬렌이 순간이지만 눈초리를 날카롭게 세웠다. 그러나 그녀는 곧 헤실헤실 예쁘게 웃음을 지으며 플로란 백작에게 말을 붙였다.

“백작님. 플로란 영지에 장미 사업이 크게 번창한 이유도 백작 부인이 장미를 좋아해서라죠? 어쩜……. 정말 멋있으세요.”

“하하. 다 늙어서 젊은 아가씨한테 칭찬을 들으니 부끄럽구만. 정말 멋진 건 헬렌 양이지. 그래. 일전에 주문한 장미는 잘 사용했나?”

“물론이죠. 플로란 영지의 장미들이 얼마나 예쁜지……. 제 디자이너들에게 꼭 이대로 세공하라 일렀답니다.”

“헬렌 양이 데리고 있는 디자이너들은 하나같이 유망한 인재라지? 정말 대단해. 젊은 나이에 사람들을 그리 끌어모으고 말이야.”

“과찬이세요. 제가 뭐 한 게 있나요? 여기 후작님을 비롯해 다른 분들이 도와주셔서 그런 거지.”

헬렌이 답을 하며 또 한 번 이안을 언급했다. 그러나 이안은 헬렌 쪽을 보지도 않은 채 연회장 한구석에만 계속해서 시선을 던졌다. 커튼이 내려진 휴게실…… 자신이 들어갔다 온 곳에 이안의 시선이 머무르는 걸 확인한 헬렌이 슬며시 그에게 다가갔다. 그리고 손뼉을 한번 짝 치며 시선을 끌었다.

“어머. 이 다음은 제가 좋아하는 곡이 나올 차례인데…….”

손뼉 소리에 이안이 고개를 돌리자 헬렌이 춤추고 싶다는 뜻을 내비치며 그를 바라봤다. 한 사람을 제외한 모두가 헬렌이 누구와 춤추고 싶어 하는지 단박에 알아차렸다.

“다음 곡을 좋아한다고? 그럼 내가 헬렌 양에게 한 곡…….”

헬렌의 뜻을 눈치채지 못한 유일한 사내. 플로란 백작이 헬렌에게 손을 내민 것과 동시에 이안이 고개를 까딱이고는 몸을 돌렸다. 그러자 조급해진 헬렌이 플로란 백작의 손을 모른 척하며 이안의 옷자락을 붙들었다.

“어디 가시려고요, 후작 각하. 저희 사이에 춤 한 번쯤은 괜찮잖아요?”

여인이 먼저 춤을 신청하는 경우는 드물었다. 게다가 아내나 약혼녀가 있는 사내에게 이런 당돌한 춤 신청은 눈총을 받기 충분했다. 하나 알고 있음에도 헬렌은 이유 모를 두근거림에 승률 낮은 도전을 하고 말았다.

아니나 다를까 주변의 시선이 싸늘해졌다. 그 눈치 없는 플로란 백작마저 헬렌을 못마땅한 표정으로 바라봤다. 귀족 여인들 앞에서 이안의 눈이 그려진 로켓 목걸이를 내보였을 때와 비슷한 반응에 헬렌이 입 안쪽을 살짝 물었다.

‘세발……. 거절은 안 돼. 세발…….’

이런 와중 거절까지 당한다면 망신도 그런 망신이 없었기에 헬렌은 간절한 눈으로 이안을 바라봤다. 그러나 이안은 헬렌의 간절한 눈길에도 그녀의 손을 단호하게 떼어 냈다. 여러 사람 앞에서 거절당했다는 부끄러움에 헬렌의 얼굴이 붉어졌다.

“제, 제가 성급했던 모양이네요. 정말 좋아하는 곡이어서…….”

헬렌이 잘 떨어지지 않는 입술을 간신히 움직여 상황을 모면하려 했다. 한데 그녀의 손을 떼어 낸 채 고개마저 돌린 이안이 갑작스레 그녀에게 팔을 뻗었다.

“…….”

말은 없었으나 내밀어진 손동작은 춤을 청하는 것과 같았다. 헬렌은 물론이요, 주변의 시선이 이안에게 꽂혔다.

'나 이제야…….'

헬렌은 이안을 욕심냈을지언정 자신이 진심으로 그에게 빠졌다 생각한 적은 없었다. 하지만 무감한 표정으로 완벽히 예의를 차리는 그의 모습에 그녀는 제 얼굴이 붉어짐을 확실히 느꼈다.

'……진정한 사랑을 만났나 봐.'

터질 것 같은 심장에 헬렌은 스스로의 감정이 호감이 아닌 사랑이라 규정했다. 몇몇 이들이 이안의 손을 잡은 그녀를 향해 인상을 구기며 수군거리는 것이 보였다.

'괜찮아. 내가 로이드 후작 부인만 되면 다들 더는 저런 얼굴 못 할걸.'

춤을 위해 홀 가운데로 가는 순간까지 헬렌은 이안만을 바라봤다. 하지만 이안은 헬렌에게 관심을 거둔 채 저 멀리 홀 구석만을 집요하게 힐끔댈 뿐이었다.

* * *

음악이 몇 번이고 지나갔다. 아이샤는 벽을 향한 멍한 시선을 거두고 천천히 자리에서 일어났다.

'……역시 오지 않는구나.'

눈물 자국 없는 얼굴처럼 마음은 한참 전에 평온을 되찾았다. 하지만 왜인지 아이샤는 밖으로 나가지 않은 채 휴게실에서 누군가를 기다렸다. 장작 여덟 번의 음악이 지나갈 때까지.

'혼자 나가면 분명 말이 돌 텐데.'

약혼 후 처음으로 모습을 드러낸 연회였다. 그것도 건국제 연회. 이안과의 상황이 어떻든 간에 아이샤는 더는 가족들에게 걱정을 끼치고 싶지도, 가문의 이름이 여러 사람의 입에 오르내리는 것도 원치 않았다.

'……와 달라 하면 와 줄까?'

출입구 앞에서 주춤거리던 아이샤는 시종을 통해 이안을 불러들여야겠다 생각하며 커튼을 살짝 젖혔다. 약간은 어둑한 휴게실과 달리 커다란 조명이 잔뜩 달린 연회 홀은 눈이 부실 정도로 밝아 아이샤는 눈을 두어 번 깜빡였다.

'어디 있……. 아.'

얼굴을 살짝 내민 아이샤가 시종을 찾기 전 혹 이안이 가까이 있나 알아보기 위해 시선을 움직였다. 그리고 그녀는 얼마 가지 않아 어디서든 눈에 띄는 금발을 발견할 수 있었다.

이안이 헬렌에게 손을 막 내민 참이었다. 그 모습에 아이샤는 손끝이 차갑게 식는 것을 느꼈다. 멀리 떨어져 있어 사람들의 얼굴이 정확히 보이지는 않았으나 이안과 헬렌을 향한 시선은 어림잡아 수십 쌍이었다.

이안과 헬렌이 연회 홀 가운데로 함께 나아가는 것을 보며 아이샤는 커튼을 잡은 손을 조용히 내리고 휴게실 안으로 뒷걸음질 쳤다.

커튼이 완전히 시야를 가리기 전 섬뜩할 정도로 푸른빛을 발하는 눈과 시선을 마주한 듯도 싶었지만 확인할 생각은 없었다. 아이샤는 약간 욱신거리는 가슴을 한 번 꾹 누른 채 몸을 돌려 다시 카우치로 걸어갔다.

사람들의 시선을 보건대 지금 나가 봤자 구설만 더할 뿐이었다. 아이샤는 살짝 떨리는 양손을 모아 잡은 채 밖을 보며 작게 한숨을 내쉬었다.

'언제쯤 나갈 수 있을까?'

아름답게 빛나는 달조차 버석한 모래 덩어리처럼 보여 아이샤는 눈을 감았다. 시야가 캄캄해지자 심장을 쿡쿡 찌르는 느낌이 조금 전보다 확연하게 느껴졌다. 하지만 헬렌과의 일로 이미 한번 갈기갈기 찢어져서일까. 못 견딜 정도는 아니었기에 아이샤의 표정에는 변화가 없었다.

툭.

방 안은 고요하기만 했건만 어디선가 깨진 무언가가 추락해 산산이 조각나는 소리가 들렸다. 떨어지지 않은 채 아슬하게 남아 있는 것마저도 이제는 확연히 균열된 채 형태를 위태위태하게 유지하고 있었다.

하지만 어디도 보이지 않을 그것의 상태를 가진 이조차 알아채지 못했다. 아이샤는 밖의 아름다운 선율에 가만히 숨을 고른 채 한참 시간을 죽였다.

* * *

- 망할 개자식! 약혼식에도 그 여자를 불러 아이샤를 망신 주더니 결국 일을 쳐? 당장 해명하지 않으면, 아니, 당장 죽여 버릴 테니까 목 잘 닦고…….

집무실 안, 이안의 손에 들린 서신이 그의 이마만큼이나 심하게 구겨졌다. 파든가의 차남 다니엘에게서 온 서신은 온갖 욕설이 담긴, 얼핏 보면 결투장이나 다름이 없었다. 하지만 이안은 다니엘의 모욕적인 서신 따위 신경 쓸 새가 없었다. 다니엘의 서신과는 비교도 안 될 문제들이 그 앞에 산적했기 때문이다.

'사실이었나 봐요. 하기야 저렇게 대놓고 티를 낼 정도니까 목걸이도 내보인 게 아니겠어요? 레이디 아이샤만 가엽게 됐네요.'

'이안. 내가 자네에게 충고할 처지는 아니지만……. 행동거지를 좀 조심하는 게 좋지 않겠나? 파든 백작과 안건 회의에서 자주 부딪힌다지만 그래도 최소한의 예의는 지켜야지.'

건국제 첫날부터 스멀스멀 나오던 헬렌과의 추문은 건국제가 끝날 때쯤에는 기정사실처럼 굳어져 이 사람 저 사람 입에 오르내리고 있었다. 겨울철 산불이라도 되는 것처럼 걷잡을 수 없이 커진 추문은 당사자인 이안에게도 여러 번 들어왔다.

이안은 이번 추문이 제 잘못된 행동에서 불거졌음을 똑똑히 인지하고 있었다. 건국제 연회 첫날부터 아이샤와 떨어져 있는 것도 모자라 헬렌과 그 많은 사람들 앞에서 춤을 췄으니 전부터 그와 헬렌의 관계를 이상한 눈으로 보던 이들이 신이나 떠드는 것은 불 보듯 뻔한 일이었다.

스스로가 이렇게 멍청하게 느껴질 수 없었다. 하나 일을 친 당시의 그는 일말의 망설임도 없었다. 헬렌에게 손을 내민 것은 휴게실 밖으로 얼굴만 빼꼼 내민 아이샤를 발견한 직후였다. 제 생각보다 훨씬 무덤덤한 얼굴로 주변을 살피는 그녀를 보자 이안은 도무지 가만히 있을 수가 없었다.

'……왜 울지 않아?'

이안은 아이샤에게 저런 표정은 어울리지 않는다 생각했다. 아무렇지 않다는 듯 무심한 얼굴을 할 바에야 자신 때문에 상처받은 얼굴을 하며 눈물을 뚝뚝 흘려야지. 아무 감정도 없다는 듯 저따위 죽어 버린 눈은 무어란 말인가.

그러나 충동적으로 벌인 일은 실패로 끝났다. 아이샤는 헬렌과 손을 맞잡은 그를 보고 잠깐 놀란 얼굴을 했으나 곧 시선을 거두고 다시 휴게실로 들어가 버렸다.

쾅.

커튼 뒤로 사라지는 아이샤의 얼굴을 똑똑히 기억한 이안이 주먹으로 책상을 내리쳤다. 그때도 이렇듯 화를 내고 싶었다. 하지만 그날 그는 아이샤에게 화를 내지 못했다.

'……이만 돌아가지 않을래? 몸이 좋지 않아.'

헬렌과의 춤이 끝난 뒤, 곧장 휴게실로 달려간 그를 아이샤는 아무렇지 않은 얼굴로 마주하며 돌아가자 말했다. 미소까지 보이는 얼굴에 이안은 무언가 잘못됐다는 느낌을 지울 수 없어 벙어리처럼 입을 다물었다.

'아직 몸이 다 낫지 않았나 봐. 두 분 폐하께서 참석하시는 마지막 날

빼고는 연회 참석이 어려울 것 같아. 미안하지만 이해해 줘, 이안.'

마차 안에서 아이샤는 제 몸 상태에 대해 말하며 조용한 목소리로 그에게 양해를 구했다. 이안은 괜한 꾀병 부리지 말고 잠자코 자신과 건국제 일정을 모조리 수행해야 한다며 소리치고 싶었지만 한 번 붙은 입술은 떨어지지 않았다.

그 후, 아이샤는 정말 건국제 내내 파든가에 머물다가 마지막 날이 돼서야 움직였다. 이안은 마지막 연회 날 아이샤와 단둘이 있을 시간을 내려 했지만, 그녀는 마지막 날 이안과 두 번 춤추는 것 외에는 파든 백작 부부의 곁에서 떨어지지 않았다.

차라리 오라비들 곁에 있었다면 억지로 떼어 내기라도 했겠지만, 백작 부부 곁에 있는 그녀를 끌어낼 수는 없었다.

'그러고 보니…….'

지끈거리는 이마를 짚은 채 아이샤를 떠올리던 이안이 한참 만에 책상 위를 바라봤다. 유려한 글씨로 아이샤의 이름을 쓴 종이가 텅 빈 채 널브러져 있었다.

건국제가 끝난 지 사흘이 지났건만 이안은 초조함 때문에 미칠 것 같았다, 결국 그는 추문에 대해 해명하겠노라 핑계를 대며 아이샤에게 만나자는 서신을 쓸 참이었다.

종이를 노려보던 이안이 입술을 질끈 물고는 던져 놓은 펜을 집어 들었다. 그러나 잉크를 찍어 첫 글자를 쓰기도 전 거부할 수 없는 불청객이 그를 찾아왔다.

"위대하신 제 주인님께서 찾으십니다."

불청객은 전과 마찬가지로 오만한 얼굴로 제 주인의 명령을 전하며 밖의 마차를 가리켰다. 결코 어길 수 없는 이의 명.

이안은 결국 서신의 첫 글자도 쓰지 못한 채 불청객을 따라 마차에 몸을 실었다.

* * *

이안은 그 길로 곧장 황궁으로 안내됐다. 그리고 예상대로 그를 기다리고 있던 이는 만인지상, 제국의 위대한 황제였다.

"후작. 어서 오게."

"제국의 태양. 위대하신 황제 폐하를 뵙습니다."

"인사는 그만하면 됐어. 자리에 앉게. 시종장. 자리를 비켜 주게."

알현실이 아닌 별궁의 방에서 이안을 맞이한 황제는 재빨리 주변을 물렸다. 이안은 시종이 내준 의자에 앉아 적당히 고개를 숙인 채 황제가 말을 할 때까지 기다렸다.

"내가 후작 그대를 부른 건……. 부탁을 할까 해서야."

문이 닫히는 소리가 나기 무섭게 황제가 입을 열었다. 이안은 황제의 부탁을 가장한 명이 누구와 관련되어 있는지 대략 예상했으므로 입술을 살짝 깨물며 고개를 숙였다.

"말씀하십시오. 폐하."

"우선 시종장을 통해 부탁한 일을 잘해 줘서 고맙네, 후작. 그대가 헬렌 그 아이를 많이 도와줬다지."

황제의 칭찬은 이안에게 부담일 뿐이었다. 스캔들까지 터진 이상 그는 미스티쿠스 사파이어 건을 제외하고는 헬렌과 더는 엮이고 싶지 않았다.

"게다가 건국제 첫날 헬렌 그 아이와 춤을 췄다고……. 후작 덕에 그 아이가 제국 귀족 사회에 잘 적응하는 듯싶어 기쁘네."

하지만 황제는 이안과 헬렌의 관계가 지속되길 바라는 모양이었다. 황제는 어두운 이안의 얼굴을 알아챘음에도 은근한 말을 늘어놓기 시작했다.

"한데 첫날 이후로는 헬렌 그 아이와 인사도 안 했다던데……."

"……."

"혹 약혼녀 때문인가? 그러고 보니 파든가 여식이 첫날 이후 마지막 날에나 모습을 보였다고 들긴 했지. 그러니까, 음……."

이안은 아이샤를 거론하는 황제에게 불안함을 느꼈다. 그러나 다른 이들처럼 무시할 수 없는 상대였기에 그는 평소와 같은 표정을 유지한 채 황제에게 말했다.

"폐하. 하실 말씀이 있으면 편하게 해 주십시오."

"후작이 그렇게 말하니 내 솔직히 말하지."

"……."

"파든가 여식과 파혼할 생각 없나?"

황제의 입에서 파혼이라는 단어가 나오는 순간 가까스로 유지되고 있던 이안의 표정이 깨졌다. 눈앞이 하얗게 변한 이안이 탁자 아래로 떨리는 손을 말아 쥐고는 황제를 바라봤다.

"파혼하고 헬렌과 결혼하면 내가 후작을 많이 도와주지. 물론 황후와 내 아이들이 그대를 좀 미워하겠지만, 충분히 보상하겠네. 물론 대놓고는 힘들어. 그래도 여러 방면으로 후작가에 신경을 써 주겠네."

"……."

"나 참……. 전에는 이러지 않았는데 말이야. 나이가 드니까 사생아라 해도 신경이 쓰여서 말이지. 어미는 그 꼴이라지만 이러니저러니 해도 내가 아비잖나. 게다가 헬렌 그 아이는 캐서린보다 고작 한 살 많을 뿐이고……. 차라리 사내였다면 이렇게 걱정하지 않았을 텐데. 쯧!"

아무 말 없는 이안의 표정에, 자신이 생각하기에도 무리한 부탁이라 생각했는지 황제가 어색한 웃음을 터뜨리며 부모, 자식 간의 정을 운운했다. 그러나 거기까지. 서서히 창백해지는 이안의 표정에도 황제는 말을 물리지 않았다. 그는 오히려 이안에게 부탁을 가장한 명을 밀어붙이기 시작했다.

"듣자 하니 소꿉친구기는 해도 후작 그대는 파든가 여식에게 관심이 없다지? 게다가 파든 백작과 그대는 정치적으로도 다른 길을 가잖나. 내가 경험자라서 하는 말인데. 아내의 친정이 속을 썩이면 골치가 아파. 혈연으로 묶인 탓에 패대기칠 수도 없고 피곤해진다 이 말이야."

"……."

"파든 백작에게 말하기 어려운 거라면 내가 직접 백작에게 말해 주지. 물론 그 여식에게도 좋은 혼처를 찾아 줄 거야. 멀리 갈 것도 없네. 듣기로는 자레드가 그 아가씨한테 관심이 있다던데……."

딱딱히 굳어 있던 이안은 황제가 아이샤와 자레드를 함께 거론하자 그제야 정신을 차렸다. 아이샤가 자레드 황자와? 이안은 황제의 앞이라는 것도 잊고 이를 갈 뻔했다.

'……지금껏 내버려 둔 사생아를 아무 이유 없이 내게 부탁할 리 없지.'

그러나 치민 분노는 역설적으로 그에게 이성을 일깨워 줬다. 이안은 아이샤의 혼처와 자레드 황자를 같이 언급하는 황제의 말에 그가 사생아를 순수한 마음만으로 챙기는 것이 아니라는 걸 간파했다.

'구귀족파의 우세가 서서히 두드러지는 지금 상황에…….'

로이드 후작가의 가주인 이안이 확실히 구귀족파의 편에 선 후 굵직굵직하던 귀족 가문 몇이 중립적인 태도를 버리고 구귀족파에 적극적으로 가담했다. 때문에 제국 귀족 사회에서는 구귀족파가 서서히 승기를 잡는 모양새를 띠었다.

물론 아직까지는 어느 정도 균형이 맞는다지만 구귀족파는 애초 그 뿌리가 신흥 귀족에 비해 깊었기에 이대로라면 우세를 점할 확률이 높았다. 하지만 그건 황제가 원하는 그림이 아니었다. 황제는 황가의 아래에서 두 세력이 팽팽하게 맞서길 바랐다.

'……신흥 귀족 세력의 여식과 황자의 결합. 황실로서는 나쁜 그림이 아니지.'

전에도 간혹 있는 일이었다. 힘이 밀리는 세력에 다음 대 황제를 제외한 황가의 정통 핏줄과의 혼인을 추진함으로써 힘을 보태 주는 일이.

게다가 사생아라고는 하나 헬렌을 구귀족파의 대표적 젊은 귀족인 이안과 결혼시킨다면 황제는 그녀를 통해 구귀족파에도 영향력을 행사할 수 있었다. 사생아를 향한 얄팍한 동정심을 충족시키면서 정치적으로 이용까지 한다. 황제의 붉은 머리카락이 새삼 더 붉어 보이는 순간이었다.

"내 뜻은 이만하면 전달했다 싶은데 어떤가 후작? 생각할 시간이 필요한가?"

이안이 통 답을 않자 황제가 너그러운 목소리로 시간을 주겠다 말했다. 이안은 알겠다 고개를 끄덕이고 일단 벗어나 해결 방안을 모색할까 하다 입 안쪽을 질끈 물었다.

'어차피 아이샤와 파혼할 일 없어. 그렇다면 차라리…….'

복수만 끝나면 먼저 버리겠다 몇 번이고 다짐한 게 무색하게 이안의 머릿속에 아이샤와의 파혼은 없었다. 그가 숙였건 고개를 들고 자리에서 일어나더니 곧장 바닥에 한쪽 무릎을 꿇었다.

"폐하. 전 아이샤 파든과 파혼하지 않습니다. 때문에 헬렌 양과도 결혼할 수도 없습니다."

"후작."

"겁 많은 저를 용서하십시오. 소신은 폐하의 말씀대로 황후 폐하와 황태자 전하의 미움이 두렵습니다."

이안이 황후와 황태자를 거론하며 거절의 뜻을 확실하게 내비치자 미소를 머금고 있던 황제의 얼굴이 대번에 변했다. 그가 의자를 뒤로 드르륵 끌더니 자세를 비스듬히 바꿨다.

"황후와 황태자의 미움이 두렵다……. 그렇다면 내 분노는 두렵지 아니한가?"

"……."

"두렵지 않으니 이러겠지! 감히 황제 앞에서 이따위 언사라니. 내 뜻을 거절한 것도 모자라 거짓을 말해? 후작. 당장 목이 잘리고 싶은가!"

황제가 화를 숨기지 않은 채 이안에게 일갈했다. 고함은 그리 크지는 않았으나 목소리의 주인이 주인인 만큼 압박감은 엄청났다. 황제의 분노에 이안은 평소 오만한 태도를 저버린 채 고개 숙이기를 주저하지 않았다.

황제가 그런 그를 바라보며 불쾌한 목소리로 말을 이었다.

"핑계 댈 생각 말고 제대로 된 이유를 말해 보라. 사생아라 한들 감히 내 앞에서 내 여식을 거절해?"

"폐하. 소신의 알팍한 거짓을 용서하십시오."

황후와 황태자를 거론한 일이 황제의 분노를 불러오자 이안이 용서를 구하며 제대로 된 답을 하려 했다. 하나 대답할 말이 없었다. 아이샤와의 약혼은 소피아가 친 사고부터 그의 복수까지 여러 가지 일이 엮여 있었다.

게다가 사실 이안 그 자신도 아이샤와의 약혼을 왜 포기하지 못하는지 의문스러웠다. 애써 외면한 채 묻어 놨던 의문이 터져 나오자 이안의 눈동자가 사정없이 떨렸다.

'처절하게 복수해 줘야 하니까. 그러니까 그런 거야.'

혼란스러워지는 속내에 이안이 복수를 되뇌며 입술을 꽉 물었다 황제 앞임을 상기해 냈다. 잠시 주춤거린 그가 한참 만에 별 시답잖은 변명을 늘어놓았다.

"……아이샤 파든은 저와 오래도록 보아 온 사이입니다. 전 그녀와 신뢰를 저버릴 수 없습니다."

"그게 끝인가?"

인내심 있게 이안의 답을 기다린 황제는 어처구니가 없었다. 그가 헛웃음을 치고는 다 들리는 혼잣말을 뱉었다.

"내 앞에서 당돌하게 거절을 말하는 꼴이 사랑이라도 하는 줄 알았건만……. 쯧. 재미없군그래."

"……."

"사랑하는 것도 아니라면 그냥 내 뜻에 따르게."

황제는 뜻을 굽히지 않는 이안을 못마땅하게 바라보면서도 한 번 더 제 뜻을 내보였다.

'듣자 하니 헬렌 그 아이가 후작에게 관심도 있다 하고…… 이 정도 잘난 사내와 결혼시켜 주면 이 찝찝함도 사라지겠지.'

사실 황제는 헬렌이 제국으로 넘어오는 순간부터 저 멀찍이 치워 뒀던 죄책감에 작은 두통을 앓고 있었다. 물론 일주일에 두어 번 정도, 아주 짧게 느끼는 두통이라 생활에 큰 지장은 없었다.

하지만 황제는 감정에서 비롯된 이 조그마한 불편함이 영 거슬렸다. 그렇기에 그는 제 사생아에게 괜찮은 짝을 지어 줌으로써 두통에서 벗어날 생각이었다. 한데 제 뜻을 따를 줄 알았던 이안이 생각 외로 반기를 들어 보인 게 아닌가. 황제는 이 번거로운 두통이 계속될지 모른다는 사실에 짜증이 잔뜩 났다.

"마음도 없고, 그렇다고 파든 백작과 후작이 같은 노선을 걷는 것도 아니잖나. 오래 보아온 신뢰에 대한 건 적당한 보상을 해 주면 될 일이네."

황제가 퉁명스러운 목소리로 이안에게 말을 이었다. 그러나 잔뜩 묻어난 노기에도 이안은 뜻을 굽히지 않았다.

"한번 맺은 신뢰를 저버릴 순 없습니다. 정치적인 상황이나 제 마음이 어떻든 간에, 앞으로 어떻게 변하든 간에 한 번 약혼한 이상 제가 그녀와 파혼하는 일은 없습니다."

끝내 아이샤와 파혼하지 않겠다 단단히 주장하는 이안의 모습에 황제가 잠시 입을 닫았다. 이안은 그 아래에서 숨을 죽인 채 침을 삼켰다.

"마음이 어떻든 간에라……. 참으로 의미심장하고도 비루한 변명이로군."

긴 한숨과 함께 한참 만에 입을 연 황제는 무언가 알아챈 얼굴이었다.

그가 이안의 뒤통수를 한심한 듯 내려다보다 의욕이 사라진 목소리로 명했다.

"고개를 들라."

이안이 고개를 들었다. 그리고 그가 마주한 것은 세상 멍청한 것을 바라보는 듯한 황제의 눈이었다.

"후작. 그대는 스스로의 마음을 제대로 알고 있기나 한가?"

황제의 말을 이안은 제대로 알아듣지 못했다. 다만 황제의 목소리가 귓가에 박히는 순간 그는 누군가에게 뒤통수를 후려 맞은 듯 큰 충격을 받았다.

이안이 반문조차 못 한 채 눈을 크게 떴다. 황제는 그런 이안을 보며 번거롭고 귀찮다는 듯 손사래를 치다 자리에 앉으라 손짓했다. 멍하니 있던 이안은 얌전히 그 뜻에 따랐다.

"하지만 뭐……. 좋아. 감히 내 앞에서 이 정도로 구는 걸 보니 목이 잘리기 전에는 뜻을 꺾을 생각이 없어 보이는군. 하긴 후작의 아비도 그랬지. 고집 하나는 엄청났어. 그대의 아비가 그대의 어미와 결혼하겠다 했던 순간이 떠오르는군그래. 주변에서 다 말리는데도 끝내 세습 작위도 없는 집인의, 그깃도 부모 잃은 고아와 결혼했지. 집안이 난장판이면 힘 있는 처가라도 들여야지 그게 도대체 뭔……. 쯧."

황제는 전대 로이드 후작 부부 이야기를 하며 조금이나마 누그러진 눈을 했다. 이안은 황제가 뜻을 꺾었음을 눈치채고 속으로 안도의 한숨을 내쉬었다.

"헬렌의 문제는 일단 보류하지. 하지만 그 아이가 귀족 사회에 발 들이는 건 계속 도와줘야 해. 이건 명령이네."

"……폐하의 명을 받듭니다."

"싫은 내색을 숨기지도 않는군. 하지만 어쩔 수 없잖나. 자네가 그 자리가 싫다 하니 후임자를 찾아야 하는데……. 후작 정도의 사내를 찾는 데는 시간이 필요하단 말이야."

잔뜩 경직되어 있던 이안의 어깨가 살짝이나마 내려가자 황제는 심술을 부렸다. 마음만 먹으면 곧장 찾아낼 수 있는 이안의 대체자를 찾는 일을 일부러 미룬 것이다. 자식뻘에 하기에 유치한 행동이었다. 하나 어쩌겠나. 황제가 그리하겠다는데. 이안은 말없이 고개를 숙였다.

"보기 싫으니 이만 물러나게. 당분간 내가 자네를 부를 일은 없을 거야. 황궁에서 열리는 회의에도 따로 말이 있기 전까지는 오지 마. 그리고 황궁 정문까지는 걸어가도록. 오늘 후작의 무례함에 대한 대가야."

황제는 순순히 뜻을 따르는 이안을 못마땅한 듯 훑어보고는 축객령과 함께 두 가지 벌을 내렸다. 황궁 정문까지 걸어가는 거야 가벼운 벌이라 할 수 있었으나 황궁 출입을 금지당한 일은 제법 큰 징계였다. 그러나 이안의 얼굴에는 수치스러워하는 기색이 조금도 없었다.

"예. 폐하. 그럼 이만 물러가겠습니다."

이안이 일어서 깍듯하게 예를 차리더니 뒷걸음질로 물러났다. 어딘가 멍한 얼굴에, 딱딱하게 경직된 발걸음에는 힘이 없었다. 황제는 유령처럼 창백한 얼굴의 이안이 문밖으로 사라지기 무섭게 혀를 차며 중얼거렸다.

"후작이 파든가 여식을 끔찍이 징그러워한다더니 그 반대가 아닌가? 이래서야 원……. 아랫것들이 떠드는 소문은 도대체 믿을 수가 없어."

* * *

황제를 알현한 별궁에서 정문까지는 이안처럼 키 큰 사내의 발걸음으로도 한참이었다. 족히 한 시간은 걸리는 거리에서 이안을 마중한 시종은 끝내 불편한 얼굴을 했다. 하지만 이안은 먼 거리를 신경조차 쓰지 않은 채 휘적휘적 걸었다.

사실 이안에게는 한 시간이나 되는 거리가 중요한 것이 아니었다. 그는 머릿속을 떠다니는 황제의 한마디에 온 신경을 집중하고 있었다.

'후작. 그대는 스스로의 마음을 제대로 알고 있기나 한가?'

중첩되어 울리는 황제의 목소리는 점점 커졌고 뒤통수에서 느껴지는 얼얼한 통증도 깊어졌다. 정신을 제대로 추스르지 못해 멍한 얼굴로 걷는 이안을 보며 황궁 사람들은 신분 여하에 관계없이 화들짝 놀란 얼굴을 했다.

이안은 사람들의 반응이 어떻든 간에 걷고 또 걸었다. 어느새 저 멀리 황궁 정문이 보였다. 이안은 기사들이 도열해 있는 정문 앞 분수대를 지나다 문뜩 든 생각에 우뚝 멈춰 섰다.

'설마.'

분수에서 뿜어져 잔잔하게 피어오른 물방울이 허공에서 이안의 얼굴에 내려앉았다.

'내가 설마…….'

그저 지나가는 길이었다면 곧 말라 흔적조차 남지 않았을 터였다. 하지만 조각상처럼 멈춰 선 이안은 머리카락이 축축하게 젖다 못해 물이 뚝뚝 떨어질 때까지 그 자리에서 움직이지 않았다.

그렇게 얼마가 지났을까. 고개를 푹 숙인 채 파랗게 질린 입술을 꼭 깨문 이안이 고개를 저으며 중얼거렸다.

"……아니야."

가라앉은 목소리는 너무도 작아 분수대 소리에 묻힐 정도였다. 그러나 그조차 힘겹게 내뱉었다는 듯 이안은 깊게 숨을 내쉬고는 황궁 정문을 향해 가까스로 발을 뗐다.

* * *

"아이샤!"

"어머!"

다니엘이 여동생을 부르며 온실 문을 벌컥 열었다. 그의 갑작스러운 방문에 아이샤와 함께 꽃을 다듬고 있던 마리가 가위를 떨어뜨리며 소리를 질렀다.

"……다니엘 오빠?"

소리를 내지 않았을 뿐 아이샤도 놀라긴 마찬가지였다. 그녀가 갑작스레 쳐들어온 다니엘을 황당하다는 듯 바라보며 눈을 커다랗게 떴다. 하지만 여동생의 표정에도 다니엘은 성큼성큼 걸음을 옮기더니 다짜고짜 소리를 질렀다.

"너 뭐야? 왜 이러는 건데."

"……마리. 잠시만 자리를 비워 줄래?"

다니엘의 기세가 심상치 않자 아이샤가 들고 있던 연분홍빛 라넌큘러스를 내려놓으며 마리에게 말했다. 마리가 고개를 끄덕이고는 재빠르게 온실 밖으로 나갔다.

"아이샤."

마리가 나가기 무섭게 다니엘이 재촉하듯 여동생의 이름을 불렀다. 아이샤가 내려놓은 꽃을 다시금 집어 들며 무심한 목소리로 반문했다.

"뭐가?"

"너……!"

"다니엘 오빠. 다짜고짜 왜 이러냐 물으면 내가 뭐라고 할까?"

"모른 척하기는!"

아이샤가 화병에 꽃을 꽂으며 무덤덤한 태도를 이어가자 다니엘이 소리를 높였다. 바로 옆에서 터져 나온 고함에 아이샤가 그제야 다니엘을 돌아보며 미간을 찡그렸다.

"후우……."

여동생과 눈을 마주치자 다니엘은 그제야 자신이 지나치게 흥분했음을 인정하고 숨을 골랐다. 그러나 답답함을 가시지 않았기에 그는 거친 동작으로 조금 전 마리가 앉았던 자리에 털썩 앉으며 테이블 위에 놓인 화병을 구석으로 밀어냈다.

"이안 그 자식은 첫날부터 그 사생아랑 춤추고 넌 건국제 때 이상하리만치 어머니랑 같이 다니고……."

"……."

"너 밖에 소문 이미 알고 있지? 그 개자식이랑 그 사생아 사이에 도는 말 말이야."

"……응. 들었어."

아이샤는 쏘아붙이는 다니엘의 말을 가만히 듣고 있다 작게 고개를 끄덕였다. 이안과 헬렌 사이의 추문. 듣지 않을 수 없었다. 건국제 연회 첫날 이후 대부분 이들은 숨어서 속닥거렸지만, 어떤 이들은 아이샤에게 들리게끔 떠들었으니 말이다.

"야! 그런데 왜 이러고 있냐고!"

여동생이 알고 있다 답하자 속에서 열불이 터진 다니엘이 다시금 목소리를 높였다. 진정하려 했으나 알고 있다 담담히 말하는 여동생을 보니 화를 주체할 수가 없었다.

"가서 이안 머리카락이라도 뜯든가 아니면 그 여자 머리채라도 잡아서……. 아니, 네가 그럴 리는 없고……. 하아. 왜 이러는 거야."

"……."

"전처럼 우는 것도 아니고 풀 죽어 있는 것도 아니고."

"내가 그러면 오빠는 화내지 않았어?"

"야! 그래도 지금처럼 구는 것보다야 그게 정상……."

다니엘은 건국제 연회 이후 변한 아이샤의 모습이 매우 염려스러웠다. 여동생은 더는 이안의 정신 나간 행동에 울지도, 그 때문에 앓아눕지도 않았다. 하지만 그래서 더 걱정이었다.

"그래. 사실 네가 그 자식 때문에 울거나 아프지 않아서 좋아. 하지만 너 정말 괜찮은 거야?"

처음에는 이안을 향한 아이샤의 애정이 드디어 식은 것이라 놀랍고 기뻤다. 그러나 하루가 가고 사흘이 지나 일주일이 됐을 무렵 그는 처음 감정을 대부분 잊어버렸다.

"솔직히 말하면…… 네가 이러고 있는 게 더 걱정돼. 지금 네 모습 말이야, 어떤지 알아?"

여동생은 겉으로는 괜찮아 보였다. 식사도 꼬박 꼬박했으며 안색도 좋아졌다. 산책하러 꾸준히 나가고 웃으며 주변 사람들과 대화했다. 그러나 평생 아이샤를 봐 왔던 다니엘은 평온해 보이는 아이샤의 모습에서 아슬아슬함을 엿봤다.

"꼭 저것들 같아."

다니엘이 온실에 벽에 걸려 있는 마른 장미꽃을 가리켰다. 전문가의 솜씨로 예쁘게 건조된 장미는 정원에 피어 있을 때와 같이 아름다웠으나 생기는 없었다. 다니엘은 바싹 마른 장미가 눈앞 여동생과 비슷하다 느꼈다.

"차라리 전처럼 표현이라도 하든가. 너 울고 앓아눕는다고 우리 중에 뭐라 한 사람 있었어?"

"오빠는 항상……."

"그건……. 됐고 솔직하게 말해. 너 정말 괜찮아?"

"……."

"그럼 파혼해 버리든가. 당장 아버지께 말씀드릴까?"

다니엘이 무슨 말을 하든 변화 없던 아이샤의 눈이 파혼이라는 단어에 처음으로 흔들렸다. 기사의 눈으로 그걸 잡아낸 다니엘이 다시 한번 파혼이라는 단어에 힘을 줬다.

"응? 파혼할래?"

"……파혼이 그렇게 가벼운 일이야?"

아이샤는 에둘러 부정을 표현했다. 다니엘은 마음 한구석에서 약간의 후회와 허탈함을 느끼며 힘 빠진 목소리로 중얼거렸다.

"전혀 안 괜찮네."

오라비의 중얼거림이 아이샤에게는 천둥소리보다 컸다. 아닌 척했지만, 여전히 이안에게 마음이 있는 자신을 확인한 그녀가 입술을 물고는 고개를 숙였다. 다니엘이 그런 여동생을 힐끔 보다가 자리에서 벌떡 일어섰다. 그리고 손을 아이샤에게 손을 뻗으며 명령했다.

"일어나."

갑작스러운 말에 아이샤가 고개를 들고 의아한 눈을 했다. 다니엘이 혀를 차며 말을 이었다.

"네 성격에 이안 그 개자식한테 사과는커녕 따졌을 것 같지도 않고……. 최근 들어 아예 만나지도 않았지?"

다니엘의 의도를 알아챈 아이샤의 얼굴이 핼쑥해졌다. 가고 싶지 않았다. 가 봤자 뻔하지 않은가. 파혼을 고르지도 못한 자신은 결국 그에게 제대로 따지지도 못할 것이며 보답받지 못한 마음에 상처만 입고 올 것이 뻔했다.

"가자. 약혼자의 무례는 따져야지."

"싫어. 나 안 갈……."

"파혼도 안 한다며. 그런데 이렇게 속으로만 앓고 있을 거야?"

고개를 젓는 여동생의 행동에 다니엘이 속으로 한숨을 푹 내쉬었다. 그가 잠시 입을 닫았다 무표정한 얼굴을 하더니 엄한 목소리로 아이샤에게 말했다.

"지금껏 네 이런 행동이 이안 자식의 그 지랄 맞은 성격이나 행동을 키웠다는 거 몰라? 매번 이안한테 져 주고 저자세로 나가니까 너희 둘 관계가 이 꼴인 거야."

"……."

"양보하는 게 만사는 아니야. 지금처럼 피하는 것도 마찬가지지."
"……."
"파혼 생각 없으면 확실히 해. 고함을 지르든 머리채를 잡든 해서 감정도 풀고 네 권리도 명예도 챙기는 거야. 알았어?"
다니엘은 제 말에 아무 대꾸도 못 하는 아이샤의 팔목을 잡아당기며 발을 뗐다. 아이샤는 오라비의 행동에 더는 싫다 고개를 젓지 않은 채 함께 걸음을 옮겼다.

* * *

마차가 멈추고 문이 열렸다. 이안은 제임스를 포함해 저를 마중 나온 사용인 중 누구와도 눈을 마주치지 않은 채 조용히 출입구로 향하는 대리석 계단을 올랐다.
'황궁에서 무슨 일이 있으셨던가? 노부인과 함께하는 손님은 누구라도 전하라 하셨건만…….'
제임스는 어딘지 멍한 주인의 모습에 한 발짝 뒤에서 안절부절못했다. 다이앤과 소피아에게 손님이 들어 있음을 알려야 하는데 주인의 모습을 보니 도통 말을 걸기가 어려웠다.
"……주인님."
결국, 제임스는 집무실에 들어선 이안의 옷을 하인이 정돈해 준 뒤에야 어렵사리 말을 걸었다. 막 책상에 앉은 이안이 제임스에게 말해 보라 손짓하며 종이를 펼쳤다. 황궁으로 떠나기 전 아이샤에게 보내려 했던 서신을 쓰기 위해서였다.
"노부인께 손님이 오셨습니다."
제임스의 말에 이안의 몸이 굳었다. 펜에 손을 뻗었던 그가 손을 거둬들인 채 제임스를 바라봤다.

"누구지?"

조모의 정확한 속셈은 아직 드러나지 않았다. 라치하 사막과 관련된 서류를 이미 작성했다지만 조모에 대한 경계를 마냥 늦출 수는 없었기에 이안은 제임스에게 그녀의 감시와 더불어 지난 세월 도토메 왕국에서 조모의 행적이 어떠했는지 철저한 조사를 명령했다.

"레이디 헬렌께서 찾아오셨습니다. 정확히는 소피아 아가씨와 노부인, 두 분의 손님으로 오셨습니다."

평소보다 날카로운 이안의 기세에 제임스가 침을 꿀꺽 삼키고 빠르게 답했다. 이안은 제임스의 말이 끝나기 무섭게 주먹으로 책상을 내리쳤다. 조모가 수상한 자를 불러들였다 한들 이렇게 화가 나지는 않았을 것이다.

"그게 왜 내 집에……. 하아."

자신과 헬렌과의 일로 꼬인 아이샤와의 관계와 싱숭생숭한 마음에 더불어 황제가 헬렌을 두고 제게 한 압박까지. 이안은 더는 헬렌을 두고 볼 수 없었다.

"지금 어디 있나?"

"노부인의 방 응접실에 계신다 들었습니다."

이안이 벌떡 일어나며 헬렌의 행방에 대해 물었다. 제임스가 빠르게 답하자 그가 지체 없이 걸음을 옮기며 제임스에게 명했다.

"안내해."

* * *

짙은 녹색 벽지가 아름다운 개인 응접실은 노부인들의 취향에 알맞게 꾸며져 있었다. 적당한 장식품에 고급스러우면서도 편안한 가구들, 잘 드는 볕까지, 모든 게 완벽했다.

응접실에 앉아 하하 호호 웃는 노부인과 두 명의 젊은 영애들도 꼭 그림 속 인물들 같았다. 노부인은 인자하고 우아해 보였으며 젊은 귀족 영애들을 어디 가서나 아름답다는 찬탄을 들을 만치 빼어난 외관을 자랑하고 있었다.

"정말 대단하군요. 난 감히 생각할 수도 없어요."

'……여인의 몸으로 사내들과 뒤섞여 사업이라니. 이 사내 저 사내 돌아가며 정부를 해 먹는 제 어미의 피가 그대로 드러나는군. 이안과 파든가 그 계집애 사이를 갈라놓을 계획만 아니라면 이따위 계집은 아는 척은커녕 쳐다도 보지 않았을 텐데.'

하나 각각의 속을 들여다보면 꼭 그렇게 아름답지는 않았다. 다이앤은 백발의 머리카락에 알맞은 우아한 미소를 띤 채 다정한 말을 건넸지만, 속내에는 비웃음과 경멸이 가득했다. 그녀가 소피아와 함께 헬렌을 초대하고 따듯하게 맞이해 준 데는 다 속셈이 있었다.

"좋게 봐주시니 감사합니다. 부인. 다음번에는 제 사업장에서 세공하는 사파이어 하나를 선물하겠어요. 우아하신 노부인의 모습과 잘 어울릴 거예요."

'다 늙어서 유세는……. 그것도 이 제국과 로이드 가문에는 힘 하나 쓰지 못하는 소국 출신 객식구 주제에. 아니, 왕족이라 하기도 그렇지. 아비가 누군지도 모르니 말이야.'

그건 헬렌도 마찬가지였다. 그녀는 속으로 제국과 로이드 후작가에서 전혀 실권 없는, 왕국 출신의 다이앤을 무시하고 있었다. 다만 이안의 곁을 차지하고 싶은 그녀는 소피아와 더불어 다이앤의 지지가 필요하다 판단했을 뿐이다.

"두 사람이 잘 지내니 제가 다 행복해요. 전에는 매일 홀로 속만 썩였는데……."

"어찌 보면 소피아 네 덕이지. 네가 아니었다면 다 늙은 내가 이리 젊은 아가씨들과 어떻게 어울릴 수 있었겠니?"

“호호. 정말 그러고 보니 소피아 양 덕분에 이런 만남도 생겼네요.”

이 자리에서 사심 없이 두 사람의 친목을 반가워하는 이는 소피아뿐이었다. 그녀는 지난 10년 넘게 없었던 제 편이 갑작스레 둘이나 생긴 사실이 너무도 행복했다.

‘한데 이 계집. 정말 쓸모가 있는지 모르겠군. 매번 후작저는 드나들면서 이안과는 한 번을 보질 않으니…….’

‘벌써 몇 번째 방문인지……. 이쯤이면 이안을 한번은 불러 줘야 하는 거 아냐? 내가 자기들처럼 한가하게 차나 마시는 귀족 여인인 줄 아나?’

속내가 어떻든 세 여인은 하하 호호 웃으며 이야기꽃을 피웠다. 대부분 쓸데없는 주제였지만 누구의 얼굴에도 지겨운 기색은 없었다.

“저…… 노부인.”

그렇게 얼마의 시간이 흘렀을까. 작게 문 두드리는 소리가 나더니 갈색 머리 소녀 하나가 슬그머니 들어왔다. 다이앤이 왕국에서부터 데려온 어린 하녀 레아였다. 레아를 발견한 소피아의 눈이 세모꼴로 변했다. 그를 기민하게 눈치챈 레아가 겁을 먹은 듯 머뭇거리기 시작했다.

레아의 얼굴을 본 다이앤이 부러 찻잔을 소리 나게 내려놓았다. 소피아를 비롯한 모두의 시선이 제게 향하자 다이앤이 자연스레 레아에게 물었다.

“레아. 무슨 일…….”

벌컥.

그러나 다이앤의 물음이 끝나기도 전 응접실 문이 벌컥 열렸다. 개인 응접실은 가족이라도 함부로 들어오는 것이 아니었기에 자리에 있던 모두가 놀라 눈을 커다랗게 떴다. 활짝 열린 문으로 모습을 드러낸 이는 이안이었다. 그가 푸른 눈으로 레아에게 물러나라 무심히 눈짓했다. 어린 소녀가 겁을 먹고 옆으로 물러서자 다이앤이 입술을 살짝 깨물었다.

“레이디 헬렌. 날 좀 봤으면 합니다.”

이안은 다이앤과 소피아를 무시한 채 헬렌에게 말했다. 발끈한 소피아가 벌떡 일어서 오라비의 무례함을 지적하려 했지만 어쩐 일인지 다이앤이 슬그머니 손을 뻗어 그녀를 막았다.

"……좋아요."

헬렌은 번뜩이는 이안의 벽안에 살짝 두려움을 느끼면서도 고개를 끄덕였다. 어차피 후작저에 드나들었던 것도 저 사내와 한 번이라도 더 마주치기 위해서였다. 두렵다 피하면 용기 없는 자지. 헬렌은 애써 그리 생각하며 침을 삼켰다.

"헬렌……."

헬렌이 자리에서 일어서자 소피아가 걱정스러운 눈으로 그녀와 오라비를 번갈아 봤다. 누가 봐도 알 수 있었다. 지금 오라비의 목적이 썩 좋지 않은 것임을. 하지만 헬렌이 수락한 일을 그녀가 막을 도리는 없었다.

결국, 헬렌은 이안을 따라 응접실을 나섰고 응접실에 남은 이는 다이앤과 소피아. 그리고 레아뿐이었다.

"할머니! 지금이라도 따라가 봐야 하지 않을까요?"

한참 오라비와 헬렌이 사라진 문을 씩씩거리면서 바라보던 소피아가 다이앤을 돌아보며 불안한 듯 소리쳤다. 그러자 다이앤이 고개를 저으며 자리에서 일어나 소피아에게 다가가 말했다.

"흥분하지 말렴, 소피아."

"하지만 이안 표정 보셨어요? 분명 좋지 못한 소리를 할 게 뻔해요."

"글쎄……. 저기를 보겠니?"

다이앤이 소피아 뒤쪽에 있는 커다란 창밖을 가리켰다. 소피아가 조모의 손가락을 따라 밖을 보자 계단을 내려온 이안과 헬렌이 정원 입구에 막 들어선 게 보였다.

"꽃이 잔뜩 핀 낭만적인 곳으로 가는구나. 아름다운 남녀 한 쌍이……."

두 사람을 바라보는 다이앤의 얼굴에 미소가 피었으나 소피아는 떨떠름할 뿐이었다. 이안과 헬렌이 들어선 정원은 저택 안쪽의 정원보다 못했으며 곧장 정문 밖으로 내보낼 수 있는 곳이었다. 그리고 무엇보다 오라비는 으레 할 법한 에스코트조차 해 주고 있지 않았다.

하지만 다이앤은 두 사람을 묘한 눈으로 주시하더니 그들의 모습이 관목 사이로 사라지자 소피아를 돌아보며 말했다.

"저걸 보니 전에 소피아 네가 했던 말이 맞는 거 같구나."

"네? 그게 무슨……."

"전에 소피아 네가 말했지? 헬렌 양이 이안을 좋아하는 건 확실하고 이안도 그런 모양이지만 다른 사람들 시선과 파든가를 향한 미련 때문에 모른 척하는 거라고."

분명 그런 말을 한 적이 있긴 했다. 그러나 소피아는 자신이 한 말에 확신이 없었다. 소피아가 머뭇거리며 입술을 달싹이자 다이앤이 그녀의 손을 살며시 잡았다. 그리고 한층 짙어진 미소를 지어 보였다.

"이 할미도 이제 확신했어. 그러니 넌 걱정 말고 앞으로도 두 사람을 응원해 주렴. 진정한 사랑은 언젠가 이뤄지는 법이란다. 좋은 예로 네 부모도 있잖니. 클리프 그 아이는 로이드 후작가에 어울리지는 않지만……. 진성으로 사랑하는 짝을 만났더랬지. 왕국에서 늘었단다. 네 아비가 세습 작위 하나 없는 가문의 여식인 네 어미를 너무도 사랑했다지?"

부모의 이야기가 나오자 소피아의 눈동자가 흔들렸다. 그래, 부모님도 그랬더랬지. 그러니까 이안과 헬렌도 분명…….

"그리고 소피아 너도 아직 네게 말해 주지는 않았지만 신분 여하에 굴하지 않는, 주변 시선에도 포기하지 않는 사랑을 하고 있잖니?"

소피아가 창밖을 바라보며 찝찝함을 어떻게든 털어 내려 하자 손녀를 가만히 바라보던 다이앤이 쐐기를 박았다.

"맞아요. 두 사람은…… 제가 도와야 해요."

다이앤의 입에서 아서와 자신의 관계까지 나오자 소피아는 완전히 넘어갔다. 그녀는 이안과 헬렌이 서로 은밀히 마음을 전하기 위해 만남을 가진 것이라고 고개를 끄덕였다. 그러나 계속되는 찝찝함은 쓴 약처럼 입 안에 남아 그녀를 괴롭혔다.

"응? 저건……."

소피아가 텁텁한 입 안에 침을 삼킬 때였다. 그녀의 손을 잡은 채 사람 좋은 얼굴을 하던 다이앤의 창밖으로 막 정문을 통과한 마차 하나를 보고 눈을 가느스름하게 떴다.

"뭐야. 아이샤랑 다니엘? 저것들이 여긴 왜 와?"

마차를 알아본 소피아가 소리를 질렀다. 지긋지긋한 파든가의 마차. 어찌나 싫었는지 마차를 끄는 말들 중 몇 마리는 외울 정도였다.

"허락도 없이……. 당장 제임스에게 쫓아내라 말해야겠어요. 이안 몰래 명령하면……."

그러나 오늘은 싫은 감정보다 어딘지 쿡쿡 심장을 찌르는 불쾌한 감각이 먼저였다. 소피아는 그게 죄책감인 줄 모른 채 응접실 밖으로 나가 아이샤를 쫓아낼 궁리를 했다. 하지만 그녀가 제대로 걸음을 떼기도 전 다이앤이 소피아를 막아선 채 느린 목소리로 물었다.

"소피아. 제임스가 네 말을 듣겠니?"

"그, 그럼 할머니가……. 헬렌이 와 있는데 저 계집애가 와서 두 사람의 시간을 깨면 어떡해요. 그러잖아도 이안은 아이샤한테 무르게 구는데……."

"음……. 우리로서는 어차피 저 마차를 쫓아내지 못해. 그럼 우리가 역으로 이 상황을 이용해 볼까?"

"네? 그게 무슨……."

"아이샤 파든……. 저 아가씨도 진실을 깨우쳐야지. 사내가 다른 여인을 사랑한다는 진실을 말이야."

소피아는 순간 저도 모르게 눈을 깜빡였다. 항상 친절하고 마냥 착해 보였던 조모가 찰나지만 음침하고 간사해 보였기 때문이다.

"잔인하게 들릴지 모르지만 이런 상처는 일찍 받는 게 낫단다. 그리고 사랑하는 사람들끼리 이어지는 게 결과적으로는 제일 좋아요. 이안이 결혼하고 저 아가씨가 후작 부인이 된 다음을 생각해 보렴. 사랑하지 않는 이와 사는 이안은 무슨 죄고 헬렌은 또 어떻겠니? 그리고 네 말대로면 아이샤 파든 저 아가씨가 후작 부인이 되면 소피아 넌……."

"……."

"소피아. 내 불쌍한 아가. 냉정하게 생각해 보렴. 그때가 되면 이안이 네 편을 들 거 같니? 아니면 아내가 된 저 아가씨 편을 들 거 같니?"

소피아의 표정을 어느 정도 눈치챈 다이앤이 손녀의 가장 예민한 곳을 살살 긁었다. 조모의 말이 이어질수록 얼굴을 일그러뜨리던 소피아가 결국 다이앤의 마지막 물음에 울컥하는 감정을 주체하지 못하고 소리쳤다.

"할머니. 방법을 말해 주세요!"

"내 어여쁘고 착한 손녀는 이안과 헬렌 사이나 도와주면 된단다. 나빠 보이는 건 이미 미움받는 이 할미면 충분해. 레아, 저기 책상에서 펜과 잉크를 들고 오렴."

다이앤이 그런 소피아를 이해한다는 듯 머리를 쓰다듬었다. 그리고 지금껏 어찌할 바 모른 채 두 사람의 대화를 듣던 소녀에게 뜬금없는 명을 내렸다.

"노부인. 여기……."

레아가 펜과 잉크를 가져오자 다이앤은 펜을 집어 들더니 잉크를 묻혔다. 그러고는 비어 있는 레아의 왼쪽 손목에 짧은 문장 하나를 썼다. 옆에서 그를 보고 있던 소피아가 이해할 수 없다는 듯 조모를 봤다. 다이앤의 손녀의 눈길에도 아랑곳하지 않은 채 잉크가 마를 때까지 기다렸다.

"자, 레아. 이걸 후작님께 가져다주렴. 얼마나 맛있는지 알지? 후작님도 좋아할 거란다."

잉크가 마르자 다이앤은 또다시 이해 못 할 행동을 했다. 그녀는 응접실에 차려져 있는 특이한 과자를 빈 접시에 예쁘게 담으며 레아에게 명했다.

"할머니, 도대체 무슨 일을 꾸미려고……."

결국, 참지 못한 소피아가 입을 열었다가 말끝을 흐렸다. 나쁜 음모를 꾸미는 기분. 아이샤를 싫어하는 것과 별개로 통쾌하지는 않았다.

"소피아. 내가 오늘 헬렌 양과 네게 이 과자를 대접하며 재미있는 이야기 하나를 알려 줬지. 기억하니?"

손녀가 어떻게 반응하든 다이앤은 아무렇지 않은 얼굴이었다. 그녀가 명을 수행하려는 레아에게 잠깐 기다리라 말하더니 과자를 하나 집어 들었다.

'이 과자에 들어간 시호초는 토도메 왕국에서만 나는 희귀한 재료랍니다. 깊은 산속, 높은 절벽에서만 자라 찾기도 꺾기도 어려워 값이 아주 비싸지요. 때문에 이것만 찾아다니는 천것들이 종종 함께 산에 올랐다 큰 싸움도 벌인답니다. 그게 어찌나 심각한지 저들끼리는 먼저 절벽에 올라 꺾는 이에게 우선적으로 가장 큰 권리를 준다더군요. 천것들이 어떻게 경쟁하는지는 알 바가 아니나 덕분에 유명한 속담 하나가 생겼는데……. 네 이웃보다 먼저 시호초를 꺾어라. 굳이 풀이하자면…….'

"……경쟁자에게 지지 말고 찾아온 기회를 잡아라."

과자의 주재료인 시호초와 관련된 속담을 기억해 낸 소피아가 그 뜻을 중얼거렸다. 다이앤은 잘했다는 듯 고개를 끄덕이다 레아를 다시 돌아봤다.

"레아. 과자를 전해 주면서 내가 네 손목에 써 준 글씨를 헬렌 양에게 살짝 보여 주렴. 헬렌 양만 볼 수 있게 해야 한단다. 잘할 수 있지?"

과자를 전해 주라는 명에는 아무렇지 않았던 레아가 은밀한 명령에 긴장한 얼굴을 했다. 그러나 노부인이 머리를 살짝 쓰다듬어 주자 소녀는 용기를 내겠다는 듯 고개를 세게 끄덕이고는 결연한 표정으로 응접실을 빠져나갔다.

레아가 문을 닫고 사라지는 소리에 멍하게 서 있던 소피아가 정신을 차렸다. 그녀가 불안한 눈으로 조모를 바라봤다. 옆에서 조모의 행동을 봤음에도 소피아는 조모의 목적을 정확히 알지 못했다.

다이앤은 그런 손녀에게 인자한 웃음을 지어 보이다 다시금 창밖을 봤다. 그리고 아기를 어르듯 부드러운 목소리로 말했다.

"헬렌 양은 영리하고 똑똑하니 알아서 잘할 거야. 그보다 우리도 얼른 내려가 역할을 해야겠구나."

투명하고 커다란 창밖에는 마차에서 막 내린 아이샤와 다니엘이 보였다. 다이앤은 밖의 두 사람이 출입구로 향하는 계단을 막 오르려는 차 소피아에게 따라오라 눈짓하며 응접실을 나섰다.

* * *

"어서 와요. 다니엘 경. 오랜만에 뵙는군요."

출입구에 들이서지미지 이안을 불리오리 야단을 치려던 다니엘은 갑작스레 등장한 다이앤과 소피아를 보고 당황했다. 아무리 제멋대로 구는 다니엘이라도 나이가 지긋한 노부인을 상대로 고함칠 정도는 아니었기에 그는 떨떠름한 얼굴을 하면서도 기사의 예를 차려 인사했다.

"……예, 오랜만에 인사드립니다."

"아이샤 양도 오랜만에 보는군요. 그동안 잘 지냈나요? 더 예뻐졌어요."

다이앤의 다정한 인사에 아이샤는 경계를 늦추지 않으면서도 옅은 미소를 지었다. 그녀가 오라비 못지않게 예를 차려 답인사를 했다.

"신경 써 주신 덕분이에요. 감사합니다, 부인."

"예의 바르기도 해라. 소피아, 뭐 하고 있니. 너도 이리 나와서 다니엘

경과 아이샤 양에게 인사해야지."

조모 다정한 목소리에 다이앤의 뒤에 서 있던 소피아가 쭈뼛쭈뼛 나오더니 소리 없이 허리만 숙였다. 아이샤는 항상 눈을 세모꼴로 치켜뜬 채 자신을 바라보던 소피아가 조용한 것도 모자라 눈마저 내리까는 걸 보고 의아한 얼굴을 했다. 다니엘도 소피아의 태도에 고개를 살짝 갸웃거렸으나 곧 다시금 말을 걸어오는 다이앤에게 시선을 돌렸다.

"그래. 인사는 이쯤이면 된 거 같은데……. 무슨 일로 로이드가를 찾았지요?"

"이안을 만나러 왔습니다. 그는 어디 있습니까?"

"다니엘 경. 내 손자는 명문 로이드가의 가주이자 후작인 데다 중앙 귀족회에 자리가 있는 고위 귀족입니다. 한데 약혼녀인 아이샤 양이라면 모를까 일개 기사인 그대가 내 손자의 이름을 함부로 부르면 안 되지 않을까요?"

다이앤은 이안을 찾는 다니엘의 물음에 답 대신 지적을 했다. 생각지도 못한 그녀의 말에 다니엘의 표정이 일순 구겨졌다.

'얼씨구?'

다니엘은 파든가 일원으로서 다이앤과 로이드 가문 사이의 관계에 대해 많이 아는 편이었다. 땅 문제 때문에 남편과 아들을 등지고, 손자들을 이용하다 후견인 자리를 빼앗기자 화가 나 떠나 버린 주제에 내 손자라니.

로이드 가문의 일이라 부러 신경을 끄고 아무런 감정을 가지지 않으려 했지만, 본래도 나빴던 다이앤에 대한 감정이 더욱 나빠져 다니엘은 자세를 삐딱하게 고쳤다.

"이안이 허락한 일이에요. 오래전 제 가족들은 이안에게 사적인 자리에서는 이름을 불러도 된다는 허락을 받았습니다. 노부인."

다니엘이 15년 만에 나타나 무얼 모르는 모양이라 다이앤을 비꼬려 할 때였다. 오라비를 곁눈질로 살펴보던 아이샤가 먼저 말문을 열었다. 다니엘이 하려던 것보다는 정중한 어투였지만 오래전이라는 단어에 뼈가 있음을 자리에 있는 모두가 알았다.

"……그렇군요. 내가 자리를 오래 비워 그런 사정에 어두웠어요. 알다시피 난 다니엘 경을 일전의 약혼식 때 본 게 전부라서……. 자주 방문해 줬으면 이런 실수도 하지 않았을 텐데."

다이앤이 잠시 침묵하다 입을 열어 변명했다. 다니엘은 끝까지 제 탓을 하는 그녀의 화법이 우스웠지만, 굳이 반박하지는 않았다. 대신 그는 한쪽 입꼬리를 대놓고 올렸다 내릴 뿐이었다.

다니엘을 한낱 상인 가문에, 일개 기사로 보는 다이앤은 그의 행동에 큰 모욕을 느꼈는지 얼굴을 굳혔다. 아이샤는 오라비와 다이앤 사이 분위기가 차가워지자 빠르게 앞으로 나서 만남을 끝냈다.

"노부인. 그럼 다음번에 인사를 다시 오겠습니다. 제임스, 이안에게 제가 왔다 전해 주시겠어요?"

아이샤가 조금 떨어져 있는 제임스를 돌아보며 본래의 목적을 말했다. 그러자 출입구에서 일어난 일련의 사태에 고심하고 있던 제임스의 얼굴에 화색이 돌았다.

"예. 아가씨 잠시만 기다려 주시면 주인님께 소식을……."

"아니, 됐네. 제임스."

제임스가 막 하인에게 손짓하려던 참이었다. 그런 그를 다이앤이 막아섰다. 그러고는 아이샤를 살짝 비웃는 눈길로 쳐다보며 입을 열었다.

"아이샤 양. 로이드가를 오랫동안 드나들어서 그런가, 약혼녀의 신분으로 벌써 로이드가 집사도 부리는군요. 나중에 후작저에 들어오면 적응을 빨리하겠어요."

비꼬는 게 분명한 말에 다니엘이 얼굴을 구기며 아이샤 앞으로 나서려 했다. 아이샤는 그런 오라비를 손으로 슬쩍 민 채 예의 바른 태도로 다이앤을 마주 봤다.

"노부인. 전 오늘 이안에게……."

"알아요. 이안을 만나고 싶다는 거잖아. 하지만 제임스에게 말할 필요 없습니다. 내 손자가 어디 있는지 내가 아니까요."

"노부인. 주인님께서는 지금 손님이……."

다이앤이 아이샤의 말을 싹둑 자르며 의미심장한 목소리로 이안을 입에 올리자 제임스가 앞으로 나섰다. 헬렌을 향한 이안의 태도, 그리고 근래 이안과 아이샤의 관계에 대해 알고 있는 그로서는 아이샤에게 지금 이안이 헬렌과 함께 있다는 말을 전하는 것이 불필요하게 느껴졌다.

그러나 다이앤은 제임스의 말에 긴 웃음을 지으며 눈을 살짝 접었다. 눈가에 진 주름이 한층 더 깊어지며 생긴 음영에 아이샤가 묘한 불안감을 느꼈다.

"됐네. 제임스, 이 사람아. 알다시피 여기 다니엘 경과 아이샤 양은 오랜만에 방문한 거지만 헬렌 양은 매일 오지 않는가. 한 번쯤은 둘이 만나는 중간에 끼어들어도 이해해 주겠지."

아니나 다를까 불안은 적중했다. 다이앤의 입에서 나온 헬렌이라는 이름에, 그리고 그녀가 이안과 단둘이 만남을 가지고 있다는 사실에 아이샤의 얼굴이 핼쑥해졌다. 다니엘 또한 눈을 크게 뜨더니 곧 얼굴을 벌겋게 붉혔다.

"하지만…… 차라리 제가 주인님께 가서 파든가 분들이 오셨다 전하겠습니다."

"괜찮대도. 헬렌 양은 내가 자주 봐서 잘 알아. 착하고 상냥한 아가씨지. 아, 그래도 걱정된다면 내가 직접 안내를 하면 되겠군."

아이샤와 다니엘의 표정을 본 제임스는 울고 싶은 심경이었다. 그는 끝까지 어떻게든 상황을 수습하려 애썼지만, 다이앤은 노련하게 말을 꺼내 아이샤의 심장을 찔렀다.

"다니엘 경. 아이샤 양. 내가 안내를 하지요. 헬렌 양은 소피아의 친구이기도 하지만 이 늙은이 친구이기도 해서 말입니다. 매사 딱딱하고 재미없는 이안과는, 음…….”

할 말을 잃고 가만히 서 있는 아이샤를 다이앤이 즐거운 눈으로 보다 벽에 걸려 있는 시계에 시선을 줬다. 그리고는 시간이 오래 지났다 중얼거리더니 혼잣말이라기에는 큰 목소리를 냈다.

“……충분히 만남을 가졌겠군.”

실제 이안이 헬렌과 나간 지는 그리 오래되지 않았으나 다이앤은 두 사람이 단둘이 만난 지 세 시간은 된 것처럼 굴었다. 결국, 참다못한 다니엘이 아이샤에게 돌아가자는 신호를 보냈다.

“사양할 거 없어요. 지금쯤이면 헬렌 양도 나랑 노는 걸 더 반길 테니 두 사람은 가서 이안을 만나도록 해요. 난 헬렌 양을 빼앗아 와 소피아와 셋이서 이야기나 좀 해야겠습니다.”

오라비의 신호에도 아이샤가 묵묵히 서 있자 다이앤은 그녀의 얼굴을 샅샅이 살피며 인자한 목소리로 계속 떠들었다. 끝없이 나오는 헬렌의 이름에 아이샤가 얼어붙은 손끝을 말았다.

“아이샤 양은 예의가 바르다더니……. 만남을 방해하는 게 좀 그런가요? 그럼 가지 않고 여기서 좀 기다리는 게 어때요? 나가 있는 두 사람도 저녁 식사 전에는 돌아오겠지.”

“아니요.”

“아이샤!”

마침내 아이샤가 다이앤에게 반응했다. 다니엘이 작지만 급한 목소리로 여동생의 이름을 불렀다.

다니엘은 직감적으로 알았다. 저 늙은이를 따라가 봤자 좋은 일은 없으리라는 것을.

“안내해 주세요. 부인.”

아이샤 또한 오라비와 똑같이 불안감을 느꼈다. 하지만 그럼에도 그녀는 제 눈으로 두 사람을 보기를 바랐다.

"그럼 가죠."

아이샤가 똑 부러지게 말하자 다이앤은 뭐가 그리 즐거운지 콧노래를 부르며 앞장섰다. 그리고 그 뒤를 미묘한 표정의 소피아가 따랐다.

"아이샤. 다시 생각해 보자."

"아니야. 가자 오빠. 오빠가 그랬잖아. 피하는 게 능사는 아니라고."

다니엘은 살랑살랑 흔들리는 다이앤의 잿빛 드레스 자락을 보며 아이샤를 한 번 더 만류했다. 하지만 아이샤는 고개를 저으며 단호한 걸음으로 안내에 따를 뿐이었다.

* * *

"참 귀여운 아이네요. 듣자 하니 왕국에서부터 노부인을 모셨다지요? 요즘 어린 나이부터 그리 충성스러운 하녀 아이 구하는 게 쉽지 않은데."

헬렌이 고개를 꾸벅 숙이고 뛰어가는 레아를 보며 말했다. 그러나 기특하다는 듯 레아를 보는 헬렌과 달리 이안의 표정은 좋지 못했다. 정원에 자리를 잡기 무섭게 찾아온 조모의 하녀 아이. 그리고 하녀 아이가 놓고 간 짙은 색 나뭇잎 모양의 과자. 과자에서는 고소한 향이 풍겼지만, 이안은 독이라도 있는 듯 과자를 바라봤다.

"먹어 봐요. 당신 조모님께서 손수 보내 주신 건데……."

"됐습니다."

불쾌해하는 이안과 달리 헬렌은 손을 뻗어 과자 하나를 이미 입으로 가져간 뒤였다. 하지만 과자를 오독오독 씹어 삼키는 그녀의 속 또한 마냥 편하지는 않았다.

-파든가 여식과 함께 곧 그리로 가지요.-

소녀가 테이블 옆으로 헬렌에게만 은밀히 보인 손목……. 땀 때문에 일부 글자가 뭉개지고 흐릿해졌지만 못 알아볼 정도는 아니었다.

'경쟁자에게 지지 말고 찾아온 기회를 잡아라…….'

헬렌도 머리가 있는 만큼 다이앤의 노골적인 계획을 눈치채지 못한 건 아니었다. 어떤 이유에서인지는 모르나 곧 아이샤 파든과 이 자리에 나타날 테니 기회로 잘 써먹어 보라는 것 아닌가.

'……다 늙은 주제에 의외로 발랑 까진 계획을 세우잖아?'

이안과 아이샤 사이를 깨뜨리고 아이샤의 자리를 차지하고 싶은 헬렌으로서는 둘을 갈라놓을 가장 좋은 방법은 이안과 다정한 모습을 아이샤에게 보이는 것이었다. 그리고 다이앤도 말을 하지 않았을 뿐이지 그게 가장 효율적인 방법임을 알고 있을 터였다.

'소피아에게 들으니 우리 이안에게 관심이 있다지요? 내가 도와주지요. 한번 도전해 봐요. 로이드가의 후작 부인 자리에.'

긴장으로 축축해지는 손바닥을 느끼며 헬렌은 다이앤과의 첫 만남을 떠올렸다. 아이샤와 이안의 약혼식 날, 두 사람을 노려보는 그녀에게 다이앤은 달콤한 제안을 꺼냈다.

'제가 이안에게 관심이 있는 건 사실이에요. 하지만 노부인께서 왜 제게 도움을 주시려는 거지요? 아시는지 모르겠지만 전 황제 폐하의 사생아예요.'

'사생아라 내가 꺼릴 거라 여겼나 보군요. 하지만 사생아라 한들 그대는 황제 폐하의 핏줄이지요. 반쪽이라 한들 웬만한 귀족보다는 귀하지. 그리고 난 파든가를 매우 싫어한다오. 파든 백작이 내게서 후견인 자리를 앗아 가 손자들과 생이별을 시킨 일은 알지요? 그런데 그 가문의 여식이 내 손자와 결혼해 이 가문의 안주인 자리를 차지한다니 두고 볼 수 없는 일이지.'

이안의 약혼식 날 그녀에게 접근한 다이앤은 파든가를 향한 분노를 드러내며 헬렌에게 도움을 주겠다 말했다. 그러나 헬렌은 다이앤의 모습이 연기임을 직감으로 알아차렸다.

헬렌이 느끼기에 다이앤은 어미와 아주 비슷한, 교묘하고 자연스러운 어법을 구사했다. 거짓 감정을 드러내 속에 숨겨진 의도를 가리는 약은 수. 헬렌은 종종 어미의 연기에 당했기에 다이앤의 속내가 말과 다르다는 걸 알 수 있었다.

'뭐, 좋아요. 노부인께서 도와주신다니 저야 감사한 일이죠. 한데 어떻게 도와주실 거죠?'

'인내심 있게 기다리다 기회를 만드는 게 내 특기지. 걱정 말고 기다려요. 곧 기회가 올 테니까.'

다이앤의 속셈이 무엇이든 헬렌으로서는 나쁘지 않았기에 그녀는 다이앤과 손을 잡았다. 그리고 그 후로 다이앤은 소피아와 함께 헬렌을 로이드 후작저로 하루가 멀다 하고 초대했다. 거기다 셋이서 마차를 타고 로이드 후작저로 가는 모습을 부러 다른 귀족들에게 보여 주기도 했다. 덕분에 헬렌과 이안 사이의 소문은 한층 더 무성해졌고, 헬렌과 이안을 진정 연인이라 여기는 이들도 생겼다.

"레이디 헬렌."

다이앤에 대한 생각을 하느라 잠시 멍하니 있던 헬렌을 이안이 일깨웠다. 헬렌은 낮은 이안의 목소리에 과한 몸짓을 보이며 호들갑을 떨었다.

"어머! 미안해요. 이안. 갑자기 생각할 일이 있어서……. 뭐라 했죠?"

"몇 번을 말하는지……."

헤실헤실 웃는 헬렌과 달리 그녀를 보는 이안의 표정은 점점 더 굳어져 갔다. 사실 계속 반복되는 말에 이안은 서서히 인내심의 한계를 느끼고 있었다.

"계속 말했지만, 앞으로는 후작저에 오지 마십시오. 정확히는 오늘부로 말입니다."

"어머. 나도 계속 말했는데? 난 이안의 손님으로 온 게 아니에요. 소피아와 노부인의 청으로 온 거지."

"……더는 말하지 않겠습니다. 당신은 후작저에 더는 출입할 수 없을 겁니다."

그리고 그건 헬렌도 마찬가지였다. 그러잖아도 다이앤이 꾸민 기회를 어떻게 잡을지 생각해야 하는데 이안이 계속해서 오지 말라는 말만 반복하자 예민해진 헬렌의 머릿속에 섭섭함과 짜증이 해일처럼 밀려들었다.

결국, 헬렌이 신경질적으로 고함을 쳤다.

"싫다니까요! 난 여기 소피아와 노부인의 손님으로 온 거예요. 이안이 내게 후작저에 오라, 오지 말라 할 자격 같은 건 없어요!"

이안은 그런 헬렌의 모습에 미간을 찌푸렸다. 어디서부터 어디까지 지적을 해야 할까. 길지 않는 헬렌의 외침에는 잘못된 것이 너무 많았다.

'따로 불러내 다행이군. 소피아나 그 늙은이 앞에서 이랬으면……. 골치 아팠겠어.'

이안은 황제의 눈도 있겠다, 헬렌의 자존심을 건드리지 않으려 최대한 노력했다. 그녀를 굳이 따로 불러 뜻을 전달한 이유도 그로서는 최대한의 배려였다.

하지만 여기까지였다. 이안은 확실하게 헬렌과의 관계를 확실하게 정리할 생각이었고 날카롭게 선을 그었다.

"지금까지 내 말이 제의로 들렸나 본데 착각하지 마십시오. 난 로이드가의 가주로서 당신에게 내 뜻을 표명한 겁니다. 그리고 전부터 말했을 텐데요. 난 내 이름을 허락한 적이 없습니다."

사파이어 사업 건과 황제의 명이 마음에 걸렸으나 사업 건은 사람을 통하면 될 일이고 황제의 명은 최대한 피해 갈 심산이었다. 이안이 딱딱하게 거리를 두자 헬렌이 상처받은 얼굴을 한 채 상체를 이안 쪽으로 숙였다. 하나 이안은 헬렌이 움직이기 무섭게 아예 자리에서 일어나 버렸다.

"나, 나한테 왜 이렇게 나쁘게 구는 거예요……. 흐윽."

이안이 자신을 피해 버리자 헬렌이 따라 일어서며 울먹였다. 아이샤가 올 때까지 시간을 끌어야 하는데, 그 계집 앞에서 우리 둘이 얼마나 다정한지 보여야 하는데. 시간을 끌고 위기 상황을 극복하기 위해 헬렌이 가장 먼저 꺼내 든 것은 눈물이었다. 젖어 드는 얼굴이 애처로워 누가 보면 이안이 못된 짓을 한 사내 같았다.

"우리 그동안 나쁘지 않았잖아요. 물론 문제가 좀 있긴 했죠. 당신한테 약혼녀가 생겼으니까."

"……."

"하지만 고작 약혼일 뿐이잖아요. 결혼한 것도 아니고 약혼 정도야 얼마든지 끝날 수 있는 문제고……. 르베제 백작이 말했다고요. 당신과 파든 백작 사이가 좋지 않다고. 그래서 당신 약혼이 언제까지 갈지 모르겠다고!"

"……."

"그런데 나한테 기회 한 번을 안 줘요? 그동안 우리가 얼마나 많이 함께했어요. 약혼 이후로는 파트너 같은 건 못 했지만 춤도 췄고……. 이름 불러도 지금처럼 딱딱하게 지적하지는 않았잖아요. 우리 눈 마주치면서 아주 조금은……. 아주 작지만 그래도 마음을 확인했잖아요. 난 그게 착각이라 생각하지 않아요. 우리는 분명 서로 통했어요."

헬렌의 말이 너무도 황당해 이안은 팔짱을 낀 채 감히 입을 열지도 못했다. 그러잖아도 황제가 저 여자를 챙기라 명해 머리가 아픈데 당사자는 언제부터 저런 기이한 착각, 아니, 망상을 했단 말인가?

'헬렌 양과 내 사이는 사업적 관계일 뿐이야. 하지만 너랑 황자 전하는 아니잖아. 그리고 넌 여인이야. 여인인 네가 몸가짐을 좀 더 조심하는 건 당연한 거 아닌가?'

사업차 만났을 뿐이라 아이샤에게 변명했던 것이 무색할 정도였다. 이안은 아이샤의 슬픈 얼굴을 떠올리다 그녀가 젖어 든 목소리로 제게 말하던 것을 기억하고 입술을 꾹 물었다.

'……헬렌 양이 여기 드나드는 거 싫어.'

'…….'

'네 이름 친밀하게 부르는 것도 싫어.'

아이샤의 목소리가 바로 옆에서 들렸다. 그와 동시에 이안은 서늘한 감각이 목덜미에 닿는 것을 느꼈다. 한 발자국이라도 잘못 움직이면 목으로 칼이 떨어질 것 같은 느낌. 기민한 직감이 스스로에게 소리쳤다.

지금 헬렌이 보여 주고 있는 모습이 진심인지 아닌지 알 수는 없었으나 더는 이 여자와 얽혔다간 아이샤와의 관계를 정말로 돌이킬 수 없을 거라고.

"제정신인가?"

저도 모르게 위기감과 공포를 느낀 이안이 무심함을 던져 버렸다. 적을 보듯 경멸과 분노를 숨기지 않는 눈초리에 부러 소리 내 울고 있던 헬렌은 오싹함을 느끼고 그대로 굳어 버렸다.

의례 사내들은 조금만 관심을 주면 그녀의 애매한 신분을 꼬투리 삼아 예의부터 벗어던졌다. 하지만 이안은 후작이라는 높은 신분을 가졌음에도 그들과 달랐다. 그는 헬렌을 못마땅해하면서도 꼬박꼬박 레이디라 부르며 예의를 지켜 줬다. 그리고 그런 그의 태도가 헬렌은 싫지 않았다.

"머리에 문제가 있으면 머물 신전 정도는 알아봐 주지. 하지만 더 이상 내 앞에서 그따위 소리 지껄이는 건 못 들어 주겠는데."

그러나 지금은 달랐다. 그는 적의를 숨기지 않은 채 그녀를 찍어 내리고 있었다. 헬렌은 갑작스레 변한 이안이 두려우면서도 섭섭하고 또 오기와 경쟁심이 솟구치는 걸 느꼈다. 그녀가 달달 떨리는 손을 말아쥔 채 간신히 입술을 벌렸다.

"이안, 난 사실을 말한 것뿐이에요. 물, 물론 이런 대화가 불편할 수 있어요. 하지만 우리 서로에 대한 감정을 이제는 인정하고 당당하게……."

"허락한 적 없는 이름 부르지 말라는 말 못 들었나? 그리고 감정? 정말 미치기라도 한 모양이군."

이안은 헬렌을 말을 싹둑 자르며 어렵사리 열렸던 그녀의 입을 도로 닫아 버렸다. 그리고 조금도 거르지 않은 뾰족한 말을 거침없이 뱉었다.

"내가 그동안 아무 말 않았다고 소피아와 내 조모 곁에 붙어 수작을 부리는 모양인데……. 같잖은 짓 집어치우지? 내가 멀쩡한 약혼녀를 두고 굳이 너 따위 사생아와 만날 이유가 있나?"

사생아라는 단어에 헬렌이 눈을 부릅뜨며 숨을 들이쉬었다. 자신을 그저 그런 사생아들과 같은 취급을 하다니. 달랐다. 자신은 황제의 사생아였다. 헬렌은 이안이 제게 경멸을 담아 사생아라 말한 것도 모자라 아이샤와 비교해 자신을 아래로 두었다는 사실을 참을 수 없었다.

"이, 이……!"

"난 아이샤 파든과 조만간 결혼할 거야. 로이드 후작가에 들어와 로이드의 성을 달고 내 옆에, 내 아내로, 내 아이를 낳을 여자는 아이샤 파든뿐이야. 그러니 그따위 주제도 모르는 말은 집어치워."

분노에 휩쓸려 입을 뻐끔거리기만 하는 헬렌과 달리 이안은 어딘지 후련한, 또 한편으로는 허탈한 얼굴을 했다. 그러나 후회는 없는지 그는 헬렌에게 날카롭고도 단단한 쐐기를 박았다.

"알아들었나?"

"이, 이 나쁜 놈……. 개새끼."

헬렌이 헐떡이며 거친 말을 뱉어 냈다. 그녀의 눈에서 분노가 소용돌이쳤다. 이안은 헬렌이 그러거나 말거나 팔짱을 낀 채 무심한 얼굴을 할 뿐이었다.

'……저건.'

거칠게 숨을 쉬던 헬렌의 눈에 무언가 들어왔다. 이안의 뒤, 관목 사이 드레스와 자연스러운 동장으로 신호를 주는 손……. 헬렌의 눈동자 안에서 이글이글 타오르던 분노가 훅 가라앉고 대신 독기와 함께 소름 끼치는 악의가 넘실거리기 시작했다.

"할 말 끝났으면 이만 나가지. 이 길로 곧장 나가면 돼. 그리고 다시는 후작저에 발 들이지 말도록."

제 뒤에서 서서히 다가오는 인영들을 눈치채지 못한 채 이안이 헬렌에게 축객령을 내렸다. 헬렌은 이안의 말에 대꾸하는 대신 그에게 바짝 다가섰다. 그리고 이안의 얼굴에 손을 뻗으며 고개를 최대한 추어올렸다.

'무슨?'

동화 속 살아 움직이는 마녀의 넝쿨처럼 다가오는 헬렌의 손에 이안이 곧장 반응했다. 허리를 최대한 젖힌 그가 제 쪽으로 다가오는 헬렌의 얼굴과 손을 피했다. 하지만 딱 거기까지. 차마 여인을 거칠게 밀치지 못한 그가 뒤로 물러나며 헬렌의 어깨를 붙잡아 그녀를 막으려 했다.

이안의 반응을 예상했다는 듯 헬렌이 입꼬리를 길게 올렸다. 그녀는 뒤로 물러나는 이안보다 더욱 꺾어진 각도로, 부러 몸의 균형을 앞으로 무너뜨렸다. 그리고 온몸의 무게를 실었다.

사내의 얼굴을 향했던 손이 가슴팍 바로 아래 닿았다. 이안은 제게 닿는 손이 불쾌해 미간을 있는 대로 구기면서도 꼬꾸라지는 몸을 막기 위해 손을 뻗었다. 넘어지는 사람을 붙들려는 본능에 가까운 몸짓이었다.

이안의 손이 애초 계획했던 대로 헬렌의 어깨를 잡았다. 그러나 헬렌의 몸은 이미 이안의 품 안에 안착한 뒤였다.

"……고마워요. 이안."

헬렌이 고개를 올려 이안에게 속삭였다. 올리브색 눈동자 안에는 통쾌함이 가득했다. 그녀가 곧장 까치발을 하더니 그대로 얼굴을 들이밀었다. 기겁한 이안이 고개를 틀었지만, 입술만 비껴갈 뿐 뺨에 닿는 감촉까진 피할 수는 없었다.

더운 숨이 목을 스치자 이안이 헬렌을 곧장 밀쳐 냈다. 그가 헬렌을 노려보며 당장에라도 패대기칠 것 같은 얼굴을 했다. 하나 이안이 헬렌에게 욕지거리라도 하기 전 헬렌이 이안의 뒤의 이들을 발견하고는 잔뜩 꾸며낸 목소리로 사과했다.

"어머! 미안해요. 아이샤 양. 내가 못 볼 꼴을 보였네요. 아이참. 미안해서 어쩌나."

활짝 핀 웃음 아래 높고 경쾌한 목소리가 헬렌의 기쁨을 그대로 드러냈다. 그러나 그와 반대로 이안은 추락하는 공포를 느끼며 굳은 표정으로 고개를 돌렸다.

7장. 변한 마음(과거 외전)

“와! 신기하다. 그치?”

“그러게. 몰래 나온 보람이 있네.”

하늘은 어두웠지만, 별은 반짝반짝 빛났다. 어른들 몰래 수도 야시장을 찾은 이안과 아이샤의 눈도 그 별만큼이나 반짝였다. 서로의 손을 꼭 맞잡은 그들은 앞을 보는 대신 고개를 살짝 옆으로 돌려 서로를 바라보다 이유도 없이 웃음을 터뜨렸다.

열댓 살쯤으로 보이는 소년과 그보다 조금 어려 보이는 소녀는 사람들이 북적이는 야시장에서도 눈에 띄었다. 비록 옷차림은 허름했지만, 얼굴에 흐르는 귀티와 상처 하나 없이 깨끗한 손은 감출 수 있는 게 아니었다. 때문에 소년과 소녀를 향해 여러 쌍의 시선이 박혔다.

“찰스. 또 어디서 뭣도 모르는 도련님 아가씨들이 온 모양이야. 잘 지켜봐 줘. 괜히 안 좋은 일이라도 생기면 몇십 년째 지켜 온 라티움 야시장의 명성만 떨어진다고.”

"에구구. 내 팔자야. 즐기지도 못하고 이러고 있는 것도 서러운데……."

"그래도 어쩌겠나. 그게 자네 일인데. 그리고 귀엽잖아. 제 딴에는 아무도 모를 거라 생각하는 게."

상인들은 부잣집 자제들이 제 딴에는 변장하고 놀러 왔구나 생각하며 혹여나 좋지 않은 일이라도 있을까 봐 경비병에게 두 사람을 슬쩍 가리켰다. 경비병들은 귀찮아하면서도 고개를 끄덕였다.

"이안, 저기 좀 봐! 입에서 불이 나와. 구경하러 가자 응?"

"아이샤. 원리만 알면 그렇게 신기한 건……. 아니다. 가자! 나도 보고 싶어."

이안과 아이샤는 자신들을 두고 어른들이 무어라 속삭이는지도 모른 채 야시장 구경에 여념이 없었다. 그들은 생전 처음 보는 불 쇼부터 가짜 마녀의 조잡한 마법, 그리고 돈이 걸린 내기까지 입을 벌리고 구경했다.

"귀여운 꼬마 아가씨네. 이리 와서 이거 하나 먹어 보지 않겠어?"

그렇게 얼마를 돌아다녔을까. 줄지어 먹거리들을 파는 가판을 지나가던 때 꼬치를 파는 젊은 상인이 아이샤에게 말을 걸었다. 짧은 갈색 머리 아래 제법 준수한 얼굴과 근육이 꽉 잡힌 흉통이 들고 있는 큼지막한 꼬치와 잘 어울렸다.

"돈 걱정은 말고. 자! 하나 먹어 봐. 이래 봬도 이 야시장의 명물이라고."

꼬치에 꿰어진 기름기 반질반질한 고기와 불에 적당히 그슬린 야채가 정말 먹음직스럽기는 했다. 낯을 가리는 아이샤가 쭈뼛쭈뼛하면서도 손을 뻗자 상인이 웃으며 꼬치를 건네줬다. 그러나 그녀가 막 꼬치를 쥐려던 때 누군가의 손이 꼬치를 가로챘다.

"얼맙니까?"

상인을 노려보는 이안의 눈에는 경계와 적대가 가득했다. 젊은 상인은 이제 막 열댓 살쯤 되어 보이는 소년이 소녀를 뒤로 보내고 저를 노려보는 눈길에 픽 웃고 말았다.

"꼬마 아가씨가 귀여워서 하나 드리려는 것뿐인데 왜 방해야?"

"얼마냐 물었습니다."

"내가 꼬마 아가씨께 드리는 거라니까. 왜 기사들도 그러잖아. 자신의 레이디에게……."

"여기. 이거면 충분하겠지요."

상인의 목소리에 장난기가 가득하자 얼굴을 붉힌 이안이 동전 몇 개를 가판 위에 소리 나게 올렸다. 그리고 제 뒤에서 어쩔 줄 모른 채 상황을 보는 아이샤의 손을 꼭 잡고 성큼성큼 빠르게 걸음을 옮겼다.

"부잣집 도련님들은 금전 감각이 없다더니 정말 없네. 이걸로는 재료값도 안 되는데. 하지만 뭐……. 꼬마 아가씨 앞에서 신사를 부끄럽게 할 수는 없으니까."

귀여운 아이들과 더 놀고 싶었건만 어린 신사는 싫은 모양이었다. 상인은 벌써 저만치 걸어간 이안과 아이샤를 보며 픽 웃었다.

상인이 어찌 생각하든 이안은 화가 나 씩씩거리며 거리를 걷는 중이었다. 일개 상인이라지만 상인의 얼굴은 여자들이 좋아할 상에, 몸은 남자가 봐도 훌륭하다는 것을 부정할 수 없었다. 그렇기에 그는 아직 다 자라지 못한 제 몸이 원망스러웠고 또 상인이 아이샤에게 보이는 호감이 어린 어동생을 바라보는 것 이상이 아님을 알았음에도 질투가 났다.

화가 난 이안은 중앙 거리를 벗어나서도 걸음을 멈추지 않았다. 결국 참다못한 아이샤가 작은 목소리로 칭얼거렸다.

"이안. 천천히 가, 응? 나 다리 아파."

아이샤의 목소리에 그제야 정신을 차린 이안이 멈춰 섰다. 그가 미안한 얼굴을 하더니 야시장 구석에 있는 의자로 아이샤를 이끌었다.

"자, 이거. 먹고 싶었지?"

의자를 손으로 털어 낸 이안이 아이샤를 앉히고는 꼬치를 내밀었다. 내미는 순간까지 꼬치를 노려보는 눈이 매서웠다. 그러나 배가 고팠던 아이샤는 이안의 눈치를 보면서도 꼬치에 입을 가져다 댔다.

"이안도 먹어."

고기와 채소를 하나씩 빼먹은 아이샤가 입가를 훔치며 이안에게 말했다. 이안은 아이샤의 반질거리는 입술을 보다 고개를 끄덕였다. 아이샤와 음식을 나눠 먹은 일이 처음도 아니었건만 느낌이 색달랐다. 이안은 왠지 모르게 부끄러워 빠르게 고기 한 점을 삼키고는 신발로 흙바닥을 긁으며 중얼거렸다.

"……좀 식었네."

"괜찮아. 그래도 맛있는걸. 얼른 피망도 먹어. 편식하면 몸에 안 좋잖아."

낮아진 이안의 목소리를 눈치채지 못한 채 아이샤가 그를 타박했다. 피망을 싫어하는 그녀는 자신이 혹여나 피망을 먹게 될까 봐 걱정이었다. 아이샤의 불안을 눈치챈 이안이 작게 웃더니 피망을 쏙 빼먹었다. 그리고 아이샤 쪽으로 다시 한번 꼬치를 들이밀며 말했다.

"다 먹으면 갈 데가 있어."

"응? 어디?"

"가 보면 알아."

갈 곳이 있다는 이안의 말에 아이샤가 눈을 동그랗게 뜬 채 궁금하다는 얼굴을 했다. 이안은 그런 그녀의 머리를 부드러운 손길로 쓰다듬어 주며 아이샤가 꼬치를 양껏 먹을 때까지 기다렸다.

"배불러. 내가 너무 많이 먹었나?"

"아니야. 아이샤. 나도 양껏 먹었어."

커다란 꼬치는 두 사람의 배를 어느 정도 채워 줬다. 이안은 주변 쓰레기통에 나무만 남은 꼬치를 대강 버리고는 다시 아이샤의 손을 꼭 잡았다.

"다 왔어."

십여 분쯤 걸어 두 사람이 도착한 곳은 야시장 중앙 거리에서 왼쪽으로 두 블록 더 들어간 거리였다. 중앙 거리만큼 크지는 않았으나 이곳도 나름

많은 상인들이 가판을 세우고 장사를 하는 중이었다. 게다가 접근성이 떨어지는 걸 분위기로 무마할 생각인지 거리는 화려하게 잘 꾸며져 있었다. 반짝거리는 장식이 눈에 들어오자 아이샤가 찬탄을 뱉었다.

"우와, 반짝반짝 예쁘다."

"여긴 보석을 파는 가게들이 많아서 그래."

아이샤가 연신 거리를 둘러보자 이안이 뿌듯한 얼굴로 설명하며 그녀를 이끌었다. 그리고 마침내 두 사람은 어느 가판 앞에 다다랐다.

"얘들은 가. 우리 가게는 이래 봬도 이 거리에서 가장 고급이라고."

가판에서 조금 떨어져 있던 상인은 어린 소녀 소년이 얼쩡거리자 번거롭다는 얼굴을 하며 손을 내저었다. 가판에 바짝 붙어 반짝이는 모조 보석들을 구경하던 아이샤가 지레 겁을 먹고 한 발자국 물러났다.

이안은 아이샤가 움츠러들자 사납게 눈을 치켜떴다. 심드렁하게 있던 가게 주인은 그제야 고개를 돌리고는 어린 손님들의 얼굴에 놀라고 말았다.

'이것 참. 잘난 얼굴들이구먼.'

어리다고는 하나 이 정도 얼굴들이면 손님들을 끌 수도 있으리라. 가게 주인은 헛기침을 한 번 하고는 상대해 주겠다며 몸을 움직였다. 그러나 그가 가까이 다가오기 무섭게 이안이 딱딱한 목소리로 말했다.

"전에 봐 둔 게 있어요. 안에서요."

"응? 가게에서?"

가판은 야시장 때나 잠깐 여는 것으로 상인은 평소에는 가판 뒤 가게에서 물건을 팔았다.

"그렇다면 들어와라."

조잡한 모조만 파는 가판과 달리 가게 안에는 평민에게는 제법 부담스러운 가격의 진짜배기 보석도 있었다. 가게 주인은 이안과 아이샤를 훑어보고는 잘됐다 싶어 곧장 가판에 천을 씌우고는 안으로 안내했다.

가게 안으로 들어선 이안은 거침이 없었다. 그가 진열장 어느 구석으로 가더니 구석에 있는 작은 진주 귀걸이 하나를 가리켰다.

"이거 얼마예요?"

귀걸이에 달린 진주는 크기가 크지는 않았으나 광택과 결이 있는 것이 가판 위 모조품과는 비교할 수 없었다. 상인은 이안이 가리킨 진주 귀걸이를 보다 값을 정가보다 조금 올려 불렀다.

"칠십 실버."

평민 한 가정의 보름치 생활비에 이안의 눈에 당혹감이 서렸다. 그가 품 속 주머니에 있는 돈을 가늠하며 입 안쪽을 살짝 깨물었다.

'……모자란데.'

이안은 명문가 로이드 후작가의 주인이었지만 나이 때문에 아직 아무것도 운용하지 못했다. 물론 파든가에서 의식주에 전혀 부족함 없이 풍족하게 지내고는 있었지만 딱 거기까지였다. 파든 백작가는 근본이 상인 가문이요, 귀족 가문이 된 지금도 여러 사업을 직접 꾸리고 있었다. 때문에 파든 백작 부부는 경제 관념에 대해 매우 엄격했다.

'이 금화의 크기는 모래알과 비교하면 아주 큰 편이지. 하지만 잘 쥐고 있지 않으면 모래보다 빠르게 손을 벗어난단다.'

그들은 아무리 돈이 많아도 아이들에게 직접적으로 큰 돈을 쥐여 주지는 않았다. 그 규칙은 이안과 소피아에게도 적용돼 이안 남매는 파든가 자녀들과 똑같은 수준의 용돈을 받았다. 그리고 그건 결코 크지 않은 액수였다.

이안이 아무 말 없이 서 있자 상인의 눈에 짜증이 서리기 시작했다. 아이샤는 이안과 상인을 번걸아 보다 진주 귀걸이를 유심히 바라봤다. 그리고 눈을 반짝이며 외쳤다.

"여기! 뒷부분 모양이 살짝 들어갔어요."

아이샤의 말에 상인은 당혹스러운 얼굴을 했다. 진주는 흠 없이 둥근 것이 가장 귀했다. 때문에 모양이 살짝만 뭉개져도 값어치가 떨어졌다. 그렇기에 귀에 고정하는 장식 부분에 살짝 패인 부분을 붙여 놨는데 저 어린 소녀가 그걸 어찌 눈치챘으며 또 그것 때문에 값어치가 내려가는 건 어떻게 알았나.

"원래 자연산 진주에는……."

상인이 변명을 시작했으나 이안과 아이샤의 눈은 차가울 뿐이었다. 결국 두 아이들의 눈빛을 견디지 못한 상인이 이안에게 물었다.

"내가 졌다, 졌어. 얼마 있니?"

끝내 정가를 말하지 않는 것이 참으로 구저분했다. 그러나 이안은 아무 말 없이 손가락 다섯 개를 펼쳐 보였다.

"내가 손해 보는 거지만……."

오십 실버가 있다는 손짓에 상인이 재빨리 움직였다. 오십 실버면 절대 손해 보는 값은 아니었다. 작은 헝겊 주머니에 귀걸이를 넣은 상인이 빨간 리본으로 주머니 입구를 묶더니 이안에게 내밀었다. 이안이 품속에서 주머니를 꺼내 상인에게 건넸다. 오십 실버를 확인한 그가 싱글벙글 웃으며 떠나려는 이안과 아이샤의 등 뒤에 소리쳤다.

"예쁘게 하고 다니렴. 축제 첫날이라 내가 인심 쓴 거야!"

아이샤는 야시장에 온 뒤로 처음으로 입을 삐쭉 내밀었다. 다 자라서 여기에 온다면 야시장 모든 가게에 물건을 살지언정 이곳만은 들르지 않으리라. 그러나 돈을 지불한 이안은 아이샤와 달리 별로 불편하지 않은 얼굴이었다.

그가 가게에서 나와 반짝이는 조형물 옆으로 그녀를 데리고 갔다. 지나가는 사람들이 소년 소녀를 귀엽다는 듯 바라봤다. 이안은 사람들의 시선이 꽂히자 참지 못하고 조형물 뒤로 아이샤와 함께 몸을 숨겼다. 조형물 뒤는 앞과 다르게 아주 조용했다.

이안이 어느 가게 자그마한 등불에 의지한 채 헝겊 주머니를 끌렀다.

"그…… 내가 직접 해 줄게."

진주가 어둠 속에서 더욱 빛났다. 작지만 반짝이는 빛이 너무도 아름다워 아이샤는 아무 말 없이 고개를 끄덕였다. 이안이 아주 조심스러운 손짓으로 아이샤의 두 귓불에 귀걸이를 걸어 줬다. 아이샤는 세공이 섬세하지 못해 살짝 아픈 와중에도 오늘 의상에 맞춰 귀걸이를 빼고 온 것이 잘한 일이라고 흐뭇해했다.

약간 붉어진 귓불에 동그란 진주 한 쌍이 자리했다. 아이샤의 하얀 얼굴과 잘 어울려 이안은 저도 모르게 입을 살짝 벌렸다. 자신이 모은 돈으로 산 귀걸이가 아이샤의 귀에 있는 것이 너무도 뿌듯했다. 그가 조용히 감상만 하자 아이샤가 부끄러운 듯 고개를 숙이며 물었다.

"나 예뻐? 거울이 없어서 잘 모르겠어."

"예뻐. 엄청."

"정말?"

예쁘다는 말에 아이샤가 귀걸이를 만지작거렸다. 둥근 진주의 감촉이 손가락에 닿을 때마다 얼굴에 열이 한층 더 올라가는 기분이었다. 그녀가 몸을 살짝 꼬다 어색함을 물리려 입을 열었다.

"그런데 이안. 갑자기 왜 이런 멋진 선물을 주는 거야?"

"넌 이거 줬잖아."

이안이 답하며 안주머니에서 손수건 하나를 꺼냈다. 블루세이지가 수놓아진 남성용 손수건에 아이샤의 얼굴이 이제는 알아볼 만큼 새빨갛게 변했다. 간질간질한 기분이 마음을 스쳤다. 아이샤가 고개를 숙인 채 말을 않자 이번에는 이안이 침묵을 깼다.

"다니엘한테 들었어. 손가락…… 많이 찔렸다고."

"다니엘은 왜 그런 걸 말해서는. 별거 아닌데……."

"이리 줘 봐."

이안은 꼼지락거리는 아이샤의 손가락을 바라보다 그녀의 손을 덥석 쥐었다. 허리를 숙인 그가 제 손가락을 꼼꼼히 살피자 아이샤는 얼굴뿐 아니라 손가락도 물들지 모른다는 생각을 하며 손을 빼려 했다. 하지만 이안은 그녀의 열 손가락 하나하나에 더운 숨을 후후 불어 준 후에야 손에서 힘을 풀었다. 그리고 진지한 표정으로 말했다.

"나중에는 오늘 것보다 훨씬 좋은 걸 선물해 줄게. 황후 폐하도 부러워할 만한, 세상에서 가장 아름다운 걸로 말이야."

"황후 폐하도 부러워할 만큼? 그렇게까지 좋은 걸 내가 어떻게 가지겠어."

"아이샤, 넌 자격이 있어."

황후 폐하라는 말에 아이샤가 고개를 도리도리 젓자 이안이 굳건한 목소리를 냈다. 본래도 진지할 때가 많은 그였지만 오늘은 정도가 평소보다 깊어 아이샤는 더 이상 말을 못 한 채 눈만 깜빡였다.

그제야 제가 지나치게 심각했음을 인지한 이안이 부끄러운 듯 고개를 돌려 아이샤가 시선을 피했다. 그리고 잠시 고민하더니 옛날 일을 꺼내 들었다.

"전에 생각나? 그 여름날 정원에서……. 레몬 나무 아래서 말이야."

"……."

"그때 아이샤 네가 달래 주지 않았으면, 그리고 지금껏 네가 내 곁에 있어 주지 않았으면……. 나 지금쯤 어떻게 됐을지 몰라."

몇 년 전 일에 아이샤가 눈을 깜빡이던 것조차 멈췄다. 울고 있던 다정한 소년. 그날의 기억은 각인이라 떠올리면 언제나 시간이 멈췄다.

소년 소녀는 그렇게 과거 속을 잠시 머물렀다. 그리고 환상에서 먼저 빠져나온 이안이 어딘지 몽롱한 아이샤의 뺨에 제 손을 가져다 대며 물었다.

"……입 맞춰도 돼?"

생소한 부탁에 아이샤의 눈이 서서히 커졌다. 그녀가 허락을 않자 이안이 제 말을 주워 담기 위해 허둥거렸다.

"입술에 한다는 게 아니라! 그 뺨……. 아니, 이마 말이야. 자기 전에 해주는 것처럼 그냥……."

쪽.

아이샤가 배시시 웃더니 까치발을 들어 이안의 입술에 제 입술을 가져다 댔다. 뒤늦게 상황을 인지한 이안이 멍청한 얼굴로 넋이 빠진 소리를 냈다.

"어?"

"됐지?"

그런 이안의 반응이 재미있는지 아이샤가 까르륵 웃음을 터뜨리더니 이안의 소맷자락을 쥔 채 몸을 뱅글 돌렸다.

"이안, 우리 그만 집에 가자. 가서 빨리 거울 보고 싶어."

붉은 귓불에 매달린 하얀 진주 귀걸이가 이안의 푸른 눈에 박혀 들었다. 아이샤가 이끄는 대로 천천히 걸음을 뗀 그는 제 귓불이 그녀 못지않게 붉다는 것을 눈치채지 못한 채 열 오른 목소리를 뱉었다.

"……그래. 이만 가자. 아이샤."

* * *

"여기. 너한테 온 거."

책상에 앉아 책을 들여다보고 있던 이안에게 기숙사 룸메이트 로베르트가 편지를 던졌다. 집중하고 있던 이안은 미간을 팍 찌푸렸지만, 곧 서신의 발송인이 누군지 보고는 굳어 있던 어깨를 펴며 서신을 소중히 쥐었다.

"던지지 마."

"얼씨구. 시험공부 한다고 온종일 움직이지도 않는 인간에게 기껏 친절을 베풀었더니 돌아오는 거라고는……."

"……."

"야, 이안. 그런데 정말 파든가 여식이 좋아? 아무리 연이 깊다지만 신흥 귀족가 여식인데 우리 같은 가문 출신들하고는 안 어울리지……."

서신을 조심스레 쓰다듬는 이안을 보고 로베르트가 빈정거렸다. 서부 지역 대표 대가문, 아나샤 후작가의 방계인 그는 명문 로이드 후작가 출신의 이안이 파든가 여식과 교제하는 사실을 이상하게 여겼다.

"로베르트. 입 닫아."

물론 룸메이트로서 이안의 성격을 잘 알았기에 로베르트의 빈정거림은 보통 이안의 한 마디면 사라졌다. 그러나 뒤에서 그는 자신과 의견이 맞는 동기들과 이러쿵저러쿵 떠들곤 했다.

'이안 그 자식이 명문가 명예 다 떨어뜨린다니까. 파든 백작가 여식이라니. 신흥 귀족가 사위로 들어가 구귀족파 엿 먹이겠다는 거 아냐.'

'얼굴이 죽여준다잖아. 뭐 데리고 살 건데 그거면 됐지. 하지만 난 못 해.'

'이안 자식 얼굴은 안 잘났어? 솔직히 여기서 제일 잘났잖아? 그럼 가문도 얼굴도 멀쩡한 여자 만날 수 있는데 왜 굳이…….'

'선대 후작 부부가 그리되고 저 자식 파든가에서 자랐잖아. 그리고 파든 백작이 후견인이라 성인이 될 때까지 재산 쪽도 쥐고 있을 거고……. 길들여진 거지, 뭐.'

'난 당장 거지로 살아도 파든 백작 밑에서는 못 살아. 하여간 제국 명문가 망신은 우리 로이드 후작님이 다 시킨다니까.'

이안도 로베르트가 동기들과 무어라 떠드는지 어느 정도 알았다. 다만 이안은 그 질 낮은 무리를 상대할 필요를 느끼지 못하는 데다 신경 쓸 겨를도 없었다.

로베르트가 방을 나갈 생각이 없어 보이자 이안은 아이샤에게서 온 편지를 책 뒤에 둔 채 다시금 공부에 집중했다. 편지의 내용을 훔쳐보고 싶었던 로베르트는 실망한 얼굴로 이안을 바라봤지만, 곧 툴툴거리면서도 침대에 발랑 누웠다.

"적당히 해. 우리가 평민도 아니고, 그렇다고 작위가 없는 저 아래 귀족도 아니고. 왜 그렇게 열심히 공부하냐?"

"……."

"아, 재미없는 자식. 됐다. 난 이만 자련다."

펜을 쉴 새 없이 움직이는 이안을 보며 로베르트가 또 한 번 빈정거렸다. 그러나 이안이 무시해 버리자 그는 이불을 덮더니 그새 곯아떨어졌다. 이안은 뒤에서 코 고는 소리가 나자 머리카락을 헤집다 슬그머니 책 아래로 손을 넣었다.

- 이안. 오늘은 어때?

서신을 뜯자 단정한 글씨로 쓴 인사말이 보였다. 생생히 들리는 목소리에 이안이 잔뜩 구겨져 있던 미간을 펴고 빼곡이 적힌 글씨를 천천히 읽어 가기 시작했다.

제법 긴 편지에는 아이샤와 그녀 가족들의 일상이 소상히 적혀 있었다. 이안은 파든가 다른 이들의 소식에는 무표정해졌다가 아이샤의 일상에는 미소를, 그리고 그녀의 가벼운 농담에는 함박웃음을 지었다.

그렇게 편지 한 장을 몇 번이고 읽자 책상을 밝히던 촛불이 다 녹아내렸다. 불이 가물가물해지자 그제야 현실로 돌아온 이안이 새 초를 켜며 편지를 접었다.

'이럴 때가 아니지. 역사는 저번에 아슬아슬했잖아. 절박한 애들이 많은데 집중해야지.'

이안은 아카데미에 들어오며 파든 백작에게 모든 지원을 끊어 주십사 요구했다. 열일곱이 넘은 나이. 후작위도 물려받았겠다, 이제 더 이상 손

벌리기 싫었기 때문이다.

그러나 지원 없는 아카데미의 삶은 녹록지 않았다. 아카데미는 대부분 부유한 귀족가 자제들로 이루어져 있었지만 특별 전형으로 들어온, 소위 말하는 천재들도 있었다. 천재들 중에는 평민들도 있었는데 이들의 집안은 보통 아카데미의 학비를 감당할 수 없었다. 그렇기에 그들은 장학금에 의지했다.

또한 귀족가라 한들 물려받을 작위가 없는 이들 중 성공하고 싶은 이들도 죽도록 노력했다. 아카데미 성적은 후에 귀족 관료 사회에서 주요한 지표였기에 물려받을 작위가 없는 이들에게는 한 줄기 희망이나 다름없었다.

이안은 두 부류에 속하는 경우는 아니었으나 장학금이 간절했다. 기껏 홀로 서 보겠다 말했는데 자존심상 실패는 용납되지 않았다. 때문에 그는 항상 최선을 다했다. 어느 과목이든 다섯 손가락 안에 드는 그를 어떤 이들은 천재가 났다 치켜세웠지만, 이안은 그 말이 불쾌했다. 항시 노력하고 있었기 때문에.

'밤을 새워서라도 여기까지는 봐둬야 해.'

물을 한 컵 마신 이안은 다시금 집중하기 위해 책에 시선을 뒀다. 그러나 편지를 봐서일까 한 번 깨진 집중은 쉽사리 돌아오지 않았다. 짜증이 난 이안이 시간 확인을 위해 품에서 시계를 꺼내 들었다. 그러나 시간을 보기 위한 물건은 그의 집중을 더욱더 깨부숴 버렸다.

'아이샤…….'

다이아몬드가 열두 개 박힌 시계는 척 보기에도 귀한 물건이었다. 시계를 뒤집어 그 뒤에 아이샤가 제게 남긴 말을 본 이안이 픽 웃었다가 곧 입꼬리를 내렸다.

'이런 걸 선물해 주려면…….'

이안은 당장 아이샤에게 이런 선물을 받기만 하는 자신이 한심했다.

그러나 현실의 벽은 높았기에 그가 당장 큰돈을 버는 방법은 없었다. 이안이 돈 걱정을 한다는 사실을 사정을 잘 모르는 이들을 놀랄 게 분명했다. 하지만 현재 로이드가의 재정 상태는 가문이 가진 이름값에 전혀 닿지 못했다.

작위를 물려받은 뒤 이안은 로이드가를 샅샅이 살폈다. 그리고 그는 제 가문에 문제가 큰 것을 인지했다. 가문의 저택이나 땅, 그리고 가보 등은 멀쩡했다. 그러나 당장 유통할 수 있는 자산은 거의 전무하다시피 했다. 게다가 몇 남지 않은 가문 고용인의 삯조차 파든가에서 감당하고 있었다.

'……역시 그쯤 문제가 있었군.'

이안은 형편없는 가문의 재정 상태에 한숨을 쉬었지만 충격을 받지는 않았다. 전대 로이드 후작 부부, 즉 부모가 죽기 전 돈 문제로 싸우는 것을 몇 번 목격했기 때문이다. 오히려 그는 가문의 가장 중요한 자산들은 그대로 있다는 사실에 안도했다. 저택이나 땅, 가보 등 기둥이라 할 수 있는 것들은 멀쩡했으니 말이다.

그러나 한편으로는 조급했다. 계속해서 파든가에 신세 지는 것이 부담스럽고 부끄러웠으니까. 최근에는 소피아마저 무슨 심술인지 금전적으로 큰 사고를 쳤다. 파든 백작은 이안에게 알리지 말라 함구한 채 일을 해결한 모양이지만 에드워드는 이안에게 편지를 써 사실을 알렸다. 그리고 에드워드가 보낸 편지에 적힌 금액은 이안의 아카데미 1년 치 학비의 열 배가 넘는 금액이었다.

이안은 파든가 사람들에게 느끼는 부채감과 더불어 아이사에게 떳떳하지 못한 느낌이 특히 싫었다. 어릴 적에는 그저 아껴 주면 된다 생각했지만, 세상은 그리 호락호락하지 않았다.

'나중에는 꼭……. 이 정도 물건은 그저 심심하면 사 줄 정도로 돈을 벌어야지.'

이안은 시계를 쥔 채 다짐했지만 어쩐 일인지 전만큼 기운이 나지 않았다. 그가 고개를 젓고는 다시금 집중하기 위해 펜을 들었다. 그러나 펜을 잡기 무섭게 붉은 피가 책 위로 뚝뚝 떨어졌다.

"읏!"

이안이 손수건을 꺼내 코를 잡았다. 코피가 나는 횟수도, 양도 늘고 있었다. 붉은색을 보자 현기증이 심해졌다. 더는 몸이 공부할 수 없음을 인지한 그가 짜증스레 책상에서 일어났다.

코피가 멎자 이안은 침대로 올라가 드러누웠다. 언제쯤 일어날까 시간을 계산하며 눈을 감은 그가 피로함이 가득 담긴 한숨을 뱉었다.

하나 피곤한 것과 별개로 잠이 쏟아지지 않았다. 그저 어둠 속을 방황하며 이안은 저도 모르게 중얼거렸다.

"……해 줄 수 있을까?"

* * *

"졸업생 대표. 이안 로이드 앞으로 나오십시오."

아카데미 졸업식. 고위 귀족들부터 온갖 잘났다 하는 집안 자제들이 모여 있는 만큼 행사는 성대했다. 소피아와 파든가 가족들도 이안을 축하하기 위해 아카데미에 모였다. 한 사람을 뺀 모두가 졸업생 대표로 나온 이안을 자랑스레 쳐다봤다.

"이안 저 자식. 독하다니까."

"다니엘. 칭찬은 못 해 줄망정 그게 무슨 말이야."

"칭찬입니다. 그런데 잰 또 왜 저래?"

경사에 웃기는커녕 눈물을 뚝뚝 흘리는 소피아를 보고 다니엘이 어깨를 으쓱였다. 소피아는 다니엘이 뭐라 하든 훌쩍이나 바빴다. 아이샤가 그녀에게 다가가 왜 그러냐 물으려 했지만, 손을 대는 족족 뿌리치는 탓에 물을 수 없었다.

아서만이 소피아가 왜 우는지 알았다. 이안의 졸업과 더불어 아서의 입학식 멀지 않았다. 아서가 소피아에게 슬그머니 다가서 울지 말라 속삭였다. 그의 말에 소피아는 울음을 멈췄지만 빨갛게 충혈된 눈은 여전했다.

"이로써 졸업식을 마칩니다. 우리 아카데미 졸업생들의 앞날에 행복만이 가득하길!"

행사는 두 시간이 지난 뒤에야 끝났다. 졸업생들은 각자의 가족들과 흩어졌다. 내내 단상에 있었던 이안도 마찬가지였다. 그는 자신을 기다리고 있는 파든가 사람들과 소피아 쪽으로 걸음을 옮겼다.

"뭐야? 뭘 서 있어. 빨리 와. 이안!"

사람을 헤치고 걷던 이안이 갑작스레 멈춰 섰다. 답답해진 다니엘이 그에게 손짓하며 오라 불렀지만, 이안은 어쩐 일인지 꼼짝도 하지 않았다.

"이안……?"

아이샤의 얼굴에 걱정이 서렸다. 이안은 그녀의 얼굴에서 미소가 사라지자 그제야 움직이기 시작했다. 다가온 그를 향해 제일 먼저 아이샤가 달려 나갔다.

"축하해. 이안!"

사람들 시선에도 아랑곳하지 않은 채 이안의 품에 안기는 아이샤를 마리사가 못마땅한 눈으로 바라봤다. 파든 백작은 헛기침을 했고, 다니엘은 아이샤를 이안에게서 떼어 놓으려 했다.

에드워드는 그저 웃을 뿐이었고 소피아는 오라비와 아이샤가 붙어있는 모습에 샐쭉한 얼굴을 하며 아서의 옆구리를 찔렀다. 아서는 소피아의 손가락을 모른 척 한 발 옆으로 물러났다.

"축하해."

"축하한다. 이안."

"축하해. 오빠."

어찌 되었건 자리에 있는 모두가 이안을 축하해 줬다. 꽃다발을 건네받은 이안은 아이샤에게 가장 먼저 와 줘서 고맙다 말하고는 파든 백작 부부에게도 감사하다 인사했다.

소피아는 오라비가 자신을 먼저 챙겨 주지 않는 사실이 섭섭한 모양이었지만 이안은 소피아 4년 전 친 어마어마한 금전 사고로 아직 그녀에게 화가 나 있었다.

"이안의 졸업을 위하여!"

졸업식이 끝난 뒤 파든가에서는 성대한 저녁 만찬 겸 축하 파티가 열렸다. 파든 백작은 사용인들 모두에게 금화 한 닢씩을 선물하고 연신 이안을 칭찬하며 술을 들이켰다. 에드워드가 졸업생 대표로 졸업했을 때보다 과한 반응에 마리사는 남편을 살짝 노려봤지만 이내 이해한다는 듯 같이 만찬을 즐겼다.

"야, 한잔 더해! 주인공이 마셔야지."

만찬이 길어질수록 취객도 늘어났다. 파든 백작 부부가 취기를 핑계로 먼저 만찬장을 나서자 고삐 풀린 망아지처럼 마셔대던 다니엘이 곧 딸꾹거리기 시작했다.

"다니엘. 이안보다 네가 더 마신 꼴이야. 추태 그만 부리고 잠이나 자."

"아, 형! 형도 아직 안 마셨어? 왜 멀쩡하지? 그리고 내 세상은 왜 이렇게 도는 거야."

에드워드는 이안에게 술을 권하며 곧 네 발로 걸을 것 같은 다니엘을 부축했다. 아이샤가 다니엘을 한심스레 바라보다 이안에게 나가자 속삭였다.

이안은 아이샤가 이끄는 대로 걸음을 옮겼다. 뒤에서 아서와 함께 있던 소피아가 세모꼴로 눈을 치켜떴지만 어쩌겠나. 그녀는 자신을 상대해 주지 않는 오라비를 막을 수는 없었다.

"이제 함께 있을 수 있네. 너무 좋아."

정원으로 나온 아이샤가 바람을 맞으며 속삭였다. 술이라고는 딱 두 잔

마셨건만 그녀의 볼을 벌써 발갛게 물들어 있었다.

"이안, 너도 좋지?"

"……그래."

이안은 아이샤의 물음에 조금 늦게 답했다. 아이샤는 알딸딸한 와중에도 잠시간의 뜸이 무언가 이상함을 눈치챘다. 그녀가 이안 쪽으로 고개를 돌렸다.

아이샤와 마찬가지로 앞을 본 채 바람을 맞고 있던 이안은 시선을 느끼고 그녀를 마주 봤다. 금발 아래 살짝 미소 짓는 사내의 얼굴이 언제나처럼 다정했다. 아이샤는 쓸데없는 불안이었다 스스로를 타박하다 궁금했던 걸 물어봤다.

"아까 졸업식 때……. 갑자기 왜 멈춰 섰어?"

아이샤의 질문에 이안의 눈동자가 살짝 흔들렸다. 그가 멈춰 섰던 이유는 두 가지였다. 하나는 평소보다도 꾸미고 온 아이샤가 너무나 아름답고 빛나서, 저를 바라보는 미소가 놀라울 정도여서……. 그리고 또 한 가지 다른 이유는.

'……내가 과연 저 모습 저대로 아이샤를 지켜 줄 수 있을까?'

이안은 언젠가부터 자신이 없었다. 아카데미에서 수석으로, 졸업생 대표로 졸업했지만, 앞날을 생각하면 이상하리만치 무기력함이 들었다. 그리고 스스로가 의심될 때면 가장 걱정되는 건 앞의 아이샤였다.

파든가는 어느 모로 보나 아이샤에게 완벽했다. 자녀를 사랑하고 배려해 주는 부모, 여동생이라면 목숨마저 내놓을 오라비들. 그리고 부족함이라고는 느껴 본 적 없을 아이샤의 환경…….

이안은 그걸 상기할 때마다 자신이 가지고 있는 게 너무도 작은 것 같았다. 대단한 명문가에 가주라지만. 그가 당장 할 수 있는 게 무어란 말인가. 이런 자신이 과연 아이샤를 행복하게 해 줄 수 있을까?

아카데미 재학 시절, 마음에 박혀 있던 아주 작은 좌절감은 어느새 점점 커져 그의 속 안에 텅 빈 구멍을 만들었다. 그러나 그걸 아이샤에게 티 낼 수는 없었다.

이안은 애써 입꼬리를 올린 채 아이샤의 이마에 입술을 가져다 댔다. 그리고 하얀 이마에 부드럽게 입술을 댔다가 떼며 말했다.

"그냥, 네가 예뻐서. 감상하느라 순간 움직이질 못했어."

이안의 속을 알지 못하는 아이샤는 볼을 붉히며 미소를 지었다. 흠 하나 없는 말간 미소에 이안은 또 한 번 목이 바짝 조이는 느낌을 받았지만 끝내 내색하지 않았다.

* * *

황궁은 넓고도 넓었다. 하지만 황족과 그들을 모시는 궁인들을 제외한 이들이 다닐 만한 곳은 한정되어 있었다. 특히 이안과 같이 막 황궁 출입을 허락받은 귀족들에게 허락된 곳은 더욱 좁았다. 이안은 한참을 걷다 사람들이 거의 보이지 않는 정원 어귀에서야 숨을 크게 뱉었다.

"후우……."

머리카락을 위로 쓸어올려 흐트러뜨린 미간 사이를 두 손가락으로 꾹꾹 눌렀다. 아카데미 시절부터 느꼈지만 두 개의 파로 나누어진 귀족 세력은 서로를 물어뜯지 못해 안달이 나 있었다.

그는 막판에 이르러서는 종이와 펜마저 날아다니던 회의 꼴을 떠올리고는 눈을 감고 나무에 몸을 기댔다. 바람과 함께 청량한 풀 내음이 코에 닿자 열이 올랐던 머리가 그나마 식는 느낌이었다.

하나 그것도 잠시. 이안의 머릿속에는 해결해야 하는 많은 일이 끝없이 자라나는 덤불처럼 솟아났다. 귀족 사회에서 스스로의 위치, 가문의 재정, 지방에 있는 영지 문제 등, 그는 요새 조금도 쉴 틈이 없었다.

많은 문제들 중 가장 골치가 아픈 것은 그의 위치에 관한 것이었다. 이안의 위치는 매우 애매해 귀족 사회에서도 말이 많았다.

'능력? 좋지요. 그런데 그자의 뿌리가 어디입니까. 구귀족파 아니요. 머리 좋은 자가 나중에 배신이라도 해 보십시오.'

'이안 로이드 후작? 파든 백작의 사위로 들어간다는 소리가 파다하던데……. 왜 전에 파든가 여식이 그자를 기다린다며 춤 한번 제대로 추지 않는단 소문도 났잖소.'

귀족들은 이안의 능력을 인정하면서도 도통 받아들이지를 못했다. 구귀족파는 로이드 가문의 가주로서 파든가와 연을 맺고 있는 그를 배신자로 낙인찍었으며 신흥 귀족파는 그를 파든 백작가의 덕을 보는 오만한 구귀족 정도로 볼 뿐이었다.

폐쇄적인 무리에서 애매한 색을 가진 이가 자신의 자리를 만드는 일은 쉽지 않았다. 물론 여타 중립을 지키는 귀족들이 그러하듯 권력에 욕심을 내려놓으면 편할 일이었다.

파든 백작도 이안에게 중립을 지키며 편안히 사는 게 어떻냐 말한 적이 있었다. 하나 이안은 그런 삶이 썩 내키지 않았다. 건방진 생각이라 할 수 있겠지만 그는 높은 곳에 서서 권력과 명예를 움켜쥐고 싶었다. 왜 그런 삶이 끌리는지 정확한 이유는 아직 스스로도 몰랐지만, 아이샤를 볼 때면 그런 욕구가 강해진다는 것쯤은 알고 있었다.

'레반투스 공작님은 왜 굳이 위험한 애송이를……. 로이드가가 꼭 필요한가.'

'정말 그자에게 능력이 있을지도 의문입니다. 파든 백작이 도와준 탓 아니겠소? 솔직히 부풀려진 거지 그 새파란 놈이 무슨 일을 하겠소.'

'그리고 솔직히 이안 로이드가 들어오면 우리 아들들 자리를 하나 뺏을 거 아닙니까. 절대 안 됩니다. 내가 충성한 게 얼마인데…….'

그러나 그건 결코 쉽지 않은 길이었다. 뒤에서 수군거리는 수많은 목소리가 이제는 병마저 불러오는 것 같았다. 이안은 이명이 들리는 귀를 틀어

막은 채 다시 눈을 감았다.

* * *

'아이샤. 오늘 아버지가 왜 정원에 오찬을 준비하라 일렀는지 알아?'

잔뜩 긴장한 아이샤는 테이블보 밑에서 손가락을 꼼지락거렸다. 이안은 아직 모르고 있었지만, 그녀는 오라비 다니엘에게서 어떤 언질을 들은 후였다. 그런 여동생의 표정에 다니엘이 입을 삐죽 내밀었다. 기대감 가득한 아이샤를 애태우기라도 하듯 오찬의 주인공이 아직도 도착하지 않았기 때문이다.

"요새 얼굴 보기 참 힘들어."

"이안은 정말 바빠. 훈련만 받는 너랑 다르다고."

결국, 참다못한 그가 투덜거리며 의자에 삐딱하게 기대앉았다. 옆에 있던 에드워드가 다니엘의 말을 알아듣고 이안 대신 변명해 주며 허리를 펴라 다니엘의 등을 툭툭 쳤다. 다니엘은 부모의 눈초리와 형의 손길에 다시금 자세를 바로 했다. 하지만 기분은 여전한지 그는 계속해서 구시렁거리디 맞은편에 앉아 있는 소피아에게 물었다.

"그래 봤자 건물 안에서 내내 펜만 끄적거리는 놈이……. 바쁘더라도 지각은 말아야지. 건방진 자식. 소피아, 네 오라비 뭐가 그리 바쁘다냐?"

"내가 그걸 어떻게 알겠어요? 나도 내내 여기서 지내는데. 아이샤한테나 물어보세요."

이 자리가 싫었던 소피아는 다니엘의 물음에 기분 나쁜 티를 숨기지 않고 답했다. 아이샤가 거론된 답에 다니엘의 눈썹이 대각선으로 올라갔다. 그러잖아도 소피아와 아이샤 사이 요새 문제가 많았다. 정확히는 무슨 이유에서인지는 몰랐으나 소피아가 아이샤를 대놓고 적대한다 보는 게 옳았다.

"쟨 집에만 있잖아. 넌 요새 많이 돌아다니고. 하루가 멀다 하고 나가더니만……. 그럼 듣고 오는 것도 많을 텐데 네 오라비 소식은 몰라?"

"……몰라요."

무언가 찔리는 구석이 있는지 소피아가 어깨를 살짝 떨었다. 다니엘의 말대로 그녀는 요새 매일같이 외출을 하곤 했다. 보통은 자신과 의견이 맞는 영애들과의 교류를 위해서였지만 일주일에 하루 정도는 아카데미에 가 있는 아서와 만나기 위해서였다.

"모르는 척하는 거야, 아니면 일부러 말을 안 해 주는 거야."

"다니엘. 소피아 그만 괴롭히거라."

소피아의 낌새가 이상함을 눈치챈 다니엘이 빈정거리자 파든 백작이 엄한 얼굴을 했다. 다니엘은 그런 아버지에게 쌓인 게 있다는 듯 대꾸했다.

"아! 아버지는 왜 매번 소피아 편이세요."

"그럼 유치한 네 녀석 편을 들까? 응? 다 커서도 저리 철이 없어서야."

"좋아요. 오늘 이 일은 제가 잘못했다 쳐요. 하지만 다른 일에도 아버지는 매번 이안 남매 편만……."

"저기 오네."

다니엘의 목소리가 커지자 가만히 앉아 있던 마리사의 얼굴이 굳어졌다. 그녀가 다니엘에게 한마디 하려던 차 에드워드가 정원을 가로질러 오는 이를 발견하고 손을 들었다.

가제보 안에 놓인 오찬 식탁에 모여 앉은 모든 이들의 시선이 훤칠한 금발 사내에게로 돌아갔다. 이안은 시선을 느꼈을 텐데도 별 반응 없이 하인에게 겉옷을 내주고는 가제보 안으로 들어왔다.

"제가 좀 늦었습니다. 죄송합니다."

모두를 기다리게 한 이치곤 사과가 심심했다. 다니엘은 이안을 노려보다 에드워드의 손가락에 찔리고서야 치켜뜬 눈을 내렸다.

"오, 이안. 왔니?"

"어서 오렴."

파든 백작이 일어나 이안을 안아 주며 반갑게 인사했다. 마리사는 앉은 상태였지만 다정한 목소리로 이안을 맞이했다. 파든 백작에게 허리를 숙여 보인 이안이 마리사에게 다가가 손등에 입을 맞추고는 빈자리에 앉았다.

이안의 자리는 소피아 옆이자 아이샤의 맞은편이었다. 보통 때라면 소피아와 자리가 바뀌어야 했기에 이안의 눈에 의아함이 살짝 스쳤다. 하나 거기까지. 그는 별말 없이 제게 마련된 자리에 앉았다.

"황궁에서 바로 왔다고? 배가 많이 고프겠구나."

이안이 자리에 앉기 무섭게 파든 백작이 손뼉을 쳤다. 시중인들이 재빠르게 움직여 음식을 내어오기 시작했다. 꽃이 흐드러지게 핀 정원에 놓인 가제보 안의 테이블에 잘 꾸며진 음식들이 하나둘 놓였다. 평소보다도 공들인 티가 팍팍 나는 식탁이었다.

"네가 좋아하는 새우 요리를 준비했단다. 얼음에 묻어서 가져온, 아주 싱싱한 재료로 만든 거야."

"감사합니다."

마리사가 하인이 가져온 메인 접시를 열더니 이안에게 제일 큰 것을 주라 명했다. 이안의 접시를 시작으로 모두의 접시에 큼지막한 새우 요리가 올라왔다. 부드러운 살이 나이프질 한 번에 잘렸다. 풍미 깊은 소스가 잔뜩 뿌려진 새우살에 여러 입에서 감탄의 소리가 나왔다.

그러나 아이샤는 맛 좋은 새우 요리를 완벽하게 즐기지 못했다. 그녀의 시선은 접시가 아닌 이안을 향해 있었다.

'왜…… 일주일 만에 보는 건데 내가 반갑지 않나?'

이안은 가제보 안으로 들어온 순간부터 아이샤와 단 한 번도 시선을 제대로 마주치지 않았다. 봐 달라 대놓고 시선을 보내기도 했건만 그는 끝내 모른 척 식사를 하거나 파든 백작 부부하고만 이야기를 나눴다.

"이안. 괜찮아?"

"응?"

결국, 눈치를 보던 아이샤가 이안에게 말을 걸었다. 이안은 그제야 고개를 들어 그녀를 봤다. 얼핏 보기에는 평소와 다르지 않았다. 하지만 이안의 벽안에 서린 알 수 없는 감정을 아이샤는 눈치챘다.

"피곤해 보이는데……."

차마 무슨 일이냐 묻지 못한 아이샤가 피곤해 보인다며 슬쩍 말을 이었다. 그러자 이안은 눈을 살짝 내리깔며 덤덤한 목소리로 답했다.

"아……. 어제 잠을 좀 설친 것뿐이야."

이안이 또다시 자신의 시선을 피하자 아이샤는 심장이 철렁 내려앉는 기분을 느꼈다. 그녀가 잠깐 입을 닫았다 왜 그러냐 묻기 위해 입을 열었다.

"저 이안……."

"아저씨 소식 들으셨어요?"

"무슨 소식 말이냐?"

그러나 이안은 아이샤가 말을 채 꺼내기도 전 자연스레 고개를 돌리더니 파든 백작에게 말을 걸었다.

"하란 지방에 50년 만에 눈이 와서……."

별 시답잖은 이야기였지만 오찬 자리에서 하기는 나쁘지 않을 주제에 이야기가 길어졌다. 마리사가 끼어들고 에드워드와 다니엘까지 대화에 참여하는 바람에 아이샤는 입을 다문 채 섭섭함을 애써 가다듬었다.

그 후로도 오찬 자리의 분위기는 나쁘지 않았다. 이안은 늦게 온 것을 상쇄하려는 듯 자리를 이끌었다. 모두가 즐겁게 웃는 와중 어색한 웃음을 짓고 있는 건 아이샤뿐이었다.

오찬의 메인 요리가 동나고 어느덧 디저트를 즐길 시간이 왔다. 하인들이 한차례 정리한 테이블에 알록달록한 디저트가 올라오자 마리사가 제 앞에 놓인 셔벗 접시에 은 숟가락을 살짝 두드리며 말했다.

"색이 예쁘네요. 북쪽에서만 나는 딸기로 만들었다던데 이게 그렇게 맛있다죠?"

마리사의 말은 신호였다. 부인을 쳐다본 파든 백작이 헛기침했다. 그리고 자세를 조금 고쳐 앉은 채 이안을 바라봤다.

"이안. 사실 오늘 할 말이 있어서 이 자리를 마련했단다."

"말씀하세요. 아저씨."

할 말이 있다는 파든 백작의 말에 이안은 담담한 목소리로 대꾸했다, 하지만 그의 왼쪽 손에는 힘이 살짝 들어갔다.

"갑작스럽게 들릴지 모르겠다만 아카데미도 졸업했고 너도 이제 다 큰 어른이지. 그래서 말인데 내년쯤 아이샤랑 약혼하는 거 어떻게 생각하니?"

약혼이라는 단어에 이안의 얼굴이 서서히 굳어 갔다. 눈에 띄게 변하는 표정에 테이블에 둘러앉은 다른 사람들의 눈에 당혹감이 어렸다.

이안과 아이샤의 약혼 이야기는 처음 나온 게 아니었다. 물론 지금처럼 확실하게 시기를 정한 건 아니었지만 그들의 약혼은 오래전 구두로 약속된 바이기도 했고, 두 사람도 지금껏 거의 연인 같은 분위기를 보였기에 가족들은 두 사람이 언제고 약혼할 거라 믿었다. 심지어 아이샤를 싫어하는 소피아마저도 그랬다.

"물론 아이샤가 아직 어리지만, 여자들은 조금 이르게 약혼하니 시기도 나쁘지 않다 생각하고…… ."

"너 내 동생한테 잘해야 해. 쟤가 그동안 너한테 엄청 신경 쓴 거 알지? 약혼하면 업고 다녀야 해. 알았어?"

싸늘해진 분위기를 수습하려 파든 백작이 나섰다. 그와 더불어 다니엘도 장난스럽게 말을 붙였다. 하지만 이안은 끝내 답하지 않았다.

사람들 앞에 놓인 셔벗이 거의 다 녹아 빨간 물이 될 때까지 침묵은 깨어지지 않았다.

"크흠."

결국, 파든 백작이 헛기침을 내서 이안에게 답을 종용했다.

"나중에……."

이안의 입이 한참 만에 열렸다. 그가 조금 망설이는 목소리로 중얼거리더니 고개를 돌렸다. 그리고 마주친 아이샤의 연한 푸른색 눈에 고개를 숙이며 말했다.

"나중에 따로 이야기하시죠. 아저씨."

* * *

파든 백작 부부와 이야기를 나눈 이안은 밖에서 저를 기다리고 있던 아이샤와 마주쳤다. 아이샤는 이안과 마주하기 무섭게 몸을 돌렸다. 아무 말도 없었지만 따라오라 말하는 것임을 모를 수 없었기에 이안은 조용히 그녀를 뒤따랐다.

아이샤가 도착한 곳은 그 옛날 이안이 울며 그녀에게 안겼던 곳이었다. 레몬 나무 아래에 등 돌린 채 가만히 있는 아이샤를 보며 이안이 나지막한 목소리로 말했다.

"……네가 크게 신경 쓰지 않았으면 좋겠어. 아이샤."

이안의 말에 아이샤는 저도 모르게 가슴 부근을 꾹 눌렀다. 부모와 이야기를 나눈 후 나온 이안의 표정으로 대강 예상은 했지만 그들의 약혼은 이루어지지 않았다. 그것도 이안의 거절 때문에.

'왜?'

아이샤는 도통 이안의 마음을 알 수 없었다. 한 번도 그와 다른 마음이라 생각한 적 없건만 왜 이렇게 되는 걸까? 자신이 무얼 잘못하기라도 했나? 아니면 혹 그의 마음이…….

상상만으로도 두려운 가정에 아이샤가 딱딱하게 굳어 버렸다. 경직된 그녀의 뒷모습을 바라보던 이안이 천천히 손을 뻗어 아이샤의 어깨에 올렸다.

"섭섭했다면 미안해. 하지만 난 아직 준비가 안 됐어."

"……."

"지금은 할 게 너무 많아. 그래서 그런 거야. 그러니 네가 이해 좀 해 줘."

"……."

"아이샤."

부드러운 목소리에도 실망감은 가시지 않았다. 그러나 어쩌겠나. 이안이 바쁜 것은 그녀도 잘 알았다.

"……괜찮아. 나도 이르다고 생각했는걸."

몸을 돌린 아이샤가 방긋 웃으며 이안을 마주 봤다. 이안은 막상 아이샤와 얼굴을 마주하자 고개를 살짝 모로 돌려 시선을 피했다. 아이샤는 그런 그의 손을 꼭 잡으며 물기가 살짝 어린 목소리로 부탁했다.

"그래도 준비되면 먼저 이야기해 주는 거야. 알았지?"

"그래."

이안은 망설임 없이 고개를 끄덕였다. 하나 이후로 몇 년이 지나도록 이안의 입에서 먼저 약혼이라는 단어가 나온 적은 없었다.

* * *

"이런. 이게 누구야. 이안……. 아니, 이제는 후작님이신가?"

황궁 복도를 걷던 이안은 맞은편 제게 말을 걸어온 중년 사내를 보고 놀란 얼굴을 했다.

"레번트 교수님?"

잿빛 머리카락을 멋들어지게 넘긴 중년 사내는 아카데미 재학 당시 정치학을 가르치던 레번트 두날 백작이었다. 젊은 나이부터 교수로 이름을 알린 그는 재치 있는 말솜씨와 통찰력으로 나라 안에서 이름이 드높았다.

사람을 가리는 이안의 성미에도 레번트 교수는 퍽 마음에 드는 이였다. 그는 이안을 오롯이 학생으로만 대하면서도 그의 어려움을 어른으로서 상담해 주고 깊은 지식을 전해 준 이었다.

"교수님이라니. 후작 각하, 여기는 더 이상 아카데미가 아닙니다. 백작이라 불러야지요."

"제게는 영원히 교수님이실 텐데요. 말씀 편하게 해 주십시오."

"그럴까? 그럼 이안, 오랜만에 이야기나 좀 하지."

"네."

때문에 이안은 레번트에게 깍듯이 예를 차렸다. 레번트 교수는 오랜만에 만난 제자의 어깨에 팔을 두른 채 그를 어디론가 데려갔다.

"여기…… 이렇게 들어와도 됩니까?"

"괜찮아. 이 방 주인은 지금 사절단으로 라단 공국에 갔거든."

황궁 서쪽에는 고위 관료들을 위한 집무실 건물이 있었다. 그리고 레번트는 그곳에서 일하는 친우의 집무실을 종종 무단으로 쓰고는 했다.

"들어오게."

방의 주인처럼 구는 레번트 교수의 말에 이안이 저도 모르게 픽 웃고는 그가 가리킨 의자에 앉았다. 맞은편 친우의 책상을 당당히 차지한 레벤트가 집무실 서랍을 뒤져 시가 하나를 빼 물고는 이안에게도 권했다. 이안은 고개를 저어 거절했다.

"자네 성격에 말은 않겠지만……. 솔직히 황궁 생활 쉽지 않지?"

연기와 함께 레번트 교수가 물었다. 이안은 잠시 고민하다 말없이 고개를 끄덕였다.

"외무부 녀석들은 텃새가 심해서 문제라니까. 쯧!"

아카데미를 수석으로 졸업한 이안은 현재 외무부 중간급 관료로 소속되어 있었다. 하급 관료와 달리 어느 정도 선택권이 있는 직급이었기 때문에 이안의 주 업무는 어떤 문제에 대한 안건을 내고 찬반을 받아 내는 일이었다. 하나 괜찮은 안건을 여러 번 회의에 부쳤음에도 이안의 의견은 단 한 번도 받아들여지지 않았다.

그 이유를 이안도 레번트도 알았다. 구귀족파와 신흥 귀족파가 팽팽히 맞서는 현재 제국 귀족 사회에서는 어느 정도 영향력을 행사하려면 어찌 됐든 파를 하나 선택해야만 했다. 하나 이안은 그 어느 쪽도 아직 택하지 않았다.

"자네는 아카데미에서도 항상 너무 열심히여서 문제였지. 하나쯤은 내려놔도 좋으련만……. 어떤 과목이든 세 손가락 안에는 들어야 했잖나."

잠시 침묵을 지키던 레번트가 뜬금없는 말을 했다. 이안을 똑바로 바라보는 그의 눈에는 연민이 있었다.

"자네 같은 친구들이 제 몸을 부수며 스스로를 학대하는 데는 보통 확실한 목적이 있지. 그리고 자네 목적은 아마…… 소위 말하는 권력이겠지?"

이안은 이번에도 침묵으로 긍정을 표했다. 레번트의 말이 옳았다. 그는 빨리 이 사회에서 인정받고, 어느 정도 힘을 휘두르고 싶었다.

사람이라면 자신이 속한 사회에서 어느 정도 권력을 가지고, 더 높은 곳으로 올라가길 꿈꾸는 게 이상한 건 아니었지만 레번트가 보는 이안은 그 정도가 심했다. 물론 부모를 잃고 가문이 조금 기울어진 상황이라 위기감이 커서 그럴 수 있었다. 그러나 그런 상황을 고려해도 이안은 지나치게 조급하게 굴었다.

"전에도 물었던 거 같은데 왜 권력을 가지고 싶은 건가. 이유가 있어?"

레번트의 물음에 이안의 눈앞에 옅은 갈색 머리카락이 환상처럼 떠올랐다 흩어졌다. 하나 이안은 곧장 떠오르는 누군가의 이름을 속으로 읊으면서도 고개를 저었다.

"……모르겠습니다."

"그때와 똑같은 답을 하는군. 그럼 똑같이 되묻지. 이안, 정말 이유를 모르는 게 맞나?"

"……."

레번트 교수의 반문에 이안이 입을 다물었다. 그러자 레번트 교수가 한숨을 푹 쉬며 달래듯 이안에게 말했다.

"자네는 훌륭해. 머리나 재능, 외적인 부분 같은 건 거의 완벽한 인간이지. 게다가 자네 부모님 일이 있긴 하지만 로이드 후작가는 명문가 중에서도 최고 명문가야. 그러니 10년 안에 자네는 또래의 누구도 넘보지 못할 영향력을 행사할 거야."

"……."

"내 말은 조급해하지 말라는 소리야. 목표를 너무 높게 잡고 스스로한테 채찍질을 하는 건 좋지 않아."

"전 2년 안에 중앙 귀족회 일원이 될 겁니다."

에둘러 만류하는 레번트 교수의 말에 이안이 단호하게 답했다. 중앙 귀족회. 황제가 주최하는 회의에 참석하며 나라 안 가장 중요한 결정을 행하는 곳. 아주 소수의 귀족들만 차지하는 그 자리는 귀족으로서 권력이 정점에 있음을 뜻했다.

이안의 벽안을 들여다본 레번트 교수가 시가를 껐다. 그리고 자세를 바로 하더니 아카데미 시절 이안에게 해 줬던 것처럼 충고를 시작했다.

"그렇다면 어쩔 수 없지. 하나를 택해."

"……."

"작금의 상황에서는 아무리 발버둥 쳐도 중립을 지키면서 당장 힘을 거머쥘 수는 없어. 그러니까 목적이 확고하다면 한쪽을 선택하는 게 제일 빨라."

레번트 교수가 말하는 선택이란 파벌을 정하라는 것이었다. 스승의 말에 이안의 푸른 눈이 번뜩였다.

"……교수님이 보시기에 전 어디로 가야 합니까?"

"자네 상황에는…… 레반투스 공작 각하 쪽으로 가야지. 그쪽은 지금 명문가 출신의 젊은 인재가 신흥 귀족파에 비해 많이 부족해. 그러니 이안 자네 정도 능력이면 뒤를 잘 봐줄 거야. 물론 자네가 그들과 한배를 탄다는 전제하에 말이야."

레번트가 교수가 내민 선택지는 구귀족파였다. 이안 또한 구귀족파를 생각하고 있었으나 스승이 어느 쪽에 몸담고 있는지 알았기에 의외라는 듯 말했다.

"……교수님과 반대편으로 가라 이르시는군요."

"안타깝기는 하나 제자한테 거짓말을 할 수는 없으니까. 그리고 나야 이쪽에 몸을 담고 있다지만 일개 아카데미 교수가 아닌가. 아무도 신경 쓰지 않지."

말은 그렇게 했으나 레번트 교수는 다양한 분야의 인맥이 두터운 신흥 귀족파의 대표 귀족 중 하나였다. 이안은 그런 스승이 자신과 같은 의견을 내놓았다는 것에 안도하면서도 무언가 걸리는지 주춤거렸다.

"파든 백작이 걸리나? 하지만 그 아래 있으면 그림자에서 벗어나기 힘들걸. 계속 말이 돌 거야. 후견인인 파든 백작이 자네 뒤를 봐준다고."

"……."

"그리고 다들 말은 하지 않지만, 저울이 서서히 기울고 있다는 거 자네도 잘 알잖나. 구귀족파와 혼인으로 맺어지는 신흥 귀족들이 많아. 그리고 그런 경 보통은 구귀족파 쪽으로 노선을 돌리지. 오래된 역사라는 건 귀족들한테 돈만큼이나 중요한 것이니까."

"……."

"어려운 길 선택할 생각 말고 쉬운 길로 가. 스승이 제자한테 할 말치고는 좀 그렇다만 고생은 이래저래 덜 하는 게 좋아. 내가 말했지. 정치는 명분 다음에 효율성이라고."

제 고민까지 꿰뚫어 충고해 주는 레번트 교수의 말에 이안은 결정을 내렸다. 그가 자리에서 일어서 스승에게 허리 굽히며 인사했다.

"충고 감사합니다. 교수님."

* * *

"다시 생각해 보렴, 이안."

"아닙니다. 이제 그만 후작저로 돌아가 봐야 할 거 같아요. 이제 아저씨 신세는 그만 져야지요. 그동안 감사했습니다."

"별말을……."

파든 백작은 파든가를 나가겠다는 이안의 결정에 반대하지 않았다. 그러나 그의 얼굴에 떠오른 섭섭함을 못 읽을 이안이 아니었다. 때문에 이안은 답지 않게 먼저 손을 뻗어 파든 백작의 손을 꼭 잡았다.

"……제가 어떤 자리에 있든 아저씨를 위험하게 하는 일은 없을 겁니다."

파든 백작가를 떠난다는 이안의 말은 많은 걸 내포하고 있었다. 명문 로이드 후작가의 가주로서 독립한다는 의미도 있었지만, 파든가와 선을 긋고 정치적 노선을 달리하겠다는 의미도 있었다.

"이안."

제 손을 꼭 잡고 위험하게 할 일은 없을 거라는 이안의 말에 파든 백작이 천천히 손을 뺐다. 그가 이안을 꼭 안아 주며 말했다.

"멋진 녀석. 넌 정말 훌륭하게 자랐어. 네 생각이 뭐든 넌 해낼 거다."

"……."

"도움이 필요하면 언제든지 말하렴. 알지? 내가 이안 널 아들처럼 아낀다는 거 말이야."

"네."

아버지처럼 따뜻한 품에 이안이 곧장 대답했다. 파든 백작은 이제는 저보다 훨씬 커 버린 이안의 등을 두어 번 더 두드린 후 팔을 풀었다. 그리고 잠깐 머뭇거리다 입을 열었다.

"이안. 가기 전에 한 가지만 부탁하마."

"말씀하세요."

"네가 어느 자리에 있든 말이다, 아이샤만은 꼭 아껴 주렴."

파든 백작의 입에서 나온 아이샤의 이름에 이안이 어두운 얼굴을 했다. 그러잖아도 약혼 문제 때문에 조금 서먹해진 그녀였다. 한데 떠난다는 말을 도대체 어떻게 해야 할지. 혹여나 제 결정을 아이샤와 파든 백작이 오해할까 봐 근심스러웠다.

"아저씨. 약혼은…… 정말 때가 되지 않았다 생각해서 그런 거예요. 다른 뜻은 없어요. 그러니 걱정 마세요."

"뭔 녀석도……. 내가 그것 때문에 이런다 생각한 거니? 이안, 난 널 믿는단다. 그리고 네 생각도 이해하고 있어."

이안이 변명조로 빠르게 말을 뱉자 파든 백작이 웃음을 터뜨리며 이안의 어깨를 툭툭 쳤다. 덕분에 긴장으로 굳어진 이안의 어깨는 부드럽게 내려갔다.

"진정한 사내라면 최고로 멋진 모습을, 적어도 스스로를 부끄럽게 여기지 않을 때 여인에게 구혼하는 법이지. 그래서 시간이 필요하다는 말 아니냐."

파든 백작의 말에 이안은 어지러웠던 머릿속이 조금은 풀리는 기분이었다. 그래. 그가 빨리 성공하고픈 이유가 무엇인가. 가문의 재건? 물론 그것도 있었다. 하나 매번 목표를 다질 때마다 아이샤의 얼굴이 제일 먼저 떠오르는 것을 보면 가장 큰 이유는 그녀였다.

아이샤에게 누구에게 기대거나 약한 모습의 사내가 아닌 부끄럽지 않은 모습의 사내로 서는 것. 이안은 진중한 얼굴로 고개를 끄덕였다.

"……예. 아저씨 말이 옳아요."

파든 백작은 그런 이안을 믿는다는 듯 인자한 얼굴로 고개를 마주 끄덕였다. 그러다 무언가 생각났는지 진지한 눈을 한 채 입을 열었다.

"음……. 그래도 말이다. 그냥 딸을 아끼는 아버지의 마음이라 생각하고 조금 더 들어 주렴."

이번에는 파든 백작이 이안의 손을 잡았다. 그리고 딸의 모습을 아주 어릴 적부터 숙녀가 된 지금까지 쭉 그리며 이안에게 부탁했다.

"아이샤 그 아이는 알다시피 너만 본단다. 그러니 자주 찾아와 주고 이야기도 나눠 줘. 그 애는 그것만으로도 기뻐할 거야. 그리고 언젠가 네가 때가 되었다 생각하면……."

"……."

"……멋진 모습으로 손을 꼭 잡아 주렴. 알겠지?"

"네, 꼭 그럴게요."

파든 백작의 부탁에 이안이 마주 잡은 손에 힘을 줬다. 파든 백작은 왼손으로 이안의 손등을 두드리다 한참 만에 놨다. 그리고 이안의 머리를 쓰다듬어 주며 멀리 떠나는 아들을 배웅하는 아버지처럼 씁쓸한 목소리로 말했다.

"이만 가 보려무나. 준비할 게 많을 텐데 내가 괜히 시간을 빼앗았구나."

* * *

황궁 정원 바로 옆에 위치한 회랑을 걷던 이안은 저 멀리서 마주 오는 사내 둘을 발견하고 얼굴을 굳혔다. 두 명의 사내 중 반걸음 앞서 걸으며 머리카락을 한 올도 빼놓지 않고 깔끔하게 넘긴 중년의 사내는 이안이 가장 마주치고 싶지 않은 이였다.

'레반투스 공작…….'

레반투스 공작은 이안이 구귀족파 쪽으로 마음을 돌렸을 때 가장 기뻐하던 이였다. 구귀족파의 수장으로 젊고 유능하면서도 이름 있는 명문 귀족을 키우고 싶어 했던 그는 이안이 구귀족파 내에서 자리를 잡을 수 있도록 내심 도움을 많이 줬다.

하지만 이안은 자신에게 호의를 베풀며 다가오려는 그를 최대한 피했다. 구귀족파의 수장으로 신흥 귀족 세력에 강경한 입장을 보이는 레반투스 공작은 과거 신흥 귀족파 귀족들을 암살까지 한 강경파에 파든 백작과 사이가 매우 좋지 않았기 때문이다.

이안은 레반투스 공작이 혹여나 자신을 볼까 시선을 굴리며 재빠르게 몸을 돌렸다. 그러나 한발 늦은 모양인지 이안이 뒤를 돌기 무섭게 중후한 목소리가 그의 등을 때렸다.

"로이드 후작? 잠깐 볼 수 있을까?"

이름까지 호명한 이상 피할 도리는 없었다. 이안은 눈을 한번 질끈 감았다가 표정을 정돈하고 자연스레 몸을 돌렸다.

"자네는 이만 가 봐."

레반투스 공작은 무표정한 이안의 얼굴을 한번 보고는 알 수 없는 웃음을 짓더니 뒤에 따르던 이에게 손짓했다. 공작을 따르던 사내가 못마땅한 얼굴로 이안을 한번 훑어보고는 자리를 떴다. 둘만 남자 레반투스 공작은 이안에게 한 발 더 가까이 다가섰다.

"지난번 모임에 오지 않아 섭섭했는데……. 여기서 후작 자네를 다 보는군."

어깨를 가볍게 치는 손에는 호의가 잔뜩 묻어났으나 이안은 파든 백작 때와 달리 몸을 굳히고는 공작의 손을 슬쩍 밀어냈다. 툭 하고 떨어진 손이 민망할 법도 했건만 공작은 아무렇지 않은 듯 제 손을 거둬들였다.

"그렇게 경계하지 말게. 난 그저…… 작고하신 자네 사친에 대해 꼭 해 줄 말이 있을 뿐이니까."

긴장을 늦추고 있지 않던 이안이 공작의 말에 눈을 커다랗게 떴다. 사고로 죽은 부모의 일은 아카데미 시절 철없는 몇몇 동기들이 그를 도발할 때나 꺼내던 이야기였다. 한데 생각지도 못한 이가 부모의 죽음을 언급하며 의미심장한 얼굴을 하다니. 이안의 입이 저절로 열렸다.

"그게 무슨……."

"자네는 똑똑한 사람이지. 졸업하고 이쯤이면…… 가문에 이상한 점 두어 개쯤은 발견했을 텐데. 후작가의 재정 상태가 기이하지 않던가?"

이어지는 레반투스 공작의 말에 이안이 입을 닫았다. 부정하고 싶었지만, 그의 말대로 로이드 후작가의 재정 상태에는 이상한 점이 있었기 때문이다.

멀쩡하게 남아 있는 건물이나 땅, 가보 등과 달리 현금이나 금붙이, 보석 등 유동 자산은 하나도 없는 상태에 어마어마한 빚, 몇 남지 않은 고용인의 삯조차 파든 백작가에 의탁해야 하는 가문의 재정…….

아카데미 재학 당시에는 아비가 꾸리던 사업이 망해서 그러려니 하고 넘어갔지만, 졸업 후 알아보면 알아볼수록 수상한 구석이 많았다.

'아저씨. 지금껏 왜 말씀 안 하셨어요? 지금이라도 이자 쳐서 갚겠습니다.'

'됐다. 신경 쓰지 않아도 돼. 고작 고용인 몇의 삯 값이랑 빚에 대한 이자 정도 내준 것 아니냐. 그리 큰 금액도 아니야. 내가 이안 네게 그 정도는 해 줄 수 있지.'

'아니에요. 꼭 갚아 드릴게요. 그리고 더는 로이드가에 신경 쓰지 않으셔도 돼요. 이제는 제가 전부 감당할 몫이니까요.'

'녀석도 참……. 그래. 알았다.'

파든 백작에게 고마운 것과는 별개로 이안은 의문을 지울 수 없었다.

사업상 생긴 빚이야 아비의 잘못이니 할 말이 없다만 빚에 대한 대가로 건물이나 영지 등을 전혀 건드리지 않은 채 기다려 주는 채권자는 상식적으로 받아들일 수 없었다.

'빚에 대해 다른 말은 없었나?'

'별말 없었습니다. 그저 천천히 갚으라고만…….'

파든가에서 이자를 내줬다지만 그 큰 금액을 10년이 넘게 갚으라 재촉도 하지 않는 채권자. 거기다 이자가 높으면 이해라도 할 법 싶었지만 빌린 금액에 비해 이자는 현저히 낮은 편이었다. 때문에 이안은 안도하면서도 의심을 지울 수가 없었다.

"아르카 상단."

이안의 얼굴을 유심히 보던 레반투스 공작이 채권자의 이름을 말했다. 가문의 빚은 곧 가문의 치부. 이안이 형형한 눈으로 공작을 바라봤다. 하지만 공작은 이안의 눈빛을 노련하게 흘려버렸다.

"후작가는 아직 그 상단에 빚을 갚고 있을 텐데 아닌가?"

"……."

"혹 아르카 상단에 대해 알아봤나?"

"……."

"얼굴을 보니 이미 알아봤군. 그렇다면 아르카 상단이 로이드 후작가에 지나치게 관대하다는 생각은 해 본 적 없나?"

"……제 가문의 일입니다. 지나친 간섭은 불쾌하니 말아 주십시오."

숨기고 싶은 치부를 긁는 레반투스 공작의 언사에 이안이 불쾌한 낯을 숨기지 않았다. 그러나 언짢은 기색을 보이는 눈 깊숙한 곳에는 분명 의심이 있었다. 공작은 잘게 떨리는 이안의 눈동자를 잡아채고는 입꼬리를 길게 끌어 올렸다.

"사실 로이드 후작가 입장에서는 나쁘지 않지. 빚을 이유로 가문의 재산을 압류하는 것도 아니니까. 한데 참 이상한 일이야. 돈에 눈이 뒤집힌 장사치들은 보통 그렇게 점잖게 굴지 않는단 말이지."

"……."

"후작. 자네 아버지가 왜 아르카 상단에 그 어마어마한 빚을 졌는지 알고 있나?"

"사업은 한순간에 무너질 수 있습니다. 흔한 일입니다."

"흔한 일이라……. 자네는 아무것도 모르고 있군. 하기야 알려 줬을 리 없지."

레반투스 공작이 말꼬리를 흐리며 혀를 찼다. 이안은 아무것도 모르는 애송이 보듯 자신을 바라보는 공작의 눈에 입술을 물며 주먹을 꽉 쥐었다. 그러나 적대심 가득한 얼굴을 할지언정 이안의 다리는 조금도 움직이지 않았다.

이안이 제 말을 기다리고 있음을 눈치챈 공작은 눈을 가늘게 뜬 채 말을 계속했다.

"자네 가문의 빚, 그건 분명 자네 아버지 잘못이야. 하지만 폐하와 거래까지 할 정도로 똑똑했던 자네 아버지가 왜 한순간에 무너졌을까? 그리고 아르카 상단은 왜 별다른 이유도 없이 로이드 후작가를 도울까? 거기에 의문을 가진 적은 없나?"

"……."

"죄책감은 무거운 감정이지. 거기다 사람 목숨이 둘이나 걸려 있다면……. 자네 가문의 빚은 깃털 수준으로 가벼울 거야."

공작의 말은 점점 더 의미심장해졌다. 그리고 그럴수록 이안의 심장은 점점 더 빨리 뛰었다. 불길함이 이안의 몸을 집어삼켰다. 의심이 뚝뚝 떨어지는 푸른 벽안을 마주 보며 공작이 태초의 인간을 유혹하는 뱀처럼 속삭였다.

"이안. 자네에게 보여 줄 게 있네. 사실 전의 초대들도 그것 때문인데 자네가 모조리 거절하는 바람에 기회가 없었지."

이안은 레반투스 공작을 믿지 않았다. 하지만 본래부터 기이하게 여기던 일에 누군가 부모의 이름을 엮으니 도무지 모른 척 무시할 수가 없었다.

"내일 오후 2시까지 공작가로 찾아오게. 꼭 오는 게 좋을 거야. 아까 말했다시피 이건 자네 부모의 죽음과 관련된 거니까."

"……."

"그럼 먼저 가 보겠네. 내일 보지."

결국 먼저 자리를 뜬 건 레반투스 공작이었다. 이안은 그가 사라지고도 한참 동안 회랑에 서 있었다. 멀리서 바람이 불어와 그의 머리카락을 한번 헤집어 놨다. 주먹을 꽉 쥐었다 편 이안은 무언가 결심한 듯 공작이 사라진 회랑 끝을 노려보다 몸을 돌렸다.

* * *

'당시 대장님은 쫓겨나다시피 이 일을 그만뒀습니다. 일평생 사건을 조사하고 파헤치는 데 모든 걸 바친 분인데……. 파든 백작의 말에 반기를 들었다는 이유로 하루아침에 일자리를 잃으신 겁니다.'

이안의 귓가로 사내의 억울한 목소리가 지나갔다. 이안은 조사서 한 장을 아무렇게나 구겨 주머니에 밀어 넣고는 마차에서 내렸다.

출발할 때만 해도 화창했건만 마차 밖은 어느새 놀라울 정도로 비가 쏟아지고 있었다. 멀찍이 들리는 천둥소리에 말들이 불안해하자 마부가 자리에서 내려 말들을 진정시켰다. 이안은 마중 나온 하인이 씌워 준 우산 아래서 불안한 듯 앞발을 차는 말들을 뚫어지라 쳐다봤다.

히이잉.

바로 옆 사람의 목소리도 들리지 않을 정도의 폭우. 불안한 말들의 울음소리. 저절로 부모의 사고가 생각났다.

'……아니 사고라 단정할 수 있나?'

이안은 한참 만에 걸음을 옮겼다. 그에게 우산을 씌워 준 하인도 빠른 이안의 걸음에 맞춰 뛰다시피 걸었다. 하지만 워낙 많이 내리는 비에 우산은 아무 소용이 없었다. 결국 계단을 오르는 그 짧은 거리에 이안은 물에 빠진 사람처럼 푹 젖고 말았다.

"주인님. 다 젖으셨습니다. 빨리 옷부터 갈아입으십시오."

출입구에서 제임스가 부드러운 천을 내밀며 걱정스러운 얼굴로 이안에게 말했다. 이안은 아무 대꾸 없이 제임스가 내민 천조차 거절한 채 이 층 집무실로 향했다.

뚝뚝 떨어지는 물방울이 바닥 카펫을 어두운색으로 물들였다. 제임스는 어딘가 이상한 이안의 모습에 말없이 하인에게 눈짓하고는 재빨리 그를 좇았다.

"……제임스. 자네는 후작가에서 평생을 일했지?"

집무실에 들어선 이안은 젖은 그대로 창가에 서서 자신을 좇아온 제임스에게 물었다. 몸을 닦으시라 한 번 더 천을 내밀려던 제임스는 어딘지 가라앉은 주인의 목소리에 불길함을 느끼며 답했다.

"예. 저는 열여섯 이후로 쭉 후작저에서 일했습니다."

"아버지랑 아저씨, 아니 파든 백작은 얼마나 친했지?"

제임스의 말을 중간에 자른 이안이 뜬금없이 전대 로이드 후작 클리프와 파든 백작 그레이엄의 친분에 대해 물었다. 제임스는 갑작스러운 물음에 의아함을 감추지 못하면서도 순순히 답했다.

"둘도 없는 사이셨지요. 아카데미 시절 인연을 쌓으신 이후 두 분은 거의 매일 붙어 다니다시피 하셨습니다."

제임스의 말을 들은 이안은 한동안 말없이 폭우가 내리는 창밖을 바라봤다. 등 뒤로 뚝뚝 떨어지는 물방울이 시커먼 이안의 그림자를 더욱더 어둡게 만들었다.

"저…… 주인님. 우선 좀 닦으십시오. 이러다 몸 상하십니다."

감히 다가설 수 없는 분위기에 제임스가 가까스로 용기를 냈다. 그러나 가까이서 바라본 이안의 눈에 제임스는 심장이 쿵 내려앉는 기분을 느꼈다.

'무슨…….'

까맣게 죽어 버린 이안의 눈빛은 모든 걸 삼켜 버릴 만큼 어두웠다. 후작 부부가 죽었단 소식을 들었을 때보다도 컴컴한 낯에 새파란 살기, 공기마저 얼려 버릴 것 같은 분위기에 제임스가 숨마저 멈췄다.

"……고맙네."

제임스의 반응에도 이안은 아랑곳하지 않았다. 천으로 얼굴을 대강 닦은 그가 곧 몸을 돌려 집무실 책상 쪽으로 다가갔다. 책상 한편에는 서신 몇 개가 가지런히 자리하고 있었다. 그중 가장 위의 것을 발견한 이안이 몸을 굳혔다.

익숙한 재질의 서신. 뜯지 않아도 누가 보냈는지 알 수 있었다. 이안은 잠시 고민하다 거친 손길로 서신을 뜯었다. 찌익 하고 종이 찢어지는 날카로운 소리가 귓가에 섬뜩하게 맺혔다.

봉투 안, 익숙하고도 나정한 인사말, 그 아래에는 다음번 연회에 같이 가 줄 수 있냐는 아이샤의 물음이 있었다.

- 그럼 오늘도 네게 평온이 깃들기를.

항상 같은 끝맺음에 이안의 얼굴이 일순 풀렸다. 하지만 그것도 잠시. 그는 조금 전보다 얼굴을 더 섬뜩하게 굳힌 채 펜을 힘주어 잡았다.

"……파든가에 전해. 그리고 목욕물을 준비하지."

거절의 말을 짧게 휘갈겨 쓴 이안이 서신을 아무렇게나 접은 뒤 제임스에게 내밀었다. 아이샤의 서신에 이리 대강 답장을 쓴 일이 없었기에 제임스는 놀란 눈을 했다. 그러나 그뿐, 일평생 주인으로 모신 자를 거스른 적이 없는 그는 곧 허리를 깊숙이 숙였다.

"예. 바로 전달하라 이르겠습니다."

"잠깐."

허리를 편 제임스가 집무실을 나서려 걸음을 막 옮길 때였다. 책상에 앉아 무언가 골똘히 생각하던 이안이 그를 불러 세웠다. 그리고 생각지도 못한 명을 내렸다.

"……오늘 중으로 지난 15년간 후작저에 모아 둔 서류를 다 가져왔으면 좋겠는데."

"예? 15년 치를 다 말입니까?"

15년. 10년하고도 5년이 더 지난 시간은 제임스의 고동색 머리카락을 회색빛으로 바꿀 만큼 길었다. 한데 그동안 보관된 서류를 다 가져오라니. 정확히는 몰라도 집무실 한편이 전부 서류로 채워질 게 분명했다.

"필요하신 서류가 있다면 추려 오겠습니다."

문서고에 있는 어마어마한 양의 서류를 떠올리며 제임스가 이안에게 제안했다. 하나 이안은 고개를 저은 채 단호한 목소리로 명했다.

"아니. 하나도 빠짐없이 다. 한 글자라도 적힌 게 있다면 모조리 다 가져오게."

* * *

"어머. 저기 좀 봐요."

"아이샤 양이네요?"

"아, 저분이 그 유명한……."

한 무리의 귀족들이 아이샤를 바라보며 부채를 팔랑거렸다. 간간이 터져 나오는 비웃음 사이 대놓고 나오는 자신의 이름에 아이샤는 저도 모르게 어깨를 움찔거렸다.

작금의 사교계에서 아이샤는 비웃음과 동정의 대상이었다. 어찌 된 일인지 말만 나오고 성사되지 않는 로이드가와 파든가의 약혼, 이안만 바라보는 아이샤와 달리 그녀에게 시큰둥한 이안의 태도. 1년간 지속된 상황에 사람들은 제멋대로 두 사람 사이를 해석하며 질 낮은 재미를 즐기는 중이었다.

"저리로 가자."

그런 여동생을 지켜보던 에드워드가 딱딱한 목소리로 말했다. 아이샤는 첫째 오라비를 순순히 따르면서도 힐끔 뒤를 돌아봤다.

'……이안.'

멀리 이안과 소피아가 보였다. 환한 웃음을 띤 채 부채를 살랑거리는 소피아와 달리 이안은 무표정했다. 그러나 그럼에도 이안 주변에는 사람들이 득실거렸는데 이는 곧 이안의 현재 위치를 알려 줬다.

이안은 관료 사회에 입성한 지 1년 반 만에 중앙 귀족회에 당당히 자리를 차지했다. 젊디젊은 나이에 그 자리를 차지한 이안을 보고 사람들은 여러 말을 했지만, 그가 대단하다는 데는 이견이 없는 편이었다.

'축하하네. 대단해!'

'그 나이에 중앙 귀족회라니. 로이드 후작가의 앞날이 밝군 그래.'

이안과 친분 있는 이들은 젊은 나이에 권력의 중심에 선 그를 축하해 줬다. 하지만 이안과 누구보다 연이 깊은 파든가는 그를 오롯이 축하해 주지 못했다.

이안이 구귀족파에 들어간 이후 당연하게도 그는 파든 백작과 부딪힐 일이 잦아졌다. 파든 백작의 자녀들로서는 어릴 적 함께했던 이안이 제 아비의 반대편에 서서 목소리를 높이는 모습이 썩 달갑지 않았다.

"……오빠. 이안한테 아직도 화났어?"

에드워드를 따라 구석으로 자리를 옮긴 아이샤가 오라비의 눈치를 보다 물었다. 저 멀리 사람들 속에 파묻힌 이안을 노려보던 에드워드가 여동생의 물음에 고개를 돌렸다.

“이안이 아버지께 미리 양해를 구한 일이잖아. 그러니까 이만 화 풀어. 응?”

안절부절못하는 아이샤의 연한 푸른 색 눈에는 불안이 가득했다. 에드워드는 어찌할 바 몰라 하는 여동생의 모습에 기분이 더욱 저조해지는 것을 느꼈다.

“아이샤. 지금 그것 때문에 내가 화가 났다 생각해?”

“어?”

“후……. 아니야. 신경 쓰지 마.”

이안의 행보가 마음에 들지 않는 것은 분명했으나 에드워드의 분노는 거기서만 비롯된 것이 아니었다. 탐탁지는 않았으나 미리 양해를 구한 사항이고 아비가 허락한 이상 에드워드는 다니엘처럼 길길이 날뛸 생각은 없었다.

‘이안 그 자식이 아버지 뒤통수를 쳤어. 아니지 아예 대놓고 배신한 거야! 공작의 편에 서다니!’

‘다니엘. 아버지께서 넘어가시기로 한 문제야. 아이샤 앞에서 괜한 이야기 하지 마.’

‘형! 이게 숨긴다고 될 문제야? 그리고 이 일만으로 얘 앞에서 내가 이런 말 하겠어? 아이샤. 솔직히 말해. 이안 그 자식, 요즘 너한테 쌀쌀맞게 굴던데. 내 착각 아니지? 어제는 널 파트너로 둔 주제에 루베르 가문 여식하고 두 번이나 춤을 추던데. 뭐라 변명이라도 했어?’

문제는 정치 밖에서도 달라진 이안의 태도였다. 특히 아이샤를 대하는 이안의 태도는 1년 전과 비교하면 아예 다른 사람이라 할 수 있을 정도였다.

파트너로 아이샤를 데려가지 않는 것은 물론이요, 온갖 핑계를 대며 약혼을 차일피일 미루는 태도. 거기다 파벌을 이유로 연회에서는 아이샤를 모른 척하기 일쑤였다.

'사실 아이샤 양이 로이드 후작님에 비하면 좀 떨어지잖아요? 파든 백작과 정치적으로도 갈라진 마당에…….'

'그러니까요. 그리고 나라도 싫겠어요. 사실 말이 좋아 짝사랑이지, 후작님 입장에서는 수준 떨어지는 장사치의 여식이 옛 인연 들먹이며 매달리는 것뿐이잖아요.'

때문에 아이샤의 평판은 나날이 떨어져 갔다. 그러나 그런 상황보다 더 화가 나는 것은 이안의 태도에도 불구하고 여전히 그를 위하는 아이샤의 태도였다. 아이샤는 이안과 가족들 사이를 중재하기 위해 매일같이 애썼다. 사정을 모두 아는 에드워드로서는 속이 쓰렸다. 그가 손을 들어 아이샤의 머리를 쓰다듬으며 물었다.

"연회에서는 그렇다 치고……. 아이샤, 이안 말이야. 밖에서는 어때?"

"응?"

"모른 척 말고. 이런 자리 말고는 잘 대해 줘?"

오라비의 물음에 아이샤가 재빨리 고개를 끄덕였다. 그리고 저 멀리 이안을 바라보며 말했다.

"……응. 잘해 줘. 바빠서 미안하다고도 말해 줬어."

'만남이 너무 잦은 듯해. 일도 바빠지고 당분간 만나기 어려울 거야.'

며칠 전 이안에게서 들었던 말이 귓가를 때렸다. 아이샤는 섭섭한 마음을 누른 채 이안이 자신을 배려해 그런 말을 해 준 거라 곱씹었다.

"핑계는……. 그래도 원하던 자리를 얻었으니 약혼 이야기 정도는 먼저 꺼내겠지."

여동생의 표정을 못마땅하게 쳐다보던 에드워드가 중얼거렸다. 처음 듣는 말에 아이샤가 고개를 들고 오라비를 바라보며 물었다.

"무슨 말이야?"

"……아이샤 넌 몰랐겠지만 이안이 아버지께 그랬어. 중앙 귀족회에 들어간 뒤, 자리가 잡히면 그때 약혼을 생각해 보겠다고 말이야."

"정말?"

간신히 누르고 있던 섭섭함이 단숨에 사라졌다. 화색이 도는 누이의 얼굴에 에드워드가 씁쓸한 미소를 지으며 아이샤의 뺨을 살짝 꼬집었다.

"그렇게 좋아?"

아이샤는 답하지 않았으나 그녀의 얼굴에 활짝 핀 미소만 보더라도 답을 알 수 있었다. 에드워드는 아프다 고개를 뒤로 빼는 아이샤를 보며 손을 놓고 말했다.

"그래. 네가 행복하면 된 거지. 뭘 더 바라겠어."

* * *

응접실에 들어선 이안의 표정은 좋지 못했다. 그가 창가의 카우치에 앉아 동그란 눈을 한 채 저를 보는 아이샤를 보며 퉁명스럽게 툭 뱉었다.

"기다렸다며?"

"응……."

이안의 분위기를 읽은 아이샤가 기가 팍 죽은 얼굴로 고개를 끄덕였다. 이안은 한숨을 대놓고 쉬며 그녀의 맞은편 자리에 털썩 앉더니 아이샤는 보지도 않은 채 창밖을 봤다.

'……여기까지 오는 길이 다 얼었을 텐데.'

밖에는 눈이 펑펑 내리고 있었다. 후작저 안은 하인들이 돌아가며 눈을 치웠지만, 밖은 사정이 달랐다. 이안은 내리는 눈을 바라보며 저도 모르게 아이샤가 왔을 길을 되짚어 보다 제 모습이 짜증 났는지 미간을 팍 구겼다.

"이안?"

아무 말 없이 밖을 보던 이안이 얼굴을 구기자 아이샤가 걱정스러운 얼굴을 했다. 당장에라도 일어날 듯 몸을 들썩인 그녀가 이안의 날카로운 눈빛에 몸을 움찔거리고는 다시 자리에 앉았다.

"……무슨 일 있어? 어디 아픈 거야?"

"너……."

이안은 눈치를 보면서도 끝내 자신을 바라보는 아이샤에게 버럭 고함을 치고 싶었다. 장장 일 년 반을 떨떠름하게 굴었건만 자신을 바라보는 저 눈은 왜 여전한지. 지긋지긋했다.

이안이 이를 꽉 깨물며 아이샤를 노려봤다. 그러나 적대감 가득한 그의 눈빛에 아이샤는 겁을 먹고 어깨를 움츠릴지언정 미움을 보이지 않았다.

"……아니야. 됐어."

허탈해진 그가 턱에 들어간 힘을 풀었다. 그러나 화가 가라앉자 짜증이 솟구쳤다. 제 앞에서 나날이 기가 죽는 모습도, 그러면서도 끝내 저를 찾아오는 모습도, 아니, 저리 앉아 있는 꼴도…… 모조리 다 거슬렸다. 이안은 당장 자리를 박차고 나가고 싶은 마음을 추스른 채 서늘한 목소리로 아이샤를 불렀다.

"아이샤."

이름을 부르자 아이샤가 옅은 미소로 화답했다. 불안해하면서도 기대하는 꼴이 우스워 이안은 헛웃음을 터뜨렸다가 곧 정색하고 아이샤를 쳐다봤다.

"마침 잘 왔어. 온 김에 네가 아저씨께 좀 전해 줘. 약혼 말이야. 아직은 좀 어렵겠다고."

"어?"

"내가 아직 많이 바쁘거든. 거기에 신경 쓸 틈이 없어. 그러니까 아저씨께 그렇게 좀 전해 줘. 알았지?"

딱딱하게 얼굴을 굳힌 이안은 아이샤에게 방문 목적을 묻지도 않은 채 제 할 말만 했다. 당혹스러워하는 얼굴에 실망과 슬픔이 맺히는 게 똑똑히 보였다. 그 꼴을 보니 쾌감과 불쾌감이 함께 치솟았다. 더는 아이샤를 마주 보기 싫어진 이안이 자리를 박차고 일어났다.

"그럼 난 이만 일어나지. 말했다시피 바빠서. 이해하지?"

몸을 돌리자 뒤에서 아이샤가 따라 일어나는 소리가 들렸다. 그러나 거기까지. 아이샤는 이안을 붙잡지 않았다.

벌컥.

이안이 신경질이 가득 묻어난 손길로 응접실 문을 열었다. 그러자 복도 창 너머 하얀 세상이 가장 먼저 들어왔다. 그대로 걸어 나가려던 이안이 걸음을 멈췄다. 응접실에 들어왔을 때 가장 먼저 떠올렸던 생각이 그새 머릿속을 차지했다.

결국, 그는 고개만 살짝 뒤로 돌린 채 아이샤에게 말했다.

"……길이 미끄러우니까 눈이 그치면 가도록 해."

* * *

로이드 후작저를 나서는 마차는 평소보다 천천히 달렸다. 아직 정문에도 닿지 못한 마차를 보며 이안은 자신에게 되물었다.

'왜?'

2년하고도 몇 개월. 이안은 파든가에 웬만한 정을 다 뗀 후였다. 아니라고, 그럴 리 없다며 증거를 찾아 헤매던 처음과 달리 지금은 의심이 확신으로 굳어진 탓이었다.

- 로이드 후작 부인 추문에 휘말리다. 상대는 누구인가.
- 로이드 후작가 사업체 일괄 이전의 건.
- 명문 로이드 후작가 후작 부부 마차 사고로 사망. 의문점 다수 발견.

- 로이드 후작가 소유 레번트 광산 소유권 이전 계약의 건.

파든 백작과 제 어미 사이의 추문. 그리고 은밀히 감춰져 있었던 여러 진실과 줄줄이 나오는 증거들. 확증은 아직 없었으나 모든 정황이 말해 줬다. 부모의 죽음에 가장 큰 책임이 있는 이는 파든 백작이라고.

'아직도 부족한가?'

증거를 모으는 데 도움을 준 레반투스 공작은 이안에게 이쯤이면 확신을 가질 때가 아니냐 물었다. 이안도 공작의 말에 어느 정도 동의했다. 그러나 그는 확신은 있으나 확증이 없다는 이유로 결론을 미루는 중이었다.

'아직 명백한 건 없지 않습니까. 다 추측일 뿐입니다.'

제 말이 핑계라는 것을 이안 스스로도 알았다. 하지만 내키지 않았다. 아니, 할 수 없었다. 파든 백작을 원수로 결론 내리는 것을.

'이안, 내가 무슨 일이 있어도 너희 남매만은 꼭 보호해 주마.'

'이안, 내 여동생한테 잘해야 한다.'

'이안 형, 아카데미는 어때?'

이안은 자신의 심리가 정에서 온 것이라고. 어릴 적부터 파든가와 함께 하며 그들에게 유대를 느껴 그런 것으로 생각했다. 그러나 증거를 찾으며 파든가에 어느 정도 정을 뗀 이후로도 복수는 영 꺼림칙했다. 아니, 정확히는 복수를 그릴 때마다 누군가가 떠오르고 그러면 자연스레 제 복수심에 거부감이 든다는 게 문제였다.

'이안.'

언제나 자신을 바라보는 하늘색 눈. 햇빛에 따라 회색처럼 보이기도, 화창한 하늘처럼 보이기도 한 그 눈이 문제였다. 이안은 이제 막 정문을 통과하는 마차를 보다 답답한 듯 주머니에서 시가 상자를 꺼냈다.

피운 지 1년이 넘어가자 시가가 달게 느껴졌다. 매캐한 연기를 환기하기 위해 이안이 창문을 열었다. 아이샤를 태운 마차가 정문을 넘어 서서히 사라지고 있었다. 뿌연 연기와 함께 멀어지는 마차를 보며 이안이 중얼거렸다.

"아이샤, 네가 지긋지긋해."

그건 이안 스스로에게 하는 말이었다. 그는 아이샤가 더는 사랑스럽지 않다고, 더는 아껴 주고 싶지 않다고, 그저 지겹고 성가신 여자일 뿐이라고 계속 되뇌었다.

이안은 시가를 다 태울 때까지 그 말들을 반복했다. 시가 하나를 다 태우는 데는 제법 시간이 걸렸으므로 불이 꺼질 때쯤에는 정말 아이샤가 지긋지긋한 것 같기도 했다.

그러나 시가에서 나온 재가 바람에 날리고 창문을 닫자 언제 그랬냐는 듯 마음은 다시 제자리를 찾았다. 미간을 구긴 이안이 거친 동작으로 카우치에 주저앉았다. 그리고 눈을 감은 채 고개를 뒤로 젖혔다.

'차라리 보지 않으면…….'

문뜩 떠나면 어떨까 생각이 들었다. 중앙 귀족회에 입성한 이래 일이 조금 느긋해지기도 했고, 사업차 남부를 방문할 일도 있었다.

'……사람도 찾았다 했고.'

게다가 오늘 아침 부모 사건을 조사한 조사관을 남부에서 찾았다는 소식이 들려왔다. 이안이 눈가에 올린 손을 치우고 감았던 눈을 번쩍 떴다.

'머리도 식히고 증거도 찾고……. 나쁘지 않아.'

벽에 걸린 제국 지도를 살핀 이안이 구체적인 기간을 헤아려 봤다. 남부의 도시까지 내려가는 데는 마차로 넉넉잡아 한 달이었다. 오가는 데 두 달, 머무는 데 두 달……. 넉 달간의 여행이 곧장 머릿속에 그려졌다.

'이안. 이제는 같이 있을 수 있어.'

그러나 순간 또 한 번 아이샤의 목소리가 침범했다. 아카데미 졸업 이후 제게 안기며 했던 그녀의 말이 떠오르자 이안은 반발심이 들었다.

'넉넉잡아 반년 정도 다녀오자. 나쁘지 않아. 간 김에 남부 영지 사찰도 하고.'

넉 달이 순식간에 반년으로 늘어났다. 자리에서 일어난 이안이 결심한 듯 밖을 향해 소리쳤다.

"거기! 누구 없나?"

주인의 외침에 밖에서 대기하고 있던 하인 하나가 재빨리 들어왔다. 이안은 하인에게 제임스를 불러오라 이르고 다시 카우치에 앉았다.

"주인님. 찾으셨습니까?"

제임스가 곧장 들어왔다. 이안은 그가 허리를 굽혔다 펴기 무섭게 지도를 가리키며 말했다.

"남쪽으로 여행을 떠날 생각이야. 준비할 게 뭐가 있는지 꼼꼼히 살펴보도록."

* * *

'이안이 말 안 해 줬어? 우리 남부 하란 아래 리바드로 떠나. 6개월 동안 네 얼굴을 보지 않아도 된다고 생각하니 어찌나 좋은지.'

이안의 여행 소식을 아이샤는 한참 만에 소피아를 통해 알았다. 이틀 뒤면 떠나는 일정에 놀란 아이샤는 방문 예정이라는 서신을 보내지도 않은 채 로이드가를 방문했다.

저택에 도착하니 여행을 간다는 게 사실인 듯 집 안 곳곳에는 하얀 천이 씌워지고 있었다. 아이샤는 저를 걱정스레 바라보는 하녀를 보지도 않은 채 이안을 찾아 2층으로 내달렸다.

"내가 없는 동안 동쪽 별채는 아예 잠가 두고……."

"이안!"

이안은 2층 홀에 제임스와 함께 서 있었다. 아이샤는 그를 발견하기 무섭게 이름을 부르며 뛰어갔다. 저를 향해 내달리는 아이샤를 보고 이안의 얼굴이 딱딱하게 굳었다. 그러나 아이샤는 평소와 달리 그의 눈치를 살피지 않은 채 입을 열었다.

"이안! 6개월이나 수도를 떠난다니……. 사실이야? 왜 이야기 해 주지 않았어?"

이안은 제 소매를 잡은 채 숨을 헐떡이는 아이샤를 가만히 내려다봤다. 눈물이 그렁그렁 맺힌 게 제법 볼만했다. 그가 아이샤의 손을 매정하게 떼어 내며 퉁명스러운 목소리로 말했다.

"내가 그걸 네게 알려야 할 의무가 있나?"

"어?"

"됐고……. 난 여행 준비로 바쁘니 이만 가지."

듣기 싫다는 듯 손을 내젓는 모양새가 꼭 성가신 벌레를 쫓아내는 것 같았다. 아이샤는 이안의 냉랭한 말과 귀찮아하는 태도에 넋이 나가 가만히 서 있었다. 이안은 아이샤가 제자리에 서 있자 한숨을 푹 쉬고는 다시 그녀와 눈을 마주쳤다.

"그리고 휴양차 가는 여행이니 하루가 멀다 하고 편지 보내는 일은 없었으면 해. 거기까지 가서 시시콜콜한 네 잡담을 듣고 싶진 않거든."

혹여나 하는 기대감에 이안을 올려다보던 아이샤의 눈에서 눈물이 후드득 떨어졌다. 방울져 떨어지는 물방울에 이안은 조금 전까지만 해도 괜찮았던, 아니, 쾌감까지 느껴지던 기분이 저 아래로 떨어지는 것을 느꼈다.

그가 아이샤를 향해 몸을 돌렸다. 그리고 울고 있는 그녀를 그대로 둔 채 안절부절못하는 제임스에게 큰 소리로 명했다.

"아가씨를 배웅해 주도록. 꼴을 보니 일찍 귀가하시는 게 좋겠어."

* * *

사시사철 따뜻한 날씨, 푸른 바닷가를 따라 세워져 있는 부유한 귀족들의 별장, 모래사장 여기저기 한가로워 보이는 사람들, 수도에서도 쉽게 볼 수 없는 이국적인 물건……. 남부 대도시 하란 아래 휴양도시 리바드는 수도의 귀족 영애들이 꼭 가고픈 휴양지로 뽑는 이유가 있었다.

그러나 이 아름다운 휴양도시에서 이안은 새벽부터 집무실에 박혀 서류나 보고 있을 뿐이었다. 거의 세 시간. 고개조차 돌리지 않은 채 일을 하던 이안은 문 두드리는 소리에 그제야 뻐근한 목을 펴며 말했다.

"들어와."

말이 끝나기 무섭게 하인 하나가 문을 열고 들어왔다. 그가 정중하게 허리를 굽히더니 이안에게 서신 뭉치를 내밀었다.

"오늘 도착한 서신입니다."

여행을 왔으나 이안은 한가롭게 즐길 처지는 아니었다. 목적이 있는 여행인 만큼 일은 수도보다 오히려 많았다. 영지 사찰에 관한 서신, 조사 내용에 대한 서신, 그리고 수도 이곳저곳에서 온 서신만 수십 통에 달했다.

이안은 한 손으로 잡기 어려울 만큼 많은 서신의 수신인을 하나하나 살폈다. 꼭 무언가 찾는 듯 집요한 눈길에 이안 바로 앞에 선 하인이 고개를 살짝 기울였다.

"……이게 다인가?"

서신의 수신인을 모조리 다 살펴본 이안이 잠시 고민하다 하인에게 물었다. 하인은 주인이 정말 찾는 서신이 있구나 생각하며 고개를 끄덕였다.

"예. 오늘 온 서신은 그게 전부입니다만, 혹 기다리는 서신이라도 있으십니까?"

"아니."

말이 끝나기 무섭게 이안이 딱딱한 목소리로 대답했다. 어딘지 불쾌해 보이는 목소리에 하인이 지레 겁을 먹었다. 이안은 긴장으로 몸을 굳힌 하인에게 서늘한 시선을 잠깐 주다 이마를 문질렀다. 그리고 하인에게 나가라 명했다.

"알았으니 그만 나가 봐."

하인은 도망이라도 치듯 빠른 걸음으로 방을 나갔다. 조심스레 닫히는 문소리에도 이안은 얼굴을 구기다 몸에 힘을 풀고 의자에 기대듯 앉았다.

창밖에는 사파이어 색의 아름다운 바다와 황금빛 모래사장이 펼쳐져 있었다. 누구나 시선을 줄 법한 아름다운 바닷가. 그러나 이안은 바다에 시선조차 주지 않은 채 고개를 살짝 들어 위를 바라봤다.

해가 완전히 뜨지 않은 새벽, 대낮의 창창한 하늘보다는 연한 색의 하늘이 자리했다.

"보내지 말라 했다고 정말……."

한참 하늘에 시선을 준 이안이 저도 모르게 누군가를 생각하며 중얼거리다 중간에 입을 닫았다. 그리고 몸을 돌려 다시 책상 위를 바라봤다. 산처럼 쌓여 있는 서류 뭉치가 이상하게 반가웠다. 이안은 곧장 펜을 들고 서류 한 장을 집어 들었다.

사각사각 종이 위에 펜 스치는 소리가 고요했다. 그러나 하인이 서신을 전달하기 전과 비교해 이안의 글씨는 어딘가 흐트러져 있었다.

〈다음 권에 계속〉